国家社科基金项目"美国《文心雕龙》研究史料整理与翻译研究 (15BZW024)"结项成果

美国《文心雕龙》研究史料整理与翻译研究

A COMPENDIUM OF
HISTORICAL SOURCES & TRANSLATED MATERIALS FOR
THE STUDY OF *THE LITERARY MIND AND THE CARVING OF DRAGONS*
IN AMERICAN SCHOLARSHIP

谷鹏飞◎著

人民出版社

目　录

导　　论

　　《文心雕龙》研究,不管是文本层面的词义训释,还是语体层面的辞韵笺疏,抑或是观念层面的义理考辨,海外《文心雕龙》研究,都构成了"龙学"研究的重要内容。而美国的《文心雕龙》研究,无疑是半个世纪以来海外"龙学"研究最为活跃的部分。应该说,近年来,学界对《文心雕龙》在海外研究之研究取得了丰硕的成果,在研究视角和思路上,主要表现为如下三类。

　　第一类为比较文学角度的阐释研究。此类研究代表性的成果如下:钟明国的博士论文《整体论观照下的〈文心雕龙〉英译研究》(南开大学,2009)基于中西方哲学整体论的比较视野,从《文心雕龙》作为"文学批评理论体系"的整体性与作为"文学作品内容与形式的整体性"两个方面,得出了任何英译本也都必须遵循"源文本思想的整体性"与"翻译文本意涵的整体性"的结论。施佳胜的博士论文《经典、阐释、翻译——〈文心雕龙〉英译研究》(上海外国语大学,2010)从阐释学的视角出发,一方面讨论汉语语境中《文心雕龙》的阐释学"正读""误读"现象,另一方面则比较《文心雕龙》英译本中,那些经过翻译阐释而对原作意义的保留和丢失问题。刘颖博士的《英语世界〈文心雕龙〉研究》(巴蜀书社,2012)立足于大量一手英文文献,以专题研究的形式,对英语世界的《文心雕龙》研究从"翻译""专著""论文"三个方面进行了归纳描述,实现了中西相关研究领域的初步沟通,该书堪称近年来研究域外《文心雕龙》研究的典范之作,但对《文心雕龙》在美国的接受、认同与影响问题,则着墨甚少。

　　此类研究,或基于某一特定的研究视角,或进行整体论的哲学观照,或重点梳理某几个理论问题,它们都推进了学术界对海外《文心雕龙》研究情况的认识,但其并不关注比较研究理论基点的选择与中西范畴互文性阐释的合法性问题。

　　第二类为文学传播学角度的翻译研究。此类研究数量较多,多为英语专业出身的学者所撰,择其要者如下:戴文静博士论文《北美〈文心雕龙〉的译介与研究》(扬州大学,2018)以北美地区半个多世纪以来《文心雕龙》的译介为对象,从翻译主体与翻译策略的角度,探讨了中国文论走出去的问题。陈蜀玉博士论文《〈文心雕龙〉法语全译及其研究》(四川大学,2006)在全篇翻译《文心雕龙》原典基础上,从国别文学、比较文学、世界文学与译介学关联的视角,讨论了如何实现《文心雕龙》的跨文化传播问题。黄维樑《〈文心雕龙〉与西方文学理论》(《文艺理论研究》1992-6)、潘雪月《象=Image? ——哲学阐释学看宇文所安对〈文心雕龙·原道〉中"象"的翻译》(四川外语学院硕士论文,2008)、李星颐《"缺席者的在场":〈文心雕龙·神思〉篇四种英译文解构策略研究》(贵州大学硕士论文,2008)、杨贵华《从"文化转向"看〈文心雕龙〉中"心"的翻译》(上海师范大学硕士论文,2010)、苏凌云《从译者身份的角度对〈文心雕龙〉的两个英译本的比较研究》(合肥工业大学硕士论文,2011)、赖君睿《从翻译转换视角看宇文所安的〈文心雕龙〉翻译》(四川外语学院硕士论文,2012)、李苏《从〈文心雕龙〉三个英译本看译者主体性的发挥》(上海师范大学硕士论文,2013)、黄雅静《〈文心雕龙〉英译本的翻译诗学研究》(长沙理工大学硕士论文,2013)等研究,从译者身份、翻译方法、术语对译、文本传播的角度,对《文心雕龙》英译整体或部分作了比较讨论。

　　此类研究主要关注"如何恰当地翻译一部经典""如何向异域文化传播一种本土文学观念"的问题,更深一层的中西文论的共同话语规则与审美心理,共同的话语主题与翻译认同等问题,并不是其讨论重心;特别是对《文心雕龙》翻译文本的翻译语境、翻译目的、传播方式、传播介质对源文本意义再创造与"再经典化"的重要作用问题,未予讨论。

　　第三类为世界汉学视野下的学术史研究。此类研究质量较高,成果丰硕。代表性的成果有:张少康、汪春泓、陈允锋、陶礼天合著《文心雕龙研究史》(北京大学出版社,2001)一书,全面梳理了自《文心雕龙》问世迄今对《文心雕龙》研究的历史,总结了历代中外学者研究的成就、经验和缺失,并专辟两节介绍"国外《文心雕龙》翻译与研究",勾勒了日本和韩国的研究情况;其对美国研究部分,虽述及施友忠(ShihVincent Yu-chung)、吉布斯(Gibbs)、宇文所安(Stephen Owen)、蔡宗齐、浦安迪(Andrew Plaks)、孙康宜、林顺夫、艾朗诺(Ronald Egan)、韩庄(John Hay)、雷迈伦(Maureen Robertson)等,但限于资料与篇幅,未作深入评析研究。李平《〈文心雕龙〉研究史论》(黄山书社,2009)以现代学者研究为中心,域外研究只提及日本学者户田浩晓的《文心雕龙研究》。张文勋《文心雕龙研究史》(云南大学出版社,2001)论及隋唐至今国内学界对《文心雕龙》的研究,未及域外研究。王元化选编《日本研究〈文心雕龙〉论文集》(齐鲁书社,1983)以日本《文心雕龙》研究为中心。杨明照主编《文心雕龙学综览》(上海书店出版社,1995)一书,堪称《文心雕龙》学术史研究的典范之作。而该书由林其锬所撰"各国(地区)研究综述"章,则详述了《文心雕龙》在亚欧研究的状况,又堪称20世纪90年代中叶之前海外《文心雕龙》研究最为翔实的资料。

另外,林其锬《〈文心雕龙〉研究在海外的历史、现状与发展》(《社会科学》1994年第9期)、陈引驰《鸟瞰他山之石:英语学界中国文论研究》(《中国比较文学》,2005年第3期)、王晓平《关于〈文心雕龙〉在日本的传播与影响》(《中国文化研究》,1994年第3期)、王晓路《海外学者对中国文化与文论的研究概况(2)》(《中外文化与文论》,1999)等,立足世界汉学的宏观视野,以概览的形式,考察了《文心雕龙》在东亚、欧美等世界主流汉学区域传播的历史与现状。

此类研究征证广博,视野宏阔,常能发人所未发,然于美国汉学界对《文心雕龙》的"经典重构"问题,未予研究;特别是对《文心雕龙》为何能够契入美国当代文学理论、并与美国当代文学批评进行互动影响等问题,研究阙如。

区别于上述研究,本书力图彰显如下问题。

第一,《文心雕龙》"经典"文本在美国如何实现"再经典化"的问题。本书力图通过《文心雕龙》在美国传播与接受的个案,探讨一种已被本土文化认定为"经典"的中国文学文本,其在异质文化传播与接受中,是如何实现"经典重构"的? 其基本路径与所需条件是什么? 是否可能移植一种忠实于源文本的"再经典化"文本? 设若唯有用现代性诠释古典性,用西方性译解东方性才能完成源文本在异质文化中的"经典重构",那么,又如何评判"经典重构"后流传文本的"经典"价值? 这种"重构"方式有无可能成为所有本土文本跨文化传播的基本范式?

第二,在源文本的"再经典化"过程中,"文本"之外的"非文本"因素所起的巨大作用问题。本书力图追问:《文心雕龙》起初在美国作为一个异质文明的"他者"文学文本,在实现主体性"自我"身份重构过程中,"文本"之外的"非文本"因素到底发挥了什么样的作用？美国汉学界在接受与认同这一"他者"文本过程中，其背后隐藏了什么样的复杂的政治、社会、文化、经济等"非文本"因素？作为"非文本"要素的研究身份、研究立场、研究介质、研究观念等对《文心雕龙》在美国的"再经典化"到底发挥了多大作用？通过这些问题的讨论，本书力图提醒其他中国文学文本在跨文化传播中所应重视的基本问题。

第三，对美国《文心雕龙》研究史料的重新分类与方法界定问题。本书根据跨文化文本"经典重构"方式的不同，将研究对象区别为"翻译史料""阐释史料""影响史料"，这一区分的意义在于：它既有利于揭示《文心雕龙》源文本在美国"经典重构"的动态身份过程，又有利于最大程度上凸显研究主体、研究语境、研究立场及研究方法等"非文本"因素对《文心雕龙》在异文化语境中实现"再经典化"的重要作用，使"源文本"与"流传文本"始终契合于解释学的"效果历史"辩证结构，实现研究方法与研究对象的内在统一。

根据以上问题，本书的研究对象为 20 世纪 50 年代至今所有美国学术机构与学者通过翻译、研究、编选《文心雕龙》而形成的相关资料，在研究性质上属于对文本的研究之研究。主要内容分为两大部分。

第一部分为对《文心雕龙》在美国所有相关研究史料的整理、翻译与评介，具体包括：施友忠《文心雕龙》译本导言译介、吉布斯《〈文心雕龙〉中的文学理论》研究、刘若愚《中国文学理论》一书关于《文心雕龙》的研究、费威廉《中国中古时期与西方现代文学理论中的形式主题》中对《文心雕龙》"形式"问题的讨论、邵耀成《刘勰：理论家、批评家、修辞学家》对刘勰及其作品的系统研究、魏碧德《亚里士多德〈诗学〉与刘勰〈文心雕龙〉中的经典主义》中对《文心雕龙》的中西比较研究、赵和平《〈文心雕龙〉：一种早期中国书写话语修辞》中对《文心雕龙》修辞理论的讨论、宇文所安《中国文论：英译与评论》《刘勰与话语机器》对《文心雕龙》主要篇章的翻译阐释及相关修辞研究、蔡宗齐编选《中国文心：〈文心雕龙〉中的文化、创造性与修辞》中众多知名汉学家（孙康宜、蔡宗齐、梅维恒、林理彰、艾朗诺、林顺夫、浦安迪、李惠怡等）对《文心雕龙》的系统讨论、杨国斌《文心雕龙》的翻译研究。

第二部分讨论《文心雕龙》在美国的经典重构问题，具体表现为源文本相互关联的三个逻辑层面：(1)翻译史料研究，(2)阐释史料研究，(3)影响史料研究。本书认为，这三者呈现出一种交错的身份结构，表现为一个"经典"文本在跨文化语境中的"再经典化"与"身份重构"过程。具体来讲包括如下方面。

第一,翻译史料的研究。主要选取施友忠译本、宇文所安节选译本、杨国斌译本等作为整理对象,考察翻译文本的忠实度、美雅度以及跨文化语境下文学文本翻译的困境问题,讨论源文本中感悟式评点语言与思辨式绅绎语言的跨文化翻译问题,兼及译者文化身份、文学立场等"非文本"因素对翻译文本语言风格、翻译内容认同选择、翻译文本意义重构的作用问题,这些问题是《文心雕龙》源文本完成"再经典化"与身份重构的第一步,因而成为本书研究的起点。

第二,阐释史料的研究。主要考察吉布斯《文心雕龙中的文学理论》、邵耀成《作为理论家、批评家与修辞学家的刘勰》、赵和平《文心雕龙:中国早期的文学修辞理论》、魏碧德《〈文心雕龙〉与亚里士多德〈诗学〉中的古典主义》、蔡宗齐《中国文心:〈文心雕龙〉中的文化、创造和修辞》,以及孙康宜、林顺夫、刘若愚、浦安迪、艾朗诺、梅维恒、李惠怡等学者在阐释、疏解源文本过程中存在的"以中释中""以中释西""以西释中""中西互释"现象,讨论源文本在跨文化语境中的"经典化"阐释及其限度问题,揭示阐释语境、阐释立场、阐释方法、阐释媒介等"非文本"因素对于源文本意义与内涵的重构作用。这些问题构成了《文心雕龙》源文本完成"经典"重构的重要步骤,因而成为本书研究的重心。

第三,影响史料的研究。主要考察倪豪士《印第安纳中国传统文学指南》、宇文所安《诺顿中国文学选集》《中国文学思想阅读》、孙康宜和宇文所安《剑桥中国文学史》、梅维恒《哥伦比亚中国文学史》、刘若愚《中国文学理论》、黄兆杰《中国早期的文学批评》、闵福德和刘绍铭《含英咀华集(1卷)》(《中国文学经典:从上古至唐代》)等,分析《文心雕龙》源文本如何通过"文学史"的编选而完成"经典"身份的重构;说明作为"他者"的《文心雕龙》文本,如何成为美国文学理论反思"自我"的积极力量;揭示《文心雕龙》源文本因其潜藏的文学公共性思想观念、话语规则、审美心理而成其为在跨文化传播中实现"再经典化"的根本力量。这些问题的澄清有利于揭示《文心雕龙》源文本实现跨文化之"再经典化"秘密,因而成为本书研究的目标。

本书试图通过对以上内容的梳理讨论,实现文本史料、翻译史料、研究史料的互文互动,并特别着力于通过对美国《文心雕龙》研究史料的梳理分类与诠释翻译,再现《文心雕龙》在美国的"经典重构"历史,揭示美国《文心雕龙》研究与美国当代文学理论的相互建构关系,厘清《文心雕龙》走向当代性与世界性所可资利用的资源,讨论本土文本在跨文化语境中实现"再经典化"的可能性、条件与限度,为中国"经典"文学文本在当代重新走向世界、实现与世界文学的对话交流,继而完成"再经典化"提供一种可资借鉴的范例。

第一章　施友忠《文心雕龙》译本导言

《文心雕龙》的最早英文全译本,是由华盛顿大学的华裔学者施友忠(Vincent Yu-chung Shih)于1957年译出,1959年由纽约哥伦比亚大学出版社出版印行。① 施氏将《文心雕龙》书名译为并列结构的"文心"与"雕龙"(The Literary Mind and the Carving of Dragons),并用副标题"中国文学中的思想与形式研究"(A Study of Thought and Pattern in Chinese Literature),对其翻译目的加以说明。

按照英文学术出版物惯例,在译本"导言"之前,译者添加了一段"致谢"语,它便于我们了解该译本的翻译缘起与过程。"致谢"全文如下:

> 在此我首先想对华盛顿大学研究生院深表感激,幸而研究生院研究基金会和艾格尼丝·安德森研究基金会给予足够的资金支持,才使我得以花两个夏天的时间对中国文学批评潜心研究。其次,我还想对哥伦比亚大学表示感谢,感谢他们对拙作的抬爱,将我翻译的《文心雕龙》收入了《世界文明系列丛书》(Records of Civilization:Sources and Studies)。再次,对本书编辑贝佛利·普兰克先生以及审校梅赛德斯·麦克唐纳夫人和玛格丽特T·迈尔斯夫人亦不胜感激。他们三人亦都我把手稿用打字机打出来,在此一并感谢。同时,我还要感谢帮助收集资料的茱莉娅·林夫人和给予我无私帮助的杰奎琳·加尼特夫人。后者不辞辛劳通读了译文原稿,并对部分措

---

① 1945年戈登(Erwin Esiah Gordon)在加州大学伯克利分校东方语言专业完成的硕士论文《中国文学批评里的一些早期观念》(Erwin Esiah Gordon, *Some Early Ideals in Chinese Literary Criticism*, WSILL, Berkeley, Calif., 1950),论文列专章对刘勰的"文心"进行考释,并翻译了《原道》篇除"赞"语的部分,这是目前所知美国文学界最早翻译《文心雕龙》的节选译本。

辞提出了宝贵意见,使译文语言愈加锤炼,行文风格愈加优美。除此之外,若是没有加尼特夫人的慷慨资助,这部作品亦不能以此面貌呈现在您的面前。然而最后我要强调的是,最终的译文及其成书中可能出现的错误,则文责在我。

施友忠

1957 年 9 月 3 日于华盛顿大学

译本"导言"是一篇内容丰富的中国文学批评史论,它简要梳理了从先秦至现代中国文学理论与批评的发展脉络,并对《文心雕龙》在其中的地位作了充分评价。以下为施氏所撰的译者"导言"全文。

一、施友忠《文心雕龙》译本导言

刘勰(465—522 年)通过创作《文心雕龙》这部文学批评巨著,几乎将所有前人的文学理论思想都囊括其中。作为文学评论家,他天才般的聪明才智通过其文学和修辞的深刻论述而表露无遗。为了进一步了解他的思想,我们最好能追溯其思想来源,通观中国古代文学理论批评的简要发展历程。

中国古代文学批评是随着当时文学创作的不断发展而产生,并逐步发展壮大的。最早有关文学批评的记载,可以追溯到《尚书》里的一段话语:"诗言志,歌永言,声依永,律和声,八音克谐。"其中,"诗言志"的文学思想,对后来的文学批评产生了巨大的影响。对这一思想进行细致论述的人,学界普遍认为是东汉时期(25—220 年)的卫宏。他的思想充分体现在其为《诗经》所著的《毛诗大序》里。自此之后,"诗言志"的文学思想就以不同的面貌和形式出现在后世各类重要的理论著作中,包括西晋(261—303 年)的陆机、南朝(502—560 年)被称为"双星"的刘勰和钟嵘的相关著作。总之,在中国文学批评中,诗歌普遍被认为在本质上是抒情的,它与音乐的关系紧密。《诗经》里《风》和《雅》都充分体现了这一点。"诗言志"的观念,亦即把文艺看做是人的心灵的表现,被认为是最接近文学本质的文学思想。

实际上中国古代哲学与古希腊哲学在很多方面有相似之处。众多对文学的连带(incidental)评论都出自哲学家,尽管他们的主要兴趣在于探索哲学真理,而非青睐文学。可能是这个原因,决定了他们的评论主要指向伦理道德方面,而不是审美方面。譬如在中国,孔子及其后人就非常重视艺术对人的行为规范的教化作用,频繁地将诗歌创作和人的道德品质修养联系起来。同样,古希腊的柏拉图,恐于诗歌对人道德的不良影响,欲将诸多诗人驱逐出城邦之外。二者相较,孔子的思想恐怕更具有启发性,因为他不仅把诗歌作为自己讲学的一种重要素材,还令他的儿子和众弟子学习并模仿其严格的艺术技巧,为的是提高他们的言语表达水平。孔子同时提醒学生文辞修饰的重要性,认为若无修辞,真理也就无从探索了。("言之无文,行之不远。")

然而孔子对"文"的形式美的偏爱却与他本人所提倡的功利性目的背道而驰。这种对"文"的功利性态度在其对《诗经》的评论里体现得最为明显。例如:

> 《诗》,可以兴,可以观,可以群,可以怨;迩之事父,远之事君;多识于鸟兽草木之名。

孔子将《诗经》的艺术特点概括为"思无邪"。但是,我们也不能因此就将孔子判定为缺乏审美观抑或乏有对美的追求。《论语》有证:"子在齐闻《韶》,三月不知肉味。"虽然这样说,但是这种直观的个人感受并未影响他对艺术的态度。概由于孔子在后世的广泛影响,他的这种艺术道德训谕理论在中国文学理论与批评史上居有极高的地位。

继孔子之后的孟子和荀子,对"思无邪"理论作了进一步的发扬光大。孟子和荀子都是古典主义学者,二者都对《六经》进行了广泛的引证。他们对《诗经》的评价与孔子一脉相承,强调其道德影响和文化价值。而孟子的理想主义情怀和神秘主义思想,使其能够采用更为灵活的态度来对待一些文学问题。例如,他主张以开明的态度来阐释《诗经》:

> 说诗者,不以文害辞,不以辞害志。以意逆志,是为得之。

《孟子·万章上》这段话的意思是说,解说"诗"的人,不要拘于文字而误解词句,也不要拘于词句而误解诗人的本意。要通过阅读感受去推测诗人的本意,这样才能真正读懂诗。应该说,孟子的这种对文学作品进行灵活自由解读的方法,在中国古代是非常难能可贵的。

当然,对于文艺问题,完全依靠直觉或者主观判断是非常危险的,因为很多情况下它们无非是胡乱猜想的牵强附会,或者是批评家个人情感和好恶的表现罢了,并不具有理论价值。但是,考虑到古今中外任何文艺批评在其刚刚萌发之际,难免都带有直觉与主观臆断的色彩,孟子的这种思想,无疑是值得注意的。

当然另一方面,孟子又主张不能孤立地解读作品,必须结合作者的生平及所处的时代语境,即用"颂其诗,读其书,不知其人可乎?是以论其世也"(《孟子·万章下》)来理解作品。孟子的这一理论在一定程度上纾解了人们将他的理论视为主观印象式批评的看法。遗憾的是,后世鲜有批评家袭用孟子所提倡的方法,从历史的维度来平衡关于文艺的主观与客观问题的判断,继而得出真实可信的结论。

孟子对中国文学批评更为重要的贡献则是他著名的"养气说",即作者通过修养精神或"浩然之气"以补益文艺。孟子所谓的"气"非客观自然之气,而是具有浓厚的伦理色彩。他说:

> 其为气也,至大至刚,以直养而无害,则塞于天地之间。
> 其为气也,配义与道;无是,馁也。是集义所生者,非义袭而取之也。

由此可见,"气"代表的是通过道德修养所获得的道德品质。孟子的"气"论,在后世中国文学理论的发展中内涵逐渐扩大,它不仅含有最初单纯的道德意涵,还增添了美学的意义,成为中国文学批评史上品评作家才能及作品优劣的重要标准。可以说,自孟子后,"气"就成为一个著名的文学批评术语,在中国文论史上熠熠生辉。

与孟子不同,荀子的文学观更为务实。在他看来,评价文学作品的唯一准则就是看它的实用性。荀子的这种思想其实最早出自孔子,后来被实用主义代表人物墨子继承发展。然而,鉴于对社会风气和促进社会和谐的关注,荀子强调"文学"对人的美育(beautifying effect)作用。总之,荀子所谓的"文学",主要是指学习或者学问;而我们今天所说的"文学"这一概念是汉朝时期才提出来的。汉朝之前,纯文学的概念特指诗歌。也许正是由于文学和诗歌二者所指的模糊性,从而使得诗歌成为纯文学的辉煌开端,渐渐担负起了道德说教的功能。这一点在荀子的批评理论中体现得尤为明显。比如他对《诗经》的引用就处处体现了其道德观点。

荀子既是哲学家,也是自然主义者。他似乎对文学创作的起源和本质进行过深入的探索研究,并对这种创造性过程的心理状态给出了合理的解释。比如,在《乐论》中,他就表达了对音乐及其规律的深刻见解:

> 夫乐者,乐也,人情之所必不免也,故人不能无乐。乐则必发于声音,形于动静,而人之道,声音动静,性术之变尽是矣。故人不能不乐,乐则不能无形,形而不为道,则不能无乱。先王恶其乱也,故制《雅》《颂》之声以道之,使其声足以乐而不流,使其文足以辨而不諰,使其曲直、繁省、廉肉、节奏足以感动人之善心,使夫邪污之气无由得接焉。是先王立乐之方也。

在荀子看来,音乐("乐")的功能可以感化人心、陶冶心灵,它体现了对人内在的作用。而"礼",则体现了对人行为的外部节制。因此,"乐"与"礼"内外结合,便可以影响社会风尚,促进社会和谐。正是从音乐与诗歌的紧密关系出发,荀子的批评理论才对后世的诗学观念产生了深远的影响。

但是我们也必须同时提醒大家注意,并非所有的哲学家都与儒家学者一样注重诗歌的教化作用。比如,魏晋玄学崇尚"道法自然"和"清静无为",他们并不赞同文学活动中的直觉或是文法辞藻。因此在道家的思想体系中,就并无"文学"这一说法,因为在道家学者看来,过度修饰的语言非但不利于思想的交流,反而阻碍思想的交流。语言只是追求真理的工具,人一旦获得真理,语言就应该被抛弃。根据道家,语言在传达真理时的缺陷是其与生俱来的本质。语言本身只是符号,是为了日常生活的交流而产生的;而真理则不同,真理是神秘的、独一无二的,并非通过常人使用的语言就能将其表达出来。当然,道家理论内部亦有抵牾,比如最著名的道家学者庄子,虽重"道法自然"观念,但同时也用形象的故事创作了大量充满奇特想象的作品,并且用生动形象的语言描述了创作过程中人的内心活动。庄子的哲学著作,大多具有神秘主义的色彩,它往往采用寓言故事形式表达富有幽默讽刺的意味,其文章结构奇特,行所欲行,止所欲止,行文汪洋恣睢,瑰丽诡谲,然思想却能一线贯通。总之,庄子的作品在同时代僵化教条的行文风格中(主要以语录体为主)独树一帜,它无论是对诗歌审美的感知,还是在审美意识的强化方面,都为先秦诸子文章树立了典范。

庄子的文章充满了先验的神秘主义,并最终落实为文学创作与批评的"神"的观念,而"神"的观念在后来又演变为中国古代文论最为重要的术语之一。文学创作与批评之"神",其最高境界为"纯经验界"。与孟子比较,虽然孟子和庄子一样,也视"神"之神秘经验为自我修养之最高目的,但庄子达到此一终极目标的方法却不同于孟子。孟子认为,要达到"神"的境界,需经许多正直的行为,或者更准确地说要经过不懈的"利他"行为。而庄子则不落窠臼,公开指责当时儒家的伦理观,直取直觉与神秘的方法,以此达致"纯粹经验"。庄子的"纯粹经验"首先是一种超越感观与理智状态,在此种状态下,人忘却了整个世界以及他自身的存在,在顿悟中感受到自身与宇宙万物的合一。这显然是一种神秘主义的思想,但庄子将这种思想标为艺术与生存的"至高境界"。

庄子"神"的观念应用于艺术创作过程,使他提出了另一个同样神秘与超验的看法,即:文学创造,无需人为执着与斧凿,真正的创造性一定来自于对"道"透彻之了悟与理解。这一点,庄子在《庖丁解牛》《轮扁斫轮》等寓言中均作了形象论证。在庄子看来,艺术的创作过程只可意会,难以言传,因为对"道"的了悟与理解难于用语言描写。

也正是通过对包括语言在内的一切文学成规的公开批评,庄子不仅向当时左右文学的价值标准提出了挑战,而且这种挑战预示了后来新的艺术观与审美趣味的诞生。如果说孔子为中国传统的文学批评奠定了伦理基础,那么,庄子则唤醒了对文学批评来说更为重要的审美感知。不仅如此,他的"神"的观念引发了后世对文学作神秘与印象阐释的滥觞,而这种滥觞,又在事实上构成了中国文学批评史的另外一种重要批评方法论。

中国文学理论发展到西汉,出现了短暂的停顿。换句话说,西汉时期的文学理论相对贫瘠。汉武帝时董仲舒提出"罢黜百家,独尊儒术",用儒家学说来统一思想,至此,儒家思想确立了其"定于一尊"的统治地位。"独尊儒术"也可以视作是秦始皇以来不断实行"大一统"的政治策略在文化思想上的最终确立。这种统一的文化思想,除了使孔子地位大为提升,从先前的孔夫子提升到最终的圣人,其言论也成了圣人之言,被奉为各种思想的圭臬外,它也在很大程度上窒息了个体的批判与独创精神,当然，西汉时期思想批评反思的缺席并不意味着文学创作的萧疏。事实上，在《楚辞》的影响下，这一时期出现了一种曲调优美、追求高度修饰性的新文体——赋；而"赋"的产生，又反过来促成了一种有别于"学问"的"纯文学"观。正是这种文学观，成为一直沿用至今并深入人心的"文学"概念。

通过汉代文学与文学关系的简要总结，我们可以得出一个初步结论：丰富的创作经验是深刻理解文学本质的重要条件。其时辞赋家司马相如所提出的"赋心"观念，就说明了这一点。司马氏说：

> 词赋者，合綦组以成文，列锦绣而为质。一经一纬，一宫一商，此赋之迹也。赋家之心，包括宇宙，总览人物，斯乃得文于内，不可得而传。

后来的扬雄（公元前53—公元18年）对司马相如盛赞有加，认为他的赋"不似人间来""其神化所至邪"。扬雄对司马相如辞赋创作的赞誉让我们看出司马相如和庄子在"神"的观念问题上的统一。之后的魏文帝（曹丕，187—226年）也提出了与之相似的文章中的"气"的概念。

两汉时期的文学批评在历史上占有重要地位。前面曾经提到东汉的卫宏对诗歌本质的经典阐述以及郑玄将孟子的历史方法运用到自己对《诗经》的编排中。为了说明汉代文学批评的特色，现在我们有必要再次回到卫宏。

卫宏对诗歌抒情性质的阐述引出了另一重要文艺理论的发展，这种理论在其后的中国文学批评史重要典籍《毛诗大序》中体现出来，那就是：诗歌与政治密不可分，政治情况往往决定着诗歌的内容。因为在卫宏看来，既然诗歌可以表达真切强烈的感情，那么它自然就能直接有力地反映人们对统治者的态度。因此，如果政治清明，诗歌就洋溢着喜悦与满足；政治黑暗，诗歌就充满怨恨和愤怒。从后见之明来看，设若古代统治者出于政治目的而收集诗歌，那么他们一定能够意识到通过诗歌去查看本地的政治情况以及民情，是一种明智之举。

作为一种描述性准则，"诗言志"的说法并无不妥，它只是对艺术反映生活这一一般理论的特殊应用而已，即使在现代，这一理论也很常见。我们需要注意的是，在古代中国，这一理论就具有了广泛的影响。史载吴国的公子季札访问鲁国时，听了各国的音乐，他当场结合当时社会的政治背景——作了精辟的分析和评论，让人叹为观止（详见《春秋左传·季札观乐》）。然而，一旦批评家试图遵循这一理论进行评论或是诗人想按照这一要求进行创作时,"诗言志"的理论缺陷就暴露出来了。因为《毛诗序》的语言和《诗经》里很多诗歌,都充满了隐喻和道德说教,而其本身所表达的真情实感,则极易为这种理论所忽略。

这样造成的结果就是,我们只好赋予诗歌以与之完全无关的功能,即将诗歌视为可对统治者施行劝喻和讽谏的工具。因为从中国诗歌史的发展来看,利用诗歌之隐喻、寓言等修辞进行美刺,既有效又安全。一个突出的例子,就是唐代诗人白居易,其作品充满了作者对世事的洞察与讽喻。

艺术反映现实的理论建立在艺术家和诗人能敏锐感知不断变化的时代背景以及时代需求的基础之上。面对多变的时代语境,他们能相应地改变策略来适应,从而创作出不同的文学艺术形式。这一点在卫宏的《毛诗序》里就有详细的阐述。这一原则在后世被认为是一种"通变"原则。然而吊诡的是,卫宏并未将这一原则贯彻到底,他并没有意识到在不断变化的时代需求下,任何艺术家或诗人固守死法的顽固行为都注定会失败。

中国文艺批评发展到汉代,一方面提倡古典主义,另一方面也出现了新的文艺思潮。前者以扬雄为代表,后者以王充为代表。

作为大儒、辞赋家与学者型的批评家,扬雄早年热情赞颂司马相如的辞赋,为司马氏的创作才能所折服,认为司马氏的赋"不似人间来"。扬雄不仅是司马氏的崇拜者,还在自己的创作中效法其风格。早期的扬雄似乎能够欣赏纯粹的美与单纯的愉悦,意识到辞赋创作中那不可界定的直觉或视界是所有艺术的来源,并据此将司马氏的赋说成是艺术"神化"的结果。在他看来,天才是天生的而非学成的。

然而后来,扬雄对辞赋的态度发生了很大的转变。在他的传记中,他被描述成一位"好古"人物。"好古"一词表明了扬雄最终所要拥护与坚持的批评立场。在《法言》中,扬雄不仅后悔年少时花太多时间写赋,而且批评司马相如之赋"文丽用寡"。他仿照《周易》与《道德经》而作《太玄》,仿《论语》而作《法言》,这次辞赋无不写得奇谲奥衍。热衷于卖弄学问使得扬雄受到了同代以及后人的揶揄。比如刘歆就说他的作品"吾恐后人用覆酱瓿",苏轼则说扬雄"以艰深之词,文浅易之说"。

古典主义文学规则对扬雄文学批评的深刻影响显然易见。首先,扬雄视孔子为一切灵感的源泉,认为:

好书而不要诸仲尼,书肆也;好说而不要诸仲尼,说铃也。

又说:

"山之蹊,不可胜由矣;向墙之户,不可胜入矣。"曰:"恶由入?"曰:"孔氏。孔氏者,户也。"

其二,扬雄视儒家经典为一切智慧的源泉。他说:

说天者莫辩乎《易》,说事者莫辩乎《书》,说体者莫辩乎《礼》,说志者莫辩乎《诗》,说礼者莫辩乎《春秋》。

扬雄进而通过宣称"书不经,非书也;言不经,非言也。言、书不经,多多赘矣",明确地将古典主义的批评标准简约为一套放之四海而皆准的教条,这种教条限制了后来很长一段时间内作家与批评者的创造力。我们也许可以将扬雄比作西方的斯卡利杰、约翰逊与蒲柏之流,因为扬雄与这些人一样,都成功地通过吸纳经典而使古典意识及与之产生的古典文学趣味在后代文学观念中得以巩固。

比扬雄稍晚的另一位大儒王充,也持有文学伦理和现实功用观。不过与扬雄相比,王充更关注从历史和哲学维度来看待文学。王充的这种观点,导致了纯文学与其他学术性文章的概念的模糊,使"文学"概念复又倒退到了西汉时期的认识。王充坚信文学应该是美好而真实的,即"真""善""美"相统一,坚信文学应该对人有劝诫作用。当然,王充的这种观点并没有阻止他对文学美的追求。在他看来,文章只要具备了"真""善""美"的标准,就无需其他赘饰了。这里我们应该注意的是,王充的"真""善""美"原则与济慈的"美即真,真即美"理论并不完全一致。因为王充从文学的真实论出发,反对任何文学创作中的夸张和修饰(详见《论衡》的"三增",即《语增》《儒增》《艺增》三篇)。也就是说,王充不仅追求"美"的原则,还把"真"视作文学的根本,视作衡量文学质量和文学形式的根本。

无论从个人天性还是个人兴趣来看王充,王充都是一位杰出的历史学家。

他开明的历史观在当时教条主义盛行的时代的确难能可贵。针对大部分作家热烈追崇复古、刻意模仿古典(复古仿真)的风气,他在《齐世篇》里作了强烈谴责:

> 上世治者圣人也,下世治者亦圣人也。

他又说:

> 述事者好高古而下今,贵所闻而贱所见。辨士则谈其久者,文人则著其远者,近有奇而辨不称,今有异而笔不记。

通过这两句话可以看出,王充实际上已彻底与当时仍处于统治地位并在事实上继续影响文人创作的传统儒家历史观相决裂。他不仅抨击当时"好高古而下今"之风,还鲜明地提出了"今"胜于"古"的观念:

> 夫实德化则周不能过汉,论符瑞则汉盛于周,度土境则周狭于汉,汉何以不如周?独谓周多圣人,治致太平。儒者称圣泰隆,使圣卓而无迹;称治亦泰盛,使太平绝而无续也。

总之,在王充看来,历史是不断发展、不断进步的,以"真实"为准则的文学也应如此。我们可以说,中国文学理论发展到王充年代,一种灵活的、顺应时代变化的文学观渐渐显露头角。这种倾向,在后来晋代的葛洪身上,体现得更为明显。

汉代灭亡后又经三国、魏、晋和南北朝四百年,这期间中国被分为多个小国和朝代,朝代更迭频繁。当此之时,全国陷入了动乱、分裂、割据的局面,经济也遭到了很大破坏。然而正是在这种混论不堪、破坏性极强的环境下,文学观念上最富有建设性的反叛和创造却应运而生。纵观中国文学批评史,这一时期的文学讨论堪称时代高峰。

汉代"罢黜百家,独尊儒术"的方针使儒家学说成为大一统思想。虽然人们表面上响应儒家学说,但是很多学者和富有创造力的艺术家却深受其害。为了拯救文学,他们日渐觉醒,转而诉诸于道家和佛家,从而使文学开始重语言、音律和形式结构,文学功能也从道德说教转为审美追求(即从"言志"转为"缘情")。而其时作家对审美的体验和追求,进一步影响到对文学创作本质问题的思考上来。

中国文学审美意识觉醒的一个重要后果,是在文学创作中将纯文学的"文"与实用性的"笔"区分开来。这种区分一旦确定,它会反过来促使纯文学的创作应运而生。生机勃勃的文学意识革新带来了大量富有生机的文学作品和文学批评。很多诗人投身于有韵诗歌的创作,更多的学者则进行有韵之文的系列创作(literary anthologies)。由于文学创作如同雨后春笋般涌现出来,相应的文学批评也呼之欲出。当然,随着文学活动的日益复杂,新问题也层出不穷,文学批评的基本原则也需要重新考量。在这种情势下,出现了大量新的文学批评,也就不足为奇了。

无论中西,统治者常常作为艺术的倡导者发挥着重要作用。比如文艺复兴时期欧洲艺术的繁盛是与美第奇家族的支持分不开的。在中国政治分裂的黑暗时期,出现了一大批不仅大力发展文学艺术,而且自身也取得了辉煌文学成就的帝王和贵族子弟。曹操(155—220年)作为魏国的真正开创者,就是一位杰出的诗人;他的小儿子曹植(192—232年)在其时文学上的造诣则最高;次子曹丕(187—226年)虽然篡夺了汉朝的王位建立魏,但他不仅支持文学的发展,本人也是一位才华横溢的诗人和敏锐的评论家,其最著名的批评著作当属《典论·论文》。

南朝梁代王室同样在文学上有很高的造诣。太子萧统(501—531年,梁武帝长子,尚未继承皇位即暴毙身亡)是刘勰的忠实支持者。他编选的《文选》(亦称《昭明文选》),是一部古诗文总集。萧统在《文选序》中阐明了《文论》有别于经史作品,原因在于后者并不属于纯文学。虽然在南朝,儒家诗教仍很盛行,但是,诗歌创作已经有了审美的观照。公元550年萧统的弟弟萧纲(503—551年)继位,可惜第二年就惨死于叛徒之手。然而在世时萧纲就令徐陵(507—583年,南朝陈文学家)编选了一部上继《诗经》《楚辞》,下至南朝梁代的汉族古典诗歌精华总集,亦即《玉台新咏》,该诗集表现出强烈的反传统倾向。总之,梁代文学的总体特点是:辞藻华丽、抒情性强、富于想象,与儒家诗教所提倡的中正平和、教化作用相去甚远。

以上所提到的虽不足以完全解释何以政治分裂时期竟成了文学批评发展的

重要时期,但却可表明,要孕育批判的精神,环境具有极端重要性。

曹丕作为历史上第一位重要的评论家,他在《典论·论文》中第一次正式提出了文体分类及其特性的思想。他说:

> 夫文本同而末异,盖奏议宜雅,书论宜理,铭诔尚实,诗赋欲丽。

曹丕虽然在对诗歌的定义中严格遵守儒家诗学的观念,然而在创作上他早已超越了前人作品的范围。

在《典论·论文》里,曹丕亦对"建安七子"(建安年间的七位文学家)的文学风格给予了中肯的评价和定位。曹丕对文学理论的另一大贡献,是他提出的"文气说"。"气"一词,虽借于孟子,却不同于孟子的"浩然之气",曹丕所谓的"气",是指表现在文学作品中的作家的自然禀赋。曹丕不仅重视文学作品中所表露的"文气",还进一步将"文气"分为"清"与"浊"两大类。他强调作家的创作个性"文气"是天生的,不能通过人为的方式来授受。这里我们可以看出,曹丕受庄子的影响是明显的,其"文气"不能授受的观点让我们自然联想到《庄子·天道》里"轮扁斫轮"的典故:做车轮的匠人轮扁在七十岁时因为不能把自己的一身技艺传授给儿子而黯然神伤,用曹丕的话说即"虽在父兄,不能以移子弟"。

随着"气"的观念在文学作品中的应用,其意义也渐渐发生了变化,后来的"气"概念,更多地指文学风格。在此意义上,曹丕认为拥有某一风格的天赋并不意味着拥有其他风格的天赋,同时享有多种天赋的人则是凤毛麟角。因此他总结说,每个诗人都应该寻找最适合自己天赋的风格。这本来甚好,然而在《典论》中,他又狗尾续貂地把文学创作视作扬名立万的手段。遗憾的是,之后的很多文学家包括刘勰都对曹丕的观点深以为然,都把获得名利当成创作的主要动机。

晋代最重要的文学理论批评著作当为陆机(261—303年)的《文赋》。《文赋》以其优美的语言、新颖的观点在中国文学批评史上具有里程碑的意义。极富才学的陆机以透彻而华丽的语言揭示了文学创作中审美意识和创作过程的内涵。笔者甚至认为,阅读《文赋》其实就是欣赏其文采。在此我愿意引述陈世骧先生的著名英译本之片段,以彰显陆机对创作过程的深刻体会。

在谈到艺术构思时,陆机说:

> 其始也,皆收视反听,耽思傍讯,精骛八极,心游万仞。其致也,情曈昽而弥鲜,物昭晰而互进。

经过艰辛的准备,所有的文辞、表达、想象和比喻都呼之欲出。他说:

> 有是吐辞艰涩,如衔钩之鱼从渊钓出;有时出语轻快,似中箭之鸟坠于高空。

关于创作方法,他说:

> 收百世之阙文,采千载之遗韵。

不仅如此,《文赋》在论艺术构思的过程中,还十分强调灵感的作用:

> 若夫应感之会,通塞之纪,来不可遏,去不可止,藏若景灭,行犹响起。方天机之骏利,夫何纷而不理？ 思风发于胸臆,言泉流于唇齿;纷葳蕤以馺遝,唯豪素之所拟;文徽徽以溢目,音泠泠而盈耳。

看完以上诗句,笔者联想起一句更为贴切的话来描述艺术灵感的神秘(文章的妙处),那就是老子所说的:“大音希声,大象无形。”

由此也可以见出,老庄思想对陆机创作构思理论的影响。“大音希声,大象无形”,不仅是艺术灵感的来源,还是直接经验超越了所有逻辑和语言的最高境界,陆机用“是盖轮扁所不得言”来形容此种状态。

陆机对文学批评的另一大贡献在于其对各类文体及艺术风格的规范,他所给出的定义要比曹丕在《典论·论文》里的描述更为准确。他说:

> 诗缘情而绮靡,赋体物而浏亮。碑披文以相质,诔缠绵而悽怆。铭博约而温润,箴顿挫而清壮。颂优游以彬蔚,论精微而朗畅。奏平徹以闲雅,说

炜晔而谲诳。虽区分之在兹，亦禁邪而制放。要辞达而理举，故无取乎冗长。

与陆机同时期的左思（？—306 年），将诗歌的经典概念发展到现实主义路途上来。在《三都赋序》中，他提出诗人借诗来抒发感情，借赋来描述所见的观点，认为如果脱离这一基本事实，那么我们的感觉和客观世界就会局限于表面的华丽辞藻而缺乏灵魂，就像司马相如、扬雄、班固、张衡等人的辞赋作品中所描述的很多情形那样，因为它们其实与真正的事实刚好相反。左思强调文学创作要尊重客观事实，这一观点解释了他何以要用十年时间才完成《三都赋》的创作，因为作者需要花很长时间去收集和整理与文学相关的事实。左思似乎不赞同艺术作品中的"想象"的重要性。当然，事实上他并没有完全按自己的文学观念去写作，否则就不会有他的《三都赋》写成后，竟至一时"洛阳纸贵"的局面。

其时另一位重要的批评家挚虞（？—312 年），在继曹丕和陆机之后，也对文学作品的种类进行了梳理。与后来的太子萧统一样，挚虞同样通过编纂文集的方式来实现其文学理想。从现存散佚的文献来看，他提倡文学应该描述自然景物，澄清人物关系，研究事由与人性，最终决定各类事物的状态。挚虞的文学观并不纯粹，其相关论述，很多观点和刘勰一致。总的来看，挚虞的文学观偏向实用主义，他坚持文学发展应顺应时代变化需求的基本文学观念。

大概在同一时期，葛洪（283—363 年）将王充的进步史学观应用到自己的文学批评当中。他的开明观点在同时代的评论家中难得一见。他既没有谴责文学雕饰的肤浅无用，也没有赞扬古胜于今；相反，他明确指出今诗比古诗美很多，文学的发展也是从质朴到华丽逐渐演进的过程。

葛洪对作家的文学天赋和后天训练持折中的观点，认为二者互为补充。略作比较可知，曹丕强调前者，重视所谓"气"；陆机重视后者，突出所谓"习"。对葛洪而言，二者相辅相成，不可分割。

由于汉语的自身特点，古代诗文大家均重视诗歌的声律。司马相如视声律为赋的一部分，陆机对声律则作了这样的评价：

暨音声之迭代，若五色之相宣。

　　虽然钟嵘对沈约为音律所设的武断律则提出了尖锐的批评,认为诗人应该将语言的音调自然而然地考虑进创作中去,而不是进行人为的外在规定,但是,我们需要注意的是:正是沈约不满韵律诗随意使用音调和韵脚的现象,他才提出诗歌语言应遵守声律规范的。这些规范形成了一系列复杂的韵律体系,被当时包括刘勰在内的很多诗人所接纳。刘勰为此还特意在《文心雕龙》的第三十三章《声律》篇对此进行了讨论。

　　由于沈约在永明时期很受欢迎,他的音韵格律也很流行,他所创作的"永明体"一时风头无两。虽然有人和钟嵘一样反对"永明体",甚至包括沈约自己都没有严格遵循其格律要求,然而这种"新体诗"却对后来律诗的成熟,尤其是唐诗的繁荣产生了巨大的影响。

　　钟嵘和刘勰同处一个时代,但两人并不相识,因此钟嵘对刘勰的影响不大。然而钟嵘的《诗品》作为当时最重要的文学批评著作之一,笔者认为有必要在此赘述一二。

　　《诗品》的主要目是对五言诗人分等分类逐一评述。全书仿照汉魏选拔官员的"三公""九品"制度,把自汉迄梁的一百多位诗人按优劣依次分为上、中、下三品。下品并不意味着贫劣,它只是一个相对概念,既然被包含在内,下品诗人也必定有他的特殊才能。虽然之后也有人不赞成钟嵘的评价标准,特别是对东晋陶潜诗列为"中品"颇有争议,但是基本上还是获得认可的。在《诗品》的序言里,钟嵘简要回顾了从五言诗的最早起源直至陈代的历史发展,包括一些与自己同时代的诗人。评价诗人时,钟嵘往往对其思想追本溯源,然后才给出定论。

　　钟嵘《诗品》的分类方法如今看来非常僵化,然而在当时的文学批评中应该是比较流行且公正的,类似的分类方法甚至在古希腊及拉丁文学批评中也常常使用。阿里斯托芬也许是西方第一个严肃的批评家,他也使用和钟嵘一样的方法把诗人分为三六九等。钟嵘的评述也许稍显主观感性,但是他提出了一些文学批评问题,这些问题至今我们仍会碰到。和阿里斯托芬一样,他要求诗歌简洁。那么,我们到底应该以何种标准来衡量诗歌的优劣? 又以何种依据来评判诗歌呢? 我想如果钟嵘没有给出以上问题的答案,但他至少给同时代的人以及后来的诗论家在文学评论上提出了一些建设性的意见。

　　总之,中国古代文论家对诗的本质特征的认识,亦即对"诗言志"的思想推崇备至。但是,"诗言志"的思想在强调直抒胸臆的同时,也表达了政教抱负,后者在一定程度上削弱了诗歌的抒情性,同时又不可避免地使诗歌沦为道德说教的工具。由此不难理解,为什么在中国文学发展中,那些往代经典总会被视为文学作品的典范,尽管批评家也明白,文学的发展应该顺应时代的变化。除此之外,强调文学创作表现新内容的思想,并非理论家的玄想,而是每一位有创造性的艺术家个人审美体验的结果。而表现"新内容"的艺术"创造性",则是几乎所有作家和评论家都认可的一种文学律则,这种律则强调创作者的先天禀赋和后天努力应相互结合。刘勰对此也尤为认同。

刘勰(465—522 年),字彦和,祖籍东莞莒县(今山东莒县)。其父早死,家境贫寒,由母亲独自抚养,二十岁左右母亲去世。刘勰一生未婚,部分原因由于家贫,更重要的原因则是他对佛教的浓厚兴趣。据说他曾协助定林寺(金陵名刹,位于南京市江宁区方山)的僧侣撰写经文,还参与过佛教经典《弘明集》的编纂,其中的《灭惑论》由他执笔。相关记载表明,《文选》的作者萧统以及诗歌声律的倡导者沈约都对刘勰的文学才能赞赏有加,但在二人的自传中却均未提及。《文心雕龙》的写作年代应在南齐末年,但因为刘勰生活在梁代,因此他大致被归到这个时代,而他的自传也被归入《梁史》之中。梁武帝命刘勰帮助僧人慧震在定林寺刊刻校印佛经。然而一俟任务完成,他便决意归化,请求剃染,赐名慧地。剃度不久,湛然圆寂。

现代一些作家认为刘勰的古典主义动机是利用权威来"钦定"自己的观点,即以复古为名,以改革为实。然而更多人认为刘勰看重古典主义更甚于当时文坛盛行的反古倾向。在此笔者欲先对刘勰的古典主义作一简要论述,再对其理论批评进行研究,最后试着探究古典主义在他著作中的地位以及他之所以被称为古典主义者的缘由。

刘勰的古典主义思想主要体现在《文心雕龙·序志》篇中。他提到写作的动因和目的之一便是他执着地尊儒崇圣,曾以为孔子"垂梦"给他,乃"怡然而喜",向往"注经",以"敷赞圣旨"。唯因"马郑诸儒,弘之已精",故转而论述文章的写作。他还提到自己决意研究文学批评也是因为受到"唯文章之用,实经典枝条""详其本源,莫非经典"观念的影响。针对当时文章"言贵浮诡,饰羽尚画"的浮夸之风,他以"辞训之奥,宜体于要"为宗旨,以纠正不正之风为己任,"搦笔和墨,乃始论文"。因此他说:"盖《文心》之作也,本乎道,师乎圣,体乎经。"无怪乎《文心雕龙》开篇即为《原道》,接着是《征圣》,其次为《宗经》。

开篇《原道》，刘勰创造性地专论"文"的起源问题，鲜明地提出了"文"源于"自然之道"的观点。这一点刘勰似乎接受了代代相传直至孔子在《十翼》（孔子对《易经》的评价）中完成的论点。孔子承继圣人之业，决胜前代，通过编修"六经"，接续圣人之道。

第二篇《征圣》，刘勰征验孔子的权威话语，强调了往代经典对文学形式所具有文学功用的积极肯定，并且突出了文学形式的优美对于其内容传达政治教化的补益作用。本篇标举了六经中的形式风格（literary style），认为圣人文章具有"或简言以达旨，或博文以该情，或明理以立体，或隐义以藏用"四种繁、略、隐、显的基本写作方法，为我们提供了典范。

第三篇《宗经》把"经"奉为文学本体，认为经书体现了绝对的、永恒的道理。它们的内容能够陶冶人的思想感情，其文辞也切合文章写作的规律，即所谓"义既埏乎性情，辞亦匠乎文理"。在刘勰看来，如果一个人精通经书，那么他的语言自然就会深刻，就好像"万钧之洪钟，无铮铮之细响矣。"而后世产生的各种文体，都出自于经书。如果写文章能够效法经书，那么文章就有了用之不尽取之不竭的资源，写出来的文章自会带有六大优点：一是感情深挚而不诡谲，二是文风清新而不驳杂，三是叙事真实而不荒诞，四是义理正确而不歪曲，五是文体精约而不繁芜，六是文辞华丽而不过分（即《宗经》篇所谓"一则情深而不诡，二则风清而不杂，三则事信而不诞，四则义贞而不回，五则体约而不芜，六则文丽而不淫。"）。

除了前三篇提到的经书，刘勰在第五篇《辨骚》（对以屈原之《离骚》为代表的楚辞进行辨析和评论）中，提出了传统经书之外的"骚"体，实际上亦继承了《风》《雅》经典之传统。针对《离骚》是否配享经典的争论，刘勰认为，《离骚》与经典相比较，有"四同"与"四异"。所谓"四同"，即指（"陈尧、舜""称禹、汤"的）"典诰之体"；（"讥桀、纣""伤羿、浇"的）"规讽之旨"；（"虬龙以喻君子，云霓以譬谗邪"的）"比兴之义"；（"每一顾而掩涕，叹君门之九重"的）"忠怨之辞"。所谓"四异"，则是指（"托云龙，说迂怪，驾丰隆求宓妃，凭鸩鸟媒娀女"的）"诡异之辞"；（"康回倾地，夷羿蔽日，木夫九首，土伯三木"的）"谲怪之谈"；（"依彭咸之遗则，从子胥以自适"的）"狷狭之志"；（"士女杂坐，乱而不分，指以为乐，娱酒不废，沉湎日夜，举以为欢"的）"荒淫之意"。

第六篇《明诗》是关于诗歌的本质特征的讨论，刘勰继承《楚辞》中对诗歌的描述,即"诗言志,歌咏言"之说,认为诗歌是"感物言志"的,亦即诗歌要表现在外物的触发后所产生的思想感情。在本篇中,刘勰重申了孔子对《诗经》"思无邪"评论的观点,赞成孔子对诗歌实用性的主张,对《毛诗序》里提到的诗歌反映社会政治也表示了认可。同时,刘勰也提出,随着社会的发展,诗歌会走向衰落并与前圣的观点相去甚远的看法。为了证明此观点,刘勰批评了正始年间(240—248 年)推崇道家玄学思想的诗风。

《明诗》篇同时讨论了"诗"与"赋"的关系,认为"乐府"诗是在"雅声浸微"的情形下产生的,"赋"则是《诗经》中包含的"六艺"(指风、雅、颂三种文体和赋、比、兴三种表现手法)之一。刘勰的总的看法是:"赋"源于《诗经》,乃"古诗之流也"。

刘勰对经书的引用非常多,尤以《诗经》为甚。《比兴》篇专门援引传统经书以彰明经典的根本精神问题。然而若要进一步印证刘勰的古典主义思想,还需对他的文学批评观念继续展开讨论。

需要注意的是,此处所言的"文学批评",是从最广义的角度讲的。"文学批评"的涵义包括文学历史、文学理论、文学鉴赏和批评,而刘勰将三者交织在一起,使其讨论内容看似杂乱实则具有内在的统一性。

关于《文心雕龙》一书的写作动机,我想应该主要归于刘勰对当时的绮靡文风以及文学批评不够系统与完整之不满而作。在《序志》篇中,他特别回顾了前人的批评作品并给出了自己的独特见解。比如他评价魏文帝(曹丕)、陆机、挚虞的作品是"各照隅隙,鲜观衢路","并未能振叶以寻根,观澜而索源。"上述评判,实际上充分显示了刘勰敏锐的思想与深刻的批判精神,无愧于当时最杰出的批评家称号。此外,他评价陆机的《文赋》是"号为曲尽,然泛论纤细,而实体未该。"(见《文心》《总术》篇,意为尽管号称对文章写作的论述要曲尽其妙,其实只是一般化地谈论了些细枝末节,而没有抓住主要问题进行全面翔实地阐发。)这些文学批评的弊症,促使刘勰萌发了要总结一套全面系统的文学批评原则的想法。

刘勰对批评家的看法很有趣。他认为一个合格的批评家首先务必加强修养,广泛观赏作品,提高自己的鉴赏水平,才能对文学作品的根本价值具有敏锐的判断。他说:"凡操千曲而后晓声,观千剑而后识器;故圆照之象,务先博观。"不仅如此,刘勰还进一步指出,批评家除了要加强自己的修养外,还必须懂得欣赏和批评文学作品的具体方法,知道怎样去判断文学作品的优劣,这就是他的"六观"说。"六观"也就是"披文以入情"的途径与方法:一观位体,就是要考察文学作品的体裁风格与它所包含的情理是否互相契合;二观置辞,就是要考察文辞运用是否能充分表达内容;三观通变,就是要考察文学作品在继承和革新方面是否做到在通的基础上有变,能否"望今制奇,参古定法";四观奇正,就是要考察作品内容是否纯正,形式是否华美,以及两者的关系安排得是否妥当,是否做到《辨骚》篇所说的"酌奇而不失其真,玩华而不坠其实",是"执正以驭奇",还是"逐奇而失正";五观事义,就是要考察文学作品中所描写的客观内容与作家主观情志是否协调统一;六观宫商,就是要考察文学作品的声律是否做到了有和、韵之美。在刘勰看来,批评家只有具备了这六种能力,才能读懂作品的审美内涵。然而刘勰同时也指出,"知音其难",因为"夫古来知音,多贱同而思古"。如果作品不被人欣赏,那它的价值就丧失了一大半,因此有鉴赏力的批评家对文学作品价值的实现有着极其重要的作用。

刘勰认为文学的本源在于"道法自然"。和贺拉斯(公元前65～前8年,古罗马诗人)类似,他也认为文学既美好又实用。刘勰看似强调实用,而兴趣实在美好。我们可以从《文心雕龙》《序志》篇中所言获得佐证:"岁月飘忽,性灵不拘,腾声飞实,制作而已。"刘勰的这种实用观点和对纯文学的浓厚兴趣其实是相互一致的,他的纯文学兴趣,在《文心雕龙》的书名上就可见一斑。对于"书名"的含义,他作了解释:"夫'文心'者,言为文之用心也。"至于"雕龙",则是指文采的修饰,因为"古来文章,以雕缛成体"。虽然刘勰此处的"文"是从广义上讲的,然而我们从他对文学的相关讨论中可以看出,他所谓的"文",主要还是指"文学"这一概念的。

至于诗文的发展,刘勰多有论述。他认为文学是随着时代的变化而发展变化的,所谓:"时运交移,质文代变。""故知文变染乎世情,兴废系乎时序,原始以要终,虽百世可知也。"因此,每一种文学形式都是与当时的时代精神相匹配的。当时代发生了变化,文学形式也跟着发生变化。刘勰的这一说法解释了为什么不同时代有着不同的文学流派。除此之外,刘勰还反复强调一个时代的道德政治对文学风格的影响作用。

关于文学流派,仍然需要注意的是,当刘勰把讨论对象从文学的倾向转到文学流派时,他提出了每个流派的文学形式都是由一些共同点决定的观点,并对文学流派作了比较严格的归类。这表明,他忽视了时代的变化会引起文学流派概念的变化这一重要问题。但另一方面,即使是最无心的读者也会发现,他对文学流派的分类其实也是模糊的,它们之间并非彼此孤立,而是相互联系、相互交叠的。

《文心雕龙》对很多作家及其作品都做了评价,而我们最该搞清楚的则是刘勰作出评价的标准和依据。这些标准概括起来大致包括以下几点:(1)天赋才华,(2)充沛情感,(3)文体风格,(4)道德品质,(5)学术修养,(6)主题内涵,(7)声律类型。刘勰甚至把这七条标准定为批评准则。在《情采》篇,他提出文采的机理包括三个方面的内容:形文,就是五色;声文,就是五音;情文,就是五性。同时他还把批评标准归为四类:作品的情感态度,这是文学的精神所在;内容和原则,这是文学的精髓;语言形式,这是作品的血肉;声律类型,这是作品的声音和呼吸。这些要素以及它们之间的关系在《文心雕龙》里都有详尽的阐述。然而考虑到刘勰从未对某一要素进行孤立的论述,因此笔者首先对这些要素的关系展开讨论,或许是明智之举。

考虑到这些文学要素彼此关联的重要性,刘勰对它们的关系作了异乎寻常的平衡。他兼顾作品的情感和逻辑,语言形式的优美以及情感内容的丰富,把这些要素完美地结合在一起。在《情采》篇中,他说:

> 文采所以饰言,而辩丽本于情性,故情者文之经,辞者理之纬;经正而后纬成,理定而后辞畅。此立文之本源也。

而刘勰之所以尊重古典诗歌,原因在于这些诗歌都是基于作者自身的情感而表现出来的文学形式,这与后来的诗人不惜"为文而造情"构成了显著的不同。文学形式本身并无虚假与真实之分,虚假的只是徒有形式而无情感的文学。在《物色》篇中,刘勰就认为,作者的创作是源于自然景色而生出的"情"的外化,所谓"岁有其物,物有其容;情以物迁,辞以情发"。就是说,一年四季各有其不同的自然景物,而各种景物又呈现不同的容貌;写作时,需要作者的感情随着自然景物的不同而变化,其文辞的征引又是由情感的激动而生发。考虑到前人之语已不足于描绘这些丰富多变的情感,刘勰要求好的文学作品须有优美的文采,实现情感的重要性和文学表达的重要性的相互匹配。为了证明文辞美的重要性,刘勰不惜援引圣人之作:"圣贤书词,总称'文章',非采而何?"由此可见,刘勰对经典诗文格外推崇,于他而言,"文附质也",即文采要依附于一定的质地;"质待文也",即质地也需要一定的文采。

刘勰不仅提倡文采,也看重夸饰。他在《夸饰》篇借用孟子之言"说'诗'者不以文害辞,不以辞害志"来为自己的思想辩护。刘勰强调文采与夸饰的重要性在于,他看到了文学的真正功能在于通过优美的文采来打动读者的心灵。

在对乐府诗的讨论中,刘勰揭示了音乐与诗歌的紧密联系。他说,"诗为乐心,声为乐体。乐体在声,瞽师务调其器;乐心在诗,君子宜正其文。"对这种关系的揭示,便于刘勰对另一重要的相近观点的表述:即音乐可以反映时代精神;通过倾听某个时代的音乐,可以判断出那个时代的人文风貌。这样,诗歌与音乐通过相同的功能而紧密地联系在一起。

在刘勰看来,如果作家能把上述文学要素融入到充满真实情感和优美音律的诗文之中,同时还能遵守其移易风俗的教化作用,实乃天资使然。然而如果天资不足,那么作家就须具有深厚的文学积淀和修养,并使自己的文学风格与天赋自然结合,通过后天的努力与学习,创作出优秀的作品。同时,根据作家个性才气的差异,可以形成诗文不同的文学风格。刘勰在《体性》篇中将此风格归为八种:"一曰典雅,二曰远奥,三曰精约,四曰显附,五曰繁缛,六曰壮丽,七曰新奇,八曰轻靡。"虽然很少有人能同时掌握这八种风格,但是作家可以通过学习、摹拟各种风格来养成自己的创作习惯,以适应自己的天赋和才气。

关于作家的才气,《文心雕龙》的《风骨》篇作了专门论述。在刘勰看来,"风"是抒情性的,"骨"则是精神力量,二者的关系如他所言:"是以怊怅述情,必始乎风;沉吟铺辞,莫先于骨。""风"使语言生动,"骨"使语言充满力量。关于"才气"问题,刘勰还援引了魏文帝(曹丕)的"文气说",根据该学说,"文以气为主,气之清浊有体,不可力强而致。"由此见出,刘勰和曹丕在"才气"的先赋性而非后天形成的观点上,是持一致意见的。刘勰与曹丕的不同在于,尽管强调天赋才气很重要,但那也只是创作的一部分,另一部分仍然要依赖后天的经验和学识;若非纵览群书,积累经验,一个人即使天赋异秉,也不可能有生花妙笔。

刘勰还说明了"才气"与"想象"的关系,认为才气离不开丰富的想象。在文学创作中,想象指称的是思想之间的联系,是善用比喻的能力,而这种能力却不能通过后天习得。就像古代名厨伊尹以及那个叫扁的车轮工匠一般,前者不能将自己的烹饪技巧流传下去,后者无法教会别人如何正确挥舞斧头。因此在刘勰看来,作家无法将自己的才气教授给别人。

刘勰在讨论比兴、丽辞等修辞手法时亦体现了卓越的分析才能。他对比兴的论述包括我们如今称之"拟声"的类比。而他对"丽辞"(大致相当于现在的对偶或对仗)的归类则有发轫之功。

刘勰坚定文学作品中真情实感自然流露的重要性,倾向于文学创作的"自然之道"。由此也见出,他在开篇《原道》中追溯文学起源的做法并非偶然。在刘勰看来,正是借由自然,我们有了七情六欲;概因自然之永恒,我们的情感才会被连带触发。既然情感被触发,那么自然地,我们又用中肯的语言来表达自己的自然情怀。如果我们顺应情志,那么内在情感就会决定作品外在的形式和风格,实现"为情而造文",而非"为文而造情"的结果。也正是通过与自然的相通,我们才发现精神世界无限丰富。总之,在刘勰看来,如果违反自然,那么最终我们只会外伤神志、消耗生命。这也正是《养气》篇所要表达的思想:写作要顺应自然。从理论渊源来看,"顺应自然"的思想很明显继承了孟子的"养气说",二者都认为要保持精神"虚静",认为要在闲暇时来磨砺才华的锋芒,使笔锋如新磨的刀刃,即达到"刀发如新"的效果。

现在,当我们回过头再来审视刘勰的"古典主义者"身份时,我们不妨看看他对"古典主义"到底持何种态度。刘勰视古典著作为所有文学流派的源头,并对其中蕴含的正统思想表达了崇高的敬意;他对经典作品的评价毫无陈词滥调之意,而是充满了真挚的赞美之辞。特别值得注意的是,他在评价《离骚》时,一方面肯定其诗歌地位,另一方面又在和《雅》《颂》相较时对其作了贬低,确信该诗已经脱离《诗经》传统而走向独立。我们似乎有理由认为,在重申诗歌的功能及其传统时,刘勰的理论似乎更多是习惯使然而非自我信仰。而他关于文学的发展要与时代相适应的观点,认为每一时代都赋予文学特定的要求以及新的视角的看法,却与经典观念完全相悖。他的顺时而变的文学原则与他所推崇的回归经典的观点,在整部《文心雕龙》中表现得同等重要。我们可以看到,他在劝诫人们效法经典的同时,又谴责当时盛行的"崇古抑今"的不良风气。总之,从《文心雕龙》的总的立场来看,我们可以确定,刘勰的宗经保守是习惯使然,而他的创新进步则是信仰所致。他看似推崇经典,实则用心研习纯文学的相关要素。

他评价经典时亦更多从文学欣赏的角度出发,而不是停留在道德说教上。于他而言,经典之所以重要是因为它们的文学价值,但文学价值的实现却并不需要遵从经典。

刘勰在《文心雕龙》第二部分讨论文学要素时摆脱经典的魄力让人叹服。他几乎只专注于研究纯文学的相关问题。文章的门类"数穷八体",只有第一体的"典雅"以经典著作为范式,涉及了《楚辞》和《诗经》。而之后在评论作家及其作品时,"典雅"一词就仅指"高雅""优雅"了。由此可见,无论刘勰认为经典著作的价值是什么,在其众多的文学价值里此类价值是唯一的。刘勰的重要贡献在于:他使经典去掉了神秘的光环,成为可敬而又触手可及的文学作品。通过对以上刘勰文学观的整体分析,我们不难看出,他对经典和其他文学要素的态度并无根本差异。因此,若是客观地看待刘勰的批评思想,就不会轻易称他为"古典主义者"了。

刘勰似乎将其所有的文学思想和观点都放进了《文心雕龙》一书。在该书中,我们很明显地可以看出,刘勰通过大量的阅读,评述了前人的思想并形成自己的观点。他本人才华横溢,精通六朝文学的华丽风格,喜欢用结构平衡、辞采华丽、声律优美的语句来表达意见。因此,当我们阅读他的作品时,不仅为这部巨著的思想内容所折服,而且为其优美的文辞、与无与伦比的风格赞叹不已。

如同《知音》篇中所言,文学作品只有通过读者的鉴赏才能彰显其美的价值,亦即:"夫缀文者情动而辞发,观文者披辞以入情,沿波讨源,虽幽必显。"如果我们将这一阐述应用到《文心雕龙》之中,其文辞之美必然显豁无疑。同时,我们也会发现,《文心雕龙》确实在同时代文学评论中位居翘首。即使是南朝时期的大文豪沈约,也将《文心雕龙》置于案首。唐代著名的史学家刘知己(661—721年)在他的《史通》里,则视刘勰为六朝文学成就的最高代表。宋朝诗人黄庭坚(1045—1105年)认为想要从事文学创作的人,必读刘知己的《史通》和刘勰的《文心雕龙》。明朝的文学批评家胡应麟(1590年—1650年)甚至认为,《文心雕龙》高于《史通》,位居上品之上。

到了清代,《四库全书简明目录》的编纂者对《文心雕龙》也有很高的评价,认为《文心》是首部集文学理论、修辞原则等重要文学要素为一体的文学批评巨著。另一著名史学家章学诚(1738—1801年)在他的著作《文史通义》(与刘知己的《史通》地位一样重要)中,对刘勰的《文心雕龙》也充满了溢美之词。一代文宗阮元(1764—1849年)身居高位,满腹经纶,也高度评价刘勰为"文法"的首创者。

到了1941年,著名书志学家傅增湘指出,《文心雕龙》对文学发展问题的研究,犹如文学世界的一盏指明灯,是所有作家和学者的学习指南。1946年,古典文学专家傅庚生在其著作《中国文学批评通论》里谈到《文心雕龙》时也有类似评价,认为《文心》是一部涉及范围非常广泛的综合性批评著作,其思想深刻缜密,重点突出,理论性强;具体文学论述概念清晰,富有逻辑,归类系统,堪称整个中国历史上最伟大的文学批评著作。当然,除赞誉之声外,也有一些批评的声音,比如南宋的晁公武就曾批评过刘勰作品中某些叙述的事实失准问题。当然,大部分作者都对刘勰抱有无可置疑的敬意。

在"导言"结束之前,笔者欲对中国文学批评研究中时常会遇到的一些困难,以及如何克服这些困难等问题,作一简要论述。首要困难便是如何准确把握众多作家以及批评家提出的各类文学术语问题。一般而言,几乎所有的汉语词汇在不同的语境下都会有不同的含义,文学批评中更是如此。因此,若是不能准确理解特定语境下特定词语的含义,那么对其进行翻译就难以下手。如果这种困难来源于有些作家在表述自己的思想时,由于还未形成自己的独特思想,便用一些便捷术语随意书写,那么解决这个困难就难上加难。虽然我们不可否认,语言是不断发展的,其在不同时期往往有着不同的含义,然而相对于特定时期,为了避免概念所指的混乱,某一特定词语务必具有稳而准确的含义。对于语言亦随境迁所带来的理解困难,解决的方法之一便是参考语境,限定其义。这与英国文学评论家I.A.理查兹研究孟子时所使用的方法类似。笔者也希望有朝一日能有幸加入到这一研究方法行列中去。

二、施友忠《文心雕龙》译本评价

在施友忠翻译出版《文心雕龙》的1959年,《哈佛亚洲研究》杂志同期发表了哈佛大学东亚系教授海陶玮的书评文章。文章首先对《文心雕龙》一书作了历史定位与文学评价:"毫无疑问,刘勰《文心雕龙》是最重要的中国文学理论著作,其规模宏阔,影响及至中国后世所有的文学写作。"①"之所以言其重要,不仅是由于其影响巨大,而且由于其本身的美学风格。"②之后,对施友忠译本作了一分为二的评价:"施友忠的译本是第一个完整的外文译本,他将《文心雕龙》从文言文本径直翻译为英语文本的工作,可以说是开创性的。"③"(在译文之前),译者写了35页的导言,述及刘勰之前整个中国文学理论的发展脉络,并格外强调了中国文学的独特性,亦即讽喻与教化。"但是,海陶玮同时指出,"这种写法很容易误导读者,对于专业读者与非专业读者都不讨好,因为前者可能并不认同译者对中国文学独特性的认识,后者则容易对其概述产生困惑,特别是当他们用西方文论的技术性术语来理解中国文学语境中的问题时,情况便尤为如此。"④

海淘玮不仅认为施友忠在译本之前长篇作序的译法有失妥帖,而且认为施友忠的翻译细节亦值得商榷。比如,"译本存在着众多对英语语言风格的不恰当运用,逐字(over-literal)式翻译的费解、缺乏必要与充分的注解及说明等等弊病。这些弊病,显然难以满足专业汉学研究的需要。"⑤"仅仅如下问题就足以表明,施氏译本难以让人信服:首先,译者将原作中的'尾记'挪至译本'前言'的位置,虽然看起来是要在开篇即界定何为'文心'(literary mind)问题,但将'文心'

① James R.Hightower,Book Reviews,The Literary Mind and the Carving of Dragons by Liu Hsieh,A Study of Thought and Pattern in Chinese Literature,Translated with an Introduction and Notes by Vincent Yu-chung Shih.New York:Columbia University Press,1959.*Harvard Journal of Asiatic Studies*,1959.22,p.280.

② James R.Hightower,Book Reviews,The Literary Mind and the Carving of Dragons by Liu Hsieh,A Study of Thought and Pattern in Chinese Literature,Translated with an Introduction and Notes by Vincent Yu-chung Shih.New York:Columbia University Press,1959.*Harvard Journal of Asiatic Studies*,1959.22,p.280.

③ James R.Hightower,Book Reviews,The Literary Mind and the Carving of Dragons by Liu Hsieh,A Study of Thought and Pattern in Chinese Literature,Translated with an Introduction and Notes by Vincent Yu-chung Shih.New York:Columbia University Press,1959.*Harvard Journal of Asiatic Studies*,1959.22,p.281.

④ James R.Hightower,Book Reviews,The Literary Mind and the Carving of Dragons by Liu Hsieh,A Study of Thought and Pattern in Chinese Literature,Translated with an Introduction and Notes by Vincent Yu-chung Shih.New York:Columbia University Press,1959.*Harvard Journal of Asiatic Studies*,1959.22,p.282.

⑤ James R.Hightower,Book Reviews,The Literary Mind and the Carving of Dragons by Liu Hsieh,A Study of Thought and Pattern in Chinese Literature,Translated with an Introduction and Notes by Vincent Yu-chung Shih.New York:Columbia University Press,1959.*Harvard Journal of Asiatic Studies*,1959.22,p.283.

一词界定为'The literary mind is that mind which strives after literary forms',对于一篇标题即为'The Literary Mind and the Carving of Dragons'的论著而言,显然有同语反复之嫌。"不仅如此,在海陶玮看来,译者的这种译法,并未切中刘勰原作中对"文心"的基本界定:

> "夫文心者,言为文之用心也。"刘勰的重点显然在于这个意涵丰盈的"文"字上,他在原作中枚举中国古代涓子用过"琴心"、王孙用过"巧心"来为自己论著何以题为"文心"作补充说明,即是出于这种考虑的明证。因此,施氏将"文心"译为"literary mind",显然难以传达出原作中"心"的丰富意涵。①

> 其次,施友忠译本开篇中的"注释2",对"琴心"与"巧心"的解释差强人意。该"注释"这样写道:"涓子的'琴心',与王孙的'巧心',都在《汉书·艺文志》里可以找到。其中,'巧心'归于儒家学派,'琴心'归于道家学派。"虽然二书现均已佚失,但因"琴心"必与操琴之"艺术"或"堂奥"相关,因而将其归于道家无可厚非;然而,"巧心"又如何在大致前汉时期的儒家文献中就指称"艺心"(The artistic mind),译者语焉不详。实际上,只要我们参照《隋书》中对王孙的相关记录,就可明白"巧心"实意指"艺术才赋"(The Art of Statesmanship),其中"巧"主要作褒义理解,是"有技巧的"(skillful)、"颖悟的"(clever)之义。虽然施氏将"巧心"译为"艺心"的做法无害于对当下译本的理解,但却可能误导人们对前汉时期审美主体(status)的理解。②

> 第三,虽然施氏对"雕龙"(Dragon carving)的翻译无可指责,但其对"雕龙"的"注释",却使人怀疑,他根本没有理解刘勰"雕龙"的本义。该"注释"说:"'雕龙'一词,初被驺奭用来描述文章的藻饰,《史记·荀卿列传》说,

---

① James R.Hightower,Book Reviews,The Literary Mind and the Carving of Dragons by Liu Hsieh, A Study of Thought and Pattern in Chinese Literature,Translated with an Introduction and Notes by Vincent Yu-chung Shih.New York:Columbia University Press,1959.*Harvard Journal of Asiatic Studies*,1959.22, p.284.

② James R.Hightower,Book Reviews,The Literary Mind and the Carving of Dragons by Liu Hsieh, A Study of Thought and Pattern in Chinese Literature,Translated with an Introduction and Notes by Vincent Yu-chung Shih.New York:Columbia University Press,1959.*Harvard Journal of Asiatic Studies*,1959.22, pp.284-285.

齐人称颂驺奭为'雕龙奭';汉代刘向认为,驺的文采好像雕刻龙的花纹一样,故得'雕龙奭'之名。"这种注疏表述,好像是要将刘勰使用的"雕龙"一词,与驺奭联系起来;但实际上,刘勰说得很清楚:"古来文章,以雕缛成体,岂取驺奭之群言'雕龙'也?"不仅如此,刘勰在后文中还反对驺奭式的对文章的"雕饰",特别是过度雕饰(over-elaboration),以此希望自己的作品能不朽于世。①

第四,译本还存有一些技术性的错误,让人对译本的严肃性产生怀疑。一般而言,学术著作的翻译常常要求译者对原作译本现状作出介绍,或者至少对译本依托的原作版本作出甄别。史氏译本显然以范文澜的《文心雕龙注》为底本,并参照了王利器校本,但译者只在部分注释中提及个别译文来源,并未明确译本原作来源,这对于范、王二人显然是不公允的。不仅如此,译本也未提斯波六郎(Shiba Rokurō)于1950年出版的《文心雕龙索引》及巴黎大学汉学研究所于1952年出版的《文心雕龙新书通检》与原书的一致性问题——既然二者均受到王利器的批评,那么译者就应该参照日本学者斯波六郎于1952年发表的非常有价值的《文心雕龙范注补正》来对此作出甄别。②

此外,译本还存有一些词译拼写的疏误,比如将"Ch'ing-hsin"误写为"Ch'in-hsin","wei-chuan"误写为"wai-chuan","Hsüeh-tsin"误写为"Hsüeh-chin"等等。③

---

① James R.Hightower,Book Reviews,The Literary Mind and the Carving of Dragons by Liu Hsieh, A Study of Thought and Pattern in Chinese Literature,Translated with an Introduction and Notes by Vincent Yu-chung Shih.New York:Columbia University Press,1959.*Harvard Journal of Asiatic Studies*,1959.22, pp.285-286.

② James R.Hightower,Book Reviews,The Literary Mind and the Carving of Dragons by Liu Hsieh, A Study of Thought and Pattern in Chinese Literature,Translated with an Introduction and Notes by Vincent Yu-chung Shih.New York:Columbia University Press,1959.*Harvard Journal of Asiatic Studies*,1959.22, p.287.

③ James R.Hightower,Book Reviews,The Literary Mind and the Carving of Dragons by Liu Hsieh, A Study of Thought and Pattern in Chinese Literature,Translated with an Introduction and Notes by Vincent Yu-chung Shih.New York:Columbia University Press,1959.*Harvard Journal of Asiatic Studies*,1959.22, p.287.

第二章　吉布斯《文心雕龙》研究

美国华盛顿大学唐纳德·阿瑟·吉布斯（Donald Arthur Gibbs）的《文心雕龙》研究，主要表现在他于 1970 年完成的博士论文《〈文心雕龙〉中的文学理论》中。吉布斯 1931 年出生于美国科罗拉多州，1956 年毕业于美国俄勒冈大学并获政治学学士学位，1956 年至 1958 年在中国台湾省立师范大学担任授课教师（Instructor），1958 年至 1960 年在日本北九州大学担任讲师，1960 年至 1965 年在美国华盛顿大学"远东与俄罗斯研究所"担任研究员，1965 年后在华盛顿大学"中国与日本语言文学系"担任助理教授，1970 年，在该校获得博士学位。①

论文分为两大部分，第一部分为正文，列为七章，分别是：

第一章：《文心雕龙》的方法；第二章：《文心雕龙》的谱系；第三章：原道：《文心雕龙》起源论；第四章："道"作为文学理论的起源；第五章：《文心雕龙》写作技术（mediation）；第六章：客观主义文学批评；第七章：实用主义文学批评与模仿观念；第八章：《文心雕龙》的作者。

论文第二部分为附录，收录了与论文关系密切的两个论题，分别是：（1）《刘

---

① 华盛顿大学博士答辩委员会对其博士论文的评阅意见是："刘勰的《文心雕龙》，是公元 6 世纪早期中国最杰出的文学批评文本，其内容广泛，在文学批评与诗学方面尤多精论。吉布斯以现代文学批评的观念与体系为基础，以艾布拉姆斯《镜与灯》为视角，将刘勰及早期中国文学批评的众多话语置入一个完整和谐的话语体系中，从而使刘勰的文学批评观念与现时的文学批评观念形成不无张力的对照。论文借此揭示了刘勰文学批评的不同方法，特别是其实用主义与表现主义的方法，而这些方法，又与西方的文学批评方法多有重合之处。作者认为，刘勰的文学标准与意识形态立场在于其强调文学的政治性与宗教性。""从论文的文献与写作情况来看，作者对刘勰的基本文献非常熟悉，对刘勰时代的总体性文学批评观念与文学发展趋势认识到位，对作者所处时代的文学批评发展趋势也有较好把握。论文较好地展现了作者对中国文学传统与世界文学批评体系中刘勰文学批评的创造性理解。"参见 Gibbs，D..*Literary Theory in the Wen-hsin Tiao-Lung*，PhD dissertation，University of Washington，1970，Title Page，p.2。

勰〈灭惑论〉概要:关于宗教问题的讨论》,(2)《关于〈文心雕龙〉注释文献的汇集》

一、《文心雕龙》的方法

在氏著第一章中,吉布斯首先分析了《文心雕龙》写作的目的:为了挽救日益垂危的文学趋势,刘勰聚拢了迄至他的年代最有生命力的文学观念,以使文学的发展重新回归理想的传统。① 在吉氏看来,虽然《文心雕龙》在过去的中国文学批评中享有无上的荣光,但是不可否认的是,它在世界文学的群体中,尚不为人所知。②

对于一个完成于公元 6 世纪的中国文学批评文本来说,理解它的困难不言而喻。最大的困难在于:我们今天的理解者缺乏一套与《文心雕龙》相对应的范畴系列。"《文心雕龙》作为一种典型的早期中国文学理论文本,它植根于中国文化与文学传统,从多个方面阐释了理想文学的标准,一如其他古老文化中的早期文学文本那样。"③"刘勰运用中国文学史的批评眼光,对过往的作家作品作出批评鉴赏,对其同时代的作家及未来作家的创作给出实践性与伦理性的写作建议,从而确立了一套文学创作的自然法则与规范,使文学的修辞要素与形式传统有机统一起来。"在吉氏看来,"我们只有将《文心雕龙》视为一种基于中国中古时期文学创作的内在理论诉求与写作规范,并且认定它本身具有理论的自足性,才能对其作出客观的评价,才能认识到其对中国文学与世界文学的贡献。"④吉氏对《文心雕龙》文学性身份的厘定表明,他既将《文心雕龙》视为中国文学理论的典范,也看作是世界文学的范例,从而赋予了《文心雕龙》文本以中国文学理

---

① Gibbs,D.. *Literary Theory in the Wen-hsin Tiao-Lung*,PhD dissertation,University of Washington,1970,p.1.

② Gibbs,D..*Literary Theory in the Wen-hsin Tiao-Lung*,PhD dissertation,University of Washington,1970,p.1.

③ Gibbs,D..*Literary Theory in the Wen-hsin Tiao-Lung*,PhD dissertation,University of Washington,1970,pp.3-4.

④ Gibbs,D..*Literary Theory in the Wen-hsin Tiao-Lung*,PhD dissertation,University of Washington,1970,p.4.

论与世界文学理论的双重身份。

在对《文心雕龙》作出理论定位后,吉氏阐明了自己撰写博士论文的基本方法:援引艾布拉姆斯在《镜与灯》中提出的文学批评四要素理论,即"作品""作家""世界""读者"理论,对《文心雕龙》展开批评研究。吉氏认为,艾布拉姆斯文学批评四要素说,实际上可以理解为从四个不同的方面对文学作出的批评阐释,形成不同的文学批评理论,即:模仿论(世界导向论)(universe-oriented)、实用主义论(读者导向论)(audience-oriented)、表现主义论(作者导向论)(writer-oriented)、客观主义论(作品导向论)(work-oriented)。① 吉氏认为,虽然上述四种理论,涵盖了所有文学批评理论的可能批评视角,但在实际的文学批评中,人们常倾向于从其中的一个方面评判其价值;而对于《文心雕龙》的全面研究,实际上要求一种全面的视角,这也是吉氏何以要祭出艾布拉姆斯文学四要素理论,来研究《文心雕龙》的原因所在,因为它恰好契合了《文心雕龙》的结构内容。

吉氏认为,艾布拉姆斯提出的文学四要素理论模型,对于中古时期中国文学与文学批评的研究都是适用的。而且,唯有用此方法,才能将中西文学与文学理论放在"一个话语平台"上,讨论文学与文学理论的普遍性问题。② 如果我们从比较文学的身份立场来看,虽然吉氏是以艾布拉姆斯的文学批评框架,来阐释《文心雕龙》的结构内容,体现了典型的"以西释中"立场,但是,他同时也能将《文心雕龙》置于与西方文学批评同等的话语平台上,讨论《文心雕龙》作为文学与文学理论的普遍性问题,而并未格外突出西方文学批评的独特性,体现了其研究的世界性文学身份立场。

二、《文心雕龙》的谱系

吉氏认为,刘勰的《文心雕龙》体势宏大,范围涵盖了文学的方方面面,甚至

---

① Gibbs, D.. *Literary Theory in the Wen-hsin Tiao-Lung*, PhD dissertation, University of Washington, 1970, pp.9-10.

② Gibbs, D.. *Literary Theory in the Wen-hsin Tiao-Lung*, PhD dissertation, University of Washington, 1970, p.11.

讨论了人类与世界的起源问题。这些问题,在刘勰之前,中国文学批评已经作出过开放性的讨论,而这些讨论,都无一例外地涉及文学与政治的关系,因此我们甚至可以说,在中国,文学与政治始终相伴。① 正因为如此,中国文学的分期,常与政治发展的分期相一致;文学的主题,也常是政治关切的问题。据此,我们便可推论:在汉代之前,强调文学政治属性的文学观念表明中国文学的自律性还远未建立,文学的价值在于其实用主义的功用,而非其审美功能。② 在汉代之后,文学与政治的一体关系逐渐松弛,文学开始了向内转,高度雅化的文学语言被用以表达新的文学主题、新的文学价值与新的文学理想,汉赋即是此一转向的典型代表。③ 吉氏的判断是,这种状况一直持续到汉代晚期,它产生的直接文学后果是:文学的独立性日益增强,文学的创新与实践成为时代洪流。④

从 6 世纪开始,随着士人阶层的普遍形成,文学批评逐渐卸去其政治与社会的重担,转而思考文学的基本价值,激赏文学的独立身份,体验文学的审美属性。这样,一种全新的文学批评观念便成为士人文学努力的方向。

当然,吉氏也指出,我们不能据此就认为文学自律性的发展意味着文学外在功用的完全丧失,我们只能说,此后的文学发展,走的是一条从外在的实用主义向内在的文学作品本身转变的道路。⑤ 虽然这种趋势并非刘勰所反对,但是一俟其走向极端,就会演变为文学的感官主义(sensationalism),而刘勰对此问题的看法是:应该平衡文学的外在与内在要素,保持文学外在的严肃功用与内在审美形式的和谐统一。⑥

也正是在这个意义上,人们习惯于把刘勰认定为一个经典主义者(classicist),

---

① Gibbs,D..*Literary Theory in the Wen-hsin Tiao-Lung*,PhD dissertation,University of Washington,1970,p.13.

② Gibbs,D..*Literary Theory in the Wen-hsin Tiao-Lung*,PhD dissertation,University of Washington,1970,p.15.

③ Gibbs,D..*Literary Theory in the Wen-hsin Tiao-Lung*,PhD dissertation,University of Washington,1970,p.16.

④ Gibbs,D.. *Literary Theory in the Wen-hsin Tiao-Lung*,PhD dissertation,University of Washington,1970,p.17.

⑤ Gibbs,D..*Literary Theory in the Wen-hsin Tiao-Lung*,PhD dissertation,University of Washington,1970,p.18.

⑥ Gibbs,D..*Literary Theory in the Wen-hsin Tiao-Lung*,PhD dissertation,University of Washington,1970,p.19.

因为他反对文学偏离其基本属性与原则,而这些属性与原则,正是刘勰举以为经典作品所应体现出来的东西。但是,让吉氏略感疑惑的是:刘勰所尊奉的经典,其属性与原则到底是什么? 刘勰在《文心雕龙》中并未明确。但是,这个问题又至关重要,因为只有有了这一理论基点的设定,我们才可以谈论刘勰是否为"经典主义者"的身份。毕竟,理论家身份的确立,需以其所尊奉的基本理论立场为要件。①

三、《文心雕龙》的经典主义诗学观

在吉氏著第三章中,吉布斯首先枚举了以《论语》《左传》为代表的儒家经典诗学主张:"子曰:为命,裨谌草创之,世叔讨论之,行人子羽修饰之,东里子产润色之。"(《论语·宪问》)"仲尼曰:"《志》有之:言以足志,文以足言。不言,谁知其志? 言之无文,行而不远。"(《左传·襄公二十五年》)通过举证上述两大文学观念,吉氏力图说明:儒家经典诗学,是一种以实用价值为主、审美价值为辅的实用主义诗学观。②

吉氏认为,就文学创作的技巧而言,儒家经典诗学讲求"文"与"质"的统一。孔子说:"质胜文则野;文胜质则史。文质彬彬;然后君子。"(《论语·雍也》)在吉氏看来,儒家经典诗学的这种"文"与"质"二分法,表面上有似于西方诗学的"形式"与"内容""语言"与"语法"的对举关系,但在实质上,中国早期经典诗学,由于要服务于实用主义的目的,因而更注重"质"的一面。③ 这方面更多的例子如:"诗可以兴,可以观,可以群,可以怨。迩之事父,远之事君,多识于鸟兽草木之名。"(《论语·阳货》)"子夏问曰:巧笑倩兮,美目盼兮,素以为绚兮。何谓也? 子曰:绘事后素。曰:礼后乎? 子曰:起予者商也,始可与言诗已矣。"(《论语·八佾》)吉氏认为,这些例子都是追求实用主义诗学观的典型体现。

---

① Gibbs,D.. *Literary Theory in the Wen-hsin Tiao-Lung*,PhD dissertation,University of Washington,1970,p.23.

② Gibbs,D..*Literary Theory in the Wen-hsin Tiao-Lung*,PhD dissertation,University of Washington,1970,pp.24-25.

③ Gibbs,D..*Literary Theory in the Wen-hsin Tiao-Lung*,PhD dissertation,University of Washington,1970,p.26.

　　吉氏进一步的佐证是,上述这种关于"文"的实用主义观念,在《尚书》中表现为一种实然规范,亦即它将"文"视为自然法则之体现,从而区别于《诗经》——"在心为志,发言为诗"——的表现主义诗学观。①

　　总之,吉氏的看法是:刘勰关于"文"的观念,虽然继承了《诗经》《尚书》《左传》等中国经典诗学关于"文"的实用主义看法,但更强调"文"是一种"表现"(expression)。② 对于刘勰而言,《诗经》《尚书》《春秋》虽然具有不同的情致,其文辞和内容也都各有特色(《文心雕龙·宗经》:"此圣文之殊致,表里之异体者也"),但是,它们又都体现了一种实用主义的关切,因此,包括《文心雕龙》在内的早期中国文学批评,应该说都植根于中国经典批评传统之中并有所偏重。③

四、《文心雕龙》"道"之源

　　吉氏著第四章主要解决《文心雕龙》的源头问题。吉氏指出,刘勰不仅将自己的文学观念与中国文学的经典主义批评观念关联起来,而且进一步将自己的文学观念上溯至自然之道,视文学为内在的自然之道的外在表现。④ 他提醒我们注意,刘勰将内在情感的表达视为"道"之自然外显,从而大大提高了作为外在表现的"文"与内在情感的"质"相统一的文学在儒家经典谱系中的地位。⑤

　　正是以外在之"文"与内在之"质"为阐释框架,吉氏对《原道》篇作了细致的解读。根据吉氏,《原道》篇是刘勰用宇宙论和发生学的方法,揭示文学本质与本源,说明自己的文学观念归于儒家经典系列之合理性的重要篇章。⑥

---

　　① Gibbs,D..*Literary Theory in the Wen-hsin Tiao-Lung*,PhD dissertation,University of Washington,1970,p.31.

　　② Gibbs,D..*Literary Theory in the Wen-hsin Tiao-Lung*,PhD dissertation,University of Washington,1970,p.31.

　　③ Gibbs,D..*Literary Theory in the Wen-hsin Tiao-Lung*,PhD dissertation,University of Washington,1970,p.32.

　　④ Gibbs,D..*Literary Theory in the Wen-hsin Tiao-Lung*,PhD dissertation,University of Washington,1970,p.40.

　　⑤ Gibbs,D..*Literary Theory in the Wen-hsin Tiao-Lung*,PhD dissertation,University of Washington,1970,p.41.

　　⑥ Gibbs,D..*Literary Theory in the Wen-hsin Tiao-Lung*,PhD dissertation,University of Washington,1970,p.51.

在此基础上,吉氏细解了《文心雕龙》中文学(广义之"文")的三层含义:第一,"文"是人对自我感知与存在世界的外在表达;第二,"文"是一种相对独立的语言,是自然世界本身的外在显现与符号表达;第三,"文"是语言之美,它植根于语言创造者本身。① 在吉氏看来,刘勰的一大贡献在于,他将"文"区别于单纯"外饰"意义上的语言美化,赋予"文"以宇宙天地自然之道的本体论地位与意涵,从而防止了文学滑向唯语言扮饰的形式主义泥途;同时,他对"文"之意涵的主观性诠解,也防止了其演变为客观主义的僵冷面孔。②

吉氏为了展示宇宙论观念是如何体现在刘勰的文学理论中,举证了《原道》与《情采》篇章中的两处表述:"夫以无识之物,郁然有采,有心之器,其无文欤?""夫以草木之微,依情待实;况乎文章,述志为本,言与志反,文岂足征?"通过举证这两段话,吉氏引申说明:刘勰在文学观念的表达技巧上,善于用形象的意象来传达抽象的观念,这与欧洲浪漫主义文学运动时期理论家诉诸形象化的文学观念表达技巧颇为相似。刘勰惯于用描述性的形象(descriptive figures)阐释文学的精微义,与欧洲浪漫主义文学批评用"镜子""拓印"(seal-impression)等意象来表达文学理论的方法非常类似。③

吉氏认为,正是借助于形象的表达技巧,刘勰发展出由"作家之内美"到"作品之外美"的表现理论,并且致力于"内在"情感与"外在"形式的统一。④ 他举证刘勰的观点予以说明:"故情者,文之经;辞者,理之纬。经正而后纬成,理定而后辞畅,此立文之本源也。"(《情采》)根据此一观点,可作引申推论是:文学作品是否忠实体现作家内在之"情",应是衡量作品好评的基本依据。⑤ 在《体性》篇中,刘勰再次对这一观点加以辅证:作家情性与作品风格具有辩证关系:"触类以推,表里必符。岂非自然之恒资,才气之大略哉?""夫情动而言形,理发而

---

① Gibbs,D..*Literary Theory in the Wen-hsin Tiao-Lung*,PhD dissertation,University of Washington,1970,p.54.

② Gibbs,D..*Literary Theory in the Wen-hsin Tiao-Lung*,PhD dissertation,University of Washington,1970,pp.54-55.

③ Gibbs,D..*Literary Theory in the Wen-hsin Tiao-Lung*,PhD dissertation,University of Washington,1970,p.57.

④ Gibbs,D..*Literary Theory in the Wen-hsin Tiao-Lung*,PhD dissertation,University of Washington,1970,p.61.

⑤ Gibbs,D.. *Literary Theory in the Wen-hsin Tiao-Lung*,PhD dissertation,University of Washington,1970,p.62.

文见,盖沿隐以至显,因内而符外者也。"

在吉氏看来,如果我们作中西文学观念的比较,便可以看出,刘勰关于文学表现说的基本理论原则与观念认同,完全契合于艾布拉姆斯在《镜与灯》中对"表现理论"的含义界定,亦即将文学视为一种由作家内在之"情"到作品外在之"文"的表现过程。① 而刘勰的独特性在于,他将这种过程视为一种由"情"到"文"的自然表现过程。

现在的问题是:刘勰在多大程度上关注"情"在外化为"文"过程中的文学表现技巧,亦即写作的技术("术")问题? 吉氏在论文中举证刘勰在《总术》篇中的观点,说明了"术"在写作中的重要性:"才之能通,必资晓术";"是以执术驭篇,似善弈之穷数;弃术任心,如博塞之邀遇。故博塞之文,借巧傥来;虽前驱有功,而后援难继。"

五、《文心雕龙》之"技"

吉氏著第五章,将刘勰论述"文体"之前的部分称为"描述性"(descriptive)批评,将之后论述"文体"类型与风格史等内容称为"规范性"(prescriptive)批评。吉氏认为,在"规范性"批评中,刘勰集中讨论了文学如何实现由"内"向"外"的技术表达问题。②

出于讨论的方便,吉氏将刘勰论述文学的技术表达("术")分为三大阶段(categories):(1)写作前准备阶段,(2)写作体验与感知阶段,(3)作品省思修改阶段。③

在写作前准备阶段,涉及的作家内在素养有:"情""志""学""才""气""习""博练""博见"等,它们之间的关系,刘勰在《体性》篇中讲得很清楚:"然才有庸俊,气有刚柔,学有浅深,习有雅郑;并情性所铄,陶染所凝,是以笔区云谲,

①　Gibbs,D..*Literary Theory in the Wen-hsin Tiao-Lung*,PhD dissertation,University of Washington,1970,p.65.

②　Gibbs,D..*Literary Theory in the Wen-hsin Tiao-Lung*,PhD dissertation,University of Washington,1970,p.68.

③　Gibbs,D..*Literary Theory in the Wen-hsin Tiao-Lung*,PhD dissertation,University of Washington,1970,p.69.

文苑波诡者矣。故辞理庸俊,莫能翻其才;风趣刚柔,宁或改其气;事义浅深,未闻乖其学;体式雅郑,鲜有反其习:各师成心,其异如面。"根据如上表述,吉氏认为,这些内在要素一起构筑成一种理性情感的整体(rational-emotional complex),它可型塑作家内在的写作能力,使写作成为一种各秉其心且风格各异,具有刘勰所言的"各师成心,其异如面"(《体性》)的实践过程。①

在写作体验与感知阶段,吉氏认为刘勰是从两个相反相成的方面作出论述的,一个方面是"情感投射"(projective powers of mind),另一个方面是"物象反馈"(reactive powers of mind)。第一个方面由作家内在之"气"(intent,chih)所激发,第二个方面由物象外在的"感性"(senses)所主导。② 根据吉氏,在第一个方面,刘勰通过对"神思"问题的研究,较好地揭示了作家内在之"气"的作用过程;③在第二个方面,即对于物象外在的感性应答,刘勰在《明诗》《物色》篇章中作了形象性诠注:"人禀七情,应物斯感;感物吟志,莫非自然。""岁有其物,物有其容;情以物迁,辞以情发。一叶且或迎意,虫声有足引心。"

在作品省思修改阶段,是作家情意与物象感性进入相互生发的阶段。吉氏认为,刘勰《诠赋》篇最能揭示这一阶段的特征:"原夫登高之旨,盖睹物兴情。情以物兴,故义必明雅;物以情观,故词必巧丽。""情以物兴"与"物以情观",一为客观的形式,一为主观的形式,二者相互照应与相互生发,最终实现了文学意象的营构。④ 而刘勰之所以选择"赋"作为诠证文学创作中"神思"与"感性"的互文关系,在吉氏看来,原因可能在于刘勰认定"赋"具有典型的文体特征,易于揭示这一关系。⑤ 当然,由于文学想象的无限性与语言表达的有限性之矛盾,具

---

① Gibbs,D..*Literary Theory in the Wen-hsin Tiao-Lung*,PhD dissertation,University of Washington,1970,p.72.

② Gibbs,D..*Literary Theory in the Wen-hsin Tiao-Lung*,PhD dissertation,University of Washington,1970,p.72.

③ 值得注意的是,吉氏反对将"神思"翻译为"the spiritness""the spirituality of thought"等概念,认为这种翻译会强化"神思"一词的宗教含义而弱化其肉体关联的一面。吉氏取施友忠将"神思"对译为"imagination"的做法,但同时指出施氏的翻译容易模糊"神思"一词的源发性内涵。参见 Gibbs,D..*Literary Theory in the Wen-hsin Tiao-Lung*,PhD dissertation,University of Washington,1970,pp.72-73。

④ Gibbs,D..*Literary Theory in the Wen-hsin Tiao-Lung*,PhD dissertation,University of Washington,1970,p.76.

⑤ Gibbs,D.. *Literary Theory in the Wen-hsin Tiao-Lung*,PhD dissertation,University of Washington,1970,p.77.

体文学作品的完成,常表现为一个漫长的技术调控过程。

六、《文心雕龙》的客观主义批评标准

通过对文学技巧问题的分析,吉氏认为,我们可以归纳出刘勰关于文学创作技巧的两大基本结论:第一,作家内心情感表达的冲动是文学创作的源泉;第二,作家借助于一定的艺术技巧而使情感具象化,是文学创作完成的必经阶段。[①]但是,吉氏也指出,随着《文心雕龙》行文的发展,刘勰在后半部分标举的是一种客观主义的文学标准(Objective Consideration),也就是说,刘勰关注的重点实际上在于作家的情感状态具象化后的文学文体类型。[②]

吉氏认为,《文心雕龙》的第二大部分,是关于文体类型的研究。刘勰对每一种文体类型都制定了客观的规定性标准,将作家的使命规定为,如何按照这一标准来实现具体的文学文体类型创作。[③] 吉氏的言外之意在于要说明,刘勰对文体类型的归纳概括,均为文学类型学意义上的客观主义规定性判断,是从文学一般到文学特殊的文学具象化过程。

吉氏通过对"文心雕龙"的题解来佐证自己的如上判断。按照吉氏,"文心"意指文学内在的精神源泉,或言精神的外在表达,借用刘勰的话说,就是"文道""文之起源"(the genesis of literature),它暗示文学表达是文学创造的唯一基础。[④] "雕龙"则是一个比喻词,意指人为的雕饰,它代表了刘勰对文体类型由一般原则走向文学实践的关切。[⑤] "文心"与"雕龙"合义,正好表达了刘勰对文学内在情感精神与外在创作表达的双重关切。正是基于如上判断,吉氏认为可以

① Gibbs,D..*Literary Theory in the Wen-hsin Tiao-Lung*,PhD dissertation,University of Washington,1970,p.81.

② Gibbs,D..*Literary Theory in the Wen-hsin Tiao-Lung*,PhD dissertation,University of Washington,1970,p.81.

③ Gibbs,D..*Literary Theory in the Wen-hsin Tiao-Lung*,PhD dissertation,University of Washington,1970,p.82.

④ Gibbs,D..*Literary Theory in the Wen-hsin Tiao-Lung*,PhD dissertation,University of Washington,1970,p.83.

⑤ Gibbs,D..*Literary Theory in the Wen-hsin Tiao-Lung*,PhD dissertation,University of Washington,1970,pp.83-84.

将《文心雕龙》的标题诠解为"文心溯源与文学创造"(The Genesis and Artistry of Literature)。①

但是,吉氏同时也提醒我们注意,刘勰对文学文体一般原则的关切与他对该原则在文学创作中的实际应用之关切,极容易产生张力。这种张力,也就是文学传统的尊奉与文学现实的革新之间亘古存有的矛盾,刘勰将其表述为"通"与"变"的关系。② 在《文心雕龙》中,刘勰一方面珍视过往传统,另一方面又对其时文学创作中的因袭模仿予以批评。如何理解这种矛盾? 吉氏认为,当刘勰循法传统,尊"经"奉"通"时,人们视其为保守者;当刘勰继承革新,求"新"崇"变"时,人们视其为革新者;但实际上,刘勰是一个调和传统与革新的中庸主义者。③

七、《文心雕龙》的实用主义与模仿观念

从《文心雕龙》的写作主旨与写作目的来看,吉氏认为,它具有强烈的实用主义倾向。④ 吉氏用艾布拉姆斯的表现主义理论模型分析刘勰,认为我们不仅要关注刘勰关于"作者"的看法,还要分析他对读者及其反应的看法。⑤

吉氏指出,刘勰的实用主义文学观念在全书的第一部分即有明晰表达。比如在论述"哀"文体时,他就认为,评价"哀"文的好坏,关键是要看该文体是否给读者带来相应的阅读效果:"必使情往会悲,文来引泣,乃其贵耳。"(《哀悼》)再比如,在论述作者与读者的关系时,刘勰提到:"夫缀文者情动而辞发,观文者披文以入情,沿波讨源,虽幽必显。世远莫见其面,觇文辄见其心。"(《知音》)显

---

① Gibbs,D..*Literary Theory in the Wen-hsin Tiao-Lung*,PhD dissertation,University of Washington,1970,p.84.

② Gibbs,D..*Literary Theory in the Wen-hsin Tiao-Lung*,PhD dissertation,University of Washington,1970,pp.85-86.

③ Gibbs,D..*Literary Theory in the Wen-hsin Tiao-Lung*,PhD dissertation,University of Washington,1970,pp.90-91.

④ Gibbs,D..*Literary Theory in the Wen-hsin Tiao-Lung*,PhD dissertation,University of Washington,1970,p.94.

⑤ Gibbs,D..*Literary Theory in the Wen-hsin Tiao-Lung*,PhD dissertation,University of Washington,1970,p.95.

然,刘勰的意思是:好的作者,可以唤起和引导好的读者;而文学要实现其最终价值,离不开读者的积极参与。①

在吉氏看来,刘勰实用主义观念最充分的表达,是在《风骨》篇中。吉氏详细回顾了"风"在《诗经》中的用法,提出"风"有"移易"(power of change)、"教导"两大基本语义,②而刘勰显然认同这些语义,将"风"视为一种具有激发并转移情感的文学创作要素。③《文心雕龙》有言:"《诗》总六义,风冠其首,斯乃化感之本源,志气之符契也。是以怊怅述情,必始乎风;沉吟铺辞,莫先于骨。故辞之待骨,如体之树骸;情之含风,犹形之包气。"(《风骨》)在吉氏看来,"风"在这段话中所具有的诸多语义与功能,有似于英语中的"suasive force",它意指一种说服与熏然的力量。④ 由此我们可以得出结论:对"风"的正确解释,不应按其本质,也不应按其形成,而应按其影响来界定。⑤

这里,吉氏再一次运用中西比较的方法,认为刘勰对文学的实用主义看法,可以比堪于托尔斯泰关于"艺术"本质的看法,因为他二人都重视文学艺术对人的感染与具身体验作用。也正是通过对文学艺术中"风"概念的实用主义语义阐发,吉氏将刘勰的文学观念与伦理功用关联起来,阐清了刘勰与经典主义文学观念的谱系关系,⑥指出了刘勰在艺术功用问题上的重要贡献在于他有意识地为中国美学范畴家族中新添了一个涵义丰富的概念:"风。"⑦

与具有教化功用的"风"概念紧密相关的另一个概念是"骨",吉氏认为,该概念是一种客观主义的文学风格,它同样具有文学教化与熏染的实用主义功用,

---

① Gibbs, D.. *Literary Theory in the Wen-hsin Tiao-Lung*, PhD dissertation, University of Washington, 1970, p.96.

② Gibbs, D.. *Literary Theory in the Wen-hsin Tiao-Lung*, PhD dissertation, University of Washington, 1970, p.102.

③ Gibbs, D.. *Literary Theory in the Wen-hsin Tiao-Lung*, PhD dissertation, University of Washington, 1970, p.98.

④ Gibbs, D.. *Literary Theory in the Wen-hsin Tiao-Lung*, PhD dissertation, University of Washington, 1970, p.103.

⑤ Gibbs, D.. *Literary Theory in the Wen-hsin Tiao-Lung*, PhD dissertation, University of Washington, 1970, p.104.

⑥ Gibbs, D.. *Literary Theory in the Wen-hsin Tiao-Lung*, PhD dissertation, University of Washington, 1970, pp.104-105.

⑦ Gibbs, D.. *Literary Theory in the Wen-hsin Tiao-Lung*, PhD dissertation, University of Washington, 1970, p.105.

有似于西方文学批评中朗吉努斯提出的"结构"（structure）概念。①

吉氏还认为,对于文学创作中的"模仿"问题,刘勰持非常审慎的态度。他虽然有一定的"宗经"与保守倾向,但更重视文学自身的客观属性,重视文学创作中的天才因素,提倡文学风格的多样性。②

总之,通过从艾布拉姆斯文学诸要素的视角对《文心雕龙》作全面考察,吉氏得出结论:截至1970年《文心雕龙》的研究,还处于起步阶段,因而后续的研究,应该更加重视氏著对文学内容论述的考察。而假如我们从文学要素的角度评判《文心雕龙》的身份与贡献,便会得出这样一个结论:刘勰不是一个主流文学批评之外的异类,而是一名世界文学学者。③ 吉氏的言外之意,《文心雕龙》应该被视为世界文学批评专著来阅读,而不是作为一种相异于西方文学批评的"他者"来阅读。

八、《文心雕龙》其书其人

吉氏在论文的最后一章,重点根据中国国内的研究史料对刘勰的生平著述作了评介。在谈到刘勰的文学思想成因时,他更倾向于认为是佛教思想而非个人偏好最终影响了刘勰的文学观念。④ 在综合考量了多种关于刘勰生平与著述史料基础的上,吉氏提出了一个区别于传统因果关联写就的作者历史生平大事表:(1)孤儿,(2)学校教育,(3)家庭贫困,(4)未婚,(5)托荫僧佑,(6)寺院生活,(7)研习并编纂经文。⑤ 根据这张年表,吉氏提出,由于刘勰有一段担任"东宫通事舍人",亦即一种重要的宫廷文秘职务——这种职务对于写作的目的、润

---

① Gibbs,D..*Literary Theory in the Wen-hsin Tiao-Lung*,PhD dissertation,University of Washington, 1970,pp.109-110.

② Gibbs,D..*Literary Theory in the Wen-hsin Tiao-Lung*,PhD dissertation,University of Washington, 1970,p.113.

③ Gibbs,D..*Literary Theory in the Wen-hsin Tiao-Lung*,PhD dissertation,University of Washington, 1970,p.114.

④ Gibbs,D..*Literary Theory in the Wen-hsin Tiao-Lung*,PhD dissertation,University of Washington, 1970,p.119.

⑤ Gibbs,D..*Literary Theory in the Wen-hsin Tiao-Lung*,PhD dissertation,University of Washington, 1970,p.121.

饰美化均有很高要求——之经历,这很可能影响了他对文学形式技巧的偏重。①
不仅如此,刘勰参与昭明太子的书籍编修与文学讨论活动,而其时宫廷对文学个
性与文学形式的追求,都极有可能影响到《文心雕龙》的写作。②

　　吉氏推测,刘勰写作《文心雕龙》可能经历了三个主要时期:第一时期,为僧
侣时期,讫至齐朝最后一年,刘勰大部分写作内容应该完成于这一时期。第二时
期,为仕途期,时间起讫约为后齐至梁初期,这个时期应为刘勰写作的完成期。
能够支持这个判断的主要依据在于后世所有的《文心雕龙》编者都会在书的版
权页标注“梁”的字样,说明在梁代该书已经流通。第三时期,为刘勰参与昭明
太子文学活动时期,这个时期,刘勰年龄应该在 30 至 40 岁之上。③

　　总体来看,吉氏认为,刘勰的《文心雕龙》是一部儒家经典意识支配下的文
学批评力作,当然这也并不意味着,刘勰在书中排斥佛教观念。④ 毕竟,刘勰生
活的时代是一个各种思想交汇融合的时代,我们不应从简单择一的立场出发,将
其判定为要么经典主义,要么情感主义(lyricism),要么客观主义,要么实用主义
的写作目的。⑤

　　在论文的最后,吉氏对刘勰及《文心雕龙》的身份作了三重评定:第一,《文
心雕龙》是一种世界文学经典,它本身所具有的文学之美,使其配享世界文学经
典的身份。第二,刘勰是一位世界级的理论家,他本人因其著作而理应成为世界
文学经典理论最伟大的人物之一。第三,刘勰的“通变”文学史观,为我们树立
了一种全新的文学发展与文学批评观念,使我们能够在评价世界文学发展时,持
有一种正确的文学史观。⑥ 吉氏的这三重观念显然是要告诉我们,刘勰的文学

---

　　① Gibbs,D..*Literary Theory in the Wen-hsin Tiao-Lung*,PhD dissertation,University of Washington,
1970,p.126.

　　② Gibbs,D..*Literary Theory in the Wen-hsin Tiao-Lung*,PhD dissertation,University of Washington,
1970,p.126.

　　③ Gibbs,D..*Literary Theory in the Wen-hsin Tiao-Lung*,PhD dissertation,University of Washington,
1970,pp.132-133.

　　④ Gibbs,D.. *Literary Theory in the Wen-hsin Tiao-Lung*,PhD dissertation,University of Washington,
1970,pp.137-138.

　　⑤ Gibbs,D..*Literary Theory in the Wen-hsin Tiao-Lung*,PhD dissertation,University of Washington,
1970,p.139.

　　⑥ Gibbs,D..*Literary Theory in the Wen-hsin Tiao-Lung*,PhD dissertation,University of Washington,
1970,p.139.

史观,是一种具有世界性水准的文学批评史观。

九、《文心雕龙》研究补正

为了能够从多个方面理解《文心雕龙》,吉氏在其博士论文的最后,又以副文本的形式,专辟两章:《灭惑论》(附录1)与《〈文心雕龙〉评论文献集注》(附录2),与《文心雕龙》源文本形成互文说明。《灭惑论》是刘勰对时人排抑佛道的一篇斥辩文章,根据杨明照先生考证,其成书要早于《文心雕龙》,大约在永明十一年前或建武四年后,而前者的成书年代,应在齐和帝中兴元二年(公元501至502年)之间。① 吉氏对《灭惑论》,只作了照实翻译,未予解读。

《〈文心雕龙〉评论文献集注》是吉氏对迄至20世纪70年代《文心雕龙》重要研究成果的汇集,包括最早收录于《宋史·艺文志》的辛处信《文心雕龙注》,明代梅庆生的《文心雕龙音注》、清代黄叔琳《文心雕龙辑注》与纪昀《文心雕龙》"眉批",以及现代以来的重要评注成果,如李详《〈文心雕龙〉补注拾遗》(《国粹学报》1909年卷五)、黄侃《〈文心雕龙〉札记》(1914-1919年北京大学讲演集)、范文澜《〈文心雕龙〉注》(1925、1936)、冯葭初《〈文心雕龙〉演绎语体》(1927)、庄适《〈文心雕龙〉选注》(1933)、刘永济《〈文心雕龙〉校释》(1948)、日本斯波六郎《〈文心雕龙〉范注补正》(1952)、《〈文心雕龙〉原道篇札记》(1953)、《〈文心雕龙〉札记》(1955)、杨明照《〈文心雕龙〉校注》(1959)、程兆熊《〈文心雕龙〉讲义》(1963)、郭晋稀《〈文心雕龙〉译注十八篇》(1964)、张立齐《〈文心雕龙〉注订》(1967)、李景滢《〈文心雕龙〉新解》(1968)、周康燮《〈文心雕龙〉选注》(1970)等。

---

① 参见杨明照:《刘勰〈灭惑论〉撰年考》,载《古代文艺理论研究》(第一辑),上海古籍出版社1979年版。

第三章　刘若愚《文心雕龙》研究

美籍华裔学者刘若愚(James J.Y.Liu)的《文心雕龙》的研究,主要见于他在《中国文学理论》一书中讨论文学诸问题时对《文心雕龙》的案例讨论。①

在《中国文学理论》一书中,刘若愚以艾布拉姆斯文学四要素关系(宇宙—作品—作家—读者)为框架,根据中国文学理论的"本质内涵","以及能够提供与西方理论作最明显、最有提示性之比较的特点",②将中国文学理论劈为"形上理论""决定理论与表现理论""技巧理论""审美理论""实用理论""综合理论"六种,并分列专章进行讨论;而对《文心雕龙》的讨论,则分布于每一篇章的具体讨论中。

一、形上理论问题

"形上理论"是关于文学起源与文学本质的理论,它在中国文学理论中,主要表现在"作者如何了解'道'"与"作者如何在作品中显示'道'"两个问题。③在刘氏看来,"形上理论"在《易经》《乐记》里便有了概念源起,经3—4世纪晋代挚虞《文章流别论》与陆机《文赋》的初步发展,到5世纪,进入了全盛发展期。而刘勰的《文心雕龙》,无疑是体现这一形上理论"最透彻"的代表。④ 刘若愚指出,在《原道》篇开首,刘勰就申言,"文之为德"是与"天地并生",这样申言的意

---

① James J.Y.Liu, *Chinese Theories of Literature*, Chicago: The University of Chicago Press, 1975.此处援引文献,均据杜国清中译本;参见刘若愚:《中国文学理论》,杜国清译,江苏教育出版社 2006年版。

② 刘若愚:《中国文学理论》,杜国清译,江苏教育出版社 2006 年版,第 177 页。

③ 刘若愚:《中国文学理论》,杜国清译,江苏教育出版社 2006 年版,第 21 页。

④ 刘若愚:《中国文学理论》,杜国清译,江苏教育出版社 2006 年版,第 21—29 页。

义在于:"将文学之'文'与自然现象之形状的'文'合而为一,刘勰因此能够将文学的渊源追溯到宇宙的开始,而将文学提升到具有宇宙重要性的地位。"①继而,刘勰通过对"人文之元,肇自太极""故知道沿圣以垂文,圣因文而明道"的宇宙之道与圣人之文关系的强调,表明他对"文"之基本概念体认:"(1)'文'及自然现象的图样或形象,作为宇宙之道的显示;(2)'文'即文化,人文制度的形式,与自然的'文'平行;(3)'文'即文饰;(4)'文'即文字,代表语言,而语言又表达人心;人心与宇宙之心合一。这些概念合并在一起的结果,亦即:文学即宇宙原理之显示与文饰之言的表象这种概念。"②虽然刘氏对"文"之解释并无多少新意,但是他运用艾布拉姆斯的文学四要素理论,将文学本质问题置入"宇宙—心灵—语言—文学"的现代分析框架,有利于西方读者对《文心雕龙》之形上理论进行把握。

二、决定理论问题

刘若愚认为,"决定理论"是关于文学作为社会政治现况反映的理论,它揭示的是文学与宇宙的关系;而"表现理论"则主要集中于对作家与文学作品之关系的探讨,它要么认为文学表现的是"普遍的人类情感",要么认为是表现"个人的性格",要么是表现"个人的天赋或感受性,或者道德性格"。③ 按照刘若愚,刘勰对"决定理论"贡献甚微,对"表现理论"则申言不少。在《体性》篇,刘勰提出了文学的表现概念:"夫情动而言形,理发而文见,盖沿隐以至显,因内而符外者也。"在刘若愚看来,刘勰这里申言的"表现"观念,重要意义在于其超越单纯的情感观念而将表现视为"情理并重"的过程。④ 同样在《情采》篇中,刘勰也强调:"情者文之经,辞者理之纬。经正而后纬成,理定而后辞畅,此立文之本源也。"刘若愚指出,刘勰的"情",并不总是指情感,有时亦指"事物的普遍情况或本性",甚或"情""志"不分,如《物色》篇:"人禀七情,应物斯感。感物吟志,莫非自然。"⑤

---

① 刘若愚:《中国文学理论》,杜国清译,江苏教育出版社 2006 年版,第 32 页。
② 刘若愚:《中国文学理论》,杜国清译,江苏教育出版社 2006 年版,第 36 页。
③ 刘若愚:《中国文学理论》,杜国清译,江苏教育出版社 2006 年版,第 98 页。
④ 刘若愚:《中国文学理论》,杜国清译,江苏教育出版社 2006 年版,第 110 页。
⑤ 刘若愚:《中国文学理论》,杜国清译,江苏教育出版社 2006 年版,第 110—111 页。

当然,在刘若愚看来,刘勰对于"表现理论"的最主要贡献,在于他对文学表现过程相关要素关系的细致剖析。如《体性》篇陈言:"才有庸俊,气有刚柔,学有浅深,习有雅正;并情性所铄,陶染所凝。""才力居中,肇自血气;气以实志,志以定言。吐纳英华,莫非情性。"由此可见,文学表现涉及"气""志""学""习""才""言"等由内而外的多种知觉能力的统合作用,而这种观念,在刘若愚看来,"似乎是受孟子的影响,而不同于曹丕和陆机",且其显然影响了后世的姚鼐。① 我们这里可以看出,当刘若愚枚举表现理论的诸多要素,并与中国文学批评史中的其他重要概念相比堪时,他显然是以刘勰为中心,意欲绘制中国文学表现理论的图谱。不仅如此,在刘若愚看来,刘勰对文学想象力的创造性强调,也使他区别于多数中国文学理论家,并早于西方千年而开浪漫主义文论想象力之创造性观念先河,这是刘勰对"表现理论"的又一重要贡献。②

三、技巧理论问题

"技巧理论"是认定文学的写作过程"不是自然表现的过程,而是精心构成的过程"的一种创作理论。③ 根据刘若愚的看法,刘勰并未完全摒弃技巧观点,相反,"他给予数章篇幅专论像韵律和对偶这种文学技巧的特征,而在题为'总术'的这章里,他强调'术'的重要:'是以执术驭篇,似善奕之穷数;弃术任心,如博塞之邀遇'。"④刘若愚在氏著中只用了片言只语举证刘勰对文学创作技巧的重视,而《文心雕龙》里《熔裁》《声律》《章句》《丽辞》《练字》等大量关于技巧的阐述,他未予展开。

四、审美理论问题

根据刘若愚的观点,"审美理论"是一种强调文学自律性的主张,它将文学

---

① 刘若愚:《中国文学理论》,杜国清译,江苏教育出版社 2006 年版,第 113 页。
② 刘若愚:《中国文学理论》,杜国清译,江苏教育出版社 2006 年版,第 131 页。
③ 刘若愚:《中国文学理论》,杜国清译,江苏教育出版社 2006 年版,第 133 页。
④ 刘若愚:《中国文学理论》,杜国清译,江苏教育出版社 2006 年版,第 135 页。

认定为"美言丽句的文章",认为文学作品的美能给予读者以乐趣。[①] 在刘若愚看来,刘勰的形上理论亦含有审美元素,比如他强调"文"与"质"相统一的《情采》篇,就表露了强烈的审美意味:

> 圣贤书辞,总称文章:非采而何! 夫水性虚而沦漪结,木体实而花萼振,文附质也。虎豹无文,则鞟同犬羊;犀兕有皮,而色资丹漆,质待文也。……故立文之道,其理有三:一曰形文,五色是也;二曰声文,五音是也;三曰情文,五性是也。五色杂而成黼黻,五音比而成韶夏,五性发而为辞章,神理之数也。

通过这段话,刘勰强调了文学各要素自成审美之"文"的重要性。但刘若愚同时指出,刘勰审美理论与众多中国审美理论家一样,满足于"印象式地描述审美经验,时常做出与感官经验的类比",并未像西方亚里士多德、朗吉努斯、普罗提诺那样,对抽象的"美"或"分类审美的效果"作出深刻讨论;当然,他们的相同之处在于,他们都突出了文学作品对读者或观众的直接影响。[②]

五、实用理论问题

刘若愚认为,"实用理论"是对文学功用的评判,"是基于文学是达到政治、社会、道德,或教育目的的手段"的批评观念。[③] 在刘若愚看来,刘勰的实用理论,由于得到儒家的赞许,在中国传统文学批评中实际上是最有影响力的。这一点,我们可以通过《文心雕龙》最后一章《序志》篇清楚地看出。在《序志》篇中,刘勰毫不隐晦地表达了他对文学功用的积极赞扬:"唯文章之用,实经典枝条:五礼资之以成,六典因之致用。君臣所以炳焕,军国所以昭明。"

---

① 刘若愚:《中国文学理论》,杜国清译,江苏教育出版社 2006 年版,第 150 页。
② 刘若愚:《中国文学理论》,杜国清译,江苏教育出版社 2006 年版,第 159 页。
③ 刘若愚:《中国文学理论》,杜国清译,江苏教育出版社 2006 年版,第 160 页。

六、综合理论问题

"综合理论"是一种将不同理论加以协调综合的理论,刘若愚在氏作中对刘勰《文心雕龙》理论贡献的最主要判断就是:刘勰的理论是一种"综合主义"。①

为什么要这样说? 因为在他看来,"(刘勰)其巨著《文心雕龙》考虑到艺术过程所有的四个阶段,而且包含了中国文学批评中决定理论以外的所有六种文学理论的要素。"②在肯定刘勰的主要贡献之后,刘若愚还进一步指出了刘勰在每一种理论方面的独特贡献:就"形上概念"言,刘勰阐明了每一种理论与形上概念的关联,从而为文学分论找到本体论根基。③ 就"实用理论"言,"文学的实用功用来自文学的形上性质,而不是相反"。④ 并且在这一点上,刘勰的理论不同于纯粹的实用论,因为后者强调实用目的决定文学性质。就"表现概念"言,文学的表现是一种对宇宙自然本体的表现,而非单纯对作家内心的表现。"刘勰认为文学是透过外表样式自然显示出内在特质的宇宙过程的一部分,而纯粹表现理论家认为文学是作家所意图的自我表现。忽略这个重要的差异而称刘勰主要为表现理论家,无异于混淆'显示'(manifestation)和'表现'(expression)。"⑤就"审美理论"言,它归属于更高一级的"形上概念";文学之所以是审美,是因为有其形上依据,而不仅仅是"外表的美"与"技巧"的美。⑥

刘若愚既认定刘勰《文心雕龙》为"综合理论"研究,就须解决各种理论之间存在的内在张力问题。他的解决思路是独特的:以刘勰关于作家心灵与宇宙关系陈述为标准,通过区分具体创作过程中同一精神的不同经验活动来解决这个问题。如在《神思》篇中所作的区分:

---

① 刘若愚:《中国文学理论》,杜国清译,江苏教育出版社 2006 年版,第 183 页。
② 刘若愚:《中国文学理论》,杜国清译,江苏教育出版社 2006 年版,第 183 页。
③ 刘若愚:《中国文学理论》,杜国清译,江苏教育出版社 2006 年版,第 183 页。
④ 刘若愚:《中国文学理论》,杜国清译,江苏教育出版社 2006 年版,第 184 页。
⑤ 刘若愚:《中国文学理论》,杜国清译,江苏教育出版社 2006 年版,第 184 页。
⑥ 刘若愚:《中国文学理论》,杜国清译,江苏教育出版社 2006 年版,第 184 页。

　　积学以储宝,酌理以富才,研阅以穷照,驯致以怿辞,然后使元解之宰,寻声律而定墨;独照之匠,窥意象而运斤:此盖驭文之首术,谋篇之大端。

　　夫神思方运,万涂竞萌,规矩虚位,刻镂无形。登山则情满于山,观海则意溢于海,我才之多少,将与风云而并驱矣。

　　刘若愚认为,上述两段话语,一方面强调创作需要一定的"学""理""研""驯"等技术准备,另一方面,又认可创作是一个精神的虚灵化的过程。如何理解这种矛盾关系?刘若愚给出的方法有点类似于康德对经验问题的区分:"事实上,表面上的不一致可以得到解决,只要指出:作家与宇宙间种种不同的关系以及所牵涉到的不同的精神过程属于不同的经验的层次,且可能发生于不同的时候。"①为了进一步揭示创作时精神的不同层次,他运用分析美学的方法,将创作过程铺展为一个时间序列。详列如下:②

　　1. 研究阶段:作家累积知识和研阅经验。这是指理性层次的经验以及写作的长期准备。

　　2. 交互阶段:外物刺激作家的感官,作家以情感反映。这是指感性、情绪层次的经验,以及写作前的时候。

　　3. 感受阶段:作家保持心灵虚静,以便感受宇宙之道。这是指静态的直觉,以及写作瞬间之前的时候。

　　4. 投射阶段:作家将本身的感情投射到外物。这是指动态的直觉,以及写作瞬间之前或写作过程中的时候。

　　5. 创造阶段:作家创造现实世界中不存在的想象事物。这也是指动态的直觉,以及写作的时候。

　　可以说,在运用现代西方美学方法对刘勰的创作理论作细致读解,以使《文心雕龙》能与西方现代文学理论的分析思维接轨方面,刘若愚所析,在海外汉学界鲜有出其右者。

---

① 刘若愚:《中国文学理论》,杜国清译,江苏教育出版社 2006 年版,第 187 页。
② 刘若愚:《中国文学理论》,杜国清译,江苏教育出版社 2006 年版,第 187 页。

第四章　费威廉《文心雕龙》研究

　　费威廉(William Craig Fisk)的《文心雕龙》研究,主要体现在《中国中古时期与西方现代文学理论中的形式主题》一文中,该文是费威廉于1976年在美国威斯康星—麦迪大学比较文学系取得的博士论文。论文的主要研究对象是中国"中古"时期(6—13世纪)中国文学理论中的"形式"主题。作者选取现代西方文论的四大基本形式范畴:模仿(mimesis)、互文性(intertextuality)、比喻(figurativeness)、凸显(foregrounding),来比照分析中国中古时期文论中的类似问题。之所以要将刘勰的《文心雕龙》纳入讨论的范围,原因在于该论文所选研究对象追本溯源的理论需要:"《文心雕龙》多数篇章讨论了文学机制(literary mechanics)问题,这为评估宋代文论的形式主题提供了理论基点。"①易言之,费氏在该文讨论《文心雕龙》,主要目的在于为宋代文学理论的创新发展提供评价基点;至于《文心雕龙》与宋代文学批评的影响关系,从论文全篇来看,费氏未能作出讨论。

　　根据费氏自述,他在论文中所力图回答的基本理论问题是:(1)中国中古时期的诗歌,可否用西方文学理论的一般诗学模式来解释? (2)作为普遍性的文学理论,是否有必要包含全世界所有的文学批评实践,比如包含作为世界文学批评实践的重要组成部分、且完全独立于欧洲文学传统之外的中国古代诗歌?② 对于这两个问题,费氏都作了肯定的回答。而费氏之所以选择将中国中古时期

---

　　①　William Craig Fisk, *Formal Themes in Medieval Chinese and Modern Western Literary Theory*:*Mimesis*,*Intertextuality*, *Figurativeness*, *and* *Foregrounding*, The University of Wisconsin‐Madison, Ph. D., 1976,p.5.

　　②　William Craig Fisk, *Formal Themes in Medieval Chinese and Modern Western Literary Theory*:*Mimesis*,*Intertextuality*, *Figurativeness*, *and* *Foregrounding*, The University of Wisconsin‐Madison, Ph. D., 1976,pp.2‐3.

的文学理论作为分析对象,目的也是站在西方文学理论普遍主义的立场上,援中国文学为材料,推进西方文学理论自身的发展:"假如批评理论的发展植根于其对先前未解决的批评问题的回答,那么,海量的中国文学作品从未进入西方文学批评理论之视野的事实,应该意味着一俟其进入,便会对西方文学批评创新发展带来新的契机。"①

一、《文心雕龙》的模仿问题

费氏对中国中古文论"模仿"概念的基本判定是:"模仿是情感(feeling)对景物(scene)的瞬时表现(representation)。"②用这个判定来分析《文心雕龙》之《物色》《神思》《明诗》等篇章,费氏发现,"表现"实为一种存在万物交感的瞬时延伸,而"模仿"则可理解为心灵面对万物时的反思活动。③ 费氏以此区别了中西方不同的"模仿"概念,因为不同于西方的"模仿"观念,中国文论中的"模仿",没有审美主体面对理念对象时的非理性活动,也不是审美主体对某类超验存在的文本表达,而是审美主体根据创作思想情感("质")配以相应的文体风格("文")的具体化过程。④

费氏认为,刘勰在《文心雕龙》中实际上归纳了"模仿"的三条途径,每一种途径最终均以文之"表现"(representation)的方式体现出来。在《物色》篇中,文之表现是情感交感外物的瞬时生成;在《明诗》篇中,文之表现是作家创作动机

---

① William Craig Fisk, *Formal Themes in Medieval Chinese and Modern Western Literary Theory: Mimesis, Intertextuality, Figurativeness, and Foregrounding*, The University of Wisconsin-Madison, Ph.D., 1976, p.3.

② William Craig Fisk, *Formal Themes in Medieval Chinese and Modern Western Literary Theory: Mimesis, Intertextuality, Figurativeness, and Foregrounding*, The University of Wisconsin-Madison, Ph.D., 1976, p.10.

③ William Craig Fisk, *Formal Themes in Medieval Chinese and Modern Western Literary Theory: Mimesis, Intertextuality, Figurativeness, and Foregrounding*, The University of Wisconsin-Madison, Ph. D., 1976, p.15.

④ William Craig Fisk, *Formal Themes in Medieval Chinese and Modern Western Literary Theory: Mimesis, Intertextuality, Figurativeness, and Foregrounding*, The University of Wisconsin-Madison, Ph. D., 1976, p.16.

与伦理价值的外在表达;在《神思》篇中,文之表现是外物刺激与心灵感知相伴相生的结果。① 从艺术创作中审美关系的角度来看,费氏对《文心雕龙》"模仿"问题的三种区分,实际上涵盖了客观论、主观论、主客观统一论三种形态。他将这三种艺术创作的审美观同时赋予《文心雕龙》,并坚持认为它们在稍晚于刘勰的日本空海法师《文镜秘府论》与宋代文学理论"情"与"景"问题的讨论中均有相类似的表达。② 费氏的结论是:中国文学"模仿"理论的发展源于情感的现象学观念,亦即情与景互文共生的现量观念,这一观念对后世中国文论产生了重要影响,而《文心雕龙》,正是这一观念的重要源头。③

二、《文心雕龙》的互文性问题

"互文性"是费氏在论文中关注的另一重要问题。在费氏看来,刘勰在《通变》篇将"互文性"理解为主体情意与文学文体风格的自然一致,排除历史因革变化所可能导致的文体风格变化的可能,从而区别于宋代文学理论视"互文性"为各类文学变革中的技巧关联的观念。④

费氏根据刘勰的观点区分了三类"互文性":历史性的互文性、自然性的互文性与情感性的互文性。

历史性的互文性通过《风骨》篇得以阐明:"诗总六义,风冠其首,斯乃化感之本源,志气之符契也。是以怊怅述情,必始乎风;沉吟铺辞,莫先于骨。故辞之

---

①　William Craig Fisk, *Formal Themes in Medieval Chinese and Modern Western Literary Theory: Mimesis, Intertextuality, Figurativeness, and Foregrounding*, The University of Wisconsin-Madison, Ph.D., 1976, p.18.

②　William Craig Fisk, *Formal Themes in Medieval Chinese and Modern Western Literary Theory: Mimesis, Intertextuality, Figurativeness, and Foregrounding*, The University of Wisconsin-Madison, Ph.D., 1976, pp.18-19.

③　William Craig Fisk, *Formal Themes in Medieval Chinese and Modern Western Literary Theory: Mimesis, Intertextuality, Figurativeness, and Foregrounding*, The University of Wisconsin-Madison, Ph.D., 1976, p.38.

④　William Craig Fisk, *Formal Themes in Medieval Chinese and Modern Western Literary Theory: Mimesis, Intertextuality, Figurativeness, and Foregrounding*, The University of Wisconsin-Madison, Ph.D., 1976, p.51.

待骨,如体之树骸,情之含风,犹形之包气。结言端直,则文骨成焉;意气骏爽,则文风清焉。"该段对"风"与"骨"关系的阐述,表明"风"之历史迁衍及其不同形式表现,是文学互文性的重要表现方式。①

自然性的互文性则通过《定势》篇得以陈明:"夫情致异区,文变殊术,莫不因情立体,即体成势也。势者,乘利而为制也。如机发矢直,涧曲湍回,自然之趣也。是以模经为式者,自入典雅之懿;效骚命篇者,必归艳逸之华;综意浅切者,类乏蕴藉;断辞辨约者,率乖繁缛:譬激水不漪,槁木无阴,自然之势也。"可见,互文性又根源于特定文学形式表达特定文学内容、形成特定文学体势的自然变理。这种"变理",刘勰在《通变》篇中曾作过翔实论述。②

情感性的互文性在上引《定势》篇中是作为"自然的互文性"之前提而出的。"文变殊术,莫不因情立体"的判语表明,文学史的发展表现为文学作品"文"与"质"相统一的循环运动,后世文学实为对前代"因情立体"之文的回归与效仿。③

对于互文性,费氏的主要看法是:"互文性"作为一种文学创作的修辞形式,其主要作用在于:它是文学宗经与文学创新的方法论关键。④ 而这种方法论关键,显然在《文心雕龙》中得到了完善的表述,并与宋代文学理论的"互文性",构成显著的张力,因为在宋代,互文性常表现为阅读的互文性(intertextuality of reading),⑤亦即读者通过对作品的品鉴而形成互释互照,而这种互释互照,成为宋代文学批评关注的重点。

---

① William Craig Fisk, *Formal Themes in Medieval Chinese and Modern Western Literary Theory: Mimesis, Intertextuality, Figurativeness, and Foregrounding*, The University of Wisconsin - Madison, Ph. D., 1976, p.52.

② William Craig Fisk, *Formal Themes in Medieval Chinese and Modern Western Literary Theory: Mimesis, Intertextuality, Figurativeness, and Foregrounding*, The University of Wisconsin - Madison, Ph. D., 1976, p.53.

③ William Craig Fisk, *Formal Themes in Medieval Chinese and Modern Western Literary Theory: Mimesis, Intertextuality, Figurativeness, and Foregrounding*, The University of Wisconsin - Madison, Ph. D., 1976, p.55.

④ William Craig Fisk, *Formal Themes in Medieval Chinese and Modern Western Literary Theory: Mimesis, Intertextuality, Figurativeness, and Foregrounding*, The University of Wisconsin - Madison, Ph. D., 1976, p.56.

⑤ William Craig Fisk, *Formal Themes in Medieval Chinese and Modern Western Literary Theory: Mimesis, Intertextuality, Figurativeness, and Foregrounding*, The University of Wisconsin - Madison, Ph. D., 1976, p.68.

三、《文心雕龙》的比喻问题

"比喻"是费氏在论文中讨论的第三个重要问题。相比于"模仿"与"互文性"讨论对《文心雕龙》与两宋文学文献的大量引证论述,费氏在"比喻"问题阐述中,主要选取了先秦两汉的"比兴"观念加以分析,而对之后的相关文献分析着墨甚少。在有限的材料引述中,费氏提出,刘勰《比兴》篇中的相关修辞讨论是沟通汉代与宋代修辞问题的桥梁,①而在其中,比喻("比")修辞,尤为重要。在费氏看来,刘勰在《比兴》篇中,依据"比"与"兴"功用的不同而界分二者,并对二者作出大量讨论,论证细密,例释丰赡,为前代与后世"比兴"理论所不及。②

费氏认为,刘勰的"比"为自然之理,"兴"为人文语境,二者或可同归于现代"比喻"修辞范畴。③ 作为区别于客观之"比"的主观之"兴",刘勰《文心雕龙》中的"兴"概念源于中国文学早已成熟的"比兴"传统。但刘勰的独特性贡献在于,他赋予其以抽象取义与情感指向双重意涵。与汉代及两宋文学理论"兴"概念相比,刘勰"兴"概念的独特之处在于:"兴"义幽微("兴之托喻,婉而成章"),常常需要鲜明意象衬托甚或专门注解来彰显("明而未融,故发注而后见也"),且其关联的情与景关系密切,从而使之区别于宋代文学理论关于情与景关系的可阐释性,因为后者突出的是情与景关系的不可言说性,强调存在着不可言之情与不可喻之景。④

① William Craig Fisk, *Formal Themes in Medieval Chinese and Modern Western Literary Theory: Mimesis, Intertextuality, Figurativeness, and Foregrounding*, The University of Wisconsin - Madison, Ph. D., 1976, p.132.

② William Craig Fisk, *Formal Themes in Medieval Chinese and Modern Western Literary Theory: Mimesis, Intertextuality, Figurativeness, and Foregrounding*, The University of Wisconsin - Madison, Ph. D., 1976, p.133.

③ William Craig Fisk, *Formal Themes in Medieval Chinese and Modern Western Literary Theory: Mimesis, Intertextuality, Figurativeness, and Foregrounding*, The University of Wisconsin - Madison, Ph. D., 1976, pp.134-135.

④ William Craig Fisk, *Formal Themes in Medieval Chinese and Modern Western Literary Theory: Mimesis, Intertextuality, Figurativeness, and Foregrounding*, The University of Wisconsin - Madison, Ph. D., 1976, p.135.

四、《文心雕龙》的凸显问题

"凸显"是费氏在论文中讨论的最后一种形式修辞。作为一种能够使文学形式与语义内涵格外醒目的修辞技巧,费氏认为,它在刘勰《丽辞》《声律》《隐秀》等篇章中有大量讨论。《丽辞》篇所概述的排比类型:"言对""事对""正对""反对",虽为对文之语言、语义、句法、结构等方面的苛刻要求,①但因这种要求有其自然本体基础(《丽辞》:"造化赋形,支体必双,神理为用,事不孤立。夫心生文辞,运裁百虑,高下相须,自然成对。"),故而成为文学"凸显"的重要方式。② 在《总术》篇,刘勰提出文学创作"多欲练辞"的要求:"昔陆氏《文赋》,号为曲尽,然泛论纤悉,而实体未该。故知九变之贯匪穷,知言之选难备矣。凡精虑造文,各竞新丽,多欲练辞,莫肯研术。"在费氏看来,"练辞"是宋代文学批评的关键概念,也是文学"凸显"修辞的主要表现手法,而宋代的这种文学观念,显然在刘勰时代已得到突出的强调。③ 在《声律》篇,刘勰强调了文学创作中飞沉平仄的字声相互交错问题,并对声律提出了雅正的要求:"凡声有飞沉,响有双叠。双声隔字而每舛,叠韵杂句而必睽;沉则响发而断,飞则声飏不还;并辘轳交往,逆鳞相比,迕其际会,则往蹇来连,其为疾病,亦文家之吃也。"这种要求,在费氏看来,就如同对宋代文学"逐新"的警示,因为刘勰在这里所批评的"讹韵""讹音"等违反声律的规范,正是宋代文学所竞逐的对象,也是宋代文学"凸显"修辞的主要方式。④ 在《隐秀》篇,刘勰用"隐"与"秀"互衬互映的方式,强调了

---

① William Craig Fisk, *Formal Themes in Medieval Chinese and Modern Western Literary Theory: Mimesis, Intertextuality, Figurativeness, and Foregrounding*, The University of Wisconsin – Madison, Ph. D., 1976, p.159.

② William Craig Fisk, *Formal Themes in Medieval Chinese and Modern Western Literary Theory: Mimesis, Intertextuality, Figurativeness, and Foregrounding*, The University of Wisconsin – Madison, Ph. D., 1976, p.160.

③ William Craig Fisk, *Formal Themes in Medieval Chinese and Modern Western Literary Theory: Mimesis, Intertextuality, Figurativeness, and Foregrounding*, The University of Wisconsin – Madison, Ph. D., 1976, p.166.

④ William Craig Fisk, *Formal Themes in Medieval Chinese and Modern Western Literary Theory: Mimesis, Intertextuality, Figurativeness, and Foregrounding*, The University of Wisconsin – Madison, Ph. D., 1976, p.168.

文学创作"凸显"问题的重要性："心术之动远矣,文情之变深矣,源奥而派生,根盛而颖峻,是以文之英蕤,有秀有隐。隐也者,文外之重旨者也;秀也者,篇中之独拔者也。隐以复意为工,秀以卓绝为巧。斯乃旧章之懿绩,才情之嘉会也。夫隐之为体,义主文外,秘响旁通,伏采潜发,譬爻象之变互体,川渎之韫珠玉也。故互体变爻,而化成四象;珠玉潜水,而澜表方圆。"费氏认为,虽然作为"凸显"重要方式的"秀",并不等同于宋代文学批评的"眼"的功用,但是,当刘勰说"秀以卓绝为巧"且具有"篇中之独拔"功用时,他就接近了宋代文学批评所强调的"眼"的功能。总之,费氏的看法是,《文心雕龙》及宋代文学批评通过强调文本偏离句法、语义、韵律三种不同文学规范,成功地使"凸显"手法成为文学意义强化提升的手段。①

　　费氏的结论是:包括《文心雕龙》在内的中国中古时期文学理论形式主题,均与西方现代文学理论存在某种相似性,当然亦有显著的不同。设若我们将中国传统文学理论融入世界普遍文学理论发展史当中,那么,我们将看到中国文学理论本身所蕴含的普遍性与系统性价值。② 我们在这里看到,费氏是站在普遍主义的立场上,基于中国民族文学理论来阐扬其世界性价值,并未运用西方中心主义的立场去审视中国古代文论的"独特"价值。换言之,从中国民族文学理论中寻求普遍性而非独特性,是费氏区别于多数西方理论家的基本立场。

---

　　① 　William Craig Fisk, *Formal Themes in Medieval Chinese and Modern Western Literary Theory: Mimesis, Intertextuality, Figurativeness, and Foregrounding*, The University of Wisconsin – Madison, Ph. D., 1976, pp.199-200.

　　② 　William Craig Fisk, *Formal Themes in Medieval Chinese and Modern Western Literary Theory: Mimesis, Intertextuality, Figurativeness, and Foregrounding*, The University of Wisconsin – Madison, Ph. D., 1976, p.230.

第五章　邵耀成《文心雕龙》研究

邵耀成(Shao,Paul Yang-shing)的《刘勰:理论家、批评家、修辞学家》,是其于 1980 年提交给斯坦福大学亚洲语言系的博士论文,①论文指导与答辩老师为刘若愚、王靖宇(John Wang)、赫伯特·林登伯格(Herbert Lindenberger)、肯尼斯·菲斯(Kenneth Fields)4 人。

从研究内容来看,论文由六部分组成:(1)导论,(2)第一章,有机隐喻:形式与内容,(3)第二章,创作活动:一元论与有机论,(4)第三章,风格:方法与表现,(5)第四章,写作:理论与实践,(6)附录,形式与内容的可分性与可区别性。

在"导论"中,邵氏开宗明义地摆出了论文的写作立场与观点:论文站在现代文学批评的立场,对《文心雕龙》进行介绍与翻检,其总的看法是:刘勰及其文学理论具有双重面相:作为理论家和批评家的刘勰,与作为修辞学家的刘勰。②邵氏格外重视现代文学批评观念与现代心理学对理解《文心雕龙》文学思想的重要性,③力图对《文心雕龙》作出以西释中、以今诠古的全新阐释。④

---

① Shao,Paul Yang-shing. *Liu Hsieh as literary theorist*, *Critic and Rhetorician*, Stanford: Stanford University,Ph.D.,1981.

② Shao,Paul Yang-shing. *Liu Hsieh as literary theorist*, *Critic and Rhetorician*, Stanford: Stanford University,Ph.D.,1981.p.1.

③ Shao,Paul Yang-shing. *Liu Hsieh as literary theorist*, *Critic and Rhetorician*, Stanford: Stanford University,Ph.D.,1981.p.5.

④ 时隔 30 多年后,邵氏对其博士论文作了全面修改扩充,分四大部分:"第一部分:时代背景""第二部分:刘勰的生平与年代""第三部分:刘勰的文论""第四部分:附录"。原本博士论文部分,保留在修改后的"第三部分",但内容作了较大篇幅的扩充。论者以为,修订扩充后的著作,保留了博士论文中的核心观点,只是提供了《文心雕龙》的较多外围资料。鉴于"龙学"研究在国内外已经非常成熟,这种外围资料的补充式研究价值不大。参见邵耀成:《〈文心雕龙〉这本书:文论及其时代》,中国社会科学出版社 2014 年版。

在具体研究中,第一章主要通过对《文心雕龙》部分内容的分析,得出《文心雕龙》"作为艺术的文学作品"(a literary work of art),实际上是由不可分离的形式与内容组成的有机体的结论。第二章主要分析刘勰相关理论的有机论哲学基础问题,其目的在于剥除现代心理学与批评理论附加在"道""气""志"等文学创造活动中的形而上学神秘色彩。第三章对刘勰文学创造理论中涉及的"体""势""风""骨"等文体范畴(stylistic terms)进行系统说明。第四章运用美国文学批评家赫施(E D Hirsch)在《写作哲学》(The Philosophy of Composition)中提出的"可读性"(readability)概念,分析了《文心雕龙》中的创作警句(maxims),以此探析这些警句中所潜藏的文学心理根基。[①]

一、有机隐喻：形式与内容

本章主要探究刘勰关于文学"形式"与"内容"关系的看法。邵氏指出,作为艺术的文学作品,其显著特征在于:它是形式与内容相统一的有机整体。[②] 然而人们同时也会发现,在文学本体层面,刘勰强调形式与内容的有机论;然而在文学批评实践方面,他又认同形式与内容的机械论。这似乎是一个矛盾。为了说明这一似是而非的矛盾,邵氏用"附录"专篇——《形式与内容的可分性与可区别性》,对之作了辩护,认为不能将本体层面的不可分混同于实践层面的不可分。他举证西方当代类似的例子,提出同样的矛盾也出现在作为理论家的柯林斯·布鲁克斯(Cleanth Brooks)与作为批评家柯林斯·布鲁克斯之中。[③] 为了克服这一矛盾,他认为需要区别看待作为理论家的刘勰、作为批评家的刘勰、作为修辞学家的刘勰三种不同的身份。

在文学"形式"与"内容"的关系方面,邵氏结合《文心雕龙》内容,从三个方面作了论述。

---

① Shao,Paul Yang-shing.Liu Hsieh as literary theorist,Critic and Rhetorician,Stanford:Stanford University,Ph.D.,1981.pp.1-2.

② Shao,Paul Yang-shing. *Liu Hsieh as literary theorist*, *Critic and Rhetorician*,Stanford:Stanford University,Ph.D.,1981.p.12.

③ Shao,Paul Yang-shing. *Liu Hsieh as literary theorist*, *Critic and Rhetorician*,Stanford:Stanford University,Ph.D.,1981.p.12.

第一个方面:内容澄明(manifests)形式。

邵氏举出《情采》篇中关于"文"与"质"的论述:

> 圣贤书辞,总称文章,非采而何! 夫水性虚而沦漪结,木体实而花萼振:文附质也。虎豹无文,则鞟同犬羊;犀兕有皮,而色资丹漆:质待文也。

在邵氏看来,刘勰在这段话中借用了大量动植物作喻,并用"文附质""质待文"说明形式与内容的关系,并非要单纯强调事物形式与内容的不可分,而是强调二者是一个有机整体。[①] 因此,我们不宜从修辞学家与分析哲学家的视角对刘勰枚举的系列隐喻词作技术的分析,这样容易得出机械论的结论;而应从理论家的视角,将文学创造活动本身,而非单纯的形式美理解为艺术美。[②] 邵氏举证说,在《情采》中,刘勰就认为:

> 夫铅黛所以饰容,而盼倩生于淑姿;文采所以饰言,而辩丽本于情性。故情者文之经,辞者理之纬;经正而后纬成,理定而后辞畅:此立文之本源也。

邵氏指出,这段由文学形式与内容关联而升华为文学本质的表述,极易让人与克罗齐关于美的判断关联起来理解。克罗齐认为:"美不是物理的事实,它不属于事物,而属于人的活动,属于心灵的力量。"[③]但刘勰与克罗齐的不同之处在于,克罗齐并不赞同形式与内容的二元论看法,特别是不同意将形式视为作品的外在表现,而内容则是内在的创作心理过程的看法。[④] 这里,邵氏实际上通过中西跨文化比较的方法,提醒我们注意《文心雕龙》中关于形式与内容的两个不同层面意涵。第一个层面是指:作为文学创造活动,作家的情感构成作品内容,情

---

① Shao,Paul Yang-shing. *Liu Hsieh as literary theorist*, *Critic and Rhetorician*, Stanford:Stanford University,Ph.D.,1981.pp.13-14.

② Shao,Paul Yang-shing. *Liu Hsieh as literary theorist*, *Critic and Rhetorician*, Stanford:Stanford University,Ph.D.,1981.p.15.

③ Croce,Aesthetics,Trans,by Douglas Ainslie,Macmillan,1909;Noonday Press,1968,p97

④ Shao,Paul Yang-shing. *Liu Hsieh as literary theorist*, *Critic and Rhetorician*, Stanford:Stanford University,Ph.D.,1981.p.16.

感的组织外化即为形式。第二个层面是指：作为文学作品本身，情感的表达即为内容，表达的语言整体即为形式。① 因此，"如以内容为起点，形式-内容是一种澄明（manifestation）关系。"②"如以形式为起点，形式-内容也是一种澄明（manifestation）关系。"③

当然，邵氏在用"澄明"一词来形容形式与内容的关系时，同时提醒我们注意该词的语义缠绕与含混事实。他援引海德格尔关于"澄明"一词的概念，指出"澄明"作为现象的一种自我显现性质，这种显现，既可能是如其所是的显现，也可能是非其所是的显现。④ 这就给我们从中西比较视野来理解《文心雕龙》形式与内容的澄明关系带来困难，而这种困难，刘勰似乎并没有意识到，他只是从乐观主义的立场，提出了在具体的文学创作与批评实践中形式与内容的相互"澄明"关系：⑤"夫缀文者情动而辞发，观文者披文以入情，沿波讨源，虽幽必显。"（《知音》）在邵氏看来，这种关系，不宜简单理解为一种浪漫主义的唯心论，而只是要求批评鉴赏须立足于感性根基，不能陷于成见与偏见的泥淖。⑥

第二个方面：形式自律（stands alone）或形式创造（creates）内容。

邵氏认为，刘勰用"澄明"概念，较好地揭示了作品表达形式与作家情感内容不可分离的本体论关系。然而，"澄明"概念所揭示的关系并不能保证人们从形式获得内容，特别是当我们从文学批评实践的角度看时，二者常存有裂隙。⑦如果回到文本语境，可以看出，刘勰在回顾中国文学传统时，归纳出了两种不同

---

① Shao, Paul Yang-shing. *Liu Hsieh as literary theorist, Critic and Rhetorician*, Stanford：Stanford University, Ph.D., 1981. p. 16.

② Shao, Paul Yang-shing. *Liu Hsieh as literary theorist, Critic and Rhetorician*, Stanford：Stanford University, Ph.D., 1981. p. 19.

③ Shao, Paul Yang-shing. *Liu Hsieh as literary theorist, Critic and Rhetorician*, Stanford：Stanford University, Ph.D., 1981. p. 21.

④ Shao, Paul Yang-shing. *Liu Hsieh as literary theorist, Critic and Rhetorician*, Stanford：Stanford University, Ph.D., 1981. p. 21.

⑤ Shao, Paul Yang-shing. *Liu Hsieh as literary theorist, Critic and Rhetorician*, Stanford：Stanford University, Ph.D., 1981. p. 22.

⑥ Shao, Paul Yang-shing. *Liu Hsieh as literary theorist, Critic and Rhetorician*, Stanford：Stanford University, Ph.D., 1981. p. 23.

⑦ Shao, Paul Yang-shing. *Liu Hsieh as literary theorist, Critic and Rhetorician*, Stanford：Stanford University, Ph.D., 1981. pp. 23-24.

的传统:一为"为情而造文",一为"为文而造情"。邵氏认为,前一种传统为儒学正统,后一种传统则为讲求形式与辞采的汉代传统。而刘勰本人则居于这两种传统之间:当他作为一个公共知识分子(public man)时,他尊奉前者,以儒学知识分子身份出现;当他作为一个个体知识分子(private man)时,他尊奉后者,以佛教徒的身份出现。就文学趣味而言,他表面上尊奉儒学批评观念,但在实际的文学批评实践中,更赞同形式与辞采的文学传统。[1]

在邵氏看来,刘勰重视"为文而造情"的文学观念不仅表现在《文心雕龙》一书的写作风格上,还表现在他在作观念例证时援引不同经典作家次数的多寡上。在《文心雕龙》中,作为第一种传统的代表作家屈原,先后出现16次;而作为第二种传统的代表作家司马相如,则出现26次。[2]《文心雕龙》存有大量关于司马相如的溢美之词,如:"观相如封禅,蔚为唱首……绝笔兹文,固维新之作也。"(《封禅》)"相如赋仙,气号凌云,蔚为辞宗,乃其风力遒也。"(《风骨》)"长卿傲诞,故理侈而辞溢。"(《体性》)"相如凭风,诡滥愈甚。"(《夸饰》)如此等等众多论述表明,文学作品的形式能够创造文学的内容现实。[3]

同时,邵氏认为,对于司马相如所代表的这种对后世中国文学发展产生深远影响的文学传统,刘勰尽管也非常认可与欣赏,然而遗憾的是,他并未能将其吸纳而发展出一种新的文学理论。[4] 但这种通过文学语言与实践创造审美与文学境界的做法,却是中国文学的一个重要传统,比如周邦彦、王安石、贾岛在文学创作中即是如此,"褪粉梅稍""春风又绿江南岸""僧敲月下门"等词句均表明:在中国文学中,语言不是一种单纯的指涉关系,而是一种创造性活动。因此,"形式创造境界,形式创造内容","形式创造内容,是指形式创造审美内涵,而不是指形式创造意义或客观的对象。"[5]可见,在中国文学中,形式的基本作用在于

---

① Shao,Paul Yang-shing. *Liu Hsieh as literary theorist, Critic and Rhetorician*, Stanford:Stanford University,Ph.D.,1981.p.25.

② Shao,Paul Yang-shing. *Liu Hsieh as literary theorist, Critic and Rhetorician*, Stanford:Stanford University,Ph.D.,1981.pp.25-26.

③ Shao,Paul Yang-shing. *Liu Hsieh as literary theorist, Critic and Rhetorician*, Stanford:Stanford University,Ph.D.,1981.p.27.

④ Shao,Paul Yang-shing. *Liu Hsieh as literary theorist, Critic and Rhetorician*, Stanford:Stanford University,Ph.D.,1981.p.27.

⑤ Shao,Paul Yang-shing. *Liu Hsieh as literary theorist, Critic and Rhetorician*, Stanford:Stanford University,Ph.D.,1981.p.31.

"造境",亦即创造诗歌、音乐与绘画的境界。①

第三个方面:形式符合(matches)内容。

邵氏指出,刘勰关于"形式符合内容"的论述出现在多处。《通变》:"斯斟酌乎质文之间,而櫽括于雅俗之际,可与言通变矣。"这种从创作角度对"文"与"质"相合关系的看法,类似于赫施在《写作哲学》中对"形式"与"内容"关系的表述:"文学的风格研究,也就是对文学形式与内容如何融合的研究。学习如何写作也就是学习如何面对写作的假定。写作的假定在于语言的形式与内容彼此分离,因此写作的任务就在于如何用不同的形式将同样的意义表达出来。"②在邵氏看来,赫施在作品与批评的关系上,与刘勰持同样看法。

刘勰关于文学形式与内容相合的认识,更主要表现在对屈原作品的论述中:"故其陈尧舜之耿介,称禹汤之祗敬,典诰之体也。讥桀纣之猖披,伤羿浇之巅陨,规讽之旨也。"刘勰通过举证屈原用近乎《尚书》之《典》《诰》文体相配唐尧、虞舜、商汤、夏禹的庄严与伟大,用近似经书中规劝讽喻文体讥讽夏桀和殷纣王的狂妄偏狭的事实,意在表明:文学形式应根据具体的表达内容而定;而这种文学形式与内容的相合要求,又有似于西方文学批评中的"合式"(decorum)概念。③

总之,在论文这一部分,邵氏首先将刘勰视为文学理论家,通过分析其"澄明"理论而阐述文学形式与内容的整体论观念,提出了作为艺术的文学作品是一个有机体的论断。同时,他还将刘勰理解为一个修辞学家,认为作为一个修辞学家,刘勰的观点有似于文艺复兴与新古典主义时期修辞学家关于内容可以用普通语言或艺术语言表达、形式应与内容相合的观念。④ 在第二部分中,邵氏对刘勰"澄明"理论的根基作了进一步讨论,并将其与文学创造的有机观念关联起来展开分析。

---

① Shao,Paul Yang-shing. *Liu Hsieh as literary theorist, Critic and Rhetorician*, Stanford: Stanford University, Ph.D., 1981.pp.31-32.

② E.D.Hirsch, *The Philosophy of Composition*, University of Chicago Press, 1977.p.141.

③ Shao,Paul Yang-shing. *Liu Hsieh as literary theorist, Critic and Rhetorician*, Stanford: Stanford University, Ph.D., 1981.p.34.

④ Shao,Paul Yang-shing. *Liu Hsieh as literary theorist, Critic and Rhetorician*, Stanford: Stanford University, Ph.D., 1981.p.36.

二、文学创造活动：一元论与有机论

在第二部分，邵氏的主要目的在于从"文心"与"雕龙"两个层面，①介绍刘勰的文学理论，并将其与柯勒律治的表现理论进行比较，寻求其相似处，同时说明其背后的不同传统。② 从实际行文来看，邵氏在本部分中主要分析了"文心"层面的问题。"雕龙"层面未予着墨。

按照邵氏，"文心"有两方面的终极来源：一是宇宙之"道"及其显现（manifestation），二是儒家之"道"及其经典。③ 而"文心"的作用就在于，它能激发艺术灵感与创造性的想象力，推动文艺创作的前行。邵氏认为在《文心雕龙》中，刘勰用"神思"一词，概括了文学创作的此种特征。

邵氏运用比较研究的方法，提出刘勰所言文学创作活动中的"神思"，实同于柯勒律治提出的"创造性的想象力"（creative imagination）概念。④ 其所列证据如下。

其一，文艺想象力。

邵氏认为，文艺想象力作为"创造性的想象力"之一种，不同于科学想象力；前者与感官经验密切相关，后者则超越感官存在而自成一体。⑤ 为了说明这一点，邵氏借用柯勒律治对想象力问题的研究来说明"神思"的这一特点。

按照柯勒律治，想象力可以分为两大类型："无生命的想象力"（fancy）与

---

① 根据邵氏后来陈述，应将文学创作中的"文学创作论"与"文章作法论"区别开来，因为"作法论只谈机械式的文章构成现象，创作论则以艺术的基本创作特征为研究对象"。与之相对应的就是：作为原创性的"文心"，与作为工匠般的"雕龙"。参见邵耀成：《〈文心雕龙〉这本书：文论及其时代》，中国社会科学出版社2014年版，第138页。

② Shao, Paul Yang-shing. Liu Hsieh as literary theorist, Critic and Rhetorician, Stanford: Stanford University, Ph.D., 1981. p.42.

③ Shao, Paul Yang-shing. Liu Hsieh as literary theorist, Critic and Rhetorician, Stanford: Stanford University, Ph.D., 1981. p.42.

④ Shao, Paul Yang-shing. Liu Hsieh as literary theorist, Critic and Rhetorician, Stanford: Stanford University, Ph.D., 1981. p.43.

⑤ Shao, Paul Yang-shing. Liu Hsieh as literary theorist, Critic and Rhetorician, Stanford: Stanford University, Ph.D., 1981. p.44.

"有生命的想象力"(imagination)。第一种想象力只是将日常官感经验重新复制一次,毫无创新可言;第二种想象力则具有创新性,并可再细分为两类:一类是原始性的想象力(primary),另一类是辅助性的想象力(secondary)。前者与"灵感"有关,当作家对外界产生感应的那一刹那,凭着"原始性的有生命力的想象力"的力量,作家突然之间可变成一个象征性地开创天地的神祇;后者作为"辅助性的有生命力的想象力",负责把"灵感"变成诗篇。所以,正是创造性的想象力,把各式各样的文学材料组织成作品,创造性的想象力因而成为文学创作的推动力。①

根据柯勒律治的上述观念,邵氏将"艺术想象力"的特征归结如下:它依赖"感官经验"所提供的生活养料,但它并不止于对"感官经验"的简单仿制,而是将从感官经验得来的养料消化吸收后,在"独创性的灵感"引导下,将新的艺术生命力灌注其间,以此构成新的生命体;在这个新的生命体成长的过程中,"灵感"如若受到千锤百炼的"艺术训练",便会与"艺术媒介"结为一体,构成一件有"统一性的艺术作品"。邵氏举证柯勒律治"艺术想象力"概念意在说明,柯勒律治所谓"艺术想象力"的如上特征,都可以在刘勰的"神思"概念里找到。②

其二,神思活动。

《神思》篇赞语:"神用象通,情变所孕。物以貌求,心以理应。刻镂声律,萌芽比兴。结虑司契,垂帷制胜。"这段对"神思"活动功用的描述,与"艺术想象力"特征相仿佛,它突出了"艺术想象力"的两个重要特征:一是"神思"要经过与外界接触交通并形成感官经验之后,才能激发新的文学形式;二是情与景的感应要受到"思理"(literary discipline)的驾驭,"思理"是"神思"活动所遵循的法则。③

邵氏指出,"神思"活动所遵循的"思理"原则究竟是什么,刘勰似乎没有明

---

① Shao,Paul Yang-shing.Liu Hsieh as literary theorist,Critic and Rhetorician,Stanford:Stanford University,Ph.D.,1981.pp.44-47.亦参见邵耀成:《〈文心雕龙〉这本书:文论及其时代》,中国社会科学出版社 2014 年版,第 138—140 页。

② Shao,Paul Yang-shing.Liu Hsieh as literary theorist,Critic and Rhetorician,Stanford:Stanford University,Ph.D.,1981.p.50.另参见邵耀成:《〈文心雕龙〉这本书:文论及其时代》,中国社会科学出版社 2014 年版,第 138-140 页。

③ Shao,Paul Yang-shing.Liu Hsieh as literary theorist,Critic and Rhetorician,Stanford:Stanford University,Ph.D.,1981.p.51.

确说明,但是,我们根据西方诗学对创作规律的一般总结,可以推测认为,这个原则就是诗学的内在规律,也就是声律与修辞方面的规则。他援引刘若愚在《中国文学理论》中对刘勰与柯勒律治关于"神思"问题的区别来阐述自己的这一看法。根据刘若愚,"柯勒律治认为想象力是有生命力的,而外物是死的;刘勰则不认为外物是死的,他跟大部分中国文学理论家一样,认为外物是拥有自己的'神'的。"①

外物所拥有的"神"到底是什么?邵氏通过将"物"之"神"与"神思"之"神"作比较,提出:"物"之"神"就是"物"之"道",它随"物"之形体而存在变化,因而难以成为艺术活动所需的那种具有驱动力的"神"。而"神思"之"神",则有其客观存在性,它类似于南北朝时期佛教的"神不灭"观念,表明"神思"之"神"是人类之所以成为人类的一大特征,它遗"道"而独立,不像"物"之"神"那样依"道"而存。②

邵氏上述关于"神思"的分析意在说明两个问题:第一,"神思"是一项艺术创作中可以超越时空限制的活动;第二,"神思"本身具有源发性的创造力量。③

其三,"感应"概念。

邵氏认为,刘勰《物色》篇中所表述的文学与外物相互"感应"的概念,来源于中国在汉代时期董仲舒《春秋繁露》所发展出的一种世界观。按照这种世界观,百物之所以相互影响感应,不是由于机械作用所致,而是由于"同类相动"(organism)原理。④

因此,如果把"献岁发春"与"天高气清"拿来比作自然界的宫商之音,那么,"悦豫之情"与"阴沉之志"就可以比作人类的宫商之音,人类的宫商之音随自然界的宫商之音而因应振发,从而产生"感应"的感念。

其四,"气"与文学创作。

---

① Shao,Paul Yang-shing.Liu Hsieh as literary theorist,Critic and Rhetorician,Stanford:Stanford University,Ph.D.,1981.p.52.原文参见 James J.Y.Liu,*Chinese Theories of Literature*,Chicago and London:University of Chicago Press,1975,p.34。

② 邵耀成:《〈文心雕龙〉这本书:文论及其时代》,中国社会科学出版社 2014 年版,第 143—145 页。

③ Shao,Paul Yang-shing.*Liu Hsieh as literary theorist*,*Critic and Rhetorician*,Stanford:Stanford University,Ph.D.,1981.p.60.

④ Shao,Paul Yang-shing.*Liu Hsieh as literary theorist*,*Critic and Rhetorician*,Stanford:Stanford University,Ph.D.,1981.pp.61-62.

在邵氏看来,"气"这个概念有两种基本特性:作为一种"原始物质"(primal substance)的"气",与作为"原始动力"(primal force)的"气"。① 作为前者,它是一种"存在属性"(quality oriented);作为后者,它是一种"动力发展力量"(motion development oriented)。② 无论是前者,还是后者,都与"感应"概念密切相关,它具体表现在钟嵘的文学创作观念里:"气之动物,物之感人,故摇荡性情,行诸舞咏。"(《诗品》序)当然也表现在曹丕的文学本质观念里:"文以气为主,气之清浊有体,不可力强而致。譬诸音乐,曲度虽均,节奏同检,至于引气不齐,巧拙有素,虽在父兄,不能以移子弟。"(《典论·论文》)还表现在刘勰的文学创作感应观念里:"是以吐纳文艺,务在节宣,清和其心,调畅其气,烦而即舍,勿使壅滞。意得则舒怀以命笔,理伏则投笔以卷怀,逍遥以针劳,谈笑以药倦。"(《文心雕龙·养气》)比较可知,刘勰关于"气"的看法,要比陆机与曹丕复杂得多,不仅包含了"气"的存在属性,而且包含了"气"的动力发展力量。③

其五,"志"与文学创作。

邵氏指出,同"气"一样,"志"在文学创作中也起到重要作用。个中原因,如刘勰自己指出:"才力居中,肇自血气;气以实志,志以定言,吐纳英华,莫非情性。"(《文心雕龙·体性》)邵氏将"志"翻译为"意志力"(will),它与"气"一道,构成了文学创作中"神思"的两大力量。④ 作为一种不同于无意识之"气"的有意识驱动力量,"志"的作用在于按照文艺传统来操纵文字的塑形力量,它使文艺作品最终以特定的语言形式("志以定言")而表现出来,并最终构成作家"情性"的重要组成部分。⑤ 与"气"不同的是,它一定要经过后天的训练与培养,才能在创作上有独特表现。

在邵氏看来,刘勰创作论有两个最终根源,一是天地间的"道"以及"道"所

①　Shao,Paul Yang-shing. *Liu Hsieh as literary theorist*, *Critic and Rhetorician*, Stanford:Stanford University,Ph.D.,1981.p.64.

②　Shao,Paul Yang-shing. *Liu Hsieh as literary theorist*, *Critic and Rhetorician*, Stanford:Stanford University,Ph.D.,1981.p.65.

③　Shao,Paul Yang-shing. *Liu Hsieh as literary theorist*, *Critic and Rhetorician*, Stanford:Stanford University,Ph.D.,1981.p.72.

④　Shao,Paul Yang-shing. *Liu Hsieh as literary theorist*, *Critic and Rhetorician*, Stanford:Stanford University,Ph.D.,1981.p.78.

⑤　Shao,Paul Yang-shing. *Liu Hsieh as literary theorist*, *Critic and Rhetorician*, Stanford:Stanford University,Ph.D.,1981.p.75.

显示的自然界,二是儒家圣人所参悟的"道"及其记载该"道"的经典。一个作家要成功地运用"文心",就必须回返这两个源头,借助"神思"的力量,将"道"显示出来。在"显示"(manifestation)"道"的过程中,艺术家会受到两种力量的影响:一是无意识的"生命力",二是有意识的"意志力"。作为"生命力"的"气",在"感应"作用下,引起灵感的产生,成为创作中更富有生命力的力量;作为"意志力"的"志",则按照文学的传统与规则,控制无意识的创作生命力,克服文字言说的困难,在灵感的引导下形成富有生命形式的作品。①

有意思的是,邵氏还将刘勰的这种创作观念与现代心理学与精神分析学派的观点作了比较。根据邵氏,刘勰的二层次创作论,基本上与现代心理学对创作经验的描写是一致的。② 邵氏举心理学家克里斯(Ernst Kris)的理论予以佐证。按照克里斯,创作行为是一种"二元性的发展过程"(dichronous process),亦即创作行为有两个层次,而两个层次在各种不同的创作形式下互相影响。在第一个层次时,创作者为一种不可名状的力量所驱策,崭新的思想或意象在他心目中不断浮现;在第二个层次时,精神集中并竭力将各类意象根据一定的文化传统与写作规则而组织在一起,形成一个明确的形体,以使我们能够意识到它。③

其六,几个相似概念的比较。

邵氏提出,刘勰的"神思"概念,与中世纪普罗提诺的"美"的概念、柯勒律治的"诗学想象"概念,具有明显的相似性,它们都是从艺术家创作的心灵活动上来为艺术作品下定义,都赋予艺术家一种常人所没有的观察力与想象力,都否定美是一种纯粹的形式特征。④

当然,邵氏同时也指出了三人在思想体系方面的不同。对普罗提诺来说,艺术之所以是艺术,其决定因素在于柏拉图式的"理念";对刘勰与柯勒律治而言,艺术的决定因素则在于作家在"神思"或"想象力"的创作驱动下,将"感

---

① Shao,Paul Yang-shing. *Liu Hsieh as literary theorist*, *Critic and Rhetorician*, Stanford:Stanford University,Ph.D.,1981.p.78.

② Shao,Paul Yang-shing. *Liu Hsieh as literary theorist*, *Critic and Rhetorician*, Stanford:Stanford University,Ph.D.,1981.p.78.

③ Shao,Paul Yang-shing. *Liu Hsieh as literary theorist*, *Critic and Rhetorician*, Stanford:Stanford University,Ph.D.,1981.pp.78-79.

④ Shao,Paul Yang-shing. *Liu Hsieh as literary theorist*, *Critic and Rhetorician*, Stanford:Stanford University,Ph.D.,1981.p.86.

官经验"蜕化为美的艺术,而不像柏拉图那样,艺术的成功取决于对理念的模仿。①

在艺术创作的"感官经验"问题上,普罗提诺与刘勰虽然都认同感官经验对艺术创作的重要性,但在普罗提诺看来,感官经验所接触的只是物质世界,而非永恒不变的理念世界,因此,感官经验只能成为通往理念世界的一个阶梯,不具有终极美的特性。而在刘勰看来,艺术创作就是感官经验与想象活动交互影响与升华的过程。②

在艺术创作的最高法则"道"或"一"(Monism)的问题上,刘勰接受道家对"道"的看法,强调"道"的虚静特性,创作的"神思"活动需在"虚静"中才能获得灵感;而普罗提诺强调"一"的"流溢"特性,认为柏拉图的理念才是艺术家获得灵感的动力。③

在艺术创作的方式问题上,刘勰接受儒家对"道"的看法,强调认知与修养的重要性,认为只有艺术法则内化为艺术家的第二天性时,艺术家才能获得创作的能力;而普罗提诺虽也认同艺术技巧在创作上的重要性,但却认为起根本作用的是柏拉图式的理念。④

在艺术家的想象力问题上,柯勒律治、华兹华斯等浪漫主义创始人认为,艺术家拥有常人所没有的想象力,而想象力作为一种洞察真理的力量,比理性与认知更重要,它能使人冲破感官经验的极限而浮游于无穷的精神世界中。刘勰对"神思"的描述带有诗意的气质,虽不明确,但却道出了它所具有的巨大创造与感染能力,⑤如《神思》篇所言:"夫神思方运,万涂竞萌,规矩虚位,刻镂无形。登山则情满于山,观海则意溢于海,我才之多少,将与风云而并驱矣。"

---

① Shao,Paul Yang-shing. *Liu Hsieh as literary theorist*, *Critic and Rhetorician*,Stanford:Stanford University,Ph.D.,1981.pp.86-87.

② Shao,Paul Yang-shing.*Liu Hsieh as literary theorist*, *Critic and Rhetorician*,Stanford:Stanford University,Ph.D.,1981.p.87.

③ Shao,Paul Yang-shing. *Liu Hsieh as literary theorist*, *Critic and Rhetorician*,Stanford:Stanford University,Ph.D.,1981.p.91.

④ Shao,Paul Yang-shing. *Liu Hsieh as literary theorist*, *Critic and Rhetorician*,Stanford:Stanford University,Ph.D.,1981.p.91.

⑤ Shao,Paul Yang-shing.*Liu Hsieh as literary theorist*, *Critic and Rhetorician*,Stanford:Stanford University,Ph.D.,1981.pp.100-101.

三、文学风格：工具与目的

关于文学风格的问题，邵氏并没有直接沿用中国美学传统中的"风格"概念，而是借助艾布拉姆斯提出的带有文学要素意味的"风格"概念："风格是散文或韵文语言措辞的表达形式，就是一个说者或作者是以怎样的方式来说出任何他想说的东西。"①按照邵氏的看法，这个概念包含了三个方面的对象：说话者、他所说的、他如何说；这三个对象可以组成两类关系：一是显示关系（manifestation relation），二是目的与工具关系（ends-means relation）。前者指称的是"说话者"和"他如何说"之间的关系，后者指称的是"他所说的"和"他如何说"之间的关系；其中，后者又可分为"字面上"（literal）和"譬喻式"（metaphorical）两类关系。②

"字面上的目的与工具关系"主要包含两种情况：其一，"他如何说"是为了满足外在的直接功用，比如为了说服；其二，"他如何说"仅只为了美化或装饰语言。③

"譬喻式的目的与工具关系"也主要包含两种情况：其一，乃是"他所说的"和"他如何说"之间的"相衬"（matching）关系；其二，乃是文字式样和它所表达的意义之间的"共鸣"（echoing）关系。④

根据以上分析思路，邵氏给出了自己的"风格"定义："风格是一个说者或作者，在一个特定的说话对象下，或因某一特定目的，运用标准或惯常的文学工具，如修辞象征等，通过最完美的'相衬'关系与'共鸣'关系，说出任何他想说出来的东西，同时必须达到最低程度的'富于表达性'以及'结构良好性'，并且说者或作者在进行风格表达时其气质的流露是不受他意识控制的。"⑤

---

① M.H.Abrams, *A Glossary of Literary Terms*, New York: Hilt Rinehard and Winston, 1971, p.165.

② Shao, Paul Yang-shing. *Liu Hsieh as literary theorist, Critic and Rhetorician*, Stanford: Stanford University, Ph.D., 1981.p.126.

③ Shao, Paul Yang-shing. *Liu Hsieh as literary theorist, Critic and Rhetorician*, Stanford: Stanford University, Ph.D., 1981.p.126.

④ Shao, Paul Yang-shing. *Liu Hsieh as literary theorist, Critic and Rhetorician*, Stanford: Stanford University, Ph.D., 1981.p.126.

⑤ Shao, Paul Yang-shing. *Liu Hsieh as literary theorist, Critic and Rhetorician*, Stanford: Stanford University, Ph.D., 1981.pp.126-127.亦参见邵耀成：《〈文心雕龙〉这本书：文论及其时代》，中国社会科学出版社2014年版，第177页。

在厘定了"风格"的定义之后,邵氏选取刘勰"风格"理论的关键名词,比如"体"(身体/本体/体裁/文体风格的分类)、"势"(气势/从文体布局而来的气势/从形而上的气而来的势)、"风"(实质会影响人的风/神情的风采/言谈举止的风采/感染力/感化力/富于表达性)、"骨"(起支撑作用的骨/起内在架构作用的骨/结构/结构良好性),与关键问题"风格与个性""风格与时代"等,作了关联性的分析。①

第一,风格与个性。

邵氏指出,刘勰讨论"风格与个性"最为集中的表述是在《体性》篇:"才力居中,肇自血气;气以实志,志以定言,吐纳英华,莫非情性。是以贾生俊发,故文洁而体清;长卿傲诞,故理侈而辞溢;子云沈寂,故志隐而味深;子政简易,故趣昭而事博;孟坚雅懿,故裁密而思靡;平子淹通,故虑周而藻密;仲宣躁锐,故颖出而才果;公干气褊,故言壮而情骇;嗣宗俶傥,故响逸而调远;叔夜俊侠,故兴高而采烈;安仁轻敏,故锋发而韵流;士衡矜重,故情繁而辞隐。触类以推,表里必符,岂非自然之恒资,才气之大略哉!"

邵氏认为,上述语段,从"显示关系"的角度看,主要讲的是"说话者"和"他如何说"之间的关系,刘勰用"表里必符"来形容这种"显示关系"。实际上,这种关系就是中国传统文论中的"文如其人"问题。② 邵氏认为,刘勰对"文如其人"问题的看法,不在于他提出了新的见解,而在于他将这个问题放进一个理论架构之中,从理论的层面作出讨论,而不再拘泥于素朴的直观认知。③ 刘勰通过说:"夫情动而言形,理发而文见,盖沿隐以至显,因内而符外者也。"(《体性》)意在表明,人们可以根据文学"显示"在外的特征,来推断作者的才情个性,从而在外在形式与内在性格之间建立起必然联系的环节。④

---

① Shao,Paul Yang‐shing. *Liu Hsieh as literary theorist*, *Critic and Rhetorician*, Stanford:Stanford University,Ph.D.,1981.p127.亦参见邵耀成:《〈文心雕龙〉这本书:文论及其时代》,中国社会科学出版社2014年版,第177页。

② Shao,Paul Yang‐shing. *Liu Hsieh as literary theorist*, *Critic and Rhetorician*, Stanford:Stanford University,Ph.D.,1981.pp.128–129.

③ Shao,Paul Yang‐shing. *Liu Hsieh as literary theorist*, *Critic and Rhetorician*, Stanford:Stanford University,Ph.D.,1981.p.129.另参见邵耀成:《〈文心雕龙〉这本书:文论及其时代》,中国社会科学出版社2014年版,第179页。

④ Shao,Paul Yang‐shing. *Liu Hsieh as literary theorist*, *Critic and Rhetorician*, Stanford:Stanford University,Ph.D.,1981.p.129.

为了进一步阐明刘勰的"风格"理论,邵氏援引韦勒克与沃伦合著的《文学理论》中关于"风格"问题的表述:虽然人们习惯上认为某一种风格特性的文字工具与某一种精神状况之间存有一定联系,但是,"心理和文字之间的整体关系,要比大家通常认为必然性的假设,来的松散和不明确。"①邵氏之所以要援引二人关于"风格"问题的看法,是想表明:刘勰的"风格"理论,事实上也存在同样内在的困难。

比如,按照邵氏,刘勰所谓的"风格",不是一个人的道德品格,而是一种"文学的个性",这种文学的个性,按照刘勰的看法,表现在四个方面:"才""气""学""习"。②刘勰说:"故辞理庸俊,莫能翻其才;风趣刚柔;宁或改其气;事义浅深,未闻乖其学;体式雅郑,鲜有反其习,各师成心,其异如面。若总其归途,则数穷八体。"(《体性》)邵氏认为刘勰想表达的意思是:"才""气""学""习"这四个方面,亦即"从天赋而来的才情""从生命元气而来的气质""从博闻强识而来的学识"以及"从模仿琢磨而来的学习训练",可以在一个作品中表现出来;反过来,一个作品要表现一定风格,就必须在这四个方面下功夫。③只要这四个方面都做到了,文学就会表现出一种独特的艺术风格。

第二,风格与时代。

刘勰在《时序》篇中说:"时运交移,质文代变。古今情理,如可言乎?"这就明确表示了文学形式和内容随社会变化而变换的观点。换句话说,文学作品是一个时代本身特殊政治现实和道德风气的反映和显示;文学风格特别关联于一个时期统治者的道德。④在邵氏看来,刘勰的这种文学时代影响论,不同于德国的"时代精神风格论"(geisteschichte),后者认为,风格是时代精神的表现(包括这个时代的语言、哲学、科学、绘画、音乐等),作者本身就是这种精神的典范和风格代表。对于这种理论来说,重要的并不是某一种艺术的独特风格,而是一个特定时代的整体不同艺术间所共有的风格品质与形式

---

① Rene Wellek and Austin Warren, *Theory of Literature*, New York: Harcour, Brace & World, 1956, p.184.

② Shao, Paul Yang-shing. *Liu Hsieh as literary theorist, Critic and Rhetorician*, Stanford: Stanford University, Ph.D., 1981.pp.131−133.

③ 邵耀成:《〈文心雕龙〉这本书:文论及其时代》中国社会科学出版社 2014 年版,第 183 页。

④ Shao, Paul Yang-shing. *Liu Hsieh as literary theorist, Critic and Rhetorician*, Stanford: Stanford University, Ph.D., 1981.p.137.

表现。① 而对于刘勰而言,一个特定时期政治领导者的品德及其治下的政治状况,会无可避免地反映在其时代的具体作品中。② 邵氏指证说,这种观点很清晰地表现在《时序》篇的相关论述中:"逮姬文之德盛,《周南》勤而不怨;大王之化淳,《豳风》乐而不淫。幽厉昏而《板》《荡》怒,平王微而《黍离》哀。故知歌谣文理,与世推移,风动于上,而波震于下者也。"

第三,相衬关系。

在论述了"风格与个性""风格与时代"的风格"显示关系"后,邵氏进一步分析了风格的"目的与工具"的"相衬"关系。

邵氏认为,在文学风格中之所以有这个问题,在于写作中"意不称物、文不逮意"的情况时有发生。③ 为了避免这个问题,就应在写作中遵循写作主题与文学风格相衬的原则,比如高贵的主题衬以典雅的风格,宏伟的主题衬以壮丽的风格,如此类推。④ 刘勰《体性》篇中关于"八体"的论述,体现的正是写作主题与写作风格相衬的范例。

第四,共鸣关系。

除了"相衬"关系外,在"他所说的"与"他如何说"之间还存在着另外一种关系,邵氏将其名为"共鸣"关系。所谓"共鸣"关系,是指"他所说的"与"他如何说"两者之间通过声和义的相互呼应,生发出一种言外之意。⑤ 邵氏认为,刘勰在《文心雕龙》中,已经触及了这个问题,并将其作为文学风格的一大目标。而这种风格学的目标,非常类似于西方文学批评中的"音调颜色"理论,即元音与辅音具有不同的感觉,如辅音"p、t、k"有尖锐的感觉,辅音"b、d、g"有坚实的

---

① Shao,Paul Yang-shing. *Liu Hsieh as literary theorist*, *Critic and Rhetorician*, Stanford:Stanford University,Ph.D.,1981.p.137.

② Shao,Paul Yang-shing.Liu Hsieh as literary theorist,Critic and Rhetorician,Stanford:Stanford University,Ph.D.,1981.p.138.

③ Shao,Paul Yang-shing. *Liu Hsieh as literary theorist*, *Critic and Rhetorician*,Stanford:Stanford University,Ph.D.,1981.p.139.

④ Shao,Paul Yang-shing.*Liu Hsieh as literary theorist*, *Critic and Rhetorician*,Stanford:Stanford University,Ph.D.,1981.p.141.

⑤ Shao,Paul Yang-shing.*Liu Hsieh as literary theorist*, *Critic and Rhetorician*,Stanford:Stanford University,Ph.D.,1981.p.156.另参见邵耀成:《〈文心雕龙〉这本书:文论及其时代》,中国社会科学出版社2014年版,第200页。

感觉,辅音"i、m、n、r"有流动的感觉,等等。①

当然,邵氏同时也指出,刘勰虽然注重双声叠韵的形音形义双语词,如"灼灼、依依、参差、沃若"等语词对表达诗味的重要性,但他并没有从语音学角度讨论这个问题,而只是指出:语言本身的声音容易激发不同的情感与意象。② 一个明显的例子,就是:"写气图貌,既随物以宛转;属采附声,亦与心而徘徊。故'灼灼'状桃花之鲜,'依依'尽杨柳之貌,'杲杲'为出日之容,'瀌瀌'拟雨雪之状,'喈喈'逐黄鸟之声,'喓喓'学草虫之韵。'皎日''嘒星',一言穷理;'参差''沃若',两字连形,并以少总多,情貌无遗矣。"(《物色》)

四、创作:理论与实践

在创作问题上,邵氏以现代西方经典写作理论为分析框架,通过选取刘勰关于文学创作的基本理论与创作要素作为观照分析对象,阐明刘勰创作论能够超越中西方文化而体现出心理学的普遍意义。③

为了论述这个问题,他首先介绍了现代西方创作理论的重要代表——赫施的《创作哲学》理论。④

根据邵氏的概述,赫施的创作哲学要义在于:第一,区分了书面语言与口头语言,突出书面语言对于创作的重要性。第二,重视语言在创作与口语中的不同应用问题,强调书面语言在创作中的自然流畅使用。第三,提出文学创作应该遵循"相对可读性"(relative readability)原则;"可读性"是指一个读者明白一段文字的容易程度,"相对性"是指容易程度是相对的。⑤

---

① Shao,Paul Yang-shing. *Liu Hsieh as literary theorist*, *Critic and Rhetorician*, Stanford: Stanford University, Ph.D., 1981.p.157.

② Shao,Paul Yang-shing. *Liu Hsieh as literary theorist*, *Critic and Rhetorician*, Stanford: Stanford University, Ph.D., 1981.p.157.

③ Shao,Paul Yang-shing. *Liu Hsieh as literary theorist*, *Critic and Rhetorician*, Stanford: Stanford University, Ph.D., 1981.pp.195-196.

④ E.D.Hirsch, Jr., *The Philosophy of Composition*, The University of Chicago Press, 1977.

⑤ Shao,Paul Yang-shing. *Liu Hsieh as literary theorist*, *Critic and Rhetorician*, Stanford: Stanford University, Ph.D., 1981.pp.196-197.

　　邵氏指出,虽然赫施的创作理论存有内在矛盾,实际创作中很难有放之四海而皆准的普遍性法则,但是,他毕竟从人类普遍心理的角度为我们提供了一个分析创作问题的流变性原则(flexible principle),据此原则,我们便可以获得分析创作问题的基本工具。

　　第二,刘勰关于创作的"三准"理论。

　　在《熔裁》篇中,刘勰提出了关于创作的三大法则("三准"):

> 凡思绪初发,辞采苦杂,心非权衡,势必轻重。是以草创鸿笔,先标三准:履端于始,则设情以位体;举正于中,则酌事以取类;归余于终,则撮辞以举要。然后舒华布实,献替节文,……故三准既定,次讨字句。句有可削,足见其疏;字不得减,乃知其密。

　　对于刘勰提出的"三准",邵氏并未作详细阐释,而只是以郭味农关于"三准是文章写作的三步骤"理论为基点,[1]围绕西方文学批评、心理学与语言学相关理论,讨论该理论与西方现代经典创作理论的相似与不同之处。

　　按照郭味农,《文心雕龙》是以"三准"法构写章节的,即:每篇文章,均以对有关题目加以解释或定义为其开端,再详列案例予以佐证,最后以一首诗的形式结尾,诗句文字精简扼要。在郭味农看来,刘勰的这种构写章节法也是其对作文提出的基本要求。[2] 邵氏认同郭味农关于刘勰"三准"理论的诠释,并进一步将其与西方的旧式作文三位一体标准,即"统一性"(unity)、"相关性"(coherence)、"重点性"(emphasis)进行比对,认为二者在创作文法上具有惊人的相似性。[3] 邵氏认为,这种相似性,也表现在刘勰《附会》篇的相关论述中:"何谓附会?谓总文理,统首尾,定与夺,合涯际,弥纶一篇,使杂而不越者也。若筑室之须基构,裁衣之待缝缉矣。"

　　在邵氏看来,刘勰的"三准"论,用美国写作理论家特伦克(W.Strunk)与怀

　　① 郭味农:《关于〈文心雕龙〉的三准论》,《〈文心雕龙〉研究专号》,香港大学出版社1962年版,第13—19页。

　　② 郭味农:《关于〈文心雕龙〉的三准论》,《〈文心雕龙〉研究专号》,香港大学出版社1962年版,第13—19页。

　　③ Shao,Paul Yang-shing.Liu Hsieh as literary theorist,Critic and Rhetorician,Stanford:Stanford University,Ph.D.,1981.p.199.

特(E.B.White)的话说,其作用无疑就像一个创作的"蓝图"(blueprint)或"第一原则"一样,①主要作用在于帮助作者构思主题,寻找材料,并在论证中不偏离论证脉络,最后归结到主题,从而使文章成为一个有机的个体。②

创作为什么要遵循"三准"法则?邵氏认为它有其现代心理学依据。邵氏援引吉布森(E.J.Gibson)和莱文(H.Levin)《阅读心理学》中关于大脑阅读速率的研究——根据该研究,成年人的最高阅读速率是每分钟 300 字英文,其中每个字的平均音节是两个音节③——来说明:从阅读效率的角度讲,人脑在单位时间内处理语言单位的能力是有限的。④ 同样,根据美国心理学家、哲学家詹姆斯(William James)关于"短期记忆"与"长期记忆"的理论,一部作品之所以要用最精辟的语言来总结,原因在于,人们对于刚刚过去的事情,还未从人的意识中消失,还与现在保持联系,因此容易将其放入"短期记忆"里;而对于已经从人们意识中消失,并与现在完全断绝了联系的事情,便将其放入"长期记忆"里;而语言与记忆的关联在于,语言结构储存于"短期记忆"中而非"长期记忆"里。⑤ 邵氏对如上现代心理学研究成果的引述意在表明:刘勰之所以提出创作要遵循一定的准则,并进行"章""节""句"等语义单位划分,是有其接受心理与接受效果的科学依据的。

第三,章与句。

《文心雕龙·章句》:"夫设情有宅,置言有位;宅情曰章,位言曰句。故章者,明也;句者,局也。局言者,联字以分疆;明情者,总义以包体。区畛相异,而衢路交通矣。"在刘勰看来,"章"与"句"最大的不同在于,前者措置的是情感内容,而后者安顿的是语言辞令。邵氏认为,英语的作文法与刘勰的章句观具有异曲同工之处:句是按照一定的文法组织而成的单位,段则无需一定的文法组织,

---

① Shao,Paul Yang-shing.Liu Hsieh as literary theorist,Critic and Rhetorician,Stanford:Stanford University,Ph.D.,1981.p.200.

② W.Strunk,E.B.White,*The Elements of Style*,New York:MacMillan,1972,p.10.

③ E.J.Gibson,H.Levin,The Psychology of Reading,Cambridge:MIT Press,1975,pp.539-549.

④ Shao,Paul Yang-shing. *Liu Hsieh as literary theorist*,*Critic and Rhetorician*,Stanford:Stanford University,Ph.D.,1981.p.201.

⑤ Shao,Paul Yang-shing. *Liu Hsieh as literary theorist*,*Critic and Rhetorician*,Stanford:Stanford University,Ph.D.,1981.p.201;Also see William James,Principles of Psychology,Vol.I,New York:H.Holt & Co.,1890,p.647.

只是句与句的链接,但在语义表述上遵循"一意一段落"原则。① 这一点,刘勰也高度认同:"句司数字,待相接以为用;章总一义,须意穷而成体。"(《文心雕龙·章句》)

邵氏指出,在现代语言心理实验中,读者对句子的直接觉察超过了其对构成句子各个成分的觉察;在领悟句子意义时,读者遵循的是"句子整体意义领悟在先、字词义领会在后"的原则,也就是说,读者只有读到一个句子结束,才会去解读在这个"结束"规范内的句子组成部分的意义。② 邵氏认为,这个阅读语言心理的事实可以极大程度上帮助我们理解刘勰关于"句"的看法:"句者,局也。局也者,连字以分疆。"(《文心雕龙·章句》)邵氏的意思是:刘勰"句"的观念与现代语言心理学上"结束"的观念是相类似的。③

为了说明刘勰"章"的思想与西语中"段落"观念的相似性,邵氏再次举出赫施"一意一段落"的观念,认为段落遵循的是"结束原理"(the principle of closure),即有效的书写应在第一个主题结束之后再开始第二个主题的写作;一个有效的写作段落无疑会对整篇文章起到提升作用。④ 而刘勰也几乎持同样的观点:"夫人之立言,因字而生句,积句而成章,积章而成篇。篇之彪炳,章无疵也;章之明靡,句无玷也;句之清英,字不妄也;振本而末从,知一而万毕矣。"(《文心雕龙·章句》)

为了将好的段落结构为优美的篇章,赫施曾提出"语义层次的有机整合"理论,该理论的关键在于启用英语中的一些联结性词汇,如 moreover、thus、on the other hand、etc.、and、but、for、similar、otherwise 等,将各个段落联结成一个有机的语义整体。而在《文心雕龙》中,刘勰也借用语助词"之""而""于""以"等,起到"据事似闲,在用实切"(《文心雕龙·章句》)的语义整合功能。⑤

---

① Shao,Paul Yang-shing. *Liu Hsieh as literary theorist*, *Critic and Rhetorician*, Stanford:Stanford University,Ph.D.,1981.p.203.

② Shao,Paul Yang-shing. *Liu Hsieh as literary theorist*, *Critic and Rhetorician*, Stanford:Stanford University,Ph.D.,1981.p.204.

③ Shao,Paul Yang-shing. *Liu Hsieh as literary theorist*, *Critic and Rhetorician*, Stanford:Stanford University,Ph.D.,1981.p.204.

④ E.D.Hirsch,Jr., *The Philosophy of Composition*,The University of Chicago Press,1977.p.151.

⑤ Shao,Paul Yang-shing. *Liu Hsieh as literary theorist*, *Critic and Rhetorician*, Stanford:Stanford University,Ph.D.,1981.pp.206-207.

第四,声律和谐问题。

对于刘勰在《文心雕龙》中讨论的文学创作"声律"问题,邵氏同样没有进行阐释辨析,而只是针对这一问题进行了简单的现代心理学求证。《文心雕龙》对于"声律"的重要看法是:"是以声画妍蚩,寄在吟咏,吟咏滋味,流于字句,气力穷于和韵。异音相从谓之和,同声相应谓之韵。韵气一定,故余声易遣;和体抑扬,故遗响难契。属笔易巧,选和至难,缀文难精,而作韵甚易。"(《文心雕龙·声律》)

邵氏援引罗根泽的看法,认为刘勰所谓"声律",是指口语的自然韵律;而书写语的节奏,应以口语的节奏为标准。[1] 据此观念,邵氏提出,汉语的宫商节奏是从每个人自身生命血气而来的,不是从外在的音乐器材而来的。[2] 这个看法有其近代心理学依据。根据近代心理学的研究,节奏始自人身体上的器官,因此,口语的节奏必定影响书写语的节奏。书写语只不过是一种无声的口语,而阅读只不过是一种视觉上的听闻。而20世纪前苏联著名心理学家鲁宾斯坦的实验研究也证明,视觉上的刺激符号必须转化为音位信号,然后才能被分析出意义。[3] 而赫施也倾向于认为,阅读和听闻之间存有一种脐带关系,一个文章的可读性与可听性是一而二、二而一的过程。[4] 因此,从众多现代心理学研究来看,邵氏认为刘勰关于"声律"和谐的观点,是站得住脚的。[5]

第五,用字问题。

刘勰在《文心雕龙·练字》中提出了创作用"字"不重复的原则:"若两字俱要,则宁在相犯。故善为文者,富于万篇,贫于一字;一字非少,相避为难也。"在此原则下,创作用"字"还应遵守两大准则:其一,必须使用恰当的字;其二,必须将两个相关联的字放在一起。刘勰说:"若辞失其朋,则羁旅而无友。"(《文心雕龙·章句》)邵氏认为,刘勰对于文章用"字"的观念,其实也有现代心理学依据,

---

① 罗根泽:《中国文学批评史》(一),古典文学出版社1957年版,第232-233页。

② Shao,Paul Yang-shing. *Liu Hsieh as literary theorist*, *Critic and Rhetorician*, Stanford:Stanford University,Ph.D.,1981.p.208.

③ H.Ruberstein,S.S.Lewis and M.A.Ruberstein, "Evidence for phonemic recording in visual word recognition," in *Journal of Verbal Learning and Verbal Behavior*,10,(1971),pp.645-657.

④ E.D.Hirsch,Jr., *The Philosophy of Composition*, The University of Chicago Press,1977.p.162.

⑤ Shao,Paul Yang-shing. *Liu Hsieh as literary theorist*, *Critic and Rhetorician*, Stanford:Stanford University,Ph.D.,1981.p.209.

那就是阅读心理的经济原则。① 正是因为暗合了这一原则,刘勰才会自然推演出文学写作用字的评判准则:"字不得减,乃知其密。""同辞重句,文之肬赘也。"(《文心雕龙·熔裁》)

可能是由于刘勰生活在中国书法发展的高峰期,其选"字"亦照顾到字的外形美:②"临文则能归字形矣。"(《文心雕龙·练字》)刘勰所列举的根据"字"的外貌选字的准则,其中一条就是:"单复者,字形肥瘠者也。瘠字累句,则纤疏而行劣;肥字积文,则黯黕而篇暗。"(《文心雕龙·练字》)邵氏认为,刘勰以貌取字,目的仍在于通过结字联句形成一种整体性的章句效果,实现"练字"的美学价值,提高句子的可读性。③

第六,骈偶问题。

对于文学创造中的"骈偶"问题,邵氏也没有对该种修辞作出语境还原与详尽训释,而只是将其与赫施的观点进行了对比。按照邵氏,赫施使用"骈偶"的平行句法,主要意在增强句子的可读性;而刘勰使用骈偶,则弃其实用性而逐美学性。④ 对赫施来说,"平行句法的使用可以表达相似的观念,便于人们理解句子的主要文意。"⑤对于刘勰来说,骈偶形式本身就是美:"炳烁联华,镜静含态。玉润双流,如彼珩佩。"(《文心雕龙·丽辞》)

刘勰与赫施的另一个不同在于,赫施只以骈偶句表达相同的意思,而刘勰则用之表达相同或相对的意思。⑥ 其不同的功用指向决定了他们用不同的理据来解释骈偶:赫施的理据在于经验心理学,而刘勰的理据则在于形而上学。⑦ 刘勰

---

① Shao,Paul Yang-shing.*Liu Hsieh as literary theorist,Critic and Rhetorician*,Stanford:Stanford University,Ph.D.,1981.p.211.

② Shao,Paul Yang-shing.*Liu Hsieh as literary theorist,Critic and Rhetorician*,Stanford:Stanford University,Ph.D.,1981.p.212.另参见邵耀成:《〈文心雕龙〉这本书:文论及其时代》,中国社会科学出版社2014年版,第245页。

③ Shao,Paul Yang-shing.*Liu Hsieh as literary theorist,Critic and Rhetorician*,Stanford:Stanford University,Ph.D.,1981.p.213.

④ Shao,Paul Yang-shing. *Liu Hsieh as literary theorist,Critic and Rhetorician*,Stanford:Stanford University,Ph.D.,1981.pp.213-214.

⑤ E.D.Hirsch,Jr.,*The Philosophy of Composition*,The University of Chicago Press,1977.p.152.

⑥ Shao,Paul Yang-shing.*Liu Hsieh as literary theorist,Critic and Rhetorician*,Stanford:Stanford University,Ph.D.,1981.p.214.

⑦ Shao,Paul Yang-shing.*Liu Hsieh as literary theorist,Critic and Rhetorician*,Stanford:Stanford University,Ph.D.,1981.pp.214-215.

说:"造化赋形,支体必双,神理为用,事不孤立。夫心生文辞,运裁百虑,高下相须,自然成对。"(《文心雕龙·丽辞》)邵氏认为,正是通过"骈偶"问题的形而上学溯源,刘勰才回应了宇宙之"道"的二重性,使创作形而下之"文"与宇宙形而上之"道"在形式象征上成为一个有机统一体。①

第七,修辞手法。

邵氏运用赫施的"表征"(representation)心理学理论——"为了省思复杂语境中整体的意义及其关联性,可使用以部分借代或表征整体的修辞手法"②——对《文心雕龙》"比""事""夸饰"三种修辞手法作了简要分析。按照刘勰,所谓"比",就是"写物以附意,飏言以切事者也",其使用原则在于"以切至为贵"。(《文心雕龙·比兴》)邵氏认为,不宜单纯将"比"理解为一种通俗化的修辞手法,亦即用形象化的意象理解抽象的观念,它实有其现代心理学依据,即:通过部分来理解复杂整体是人类认知思维的普遍倾向。③

"事"有三层含义:引文(quotations)、典故(allusions)、衍生文(derivations)。邵氏从中西比较的角度提出,"引文"和"衍生文"在西方文学批评中都难以成为修辞手法,只有"典故"才能成为修辞。但是,《文心雕龙》并未将"典故"列为修辞,而是重点分析了"引文"。"引文"的原则是:"取事贵约"(《文心雕龙·事类》)为什么"引文"要简约?邵氏认为原因在于"引文"要契入四六骈文中,为了不打破四六骈文本身的形式美结构,就必须对"引文"截头断尾,服从"部分代替整体"的"表征"原则。因此,对于作文而言,如何将"引文"契入语句,也就是说,如何"取事",才是最重要的问题。④

"夸饰"是一种有意的夸张润饰手法,因其创造形象常夸诞扭曲,故而易于激起人们对平常事物的再思考。⑤ 刘勰说:"至如气貌山海,体势宫殿,嵯峨揭业,熠耀焜煌之状,光采炜炜而欲然,声貌岌岌其将动矣。莫不因夸以成状,沿饰

① Shao,Paul Yang-shing. *Liu Hsieh as literary theorist, Critic and Rhetorician*, Stanford:Stanford University, Ph.D.,1981.p.215.

② E.D.Hirsch,Jr., *The Philosophy of Composition*, The University of Chicago Press,1977.p.124.

③ Shao,Paul Yang-shing. *Liu Hsieh as literary theorist, Critic and Rhetorician*, Stanford:Stanford University, Ph.D.,1981.p.216.

④ 邵耀成:《〈文心雕龙〉这本书:文论及其时代》,中国社会科学出版社2014年版,第248页。

⑤ Shao,Paul Yang-shing. *Liu Hsieh as literary theorist, Critic and Rhetorician*, Stanford:Stanford University, Ph.D.,1981.pp.217-218.

而得奇也。"(《文心雕龙·夸饰》)这是从修辞的效果来肯定"夸饰"的价值。而夸饰的最终目的却在于:它要通过形而下的形象渲染以得其形而上之道:"夫形而上者谓之道,形而下者谓之器。神道难摹,精言不能追其极;形器易写,壮辞可得喻其真。"(《文心雕龙·夸饰》)邵氏认为,刘勰对"夸张"问题的理解,实际上既可以视为对中国文学追摹"似与不似之间"形象的修辞论注解,也可以理解为对"表征"理论的艺术化运用。①

---

① Shao,Paul Yang-shing. *Liu Hsieh as literary theorist*, *Critic and Rhetorician*, Stanford:Stanford University,Ph.D.,1981.p.219.

第六章　魏碧德《文心雕龙》研究

　　魏碧德的《文心雕龙》研究,主要表现在他撰写的《亚里士多德〈诗学〉与刘勰〈文心雕龙〉中的经典主义》(Classicism in Aristotle's Poetics & Liu Xie's Wenxin Diaolong)一文。该文是魏氏于1990年在华盛顿大学比较文学专业获得的博士学位论文,论文由美籍德裔哲学家、文学理论家恩斯特·贝勒尔(Ernst Behler)指导。

　　魏碧德(Peter Biden Way),1941年生于美国纽约,1966年在欧柏林学院(Oberlin College)获得学士学位,主修希腊拉丁语;1968年在哥伦比亚大学获得硕士学位,主攻希腊拉丁语专业;1990年在华盛顿大学获得博士学位,主攻比较文学专业。

　　论文在摘要中就指出,论文要比较分析亚里士多德《诗学》与刘勰《文心雕龙》中蕴藏的经典主义批评理论,通过将二者还原至各自的历史语境与批评传统中,比较二者在批评方法、批评理论、批评原则与批评目的(values and beliefs)方面的差异,证明前者体现的是一种浪漫主义的批评风格(romantic criticism),主要致力于说明文学的形式要素与形式特征;后者则体现了一种启蒙主义的批评风格(didactic criticism),主要致力于展示文学的历史与结构特征,揭示文学的演进原则。①

　　在论文"导论"中,魏氏站在维特根斯坦的立场上,首先摆明了论文的基本写作立场:"世界是事实的总和,而不是事物的总和;文学作为一种事件,是一种形式化的现实(formal reality),抛开其历史是否不同,本质是否相同不论,它所展

---

　　① Peter B. Way, *Classicism in Aristotle's Poetics & Liu Xie's Wenxin Diaolong*, Unpublished Ph. D Dissertation, University of Washington, 1990, Abstract, i.

现的都是一种形式或概念的关系,因而本身不是历史事件的结果,而更像是历史事件的一个基本方面。"①

作者指出,在印欧语系中,语言的名词与动词通过词语形态学的发音即可区别开来,然而汉语无需如此,它只需通过该词在不同历史中的事件属性即可加以区别。不仅如此,在口头语言中,所有语言名词与动词的区别——要么通过语言形态学的形式,要么通过词语在句子中的语法位置,或者二者皆而有之来完成——不仅仅表达的是一个历史事件的区别,它更主要的是展现口头语言的一个基本方面。② 因此,将文学视为世界中的事件,并不是要说明文学是人类历史中的偶然存在,而是要将其看作是人类历史的基本方面,看作是发生在人类历史时空中的基本现实。作者认为,关于文学的这种观念虽然只是一种理论的悬设,但却可以通过诉诸欧洲与中国两种独立的文学传统及其公共性文学观念加以证明。③

我们设若此种观念成立,那也就意味着,文学作为一种语言的历史事件,有其因应特定历史而形成的独特本质。这样,文学批评的任务,也就是解释作为文学事件的文学形式、文学观念、文学价值是如何构成人类历史事件的基本方面的。④ 对于中国与欧洲文学批评来讲,二者构成人类历史事件的基本方面,首先表现在它们都有各自独立而又相同的文学话语,以此区别于非文学话语。也正是基于这种认识,魏氏提醒我们,不宜过分高估中国文学批评与欧洲文学批评话语各自独立性的批评学意义。⑤ 事实也是,"中国刘勰的《文心雕龙》,与欧洲亚里士多德的《诗学》,尽管诞生于两种完全不同的历史环境,但是,它们却用同样的术语,提出了同样的问题,作出了同样的回答。"⑥ 如果我们将 2500 多年前的

① Peter B.Way, *Classicism in Aristotle's Poetics & Liu Xie's Wenxin Diaolong*, Unpublished Ph.D Dissertation, University of Washington, 1990, p.1.

② Peter B.Way, *Classicism in Aristotle's Poetics & Liu Xie's Wenxin Diaolong*, Unpublished Ph.D Dissertation, University of Washington, 1990, pp.1−2.

③ Peter B.Way, *Classicism in Aristotle's Poetics & Liu Xie's Wenxin Diaolong*, Unpublished Ph.D Dissertation, University of Washington, 1990, p.2.

④ Peter B.Way, *Classicism in Aristotle's Poetics & Liu Xie's Wenxin Diaolong*, Unpublished Ph.D Dissertation, University of Washington, 1990, p.2.

⑤ Peter B.Way, *Classicism in Aristotle's Poetics & Liu Xie's Wenxin Diaolong*, Unpublished Ph.D Dissertation, University of Washington, 1990, pp.2−3.

⑥ Peter B.Way, *Classicism in Aristotle's Poetics & Liu Xie's Wenxin Diaolong*, Unpublished Ph.D Dissertation, University of Washington, 1990, p.3.

欧洲文学与中国文学进行对比研究,可以发现它们都有着进步主义与自觉意识的文学传统,都提出了文学革新的观念,并视"文学革新"为文学基本问题。与之相应的则是,两种不同文学传统的批评家,尽管在早期一直相互隔绝,但却都清楚地阐述了文学的抽象本质问题,都对文学的身份、文学的结构等问题作出了思考。①

魏氏指出,人们一般认为,文学理论应与文学作品同步。原因很简单,文学作品追求复杂性与艺术性,文学理论亦不例外。中国文学与欧洲文学在早期的发展中,都伴随着非常成熟的批评理论话语。② 亚里士多德与刘勰均诞生于文学已经高度发展、文学理论相对成熟,对文学的形式与价值、文学的本质与功用等基本问题的思考已经非常成熟的时期。因此,我们有理由相信,文学理论作为文学的一种重要形成方式,它既影响文学又反过来受文学影响。③ 换句话说,"任何一种在其相应的文学批评理论没有完全对其文学身份与潜在价值作出充分阐释之前,都不可能在形式方面臻于完美。"④

同时,魏氏提醒我们注意,亚里士多德与刘勰所处的时代,都是文学发展发生重大变化,但文学理论并未因此跟进的时代。因此,对于二人来讲,文学批评理论的基本任务就在于:"分类并阐释过往文学的存在形态及其价值,并由此揭示当代文学的形态及其价值。当一种文学批评理论的基本术语及其原则既难以对过往文学作出一致性阐释,又难以对当下文学的动力作出回应,它就走到了自己的尽头。"⑤

基于这一判断,魏氏认为我们有理由相信,《诗学》与《文心雕龙》中所表现出的独特文学洞察力与熟稔思考,大致导源于二者面临同样的文学历史变化,并

---

① Peter B.Way, *Classicism in Aristotle's Poetics & Liu Xie's Wenxin Diaolong*, Unpublished Ph.D Dissertation, University of Washington, 1990, p.4.

② Peter B.Way, *Classicism in Aristotle's Poetics & Liu Xie's Wenxin Diaolong*, Unpublished Ph.D Dissertation, University of Washington, 1990, p.4.

③ Peter B.Way, *Classicism in Aristotle's Poetics & Liu Xie's Wenxin Diaolong*, Unpublished Ph.D Dissertation, University of Washington, 1990, p.4.

④ Peter B.Way, *Classicism in Aristotle's Poetics & Liu Xie's Wenxin Diaolong*, Unpublished Ph.D Dissertation, University of Washington, 1990, p.5.

⑤ Peter B.Way, *Classicism in Aristotle's Poetics & Liu Xie's Wenxin Diaolong*, Unpublished Ph.D Dissertation, University of Washington, 1990, p.8.

由此催生出批评理论作出同样的思考。① 正是基于两种不同的文学传统在文学本质与文学创造方面持有大致相同的立场,才使它们对文学的身份、结构与原则问题作出共同的思考,并由此影响到此后各自的文学批评传统。

在魏氏看来,正是通过对各自文学传统的清理阐扬,刘勰与亚里士多德才激发了各自的文学传统在随后的文艺复兴。比如,刘勰带来了唐宋文学的文艺复兴,亚里士多德带来了希腊罗马时期的文艺复兴,特别是亚里士多德《诗学》对亚历山大时期及其此后的文学与文学批评影响明显。② 而刘勰《文心雕龙》对唐宋文学批评的影响,虽然并不是直接的,然而其对萧统《文选》的影响,则是直接的。萧统《文选》及其所传达出的文学批评观念,亦即高扬文学形式与文学史问题在文学发展中重要性,正是对刘勰《文心雕龙》文学批评观念的直接承继。③ 总之,《诗学》《文心雕龙》对文学史、文学结构、文学原则、文学身份的批评阐释与重新界定,成为此后各自文学传统的经典文学法则。对这些经典法则的本质属性(the nature and the quality of such classicism)在各自文学传统中的检视比较,构成了魏氏论文的主要研究内容。④

一、经典主义与结构主义问题

经典主义(Classicism)是中西方文学批评的共有概念。魏氏首先根据中国与欧洲的文学批评传统,对"经典主义"一词作出界定:"所谓经典主义,是指流行于欧洲与中国的一种形式批评,这种批评以揭示文学的抽象身份为旨归,通过分析其历时性的演递次序(如文学史)与共时性的逻辑形态(如文学的结构与形式),来说明文学作为一种形式或历史的事实(reality);它致力于通过判定传统

---

① Peter B. Way, *Classicism in Aristotle's Poetics & Liu Xie's Wenxin Diaolong*, Unpublished Ph. D Dissertation, University of Washington, 1990, p.9.

② Peter B. Way, *Classicism in Aristotle's Poetics & Liu Xie's Wenxin Diaolong*, Unpublished Ph. D Dissertation, University of Washington, 1990, p.10.

③ Peter B. Way, *Classicism in Aristotle's Poetics & Liu Xie's Wenxin Diaolong*, Unpublished Ph. D Dissertation, University of Washington, 1990, p.10.

④ Peter B. Way, *Classicism in Aristotle's Poetics & Liu Xie's Wenxin Diaolong*, Unpublished Ph. D Dissertation, University of Washington, 1990, p.10.

文学的基本规范(norms)与价值(values),来阐明文学的要素与原则,激发并推动文学的创新。"①

根据魏氏,要明白"经典主义"的这个概念,必须将其与"传统主义"(traditionalism)相比对。前者强调文学本身的价值,认可文学的价值尽管是社会价值的某种反映,但其主要的价值在于其独立的审美价值;后者强调文学的道德价值,认可外在的社会价值,模糊文学话语与其他话语的区别,将文学形式视为一种恒定的社会偶发存在(accidents),而非像经典主义那样,认为文学有其自身演递规律与发展形态。②

如果将"经典主义"视为一种以文学抽象本质讨论为中心的文学批评传统,那也就意味着,我们需要分析文学的演递形态,阐明文学的结构与原则,并将文学的演递视为文学进步的标志。然而,魏氏认为,无论是在中国还是欧洲,"经典主义"常常被视为一种反对文学革新的批评主张,并被冠以独断论、道德主义与保守主义等不同恶名。③ 比如,施友忠的看法,就是一个典型的例子。施友忠在讨论刘勰的"经典主义"批评观念时认为:

> 刘勰作为一个经典主义者,秉持文学因时而变的观念,认为一代有一代之文学,后代文学常常与传统文学构成冲突。他既强调文学的通变原则,又要求向经典主义致敬,同时也谴责贬今崇古的不良文风。通观刘勰的著述,我们基本可以认为,其保守主义是习惯使然,其进步主义才是主导观念。虽然他表面上抬高经典(Classics),但更倾向于纯文学的要素研究。即使是对于经典的理解,其文学欣赏与理解远胜于道德主义的解释。因此,对于刘勰而言,经典之所以重要,乃在于其秉有文学的价值;然而文学自有其内在价值,它并不依赖于经典本身。

当刘勰在《文心雕龙》第二部分讨论文学的基本要素时,其抛开经典主义(classicism)另立标杆的程度令人吃惊。其对文学要素的分析几乎全为

---

① Peter B.Way, *Classicism in Aristotle's Poetics & Liu Xie's Wenxin Diaolong*, Unpublished Ph.D Dissertation, University of Washington, 1990, p.12.

② Peter B.Way, *Classicism in Aristotle's Poetics & Liu Xie's Wenxin Diaolong*, Unpublished Ph.D Dissertation, University of Washington, 1990, p.13.

③ Peter B.Way, *Classicism in Aristotle's Poetics & Liu Xie's Wenxin Diaolong*, Unpublished Ph.D Dissertation, University of Washington, 1990, pp.13-14.

纯文学的分析。……因此,公正地说,我们很难称刘勰是一个经典主义者。①

魏氏认为,施友忠在对刘勰思想阐述中所援引的"经典主义"一词,是一种误用。刘勰通过将"经典主义"与"纯文学"对比研究,认为经典主义代表了传统主义(traditionalism)与道德主义(moralism),它不关注文学纯粹价值本身,因而不是纯文学的研究。②魏氏指出,施友忠这种对"经典主义"的理解,并不符合中国与欧洲文学传统。实际上,该词作为指称某一现象后来新变的概括性指义(neologism),其词义含混复杂,语义内部常常充满矛盾。③当我们将刘勰的形式主义与文学发展观视为其"经典主义"的反对面时,我们实际上并未对"经典主义"一词的语义内涵作出批判性考察。魏氏援引韦勒克对"经典主义"一词的观念性考察,指出:19世纪上半叶之前抽象的"经典主义"观念还未在欧洲文学批评界出现,直到今天,它的概念语义实际上仍然含混不清。④"抽象名词'经典主义'首次在欧洲出现,是德国批评家施莱格尔兄弟,将其与'浪漫主义'一词骈体提出,主要用于强调17至18世纪法国文学、英国文学与德国文学在文体方面的不同,人们习惯上将非传统的就视为非经典的。……古典主义的批评意味着对传统的捍卫,意味着一种不同于教化主义(didacticism)与浪漫主义的文学批评方法论……直到19至20世纪,它实际上仍然在与浪漫主义相对的意义上使用,语义并不清晰,并未获得与现代文学批评视形式原则与文本结构为文学基本标准的意义关联。"⑤

---

① Peter B.Way, *Classicism in Aristotle's Poetics & Liu Xie's Wenxin Diaolong*, Unpublished Ph.D Dissertation, University of Washington, 1990, pp14-15;魏氏将"classicism"译为"经典主义",而非汉语的习惯表述"古典主义"。关于魏氏引述施友忠论述原文,请参见 Liu Xie, *The Literary Mind and the Carving of Dragons*, *Vincent Yu-chung Shih*, Hong Kong:The Chinese University Press, 1983, pp.xxxviii-xxxix.

② Peter B.Way, *Classicism in Aristotle's Poetics & Liu Xie's Wenxin Diaolong*, Unpublished Ph.D Dissertation, University of Washington, 1990, p.15.

③ Peter B.Way, *Classicism in Aristotle's Poetics & Liu Xie's Wenxin Diaolong*, Unpublished Ph.D Dissertation, University of Washington, 1990, p.15.

④ see:Rene Wellek, "The Term and Concept of Classicism in Literary Theory" in Concepts of Criticism, New Haven & London:Yale University Press.1964, pp.55-89.

⑤ Peter B.Way, *Classicism in Aristotle's Poetics & Liu Xie's Wenxin Diaolong*, Unpublished Ph.D Dissertation, University of Washington, 1990, pp.17-18.

回到我们讨论的文本。魏氏认为,尽管亚里士多德与刘勰一样,都认为文学的规则(norms)源出于像《诗经》或《荷马史诗》这样的古代作品,但是,他们也都清醒地意识到,文学作品形式有其独立价值,因而并未陷入崇古主义的窠臼。① 事实上,只有当经典主义的文学形式与文学本质被有意忽略,文学文本及其特性被刻意理想化时,传统主义与经典主义才会纠缠不清。无论是在中国还是在欧洲,真正的经典主义总是带有激进的、进步主义的倾向。"经典"(classical)一词在汉语与欧洲文学传统中都意指一种本质性的东西。经典主义诸概念要么代表了一种独特的文体倾向,要么表示一种相悖于原初意义的古代世界理想化图景。② 而传统主义(traditionalism)的所有形式则倾向于根据文学素材(material)而非文学形式对"正典"(canon)进行理想化,亦即它更乐于从历史事件(historical accidentals)方面对自身进行理想化,而非从形式化的文学原则或结构方面作出。③ 传统主义的这种倾向作为中国与西方传统文学批评的一贯特征,塑造了"作家应该根据历史过往进行文学写作"的文学观念,但其却与真正的经典主义相去甚远,因为后者将文学结构与文学律则(principles)视为文学身份的基本属性。④ "正典"由此代表了一套复杂的文学范式,它以关注传统的文学形式动力(formal dynamics)并由此推动文学革新为旨归。"经典主义"因而也意味着对文学的审美价值与准则(norms)作出批判性理解。⑤

就《文心雕龙》与《诗学》而言,它们都代表了对文学批评脱离审美而呈现出俚俗化(vulgarization)倾向的反拨,它们都在文学审美的准则之内清晰地传达了一种经典主义的批评观念,它们都通过批判俚俗的道德主义和保守的传统主义而与自己的传统拉开距离,都通过仔细检讨本民族传统的文学历史与结构而重

---

① Peter B. Way, *Classicism in Aristotle's Poetics & Liu Xie's Wenxin Diaolong*, Unpublished Ph. D Dissertation, University of Washington, 1990, pp. 18-19.

② Peter B. Way, *Classicism in Aristotle's Poetics & Liu Xie's Wenxin Diaolong*, Unpublished Ph. D Dissertation, University of Washington, 1990, p. 19.

③ Peter B. Way, *Classicism in Aristotle's Poetics & Liu Xie's Wenxin Diaolong*, Unpublished Ph. D Dissertation, University of Washington, 1990, p. 19.

④ Peter B. Way, *Classicism in Aristotle's Poetics & Liu Xie's Wenxin Diaolong*, Unpublished Ph. D Dissertation, University of Washington, 1990, pp. 19-20.

⑤ Peter B. Way, *Classicism in Aristotle's Poetics & Liu Xie's Wenxin Diaolong*, Unpublished Ph. D Dissertation, University of Washington, 1990, p. 20.

新评估了文学的形式审美价值。①

魏氏认为,经典主义的概念坚守文学的抽象与形式身份,在此意义上的文学准则(norms)与原则(principles)观念,要求将文学视为一种独立的形式现实(reality)。尽管亚里士多德与刘勰均承认文学的、政治的、道德的价值在最广义的意义上彼此缠绕,也与文学批评相互纠缠,但是,有效的文学批评要求批评家隔离这种关系,分析文学的历史、形式与价值本身。当批评家不再囿于传统事业,而是对传统的保守价值及其各自的新文化与形式价值进行反思时,"经典主义"才不会混同于"保守主义"。这也就是何以施友忠与一些学者会认为刘勰的"经典主义"与其纯文学主张存在抵牾的原因所在。它启示我们,要进行"经典主义"的文学批评,就必须对"经典主义"作出更严格的界定,而非在似是而非的意义上使用。②

在完成对"经典主义"概念的批判性考察后,魏氏提醒我们注意,"经典主义"自身亦在发展演化。比如,诞生于公元前7世纪的《诗经》,在结构上并没有突出历时性的排列;然而诞生于公元6世纪的《文选》,则根据时间顺序而对相关文体与类型作出了排列。"《荷马史诗》与《论语》正典均为刻意将历史性与时间性视为经典的标准。因此,文学史与文学作品中出现的历史性分析,似乎只是表征着经典传统的后续沿革。撇开亚里士多德与刘勰是否就是首先开创文学分析的共时方法与历时方法事实不论,他们都比之前或之后的批评家更鲜明地突出了批评的时间意识。"③魏氏认为,经典主义的真正成熟与完善,只有等到现代形式主义与结构主义理论出现,在理论上能够明确对文学史与文学结构要素作出区别时,才有可能。同样,当且仅当中西方经典主义的历史得到比较考察时,其本质与意义才会显豁起来。

根据魏氏,经典主义的最基本要素是其区别于其他话语的独特文学形式,具体包括文学的结构、文学的历史要素。④ 以此为依据,经典主义批评,遵循如下

① Peter B.Way, *Classicism in Aristotle's Poetics & Liu Xie's Wenxin Diaolong*, Unpublished Ph.D Dissertation, University of Washington, 1990, p.22.

② Peter B.Way, *Classicism in Aristotle's Poetics & Liu Xie's Wenxin Diaolong*, Unpublished Ph.D Dissertation, University of Washington, 1990, pp.22–23.

③ Peter B.Way, *Classicism in Aristotle's Poetics & Liu Xie's Wenxin Diaolong*, Unpublished Ph.D Dissertation, University of Washington, 1990, p.26.

④ Peter B.Way, *Classicism in Aristotle's Poetics & Liu Xie's Wenxin Diaolong*, Unpublished Ph.D Dissertation, University of Washington, 1990, p.28.

四大原则:"其一,文学的形式身份,既包括历时性的,也包括共时性的。其二,文学创新是文学的基本特征。其三,文学批评应该勠力于文学话语,而非作者。其四,文学革新表征着对以往文学的发展。"①

魏氏认为,虽然现代文学批评流派,如俄国形式主义、法国结构主义、英美新批评已然放弃了对"经典主义"概念的使用,但其对文学形式,亦即雅各布森意义上的"文学性"的突出强调,所表征的正是一种纯粹的经典主义。换句话说,形式主义对经典主义价值与方法的强调本身也代表了它向形式主义传统的致敬。②

二、欧洲与中国

文学是历史与形式复杂关联的前在(imminent)表征。文学批评的基本任务在于阐明这种复杂的表征。在欧洲的亚里士多德与中国的刘勰,他们都在各自的文学传统中,较早有意识地对这种复杂表征作出阐扬,他们虽显示出不同的批评形式、批评观念与批评意识,但都植根于各自的传统。③

因而,对于不同文学批评传统的理解,就成了对不同文本作出批评的首要前提。然而,概由于传统本身,又常常晦暗不清,理解迥异,例如在中国,当孔子、陆机与刘勰在中国传统中对《诗经》"诗无邪"作出理解时,他们常常超出"诗无邪"的道德主义阐释视角,而作出更为开放性的理解,孔子对该词的道德主义理解,不同于陆机、刘勰等后世批评家对该词道德主义的理解。由此也意味着,处于歧义丛生传统中的文本本身,也较难获得一致性理解。④ 因而批评家所面临的任务,就不单是解释一个独特的文本本身,他还要求诸整个文本传统。在西方

---

① Peter B. Way, *Classicism in Aristotle's Poetics & Liu Xie's Wenxin Diaolong*, Unpublished Ph.D Dissertation, University of Washington, 1990, p.35.

② Peter B. Way, *Classicism in Aristotle's Poetics & Liu Xie's Wenxin Diaolong*, Unpublished Ph.D Dissertation, University of Washington, 1990, p.38.

③ Peter B. Way, *Classicism in Aristotle's Poetics & Liu Xie's Wenxin Diaolong*, Unpublished Ph.D Dissertation, University of Washington, 1990, p.40.

④ Peter B. Way, *Classicism in Aristotle's Poetics & Liu Xie's Wenxin Diaolong*, Unpublished Ph.D Dissertation, University of Washington, 1990, p.42.

的情况大抵也是如此。

　　魏氏指出,将文本置入特定的传统中,根据传统的普遍性观念来解释诞生于该传统的特定文本,将文本视为传统价值与信仰的表达,是中西方文学批评的普遍现象,而文本本身对传统的背离与独特呈现,则并未构成中西方文学批评传统关注的重点。基于这一认识,后世的批评家也都将传统文学的价值铆定在某个或某几个恒定的问题上。但事实上,中西方文学的审美价值,从古至今一直在移转,比如今天的审美价值,就很难用来去评判古典的文学;反之亦然。①

　　要对《诗学》与《文心雕龙》在各自的文化传统中作出阐释与评价,我们必须界定每个文本的叙事逻辑,亦即其思想体系(ideology),还原它们的源发语境,揭示其本质与演化历程。但设若文学文本与其历史传统并不完全吻合,那么我们在对两个文本作出解释评价时,就要意识到完全的还原主义方法具有局限性。事实上,《文心雕龙》与其历史传统的离散度,要比《诗学》大得多。正是出于这种考虑,魏氏在论文中,首先对《诗学》文本与传统的关系作出清理,然后再用从《诗学》中得出的结论,来观照《文心雕龙》文本。魏氏的基本判断是:"刘勰与亚里士多德都是各自文学传统中经典主义的杰出代表,他们几乎用同样的方法,提出了同样的问题。"②

三、《诗学》:经典主义、浪漫主义与教化主义

　　通过对亚里士多德《诗学》的考察,魏氏得出的结论是:在亚里士多德看来,文学有其自律性本质,有其独特的形式原则;离开了文学的自律性及其形式原则,就难以对文学的类型(modes)、原则(principles)与其他要素作出分析。形式因而并非文学的偶性(accidental),而是其意义的基本构成要素。③

　　魏氏认为,中西方文化中的文学批评,可以区别为三类:经典主义、教化主

　　①　Peter B.Way, *Classicism in Aristotle's Poetics & Liu Xie's Wenxin Diaolong*, Unpublished Ph.D Dissertation, University of Washington, 1990, p.44.

　　②　Peter B.Way, *Classicism in Aristotle's Poetics & Liu Xie's Wenxin Diaolong*, Unpublished Ph.D Dissertation, University of Washington, 1990, p.46.

　　③　Peter B.Way, *Classicism in Aristotle's Poetics & Liu Xie's Wenxin Diaolong*, Unpublished Ph.D Dissertation, University of Washington, 1990, pp.48−49.

义、浪漫主义。虽然仍有其他不同的类型划分,但是,这三种划分,基本上代表了三种不同的界定文学批评的方式:(1)文学话语与非文学话语的基本区别在于它有其独特的原则与要素,因而可以从形式与原则角度对其进行界定;(2)文学话语与非文学话语的区别并非根本的(accidental),因而也可以从其他方面对文学话语进行界定;(3)文学话语与非文学话语的基本区别在于前者可以从非理性与诗性方面对其进行表达。①

经典主义依据文学的价值、结构、历史来阐明文学的形式特性,用现代结构主义的话语表述,就是它强调文学的"文学性"。经典主义强调文学话语与非文学话语的区别,认同理性主义的批评传统,将文学的形式作为文学话语的根基。从文学批评实际发生的角度看,经典主义主张文学话语植根于自己的文学传统,通过文学话语,文学传统得以表达。在魏氏看来,即使是教化主义与浪漫主义,也认同文学的形式属性,只不过它们构成了对文学形式属性的不同偏离而已。②

教化主义与经典主义相反,认为文学话语与非文学话语并无本质区别,文学形式的审美属性仅仅是为了使文学话语更具有说教与愉悦功能,它本身则是非自律的。教化主义批评并不否定文学的意义,它只是限定文学的意义。③ 在魏氏看来,将非文学话语等同于文学话语的教化主义文学批评,并不意味着要用附带伦理与政治价值的话语表达其文学价值;同样,用带有伦理与政治色彩的文学话语来从事文学创作,也不必然带来文学的教化主义效果。一句话,文学表达的手段不应混同于文学表达的效果。④

浪漫主义是最难以界定的文学批评类型。与教化主义相比,浪漫主义格外强调文学话语与非文学话语的不同;与经典主义相比,它又否定这种不同的可解释性,强调文学话语的心理特性,特别是其中的灵感与审美心理效果属性,认同

---

① Peter B.Way, *Classicism in Aristotle's Poetics & Liu Xie's Wenxin Diaolong*, Unpublished Ph.D Dissertation, University of Washington, 1990, p.52.

② Peter B.Way, *Classicism in Aristotle's Poetics & Liu Xie's Wenxin Diaolong*, Unpublished Ph.D Dissertation, University of Washington, 1990, pp.53-54.

③ Peter B.Way, *Classicism in Aristotle's Poetics & Liu Xie's Wenxin DiaolongI*, Unpublished Ph.D Dissertation, University of Washington, 1990, p.53.

④ Peter B.Way, *Classicism in Aristotle's Poetics & Liu Xie's Wenxin Diaolong*, Unpublished Ph.D Dissertation, University of Washington, 1990, p.55.

非理性为其本质特征。① 浪漫主义习惯于使用印象主义的批评术语,去描述作家或读者的心理状态而非作品形式本身。就此意义而言,它与教化主义具有相似性,二者都强调作家与话语的意义是文学的本体,而非文学话语本身。②

在魏氏看来,刘勰与亚里士多德的批评观念都坚持批评的逻辑一贯性,反对教化主义的谬误与浪漫主义的夸张批评。③ 与中国文学批评相比较,欧洲文学批评在文学具体问题的关注、逻辑的一致性与批评的方法论方面,都比中国传统文学批评走得更远。而亚里士多德的《诗学》,堪称这方面的代表。《诗学》将"悲剧"视为文学的典型体现,分析了悲剧的基本要素与原则,阐明了悲剧的审美一致性与感染性,奠定了文学的客观主义批评基础,成为在古典欧洲文学批评中对文学的形式批评作出突出贡献的代表。④

四、《文心雕龙》与中国传统文学批评

根据魏氏,为了准确地理解《文心雕龙》,我们同样需要对其所处的批评传统作出重新的评价与阐释。对中国文学批评传统进行重新评价与阐释,意味着我们必须使用怀疑主义方法,不仅对该传统中涉及的具体问题进行评价与阐释,更要对传统批评的价值本身,重新作出评价与阐释。⑤ 这是魏氏在进入《文心雕龙》文本之前,所持的基本研究立场。

魏氏的一个基本看法是:传统文学批评中的价值问题,并未构成中国古代文学批评的群体性关注对象(朱熹和新儒家除外),相反,他们更注意对一些诸如年代与真伪等具体文学问题展开讨论。因此,在批评史的意义上,《文心雕龙》

① Peter B.Way, *Classicism in Aristotle's Poetics & Liu Xie's Wenxin Diaolong*, Unpublished Ph.D Dissertation,University of Washington,1990,p.56.

② Peter B.Way, *Classicism in Aristotle's Poetics & Liu Xie's Wenxin Diaolong*, Unpublished Ph.D Dissertation,University of Washington,1990,p.56.

③ Peter B.Way, *Classicism in Aristotle's Poetics & Liu Xie's Wenxin Diaolong*, Unpublished Ph.D Dissertation,University of Washington,1990,p.57.

④ Peter B.Way, *Classicism in Aristotle's Poetics & Liu Xie's Wenxin Diaolong*, Unpublished Ph.D Dissertation,University of Washington,1990,p.82.

⑤ Peter B.Way, *Classicism in Aristotle's Poetics & Liu Xie's Wenxin Diaolong*, Unpublished Ph.D Dissertation,University of Washington,1990,p.84.

并未构成后代文学批评的专门研究对象。① 在魏氏看来,这种结果虽为中国古代的整体性文学观使然,亦即中国古代文学密切关联于其时代、社会、政治与道德,因而文学话语常常被等同为社会、政治话语等;但不能因此将文学等同于教化主义。事实上,中国文学尽管强调文学的教化功能,但并没有否定形式与审美问题对于文学的重要性。"特别是对于儒家而言,通晓诗、乐、舞是知识分子理解文学与社会形式关系的基本能力,它不是一个艺术教化与道德价值问题,而是一个人性感觉能力的启蒙问题。"②因此,在审美情感与道德情感之间建立形式联系,是儒家矢志以求的批评目的。③

在对《诗经》、汉代诗经注解作出批判性考察后,魏氏认为,早期中国文学批评的三大类型中,古典形式主义批评将"诗"(Odes,"颂""诵")视为音乐的一个部分,关注的是它们的审美特性;道德教化主义批评则将"诗"视为一种道德话语;浪漫主义批评,以西晋陆机的《文赋》为代表,则突出了诗的表达形式、主观意绪、夸张修辞等浪漫主义传统内涵。④

尽管从文学批评的角度看,《文赋》的地位无法与《文心雕龙》媲美,但是,它悬置文学的道德主义判断,强调文学形式的自律性,却对后来《文心雕龙》的形成,产生了重要影响。魏氏认为,在事实上,"刘勰本人有意识地将自己的批评主张与《文赋》加以对照,《文心雕龙》的开篇,甚至可以理解为是对《文赋》的注解。"⑤

浪漫主义的另一重要文本是曹丕的《典论·论文》。魏氏认为,对于该文本的理解能够为我们解释《文心雕龙》提供更具关联性的语境。⑥ 因为,"《典论·

---

① Peter B.Way, *Classicism in Aristotle's Poetics & Liu Xie's Wenxin Diaolong*, Unpublished Ph.D Dissertation,University of Washington,1990,pp.85-86.

② Peter B.Way, *Classicism in Aristotle's Poetics & Liu Xie's Wenxin Diaolong*, Unpublished Ph.D Dissertation,University of Washington,1990,p.88.

③ Peter B.Way, *Classicism in Aristotle's Poetics & Liu Xie's Wenxin Diaolong*, Unpublished Ph.D Dissertation,University of Washington,1990,p.91.

④ Peter B.Way, *Classicism in Aristotle's Poetics & Liu Xie's Wenxin Diaolong*, Unpublished Ph.D Dissertation,University of Washington,1990,p.143.

⑤ Peter B.Way, *Classicism in Aristotle's Poetics & Liu Xie's Wenxin Diaolong*, Unpublished Ph.D Dissertation,University of Washington,1990,p.144.

⑥ Peter B.Way, *Classicism in Aristotle's Poetics & Liu Xie's Wenxin Diaolong*, Unpublished Ph.D Dissertation,University of Washington,1990,p.146.

论文》的最重要价值,在于它力图通过界定文学的价值与文学的本质,来确立文学创作与文学批评的自律性。"①在魏氏看来,这种自律性的确立,意味着文学创作与批评均获得了一种独立于创作主体的客观性,而这种客观性,构成了后来《文心雕龙》批评观念的核心。

与刘勰《文心雕龙》关系更为密切的是另一位客观主义批评家沈约。作为第一位将韵文的语音或语言要素区别于音乐音调的批评家,沈约认为尽管汉语的韵律与音乐的音高相似,但是它们的语音成分却迥然不同。在魏氏看来,沈约指出这种不同是非常重要的,因为如果没有诗学的或韵文的形式,文学批评的观念就难以澄清,就会阻碍文学批评的革新。②"因此,在某种意义上可以说,沈约对经典韵文语音成分的分析代表了儒家文学批评开创以来中国文学批评最为重要的发展。"③"沈约第一次根据文学语言的基本要素而集中讨论了文学话语与文学形式的定义,……这种情况在欧洲,是迟至 20 世纪语言学家索绪尔才完成的事情。"④沈约对文学语言要素的突出强调在之后的刘勰那里有其深刻回声。在《知音》篇中,刘勰通过比喻的方式,强调了语言的音韵等问题之于文学创作与批评的重要性。沈约与刘勰的另一相似之处在于,他二人都受到了佛教的影响,并且作为两位最有影响的经典文学批评家,在挽合佛教思想与中国文学批评方面作出了卓越贡献。比如,他二人都倡导对文学的规则与形式结构作出明晰的界定与分析,后者正是佛教思想在处理其基本问题时的典型特征;而这种特征,在中国经典的文学批评传统中,并不明显。⑤ 与刘勰比较,沈约是中国文学批评史上第一位视文学话语为有其自身形式与历史的客观主义批评家;也正是基于这一判断,魏氏认为,刘勰对中国经典的文学史与文学形式所作的批判性考

---

① Peter B. Way, *Classicism in Aristotle's Poetics & Liu Xie's Wenxin Diaolong*, Unpublished Ph. D Dissertation, University of Washington, 1990, p.147.

② Peter B. Way, *Classicism in Aristotle's Poetics & Liu Xie's Wenxin Diaolong*, Unpublished Ph. D Dissertation, University of Washington, 1990, p.179.

③ Peter B. Way, *Classicism in Aristotle's Poetics & Liu Xie's Wenxin Diaolong*, Unpublished Ph. D Dissertation, University of Washington, 1990, p.179.

④ Peter B. Way, *Classicism in Aristotle's Poetics & Liu Xie's Wenxin Diaolong*, Unpublished Ph. D Dissertation, University of Washington, 1990, pp.179-180.

⑤ Peter B. Way, *Classicism in Aristotle's Poetics & Liu Xie's Wenxin Diaolong*, Unpublished Ph. D Dissertation, University of Washington, 1990, p.185.

察,并非孤立现象。① 事实上,这种对文学自律性的考察,在前现代的中国与欧洲,都曾有过杰出的成就,刘勰的《文心雕龙》与亚里士多德的《诗学》,只是两个颇具代表性的突出例子而已。②

五、《文心雕龙》与经典主义

根据魏氏,作为一部代表中国文学经典主义观念的论著,《文心雕龙》高扬文学话语的形式特性,并以此区别于其他前现代的文学论著。③ 但魏氏在论文中并未对《文心雕龙》的此种特性作出全面考述,而是在《文心雕龙》文本语境与观念逻辑内,对其文学的形式本质作出翻译与改述。具体来说,魏氏选取了《文心雕龙》文本的前8章与第27章《体性》、29章《通变》、33章《声律》、45章《知音》,进行讨论。选择前8章作为阐释对象,是因为"它们呈现了一种连贯性的批评观念,建立了一种普遍诗学(general poetics),表现了一种主导性的诗学类型(major poetic genres)";选择后4章,则是因为,"它们聚焦独特的批评问题,这些问题是理解刘勰经典主义批评观念的基础。"④让我们分别予以阐述。

第一,《序志》与《文心雕龙》批评观念。

魏氏肯认施友忠将第50篇《序志》前置为"序言"的做法,认为"该篇概述了《文心雕龙》的基本批评观念与批评立场,并用最为抽象的术语对文学批评的方法与立场作出阐释"。⑤ 而该篇的第一句,显得尤为重要:"夫'文心'者,言为文之用心也。昔涓子《琴心》,王孙《巧心》,'心'哉美焉,故用之焉。"在这句话中,"心"字反复出现,表明其异常重要,但由于其抽象性,也给翻译造成困难。魏氏

① Peter B.Way, *Classicism in Aristotle's Poetics & Liu Xie's Wenxin Diaolong*, Unpublished Ph.D Dissertation, University of Washington, 1990, p.186.

② Peter B.Way, *Classicism in Aristotle's Poetics & Liu Xie's Wenxin Diaolong*, Unpublished Ph.D Dissertation, University of Washington, 1990, p.192.

③ Peter B.Way, *Classicism in Aristotle's Poetics & Liu Xie's Wenxin Diaolong*, Unpublished Ph.D Dissertation, University of Washington, 1990, p.195.

④ Peter B.Way, *Classicism in Aristotle's Poetics & Liu Xie's Wenxin Diaolong*, Unpublished Ph.D Dissertation, University of Washington, 1990, p.198.

⑤ Peter B.Way, *Classicism in Aristotle's Poetics & Liu Xie's Wenxin Diaolong*, Unpublished Ph.D Dissertation, University of Washington, 1990, p.200.

认为,虽然在汉英对译中,一般将"心"译为"heart",意指"mind"(心智、精神)或"consciousness"(意识、观念),然而,必须突出"heart"的感性能力,才能切中该词的本义。在此意义上,"心"(heart)非常类似于希腊语"phren"(心意)或上古英语"ken"(觉知)。① 事实也是,刘勰之所以从《论语》与《汉书·艺文志》引用该词,就是因为在这两本典籍中,"心"具有"技术""批评方法"意涵,表示要凸显并格外强调该词的感性功能(《汉书·艺文志》之"琴心""巧心",《论语·阳货》之"饱食终日,无所用心"。)② 不仅如此,在早于刘勰的陆机《文赋》中,也曾在这个意义上使用"心"字:"余每观才士之所作,窃有以得其用心。"当然,如果我们将陆机与刘勰对该词的使用做一个对比,就会发现,陆机是用浪漫主义的语气强调作者之"心"的重要性,而刘勰则用经典主义的语气强调文本之"心"的重要性,而这种不同绝非偶然。③ 这里,魏氏的一个基本判断是,刘勰与陆机的这种不同,"代表了刘勰对陆机过分强调天才与作家个性的批判性回应,一如亚里士多德在《诗学》中对柏拉图天才说的回应。"④ 在魏氏看来,无论是陆机,还是柏拉图,都割裂了文学话语本身与文学形式的关系,而实际上,正如刘勰《序志》篇所言:"'心'哉美矣",文学创造之"文心",与文学的美学形式,密不可分。

魏氏同时对《序志》篇逐一作了文本细读,这些细读,前半部分主要限于对刘勰论述非逻辑性与含混性的批评,并无多少观点创见。比如,魏氏批评刘勰对"雕龙"(tracing the dragon)一语的使用,未能区别作为作家对文学形式的美化与作为批评家对文学形式美化的提炼问题;⑤ 又比如,他批评刘勰一边认同无限自然的威力与有限生命的不足("宇宙绵邈,黎献纷杂","岁月飘忽,性灵不居"),一边又高扬人的精神的伟大("拔萃出类,智术而已","腾声飞实,制作而已"),

---

① Peter B. Way, *Classicism in Aristotle's Poetics & Liu Xie's Wenxin Diaolong*, Unpublished Ph. D Dissertation, University of Washington, 1990, p.201.

② Peter B. Way, *Classicism in Aristotle's Poetics & Liu Xie's Wenxin Diaolong*, Unpublished Ph. D Dissertation, University of Washington, 1990, p.201.

③ Peter B. Way, *Classicism in Aristotle's Poetics & Liu Xie's Wenxin Diaolong*, Unpublished Ph. D Dissertation, University of Washington, 1990, p.201.

④ Peter B. Way, *Classicism in Aristotle's Poetics & Liu Xie's Wenxin Diaolong*, Unpublished Ph. D Dissertation, University of Washington, 1990, p.202.

⑤ Peter B. Way, *Classicism in Aristotle's Poetics & Liu Xie's Wenxin Diaolong*, Unpublished Ph. D Dissertation, University of Washington, 1990, p.203.

从而陷入语义的自相矛盾之中。① 再比如,刘勰在强调文学巨大的社会功用时("五礼资之以成,六典因之致用,君臣所以炳焕,军国所以昭明"),并没有明确说明这种功用是形式方面的,还是内容方面的。②

而细读的后半部分,即从"而去圣未远"开始至篇末,主要是对刘勰文学批评观念与立场的评点和拓展。比如,从"辞人爱奇,言贵浮诡,……离本弥甚,将遂讹滥"等文学反面现象,得出刘勰并非是一个泥古论者,相反,他是一个坚持文学通变观的发展论者。③ 从"盖《周书》论辞,贵呼提要""辞训之异,宜体于要"等话语,推出刘勰并非是一个反形式主义者的结论。④ 从"魏《典》密而不周,陈《书》辩而无当,应《论》华而疏略,陆《赋》巧而碎乱,《流别》精而少巧,《翰林》浅而寡要",得出刘勰作为一个客观的形式主义批评家,发展了一种广泛而细致的文学批评学科的结论,认为批评家负有推进文学形式与观念革新责任的结论。⑤

此外,魏氏也通过重新翻译的方式,对《序志》篇部分内容进行了改述。如对"盖《文心》之作也,本乎道,师乎圣,体乎经,酌乎纬,变乎骚"一句中的"道",翻译为"natural order"("自然律则"),等同于希腊哲学中的"logos"("逻格斯")或"logic of the cosmos"("宇宙逻辑"),认为尽管在西方哲学看来,"道"具有非理性的意涵,但是我们不能忽略其作为"路"(way)、"方法"(method)、"规则"(order)等基本意涵。⑥

在文本细读之后,魏氏概括了《序志》五个方面的内容:从文学批评知识学角度,对《文心雕龙》题目作出讨论;对文学话语的意义及其形式要素的讨论;对

---

① Peter B.Way, *Classicism in Aristotle's Poetics & Liu Xie's Wenxin Diaolong*, Unpublished Ph.D Dissertation, University of Washington, 1990, p.206.

② Peter B.Way, *Classicism in Aristotle's Poetics & Liu Xie's Wenxin Diaolong*, Unpublished Ph.D Dissertation, University of Washington, 1990, p.207.

③ Peter B.Way, *Classicism in Aristotle's Poetics & Liu Xie's Wenxin Diaolong*, Unpublished Ph.D Dissertation, University of Washington, 1990, p.209.

④ Peter B.Way, *Classicism in Aristotle's Poetics & Liu Xie's Wenxin Diaolong*, Unpublished Ph.D Dissertation, University of Washington, 1990, p.209.

⑤ Peter B.Way, *Classicism in Aristotle's Poetics & Liu Xie's Wenxin Diaolong*, Unpublished Ph.D Dissertation, University of Washington, 1990, p.211.

⑥ Peter B.Way, *Classicism in Aristotle's Poetics & Liu Xie's Wenxin Diaolong*, Unpublished Ph.D Dissertation, University of Washington, 1990, pp.211-212.

文学批评史（建安时期至刘勰时代）的评析，并提出自己的文学观念；对《文心雕龙》内容与逻辑的陈述；对文学原则作出颇具创造性的发展。①

第二，魏氏对《原道》篇的细读。

在该篇细读中，魏氏将"原道"转译为"natural order"，将《文心雕龙》全篇最艰深的问题归为"文学最基本的本质是什么"问题，认为刘勰在本篇已经扼要地提出了全篇的主要文学观念，而这种观念，散布在全书的各个篇章，直到篇尾才得以解决。

魏氏站在跨文化的立场上，首先运用比较诗学的方法，将中国文化中的"道"（Dao）与希腊文化中的"逻格斯"（logos）再次进行了比较，认为中国文化中的"道"兼有形而下的"路"（way）之意；而希腊文化中的"逻格斯"，则仅表示形而上的"思想"（thought）或"逻辑法则"（logical order）。也正是由于中国文化中"道"具形而下意涵，才为中国文学用形而下的审美形式类比形而上的宇宙终极形式提供了便利，从而区别于西方哲学在语言与现实之间寻求类似性的做法。②当然，在两种文化中，"道"或"逻格斯"均有超验精神与形式律则的含义；而刘勰作为一个儒家知识分子和佛教徒，同时也强调了"道"之超验精神与形式律则含义，非常类似于欧洲文化对"逻格斯"自然之理含义的强调。

魏氏认为，在中国文学观念与文学语言中，形而上的逻辑与形而下的审美并非泾渭分明，相反，"逻辑是审美的延伸（extension）；反之亦然。"③比如，《文心雕龙》中的"文"，既是文学的审美形式，又是抽象的逻辑关系。正因为如此，宇宙间所有的关系，就既可以抽象为形而上的逻辑关系，又可以具体化为形而下的形式关系；也正是在这个意义上，魏氏提出，"道是宇宙的形式，文是艺术的形式"，二者具有同构性。④

魏氏对《原道》篇的细读如下：

① Peter B.Way, *Classicism in Aristotle's Poetics & Liu Xie's Wenxin Diaolong*, Unpublished Ph.D Dissertation, University of Washington, 1990, pp.218-219.

② Peter B.Way, *Classicism in Aristotle's Poetics & Liu Xie's Wenxin Diaolong*, Unpublished Ph.D Dissertation, University of Washington, 1990, pp.219-220.

③ Peter B.Way, *Classicism in Aristotle's Poetics & Liu Xie's Wenxin Diaolong*, Unpublished Ph.D Dissertation, University of Washington, 1990, p.220.

④ Peter B.Way, *Classicism in Aristotle's Poetics & Liu Xie's Wenxin Diaolong*, Unpublished Ph.D Dissertation, University of Washington, 1990, p.221.

　　文之为德也,大矣;与天地并生者,何哉! 夫玄黄色杂,方圆体分,日月叠璧,以垂丽天之象;山川焕绮,以铺理地之形;此盖道之文也。

　　首先,魏氏认为,对于"原道"题目的语义翻译,可以译为动词短语"Deriving the Dao(natural order)",凸显《文心雕龙》中"道"可由形而上向形而下贯通之意;"原"(yuan),本义为"source"(源泉)、"origin"(起源)"cause"(起因),译为动名词,凸显其"sourcing"(溯源)、"analyzing the fundamental nature of"(究因)之义。"文之为德也"之"文",译为具象化的"aesthetic form",突出"文"为"道"的感性显现。正是在"道"之显现结果或者"文"之具象表现意义上,我们也可以将"原道"译为名词性术语:"Origin's Dao"(原道)或"The Source‑Dao"(源道)。① "文之为德也"一句,将文学的具体诞生过程绅绎为抽象的存在,尽管在更多的地方,"文"意指一种具体的文学形式。刘勰对"文"的这种复义使用与提喻指代,非常类似于犹太教对"逻格斯"创世观念道成肉身的肯认。② 而该段中对"天""地""日""月""玄""黄""山""川"的对偶使用,也并不意指它们的逻辑关系,而是要表明它们之间结构性的审美关系。刘勰借此说明,自然存在只是"道"之不同表现形式,正如"文"之存在,亦为"道"之形式表现一样。③

　　"仰观吐曜,俯察含章,高卑定位,故两仪既生矣;惟人参之,性灵所钟,是谓三才。为五行之秀,实天地之心,心生而言立,言立而文明,自然之道也。"

　　魏氏认为,这段话的要义在于,它表达了一种对人之"性灵"(intellect)的高扬,认为人之"性灵"作为一种对统治宇宙(天、地)超验心灵之有限彰显,值得我们珍视。④ 同时,在这种形而上的宇宙框架下,刘勰也逻辑地展现了"道"之衍化

---

　　① Peter B.Way, *Classicism in Aristotle's Poetics & Liu Xie's Wenxin Diaolong*, Unpublished Ph.D Dissertation, University of Washington, 1990, p.222.

　　② Peter B.Way, *Classicism in Aristotle's Poetics & Liu Xie's Wenxin Diaolong*, Unpublished Ph.D Dissertation, University of Washington, 1990, p.223.

　　③ Peter B.Way, *Classicism in Aristotle's Poetics & Liu Xie's Wenxin Diaolong*, Unpublished Ph.D Dissertation, University of Washington, 1990, p.223.

　　④ Peter B.Way, *Classicism in Aristotle's Poetics & Liu Xie's Wenxin Diaolong*, Unpublished Ph.D Dissertation, University of Washington, 1990, p.224.

的三层关系:"心""言""文",它们与天地之"物"(thing)的关系可以图式如下:①

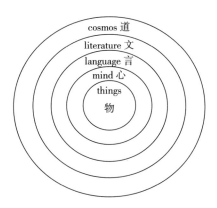

　　刘勰对"心""言""文""物""道"逻辑关系的揭示,是《文心雕龙》最为重要的观念之一。"心""言""文"作为对宇宙形上之"道"与形下之"物"的逐层显现,构成了《文心雕龙》的基本文学观念,这种观念不仅类似于亚里士多德关于文学是语言的完满与终极表现形式的看法,而且赋予文学以超然于道德的独立价值,使文学形式或文学批评走上自律性的发展道路,从而文学形式不仅是文学的原则要素,而且本身构成了文学之为文学的基本属性。②

　　　　"傍及万品,动植皆文,龙凤以藻绘呈瑞,虎豹以炳蔚凝姿;云霞雕色,有逾画工之妙;草木贲华,无待锦匠之奇;夫岂外饰,盖自然耳。至于林籁结响,调如竽瑟;泉石激韵,和若球锽;故形立则章成矣,声发则文生矣。夫以无识之物,郁然有彩,有心之,其无文欤!"

　　该段中,刘勰将外物的符号象征(symbolic)与艺术的表现理性(aesthetic reasoning)进行类比,将外物的符号形式视为艺术表现的初始形式,认为艺术源于人对物象形式的感知,人对外在自然形式化图型的感知是人的思维(mind)赋形

　　① Peter B.Way, *Classicism in Aristotle's Poetics & Liu Xie's Wenxin Diaolong*, Unpublished Ph.D Dissertation, University of Washington, 1990, p.225.

　　② Peter B.Way, *Classicism in Aristotle's Poetics & Liu Xie's Wenxin Diaolong*, Unpublished Ph.D Dissertation, University of Washington, 1990, pp.225-226.

的结果,因而并非真实的存在。人的性灵(intelligence)作为对自然本质的反馈,亦为一种自然存在现象。魏氏认为,这段话的关键在于刘勰提出,自然的图型,一如艺术的形式,并非是审美化的外观,它本身就是对自身本质的表现。① 因此,人的审美意识对于人的本质的发现,一如草木的无意识外观就是草木本质的表现一样。刘勰在这一点上,应该认同亚里士多德:"艺术的身份是人类精神的体现,正如人类的精神性存在是宇宙本质的体现一样。"②

> 人文之元,肇自太极,幽赞神明,《易》象惟先。庖犠画其始,仲尼翼其终。而《乾》《坤》两位,独制《文言》。言之文也,天地之心哉!

魏氏指出,刘勰承袭儒家文学传统,首先对"言"(discourse)与"文"(form)作出区分,认为文学之"言"(literary discourse)是对宇宙心灵(mind)的表达。在刘勰看来,宇宙的终极目的并不非固于内在的心灵,而是要外化为明确的"文心"(literary mind);而文学之"文"(literary form),正是对作为"道"的宇宙的终极呈现。③ 宇宙之"道"与文学之"文"的深层逻辑关系在于:"道"之二维"乾"与"坤",作为人对宇宙最早的两种审美感知形式,亦是文学之"文"的两种表现形式。④

> 若乃《河图》孕乎八卦,《洛书》韫乎九畴,玉版金镂之实,丹文绿牒之华,谁其尸之?亦神理而已。

魏氏认为,刘勰援引《河图》《洛书》伪经作注,只是想表明,文学之"文"(形式),一如《河图》之"八卦",《洛书》之"九畴",不外乎是人类心灵的自然表现而

---

① Peter B. Way, *Classicism in Aristotle's Poetics & Liu Xie's Wenxin Diaolong*, Unpublished Ph. D Dissertation, University of Washington, 1990, p. 227.

② Peter B. Way, *Classicism in Aristotle's Poetics & Liu Xie's Wenxin Diaolong*, Unpublished Ph. D Dissertation, University of Washington, 1990, p. 229.

③ Peter B. Way, *Classicism in Aristotle's Poetics & Liu Xie's Wenxin Diaolong*, Unpublished Ph. D Dissertation, University of Washington, 1990, p. 229.

④ Peter B. Way, *Classicism in Aristotle's Poetics & Liu Xie's Wenxin Diaolong*, Unpublished Ph. D Dissertation, University of Washington, 1990, pp. 220-230.

已；而且最终根源，仍为自然之"道"之外显。①

> 自鸟迹代绳，文字始炳，炎皞遗事，纪在《三坟》，而年世渺邈，声采靡
> 追。唐虞文章，则焕乎始盛。元首载歌，既发吟咏之志；益稷陈谟，亦垂敷奏
> 之风。夏后氏兴，业峻鸿绩，九序惟歌，勋德弥缛。逮及商周，文胜其质；
> 《雅》《颂》所被，英华日新。

这段话表明，刘勰已清楚地意识到世易时移，书写系统与文字语言，不管是语法还是语音，都在发生变化。但他的重要判断"逮及商周，文胜其质"，却值得疑虑。因为在稍后的第六篇《明诗》中，他认为尧舜等早期诗歌语言，仅仅可以做到"辞达而已"，还未完全意识到作为文学语言的形式自觉；而到了商周时期，却能做到"文胜其质"。在魏氏看来，这种唐突过渡，需要详细解释。② 刘勰将《诗经》的《雅》与《颂》作为文学形式（"文"）成熟的标志与自律性的表现，是想暗示文学的形式（"文"），是文学语言区别于非文学语言的基本标志。③ 而文学语言之"形式化"或"文"化，是文学语言的基本特征。当然，我们不能据此认为刘勰不重视文学"内容"或"质"（content），事实上，刘勰标举"内容"的首要性，他的"文""质"统一观，就很好地避免了浪漫主义与教化主义批评家在这个问题上的偏颇立场。④

> 文王患忧，繇辞炳曜，符采复隐，精义坚深。重以公旦多材，振其徽烈，
> 剬诗缉颂，斧藻群言。至夫子继圣，独秀前哲，熔钧六经，必金声而玉振；雕
> 琢情性，组织辞令，木铎起而千里应，席珍流而万世响，写天地之辉光，晓生
> 民之耳目矣。

---

① Peter B. Way, *Classicism in Aristotle's Poetics & Liu Xie's Wenxin Diaolong*, Unpublished Ph. D Dissertation, University of Washington, 1990, pp. 230-231.

② Peter B. Way, *Classicism in Aristotle's Poetics & Liu Xie's Wenxin Diaolong*, Unpublished Ph. D Dissertation, University of Washington, 1990, p. 233.

③ Peter B. Way, *Classicism in Aristotle's Poetics & Liu Xie's Wenxin Diaolong*, Unpublished Ph. D Dissertation, University of Washington, 1990, p. 233.

④ Peter B. Way, *Classicism in Aristotle's Poetics & Liu Xie's Wenxin Diaolong*, Unpublished Ph. D Dissertation, University of Washington, 1990, p. 233.

魏氏认为,虽然上段话中,刘勰对文王及周公创制文学形式的判断只是一种推定,然而,中外文学史研究都表明,书写文学的最早出现常常限于知识分子小圈子内,难以在社会上迅即引起反响,即使是《圣经》亦不例外。① 在这个意义上,"刘勰对孔子整理《六经》带来文学形式雅化与文学意义提升的断言,就是一种激进主义与反教条主义的论断。"②他将儒家文学关注的重心扭转至文学形式("文")的雅化上,从而改变了以往对文学意义与道德价值的高扬,而后者是汉代文学批评的金科玉律。他也明确断言,"正是儒家文学凸显文学形式的审美革命,才带来并将持续带来文学的启蒙作用。"③为了将文学形式的审美性与复杂性揭示出来,刘勰不厌其烦地使用形容词与隐喻手法。此外,他对于动词的使用也非常传神。比如,在"写天地之辉光,晓生民之耳目矣"句中,"写"(delineating)字既有"描述"(describing)一个视觉形象的功能,又有"创造"(producing)一个审美形象的作用,从而使"写"字不仅意指"写什么",而且意指"怎么写"的文学问题。而"写"的对象"天地之辉光",作为一个隐喻,不仅是"文"的表征,更是"道"的表征。④ 刘勰的《文心雕龙》区别于中国传统文学批评的一个最主要的地方,就在于其极力避免理论的松弛与模糊,而采用了篇篇必有明确结论的表述方式。⑤

爰自风姓,暨于孔氏,玄圣创典,素王述训,莫不原道心以敷章,研神理而设教,取象乎《河》《洛》,问数乎蓍龟,观天文以极变,察人文以成化;然后能经纬区宇,弥纶彝宪,发辉事业,彪炳辞义。故知道沿圣以垂文,圣因文而明道;旁通而无滞,日用而不匮。《易》曰:"鼓天下之动者存乎辞。"辞之所以能鼓天下者,乃道之文也。

---

① Peter B. Way, *Classicism in Aristotle's Poetics & Liu Xie's Wenxin Diaolong*, Unpublished Ph. D Dissertation, University of Washington, 1990, p.235.

② Peter B. Way, *Classicism in Aristotle's Poetics & Liu Xie's Wenxin Diaolong*, Unpublished Ph. D Dissertation, University of Washington, 1990, p.235.

③ Peter B. Way, *Classicism in Aristotle's Poetics & Liu Xie's Wenxin Diaolong*, Unpublished Ph. D Dissertation, University of Washington, 1990, p.236.

④ Peter B. Way, *Classicism in Aristotle's Poetics & Liu Xie's Wenxin Diaolong*, Unpublished Ph. D Dissertation, University of Washington, 1990, p.236.

⑤ Peter B. Way, *Classicism in Aristotle's Poetics & Liu Xie's Wenxin Diaolong*, Unpublished Ph. D Dissertation, University of Washington, 1990, p.237.

赞曰:道心惟微,神理设教。光采玄圣,炳耀仁孝。龙图献体,龟书呈貌。天文斯观,民胥以效。

魏氏认为,"观天文以极变,察人文以成化"一句,蕴含着一种复杂的社会进化理论,它将自然存在与社会存在视为同源同变的过程,"天文"变易律亦为"人文"演进规律,艺术因而具有社会与文化演进媒介的功用。① 而刘勰将"辞"(language)作为天文(natural order)的终极表现,通过"文"(literature)实现"辞"的最终本质的观点,即使在今天进化论的观念看来,也大致不错。因为人类的心灵毫无疑问是宇宙最迷人的创造,语言与艺术毫无疑问代表了人类心灵最完满的两种形式。② 刘勰将文学视为社会进步力量的观念,并将文学的革新与社会的演进联系起来的做法,显然是有积极意义的。

魏氏认为,虽然在孔子之后,中国的逻辑与辩证思维有了极大的发展,然而其文学批评话语的逻辑性与辩证性远没有像希腊那样成熟。这种状况限制了刘勰《文心雕龙》批评观念的表达,并常使其陷入语义的模糊之中,使其不得不采用大量的比喻法与省略法加以说明,从而使《文心雕龙》通篇的理论表述陷入粗糙与简化的窠臼,极易招致误解。③

总之,魏氏认为,刘勰在《原道》篇中主要聚焦于文学形式("文")问题,阐明了人之精神、语言、文学形式与宇宙间的关系。他在现代文学批评诞生之前对文学所作的广泛而深刻的文学思考,完全可以比肩于亚里士多德在《诗学》中对文学作出的判断,尽管二人使用的方法与分析的对象截然不同。他二人都将文学形式视为艺术的必要组成部分,都将文学的审美存在视为宇宙存在的必要组成部分,致力于从人类精神层面对艺术的本质与功用作出阐释。④

第三,魏氏对《征圣》篇的细读。

---

① Peter B. Way, *Classicism in Aristotle's Poetics & Liu Xie's Wenxin Diaolong*, Unpublished Ph. D Dissertation, University of Washington, 1990, p.239.

② Peter B. Way, *Classicism in Aristotle's Poetics & Liu Xie's Wenxin Diaolong*, Unpublished Ph. D Dissertation, University of Washington, 1990, p.240.

③ Peter B. Way, *Classicism in Aristotle's Poetics & Liu Xie's Wenxin Diaolong*, Unpublished Ph. D Dissertation, University of Washington, 1990, pp.240-241.

④ Peter B. Way, *Classicism in Aristotle's Poetics & Liu Xie's Wenxin Diaolong*, Unpublished Ph. D Dissertation, University of Washington, 1990, p.241.

魏氏指出,在《文心雕龙》第二章《征圣》篇中,刘勰将文学形式溯源于儒家思想本身,这就意味着,他要对儒家传统本身进行一种激进的再解释。① 因为按照儒家观念,文学话语是一种偏重内容的道德话语;但是,现在刘勰强调,儒家不仅认可文学形式本身的价值,而且将文学视为文化与社会变革的尺度(norm)。文学形式,正是观察社会革新与演化的重要窗口。②

> 夫作者曰"圣",述者曰"明"。陶铸性情,功在上哲。夫子文章,可得而闻;则圣人之情,见乎文辞矣。

这段话中,"则圣人之情,见乎文辞矣"一句,应是刘勰自己的主张,它意在表明,文学的本质在于形式的昭明,以此呼应其对文学形式的关注。③

> 先王圣化,布在方册,夫子风采,溢于格言。

从语义陈述的角度看,本句话援引孔子作论,但陈论语义缺省。之所以这样,是因为刘勰假定孔子的言论读者已经精熟,然而对于现代读者而言,则需要完整的引言作注,才能获得理解。④ 下文紧接着就对儒家文学形式的演变作了引述:

> 是以远称唐世,则焕乎为盛;近褒周代,则郁哉可从。此政化贵文之征也。郑伯入陈,以文辞为功;宋置折俎,以多文举礼。此事迹贵文之征也。褒美子产,则云"言以足志,文以足言";泛论君子,则云"情欲信,辞欲巧":此修身贵文之征也。然则志足而言文,情信而辞巧,乃含章之玉牒,秉文之金科矣。

① Peter B.Way, *Classicism in Aristotle's Poetics & Liu Xie's Wenxin Diaolong*, Unpublished Ph.D Dissertation, University of Washington, 1990, p.275.

② Peter B.Way, *Classicism in Aristotle's Poetics & Liu Xie's Wenxin Diaolong*, Unpublished Ph.D Dissertation, University of Washington, 1990, p.276.

③ Peter B.Way, *Classicism in Aristotle's Poetics & Liu Xie's Wenxin Diaolong*, Unpublished Ph.D Dissertation, University of Washington, 1990, p.277.

④ Peter B.Way, *Classicism in Aristotle's Poetics & Liu Xie's Wenxin Diaolong*, Unpublished Ph.D Dissertation, University of Washington, 1990, p.278.

魏氏并未对这段话作出过多评述,只是指出,刘勰在儒家道德主义隆盛的文本语境中,罕见地高扬了文学形式的重要性,这是一种值得注意的倾向性(tendentious)判断。①

刘勰紧接着的论述,作为本篇最晦涩的部分,在于要指出,儒家通过对宇宙本体及其形式的思考,找到了文学的形式规范。②

> 夫鉴周日月,妙极机神;文成规矩,思合符契。或简言以达旨,或博文以该情,或明理以立体,或隐义以藏用。故《春秋》一字以褒贬,《丧服》举轻以包重:此简言以达旨也。《豳诗》联章以积句,《儒行》缛说以繁辞:此博文以该情也。书契决断以象夬,文章昭晰以象离,此明理以立体也。四象精义以曲隐,五例微辞以婉晦:此隐义以藏用也。故知繁略殊形,隐显异术;抑引随时,变通适会。征之周、孔,则文有师矣。是以子政论文,必征于圣,稚圭劝学,必宗于经。

魏氏认为,在这段话中,刘勰将文学批评与文学风格的范式追源于儒家周孔的做法虽显牵强,但是,它的真正意义应该在于其对文学形式问题的突出强调。刘勰对于文体形式风格的论述虽显简略,但是他却对不同的风格本质作出明晰的区分,并将其概括为"繁""略""隐""显"四种逻辑一惯性的文学风格形式。刘勰存在的主要问题在于,他坚持在儒学的语境内,根据儒家话语而非文学批评话语本身对文学的风格形式作出解释,从而导致他的解释陷入一定程度的模糊。他对文学形式风格四种规范的概念界定,在文学形式变迁的结构与文学革新的历史动力两大方面,代表了其时关于文学经典理论讨论的最高水平。③

刘勰也敏锐地意识到,艺术要求创新,艺术的美学创新与传统保持着继承与革新的紧密关系。因此正如艾略特对传统的分析所言,文学作为一种形式化的现实,虽然时时变化,但从不抛弃它与传统的关系,这是任何经典主义都会坚持

① Peter B.Way, *Classicism in Aristotle's Poetics & Liu Xie's Wenxin Diaolong*, Unpublished Ph.D Dissertation, University of Washington, 1990, p.279.

② Peter B.Way, *Classicism in Aristotle's Poetics & Liu Xie's Wenxin Diaolong*, Unpublished Ph.D Dissertation, University of Washington, 1990, p.280.

③ Peter B.Way, *Classicism in Aristotle's Poetics & Liu Xie's Wenxin Diaolong*, Unpublished Ph.D Dissertation, University of Washington, 1990, p.282.

的结论。①

> 《易》称:"辨物正言,断辞则备。"

魏氏对这句话作了一个引申:中国文化与欧洲文化的基本差别在于,刘勰及其之前与之后的儒家都一致地认为,诗,是语言的完美与最终表达形式;然而柏拉图及其整个西方哲学传统更倾向于认为,依凭真理而获致的辩证话语,其价值在文学话语之上。②

> 《书》云:"辞尚体要,弗惟好异。"故知:正言所以立辩,体要所以成辞;辞成无好异之尤,辩立有断辞之义。虽精义曲隐,无伤其正言;微辞婉晦,不害其体要。体要与微辞偕通,正言共精义并用;圣人之文章,亦可见也。

在魏氏看来,刘勰在这里是借用儒家传统的观念来表达他自己关于文之精深与简洁、曲折与明确的关系的看法。显然,当他在谈到文学形式时,显然是在文学的修辞形式与语言形式的双重意义上来使用的。刘勰因此也是中国文学批评中第一位想要讨论文学语言形式的人物,他坚信文学语言的形式有其自身的意义与结构,而非简单的符号象征。③ 刘勰的这种认识,至今依然困扰着现代文学批评家,特别是浪漫主义文学批评家。因为尽管诗歌常常通过语法与符号规则的变形,来表达复杂而微妙的语义,但是,这种变形并不意味着对语言形式的违反抑或无视其基本意义。即使在一些碎片化或不完整的诗歌语言表达中,其语义仍可确定。文学的"模糊性"仅仅是一种由于文学形式自身的复杂性使然,而非文学语言模糊与混乱的结果。浪漫主义批评家常常不能区别"爱情诗"与"爱情"本身。④

---

① Peter B.Way, *Classicism in Aristotle's Poetics & Liu Xie's Wenxin Diaolong*, Unpublished Ph.D Dissertation, University of Washington, 1990, p.283.

② Peter B.Way, *Classicism in Aristotle's Poetics & Liu Xie's Wenxin Diaolong*, Unpublished Ph.D Dissertation, University of Washington, 1990, p.283.

③ Peter B.Way, *Classicism in Aristotle's Poetics & Liu Xie's Wenxin Diaolong*, Unpublished Ph.D Dissertation, University of Washington, 1990, pp.284-285.

④ Peter B.Way, *Classicism in Aristotle's Poetics & Liu Xie's Wenxin Diaolong*, Unpublished Ph.D Dissertation, University of Washington, 1990, p.285.

颜阖以为:"仲尼饰羽而画,徒事华辞。"虽欲訾圣,弗可得已。然则圣文之雅丽,固衔华而佩实者也。天道难闻,犹或钻仰;文章可见,胡宁勿思?若征圣立言,则文其庶矣。

魏氏认为,作为篇章尾句,这段话表述极为中和,但作为"文学"之"华"(flowers)与"实"(fruit)表意含混。假如刘勰是想通过"华"与"实"比衬"形式"与"内容",那么他就不仅自相矛盾,而且是基于一种错误的对比。或许,刘勰仅仅想通过展示儒家文学写作的规范来为其他写作提供示范。①

赞曰:妙极生知,睿哲惟宰。精理为文,秀气成采。鉴悬日月,辞富山海。百龄影徂,千载心在。

"赞",是用夸张法写就的一种颂词,其义常极为含混。但是,魏氏认为,通过"日""月"等模糊意象可以推测出刘勰的基本看法,人类的思维、语言与文学创作,都是宏观宇宙的某种微观形式呈现,正因为如此,儒家也常常以文学形式的方式"想象"(imaging)宇宙。但是,刘勰为什么背离佛教教义而成为儒家思想的忠实追随者,个中原因在这里仍不显豁。他对形式问题的关注虽然非常近似于佛教扬举形式的回声,然而疑问在于,我们几乎难以知晓,在公元四至五世纪,佛教的兴起与文学及其批评复兴之间存在着什么样的内在关系。刘勰所处的时代是不是已经形成了一种明显的佛教诗学学派,正如沈约及其同侪所认为的那样?我们还难以确定。但我们可以肯定的是,刘勰以儒家思想革新者及文学形式与文学批评完美践履者而出现的形象,是独特的,他与传统儒家的教化主义者形象相悖。或许,正是这种现象,恰如其分地代表了其时的历史镜像。②

第四,魏氏对《宗经》篇的细读。

魏氏认为,第三篇《宗经》举足轻重。因为在本篇中,刘勰祭出儒家"五经"——《尚书》《易经》《诗经》《春秋》《礼记》,来作为文学的基本原则,并更为

---

① Peter B.Way, *Classicism in Aristotle's Poetics & Liu Xie's Wenxin Diaolong*, Unpublished Ph.D Dissertation, University of Washington, 1990, p.286.

② Peter B.Way, *Classicism in Aristotle's Poetics & Liu Xie's Wenxin Diaolong*, Unpublished Ph.D Dissertation, University of Washington, 1990, pp.287−288.

坚定地通过具体的文学文本来讨论文学的历史与形式。①

　　魏氏指出,虽然从严格意义上来讲,"五经"中只有《诗经》是纯粹的文学话语,但是,刘勰显然是从"五经"文本的形式特性,亦即其具有文学形式的属性入手,将它们一起视为文学经典的最高法则的。② 在《宗经》中,刘勰详细地分析了文学经典的原则与形式要素,小心翼翼地避开文学的道德主义与教化主义尺度,并在经典文学的观念与内容两个方面对文学进行归纳绎绎,从而使文学成为一种形式化的文学实体(formal literary reality),这种贡献,可以说后世无出其右者。③

　　魏氏首先摆出了作为中国文学准则的"五经"(The Classics as a Norm):

　　　　三极彝训,其书曰经。经也者,恒久之至道,不刊之鸿教也。故象天地,效鬼神,参物序,制人纪,洞性灵之奥区,极文章之骨髓者也。

　　魏氏认为,刘勰上述关于"经"书的阐释讨论,并未区分作为非文学话语的天、地、人之原则与作为文学话语的基本原则之不同,尽管他已经敏锐地意识到二者的不同。这与亚里士多德在《诗学》中并未区别作为艺术功用的"模仿"与作为希腊悲剧特殊表现程式的"模仿"之不同一样。④ 尽管如此,刘勰还是将"经"之文学要素剥离出来,以此作为文学的一整套结构准则(structural norms),因此,在魏氏看来,我们不宜过分强调刘勰对"经"之形式要素的重视是他对"经"之道德教律的文学化阻滞,事实上,在刘勰看来,"经"书构成了已有文学传统内进行文学阐释与文学变革的积极力量。刘勰在《宗经》篇中接着对商代以来文学史的追溯,其意义也正在于要作一种儒家文学的历史性呈现,以此标明文

---

　　① Peter B. Way, *Classicism in Aristotle's Poetics & Liu Xie's Wenxin Diaolong*, Unpublished Ph. D Dissertation, University of Washington, 1990, p.288;值得注意的是,魏氏对"五经"的此种排序,与中国传统学术中《易经》置首的做法不同;魏氏是随意措置,还是刻意如此,原因尚不明确。

　　② Peter B. Way, *Classicism in Aristotle's Poetics & Liu Xie's Wenxin Diaolong*, Unpublished Ph. D Dissertation, University of Washington, 1990, p.288.

　　③ Peter B. Way, *Classicism in Aristotle's Poetics & Liu Xie's Wenxin Diaolong*, Unpublished Ph. D Dissertation, University of Washington, 1990, p.289.

　　④ Peter B. Way, *Classicism in Aristotle's Poetics & Liu Xie's Wenxin Diaolong*, Unpublished Ph. D Dissertation, University of Washington, 1990, p.290.

学的变革过程。①

> 皇世《三坟》,帝代《五典》,重以《八索》,申以《九丘》。岁历绵暧,条流
> 纷糅。

这种极简文学史述,颇类似于现代西方批评理论关于"文体"(genres)是由一些时断时续的"亚文体"(subgenres)混合衍变而成的看法。但是,既然上古典籍去古甚远,今天我们就很难断定它到底经历了怎样的文体混合衍变;即使是刘勰时代,要搞清楚这个问题也并非易事。正如我们在随后的论述中将会看到,刘勰约略提到,语言的变革,无论是语义的变革还是语法的变革,在早期的文本中都晦暗不明。②

> 自夫子删述,而大宝咸耀。于是《易》张《十翼》,《书》标七观,《诗》列
> 四始,《礼》正五经,《春秋》五例。义既埏乎性情,辞亦匠于文理,故能开学
> 养正,昭明有融。

这段话中,刘勰诚挚地将文学的功用铆钉在启蒙的目的上,但不同的是,他认为,文学完成这种启蒙功用,是通过文学形式的审美特性,而非文学的教谕特性来实现的。③"义既埏乎性情"表明,作为"文"之"义理"(principles)的"义",源于文学的观想、描述、状貌等经验事实,而非超验存在,这种观念在刘勰的整个篇章中得到反复申述。以"经"书为代表的儒家关于秩序与逻辑的基本观念,经刘勰的批评阐释,成为一种具象化的"文"之结构与形式。④

---

① Peter B. Way, *Classicism in Aristotle's Poetics & Liu Xie's Wenxin Diaolong*, Unpublished Ph. D Dissertation, University of Washington, 1990, pp.290-291.

② Peter B. Way, *Classicism in Aristotle's Poetics & Liu Xie's Wenxin Diaolong*, Unpublished Ph. D Dissertation, University of Washington, 1990, p.291.

③ Peter B. Way, *Classicism in Aristotle's Poetics & Liu Xie's Wenxin Diaolong*, Unpublished Ph. D Dissertation, University of Washington, 1990, p.292.

④ Peter B. Way, *Classicism in Aristotle's Poetics & Liu Xie's Wenxin Diaolong*, Unpublished Ph. D Dissertation, University of Washington, 1990, pp.292-293.

　　　　然而道心惟微,圣谟卓绝,墙宇重峻,而吐纳自深。譬万钧之洪钟,无铮铮之细响矣。

　　刘勰委婉地陈明,"经"之义理常常曲折隐晦,需要现代的心灵体察入微。《宗经》篇接下来将儒家"五经"具解为"文学"形态(models),虽然在最广泛或最抽象的意义上可以这样理解,但显然并不符合五经本义。①

　　　　夫《易》惟谈天,入神致用。故《系》称:旨远、辞文,言中、事隐。韦编三绝,固哲人之骊渊也。《书》实记言,而训诂茫昧;通乎尔雅,则文意晓然。故子夏叹《书》:"昭昭若日月之明,离离如星辰之行",言昭灼也。

　　如何理解这段话? 魏氏只是一般地再次重申:刘勰对文学文本语法与语义问题的强调,其意义值得特别关注;刘勰与亚里士多德一样,都对文学文本的语法与文辞(diction)要素作了细致的梳理,这种梳理,并非如通常所理解的那样,是一种非文学化的偏题,恰恰相反,它是对文学及其语言属性的高度认同。②

　　　　《诗》主言志,诂训同《书》;摛《风》裁兴,藻辞谲喻;温柔在诵,故最附深衷矣。

　　魏氏认为,刘勰的上述言论表明,他对《诗经》中"志"的确切意涵,亦即其在传统中国文本语境中,到底是作"内容"解,还是"形式"解,并未明确区别。尽管他本人戮力于对《诗经》的形式要素,诸如"风格"(style)、"象征"(metaphor)、"修辞"(rhetoric)"形象"(figure)、"韵律"(prosody)等的分析,但他显然也知道,应将《诗经》的"情感"(sentiments)与"思想"(thoughts)同时作为形式要素进行分析。我们只要注意到,《诗经》中关于道德或教化内容的陈述,在《文心雕龙》中是缺席的这一事实,就可以理解这一点了。形式问题,因而占据了刘勰诗学分

---

　　①　Peter B.Way, *Classicism in Aristotle's Poetics & Liu Xie's Wenxin Diaolong*, Unpublished Ph.D Dissertation, University of Washington, 1990, p.293.

　　②　Peter B.Way, *Classicism in Aristotle's Poetics & Liu Xie's Wenxin Diaolong*, Unpublished Ph.D Dissertation, University of Washington, 1990, p.294.

析的主要位置。他似乎是将"内容"或"意义"问题作为"形式"问题的从属或协同要素来对待的。①

　　刘勰《宗经》篇对《礼记》的讨论尤其模糊。他对作为结构的形式（"体"）与作为文学的形式（"文"）的区别，是站不住脚的。魏氏认为，二者真正的区别应该是：前者讲的是部分与整体的关系，后者则说的是审美规则的诸多表现。刘勰明显是要将对"五经"中存有的抽象的律则与文学作品中存有的形式准则作一类比。从严格的逻辑角度看，这种类比显然是错误的，因为《礼记》中对现实生活律则的概括，并不与文学的准则同质。②

　　　　《礼》以立体，据事制范；章条纤曲，执而后显；采撷片言，莫非宝也。《春秋》辨理，一字见义，五石六鹢，以详备成文；雉门两观，以先后显旨；其婉章志晦，谅以邃矣。

　　对于上段话，魏氏提出了两个自己的看法：一是认为《春秋》是《五经》中的一部最富有趣味的书，也许同时也是唯一一部真正由儒者写就的儒学经典。二是认为《春秋》的那种不作任何解释与推理、只作事实陈述的"春秋笔法"，是一种严格的历史理性主义与积极的因果报应记述。③ 魏氏认为，当历史叙述、文本虚构与观念表达在中国传统的信仰与价值语境内还未获得明晰区分时，这种理性主义的叙述，其所具有的颠覆与变革意义就会非常明显。而刘勰在《文心雕龙》中引述《春秋》，正意在彰明：《春秋》的叙述话语，是对文本叙述中内容简洁精到、语言言简意赅、修辞形象恰切的一种完美呈现。④

　　　　《尚书》则览文如诡，而寻理即畅；《春秋》则观辞立晓，而访义方隐。此

---

　　① Peter B.Way, *Classicism in Aristotle's Poetics & Liu Xie's Wenxin Diaolong*, Unpublished Ph.D Dissertation, University of Washington, 1990, p.295.

　　② Peter B.Way, *Classicism in Aristotle's Poetics & Liu Xie's Wenxin Diaolong*, Unpublished Ph.D Dissertation, University of Washington, 1990, p.296.

　　③ Peter B.Way, *Classicism in Aristotle's Poetics & Liu Xie's Wenxin Diaolong*, Unpublished Ph.D Dissertation, University of Washington, 1990, pp.297-298.

　　④ Peter B.Way, *Classicism in Aristotle's Poetics & Liu Xie's Wenxin Diaolong*, Unpublished Ph.D Dissertation, University of Washington, 1990, p.298.

圣文之殊致,表里之异体者也。

这段话中值得我们注意的是刘勰对《尚书》与《春秋》文学特色的极简主义归纳。当然,刘勰暗示文学创作应对二者进行效仿,并不是要求对其业已过时的语言进行仿效,而是对其流畅与简约的文风进行学习。①

至根柢盘深,枝叶峻茂,辞约而旨丰,事近而喻远。是以往者虽旧,余味日新。后进追取而非晚,前修久用而未先,可谓太山遍雨,河润千里者也。

刘勰用植物生长的比喻论述,旨在表明,文学革新与植物再生具有类似性。刘勰坚定地认为,"五经"就是文学创新与发展的促进因素,正如水是植物再生的动力因素一样。②

在接下来的论述中,刘勰列出了经由"五经"而催生的多样文学类型或文学文体。刘勰对它们所作的匆匆一瞥,并不是要强调其文体特性,而是要为后文对各类文体的详细讨论作铺垫,特别是要强调"五经"已经催生了名目繁多的文体类型。③

故论、说、辞、序,则《易》统其首;诏、策、章、奏,则《书》发其源;赋、颂、歌、赞,则《诗》立本;铭、诔、箴、祝,则《礼》总其端;记、传、盟、檄,则《春秋》为根:并穷高以树表,极远以启疆,所以百家腾跃,终入环内者也。若禀经以制式,酌雅以富言,是即山而铸铜,煮海而为盐也。

刘勰详列上述多样文体类型是想说明,"五经",无论是在形式方面,还是在雅致方面(elegance),抑或在文辞方面,都提供了这些众多文学文体类型的模型,而不是道德训诫的纲要。而众多文体类型,又汇聚而为一股催生文学变革的

---

① Peter B.Way, *Classicism in Aristotle's Poetics & Liu Xie's Wenxin Diaolong*, Unpublished Ph.D Dissertation, University of Washington, 1990, p.300.

② Peter B.Way, *Classicism in Aristotle's Poetics & Liu Xie's Wenxin Diaolong*, Unpublished Ph.D Dissertation, University of Washington, 1990, p.301.

③ Peter B.Way, *Classicism in Aristotle's Poetics & Liu Xie's Wenxin Diaolong*, Unpublished Ph.D Dissertation, University of Washington, 1990, p.302.

核心力量,在其中,文学外在的形式不断变异,而其内在的逻辑,却又始终恒定。①

> 故文能宗经,体有六义:一则情深而不诡,二则风清而不杂,三则事信而不诞,四则义贞而不回,五则体约而不芜,六则文丽而不淫。扬子比雕玉以作器,谓五经之含文也。

魏氏认为,刘勰对文学要义的概括具有教化主义意味,但是,他也同时竭力为文学探索可靠的批评地基。作为文学的标准,"情深"(sincerity)、"风清"(clarity)、"事信"(credibility)、"义贞"(precision)、"体约"(succinctness)、"文丽"(aesthetic proportion),它们的含义过于模糊,因而极易催生保守主义的理解,难以成为真正文学批评的工具。这或许就是经典主义批评的局限所在:所有企图对文学价值作出概括的批评话语,都难逃简化文学复杂性之嫌。②

《宗经》篇接下来的讨论尤为模糊。刘勰将"文"(literary form)与"行"(action)进行对比,有点类似于将审美的现实(aesthetic reality)与实际的现实(active reality)作对比,这实际上触及到问题的实质,亦即触及到艺术与感性(sensibility),包括艺术与道德或社会感性之关系。当然,可以肯定的是,在二者的关系中,刘勰仍然将"文"的地位置于首位。③

> 夫文以行立,行以文传,四教所先,符采相济。励德树声,莫不师圣,而建言修辞,鲜克宗经。是以楚艳汉侈,流弊不还,正末归本,不其懿欤!

上段话中,"符"与"采"都是《文心雕龙》中的技术性批评术语。"符"指"符合"(tally),用来标记象征、隐喻等所有抽象的形式符码。"采"为图式纹理,用

---

① Peter B. Way, *Classicism in Aristotle's Poetics & Liu Xie's Wenxin Diaolong*, Unpublished Ph. D Dissertation, University of Washington, 1990, p.303.

② Peter B. Way, *Classicism in Aristotle's Poetics & Liu Xie's Wenxin Diaolong*, Unpublished Ph. D Dissertation, University of Washington, 1990, p.304.

③ Peter B. Way, *Classicism in Aristotle's Poetics & Liu Xie's Wenxin Diaolong*, Unpublished Ph. D Dissertation, University of Washington, 1990, p.305.

来指称修辞、韵律样式。"符"与"采"合意,表征审美感知的形式特征,是事物抽象与具体表现完美融合的体现,它类似于亚里士多德的"逻格斯"(logos)、"和谐"(harmony)、"节奏"(rhythm)等概念。①

"四教"是指儒家"文""行""忠""信"四项基本课程或能力(disciplines or sensibilities)训练,刘勰将"文"置四科之首,正是要暗示,其余三项课程均为承续"文学"课程而来,或者说,其余三项能力均导源于"作文"能力而来。刘勰这种高度重视"文"之能力的做法,也构成了对那些儒家道德主义者惟德性是从做法的反讽。② 魏氏推测,刘勰对儒家传统中审美一维的突出强调,很可能潜藏着一种宗教信念,那就是:儒教与佛教相比,在心灵与道德方面难以比肩:儒家经典并不能代表一种可施行的宗教律则,它仅仅能代表一种可运用的文学律则。如果上述推测合理,我们也可以将如上的看法解释为:刘勰认为儒家的道德主义是粗浅的。③

在《文心雕龙》第五章《辨骚》篇中,刘勰讨论了楚诗与汉诗的本质特性,他一方面将二者一同视为中国诗歌史上重要的艺术革新,认为它们都代表了中国诗歌的复兴;另一方面,又对其在艺术形式方面的极端主义提出批评,认为它们除了在创新本身方面值得肯定外,难以在文学准则方面为中国诗歌提供范本。刘勰对待楚汉诗歌的这种态度常被后世认为是其作为传统主义者的证据,但是,魏氏认为,这种看法是站不住脚的,因为刘勰并未认为楚汉诗歌的创新本身是错的,他仅仅指出了它们在形式方面的极端主义,是不能成为诗歌创作的典范的。④

赞曰:三极彝训,道深稽古。致化惟一,分教斯五。性灵熔匠,文章奥府。渊哉铄乎,群言之祖。

---

① Peter B. Way, *Classicism in Aristotle's Poetics & Liu Xie's Wenxin Diaolong*, Unpublished Ph.D Dissertation, University of Washington, 1990, p.306.

② Peter B. Way, *Classicism in Aristotle's Poetics & Liu Xie's Wenxin Diaolong*, Unpublished Ph.D Dissertation, University of Washington, 1990, p.306.

③ Peter B. Way, *Classicism in Aristotle's Poetics & Liu Xie's Wenxin Diaolong*, Unpublished Ph.D Dissertation, University of Washington, 1990, p.307.

④ Peter B. Way, *Classicism in Aristotle's Poetics & Liu Xie's Wenxin Diaolong*, Unpublished Ph.D Dissertation, University of Washington, 1990, p.307.

《宗经》"赞"语作为对全篇的归纳,其义可作宽泛引申。刘勰的看法是,文学是社会进步的潜在理论,它源于儒家固有的思想文化。这种思想,在西方的现代形式主义批评诞生之前未曾有过。在中国文学批评中,一直存有一种观念认同,那就是:社会基本问题的解决,要通过文化变革,特别是文学或艺术的持续变革来进行。这是中国文学批评最独特、最具深远意义的观念。正如刘勰所反复提醒我们:文学的基本价值在于其通过自身变革催生持续变革的能力。据此可以说,文学艺术在人类发展中并非是一种可有可无的存在。①

在魏氏看来,刘勰对儒家"五经"中文学本质问题的讨论,非常类似于亚里士多德对《荷马史诗》的讨论。尽管亚氏认为《荷马史诗》代表了最高的文学标准,但是他也同时指出,古希腊后期的希腊悲剧,在某些方面是对《荷马史诗》的艺术化提升与完美呈现。同样的情况也出现在中国汉代古诗中,汉代古诗是对已在《诗经》中臻于完美的抒情诗的雅化与艺术化再提升。但是,刘勰在他自己的时代为文学所提供的儒家典范,还不是一种明晰的文学样本。因而,可以认为,刘勰在一定程度上应为文学批评样本的缺失进行担责,或者说他要为过分夸大过往的文学成就的做法负责,因为他的这种批评偏见严重地阻碍了传统的发展。②

比较一下,亚里士多德对文学批评方法论与文学本质的讨论,是一种较小范围内的实用主义的观察,它较少关注艺术的功用、艺术的本质等众多理论问题;相反,刘勰却力图回答关于文学批评的一系列抽象与存疑问题。这也意味着,刘勰所用力的地方,正是亚氏所轻忽的地方;反之亦然。如果我们简单对比一下刘勰关于文学的"六义"("情深""风清""事信""义贞""体约""文丽"),与亚氏关于悲剧"六要素"("情节""性格""言语""思想""场景""歌唱"),便可知:尽管在某种程度上,亚氏的分析较为抽象,但是他关注的是纯粹的悲剧结构,是对文学形式的一种具体和客观的分析,鲜有心理色彩;而刘勰的文学"六义"说,则是一种对中国文学批评的定性判断,表露的是一种客观主义立场。③

---

① Peter B.Way, *Classicism in Aristotle's Poetics & Liu Xie's Wenxin Diaolong*, Unpublished Ph.D Dissertation, University of Washington,1990,p.309.

② Peter B.Way, *Classicism in Aristotle's Poetics & Liu Xie's Wenxin Diaolong*, Unpublished Ph.D Dissertation, University of Washington,1990,p.310.

③ Peter B.Way, *Classicism in Aristotle's Poetics & Liu Xie's Wenxin Diaolong*, Unpublished Ph.D Dissertation, University of Washington,1990,pp.311-312.

第五,魏氏对《正纬》篇的细读。

魏氏认为,《文心雕龙》第四篇《正纬》,在前五篇中是一篇少有批评意涵并略显怪异的篇章。但他讨论的纬书问题,对于中国文学而言意义非凡,因为纬书中很少包含中国传统经学思想的理性与解释观念。刘勰本篇的意图当然不止于区别经书与纬书,而且要批判地检视其在修辞与文体范式方面所体现出来的文学价值。尽管纬书中的解释观念粗浅含混,但是,它在语言与风格方面的革故鼎新,已为并将继续为文学的变革与转型提供重要资源。刘勰对经书与纬书所作的历史主义考察,意义重大:他虽然不是中国思想史中第一位提出真伪之辩的批评家,但是,他将这样一种真伪之辩置于文学批评的语境内,却显得非常独特。①

> 夫神道阐幽,天命微显。马龙出而大《易》兴,神龟见而《洪范》耀。故《系辞》称:"河出图,洛出书,圣人则之。"斯之谓也。但世夐文隐,好生矫诞,真虽存矣,伪亦凭焉。

刘勰在本段中首先承认,对于经书的阐释,明晰与准确并非唯一准则,模糊与神秘亦是。也就是说,儒家经书尽管是文学的一大准则,但其并不排除偏离其准则的所有其他准则,在某种意义上,它甚至需要这些准则。②

刘勰对早期纬书文本神秘起源的讨论,其要义不仅在于其将之诉诸于传说,更在于其提供了一种理性解释。当刘勰提出早期文本的模糊性时,他实际上已经触及了中国书写系统的阿克琉斯之踵:中国文学非语音的书写本质,创生了一种将文字意义变化隐藏于语法与语态之中的坚硬外壳,由此导致语言变化难以跟进意义变化的随意阐释,催生出文本意义的模糊性事实。因此,魏氏认为,理解中国文本必须有效利用这种模糊性,必须将这种模糊性与文本的明晰性结合起来理解;更有甚者,应将这种文本的模糊性视为中国文学文本的基本特质。③

---

① Peter B. Way, *Classicism in Aristotle's Poetics & Liu Xie's Wenxin Diaolong*, Unpublished Ph. D Dissertation, University of Washington, 1990, pp. 312-313.

② Peter B. Way, *Classicism in Aristotle's Poetics & Liu Xie's Wenxin Diaolong*, Unpublished Ph. D Dissertation, University of Washington, 1990, p. 313.

③ Peter B. Way, *Classicism in Aristotle's Poetics & Liu Xie's Wenxin Diaolong*, Unpublished Ph. D Dissertation, University of Washington, 1990, pp. 313-314.

　　夫六经彪炳,而纬候稠叠;《孝》《论》昭晰,而《钩》《谶》葳蕤。按经验纬,其伪有四:盖纬之成经,其犹织综,丝麻不杂,布帛乃成。今经正纬奇,倍摘千里,其伪一矣。经显,圣训也;纬隐,神教也。圣训宜广,神教宜约,而今纬多于经,神理更繁,其伪二矣。有命自天,乃称符谶,而八十一篇皆托于孔子,则是尧造绿图,昌制丹书,其伪三矣。商周以前,图箓频见,春秋之末,群经方备,先纬后经,体乖织综,其伪四矣。伪既倍摘,则义异自明,经足训矣,纬何豫焉?

　　魏氏认为,刘勰对"六经"详备于春秋时期的判断意义非凡,它牵涉到文学变革与发展的基本概念,后者构成了文学分析的基本标尺。按照刘勰,不仅是经书的"古典"(antiquity)气质赋予其以权威性,而且其"形式"与"逻辑"的一贯性亦是经书权威性的体现。据此,虽然纬书在"古典"气质方面可能更胜于经书,但因其欠缺的"形式"与"逻辑"一惯性,使其少有价值。①

　　《正纬》篇接下来的论述,语义较为模糊,刘勰似乎要表明,儒家用作占卜的卦符义理,并非为他自己所完全认可。他似乎要站在历史主义的立场上,作一种批判性的非批判传统推断(critiquing uncritical traditional speculations)。②

　　原夫图箓之见,乃昊天休命,事以瑞圣,义非配经。故河不出图,夫子有叹,如或可造,无劳喟然。昔康王河图,陈于东序,故知前世符命,历代宝传,仲尼所撰,序录而已。于是伎数之士,附以诡术,或说阴阳,或序灾异,若鸟鸣似语,虫叶成字,篇条滋蔓,必假孔氏,通儒讨核,谓起哀平,东序秘宝,朱紫乱矣。至于光武之世,笃信斯术。风化所靡,学者比肩。沛献集纬以通经,曹褒选谶以定礼,乖道谬典,亦已甚矣。是以桓谭疾其虚伪,尹敏戏其浮假,张衡发其僻谬,荀悦明其诡诞:四贤博练,论之精矣。

　　如上论述可见,刘勰对待纬书文本及其真伪性问题的历史主义态度,是相当

---

　　① 　Peter B.Way, *Classicism in Aristotle's Poetics & Liu Xie's Wenxin Diaolong*, Unpublished Ph. D Dissertation, University of Washington, 1990, p.316.

　　② 　Peter B.Way, *Classicism in Aristotle's Poetics & Liu Xie's Wenxin Diaolong*, Unpublished Ph. D Dissertation, University of Washington, 1990, pp.316-317.

审慎的。他敏锐地意识到传统在其后续发展中已渐失原貌,并不自觉地改变其价值。纬书的历史与对经书的阐释在中国本身就代表了一种专门的学问。基于这一认识,刘勰集中考察了纬书的非文学特性,特别是纬书对经书的评论与阐释。通过对比,指出纬书的乖谬之处,表明自己的儒家理性主义立场。在《正纬》篇的最后部分,刘勰通过枚举有代表性的一些纬书传说,阐明其文学特性与文学影响。

> 若乃羲、农、轩、皞之源,山渎锺律之要,白鱼赤乌之符,黄金紫玉之瑞,事丰奇伟,辞富膏腴,无益经典而有助文章。是以后来辞人,采摭英华。平子恐其迷学,奏令禁绝;仲豫惜其杂真,未许煨燔。前代配经,故详论焉。
>
> 赞曰:荣河温洛,是孕图纬。神宝藏用,理隐文贵。世历二汉,朱紫腾沸。芟夷谲诡,采其雕蔚。

魏氏最后指出,本章最重要的是刘勰对其理性主义批评立场的明确表达,这种立场实际上也是贯穿全书的基本立场。因此,我们不宜简单地将刘勰视为儒学理性主义传统的单纯守护者,更应将其理解为儒学传统的变革者。在这一点上,他比孟子或后世的朱熹走得更远,因为他更为明确地表达了一种客观的与批判分析的立场。[①]

第六,魏氏对《辨骚》篇的细读。

魏氏认为,在《辨骚》篇,刘勰更为明确地表达了自己的批评立场。刘勰以屈原《离骚》为中心,细致讨论讫至齐梁时代最为重要的文学发展,提出:《离骚》及其被后汉冠以《楚辞》的有楚一代诗歌,极大地影响了汉代诗歌的发展,改变了《诗经》至汉乐府诗歌的音乐性话语,开创了诗歌的抒情话语表达方式,使诗歌呈现为一种全新的抒情风貌。正如所有诗歌革新所表现出的那样,《离骚》及同代楚诗构成了与前代经典诗歌的显著不同,颠覆了之前经典诗歌所固有的一些诸如"无名氏创作""形式严格""句式简短"等特征,而将诗歌发展为一种运用夸张手法与富丽辞采,辅以民间传统、异域情调与想象故事的自主性

---

① Peter B.Way, *Classicism in Aristotle's Poetics & Liu Xie's Wenxin Diaolong*, Unpublished Ph.D Dissertation, University of Washington, 1990, pp.320-321.

诗歌样式，①成为在中国文学史上与《诗经》截然不同的另一种诗歌传统。②

> 自风雅寝声，莫或抽绪，奇文郁起，其《离骚》哉！固已轩翥诗人之后，奋飞辞家之前，岂去圣之未远，而楚人之多才乎！

魏氏指出，尽管刘勰在后文中曾对楚诗铺张扬厉的巴洛克式风格进行了批评，但是，他也清楚地意识到，屈原发展并完善了中国诗歌的一种重要传统，而这种传统，在《诗经》中并未得到充分体现。因而也可以说，从楚诗到汉赋，代表了诗歌创新与复兴的基本范式的发展。③ 以下部分是刘勰对历史上曾对《离骚》作出批评分析的再批评分析。

> 昔汉武爱《骚》，而淮南作《传》，以为："《国风》好色而不淫，《小雅》怨诽而不乱，若《离骚》者，可谓兼之；蝉蜕秽浊之中，浮游尘埃之外，皭然涅而不缁，虽与日月争光可也。"班固以为：露才扬己，忿怼沉江；羿浇二姚，与左氏不合；昆仑悬圃，非经义所载；然其文辞丽雅，为词赋之宗，虽非明哲，可谓妙才。王逸以为：诗人提耳，屈原婉顺。《离骚》之文，依经立义；驷虬乘鹥，则时乘六龙；昆仑流沙，则《禹贡》敷土。名儒辞赋，莫不拟其仪表；所谓金相玉质，百世无匹者也。及汉宣嗟叹，以为皆合经术；扬雄讽味，亦言体同《诗·雅》。四家举以方经，而孟坚谓不合传，褒贬任声，抑扬过实，可谓鉴而弗精，玩而未核者也。将核其论，必征言焉。

假如可以说，刘勰的如上判语是切中文学批评要义的肯断性话语，那么，他显然是要摆脱中国传统批评的业余性与模糊性话语。即兴的观念与粗糙的类比，曾长期困扰中国古代文学批评界，但是，这种情况并未在欧洲出现。刘勰指

---

① Peter B. Way, *Classicism in Aristotle's Poetics & Liu Xie's Wenxin Diaolong*, Unpublished Ph. D Dissertation, University of Washington, 1990, p.321.

② Peter B. Way, *Classicism in Aristotle's Poetics & Liu Xie's Wenxin Diaolong*, Unpublished Ph. D Dissertation, University of Washington, 1990, p.322.

③ Peter B. Way, *Classicism in Aristotle's Poetics & Liu Xie's Wenxin Diaolong*, Unpublished Ph. D Dissertation, University of Washington, 1990, p.322.

出,"将核其论,必征言焉",要考察评论的优劣对错,必须回到原作中去,核实评论话语与评论对象本身的契合度。刘勰的这种判断应该说抓住了文学批评的关键,①因为即使在亚里士多德《诗学》中,也未作出过如此精当的概述。根据亚里士多德的看法,批评家的职责在于对诗歌作为一种文学话语本身的关注,因而批评的好坏,就完全依赖于批评家对文本观察的敏锐度。而刘勰却将文学批评的重心从历史性与道德性转向审美性,从文学主题与作家心灵转向文本语言。②刘勰视《楚辞》为楚诗的基本范式,枚举了《楚辞》对汉代诗歌的影响及相关评价,正是要贯彻"将核其论,必征言焉"的批评史观。

> 故其陈尧舜之耿介,称汤武之祗敬:典诰之体也。讥桀、纣之猖披,伤羿、浇之颠陨:规讽之旨也。虬龙以喻君子,云蜺以譬谗邪:比兴之义也。每一顾而掩涕,叹君门之九重:忠怨之辞也。观兹四事,同于《风》《雅》者也。至于托云龙,说迂怪,丰隆求宓妃,鸩鸟媒娀女:诡异之辞也。康回倾地,夷羿彈日,木夫九首,土伯三目:谲怪之谈也。依彭咸之遗则,从子胥以自适:狷狭之志也。士女杂坐,乱而不分,指以为乐,娱酒不废,沉湎日夜,举以为欢:荒淫之意也。摘此四事,异乎经典者也。故论其典诰则如彼,语其夸诞则如此。

魏氏认为,刘勰的如上论述尽管非常拘谨,但是,他对《楚辞》的评判却是正确的。刘勰认真陈列了《楚辞》的诗学话语,分析了其各自的属性,认为根据文学形式修辞原则,《离骚》与《楚辞》的部分文学要素(按:即上文所提到的"规讽之旨""比兴之义""忠怨之辞"等问题。)源于《诗经》;而涉及文学主题、文学语言等问题(按:即上文提到的"诡异之辞""谲怪之谈""狷狭之志""荒淫之意"等),则与经书观念不同。③ 显然,刘勰不仅认同文学的夸张法与文学观念及文学表达的极端主义,而且正确地将其视为诗歌的基本甚或优秀品质。当刘勰说:

---

① Peter B. Way, *Classicism in Aristotle's Poetics & Liu Xie's Wenxin Diaolong*, Unpublished Ph. D Dissertation, University of Washington, 1990, p.325.

② Peter B. Way, *Classicism in Aristotle's Poetics & Liu Xie's Wenxin Diaolong*, Unpublished Ph. D Dissertation, University of Washington, 1990, p.326.

③ Peter B. Way, *Classicism in Aristotle's Poetics & Liu Xie's Wenxin Diaolong*, Unpublished Ph. D Dissertation, University of Washington, 1990, p.328.

"摘此四事,异乎经典者也"时,他仅仅是要表达一种异于经典的不同文学标准,而这种标准,就存在于诸如乔伊斯的《尤利西斯》与维吉尔的《埃涅阿斯纪》之中。因此,刘勰的这段话,并不代表一种对屈原及其诗歌的道德主义谴责,相反,它应是表达刘勰的一种立场:屈原及其有楚一代诗人,就如叶紫与乔伊斯一样,通过有意运用诸如夸张与激进修辞以反对文学的经典标准,从而表明自己的反传统立场,证明自己对文学有着清醒的自觉意识。①

> 固知《楚辞》者,体慢于三代,而风雅于战国;乃《雅》《颂》之博徒,而词赋之英杰也。观其骨鲠所树,肌肤所附,虽取镕经意,亦自铸伟辞。

这段话中,"虽取镕经意,亦自铸伟辞"一语,实际上陈明了新的文学风格诞生的必要条件,亦即,它是运用新的文学语言,融合传统文学元素的产物。② 刘勰接着示例了《楚辞》中具有如此新的文学风格的作品:

> 故《骚经》《九章》,朗丽以哀志;《九歌》《九辩》,绮靡以伤情;《远游》《天问》,瑰诡而惠巧;《招魂》《招隐》,耀艳而深华;《卜居》标放言之致,《渔父》寄独往之才。故能气往轹古,辞来切今,惊采绝艳,难与并能矣。

对于这些具有新的文学风格的作品,魏氏认为,刘勰之所以举证,是其进步主义文学观念使然。按照这种观念,《楚辞》是对现代文学继承与革新的结果,但这种继承与革新,绝不意味着对前代文学传统的抛弃,文学的革新,要求我们对过往文学传统的要素进行不断的回视。对于经典作家来说,他们会像重视当下文学一样重视过往文学,并视过往文学为有效的文学传统,它永远对未来文学保持开放。③ 这种开放性表现在《楚辞》对后世文学的影响之中:

---

① Peter B.Way, *Classicism in Aristotle's Poetics & Liu Xie's Wenxin Diaolong*, Unpublished Ph.D Dissertation, University of Washington, 1990, p.328.

② Peter B.Way, *Classicism in Aristotle's Poetics & Liu Xie's Wenxin Diaolong*, Unpublished Ph.D Dissertation, University of Washington, 1990, p.329.

③ Peter B.Way, *Classicism in Aristotle's Poetics & Liu Xie's Wenxin Diaolong*, Unpublished Ph.D Dissertation, University of Washington, 1990, pp.330-331.

自《九怀》以下，遽躡其迹，而屈、宋逸步，莫之能追。故其叙情怨，则郁伊而易感；述离居，则怆怏而难怀；论山水，则循声而得貌；言节候，则披文而见时。是以枚、贾追风以入丽，马、扬沿波而得奇；其衣被词人，非一代也。故才高者菀其鸿裁，中巧者猎其艳辞，吟讽者衔其山川，童蒙者拾其香草。

刘勰枚举了一系列文学的感性（sensibility）范畴，意义非凡。在其中，最高范畴是那些能够洞悉文学发展规律或直击文学文体本质的范畴；最低范畴是那些将文学话语还原为不同修辞效果或讽喻想象的范畴。通过这些范畴，刘勰表达了对教化主义的本能反感。①

若能凭轼以倚《雅》《颂》，悬辔以驭楚篇，酌奇而不失其贞，玩华而不坠其实；则顾盼可以驱辞力，欬唾可以穷文致，亦不复乞灵于长卿，假宠于子渊矣。

赞曰：不有屈原，岂见《离骚》？惊才风逸，壮志烟高。山川无极，情理实劳。金相玉式，艳溢锱毫。

魏氏认为，在《辨骚》篇中，刘勰坚定地表明了自己的进步主义（progressive）文学观念。他不仅认同屈原诗歌中的夸张与极端描写，而且将它们所具有的文学意义置于传统文学的中心，由此有效地修正了文学的经典标准。与文学的经典标准相比较，这种修正后的文学标准在于：它是一种可以溯源于《诗经》与《楚辞》的综合文学标准与文学价值。②

《辨骚》篇最后的"赞"语，刘勰提出了一个重要的文学概念："情理"。所谓"情理"，其文学含义在于要表达情感的形式秩序（the formal order of its nature），它往往用作对不同类型的诗歌之公共性文学要素的分析。"理"作为刘勰文学批评的关键概念，主要用来指称对文学文辞表达次序与表达结构的意识感（con-

---

① Peter B.Way, *Classicism in Aristotle's Poetics & Liu Xie's Wenxin Diaolong*, Unpublished Ph.D Dissertation, University of Washington, 1990, p.332.

② Peter B.Way, *Classicism in Aristotle's Poetics & Liu Xie's Wenxin Diaolong*, Unpublished Ph.D Dissertation, University of Washington, 1990, p.333.

scious sense）。①

第七，魏氏对《明诗》篇的细读。

在《明诗》篇中，刘勰详细讨论了后汉以来经典四言诗与"现代"五言诗的发展历史与文体形式。魏氏认为，刘勰对文学文体所作的历时与共时互文分析，可以比肩于亚里士多德对古希腊喜剧与悲剧文体发展与变革的相关讨论。二人都将不同的文体，还原至相应的历史语境，分析各自文体发展与演变脉络。比如刘勰分析的抒情诗，是中国诗歌的典范，其文体样式代表了中国文学的基本范式，正如史诗代表了欧洲文学的基本范式一样。②

大舜云："诗言志，歌永言。"圣谟所析，义已明矣。是以"在心为志，发言为诗"；舒文载实，其在兹乎？诗者，持也，持人情性。三百之蔽，义归"无邪"；持之为训，有符焉尔。

魏氏认为，在《明诗》篇开头，刘勰重点讨论了诗歌的"言"（discourse）与"文"（form）的不同，这种讨论，实际上是对前五篇"言"与"文"关系在诗歌领域的进一步区分。③ 本篇引出的重要问题是，作为"言"与"文"的落脚点，诗歌之"志"（the mind's image），到底是诗歌形式（"文"）所传达的抽象之"性"（temperament），还是诗歌内容（"质"）所表达之"情"（sentiment）？虽然刘勰在整篇论述中，强调诗歌"形式"之于"内容"的优先性，但是他也清醒地意识到二者的互生关系。④ 刘勰对于诗歌"文"与"质""形式"与"内容"关系的诠解，并未在儒家诗学教化主义的意义上进行。虽然魏氏尚不能确定刘勰对诗歌的这种非教化主义理解是否就是其对汉代诗歌教化主义的反拨，但是，他坚信，设若可以认为非道德性就是中国抒情诗的传统，那么，刘勰的这种健康的诗歌形式主义与反教化主

① Peter B.Way, *Classicism in Aristotle's Poetics & Liu Xie's Wenxin Diaolong*, Unpublished Ph.D Dissertation, University of Washington, 1990, p.333.

② Peter B.Way, *Classicism in Aristotle's Poetics & Liu Xie's Wenxin Diaolong*, Unpublished Ph.D Dissertation, University of Washington, 1990, p.334.

③ Peter B.Way, *Classicism in Aristotle's Poetics & Liu Xie's Wenxin Diaolong*, Unpublished Ph.D Dissertation, University of Washington, 1990, p.335.

④ Peter B.Way, *Classicism in Aristotle's Poetics & Liu Xie's Wenxin Diaolong*, Unpublished Ph.D Dissertation, University of Washington, 1990, p.336.

义,应该在中国诗学传统中早已存在了,刘勰只是将这种传统移用作对诗歌"文"与"质"关系的分析罢了。①

> 人禀七情,应物斯感;感物吟志,莫非自然。昔葛天氏乐辞云,《玄鸟》在曲;黄帝《云门》,理不空绮。至尧有《大唐》之歌,舜造《南风》之诗;观其二文,辞达而已。及大禹成功,九序惟歌;太康败德,五子咸怨:顺美匡恶,其来久矣。自商暨周,《雅》《颂》圆备;四始彪炳,六义环深。子夏监"绚素"之章,子贡悟"琢磨"之句;故商、赐二子,可与言诗。自王泽殄竭,风人辍采。春秋观志,讽诵旧章;酬酢以为宾荣,吐纳而成身文。逮楚国讽怨,则《离骚》为刺。秦皇灭典,亦造《仙诗》。

魏氏指出,上段中刘勰对诗歌发展所作的历史谱系分析,尽管缺乏辩证法意味,但是,他对诗歌逐渐走向完善的表述却透露了其文学目的论的观念。②

接下来的段落刘勰对四言诗与五言诗作了谱系学的考察,阐发了它们各自的特色与艺术成就:

> 汉初四言,韦孟首唱;匡谏之义,继轨周人。孝武爱文,《柏梁》列韵。严、马之徒,属辞无方。至成帝品录,三百余篇;朝章国采,亦云周备。而辞人遗翰,莫见五言;所以李陵、班婕妤,见疑于后代也。按《召南·行露》,始肇半章;孺子《沧浪》,亦有全曲;《暇豫》优歌,远见春秋;《邪径》童谣,近在成世。阅时取证,则五言久矣。又《古诗》佳丽,或称枚叔;其《孤竹》一篇,则傅毅之词。比采而推,两汉之作乎?观其结体散文,直而不野;婉转附物,怊怅切情:实五言之冠冕也。至于张衡《怨篇》,清典可味;《仙诗缓歌》,雅有新声。

通过对汉代以降诗歌的谱系学考察,刘勰暗示了一个基本的文学批评观念:

---

① Peter B. Way, *Classicism in Aristotle's Poetics & Liu Xie's Wenxin Diaolong*, Unpublished Ph. D Dissertation, University of Washington, 1990, pp. 337-338.

② Peter B. Way, *Classicism in Aristotle's Poetics & Liu Xie's Wenxin Diaolong*, Unpublished Ph. D Dissertation, University of Washington, 1990, p. 340.

文学形式的发展是由简而繁；他同时也揭示了诗歌发展由旧而新的诗歌发展规律。①

> 暨建安之初，五言腾踊。文帝、陈思，纵辔以骋节；王、徐、应、刘，望路而争驱。并怜风月，狎池苑，述恩荣，叙酣宴；慷慨以任气，磊落以使才。造怀指事，不求纤密之巧；驱辞逐貌，唯取昭晰之能。此其所同也。乃正始明道，诗杂仙心；何晏之徒，率多浮浅。唯嵇志清峻，阮旨遥深，故能标焉。若乃应璩《百一》，独立不惧；辞谲义贞，亦魏之遗直也。
>
> 晋世群才，稍入轻绮。张、潘、左、陆，比肩诗衢。采缛于正始，力柔于建安；或析文以为妙，或流靡以自妍：此其大略也。江左篇制，溺乎玄风，嗤笑徇务之志，崇盛亡机之谈。袁、孙已下，虽各有雕采，而辞趣一揆，莫与争雄。所以景纯《仙篇》，挺拔而为俊矣。宋初文咏，体有因革；庄、老告退，而山水方滋。俪采百字之偶，争价一句之奇；情必极貌以写物，辞必穷力而追新。此近世之所竞也。

刘勰对诗体演进脉络的历史考察，尽管简略，但却清晰精熟，无论是在中国，还是在欧洲的文学批评中，都罕有匹敌。他以诗歌的形式审美（formal nature）为标准，摒弃印象主义与教化主义的评价标准，揭示了诗歌发展所表现出的经典主义与浪漫主义周期性演变趋势，而这种趋势，在欧洲文学史中亦不例外。②

刘勰以下的评述是《明诗》篇最为深奥、也最为重要的部分，他从历时与共时两个角度对文学要素所作的评析，代表了文学批评的基本范式：③

> 故铺观列代，而情变之数可监；撮举同异，而纲领之要可明矣。若夫四言正体，则雅润为本；五言流调，则清丽居宗。华实异用，惟才所安。故平子

---

① Peter B.Way, *Classicism in Aristotle's Poetics & Liu Xie's Wenxin Diaolong*, Unpublished Ph.D Dissertation, University of Washington, 1990, pp.344-345.

② Peter B.Way, *Classicism in Aristotle's Poetics & Liu Xie's Wenxin Diaolong*, Unpublished Ph.D Dissertation, University of Washington, 1990, pp.347-348.

③ Peter B.Way, *Classicism in Aristotle's Poetics & Liu Xie's Wenxin Diaolong*, Unpublished Ph.D Dissertation, University of Washington, 1990, p.348.

得其雅,叔夜含其润,茂先凝其清,景阳振其丽。兼善则子建、仲宣,偏美则太冲、公干。然诗有恒裁,思无定位;随性适分,鲜能通圆。若妙识所难,其易也将至;忽之为易,其难也方来。

魏氏认为,上述关于诗歌变体及其风格的评述,可以视为刘勰文学批评的基本方法论,它也代表了任何一种逻辑一贯的文学批评所应遵循的基本前提;而刘勰的这种批评观念与批评方法,直至今日,尚未获得比较文学研究领域的充分理解。①

与亚里士多德相比较,尽管他并没有像刘勰一样,直接讨论文学的共时与历时要素问题,但是,他对古希腊悲剧与喜剧的演进的分析,也直接揭示了文学形式与文学起源的明显区别。比如,《伊利亚特》与《奥德赛》是古希腊悲剧的一种审美的或形式的典范,正如《玛吉兹》(Margites)是古希腊的喜剧典范一样;然而,前者起源于酒神颂的历史,后者起源于难登大雅之堂的"菲勒斯之歌"(phallic procession)。可以说,亚里士多德与刘勰一样,也将文学的历史发展与文学自身的审美形式区别开来。②

在《明诗》篇的最后,刘勰主要讨论了各类诗体的共同特征:

至于三六杂言,则出自篇什;离合之发,则明于图谶;回文所兴,则道原为始;联句共韵,则柏梁余制。巨细或殊,情理同致;总归诗圃,故不繁云。

赞曰:民生而志,咏歌所含。兴发皇世,风流二《南》。神理共契,政序相参。英华弥缛,万代永耽。

在魏氏看来,《明诗》篇通篇缺少关于诗歌道德戒律的陈述,一如亚里士多德在《诗学》中所做的那样,他以这种文学审美形式主义批评的研究倾向应该值得学界高度关注。而刘勰对诗歌文体所作的严格形式分析,也代表了其文学批评最为激进的一个方面。③

---

① Peter B. Way, *Classicism in Aristotle's Poetics & Liu Xie's Wenxin Diaolong*, Unpublished Ph. D Dissertation, University of Washington, 1990, p. 350.

② Peter B. Way, *Classicism in Aristotle's Poetics & Liu Xie's Wenxin Diaolong*, Unpublished Ph. D Dissertation, University of Washington, 1990, p. 351.

③ Peter B. Way, *Classicism in Aristotle's Poetics & Liu Xie's Wenxin Diaolong*, Unpublished Ph. D Dissertation, University of Washington, 1990, p. 353.

正如上文所指出,刘勰将诗歌的形式与历史要素视为文学批评的关键,他分析各类诗歌文体的历史演变脉络,揭示其形式与审美特征,由此代表了古典文学批评的基本范式,也为接下来的 19 篇文体论批评确立了基本原则。① 在具体的文体批评中,刘勰不是根据逻辑的方法,而是依据一整套复杂的文学批评范式,杜绝对文学文体作简单化处理。魏氏认为,刘勰的这种批评方法,有力反驳了学术界对中国文学批评的成见:中国文学批评是一种无定义的、非系统的、较少表达一致性文学批评观念的零散式批评。②

在完成了对刘勰文学形式主义批评观念在《序志》篇和前六篇的考察之后,魏氏又以古典主义的基本方法与价值为标尺,择取《文心雕龙》部分篇章内容,重点对各类文体的形式演变及其刘勰的历史主义文学批评观念,作出了考察与阐释。

魏氏认为,刘勰对各类文体形式与文体原则演进的翔实考察,代表了他的古典主义批评最具意义的一个方面。他对各类文体形式与文体原则的翔实考察,超越了所有中国古代文学批评诸家,因而其批评方法与原则,也成为了后世中国文学批评的基本方法与原则。③

第八,魏氏对《文心雕龙》其余篇章内容的择选分析。

其一,《乐府》篇简析。

魏氏指出,乐府作为一种在文学主题、韵律与修辞方面都具有独特美学特征的诗歌文体,其重要文学史意义在于它揭示了音乐与诗歌形式之间的传承和变革关系。④

当刘勰在本篇中将音乐的本质定位为"乐本心术"时,他实际上是将音乐与文学、视觉艺术等这些中西方共有的美的艺术形式,一并理解为心灵的某种思维能力的表现。当他试图将经典音乐与民歌区别开来时,正是基于对艺术反映人

---

① Peter B.Way, *Classicism in Aristotle's Poetics & Liu Xie's Wenxin Diaolong*, Unpublished Ph.D Dissertation, University of Washington, 1990, p.354.

② Peter B.Way, *Classicism in Aristotle's Poetics & Liu Xie's Wenxin Diaolong*, Unpublished Ph.D Dissertation, University of Washington, 1990, p.354.

③ Peter B.Way, *Classicism in Aristotle's Poetics & Liu Xie's Wenxin Diaolong*, Unpublished Ph.D Dissertation, University of Washington, 1990, p.355.

④ Peter B.Way, *Classicism in Aristotle's Poetics & Liu Xie's Wenxin Diaolong*, Unpublished Ph.D Dissertation, University of Washington, 1990, p.356.

类最深刻的心灵本质的理解。① 刘勰对音乐与文学之间所具有的形式美关系的揭示,也说明了他对艺术教化主义谬见的反感。②

刘勰将音乐区别为外形式("乐声")与内形式("乐心"),认为"诗为乐心,声为乐体",乐府的形体在于声律,乐府的核心在于诗句,故而音乐的声律与歌辞,就要相互谐和。③ 但刘勰并未对音乐的韵律(prosody)与曲调(melody)作出明晰区别,也未对音乐的形式与诗歌的形式作出深入区别,对于经典音乐与民歌所作的重感官与重心灵的区别,也显得过于简单。④

对《乐府》篇中关于音乐声调与辞句关系的判断,刘勰的基本态度是:"故知季札观辞,不直听声而已。若夫艳歌婉娈,怨志决绝,淫辞在曲,正响焉生?"魏氏认为,这种追求音乐声调与辞句雅正严肃的判断,应是刘勰最为明确的教化主义诗学观念表达。⑤ 刘勰以儒家经典的雅正音乐为宗,批评声调与辞句失和的《郑声》等流行音乐形式,继而对经典艺术与粗俗艺术的标准作出讨论,其间所透漏的,是刘勰虽然认可文学变革的观念及其催生的新的艺术形式,但是,他似乎并不认可新的艺术形式的重要性。⑥

总之,刘勰在《乐府》篇中对"音乐"("歌")与"诗歌"(诗)的区别,是其文学批评的重要组成部分,他对音乐、诗歌的"音"(phonetic)与"韵"(prosodic)关系的研究,也构成了中国纪元五至六世纪文学艺术研究的关键问题。⑦

其二,《诠赋》篇简析。

魏氏首先指出,本篇讨论的"赋",是与"诗"和"乐府"同样重要的儒家经典

① Peter B.Way, *Classicism in Aristotle's Poetics & Liu Xie's Wenxin Diaolong*, Unpublished Ph.D Dissertation, University of Washington, 1990, p.359.

② Peter B.Way, *Classicism in Aristotle's Poetics & Liu Xie's Wenxin Diaolong*, Unpublished Ph.D Dissertation, University of Washington, 1990, p.360.

③ Peter B.Way, *Classicism in Aristotle's Poetics & Liu Xie's Wenxin Diaolong*, Unpublished Ph.D Dissertation, University of Washington, 1990, p.364.

④ Peter B.Way, *Classicism in Aristotle's Poetics & Liu Xie's Wenxin Diaolong*, Unpublished Ph.D Dissertation, University of Washington, 1990, p.365.

⑤ Peter B.Way, *Classicism in Aristotle's Poetics & Liu Xie's Wenxin Diaolong*, Unpublished Ph.D Dissertation, University of Washington, 1990, p.366.

⑥ Peter B.Way, *Classicism in Aristotle's Poetics & Liu Xie's Wenxin Diaolong*, Unpublished Ph.D Dissertation, University of Washington, 1990, p.367.

⑦ Peter B.Way, *Classicism in Aristotle's Poetics & Liu Xie's Wenxin Diaolong*, Unpublished Ph.D Dissertation, University of Washington, 1990, p.370.

诗学三大类型之一。刘勰在本篇中对"赋"的含义、起源及形式演变的诠解,在内容上非常类似于亚里士多德在《诗学》中对"悲剧"与"喜剧"相关问题的讨论。① 当然,从文学批评的立场来看,二人都表露出一种目的论的文学史观,都表现了对文学情理与内容的刻意要求,都主张某一文学传统中先后出现的不同文学形式具有内在的关联,并有其自身的渊源与发展过程。这也就是刘勰为什么在本篇一开头就说——"《诗》有六义,其二曰'赋'。'赋'也者,铺也,铺采摛文,体物写志也。""然'赋'也者,受命于诗人,拓宇于《楚辞》"——的原因所在。② 从刘勰在本篇随后对众多文学文体类型的分析也可以见出,本篇中所发展出的这种历时与共时并重的文学发展史观与文学批评史观,也是刘勰对其余文学文体类型的基本看法与基本分析方法。

在对《诠赋》作出简要分析后,魏氏又选取了《文心雕龙》"创作论"与"批评论"中具有代表性的四个篇章:《体性》《通变》《声律》《知音》,认为从文学批评术语、方法、原则、动力的角度看,它们最能代表古典主义批评的特色,并且涵括了古典主义批评的四大基本观念(elements),即:(1)文学的形式既包括历时的文体类型,也包括共时的风格类型;(2)创新是文学的基本动力;(3)文学批评的重点在于文学话语本身,而非作者;(4)文学的变革代表了对过往文学的发展。③

在魏氏看来,作者与文学话语的关系,是古典文学批评中最有争议的问题之一,即使是在西方古典主义批评如亚里士多德那里,批评的重点也是戏剧话语的历史与形式结构,而非作者。在中国古典主义批评中,情况也同样如此。④ 然而,刘勰在《文心雕龙》中,却一反古典主义的批评惯例,对文学话语与作者的关系作出了详尽的讨论,并格外关注文学形式与作家个性之间的关系。而最能代表这种批评视角的,便是《体性》篇。魏氏认为,在对文学形式与作家个性的关

---

① Peter B. Way, *Classicism in Aristotle's Poetics & Liu Xie's Wenxin Diaolong*, Unpublished Ph. D Dissertation, University of Washington, 1990, p.370.

② Peter B. Way, *Classicism in Aristotle's Poetics & Liu Xie's Wenxin Diaolong*, Unpublished Ph. D Dissertation, University of Washington, 1990, p.373.

③ Peter B. Way, *Classicism in Aristotle's Poetics & Liu Xie's Wenxin Diaolong*, Unpublished Ph. D Dissertation, University of Washington, 1990, p.374.

④ Peter B. Way, *Classicism in Aristotle's Poetics & Liu Xie's Wenxin Diaolong*, Unpublished Ph. D Dissertation, University of Washington, 1990, pp.374-375.

系讨论上,刘勰明显超越了亚里士多德。①

其三,《体性》篇简析。

《体性》篇开首即言:"夫情动而言形,理发而文见;盖沿隐以至显,因内而符外者也。"这句话直接道出了文学形式是人的情性与外在世界相呼应的产物,换句话说,正是人的内在性情,创造了外在的文学形式;②也正是由于人的不同"情性"(inner nature),包括"才"(talent or genius)之庸俊、"气"(spirit or temperament)之刚柔、"学"(learning or erudition)之浅深、"习"(skill or accomplishment)之雅郑,附加不同的后天陶染,才创造出万千不同的文学形式。③ 而这万千不同的文学形式,也正是个体作家对自我心灵的深刻表达。④ 正是基于这种认识,刘勰才说:"若夫八体屡迁,功以学成;才力居中,肇自血气。"

魏氏指出,刘勰在本篇中对八种相反相成文体风格的划分,也表明他对文学规则辩证统一的看法,这种看法有似于亚里士多德对"雅"与"俗"艺术的区分,只是他比亚氏更为细致。⑤ 刘勰要想说明的是:文学的外在风格形式,表征的是作家内在的情性;情性不同,风格亦不同。而不同的文学风格及其对立表现形式,同时也反映了文学的辩证发展进程。⑥

其四,《通变》篇简析。

《通变》篇是对文学中恒常的体裁与变化的文辞关系的讨论。本篇中,刘勰以抒情诗为观照对象,将文学风格辞气的变化限定在恒定的文学文体之内,讨论了上古迄至刘勰时代文学风格辞气的不同表现形式,揭示了文学发展"通"与"变"、继承与革新的关系,阐明了"名理有常,体必资于故实;通变无方,数必酌

① Peter B. Way, *Classicism in Aristotle's Poetics & Liu Xie's Wenxin Diaolong*, Unpublished Ph.D Dissertation, University of Washington, 1990, pp.375-376.

② Peter B. Way, *Classicism in Aristotle's Poetics & Liu Xie's Wenxin Diaolong*, Unpublished Ph.D Dissertation, University of Washington, 1990, p.376.

③ Peter B. Way, *Classicism in Aristotle's Poetics & Liu Xie's Wenxin Diaolong*, Unpublished Ph.D Dissertation, University of Washington, 1990, p.377.

④ Peter B. Way, *Classicism in Aristotle's Poetics & Liu Xie's Wenxin Diaolong*, Unpublished Ph.D Dissertation, University of Washington, 1990, p.378.

⑤ Peter B. Way, *Classicism in Aristotle's Poetics & Liu Xie's Wenxin Diaolong*, Unpublished Ph.D Dissertation, University of Washington, 1990, pp.379-380.

⑥ Peter B. Way, *Classicism in Aristotle's Poetics & Liu Xie's Wenxin Diaolong*, Unpublished Ph.D Dissertation, University of Washington, 1990, p.383.

于新声"的文学发展规律。① 刘勰对文学"通变"问题的分析表明,他并不是一个因循守旧的传统主义者。②

"参伍因革,通变之数也","凭情以会通,负气以适变","变则其久,通则不乏",这种文学话语的"通"与"变"关系,抑或用现代形式主义批评的话说,文学形式的"熟悉"(familiar)与"陌生"(strange)矛盾,构成了文学发展的基本动力。③ 刘勰敏锐地意识到包含在文学艺术中的这对矛盾,并作了细致阐述;而这种阐述,在欧洲的亚里士多德的《诗学》中几未提及,真正对之作出论述者,是现代形式主义文学批评出现之后的事情。④

其五,《声律》篇简析。

文学语言的声律问题,是刘勰文学批评的一个重要方面,也是他对沈约声律理论("四声八病")的发展。魏氏在这里提出了一个有意思的观点:沈约声律理论在后世的佚失,是中国文学思想史(Chinese intellectual history)上的重大损失,因为它对声律所作的思考,比任何思想传统都更为复杂。⑤ 与沈约比较,刘勰在本篇中关于"声律"问题的讨论,是基于他在《乐府》篇中关于乐器之"音"与人类之"声"的基本区别。

本篇中,刘勰将音律的源头追溯至人的声音,提出"夫音律所生,本于人声者也"的观点,从而将传统中关于音律与声音的经验主义联系作出重大反转:"故知器写人声,声非学器者也。"⑥在刘勰看来,语言的音韵与乐曲的宫商表面相似,但却具有本质的不同:语言的音韵,要合于人的口吻;乐曲的宫商,则要合于自然音律。"故言语者,文章神明枢机,吐纳律吕,唇吻而已","故外听之易,

① Peter B.Way, *Classicism in Aristotle's Poetics & Liu Xie's Wenxin Diaolong*, Unpublished Ph.D Dissertation, University of Washington, 1990, pp.385-386.

② Peter B.Way, *Classicism in Aristotle's Poetics & Liu Xie's Wenxin Diaolong*, Unpublished Ph.D Dissertation, University of Washington, 1990, p.388.

③ Peter B.Way, *Classicism in Aristotle's Poetics & Liu Xie's Wenxin Diaolong*, Unpublished Ph.D Dissertation, University of Washington, 1990, p.390.

④ Peter B.Way, *Classicism in Aristotle's Poetics & Liu Xie's Wenxin Diaolong*, Unpublished Ph.D Dissertation, University of Washington, 1990, p.390.

⑤ Peter B.Way, *Classicism in Aristotle's Poetics & Liu Xie's Wenxin Diaolong*, Unpublished Ph.D Dissertation, University of Washington, 1990, p.391.

⑥ Peter B.Way, *Classicism in Aristotle's Poetics & Liu Xie's Wenxin Diaolong*, Unpublished Ph.D Dissertation, University of Washington, 1990, p.392.

弦以手定;内听之难,声与心纷"。魏氏认为,刘勰这种对于文学与音乐主客观形式的区别,在欧洲直到现代文学与艺术批评才出现。①

其六,《知音》篇简析。

《知音》篇是刘勰对如何开展主观主义文学批评所作的论述。② 刘勰在本篇开首即提出了文学创作与欣赏中"知音其难"的现象,魏氏提醒读者要注意本篇论述中刘勰使用的反讽笔触,认为一流的作品常常沦作"酱瓿之议"是中外文学史上的惯常现象。③

刘勰在本篇中将文学批评分为六大方面:"是以将阅文情,先标六观:一观位体,二观置辞,三观通变,四观奇正,五观事义,六观宫商。"按照魏氏,这六大方面,实际上是对文学作品结构(structure)、修辞(rhetoric)、创新(innovation)、手法(eccentricity)、内容(content)、韵律(prosody)六大基本要素的分析。魏氏提醒我们注意,刘勰在本篇中,将文学的"创新"与作品写作中所使用的奇异手法("奇")区别开来,阐明"创新不必求奇,求奇不必为创新"的观念,这种观念,实际上是在道德主义与浪漫主义批评传统之外对粗糙形式主义作出有力反拨。④

而刘勰关于创作与阅读辩证关系的陈述:"夫缀文者情动而辞发,观文者披文以入情",应是文学批评史上第一位对作家创作与读者阅读作出清晰界别的论述。⑤ 同时,刘勰关于创作之"情"与欣赏之"文","文"之"形"与"心"之"理"关系的论述:"故心之照理,譬目之照形:目瞭则心无不分,心敏则理无不达",也颇富见地:它使我们明白,相比于欧洲文学批评传统,文学的"形"与"理"是一种感性的审美存在,而不是欧洲文学批评传统中的抽象存在。⑥

---

① Peter B. Way, *Classicism in Aristotle's Poetics & Liu Xie's Wenxin Diaolong*, Unpublished Ph. D Dissertation, University of Washington, 1990, p.395.

② Peter B. Way, *Classicism in Aristotle's Poetics & Liu Xie's Wenxin Diaolong*, Unpublished Ph. D Dissertation, University of Washington, 1990, p.400.

③ Peter B. Way, *Classicism in Aristotle's Poetics & Liu Xie's Wenxin Diaolong*, Unpublished Ph. D Dissertation, University of Washington, 1990, p.401.

④ Peter B. Way, *Classicism in Aristotle's Poetics & Liu Xie's Wenxin Diaolong*, Unpublished Ph. D Dissertation, University of Washington, 1990, p.403.

⑤ Peter B. Way, *Classicism in Aristotle's Poetics & Liu Xie's Wenxin Diaolong*, Unpublished Ph. D Dissertation, University of Washington, 1990, p.404.

⑥ Peter B. Way, *Classicism in Aristotle's Poetics & Liu Xie's Wenxin Diaolong*, Unpublished Ph. D Dissertation, University of Washington, 1990, p.405.

当然，魏氏同时也认为，本篇中刘勰反复将文学与音乐两种不同的艺术形式互文使用，过于严格地区别通俗的艺术形式与经典的艺术形式，从而未能对二者微妙的共生关系作出批评界分。①

六、《文心雕龙》总体评价

在论文的结尾，魏氏对《文心雕龙》作了一个总体评价。他认为，现代《文心雕龙》的研究阐释，往往只是从普泛的中国文学批评立场进行，忽略更大的视野与更多的参照，而真正的批评阐释往往需要后者，正如源于印度的佛教思想在非印度国家得到了形象化的阐述与批判性的省思一样。②

总体来看，《文心雕龙》所阐扬的古典主义文学批评诸问题，在亚里士多德的《诗学》中并未得到阐述；反之亦然。但是，通过对二者的比较，可以阐发出二者所共有的一些批评方法与批评观念；而这些批评方法与批评观念，在各自的批评传统中常常晦暗不彰，特别是当我们将《文心雕龙》与现代形式主义批评比较时，情况就尤其如此。③

《文心雕龙》与《诗学》作为两种不同的文本，都通过对各自文学传统内共时与历时文学要素的分析而获得其完美的古典主义文学批评身份，都通过系统的文学史、文学结构、文学话语原则等的分析，与传统教化主义批评观念和传统浪漫主义的粗俗主观主义（impressionism）划清了界限。④ 面对文学变化的复杂事实，他二人也都力图去寻找并解释文学革新的原因，因此可以说，在文学批评的整体方面，刘勰与亚里士多德，比任何一位前现代的批评家都更为接近。⑤

① Peter B.Way, *Classicism in Aristotle's Poetics & Liu Xie's Wenxin Diaolong*, Unpublished Ph.D Dissertation, University of Washington, 1990, p.407.

② Peter B.Way, *Classicism in Aristotle's Poetics & Liu Xie's Wenxin Diaolong*, Unpublished Ph.D Dissertation, University of Washington, 1990, p.410.

③ Peter B.Way, *Classicism in Aristotle's Poetics & Liu Xie's Wenxin Diaolong*, Unpublished Ph.D Dissertation, University of Washington, 1990, pp.410-411.

④ Peter B.Way, *Classicism in Aristotle's Poetics & Liu Xie's Wenxin Diaolong*, Unpublished Ph.D Dissertation, University of Washington, 1990, p.411.

⑤ Peter B.Way, *Classicism in Aristotle's Poetics & Liu Xie's Wenxin Diaolong*, Unpublished Ph.D Dissertation, University of Washington, 1990, p.412.

但是,将《文心雕龙》与《诗学》进行比较研究的更主要的意义在于:只有通过比较,两种文学批评所具有的独特性,才能真正显露出来。① 概而言之,当我们用《文心雕龙》与中国文学批评的视角观照亚里士多德的《诗学》,我们会发现《诗学》所缺失的东西,比如:它明显轻忽文学的抒情传统,如有提及,也是将其视为叙事文学的初级或未成熟形态。个中原因,显然不是由于在古希腊诗学中,还未形成成熟与完善的抒情文学传统,而是因为亚里士多德本人未能将当时的抒情文学从叙事文学传统中区隔开来。亚氏的这一缺失直接制约了欧洲文学批评,欧洲文学批评在总体上区分了虚构与非虚构文学,但却从未真正对抒情文学作出理论思考。而在以《文心雕龙》为代表的中国文学批评中,相反却将批评的中心铆定在抒情传统,而并未对叙事的情节、时间、性格等文学要素作出独立的分析,尽管在事实上,从汉代以降中国文学就发展出成熟而复杂的叙事文学传统。② 所以,我们只有用异文化的文学史与审美眼光烛照对方,中西方文学批评传统各自所具有的独特性,才能真正显露出来。③

---

① Peter B. Way, *Classicism in Aristotle's Poetics & Liu Xie's Wenxin Diaolong*, Unpublished Ph. D Dissertation, University of Washington, 1990, p.413.

② Peter B. Way, *Classicism in Aristotle's Poetics & Liu Xie's Wenxin Diaolong*, Unpublished Ph. D Dissertation, University of Washington, 1990, p.414.

③ Peter B. Way, *Classicism in Aristotle's Poetics & Liu Xie's Wenxin Diaolong*, Unpublished Ph. D Dissertation, University of Washington, 1990, p.415.

第七章　赵和平《文心雕龙》研究

赵和平(Zhao Heping,1955—　)对《文心雕龙》的研究,主要成果是其博士论文《〈文心雕龙〉:一种早期中国书写话语修辞》。作为华裔学者,他于1990年在普渡大学完成博士学位论文,该论文于稍后的1993年被世界著名学位论文数据库——美国悠米(UMI)数据库收录。

作为一名赴美攻读博士学位的学者,他于1955年生于河北阳泉,1978年毕业于河北大学英语语言文学专业。1978—1983年在河北大学任教。1982年获得美国富布莱特基金资助赴美留学。1983年在美国普渡大学开始硕士研究,1985年获得艺术学硕士学位。之后,在普渡大学英语系从事修辞学与写作问题研究,1990年获得哲学博士学位。① 博士论文由普渡大学著名语言修辞学教授Janice M Lauer指导。

论文共分七章。

第一章:"《文心雕龙》:研究现状与修辞学解释",主要综述学术界将《文心雕龙》作为一种中国文学的书写话语与修辞学身份来判定,表明它不是一种普泛的文学论述。

第二章:"刘勰及其时代:生活背景与创作动机",主要描述刘勰写作《文心雕龙》的历史背景,并从多方面分析了在五世纪催生刘勰书写话语观念的社会、政治、经济、宗教、哲学因素,结合刘勰的生活际遇对其具体创作动机作了分析。

第三章:"文与成文:《文心雕龙》修辞学基础",主要概述刘勰关于文学书写话语的基本观点、主要功用及其在人类交往活动的重要地位。

第四章:"《文心雕龙》书写话语的文体类型",主要分析刘勰枚举的32种文

---

① Zhao Heping, *Wen Xin Diao Long*:*An early Chinese rhetoric of written discourse*, Purdue University,1990,Abstract,VITA,p.242.

体类型及其对文学修辞学的贡献。

第五章:"《文心雕龙》对创作过程的论述",从创作即创造的角度,分析了文学从构思到成文的具体过程。

第六章:"刘勰论文学文本结构的艺术",从文学文本要素入手,讨论了文学文本构成的字、词、句、段要素及其文本结构与风格类型。

第七章:"经典构成的其他因素及其与文学修辞艺术之关系",从时代文学观念、外在创作环境与文学批评等经典内部因素,与作家天赋、个人理想等经典外部因素两个方面,讨论了刘勰的文学经典理论,阐明了这些经典要素与文学修辞之间的密切关系。

根据赵氏自述,论文写作的一个重要目的,是为了挑战其时西方学者普遍持有的"文学修辞学为西方所独有"的观念,证明早在中国古代《文心雕龙》文本的相关论述中,文学修辞学理论就已非常成熟,从而为一种跨文化的文学修辞学比较提供可能。[1]

一、《文心雕龙》: 研究现状与修辞学解释

赵和平对《文心雕龙》在中国文学修辞理论中基本地位的判断是:"作为出现于纪元 5 世纪中国第一部完整的文学修辞理论","氏著并非一般意义上的文学论辩话语,而是书面文学写作的修辞理论著作……尽管在春秋战国时期,关于写作与论辩的理论经由雄辩家发展,已经较为成熟。"[2]

赵氏对刘勰其人其作在中国文学理论中基本地位的判断是:"刘勰作为哲学家、修辞学家、文学家、文学批评家,其文学批评理论不同于司马迁《史记》、曹丕《典论·论文》、陆机《文赋》等零散感悟式论述,而是第一次就文学写作与文学欣赏进行全面系统论述的理论著作。"[3]

---

① Zhao Heping, *Wen Xin Diao Long*: *An early Chinese rhetoric of written discourse*, Purdue University, 1990, Abstract, p.viii.

② Zhao Heping, *Wen Xin Diao Long*: *An early Chinese rhetoric of written discourse*, Purdue University, 1990, p.2.

③ Zhao Heping, *Wen Xin Diao Long*: *An early Chinese rhetoric of written discourse*, Purdue University, 1990, p.3.

显然,赵和平的上述两种判断,第二种为我们所熟知,第一种却具有一定的创新性。

为了阐明自己研究的创新价值,赵氏首先概述了国内研究《文心雕龙》的四种主流观点。

第一种:"关于文学创造的理论著作。"赵氏认为,这种观念为多数理论家与作家所共同持有,如曹顺庆、牟世金、陆侃如等学者。①

第二种:"关于文学批评的理论著作。"在赵氏看来,这种观念随着1949年中国现代国家政权的建立而逐渐得到强化,成为1949—1990年期间的主流理论。即使是国外学者如海陶玮,也认为"《文心雕龙》是中国文学史上最成熟的文学理论与批评经典"。② 持这些观念的论者认为,"不同于亚里士多德的《诗学》,《文心雕龙》不仅建立了文学批评的标准,而且结合作品对这些标准作出例释。"③

第三种:"关于文学的美学著作。"持此论者认为,《文心雕龙》无论从篇章结构,还是内容与形式的基本观念,抑或是文学的根本审美准则,都无不体现文学之美的自然性与和谐性。正是基于美的共同准则,刘勰才区分出文学之美的五个层面:创作源泉的自然之美、创作内容的真实之美、文本的结构之美、音韵与节律之美,以及辞藻之美。④

第四种:"关于6世纪之前的中国文学史。"赵氏指出,这是一种晚近观点,持此论者认为,刘勰在《文心雕龙》中将文学史分为七个时期,每一个时期有其独特的文学主题、代表作品与文学准则,因而构成了一种体系严密的文学史写作。⑤

在赵和平看来,四种观点的共同之处在于认可《文心雕龙》是"一部关于文

① Zhao Heping, *Wen Xin Diao Long : An early Chinese rhetoric of written discourse*, Purdue University,1990,p.8.

② Zhao Heping, *Wen Xin Diao Long : An early Chinese rhetoric of written discourse*, Purdue University,1990,pp.9-10.

③ Zhao Heping, *Wen Xin Diao Long : An early Chinese rhetoric of written discourse*, Purdue University,1990,p.10.

④ Zhao Heping, *Wen Xin Diao Long : An early Chinese rhetoric of written discourse*, Purdue University,1990,pp.10-11.

⑤ Zhao Heping, *Wen Xin Diao Long : An early Chinese rhetoric of written discourse*, Purdue University,1990,pp.12-13.

学之为文学的书"。① 当然差异也非常明显,这种差异,一方面丰富了学界对《文心雕龙》的认识,另一方面,它也提醒我们注意:"真正的研究,必须回到中国中古时期的时代、社会与文化语境,用刘勰的观念思想与话语方式,而不是今天才发展起来的哲学的、社会学的、文化学的方式进行阐释。"②换句话说,我们应该袭用"时运交移,质文代变"的观点来对刘勰作品作出评判,因为它构成了刘勰关于文学发展的根本准则,自然也应成为我们今天研究《文心雕龙》的基本立场。③

总之,综观国内 20 世纪 90 年代之前关于《文心雕龙》研究的四种理论,赵氏认为,它们都是基于文本的部分篇章而得出的片面结论,都存有一个致命弱点,亦即其研究视角局限于《文心雕龙》的"文学价值"维度,只把《文心雕龙》视为一个文学性文本来释读,但却忽略了作为《文心雕龙》文本主干的第 6 至 25 章关于写作类型的讨论。而实际上,《文心雕龙》既有"文学性"的书写类型,亦有非文学性的书写类型。在赵氏看来,由于研究基点的误判,故而即使我们是将这四种理论整合为一体,也难以窥及《文心雕龙》全貌。所以,正确的研究需要新的视角。基于这一认识,赵氏从文本"修辞性"(Rhetoricity)角度,提出了关于《文心雕龙》研究的第五种理论,亦即《文心雕龙》是原理意义上的"书写理论"(written discourse)。④

赵氏援引《中国文学史》关于"文学"的基本观念,⑤亦即在南朝宋(420—598)之前,"文学"并非一个自律性的专有文体,直到刘勰生活的时代(刘勰写作《文心雕龙》的成书年代大约在 499 年),"文学"才发展为一个具有专门文体特性的写作类型。现代中文使用"文学"概念,并用"Literature"对译"文学",是日本汉学家青木(Aoki)的贡献。青木用"文学"一词(Literature)指称关于"文"的

---

① Zhao Heping, *Wen Xin Diao Long: An early Chinese rhetoric of written discourse*, Purdue University, 1990, p.14.

② Zhao Heping, *Wen Xin Diao Long: An early Chinese rhetoric of written discourse*, Purdue University, 1990, p.15.

③ Zhao Heping, *Wen Xin Diao Long: An early Chinese rhetoric of written discourse*, Purdue University, 1990, p.15.

④ Zhao Heping, *Wen Xin Diao Long: An early Chinese rhetoric of written discourse*, Purdue University, 1990, p.16.

⑤ 中国社会科学院文学研究所编:《中国文学史》,人民文学出版社 1979 年版。赵氏误将"人民文学出版社"译作"人民出版社"(Renmin Chuban She),更正。

研究,亦即中国古代意义上的"书写与研习"(writing and learning)。按照此一定义,文学作为一种思维活动,它代表了人类所有的智力探寻,而非现代意义上"文学"观念。① 在赵氏看来,刘勰在《文心雕龙》中所戮力的,正是关于他以及在他之前中国文学"书写"(writing)问题的基本类型分析,他要通过对这些"书写类型"的评价、拒斥与推介,帮助人们获得如何教授与习练"书写"的艺术技巧,进而获得真理。② 为了证明自己的看法,赵氏进一步引证说,《文心雕龙》的这种定位,在《文心雕龙》文本中表现得非常明显:其一,通篇并未出现"文学"一词,设若该文本是关于现代意义上"文学"话语的讨论,则显然这是不正常的。其二,在全篇关于"文"的三十余种书写类型讨论中,只有"诗"(poetry)、"文"(literary)、"乐府"(musical poetry)、"赋"(fu)、"颂"(ode)、"谐"(humor)等为数不多的文体,为现代意义上的"文学"书写。可见,《文心雕龙》是一部广义而言的"文"(书写)的讨论,而非一部关于"文学"创作、欣赏与革新的论著。③ 赵氏据此想要说明,我们今天关于《文心雕龙》文本的所有阐释,都必须基于这样一个基本前提。

那么,刘勰写作《文心雕龙》的目的何在? 赵氏看来,要回答这个问题,仍然需要我们回到原文本的语境,特别是《文心雕龙·序志》中关于"文章"功用的论述:"五礼资之以成,六典因之致用,君臣所以炳焕,军国所以昭明。"④也就是说,尽管刘勰所举"文章"有其美善刺恶等诸多功用,但更为根本的是,文章要发挥其政治参与、宗教传播与社会治理之功用,这是不同类型的文体共同的书写目的,却不是单一"文学"写作所能够担当的责任。⑤ 人们之所以习惯从"文学"文体身份的角度理解《文心雕龙》,主要原因在于"文学"文体在中国古代书写文体中居于崇高地位,其社会功用非其他文体可比,才使人们习惯性地用"部分"代

① Zhao Heping, *Wen Xin Diao Long: An early Chinese rhetoric of written discourse*, Purdue University,1990,pp.18-19.

② Zhao Heping, *Wen Xin Diao Long: An early Chinese rhetoric of written discourse*, Purdue University,1990,pp.19-20.

③ Zhao Heping, *Wen Xin Diao Long: An early Chinese rhetoric of written discourse*, Purdue University,1990,p.20.

④ Zhao Heping, *Wen Xin Diao Long: An early Chinese rhetoric of written discourse*, Purdue University,1990,p.21;周振甫:《文心雕龙今译》,中华书局 2013 年版,第 453 页。

⑤ Zhao Heping, *Wen Xin Diao Long: An early Chinese rhetoric of written discourse*, Purdue University,1990,p.21.

替"整体"的方法来理解《文心雕龙》文本,尽管这是对《文心雕龙》文本身份的误读。

在赵氏看来,从"文学"文体的角度理解《文心雕龙》文本,不仅仅是中国学者的惯常做法,也是用英语语言研究《文心雕龙》学者的陈规。特别是施友忠对《文心雕龙》文本的英译,无论是从标题的翻译(The Literary Mind and the Carving of Dragons)来看,还是从其对"文章"(wen zhang)的翻译(wen-chang, literary writing)来看,①均是从"文学"文体的角度认定《文心雕龙》文本,却并不符合刘勰时代汉语"文章",亦即"书写样式"的原义。② 如果遵照刘勰"文心雕龙"书目原义,《文心雕龙》标题应该翻译为"the(en)literating of the mind and the carving of dragons",③以此突出汉语中"文"之"习得"(learned)、"教化"(educated)含义,其准确表述是:"文思之训练,祥龙之雕刻"(the training of the literate mind as compared to the carving of dragons)。④ 这种翻译,是从书写技巧意义上突出"文心""雕龙"的原始命意,它不同于"文"作为"美化的艺术""龙"作为"权力的象征"等多样解释。⑤

在赵氏看来,施友忠对《文心雕龙》文本身份的误读,亦体现在其对原文本作为"解决文学与修辞问题"(with literary and rhetorical problems)的认定上。鉴于"修辞"问题在西方文学中的重要地位,施友忠有意将刘勰关于"文采""文辞""风格"问题的讨论概括为"修辞"问题。在第31章《情采》(Emotion and Literary Expression)篇,施友忠将"修辞"界定为"装饰性"(decorativeness)、"美化"(ornamentation)、"扮饰"(cosmetics)、"修饰"(adornment)、"文学形式"(linguistic form)等,它们与"观念"(idea)、"内容"(content)、"实质"(substance)与"灵魂"(soul)相对,并时而衍义为"矫饰"(deceptive)、"夸饰"(exaggerated)、

---

① Liu Hsieh, *The Literary Mind and the Carving of Dragons*, Translated and Annotated by Vincent Yu-chung Shih, New York: Columbia University Press, 1959, p.4.

② Zhao Heping, *Wen Xin Diao Long*: *An early Chinese rhetoric of written discourse*, Purdue University, 1990, p.24.

③ Zhao Heping, *Wen Xin Diao Long*: *An early Chinese rhetoric of written discourse*, Purdue University, 1990, p.24.

④ Zhao Heping, *Wen Xin Diao Long*: *An early Chinese rhetoric of written discourse*, Purdue University, 1990, p.25.

⑤ Zhao Heping, *Wen Xin Diao Long*: *An early Chinese rhetoric of written discourse*, Purdue University, 1990, p.25.

"冗余"（prolix）等含义。① 显然,施友忠将刘勰的"修辞"论述作了狭义化的解释,使其局限于"修辞"概念的"文采"（stylistic embellishment of elocutio）含义,忽略了文学"修辞"的另外四种含义:"构思"（inventio）、"措置"（dispositio）、"记忆"（memoria）、"陈述"（pronuntiatio）。② 赵氏认为,这种翻译,极易误导西方读者,将刘勰关于"文辞"亦即"修辞"问题的讨论,作片面狭义化的理解;而实际上,刘勰的"文辞"或"修辞"理论,虽然未及西方关于修辞的"记忆"意涵,但却包含了西方关于"修辞"概念的另外四个方面含义。

在当代很多理论家看来,"文学"与"修辞"难以界清。如特里·伊格尔顿就认为,"修辞作为一种最为古老的文学批评形式,直到18世纪仍然是一种广为接受的文学批评样式。它考察种种话语是如何为了实现某些效果而被建构起来的。它并不在乎自己的研究对象是说话还是写作,是诗歌还是哲学,是小说还是历史:它的视野其实就是整个社会之中的那个话语实践领域,而它的特殊兴趣则在于将这些实践作为种种形式的权力和行事（performance）而加以把握。这并非意味着它就忽视了这些话语的真理价值,因为这些话语的真理价值可能经常是与这些话语在其种种读者和听众身上所产生的那些效果密切相关的。"③

在论文中,赵氏认同伊格尔顿关于"修辞"作为"话语实践"的理论,并将同样作为人类话语实践的"文学",还原至人类活动的初始语境,从而去除了长久横亘在由各种本质主义所建构的学科门类区隔,使"文学"与"修辞"在人类广阔的实践领域融为一体。

根据赵氏,如果我们认同"修辞"与"文学"的源始关系,那么,《文心雕龙》显然是一部修辞理论著作。"因为它讨论所有讫至作者时代写作话语的写作艺术与谋篇布局,检阅不同作者依据不同方法而成的作品效果,并对所有的写作类

---

① Zhao Heping, *Wen Xin Diao Long : An early Chinese rhetoric of written discourse*, Purdue University, 1990, p.26.

② Zhao Heping, *Wen Xin Diao Long : An early Chinese rhetoric of written discourse*, Purdue University, 1990, p.27.

③ Zhao Heping, *Wen Xin Diao Long : An early Chinese rhetoric of written discourse*, Purdue University, 1990, p.28; also see, Terry Eagleton, *Literary Theory : An Introduction*, Minneapolis : University of Minneapolis Press, 1983, p.205.

型作出评判。"①

基于如上判断,赵氏从修辞学的角度,判定《文心雕龙》是一部早期中国书写话语的修辞论著。他继而讨论《文心雕龙》书写话语理论中的修辞学要素,并从"修辞"作为人类"话语实践"的角度,探讨刘勰《文心雕龙》作为一种"话语实践",其动机、方式、背景、意义及其与整个时代现实的关系。最后,又从《文心雕龙》涉及的三大修辞准则,亦即"话语文体类型"(typology of discourse patterns)、"创造性实践写作过程"(process of writing as a set of creative acts)、"结构技巧与修辞类型"(patterns of organizational techniques and stylistic devices)入手,证明了《文心雕龙》作为"修辞理论"身份的事实,并对刘勰《文心雕龙》在修辞论述方面的局限作了简要讨论。②

二、刘勰及其时代：生活背景与创作动机

在论文第二章里,赵氏分析了刘勰《文心雕龙》的写作背景,并根据此一背景讨论了氏著的写作动机。在赵氏看来,《文心雕龙》作为一种特定的修辞话语,与其诞生的特定社会、政治、文化与哲学背景密不可分,后者构成了作为修辞话语的《文心雕龙》的逻辑前提。③

赵氏指出,齐梁之际的社会动荡、南北方民族大融合、汉文化与北方游牧文化碰撞交流所构成的重大历史背景,原本居于中原地区的北方贵族南下并与土生土长的南方贵族产生激烈冲突的宏大政治背景,经济衰败、饿殍遍野、瘟疫流行、人口减退、税负加重的严重经济背景,儒、道、佛交融并存、大一统儒家文化式微的重要哲学与宗教背景,以及由于思想碰撞、交流、变革所造就的文化多样性与相对宽松自由的文化背景,这些要素一起构成了《文心雕龙》作为复杂修辞话

---

① Zhao Heping, *Wen Xin Diao Long: An early Chinese rhetoric of written discourse*, Purdue University, 1990, pp.28-29.

② Zhao Heping, *Wen Xin Diao Long: An early Chinese rhetoric of written discourse*, Purdue University, 1990, p.29.

③ Zhao Heping, *Wen Xin Diao Long: An early Chinese rhetoric of written discourse*, Purdue University, 1990, p.35.

语文本诞生的必要条件。①

　　特别重要的是,佛教作为一种外来思想,在由印度传至中国后,对中国当时的社会思想产生重大影响。佛教所肯认的"轮回再生"(reincarnation)、因缘果报(karma)、"自我节制"(self-mortification)、"冥想"(meditation)观念,在3世纪左右经由中亚与中国北方及南海传入中国后,首先获得了底层劳苦民众的支持,继而在6世纪末得到中国官方与士族的支持。如果说底层大众接受佛教是为了在精神上疗救苦难的现实生活,那么官方与士族接受佛教并完成佛教的中国化,则是出于治世的需要与思想的启蒙。② 当然,中国统治阶级与士族之所以能够从容接受佛教,并不是因为其欲放弃原本作为官学的儒家与道家,也非由于其对儒家与道家思想产生怀疑;恰恰相反,官方与士族对儒家与道家思想的超级自信——中国乃天下中央之国,儒家与道家乃治世之根本思想,一切外来思想,不可能撼动中国本土思想,也不可能具有与中国本土思想同等的价值,这种观念深入统治者与知识精英心底,从而有效解除了其对外来思想的自然防范——客观上为佛教进入中国打开了方便之门。

　　与道家思想相比,佛教是另一种生活之道。它们都具有个体性,不甚关注社会与群体。其修养方法亦颇多相通之处,道家、佛教由此也构成了与关注社会及群体的正统儒家思想的显著不同。但儒家思想的正统地位,并不妨碍其时官方出于统治的需要而将佛教思想列为可接受的范围。

　　赵氏认为,正是由于上述复杂经济社会政治与思想文化背景,才构成了刘勰创作《文心雕龙》的基本底色。这种底色,也为我们理解《文心雕龙》的思想倾向与创作动机提供了基本依据。

　　刘勰为什么要创作一部具有显著话语修辞特色的《文心雕龙》? 赵氏遵从"知人论世"的中国古典学研究传统,探究刘勰的出身及其所处的时代社会地位,讨论其写作话语的基本立场与哲学出发点问题,认为这些问题的厘清,有助于人们弄清《文心雕龙》的写作背景,而后者对于《文心雕龙》的文本属性与论述主题判定,意义重大。

---

　　① Zhao Heping, *Wen Xin Diao Long*: *An early Chinese rhetoric of written discourse*, Purdue University,1990,pp.37-54.

　　② Zhao Heping, *Wen Xin Diao Long*: *An early Chinese rhetoric of written discourse*, Purdue University,1990,p.45.

赵氏在对比分析了黄侃、王利器与王元化的观点,亦即刘勰作为一个世袭贵族与社会精英并因此蒙受福慧,与刘勰只是一个职位卑微的底层官吏,并未受到祖上的荫庇的看法,结合《梁书》记载,基本赞同王元化的"底层论"观点,但亦提出了自己的看法:"刘勰虽为庶族而非士族,但也绝非社会底层,他只是一个拥有知识但缺乏经济社会地位的复杂个体。"①也就是说,刘勰虽为庶族,但祖上的荣耀与自己拥有知识的光环,都为其由"庶族"向"士族"身份的提升提供了可能。在赵氏看来,正是由于这种尴尬的地位,"写作,才成了提升自我身份与社会地位的重要手段。"②而这也就是刘勰述及《文心雕龙》写作目的的《序志》篇,何以要说"腾身飞实,制作而已"的根本缘由;③也就是他阐明写作功用的《程器》篇,又何以要说"摛文必在纬军国,负重必在任梁栋"的根本缘由所在。④

刘勰写作《文心雕龙》,并聚焦于"修辞话语"而非其他问题,除了上述所论的时代危机与自我身份提升需要外,另外一个重要原因,在赵氏看来,就是纠偏时代绮靡文风的目的。赵氏举《序志》篇对于其时文风的描述为证:"辞人爱奇,言贵浮诡,饰羽尚画,文绣鞶帨,离本弥甚,将遂讹滥。"⑤在赵氏看来,正是鉴于这样一种不良的写作风气,作者才有必要书写一部专论修辞的著作,以匡正文风。但具有悖论意味的是:时代的这种华靡文风,既是刘勰所批评的对象,同时他本人亦浸淫其中,因为《文心雕龙》本身的骈体文写作范式,亦构成了作者所最初反对的对象。⑥

在综合以上分析后,赵氏概括了《文心雕龙》的两大基本创作动机:其一,个

①　Zhao Heping, *Wen Xin Diao Long*: *An early Chinese rhetoric of written discourse*, Purdue University, 1990, pp.61-62.

②　Zhao Heping, *Wen Xin Diao Long*: *An early Chinese rhetoric of written discourse*, Purdue University, 1990, p.62.

③　Zhao Heping, *Wen Xin Diao Long*: *An early Chinese rhetoric of written discourse*, Purdue University, 1990, p.62.

④　Zhao Heping, *Wen Xin Diao Long*: *An early Chinese rhetoric of written discourse*, Purdue University, 1990, p.62.

⑤　Zhao Heping, *Wen Xin Diao Long*: *An early Chinese rhetoric of written discourse*, Purdue University, 1990, p.63.

⑥　Zhao Heping, *Wen Xin Diao Long*: *An early Chinese rhetoric of written discourse*, Purdue University, 1990, p.64.

人目的,亦即刘勰渴望通过写作来提升自己卑微的社会地位,这在儒家文化"学而优则仕""文章者,经国之大业,不朽之盛事"的文学传统中,是士人谋求上升的惯常通道;其二,社会目的,亦即儒家"文质彬彬"的写作传统已经在刘勰所处的时代遭遇重大挑战,绮靡华丽的写作风气遍被文坛,从而唤起深受儒家文化熏陶的刘勰补偏文弊与匡正文风的强烈愿望。①

赵氏指出,虽然《序志》篇表明,刘勰始终把儒家正统的写作观念奉为圭臬,但这绝不意味着,道家与佛教思想就遭到刘勰的排斥;恰恰相反,刘勰综合吸收了这三种主流性时代观念,并将其融贯于《文心雕龙》的写作过程当中。这一点,我们也可以从刘勰专论佛教的《灭惑论》见出。②

三、形式与形式化:修辞的基础

赵氏认为,《文心雕龙》前五章作为"文之枢纽",主要目的并不在于陈述宇宙自然之演化原理,而是要为其文学修辞理论奠定根基。③ 换句话说,正是通过对"道"与"文"关系的互释,还原"道"在宇宙万物中的本体地位,刘勰才为其修辞理论找到了最终根据。而"道"的运演规律,也启示"文"的基本生成法则:第一,写作是一项自我证成的主体性活动;第二,修辞作为写作的基本艺术,是一项可教、可习、可用的写作范型与原则;第三,文之范型与原则随具体语境而剪裁变化。④

基于上述认识,赵氏对刘勰修辞理论涉及的四大关键概念:"文"(Wen)、"道"(Dao)、"圣"(Sages)、"五经"(Five Classics)进行了重新阐释。

第一,"文"的基本含义。

---

① Zhao Heping, *Wen Xin Diao Long*: *An early Chinese rhetoric of written discourse*, Purdue University, 1990, p.65.

② Zhao Heping, *Wen Xin Diao Long*: *An early Chinese rhetoric of written discourse*, Purdue University, 1990, pp.66-67.

③ Zhao Heping, *Wen Xin Diao Long*: *An early Chinese rhetoric of written discourse*, Purdue University, 1990, p.69.

④ Zhao Heping, *Wen Xin Diao Long*: *An early Chinese rhetoric of written discourse*, Purdue University, 1990, p.70.

一是作为自然之"理"(pattern of nature)与话语之形式(pattern of discourse)。① 赵氏同意刘勰的基本看法:自然之最高之"理"(pattern)在于"阴"与"阳",二者表现为对立生存的两极。在此意义上,刘勰与柏拉图一样,区别了外在的物质世界与内在的理念世界,但刘勰的不同之处在于,他并未将对立的两极作真与假、高与低的区分,而是在类比的意义上,将"文之理"关联于"自然之理",认为自然之节奏、韵律,文之和谐、优美,均为自然之理,"文之理"须契合"自然之理","文之理"一如"自然之理"。② 我们由此见出刘勰的修辞学立场,那就是:从诞生的方式与运演的形式来看,"文之理"等同于"自然之理"。这里,赵氏显然是将刘勰的儒家本体论立场移转为创作论立场,从而得出"文"之创作的修辞学判断。

二是作为写作的通用技巧。在赵氏看来,刘勰在将"自然之理"与"文之理"比较的基础上,提出了两个重要判断:一是"自然之理"为最高之理,二是"文之理"虽类似于"自然之理",但在价值论上显然并不等同,"文之理"应模仿"自然之理"。③

通过对"文"的概念的修辞论阐释,刘勰不仅抬高了人为的"文之理"作为一项创造性活动在宇宙自然中的地位,而且将写作视为一项人的根本性创造活动,并将其与自然之创造性活动关联起来,从而为前者模仿后者找到了宇宙论根据,使文学修辞作为文学创作的法则与模仿自然的法则获得了合法性基础。文学修辞,从而既是文学创造的艺术法则,也是文学模仿自然遵循的法则。设若这种理解正确,我们就可以进一步推论:文学创造与文学本体,通过文学修辞才能合为一体。

第二,"道"的基本含义。

在赵氏看来,刘勰《文心雕龙》所言之"道",并非道家作为自然最高法则之"道",而是融合了儒、释、道三大思想观念所成之"道",因而需要我们至少从宇

---

① Zhao Heping, *Wen Xin Diao Long*: *An early Chinese rhetoric of written discourse*, Purdue University,1990,p.70.

② Zhao Heping, *Wen Xin Diao Long*: *An early Chinese rhetoric of written discourse*, Purdue University,1990,p.72.

③ Zhao Heping, *Wen Xin Diao Long*: *An early Chinese rhetoric of written discourse*, Purdue University,1990,p.73.

宙之自然之"理"与儒家政治之治世之"理"两个方面,来理解"道"。① 在综合梳理了中国现代学者关于《文心雕龙》"道"之六种解释后,亦即作为"儒家认知世界之道"(范文澜、王元化)、"道家自然之理"(皮朝纲、蔡仲翔)、"佛教的终极观念"(马宏山等)、"作为儒释道三大观念综合之道"(张少康)、"作为《易经》思想歧出之道"(周汝昌)与"作为刘勰独创的自然之道"(陆侃如、牟世金),②赵氏认为,从修辞学立场来看,刘勰的"道",有"自然之道"与"社会之道"双重意涵。因为刘勰一方面强调自然之理与自然之美,作为对违反自然之理与自然之美的矫饰之文的反拨,另一方面,又强调儒家重视社会关系与人文价值的文学写作,反对神秘主义与抽象主义的文学写作。③ 为了实现二者的统一,刘勰从修辞学的角度,既避免简单援引儒家的文学教条,同时又创造一些新的修辞法则,倡导"抑引随时,变通会适"的创作观念。④

正是基于对刘勰"道"的这种理解,在赵氏看来,刘勰的文学修辞观念有两个基本要点:其一,写作作为一种自然现象,其在结构、表达、布局上应循自然自理。其二,写作作为人之主体性探索与表达,应关注人类社会与人的生存基本问题,它们既包括社会的,也包括个人的。结论是:刘勰的"道",是一个综合儒释道与在之前所有哲学观念,并融入了刘勰新的思考的全新观念。这个观念作为"文"之创造所应遵循的最终法则,影响并制约着"文"之创造与修辞表达。⑤

"道之文":

赵氏认同刘勰将"道之文"置于整个宇宙框架下来理解的做法,突出了"道之文"或"写作"(writing)的重要作用,认为从"文"在宇宙中的位序来看,"写作"是人摆脱琐屑平庸而走向高贵的重要途径;也只有遵循"道之文"的写作,才

---

① Zhao Heping, *Wen Xin Diao Long*: *An early Chinese rhetoric of written discourse*, Purdue University, 1990, p.74.

② Zhao Heping, *Wen Xin Diao Long*: *An early Chinese rhetoric of written discourse*, Purdue University, 1990, pp.75-80.

③ Zhao Heping, *Wen Xin Diao Long*: *An early Chinese rhetoric of written discourse*, Purdue University, 1990, p.80.

④ Zhao Heping, *Wen Xin Diao Long*: *An early Chinese rhetoric of written discourse*, Purdue University, 1990, p.81.

⑤ Zhao Heping, *Wen Xin Diao Long*: *An early Chinese rhetoric of written discourse*, Purdue University, 1990, p.82.

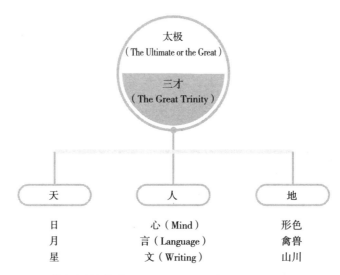

"道之文"结构图（**The Wen or Pattern of Dao**），**p.84**

能"经纬区宇,弥纶彝宪,发辉事业,彪炳辞义"。①

　　换句话说,"道之文"是依循"文之道"的写作,这种写作尚需关联"人之道"来理解。"人之道"有三大基本构成要素:心（mind）、言（language）、文（writing）。从进化论的角度看,三者出现的顺序依次是:心、言、文;而从重要性的角度讲,"文"居其首。因为"文"不仅使"心"获得了具体的表现形式,而且是人提升自我的重要方式。正是通过"心"之"文"化,人的心灵才得以陶冶、提升;"以文化成",因而才成为人之成人的基本手段。② 反过来讲,正是由于"文"之重要性,"人之道",亦可理解为由"文"到"言",再到"心"的由表及里的过程。

　　第三,"圣"与"五经":作为模仿的范型。

　　通过对"文"与"道"意义的重新阐释,赵氏认为,"文"作为"道"之化运彰显,可以为写作提供基本启示。正如天、地、山川作为"道"之彰显,有其特定的范式（pattern）,而正是这种范式,为文学创作模仿"道"之"成文"提供了借鉴。这也意味着,刘勰关于"道之文"的修辞理论,实际上表达的是一种文学

---

　　① Zhao Heping, *Wen Xin Diao Long：An early Chinese rhetoric of written discourse*, Purdue University,1990,p.87.

　　② Zhao Heping, *Wen Xin Diao Long：An early Chinese rhetoric of written discourse*, Purdue University,1990,p.87.

创作的艺术技巧。作家所要做的,首先是对这种模仿技巧进行后天的学习与训练。①

《文心雕龙》中的"圣"是什么? 赵氏首先标举刘勰的看法,提出所谓"圣",即是"作者为圣",继而将其解释为"具有创造性的主体"。② 何谓"创造性"? 赵氏认为,就是通过具有修辞性的语言来实现"陶冶性情"的能力。③ 为了实现这一目的,圣人必须一方面重视自己作品的主题或观念,另一方面,还要重视作品的形式要素,只有作品的形式与内容都完美了,"文"才能成为创作范型("典")。具体来说:

就内容而言,刘勰强调文之创造性要符合儒家之"理"("精理为文"),它在外化为现实的内容时具有"政化""事迹""修身"三方面的表征。④ 正是通过文之内容在这三个方面的表征,圣人之文才实现了其基本的功用目的。圣人之"文",与宇宙本原之"道",因而具有双重关联:"道沿圣以垂文,圣因文而明道","道""圣""文"三者是一种彼此证成关系。

就形式而言,赵氏申述了刘勰的基本观念:文之形式,既要具有多样性,又要具有适变性。⑤ 如刘勰所肯认,文之形式的多样性,要做到"或简言以达旨,或博文以该情,或明理以立体,或隐义以藏用";而形式的适变性,则要做到"繁略殊形,隐显异术。抑扬随时,变通会适";也就是说,要有详有略,有隐有显,根据不同的时机择定不同的形式。赵氏同意刘勰的看法,只有在文之内容与形式两个方面都做到符合"圣"之"创造性"规定,使文章实现"体要与微辞偕同,正言共精义并用",才能成为圣人之文,圣人也才能最终证成自我。

如何理解《文心雕龙》中言及的"五经"? 赵氏认为,刘勰所谓的"五经",并非指在其之前的古典作品,而是指儒家的五部作品:《诗》《书》《礼》《易》《春

---

① Zhao Heping, *Wen Xin Diao Long*: *An early Chinese rhetoric of written discourse*, Purdue University,1990,p.89.

② Zhao Heping, *Wen Xin Diao Long*: *An early Chinese rhetoric of written discourse*, Purdue University,1990,p.90.

③ Zhao Heping, *Wen Xin Diao Long*: *An early Chinese rhetoric of written discourse*, Purdue University,1990,p.90.

④ Zhao Heping, *Wen Xin Diao Long*: *An early Chinese rhetoric of written discourse*, Purdue University,1990,pp.90−91.

⑤ Zhao Heping, *Wen Xin Diao Long*: *An early Chinese rhetoric of written discourse*, Purdue University,1990,p.92.

秋》。既然"五经"是一种具有高度修辞性与伦理教化性的儒家正典,那么,模仿它们就成了掌握文之修辞与创造法则的有效方法。① 赵氏引证刘勰认为,"五经"之所以能够成为文之范本,是因为它们不单是所有文章之起源,更因为它们具有"圣之文"的基本特征,因而成为历代模仿的典范:"故论、说、辞、序,则《易》统其首;诏、策、章、奏,则《书》发其源;赋、颂、歌、赞,则《诗》立其本;铭、诔、箴、祝,则《礼》总其端;纪、传、盟、檄,则《春秋》为根;并穷高以树表,极远以起疆,所以百家腾跃,终入环内者也。"(《宗经》)②

从修辞学的角度看,正是"五经"在内容与形式方面具有六个方面的特征,才使它成为写作模仿的范型。这六个方面是:"一则情深而不诡,二则风清而不杂,三则事信而不诞,四则义贞而不回,五则体约而不芜,六则文丽而不淫。"(《宗经》)赵氏指出,除文之形式外,刘勰同时从道德方面对"五经"的特征作出的概述,超出了现代修辞学的分析范围,但是站在儒家正统文学的立场来看,文之道德内容,构成了文之为"经"的应有之义。③

第四,"文":作为写作的修辞理论。

赵氏认为,刘勰在完成了对上述五大重要概念的清理后,便从三个不同的视角,提出了自己关于"文"的独特看法:"文"是一种写作的范型(patterns of writing),或"修辞的理论"(theory of rhetoric)。④ 这三个不同的视角是:宏观视角、微观视角、中观视角。与之对应的"文"之不同亚范型是:"文体"(Typology of discourse patterns)、"三准"(Acts in the process of writing)、"附会"(Pattern of organization)。⑤

从宏观视角看,刘勰在中国文学修辞史上第一次提出了写作的 32 种文体或范型(patterns),它们作为"文"之门类或亚范型(sub-pattern),是"文体之文

---

① Zhao Heping, *Wen Xin Diao Long: An early Chinese rhetoric of written discourse*, Purdue University,1990,p.94.

② Zhao Heping, *Wen Xin Diao Long: An early Chinese rhetoric of written discourse*, Purdue University,1990,p.95.

③ Zhao Heping, *Wen Xin Diao Long: An early Chinese rhetoric of written discourse*, Purdue University,1990,pp.97-98.

④ Zhao Heping, *Wen Xin Diao Long: An early Chinese rhetoric of written discourse*, Purdue University,1990,p.98.

⑤ Zhao Heping, *Wen Xin Diao Long: An early Chinese rhetoric of written discourse*, Purdue University,1990,pp.98-100.

体",或"范型之范型"(pattern of patterns)。①

从微观视角看,刘勰详细阐述了文学写作的修辞步骤,或曰文体范型的营构过程("三准"):"履端于始,则设情以位体;举正于中,则酌事以取类;归馀于终,则撮辞以举要。"(《熔裁》),②并用"神思""体性""风骨""通变""定势""情采""熔裁"篇作进一步的申述。

从中观视角看,刘勰从文体修辞的组织技巧方面,解释作文时,字、词、句、段、篇章所应遵循的基本修辞规则。从第 32 章"熔裁",到第 44 章"总术",都可视为是文体修辞技巧的详细说明。③

赵氏认为,整部《文心雕龙》,前五章(尤其是前三章)重点总结文学写作的基本修辞问题。后续章节,基本上依据修辞问题的三大基本内容,亦即不同文体的分类、不同文体的修辞步骤、不同文体的修辞技巧,来加以申述。④ 赵氏由此佐证自己的论断:《文心雕龙》是一部关于文学话语的修辞学论著。

四、写作话语的类型学（文体论）

对于写作话语的类型学问题,赵氏直言中国学术界基本上不认可《文心雕龙》的修辞学属性事实,提出了要从修辞学的立场看待《文心雕龙》的态度。在赵氏看来,修辞学的立场可以立即揭示出刘勰的写作话语类型学或文体论的修辞学属性,这种属性,完全具备美国现代修辞学家詹姆斯·柏林(James Berlin)提出的"修辞三角模型"的要素特征(elements of the rhetorical triangle),⑤那就是:一种文体要具有明显的修辞学属性,必须具有"语境"(Reality)、"对话者"

① Zhao Heping, *Wen Xin Diao Long*：*An early Chinese rhetoric of written discourse*, Purdue University,1990,p.99.

② Zhao Heping, *Wen Xin Diao Long*：*An early Chinese rhetoric of written discourse*, Purdue University,1990,p.99.

③ Zhao Heping, *Wen Xin Diao Long*：*An early Chinese rhetoric of written discourse*, Purdue University,1990,p.100.

④ Zhao Heping, *Wen Xin Diao Long*：*An early Chinese rhetoric of written discourse*, Purdue University,1990,pp.100-101.

⑤ 相关理论,参见 James A.Berlin.*Rhetoric and Reality* ：*Writing Instruction in American Colleges*,1900-1985.Studies in Writing & Rhetoric /Southern Illinois University Press,1987。

(interlocutor)、"受众"(audience)、"语言"(language)四大要素。①

赵氏运用柏林的修辞要素理论,分析评判《文心雕龙》的典型修辞特征,得出《文心雕龙》为"写作话语类型学"的结论。为此,他首先分析说明刘勰的该种论述实际上是针对当时所有的文体而作,无论其有韵或无韵;其次,分析了刘勰文体类型的构成要素(items),评判其对修辞建构理论的主要贡献;最后,分析刘勰文体类型彼此间的关系,说明其对修辞理论所具有的独特贡献。②

赵氏沿用中国文学根据"有韵"与"无韵"区别"文"与"笔"的做法,将刘勰的写作话语概括为"文"与"笔"两种范型(groups),32 种类型(types),认为从第6 章到 15 章,亦即从《明诗》到《谐隐》归于"文",从第 16 章到 25 章,亦即从《史传》到《书记》归于"笔",并绘制了它们关系的具体图谱:③

文		笔	
章节	文体类型	章节	文体类型
6	诗(Poetry)	16	史传(Historical Writings)
7	乐府(Musical Poetry)	17	诸子(Speculative Essays)
8	赋(Narrative Poetry)	18	论(Treatise)
9	颂(Ode)	18	说(Discussion)
9	赞(Pronouncement)	19	诏(Edict)
10	祝(Sacrificial Prayer)	19	策(Script)
10	盟(Oath of Agreement)	20	檄(War Proclamation)
11	铭(Inscription)	20	移(Dispatch)
11	箴(Exhortation)	21	封禅(Sacrifice to Spirits)
12	诔(Elegy)	22	章(Memorial 1)
12	碑(Inscription)	22	表(Memorial 2)
13	哀(Lament)	23	奏(Memorial 3)
13	吊(Condolence)	23	启(Memorial 4)

---

① Zhao Heping, *Wen Xin Diao Long: An early Chinese rhetoric of written discourse*, Purdue University, 1990, pp.102–103.

② Zhao Heping, *Wen Xin Diao Long: An early Chinese rhetoric of written discourse*, Purdue University, 1990, p.103.

③ Zhao Heping, *Wen Xin Diao Long: An early Chinese rhetoric of written discourse*, Purdue University, 1990, p.103.

续表

文		笔	
章节	文体类型	章节	文体类型
14	杂文（Miscellaneous Writing）	24	议（Commentary）
15	谐隐（Satire）	24	对（Dialog）
		25	书（Diary）
		25	记（Epistolary Writing）

　　赵氏对自己根据修辞学要素而将《文心雕龙》作出的如上文体分类显得十分自信。在综合分析了当代学者对《文心雕龙》文体分类的盲视后,赵氏回溯中国文学理论古典传统,举证曹丕《典论·论文》"四科八体"的文体分类、陆机《文赋》对十类文体风格的概括、挚虞《文章流别志论》对大量文学形式的区分,以及萧统《文选》对历代文体进行的分类,说明早在刘勰之前,文学界讨论文学文体就已经成为一种群体性的致思取向。而刘勰的《文心雕龙》,显然也是这一时代性文学思考路向的产物,它本身也代表了这种思考路向的最高成果。①

　　基于如上判断,赵氏认为,为了对刘勰《文心雕龙》基于文体论的修辞理论作出准确评估,需要我们运用柏林的修辞三角模型四要素理论,对《文心雕龙》文体论所涉及的"语境""对话者""受众""语言"作出细致剖析。

　　第一,语境。赵氏认为,刘勰生存的时代是儒家与自然理性主义（naturalistic rationalism）统治的时代。儒家立场认同天、地、人的宇宙秩序,自然主义立场支持皇权至上与贵族统治的社会原理,这是刘勰所必须面对的现实语境,也是《文心雕龙》修辞理论不得不服务与服膺的目标;它必须通过修辞学论述维护并强化现有的社会秩序、公共道德与身份区隔。《文心雕龙》之所以要戮力于文学修辞问题,正是为了实现这一目标,即:使修辞理论成为治世与治世者所必须具备的技能。②

　　第二,对话者。赵氏认为,在刘勰的修辞理论中,所谓"对话者"即作者刘勰

---

　　① Zhao Heping, *Wen Xin Diao Long*: *An early Chinese rhetoric of written discourse*, Purdue University, 1990, pp.106-107.

　　② Zhao Heping, *Wen Xin Diao Long*: *An early Chinese rhetoric of written discourse*, Purdue University, 1990, p.111.

本人。而作者的主要功用,一方面在于要通过写作话语,为高于自己身份的阶级提供指导;另一方面,作为底层士人,为了提升自我身份,作者又必须时时处处超越自我作为底层士人的不利身份而显示出自己在多个领域的才能,这样,他就不仅需要从事文学创作,其余非文学写作也为提升自我身份所必需。① 在赵氏看来,非常巧合的是,刘勰自己的生活际遇完美地体现了这一路径。换句话说,刘勰从事的职业,无论是作为军事书记员,还是宫中通事舍人,都为其修辞理论获得实践应用提供了重要舞台。

第三,受众。可以肯定的是,刘勰的《文心雕龙》并非为平民阶层所著,因为那个时代识字的先决条件是拥有财富和有闲,而平民显然不具有这个条件。刘勰时代的贵族阶层,作为颇为自负的统治阶级与作为认同知识的读者,希望阅读一些能够对其从事政治与社会事务有益的作品,而不管其是文学的,还是非文学的。这为《文心雕龙》的实用性写作,提供了动力。另一类潜在的受众或隐性读者,是那些不具备阅读能力的平民阶层。这类阶层作为间接阅读群体,它们之所以成为"受众"或"读者",是因为贵族阶级需要通过一定的手段,让其知晓国家法令、布告、乡约、民规,以便维护其统治。从而写作易于教授与接受的文体,就成了刘勰创作《文心雕龙》的题中之义。②

第四,语言。《文心雕龙》将语言分为两类,一类是"文",另一类是"笔"。为了教育底层文盲阶级,使其服膺于现有统治秩序,需要选择易于为其所接受与记忆的文体。"有韵之文"("文")由于朗朗上口、便于记忆自然便成了不二之选。换句话说,刘勰的"有韵之文"式文体写作,主要功能在于便于记诵;今日所突出的审美功能,倒在其次。

第二类语言为"无韵之文"("笔")。"笔"类文体由于简洁、规整、书写目的明确、形式活泼多样,而成为上至国家政事、下至百姓生活所必须的实践应用类文体。从刘勰作为儒家底层知识分子及其个人抱负而言,总结创作此类文体,是提升自我身份、实现知识分子使命担当的重要手段。③

---

① Zhao Heping, *Wen Xin Diao Long*: *An early Chinese rhetoric of written discourse*, Purdue University,1990,pp.111-112.

② Zhao Heping, *Wen Xin Diao Long*: *An early Chinese rhetoric of written discourse*, Purdue University,1990,pp.112-114.

③ Zhao Heping, *Wen Xin Diao Long*: *An early Chinese rhetoric of written discourse*, Purdue University,1990,p.114.

关于《文心雕龙》修辞"语言",赵氏的基本看法是:"文"与"笔"两种不同的语言,以及由于不同语言而结构的不同文体,各有其社会功用。今日学者根据"文"与"笔"不同所作的"文学"与"非文学"文体修辞区别,在刘勰的语言观念中,并不存在。①

概括来看,赵氏通过对《文心雕龙》修辞四要素的分析,意在表明,刘勰对文学文体与修辞类型的判断,与今日文学观念存在巨大的不同。无视这一不同,是导致学界对刘勰何以要花长达 20 章的篇幅来专论文学问题所具有的修辞学意义的盲视。当然,如赵氏所指出,指出现代学者对此一问题的盲视,并不意味着刘勰的文体论完全没有缺陷。相反,文体类型的"不连续性"(inconsistent)与"非科学性"(unscientific)的缺陷,也非常明显。② 但我们应理解,在公元 5 世纪,世界许多书面语言(如英语)还未完全形成,中国汉字的字数也不够丰富,许多汉字的意义未完全定型,存在着较多同音异义、同形异义、一词多义等词语交叉使用现象,这应是造成刘勰《文心雕龙》文体术语表现出"不连续性"与"非科学性"的重要原因。

这就要求我们不能像现代批评家那样,用现代文学方法来界划并指责刘勰混同使用"文学"与"非文学"文体术语的做法。因为我们不能跳出当时的历史语境去要求刘勰作出超越其时代的文体类型研究。毕竟,在刘勰的时代,规范意义上的文学概念尚处于萌芽阶段,因为 5 世纪的中国并未对"文学"形成一个理性观念——这种状况直到隋唐时代才有了根本改变。因而我们不能单纯用现代文学的眼光去阅读《文心雕龙》,这样会产生诸多时代性概念误解。即使是刘勰作为一个具有良好教育的学者已经区别了"文学"与"非文学"的概念,他的文体类型划分也涵括了他那个时代出现的所有写作形式。而这些问题类型之所以被涵括,也并非根据概念本身的"文学性",而是根据其服从服务于整个社会的功用或作用方式的不同。这一事实使我们有理由进一步断定:刘勰《文心雕龙》的所有写作话语类型,实际上同时是一种修辞理论陈述。③

---

① Zhao Heping, *Wen Xin Diao Long*: *An early Chinese rhetoric of written discourse*, Purdue University, 1990, p.115.

② Zhao Heping, *Wen Xin Diao Long*: *An early Chinese rhetoric of written discourse*, Purdue University, 1990, p.116.

③ Zhao Heping, *Wen Xin Diao Long*: *An early Chinese rhetoric of written discourse*, Purdue University, 1990, p.117.

通过以上分析，赵氏便概括出《文心雕龙》文体类型的修辞学贡献。他认为，刘勰详细枚举并阐释了32种文体，至少在四个方面，对其文体修辞学理论作出了贡献：第一，刘勰的文体类型绘制了整个写作话语的图谱。第二，它规定了每一文体类型的专有审美特征。第三，它以"道"之演化形式为标准，评判了其时作家对修辞的典范运用与不当运用问题。第四，它为整部《文心雕龙》之后的创作论、批评论奠定了基础。①

赵氏同时描绘了刘勰的文学修辞学全景图，认为在中国文学修辞学史上，刘勰第一次全景式地绘制了所有时存文学类型的图谱。鉴于刘勰时代文学与政治社会生活的密切关系，该种图谱绘制，实际上也是对纪元5世纪之前社会的全景式呈现。② 这是赵氏基于文学与社会的关系而对刘勰文学修辞本质作出的延伸判断。

但刘勰按照"有韵"与"无韵"标准对文体类型作出的谱系学划分，虽然有利于揭示其审美特征，但却并不利于揭示其不同功用。这对于强调"文之为德也大"的《文心雕龙》来说，不能不说是一个缺憾。

为了突出《文心雕龙》文体论的社会功用价值，赵氏认为，我们必须对文体类型按照全新的标准进行划分。如何划分？设若我们按照刘勰提出的写作的三大功用——参与政治、实践事务管理、自我教化——对32种文体进行分类，那么，很多文体类型将被反复枚举，因为其功用往往是多方面的。设若按照32种文体的审美属性多寡来划分，又会违背刘勰《文心雕龙》的基本属性：一部关于"文章"的论者，而非纯"文学"的论著。

为了摆脱上述困境，赵氏借助亚里士多德关于"演说"的分类法，亦即"演说"所用修辞具有过去、现在、未来三类不同的时间指向性，③来重新界划刘勰的

---

① Zhao Heping, *Wen Xin Diao Long: An early Chinese rhetoric of written discourse*, Purdue University, 1990, p.118.

② Zhao Heping, *Wen Xin Diao Long: An early Chinese rhetoric of written discourse*, Purdue University, 1990, pp.118-119.

③ 亚里士多德在《修辞术》中，曾根据演说对象不同，将"演说"分为三类：第一类为议事演说（the political orator），演说对象为城邦公民；第二类为法庭演说（the forensic orator），演说对象为法庭上的陪审员和法官；第三类为展示性演说（the ceremonial orator），演说对象为一般听众。按照亚里士多德，三类不同演说各自目的不同：议事演说针对未来，关心对自己倡导东西的赞成与反对；法庭演说针对过去，目的在于指控别人，辩护自我；展示性演说针对现在，目的在于赞颂高尚，遣责丑恶，同时激发人们回顾过去、展望未来。参见苗力田主编：《亚里士多德全集》第九卷，中国人民大学出版社1994年版，第632页。

文体类型,认为这种划分更易将每一文体范畴还原至其源发语境,突出其独特功用。

第一类:以未来为时间向度的文体类型。

这类文体类型凡 15 种。如果再按"有韵""无韵"的审美形式来划分,"有韵"的包括:诗、乐府、祝、盟、铭、箴、谐隐;"无韵"的包括:诸子、论、说、诏、策、檄、移、封禅。①

"有韵"文体,具有明显的未来指向性与政治功用性。其中,"诗"与"乐府"作为一种广为流传的文体,旨在发挥兴喻讽谏、感风化俗的功能。② "祝"作为一种祷告文体,是对神灵的尊祀,从而希望未来能够"甘雨和风,是生黍稷",实现"土反其宅,水归其壑,昆虫无作,草木归其泽"的理想生活图景(《祝盟》)。③ "盟"作为一种显性契约("盟者,明也"),基于双方对未来的某种共同信念而订。④ "铭"与"箴"作为两种实物刻写文体,略有不同:"铭实表器,箴惟德轨";"箴颂于官,铭题于器";"箴全御过,铭兼褒奖"(《铭箴》)。⑤ "谐隐"是一种政治讽刺诗,常用机智的语言表达情绪,发挥"遁辞以隐意,谲譬以指事"与"振危释惫"的功用(《谐隐》)。⑥

在赵氏看来,"有韵"之文在记诵上的便利与形式上的优美,常成为文学创造性的一大障碍,尤其是当书写对象是复杂与广博的对象时,情况尤其如此。然而,"无韵"之笔,却可以克服这一障碍。这类"无韵"文体,一般包括理论、学术论文与那些知识信息量较大的文体写作,⑦它们与"有韵"之文一样,具有明显的

---

① Zhao Heping, *Wen Xin Diao Long: An early Chinese rhetoric of written discourse*, Purdue University,1990,pp.120-121.

② Zhao Heping, *Wen Xin Diao Long: An early Chinese rhetoric of written discourse*, Purdue University,1990,p.121.

③ Zhao Heping, *Wen Xin Diao Long: An early Chinese rhetoric of written discourse*, Purdue University,1990,p.121.

④ Zhao Heping, *Wen Xin Diao Long: An early Chinese rhetoric of written discourse*, Purdue University,1990,p.121.

⑤ Zhao Heping, *Wen Xin Diao Long: An early Chinese rhetoric of written discourse*, Purdue University,1990,p.122.

⑥ Zhao Heping, *Wen Xin Diao Long: An early Chinese rhetoric of written discourse*, Purdue University,1990,p.122.

⑦ Zhao Heping, *Wen Xin Diao Long: An early Chinese rhetoric of written discourse*, Purdue University,1990,p.122.

未来指向性与政治功用性。具体而言:

"诸子"是对战国鼎盛时期各学派思想的总称,它们作为一种政治与哲学思想,与未来关系密切。① "论"为议说类文体,目的在于确立真伪:"论者,伦也","述经叙礼曰论"(《论说》)"说"与"论"类似,"说者,悦也。"其直接目的,在于敦促未来事务的完成。"诏"与"策"是一种帝王法令,施与册封、褒奖、军令、戒赦等各种官方事务。"檄"与"移"作为不同的军事与政令文体,一主讨伐告白,一主移风易俗。② "封禅"是古代帝王专用的祭天祭地文体,在功用上类似于"祝"文体,旨在吁求各种超自然的力量以祈福避祸;但在形式上二者区别显著:前者无韵,后者有韵。

第二类:以过去为时间向度的文体类型。

这类文体类型,包括"赋""颂""赞""诔""碑""哀""吊""史传"8种,除"史传"外,均为"有韵"之文。它们虽然在时间向度上与西方"法庭演说"一样,具有过往指向性,但后者格外注重澄证过往的事件,而前者则倾注于庆祝与颂扬往昔。赵氏援引宇文所安《中国文学追忆》中对中西文学性质的判分:"西方文学倾心于现实与真理之间,而中国文学则醉心于时间的忘却与记忆之间。""在中国文学传统中,对过往的经验性抒写的珍视,一如西方文学传统对意义与真理的追求。"③赵氏认为,刘勰的那类"以过去为时间向度的文体类型",其修辞特征证实了宇文所安的判断。④

赵氏由此得出结论:既然刘勰格外强调文学修辞在政治活动中的重要意义,那么,此类文体自然承担了重要的政治功能,那就是:用过往的经验作为指导现在与未来政治活动的指南。⑤

具体来说:"赋"早期是一种主客问答的叙事形式("遂主客以首引"),后

① Zhao Heping, *Wen Xin Diao Long: An early Chinese rhetoric of written discourse*, Purdue University, 1990, p.123.

② Zhao Heping, *Wen Xin Diao Long: An early Chinese rhetoric of written discourse*, Purdue University, 1990, p.123.

③ Stephen Owen, Remembrance: The Experience of the Past Chinese Literature, Cambridge: Harvard University Press, 1986, p.2.

④ Zhao Heping, *Wen Xin Diao Long: An early Chinese rhetoric of written discourse*, Purdue University, 1990, p.125.

⑤ Zhao Heping, *Wen Xin Diao Long: An early Chinese rhetoric of written discourse*, Purdue University, 1990, p.125.

来演变为独特的文体风格,具有铺陈夸饰的叙事功能。"赋者,铺也","铺采摛文,体物写志"(《诠赋》)是其主要功用。① "颂"在功用上类似于西方文学的"夸耀话语"(epideictic discourse),但不同于后者叙写当下事件,"颂"只为逝去的帝王及其家眷而作。"颂者,容也,所以美盛德而述形容也。"(《颂赞》)②"赞"在功用上雷同于"颂",但在内容上却有褒扬有贬抑,因而是一种"义兼美恶"的文体。③ "诔"与"碑"作为一种日常生活缅怀叙事,形式多样,功用各异。"诔者,累也,累其德行,旌之不朽也。""碑"则主要用于记功、记事与明德。④ 赵氏认为,"诔"与"碑"的写作,都要求作者具有历史学家与传记作家的天赋。⑤ "哀"与"吊"在功用上也相似,"哀"是对不幸夭折的年轻一辈所撰写的哀怜文体,"吊"则是一种对已经历过生命成长与盛衰周期的正常人死亡的缅怀文体。⑥

"史传"作为一种以过往为时间指向的文体,是此类文体中唯一"无韵"的文体。但刘勰在《文心雕龙》中花费两倍有余的篇幅专论此章,足见其重要。赵氏认为,《文心雕龙》的早期译者施友忠将"史传"翻译为"历史写作"(historical writings),表明其是在单一文体意义上理解"史传"。⑦ 但中国大陆学界(如詹锳等),更倾向于从"史"与"传"两种文体意义上理解"史传",认为"史"为"历史","传"为"史论"。⑧ 撇开这种争论不论,"史"与"传"在功用上略有不同:"史者,使也,执笔左右,使之记也。""古者,左使记事者,右使记言者。""传者,转

---

① Zhao Heping, *Wen Xin Diao Long*: *An early Chinese rhetoric of written discourse*, Purdue University, 1990, p.125.

② Zhao Heping, *Wen Xin Diao Long*: *An early Chinese rhetoric of written discourse*, Purdue University, 1990, pp.125-126.

③ Zhao Heping, *Wen Xin Diao Long*: *An early Chinese rhetoric of written discourse*, Purdue University, 1990, p.126.

④ Zhao Heping, *Wen Xin Diao Long*: *An early Chinese rhetoric of written discourse*, Purdue University, 1990, p.126.

⑤ Zhao Heping, *Wen Xin Diao Long*: *An early Chinese rhetoric of written discourse*, Purdue University, 1990, p.126.

⑥ Zhao Heping, *Wen Xin Diao Long*: *An early Chinese rhetoric of written discourse*, Purdue University, 1990, p.126.

⑦ Zhao Heping, *Wen Xin Diao Long*: *An early Chinese rhetoric of written discourse*, Purdue University, 1990, p.127.

⑧ Zhao Heping, *Wen Xin Diao Long*: *An early Chinese rhetoric of written discourse*, Purdue University, 1990, p.127.

也,转受经旨,已授于后。"(《史传》)①与"史"相比,"传"带有总结重要经验,传布并启益于后的意味。可以见出,"史传"作为一种攸关政事时运的记录性文体,意义重大;从而作为"史传"的作家,也就肩负了重要使命:"然史之为任,乃弥纶一代,负海内之责,而赢是非之尤,秉笔荷担,莫此之劳。"(《史传》)②

第三类:以现在为时间向度的文体类型。

此类文体,关注当下的日常事件,虽然其同时具有对未来的暗示与启益、对往昔的回顾与总结功用,但重点在于当下。

此类文体共分"章""表""奏""启""议""对""书""记"8 种。概由于该类文体当下性的时间指向,因而其均用"无韵"之笔写就。

"章"与"表"本意在于"对扬王庭,昭明心曲",即报答皇恩,颂扬朝廷,表明臣下内心忠耿;不同在于:"章以谢恩","表以陈请"(《章表》)③

"奏"作为一种以下对上文体,主要目的在于陈述问题,下情上达,亦即"言教于下,情进于上"(《奏启》)④"启"是"奏"与"表"的支出,抑或二者的挽合,可表达赞誉或谴责之情,类似于古罗马时代的夸耀性演说。⑤

赵氏指出,"章""表""奏""启"均有其口头传统,至刘勰时代已蔚为大观,其实践应用还进一步通过"议"与"对"表现出来。"议"与"对"作为一种陈说与策论文体,功用略有区别:"议"的目的在于"议之宜言,审事宜也","对"则是谈话双方地位不对等时,下对上问题的一种答述。作为一种实用性口语文体,"议"与"对"还可以书写记录以防差讹,这是刘勰何以将其归入"无韵"之笔的重要原因。⑥

---

① Zhao Heping, *Wen Xin Diao Long*: *An early Chinese rhetoric of written discourse*, Purdue University, 1990, p.127.

② Zhao Heping, *Wen Xin Diao Long*: *An early Chinese rhetoric of written discourse*, Purdue University, 1990, p.127.

③ Zhao Heping, *Wen Xin Diao Long*: *An early Chinese rhetoric of written discourse*, Purdue University, 1990, p.128.

④ Zhao Heping, *Wen Xin Diao Long*: *An early Chinese rhetoric of written discourse*, Purdue University, 1990, p.128.

⑤ Zhao Heping, *Wen Xin Diao Long*: *An early Chinese rhetoric of written discourse*, Purdue University, 1990, pp.128-129.

⑥ Zhao Heping, *Wen Xin Diao Long*: *An early Chinese rhetoric of written discourse*, Purdue University, 1990, p.129.

"书"与"记"是两种实践运用的非官方文体。"书"作为记言记事的文体类型,基本外在功用是"书用识哉,所以记时事也",进一步的功用具有回返个体性:"祥总书体,本在尽言;言以散郁陶,托风采。"(《书记》)在赵氏看来,"书"文体或许是一种唯一类似于英国修辞学家詹姆斯·肯尼维(James K Kinneavy)关于现代话语类型划分中"表达类"话语的类型,①由此见出该文体的现代性蕴义。②

"记"是一种关联百姓生活样式的实用性书信体写作,其形式灵活多样,内容杂糅广博,包括:"谱"(chronicle)、"籍"(register)、"薄"(warrant)、"录"(minute)、"方"(prescription)、"术"(calculation)、"占"(divination)、"式"(formula)、"律"(law)、"令"(mandate)、"法"(regulatory)、"制"(ordinance)、"符"(tally)、"契"(contract)、"券"(bond)、"疏"(sales slip)、"关"(identification)、"刺"(piercing)、"解"(resolution)、"碟"(memorandum)、"状"(notice)、"列"(listing)、"辞"(advice)、"谚"(proverb)共 24 个亚类。(《书记》)③

赵氏通过梳理"书""记"两种文体,认为刘勰在文体分类问题上,是以实践运用为指向,意欲创造一种能够涵括所有写作形式的修辞类型,而忽略其"有韵"与否。特别是刘勰对"记"的 24 种亚文体的详细分疏,表明他对底层百姓话语修辞的熟稔,这也是其胜出前辈与同代学者之所在。④

总体来看,赵氏通过对《文心雕龙》32 种文体修辞依据其功用的时间指向性所做的重新划分,既从一个重要方面展现了刘勰修辞理论的形式要素,也格外突出了其文体理论的修辞学命意。换句话说,正是通过对《文心雕龙》文体话语的全景式呈现,才使《文心雕龙》文体话语的时间类型学图谱,真正能够揭示出其

---

① 詹姆斯-肯尼维在《话语理论》一书中,曾根据话语表达范式与目的的不同,将所有写作话语区分为四种类型:指称类(referential)、劝说类(persuasive)、文学类(literary)与表达类(expressive)。参见 Kinneavy,J.A.,A theory of discourse:The aims of discourse.Englewood Cliffs,NJ:Prentice-Hall。

② Zhao Heping, *Wen Xin Diao Long:An early Chinese rhetoric of written discourse*, Purdue University,1990,p.130.

③ Zhao Heping, *Wen Xin Diao Long:An early Chinese rhetoric of written discourse*, Purdue University,1990,p.130.

④ Zhao Heping, *Wen Xin Diao Long:An early Chinese rhetoric of written discourse*, Purdue University,1990,p.129.

写作话语的修辞学实质。①

此外,赵氏还对各类文体的特征作了深入细致的分析。

根据赵氏,刘勰在绘制好 32 种文体类型图谱的基础上,又按照文体阐释的"四步法",对每一类文体作出了细致的阐释。

所谓文体阐释的"四步法",是指对每一种文体,都遵循如下的阐释步骤:第一步,追本溯源,阐明文体演变;第二步,界定该文体类型与内涵意义;第三步,举证例子,详加阐释;第四步,总结文体关系,形成条贯体系。②

赵氏对刘勰文体范畴阐释"四步法"的概括,实际上来源于《文心雕龙》"序志"篇对氏著结构内容安排的说明:"若乃论文叙笔,则囿别区分:原始以表末,释名以章义,选文以定篇,敷理以举统。"

赵氏认为,刘勰"序志"篇对文章结构内容的总结,完全可以看作是一种类似于西方写作话语的"序位语法分析"。③ 因为:"第一,当他试图对每一种文体及其相近文体作出定性分析时,他是从一种静态的视角,对该文体的特性作出肯定阐扬。第二,当他对文本类型追本溯源,厘清发展脉络时,他是从一种动态的视角,展现了该文体类型的整个历史谱系。第三,当他从一个特定视角审视某一文体类型在整个文体谱系中的位置时,他便同时展现了一个关于文体的谱系世界,一个关于文体关系的复杂网络。第四,对于每一类文体,他都撷取代表性经典作品并加以阐释,从而形成了一个条贯的文本谱系。"④限于篇幅,赵氏并未分析 32 种文体是如何遵循"四步法"的,而只是举证了"论说"章之"论"文体,作出对应分析。

之所以选取"论"文体,在赵氏看来,一方面是出于该文体本身在 32 种文体谱系中的重要地位,另一方面,也是由于它与西方新的修辞学中的"说明文"文

---

① Zhao Heping, *Wen Xin Diao Long*: *An early Chinese rhetoric of written discourse*, Purdue University,1990,p.131.

② Zhao Heping, *Wen Xin Diao Long*: *An early Chinese rhetoric of written discourse*, Purdue University,1990,p.131.

③ 序位语法(Tagmemics),又称"句素理论"或"法位学",是结构主义语法的重要一支,是一种描绘音位和词汇而不考虑其语义层关系的形式语法。赵氏对《序志》篇的这种语言学判定,显然不符合本篇篇旨。实际上,本篇所言"上篇以上,纲领明矣""下篇以下,毛目显矣""位理定名,彰乎大易之数"等判语正是对全篇语义关系的申述。

④ Zhao Heping, *Wen Xin Diao Long*: *An early Chinese rhetoric of written discourse*, Purdue University,1990,p.132.

体(expository writing)相类似,后者已为西方学界所熟知。

赵氏遵循刘勰文体阐释的"四步法",复述刘勰对"论"的阐释:他首先追溯了"论"的起源,指出早在孔子时代,该文体就已见诸使用:"昔仲尼微言,门人追记,故抑其经目,称为《论语》。"(《论说》)①《论语》的字面含义是"经典语录"(treatise quotations),规范的解释应为"孔子论集"(the Analects of Confucius)。刘勰坚信,后世关于"论"的各种著作,均由此出:"盖群论立名,始于兹也。"(《论说》)②赵氏的结论是:既然作为文字的"论"由此而出,那么,作为文体风格的"论",自然也应由此始。

其次,刘勰对"论"的内涵进行了界定,讨论了与其共生文体的关系。刘勰格外珍视"论"的源流沿革关系,重述在初始阶段,"论"作为一种文体类型,其主要宗旨与内涵在于解释经典、探幽发微:"述经叙礼曰论。"在后世的演化中,其含义逐渐变为:对各种主张加以综述,并深入地讨论某一道理:"论也者,弥纶群言,而研精一理者是也。"(《论说》)③而讨论某一道理的目的,主要在于发挥"论"的如下作用:

"原夫论之为体,所以辨正然否;穷于有数,追于无形,迹坚求通,钩深取极;乃百虑之筌蹄,万事之权衡也。"(《论说》)④

正由于"论"是"万世之权衡",所以它同时滋生出8种亚文体类型:⑤

议(to discuss):"议者宜言",说得宜的话。

说(to address a specific issue):"说者说语",说动听服人的话。

传(to transmit an instruction):"传者转师",转述老师的话。

注(to give explanatory notes):"注者主解",主要进行注解。

赞(to express one's judgement):"赞者明意",说明意义。

---

① Zhao Heping, *Wen Xin Diao Long*: *An early Chinese rhetoric of written discourse*, Purdue University, 1990, p.133.

② Zhao Heping, *Wen Xin Diao Long*: *An early Chinese rhetoric of written discourse*, Purdue University, 1990, p.133.

③ Zhao Heping, *Wen Xin Diao Long*: *An early Chinese rhetoric of written discourse*, Purdue University, 1990, p.133.

④ Zhao Heping, *Wen Xin Diao Long*: *An early Chinese rhetoric of written discourse*, Purdue University, 1990, p.134.

⑤ Zhao Heping, *Wen Xin Diao Long*: *An early Chinese rhetoric of written discourse*, Purdue University, 1990, p.134.

评（to evaluate the validity of arguments），"评者平理"，提出公正的道理。

序（to give preliminary arrangement），"序者次事"，申说事物的次第。

引（to serve as a preface of foreword），"引者胤词"，对论者补充说明。

第三，选取典范性作品，对"论"及其亚文体作出谱系学阐释。刘勰详细举证了从孔子、庄子到他自己时代横跨千余年的经典个案，讨论了这一漫长历史阶段关于"论"的广泛主题，赵氏根据刘勰的讨论将这些主题概括为：关于"名"与"理"的逻辑与符号学主题、关于"言"与"意"的语言与创造性关系主题、关于"象"与"意"的有形之物与无形之理的主题等。赵氏肯认了刘勰对这些主题的判断："师心独见，锋颖精密，盖人伦之英也。"（《论说》）①认为它们都具有独出心裁、论说锐利、言辞精密的特点，它们也是那个历史阶段"文"之典范。

第四，对每一文体，均分析其与其余文体之关系，从而形成关于全部文体的条贯体系。可能是由于刘勰本人并未对"论"文体作出与其余文体类型的谱系学分析，因而赵氏在作此点申述时，也并未作出例证分析，而只是概要性地指出，刘勰出于文体类型的条贯分析意识，在全部的文体论述中，尽力为每一种文体找寻相对应文体（如"文"作为大类文体，有10章；与之相应的大类文体"笔"，也相应地列了10章，尽管其内容体量并不等同）。赵氏倾向于认为，刘勰实际上是从更加微观的方面，阐析了"论"之发展的条贯谱系；②同时，还阐扬了"论"之亚文体的条贯谱系，③从而完成了其"敷理以举统"的允诺。

---

① Zhao Heping, *Wen Xin Diao Long*：*An early Chinese rhetoric of written discourse*, Purdue University, 1990, p.135.

② 《论说》："是以庄周《齐物》，以论为名；不韦《春秋》，六论昭列。至石渠论艺，白虎通讲，述圣通经，论家之正体也。及班彪《王命》，严尤《三将》，敷述昭情，善入史体。魏之初霸，术兼名法。傅嘏、王粲，校练名理。迄至正始，务欲守文；何晏之徒，始盛玄论。于是聘周当路，与尼父争途矣。详观兰石之《才性》，仲宣之《去伐》，叔夜之《辨声》，太初之《本无》，辅嗣之《两例》，平叔之二论，并师心独见，锋颖精密，盖论之英也。至如李康《运命》，同《论衡》而过之；陆机《辨亡》，效《过秦》而不及，然亦其美矣。次及宋岱、郭象，锐思于几神之区；夷甫、裴頠，交辨于有无之域；并独步当时，流声后代。然滞有者，全系于形用；贵无者，专守于寂寥。徒锐偏解，莫诣正理；动极神源，其般若之绝境乎？逮江左群谈，惟玄是务；虽有日新，而多抽前绪矣。至如张衡《讥世》，颇似俳说；孔融《孝廉》，但谈嘲戏；曹植《辨道》，体同书抄。言不持正，论如其已。"见陆侃如、牟世金：《文心雕龙译注》，齐鲁书社1995年版，第265页。

③ 《论说》："详观论体，条流多品；陈政则与议说合契；释经则与传注参体；辨史则与赞评齐行；铨文则与叙引共纪。故议者宜言，说者说语，传者转师，注者主解，赞者明意，评者平理，序者次事，引者胤辞：八名区分，一揆宗论。论也者，弥纶群言，而研精一理者也。"见陆侃如、牟世金：《文心雕龙译注》，齐鲁书社1995年版，第264—265页。

那么,刘勰的文体类型学本质是什么? 赵氏将其归纳为以"道"为中心的文体类型学。

赵氏指出,刘勰文体类型学是以"道"为中心的。其文体类型学的一大目的,就是要阐明作家作品在多大程度上体现了"道",又在多大程度上背离了"道"。①

刘勰所述的 32 种文体,都以"道"为源泉与母体。"道"作为所有文体类型的范型与模本,是文体创造与发展的源泉与动力,②其典型体现,便是"五经"。而所有文体类型及其典范作品,均为依循"五经"之"道"而来。"道"与文体发展沿革的基本关系是:时代越发展,文体作品越背离文之"道"。刘勰举证的例子是:从公元 3 至 4 世纪开始,文体修辞便逐渐偏离"道"之正统,走上了绮靡巧丽之路:"晋世群才,稍入轻绮","江左篇制,溺乎玄风,嗤笑徇务之志,崇盛亡机之谈。"(《论说》)③

在赵氏看来,刘勰《文心雕龙》用 20 章讲述 32 种文体,实际上是从文体修辞学角度,梳理了 32 种文体的发展演变及其关联谱系;他分析其与"道"之遵循或背离关系,肯定遵循文之"道"文体及其典范作品的价值,批评了背离文之"道"的文本,从而凸显了修辞问题对于创作合乎儒家之"道"文学作品的意义。

在完成了以上分析后,赵氏进一步阐扬了刘勰"文体"理论在中国文学批评中的基础性意义。他赞赏杨明照关于《文心雕龙》篇章结构的判断:"如果说刘勰的文体论 20 章是全篇的根与干的话,那么,此后的创作论、批评论篇章便是枝叶、花朵与果实。"④在赵氏看来,如果没有文体论部分对 32 种文体的详细阐述,那么后面创作论与批评论部分大量的内容就很难得到澄清。

不仅如此,赵氏还进一步提出,刘勰的文体论,无愧于是公元 6 世纪之前中

---

① Zhao Heping, *Wen Xin Diao Long*: *An early Chinese rhetoric of written discourse*, Purdue University, 1990, pp.136–137.

② Zhao Heping, *Wen Xin Diao Long*: *An early Chinese rhetoric of written discourse*, Purdue University, 1990, p.137.

③ Zhao Heping, *Wen Xin Diao Long*: *An early Chinese rhetoric of written discourse*, Purdue University, 1990, p.139.

④ 杨明照:《从〈文心雕龙〉看中国古代文论史、论、评结合的民族特色》,《古代文学理论研究》(第十辑),1985 年 6 月 1 日;Zhao Heping, *Wen Xin Diao Long*:*An early Chinese rhetoric of written discourse*,Purdue University,1990,p.140。

国文学修辞史的典范之作。① 他援引莫砺锋关于《文心雕龙》文体论部分的作家作品数量统计成果(如下图所示),重述了文体论提及的 246 位作家、时间跨度千余年的事实对于理解整部《文心雕龙》的重要性,认为每一位作家作品,都可以成为进入中国文学修辞史的门径。②

时代书名	文心雕龙		文选	
	所录作家人数	所占比例	所录作家人数	所占比例
先秦	38	15.4%	5	3.8%
西汉	41	16.7%	18	13.8%
东汉	50	20.3%	21	16.1%
魏	42	16.7%	14	10.8%
晋	62	25.2%	45	32.3%
南北朝	13	5.3%	27	20.8%
总计	246	100%	130	100%

《文心雕龙》与《文选》作家人数与时代分布对比图,加粗字体部分为赵氏所引

当然,赵氏只是引述了莫砺锋关于《文心雕龙》收录作家及其所占时代的比例关系,略去了引文中关于《文选》收录作家及其所占时代的比例关系,更未提及莫氏列图对比举证,是要说明:"在先秦、两汉和魏代,《文心雕龙》论及作家所占的比重较大。而在晋和南北朝时期,则《文选》所收作家所占的比重较大。特别是先秦和南北朝两个时代,二书所录作家的数目非常悬殊。此外,二书对历代作家重视的程度也迥然不同。"具体来说,"《文心雕龙》的基本倾向是详古略今,重古轻今,而《文选》的基本倾向是详今略古、重今轻古。"而之所以有这种不同的倾向,是由于"刘勰和萧统的文学观点有差异",刘勰是一种"历史主义的眼光",而萧统则是一种发展主义的眼光,认为"文学是随着时代的演变而不断发展的"。③

---

① Zhao Heping, *Wen Xin Diao Long*: *An early Chinese rhetoric of written discourse*, Purdue University, 1990, p.140.

② Zhao Heping, *Wen Xin Diao Long*: *An early Chinese rhetoric of written discourse*, Purdue University, 1990, p.140.

③ 参见莫砺锋:《从文心雕龙与文选之比较看萧统的文学思想》,《古代文学理论研究》第十辑,上海古籍出版社 1985 年版,第 179 页。

赵氏的结论是:刘勰文体类型的建构,在四个方面为其修辞理论作出了贡献:第一,它绘制了完整而翔实的写作话语谱系;第二,它阐扬了每一类文体的美学特征;第三,它以文之"道"为标尺,评估了各类文体的修辞取向(rhetorical trends),亦即是否吻合"道"之准则;第四,它总结了文体类型及其相互关系,为此后的创作论、批评论奠定了基础。因而可以说,刘勰的32种文体类型,应被视作其写作话语理论的主干。[1]

五、创作过程:刘勰的通变论

不同于中国儒家的宗经理论,赵氏对于刘勰"创作论"的理解,关键点在于:"艺术重在创造",[2]认为刘勰是以一种文学创造的自觉意识,系统阐述了文学创造的诸多复杂问题。赵氏提出,《文心雕龙》区别于西方经典修辞理论关于文学创造所遵循的五大修辞准则,它提出了文学创造的三条准则("三准"),并以第二条准则,亦即"举正于中,则酌事以取类"(《熔裁》),作为其话语理论的关键。在赵氏看来,刘勰的第一条准则,亦即"履端于始,则设情以位体",是从宇宙论的宏观结构方面,对其话语模型作出概观。第二条准则则是从特定的微观结构方面,对文学创造中的修辞活动作出描绘和分析。[3] 刘勰用七个篇章,即从第26章《神思》篇到第32章《熔裁》篇,说明第二个准则,赵氏认为,这七个篇章,是刘勰文学创造、文学营构(textualization)与文学修改理论的核心,在刘勰的整个写作话语理论中占有异常突出的地位。

何以如此,是因为刘勰持有一种鲜明的文学观,那就是:文学写作绝非是将作者思维转变为具体文本的转换过程,因而它不是简单的文学再现论或文学模仿论,而是一种复杂的社会文化与心理活动。这些活动有的是线性的,有的是循环的,有的是无意识的和瞬时的,它们涵括了从写作准备、构思、选择理想的形式

---

[1] Zhao Heping, *Wen Xin Diao Long*: *An early Chinese rhetoric of written discourse*, Purdue University,1990,p.142.

[2] Zhao Heping, *Wen Xin Diao Long*: *An early Chinese rhetoric of written discourse*, Purdue University,1990,p.145.

[3] Zhao Heping, *Wen Xin Diao Long*: *An early Chinese rhetoric of written discourse*, Purdue University,1990,p.145.

与主题、择取适当的语言、成篇及修改完善等所有写作过程。①

刘勰在《熔裁》篇中,将文学写作活动概括为三大关键活动,赵氏认为,刘勰实际上同时将这三大活动判定为文学创造的三条准则,亦即"三准"(three criteria):

"凡思绪初发,辞采苦杂,心非权衡,势必轻重。是以草创鸿笔,先标三准:履端于始,则设情以位体;举正于中,则酌事以取类;归余于终,则撮辞以举要。然后舒华布实,献替节文,绳墨以外,美材既斫,故能首尾圆合,条贯统序。"(《熔裁》)

刘勰将这三大关键活动或三条准则统称为"熔"。"熔"是对作品内容进行规范("规范本体谓之熔"),它与另一重要的活动或准则"裁",亦即对繁文泛词("剪截浮词谓之裁")的剪裁,一起构成了文学创造的重要内容。

赵氏在这里特别提出,"裁"作为文学创造的另一重要活动,实际上构成了文学创造的第四项活动或者说第四个标准。所以,尽管刘勰也将"裁"视为文学创作活动整体的重要组成部分,但是他并未对之予以同等的重视。当然,赵氏在讨论这一问题时,依循了刘勰本人的做法,而未对此另作过多申述。②

赵氏指出,《文心雕龙》创作论中,贯穿整个写作活动过程的核心概念是"通变"(tongbian,flexible adaptability)。尽管有中国学者认为,"通变"概念不仅是创作论的核心问题,而且也是《文心雕龙》全篇的核心问题,但赵氏主要分析"通变"概念与文学创造四个重要活动(准则)及全部文学活动(准则)的关系,阐明其对后者的重要作用。③

具体来说,在"创作论"中,赵氏分析了刘勰写作话语的端始理论(theory of the genesis of written discourse),亦即刘勰的"神思"理论,突出强调了文学创造中的风格问题,分析了文学创造过程中涉及的文学观念、现实、情感、语言与语境的相互依赖关系、相互作用及通变关系,继而通过检讨刘勰关于"构思"

---

① Zhao Heping, *Wen Xin Diao Long*: *An early Chinese rhetoric of written discourse*, Purdue University, 1990, pp.145-146.

② Zhao Heping, *Wen Xin Diao Long*: *An early Chinese rhetoric of written discourse*, Purdue University, 1990, p.147.

③ Zhao Heping, *Wen Xin Diao Long*: *An early Chinese rhetoric of written discourse*, Purdue University, 1990, p.147.

(drafting)的观念,亦即关于语言措辞、言语润饰与文体类型(typological formulas)、修辞取向(rhetorical trends)、语境内容(circumstantial constrains)、个性趣味等的关系,最后得出刘勰创作论的指导观念是"文学创造因时而变"的结论。①

第一,文学创造(Invention)问题。

文学创造到底是怎样发生的? 它起于何种观念,这种观念从哪里来? 如何选择与这种观念相配的文学形式与内容? 诸如此类的问题,构成了《神思》《体性》《风骨》《通变》四个篇章讨论的内容。赵氏特别指出,虽然刘勰所看重的文学创造基本观念,在西方古典修辞理论与现代写作理论中都居于重要地位,但这并不意味着中西方文学创造观念相同。实际上,二者除了均关注关于文学创造的基本观念外,比如关注话语结构、话语形式、话语择选问题等,对于如何处理这些问题,则表现出质的不同。例如,西方修辞理论强调应通过一个启发式过程,帮助修辞学家或作家"创造"(invent)一个文本;而在刘勰看来,解决这些问题,则需要遵循固定的写作准则(basic acts)。②

概括地讲,刘勰文学创造论由两大部分组成:一是内容方面的创造,一是形式方面的创造,二者相互作用、互为奥援,共同推动文学创作的全部过程。在其中,刘勰一方面强调作家要通过观察、思考切身经验,以达到对表达内容的洞见;另一方面,作家还应以32种固定的写作类型为范本,提炼其一般特征,重新将其归入8种风格形式之中,以此完成文学形式的创造。刘勰认为,成功的文学创造,就发生在文学内容创造与文学形式创造的密切互动中,二者根据特定的修辞情境(rhetorical situation),最后完成文学典范的创造。三者关系,用图式表示,就是:

赵氏指出,在这个三角图式中,"内容创造"与"形式创造"作为两种彼此对立而又相互作用的文学活动,会根据不同的文学"创造情境",作出个体性的创造,从而形成既遵循文学创造范型又具有独特风格特征的作品。应该说,赵氏的这种解读完全符合刘勰的本义。

---

① Zhao Heping, *Wen Xin Diao Long：An early Chinese rhetoric of written discourse*, Purdue University, 1990, p.148.

② Zhao Heping, *Wen Xin Diao Long：An early Chinese rhetoric of written discourse*, Purdue University, 1990, p.149.

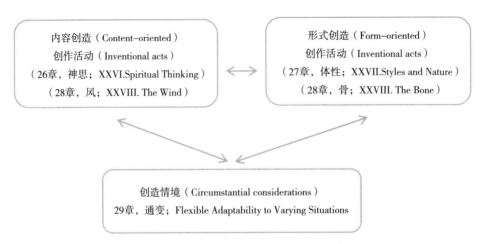

赵氏：刘勰关于文学创造的三角图式（第 151 页）

　　赵氏也敏锐地意识到，刘勰关于文学创造所使用的"情境"（situation）概念，其含义要比西方现代写作理论关于"情境"概念宽广得多，后者常将写作活动中涉及的一些要素，比如读者、意图、场景等，视作写作情境；而刘勰则将更广阔的生活现实与更具体的写作环境（conditions）一同视作创作情境，尽管刘勰也常常强调，作家应顺时而为（《熔裁》："变通以趋时"），从而使作为文学创造情境之"时"，可扩而充之至某一时代、某一区域的整体境况。①

　　正是在这个意义上，我们可以说，刘勰关于文学创造中的"情境"（"时"）概念，非常类似于西方古代的"上帝时间"（kairos）概念，而非今日西方写作理论中的"情境"概念。赵氏认为，概由于刘勰对文学与社会关系的敏锐意识，才使其"情境"概念既适应于某一具体语境（conditions），也适应于宏大的时代语境（overall atmospheric trends）。毕竟，在刘勰看来，经典作品虽然恒在，然岁月飘忽，性灵不居，文学创造的形式与内容，应根据不同的情境而发展变化。②

　　赵氏提醒读者注意，虽然说刘勰关于文学创造的三角模型中，强调了文学创造的三大要素，即内容、形式与情境，它们都具有相对的自律性，但是，内容要素在这个三角模型中，居于首要地位，这可以从其将关于文学内容创造的《神思》

　　① Zhao Heping, *Wen Xin Diao Long*：*An early Chinese rhetoric of written discourse*, Purdue University, 1990, pp.151–152.

　　② Zhao Heping, *Wen Xin Diao Long*：*An early Chinese rhetoric of written discourse*, Purdue University, 1990, p.152.

篇置于关于文学形式创造的《体性》篇之前，即可见出。显然，在刘勰看来，只有首先安排好文学内容的创造，才能择选相应的文学形式。①

第二，神思：文学内容的创造问题。

"神思"（Shensi，Spiritual Thought or Imagination）作为一个表达文学内容创造的关键概念，具有复合意义。"神"意指"神秘"（magic）、"超自然"（supernatural）、"娴熟"（extremely skilled）、"源发性的"（masterful）或"艺术化的"（artistic），"思"意指"沉思"（to ponder）、"省思"（thinking）、"构思"（thought）。②不仅如此，刘勰常用"风"（feng，wind）作为"神思"的同义语，来比喻文学创造中思想或观念活跃多变的特征。如果参照西方修辞学术语来比附，那么，"风"是一种"磅礴想象"（tropic image），象征着创作活动中"强力"（dynamic force）的涌现。赵氏提出，"神思"与"风"二词，虽然一个是直陈指义的，另一个是比喻述义的，但其指称内涵相同，故他只以"神思"一词为对象，来说明文学内容创造的特质。③

在简要回顾了中国学术界关于"神思"问题的争论观点——比如王元化、詹瑛、陆侃如、牟世金等人将"神思"视为整个文学创造的枢纽，但另一些学者则认为"神思"只是"文学"创造中的独有现象，无关乎其他文体写作——之后，赵氏提出，"神思"在《文心雕龙》中，不仅是文学创造中的艺术现象，而且也是所有写作活动中的技术特征。④ 赵氏举了一个明显的例子，就是刘勰《文心雕龙》"神思"篇谈论创作的"快"与"慢"（"人之禀才，迟速异分"）时，举科学家张衡、历史学家左思与诗人阮瑀作为对比，强调所有写作活动，不管是文学的还是非文学的，都具有"神思"活动的积极参与。但赵氏显然没有注意到，张衡与左思虽然并非专司文学，但是其亦有文学（"有韵之文"）佳篇，而且刘勰在《文心雕龙》中举的张衡的《二京赋》、左思的《三都赋》，都是文学史上的文学名篇，因而不宜用作者的身份判定作品的身份。赵氏的举证难以成立。

① Zhao Heping, *Wen Xin Diao Long*：*An early Chinese rhetoric of written discourse*, Purdue University，1990，p.153.

② Zhao Heping, *Wen Xin Diao Long*：*An early Chinese rhetoric of written discourse*, Purdue University，1990，p.153.

③ Zhao Heping, *Wen Xin Diao Long*：*An early Chinese rhetoric of written discourse*, Purdue University，1990，p.153.

④ Zhao Heping, *Wen Xin Diao Long*：*An early Chinese rhetoric of written discourse*, Purdue University，1990，p.154.

基于自己的理论判断,赵氏重新描绘了刘勰关于文学内容创造中"神思"活动的要素与关系:

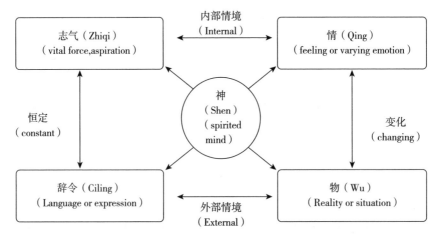

"神思"活动:文学内容创造要素关系图(第 156 页)

如上图所示,"神"作为"神思"之统领,包含四重要素:"志气""情""物""辞令",四者相互作用构成了全部"神思"活动。刘勰在《神思》篇尾段的赞词,有助于我们理解这个图表:

"神用象通,情变所孕。物以貌求,心以理应。刻镂声律,萌芽比兴。结虑司契,垂帷制胜。"

这段"赞语"作为对上述图标的注脚,它强调说明:"神"作为精神性活动,是知识阶层对创作活动奇妙幽微特征的一种比喻,它由理性的高度活跃而产生("其思理之至乎")。"志气"是作家的主观情志与气质,是作家创作的内驱力。对于刘勰而言,"志气"是统御作家想象性构思活动的主要因素("神居胸臆,而志气统其关键")。"情"是作家对变化中的外部世界的一种精神性应答,它具体包含"喜""怒""哀""乐""憎"五种可能情感样式,它们都源于人的内在精神的失序(mental unbalance or dissonance)。[1] "物"是存在的现象世界或情境,具有

---

[1] Zhao Heping, *Wen Xin Diao Long*: *An early Chinese rhetoric of written discourse*, Purdue University, 1990, p.157;赵氏对"情"的这种具体解读,实际上援引的是施友忠译本对《情采》篇"五情发而为辞章"句"五情"的释读。"五情"(five emotions),施译本似乎是根据汉代以来流行的阴阳五行宇宙观,将其注解为"喜"(joy)、"怒"(anger)、"哀"(sadness)、"乐"(pleasure)、"憎"(resentment)五种。参加施友忠译本,第 157 页,注 6。

流变性与弥散性特征,也就是说,作家在创作时,必须深入体察物象("故思理为妙,神与物游"),才能有佳构创生("独照之匠,窥意象而运斤")。"辞令"是对观察与思考对象依据一定的声律与意象而作的审美化表达。赵氏正确地指出,在全部"神思"活动中,语言扮演了形式化的作用,它使特定的"情""志气"获得了明确的意象(concrete shape)。

总体来看,在"神思"问题的讨论中,赵氏运用文学创作的内外二分法——这一方法实际上承继的是自韦勒克、沃伦在《文学理论》中确立文学内部与外部二分的西方文学理论经典划分法,对文学创作活动中"神思"活动所涵摄的四个要素作出了考察,它有助于我们理解文学构思中"神思"活动的本质。赵氏绘制的"神思"图式表明,"神思"活动的内部要素包括"志"与"情",它们内在于作家的心理;外部要素包括"语言"与"情境",它们是内部要素作出应答的依据。[①]刘勰说:"故思理为妙,神与物游。神居胸臆,而志气统其关键;物沿耳目,而辞令管其枢机。枢机方通,则物无隐貌;关键将塞,则神有遁心。"可见,文学创造内外因素的反复作用,是刘勰对文学内容创造特质的基本判定。

赵氏根据"神思"图式关系,进一步指出,刘勰的第二个二分法,实际上处理的是文学创造中守成("宗经")与通变的关系。[②]赵氏体认了刘勰的基本看法:当作家的"志气"与"语言"在一种恒定的外部情境中时,它们也就会保持稳定;当作家所处的外部情境发生变化时,其修辞语境(rhetorical situation)与情感也会因应变化。因此,赵氏的结论是:文学内容的创造,是作家思维(mind)与"志气""情感""语言""情境"共同作用的过程。[③]

第三,体与文学形式的创造问题。

不同于作为内容创造的"神思"活动,在文学的形式创造中,"体"起着主导性作用。赵氏认为,如果说在文学内容的创造中,"风"(feng,wind)可以视作为"神思"的同义语的话,那么,在文学形式的创造中,"骨"可以视作为"体"的同义语。但赵氏同时提醒我们注意,相比于对文学内容创造中"神思"与"风"的大

---

① Zhao Heping, *Wen Xin Diao Long：An early Chinese rhetoric of written discourse*, Purdue University, 1990, p.158.

② Zhao Heping, *Wen Xin Diao Long：An early Chinese rhetoric of written discourse*, Purdue University, 1990, p.159.

③ Zhao Heping, *Wen Xin Diao Long：An early Chinese rhetoric of written discourse*, Purdue University, 1990, p.159.

量论述,刘勰在《文心雕龙》中,对"体"与"骨"的阐述,则要少得多。①

"体"在《文心雕龙》中具有两方面的意涵,一是指"文体"(genre),像《论说》篇中归纳的"议""说""传""注""赞""评""序""引"八种文体;二是指"风格"(style),像《体性》篇所列举的"典雅""远奥""精约""显附""繁缛""壮丽""新奇""轻靡"八种风格。赵氏认为,第二种"风格"意义上的"体",应源出于第一种"文体"意义上的"体"。② 就文学风格意义上的"体"来讲,赵氏肯认了刘勰的基本观念,那就是:它们呼应于作家的个性、气质、修养与阅历,取决于作家的情志(feeling and ideas),最终决定于文学创造的修辞情境(rhetorical situation)。

"体"的同义语"骨"(gu,bone),是文学结构的形象比喻。"体"与"骨"的关系,在《文心雕龙》《风骨》篇中有一个形象的比喻:"故辞之待骨,如体之树骸。""骨"与"体"紧密关联,具有"范型"(patterns)、"结构"(structures)、"形式"(forms)或者"表达力"(ways in which feelings and ideas are expressed in words)的含义。③

作为文学创作的有机组成部分,"体"与"骨"施行于"神思"与"风"完成之后。赵氏认可刘勰的基本观点,认为后者强调内容的创造,意在寻觅初始的观念与合适的素材;而前者强调形式的创造,意在让观念或素材获得形式化的呈现,或者说因应特定的修辞目的而对观念与素材作出矫正。④ 用刘勰《体性》篇中的话说,就是:"夫情动而言形,理发而文见;盖沿隐以至显,因内而符外者也。"先有内容,再有形式,刘勰的这种内容决定形式的修辞理论,似乎证明刘勰的逻各斯中心主义倾向,但事实并非如此。⑤ 刘勰对另外一些文体,比如"史传""论说""书记"等,则突出了形式问题对于内容问题的导引性。

---

① Zhao Heping, *Wen Xin Diao Long: An early Chinese rhetoric of written discourse*, Purdue University, 1990, pp.160–161.

② Zhao Heping, *Wen Xin Diao Long: An early Chinese rhetoric of written discourse*, Purdue University, 1990, p.161.

③ Zhao Heping, *Wen Xin Diao Long: An early Chinese rhetoric of written discourse*, Purdue University, 1990, p.162;陆侃如、牟世金在《文心雕龙译注》中,将"骨"训为"作品在文辞方面能达到完善境界而具有较高的感动读者的力量"。参见氏著,第377页。

④ Zhao Heping, *Wen Xin Diao Long: An early Chinese rhetoric of written discourse*, Purdue University, 1990, p.162.

⑤ Zhao Heping, *Wen Xin Diao Long: An early Chinese rhetoric of written discourse*, Purdue University, 1990, p.163.

根据刘勰,文学形式的创造,需经历两大基本步骤:

第一步:"体必资于故实"(《通变》),即文学在体裁风格方面应借鉴过去的典范。

第二步:"数必酌于新声"(《通变》),即文学在方法上应该研习新的观念与素材(thoughts and materials),以此修正旧有的风格。① "数",原本指文学创作的技巧方法,赵氏将其释为"观念和素材",显然是扩展了刘勰的原义。

第一步的完成,有赖于作者对文体发展变化的审辨能力。赵氏指出,刘勰秉持正统的儒家文学观念,以儒家经典文体为典范,认为创造出恰适的形式(form)或风格(style),是文学形式创新的前提。②《通变》篇就说:"若夫熔铸经典之范,翔集子史之术,洞晓情变,曲昭文体,然后能孚甲新意,雕昼奇辞。昭体,故意新而不乱,晓变,故辞奇而不黩。"

第二步的完成,需要在经典文体风格的范导下,根据变化了的文学观念与素材,创造出新的文体风格,以此推进旧有文体风格艺术形式的革新。赵氏以"论"这种文体,作了说明。"论"作为一种分辨是非的文体,首要要求是:"论之为体,所以辨正然否;穷于有数,追于无形,迹坚求通,钩深取极。"(《论说》)这是"论"的根本原则。但是,运用这种文体,又必须根据变化了的情况,将"论"的具体原则调整统一于根本原则之下,做到:"故其义贵圆通,辞忌枝碎;必使心与理合,弥缝窥见其隙。"(《论说》)

第四,措辞(Zuoci,Phraseology):文学的语言形式(Linguistic Patterns)创造。

为了将作家的观念与情感表达出来,就需要诉诸适当的语言形式(linguistic Patterns),亦即"文辞"。赵氏指出,这种"文辞",不同于西方修辞学理论所标举的"话语范式"(discourse patterns),它更注重语言形式因应特定的观念、情感而作的情境化表达,而非某种被认可的经典话语范式。③

在刘勰看来,语言形式或文辞的创新,其关键在于创造适宜于特定文辞情境的辞采。刘勰在《定势》《情采》二篇章专门讨论这个问题。其中,《定势》主要

---

① Zhao Heping, *Wen Xin Diao Long*：*An early Chinese rhetoric of written discourse*, Purdue University, 1990, p.164.

② Zhao Heping, *Wen Xin Diao Long*：*An early Chinese rhetoric of written discourse*, Purdue University, 1990, p.164.

③ Zhao Heping, *Wen Xin Diao Long*：*An early Chinese rhetoric of written discourse*, Purdue University, 1990, p.166.

讨论适应于不同修辞情境的不同文辞形式、措辞及其特征,《情采》主要讨论文辞形式的使用及其与内容的协调问题。

赵氏指出,施友忠在翻译《文心雕龙》这两个篇章的具体范畴时,用"风格"(style)翻译《定势》篇中"体势"之"势",也曾用这个词,来翻译"体"(ti,genre or form)。这种翻译表明,"体"与"势"概念的互文使用状况。就"势"而言,它强调了"势"附着于"体"的特性,即"情境或状态"(situation or condition),[1]带有很强的主观性意味,常暗示作家在创作中对文体现身情态与发展趋向的敏锐感觉。"势"作为一个包含风格(style)与情境(situation)意涵的概念,它不仅是对文学创作中字与句的修辞性要求,而且同时担负着沟通特定修辞情境与特定言辞选择的功能,[2]用刘勰的话说,要"因情立体"(《定势》)。

因此,刘勰的"势"(style)实际上是一种表达作者情思的概念(客观风格的主观化)。[3] 与西方古典修辞学中的文体学家,比如朗吉努斯相比,后者擎持特定文学风格("崇高")的至上论,而刘勰则认为各类风格并无高下之分,关键在于其要与特定的使用情境相配称:"奇正虽反,必兼解以俱通;刚柔虽殊,必随时而适用。"(《定势》)既然不同的情境催生不同的情感意蕴,那么就应据不同的情境与情感意蕴,创造不同的文体风格,而不能区别对待。[4] 如果我们要进行中西范畴的比较,上述区别应该是刘勰对西方修辞学风格观念的有力回应。

与写作风格和措辞紧密相关的另一个重要问题,是风格价值或艺术表达的问题。刘勰在《情采》篇中重点讨论了这个问题,他的一个基本观点是:反对措辞华丽的表达,但并不反对文辞的美化与修饰。如何美化或修饰文辞? 美化与修饰的标准是什么? 刘勰的答案是:诉诸内容情感(situational emotion)。[5] 换句

---

[1] Zhao Heping, *Wen Xin Diao Long: An early Chinese rhetoric of written discourse*, Purdue University,1990,p.167;施友忠译本,p.169,Note 1.

[2] Zhao Heping, *Wen Xin Diao Long: An early Chinese rhetoric of written discourse*, Purdue University,1990,p.167.

[3] Zhao Heping, *Wen Xin Diao Long: An early Chinese rhetoric of written discourse*, Purdue University,1990,p.167.

[4] Zhao Heping, *Wen Xin Diao Long: An early Chinese rhetoric of written discourse*, Purdue University,1990,p.168.

[5] Zhao Heping, *Wen Xin Diao Long: An early Chinese rhetoric of written discourse*, Purdue University,1990,p.169.

话说,是催生特定内容情感的修辞语境(rhetorical context),决定了文学修辞的运用及其尺度。为了说明这一点,刘勰批评了古今两种极端的修辞观:一种是以老子为代表的反修辞论者,认为修辞会毁坏事物的真正价值;另一种是自汉代以来盛行的"绮丽以艳说,藻饰以辩雕"(《情采》)的唯文辞论者。刘勰认为,这两种修辞观均不正确,因为它们都未依据具体的修辞情境而对文体风格及其修辞运用进行适当取舍。总之,在文学措辞与风格的问题上,刘勰认为,必须依据变化的情境而对文体风格、遣词炼句、文章结构等问题进行推敲润饰,这是文学形式创造在语词风格方面所应坚持的基本法则。而这种推敲润饰,也会继而影响到文学创造中内容的规范与形式的裁剪。①

第五,熔裁:文学修订的艺术。

"熔裁"(rongcai,casting and cutting,on editing of ideas and rhetoric),其形态学含义有二:一是"熔义",二是"裁辞"。赵氏认为,刘勰在《熔裁》篇中主要是在第二种意义上使用,亦即在修剪语言的镕辞浮语意义上使用。

我们在这里也可以看出赵氏对刘勰的误读。赵氏基于西方修辞学立场而突出了"熔裁"之形式文辞方面的锤炼,但在刘勰的《熔裁》篇中,内容方面的规范("熔意")构成了"熔裁"的首要方面,并非单独强调形式方面的文辞裁剪。

根据赵氏,在《熔裁》篇中,刘勰提出的重要观点在于:没有熔裁,就没有文学的创造,就没有优秀作品的诞生。② "熔裁"并非意指一味裁剪,而是要根据文体形式内容进行增补损益,最终使作品成为一个统一的、连贯的、有机整体(《熔裁》:"首尾圆合,条贯统序")。赵氏认为,刘勰的一个重要贡献在于:他强调了创作主体的主体性在熔裁过程中形成独特文体风格的重要性。③ 因为根据刘勰,在遵循基本创作法则的前提下,作家可根据自己的趣味、个性,创作适合于特定内容语境的作品风格:

> 精论要语,极略之体;游心窜句,极繁之体。谓繁与略,适分所好。引而

---

① Zhao Heping, *Wen Xin Diao Long: An early Chinese rhetoric of written discourse*, Purdue University, 1990, p.170.

② Zhao Heping, *Wen Xin Diao Long: An early Chinese rhetoric of written discourse*, Purdue University, 1990, p.170.

③ Zhao Heping, *Wen Xin Diao Long: An early Chinese rhetoric of written discourse*, Purdue University, 1990, p.171.

申之,则两句敷为一章;约以贯之,则一章删成两句。思赡者善敷,才核者善删。善删者字去而意留,善敷者辞殊而义显。字删而意缺,则短乏而非核;辞敷而言重,则芜秽而非赡。(《熔裁》)

在《定势》篇中,刘勰强调,修辞形式需依靠特定的情感内容,这是自然之理:"如机发矢直,涧曲湍回,自然之趣也。"(《定势》)赵氏指出,刘勰的这种理论,亦即创作依凭自然之势的观点,挑战了罗伯特·开普兰(Robert Kaplan)关于东方文学写作遵循曲线与循环模式的判断。①

然而赵氏同时认为,刘勰的"熔裁"理论,是针对已经完成了的文章草稿而作出的判断,它不包含创作的起始或过程。这种艺术理论,实际上仍然透露出刘勰的逻各斯中心主义文学创作观,亦即在文学创作中,要按照一个理想的文学观念来对文学作品进行修改。他的这种观念,也不同于现代西方的文学写作理论,比如费力(Lester Faigley),后者认为文学修改应该贯穿于整个文学创作过程,甚至发生在文学构思之前。②

总之,赵氏对于刘勰的创作论部分,主要讨论了刘勰话语理论的第二个准则,亦即关于文学创作过程的问题。通过讨论,赵氏得出结论:刘勰关于文学写作过程的理论,对于理解刘勰的话语理论具有极端的重要性,它构成了其话语理论的修辞本质(rhetorical nature)。③

六、文学作品的结构艺术

与文学的创造过程相似,文学结构的艺术,亦存在于所有的文学创作类型中。赵氏指出,文章的结构虽无关乎文体形式与文本内容,但是,它却是所有文体类型与所有文本都要考虑的问题,并且这个问题,构成了现代修辞理论以文本

---

① Zhao Heping, *Wen Xin Diao Long*: *An early Chinese rhetoric of written discourse*, Purdue University,1990,p.172.

② Zhao Heping, *Wen Xin Diao Long*: *An early Chinese rhetoric of written discourse*, Purdue University,1990,pp.172-173.

③ Zhao Heping, *Wen Xin Diao Long*: *An early Chinese rhetoric of written discourse*, Purdue University,1990,p.173.

结构、文体要素为名义而讨论的重要内容。①

赵氏通过对刘勰《文心雕龙》文本结构艺术的归类梳理,重申了自己的观点:"刘勰的《文心雕龙》是一部修辞艺术专著,而刘勰关于文本结构的讨论,构成了其修辞理论三大组成部分中的重要一个部分。"②

在赵氏看来,从《文心雕龙》第 33 篇《声律》到第 43 篇《附会》,刘勰主要讨论了作品构成要素的组织关系。比如:第 39 篇《练字》讨论语言文字运用问题,第 34 篇《章句》讨论句与段的关系问题,第 33 篇《声律》讨论文字声调韵律问题。此外还讨论了文学要素相互关联而生发的意象类型文体,比如:《丽辞》篇讨论排比,《比兴》篇讨论比喻,《夸饰》篇讨论夸张。另外还通过《指瑕》《养气》篇讨论了文学要素组织中可能出现的错误及其修正问题。最后在《附会》篇,又对上述关于文学的结构与文体要素及其关系,作出了综合讨论。③

基于如上判断,赵氏主要讨论了刘勰文学结构的方式、途径、要素及其相互组合关系,分析了刘勰关于文学结构中字、句、章以及语言的音韵、修辞特征等问题,陈述了刘勰关于文学营构应该防止相关错误的论述,分析说明了刘勰关于文学结构中各要素是如何建构一种有机的文学整体问题。

第一,文学的结构机制(Structural Mechanisms)。

赵氏指出,刘勰的修辞理论认为,任何文本的结构机制,均由四个要素组成,它们呈现为由低到高的层级关系:字、句、章、篇。刘勰在《章句》篇,对此作出精到概述:

> 夫人之立言,因字而生句,积句而成章,积章而成篇。篇之彪炳,章无疵也;章之明靡,句无玷也;句之清英,字不妄也。

这四个层级要素,每一层又都有其组织原则,它们在超切分层面,又表现为

---

① Zhao Heping, *Wen Xin Diao Long*: *An early Chinese rhetoric of written discourse*, Purdue University, 1990, p.175.

② Zhao Heping, *Wen Xin Diao Long*: *An early Chinese rhetoric of written discourse*, Purdue University, 1990, p.176.

③ Zhao Heping, *Wen Xin Diao Long*: *An early Chinese rhetoric of written discourse*, Purdue University, 1990, p.167.

节奏(tempo)、韵律(cadence)、音调(tone)和形象(graphics)四个不同结构单位,通过有机组织,成为文学修辞结构的经典法则。①

第二,字(words)。

按照刘勰,"字"的修辞法则为:"一避诡异,二省连边,三权重出,四调单复。……凡此四条,虽文不必有,而体例不无。"(《练字》)

赵氏站在比较诗学的立场上认为,刘勰提出的关于"字"的四条法则,让我们联想起亚里士多德《修辞学》中关于散文风格四大病症的论述。按照亚里士多德,这四大病症均导源于语言的坏趣味,特别是以"文字古奥"为风格的散文写作,应引为戒律。亚里士多德的这种观念,在刘勰的《练字》篇里有其深刻呼应。②

第三,句(sentences)。

赵氏指出,刘勰格外强调"句"作为修辞要素在文本结构中的重要作用。刘勰认为,"句"并非单纯的语言组合,它是语言要素组合后的一次停顿:"句者,局也。"(《章句》)因而,语言要素组成次第有定的言辞就是"句":"局也者,连字以分疆。"(《章句》)

由于汉语的单音节构词特性,因而赵氏逻辑地推论:刘勰实际上倾向于倡导句子的短小表达,尽管他并未明言。③ 这主要表现在,刘勰以"四言为正",不管是散文("笔"),还是诗、颂,刘勰都认为:"若夫笔句无常,而字有条数。四字密而不促,六字格而非缓。或变之以三五,盖应机之权节也。至于诗、颂大体,以四言为正。"(《章句》)当然,赵氏也客观地指出,刘勰的"四言为正"观,是非常谨慎的。实际上,为了防止陷入独断论,他同时强调了句子的长短,应根据内容文体而调整变化,做到"应机之权节"(《章句》)。④

句子的另外一个重要问题是音韵与节律问题。刘勰认为,为了调节文章语

---

① Zhao Heping, *Wen Xin Diao Long: An early Chinese rhetoric of written discourse*, Purdue University, 1990, pp.178-179.

② Zhao Heping, *Wen Xin Diao Long: An early Chinese rhetoric of written discourse*, Purdue University, 1990, p.179.

③ Zhao Heping, *Wen Xin Diao Long: An early Chinese rhetoric of written discourse*, Purdue University, 1990, p.181.

④ Zhao Heping, *Wen Xin Diao Long: An early Chinese rhetoric of written discourse*, Purdue University, 1990, p.182.

气,需要改换韵脚、变动音调:"若乃改韵从调,所以节文辞气。"(《章句》)对于四言以上的句子,应该做到四句一换韵;对于四言或少于四言的句子,则换韵不宜频繁:"四言转句,以四句为佳"(《章句》),否则,就会要么声调音韵急促,要么读起来令人烦躁:"两韵辄易,则声韵微躁;百句不迁,则唇吻告劳。"(《章句》)①在这个问题上,赵氏只是对刘勰的意思作了准确复述。

第四,章(paragraphs)。

赵氏将刘勰关于"章"的表述,即"宅情为章"(《章句》),解释为:将特定的内容安排在特定的位置所得的文本结构单元。② 根据刘勰,"章"的写作,关键在于要表达一个完整的内容,汇总一定的意义:"章总一意,须意穷而成体。"(《章句》)换句话说,"章"的写作要义在于其表达一个主题,因而主题的统一性、完整性就成为"章"的基本要求。

赵氏提醒我们注意,在刘勰生活的齐梁时代,"句"一般非常短凑,"章"则相对较长。有时候,一"章"就是一"篇"(composition),但是刘勰在《文心雕龙》中,是将"章"看作"篇"的一个组成部分;而实际上,二者的区别十分模糊,刘勰本人也常常在交互意义上使用。③

按照刘勰,"篇"就是不同"章"的统一性、整体性,其组织原则,有似于"章"的原则:"启行之辞,逆萌中篇之意;绝笔之言,追媵前句之旨;故能文外琦交,内义脉注,附萼相衔,首尾一体。"(《章句》)赵氏认为,刘勰关于"章"的写作原则论述,非常类似于现代写作修辞学中谋篇布局的纲要写作,亦即"TRIT"或"TRI"模式:主题句(topic sentence)、界定(restriction)、描写(illustrations)、重复(repetition of the topic sentence),该模式是由美国密歇根大学拜克(A.L.Becker)于 20 世纪 40 年代提出的法位学修辞理论。④

第五,声律(Tonal Qualities)。

---

① Zhao Heping, *Wen Xin Diao Long*:*An early Chinese rhetoric of written discourse*, Purdue University,1990,p.182.

② Zhao Heping, *Wen Xin Diao Long*:*An early Chinese rhetoric of written discourse*, Purdue University,1990,p.183.

③ Zhao Heping, *Wen Xin Diao Long*:*An early Chinese rhetoric of written discourse*, Purdue University,1990,p.183.

④ Zhao Heping, *Wen Xin Diao Long*:*An early Chinese rhetoric of written discourse*, Purdue University,1990,p.184;关于"法位学"理论参见 A.L.Becker,A Tagmemic Approach to Paragraph Analysis,College Composition and Communication,1965(16):237—242。

　　赵氏指出,汉语文字有其独特的声律,刘勰对此有清醒的认识,并将其贯彻到全部的写作活动当中。概由于中国文学强调公共与社会功能,并且需要通过大声朗诵才能发挥这种功能,因而其声律问题就显得格外重要。① 赵氏认为,虽然在刘勰生活的时代,声律问题还未成为一种普遍的理论自觉,但是,刘勰显然是一位探索写作语言中声律问题的重要理论家。② 在刘勰看来,语言的声律与音乐的音律具有类似性,比如语言表达中的"平"声与"仄"声,对应于音乐乐调中的"羽"调与"宫"调。为了达到语言的自然与艺术之美,语言的写作就须像乐曲那样,遵守其固有的音律规则。

　　在对刘勰关于"字""句""章"及其结构原则作出分析,强调了声律问题在写作中的重要性之后,赵氏进一步对文学作品的体系(schemes)、修辞(tropes)及其功能进行分析。在分析"体系"时,赵氏主要以排比(偶句)为例,详述了排比的类型及功用问题,但并无多少创见。在对"修辞"分析时,赵氏则颇显见地。在他看来,刘勰对文学创作中修辞问题的分析,比如比喻(比,Bi,metaphor)、兴喻(兴,Xing,allegory)、夸饰(hyperbole)、用典(allusion)等,有的仅为中国古代文学的独特修辞现象,并非现代语言修辞学通则。③ 赵氏指出,当代中国学者也倾向于认为,刘勰是中国文学史上第一位对修辞作出分类、解释与命名的学者。比如,对于"隐"(Yin,the recondite),它作为一种意在言外的修辞表达法,在西方古典修辞谱系中并无对应指称词,虽然它与西方的"深奥"(recondite)修辞,在表达"象征"(symbolism)、"拟人"(personification)、"委婉"(periphrasis)等含义方面,具有类似性。④ 再比如:"夸饰",它并非"文学"类文体的独特修辞,实际上,它是中国"五经"书写的惯用修辞。刘勰在《夸饰》篇中就曾举例:"故自天地以降,豫入声貌,文辞所被,夸饰恒存。虽《诗》《书》雅言,风俗训世,事必宜广,文亦过焉。是以言峻则嵩高极天,论狭则河不容舠,说多则子孙千亿,称少则民靡孑遗;

---

　　① Zhao Heping, *Wen Xin Diao Long*: *An early Chinese rhetoric of written discourse*, Purdue University, 1990, p.185.

　　② Zhao Heping, *Wen Xin Diao Long*: *An early Chinese rhetoric of written discourse*, Purdue University, 1990, p.185.

　　③ Zhao Heping, *Wen Xin Diao Long*: *An early Chinese rhetoric of written discourse*, Purdue University, 1990, p.193.

　　④ Zhao Heping, *Wen Xin Diao Long*: *An early Chinese rhetoric of written discourse*, Purdue University, 1990, p.196.

襄陵举滔天之目,倒戈立漂杵之论;辞虽已甚,其义无害也。"(《夸饰》)又比如
"用典",即刘勰所说的"事类"修辞,中西方都有,但含义不同。赵氏指出,在西
方,"用典是对与写作主题相近的历史或文学事件或人物的引述",①而刘勰的
"事类"概念,比西方"典故"的含义要广,它既指文学作品中引用前人的有关事
例或史实,又指引证前人或古书中的言辞,即:"据事以类义,援古以证今者也。"
(《事类》)②

由于中国是一个强调历史胜于现实的国家,因此援引历史或文学典故,就会
使论说显得格外有力。也正因为如此,"用典"在中国文学创作中扮演着比西方
文学创作中更为重要的修辞角色;而在西方,正如马克美(James McCrimmon)所
指出,它仅仅是一种言说的智慧,目的在于博得读者的愉悦认同。③

第六,附会:文学结构要素的统一(Fuhui:Integration of All Elements of Organ-
ization)。

刘勰在《附会》篇的主要观点是:在文学创作中,所有的语言、结构或文体要
素,都必须围绕核心主题而组成统一整体,它们本身并不具有独立的意义。④ 赵
氏援引施友忠的解释,"'附会'就是围绕创作主题而对语言诸要素的有机组织,
因此'附会'篇解决的是文学创作中的基本组织原则问题。"⑤

在阐释这个问题上,刘勰再次发挥了他作为形象语言大师的特长,对文学创
作作了形象化的诠解:

　　凡大体文章,类多支派,整派者依源,理枝者循干。是以附辞会义,务总

① Zhao Heping, *Wen Xin Diao Long：An early Chinese rhetoric of written discourse*, Purdue University, 1990, p.198；also see, James McCrimmon, *Writing with a Purpose*, 8th ed., Boston：Houghton, 1984, p.286.

② Zhao Heping, *Wen Xin Diao Long：An early Chinese rhetoric of written discourse*, Purdue University, 1990, p.198.

③ Zhao Heping, *Wen Xin Diao Long：An early Chinese rhetoric of written discourse*, Purdue University, 1990, p.199.

④ Zhao Heping, *Wen Xin Diao Long：An early Chinese rhetoric of written discourse*, Purdue University, 1990, p.204.

⑤ Zhao Heping, *Wen Xin Diao Long：An early Chinese rhetoric of written discourse*, Purdue University, 1990, p. 204；Liu Hsieh, *The Literary Mind and the Carving of Dragons*, Translated and Annotated by Vincent Yu-chung Shih, New York：Columbia University Press, 1959, p.225, note1.

纲领;驱万涂于同归,贞百虑于一致。使众理虽繁,而无倒置之乖;群言虽多,而无棼丝之乱。扶阳而出桑,顺阴而藏迹;首尾周密,表里一体;此附会之术也。(《附会》)

据此,为了实现文章文辞和内容的有机统一,我们必须做到提纲挈领,御繁统简,首尾周密,表里一体,使文章内容丰而不杂,文辞繁而不乱。赵氏认为,刘勰这种以文章主题为统领,挽合文章结构要素的写作观念,在现代西方写作修辞学中有其深刻回声:华莱(Flower)与海尔斯(Hayes)的目标导向写作模型,正与刘勰的上述观念具有异曲同工之处。不同在于,刘勰更强调文章写作的整体规划性,以防止出现瑕疵之作。因为在刘勰看来,写作中常常存在"改章难于造篇,易字艰于代句"(《附会》)的现象,因而有意图的谋篇布局,就显得尤为重要。[1]

总之,赵氏对《文心雕龙》"文学结构"问题的讨论,主要通过梳理刘勰关于文章结构的两大类型及其基本要素,即结构方式(structural variations)与文体选择(stylistic choices),[2]来对刘勰《文心雕龙》三大修辞原则作出讨论。

七、其他修辞律则及其与三大修辞原则的关系

赵氏运用美国文学理论家艾布拉姆斯的文学四要素说与法国艺术哲学家丹纳关于文学形成的"种族""环境""时代"三因素说,站在中西比较诗学的立场上,认为在三大修辞原则之外,刘勰还提出一些其他的修辞律则(extra-canonical),比如:"时代"(changing time)、"环境"(the physical world)、"批评家"(the role of critics)、"作家天赋"(the individual talent)、"创作抱负与使命感"(the responsibility and aspiration)等。[3]赵氏认为,刘勰提出的这些律则,会直接

---

① Zhao Heping, *Wen Xin Diao Long: An early Chinese rhetoric of written discourse*, Purdue University, 1990, pp.205-206.

② Zhao Heping, *Wen Xin Diao Long: An early Chinese rhetoric of written discourse*, Purdue University, 1990, p.206.

③ Zhao Heping, *Wen Xin Diao Long: An early Chinese rhetoric of written discourse*, Purdue University, 1990, p.208.

或间接地影响到文章的写作,事实上,他也在《时序》《物色》《才略》《知音》《程器》等篇章中分别对此进行了申述。其中,《时序》《物色》《才略》篇是关于作家之外的律则问题,《知音》《程器》篇是关于作家自身的律则问题。赵氏在接下来所要做的工作,就是通过重新梳理刘勰关于创作的这五大律则,揭示其对文学修辞整体观念形成所具有的意义。

第一,作家之外的律则。

赵氏指出,写作作为一门艺术,尽管有其自律性,但仍受制于外部环境的各种力量。[1] 根据刘勰,"物色相召,人谁获安"(《物色》),永不停歇的季候节令,更替轮回的外界风物,批评界的价值导引,都会对作者的创作产生影响。在其中,最为关键的是事物永不停歇的变化力量。因此,仅仅依靠掌握写作的知识还不够,还必须认识到这些制约一部成功作品的其他关键因素,才能创作出优秀的作品。赵氏指出,刘勰本人正是通过回溯历史,阐明不断变化的修辞实践是如何作用于作品的创作,来阐释其修辞理论的外在律则的。

赵氏认为,刘勰的时代观在于,他认可文章修辞趋向与政治变异的关联性。因而,"时间"(time)在《时序》篇中,更准确地应被翻译为"时代"(times),以标明一种区别于客观时间过程的时间段,因为刘勰的"时间"指义是附着于政治与社会事件的主观性情境。[2] 在刘勰看来,文风的质朴与华丽随时而变,文坛的繁荣与衰落也与世相连,所谓"质文沿时,崇替在选"(《时序》)。刘勰通过回溯在其之前的十代文风,揭示出:文学的修辞实践一方面受制于主观的总体性政治状况,另一方面也是这种政治状况的形象反映;所有的文学创作,无不打上时代的印痕。政治变化会影响到文学修辞与风格的变化:"故知歌谣文理,与世推移,风动于上,而波震于下者。"(《时序》)比如,春秋战国时期的政治自由,于是便带来文学的繁荣;相反,当政治氛围趋紧,文学修辞及其实践也会随之衰落,比如,秦与汉初的文学不景气,就是这种严肃政治气候的结果。

基于如上现实,刘勰认为,修辞活动的繁盛与否,直接反映了其时文学创作的政治及社会氛围状况。"昔在陶唐,德盛化均。野老吐何力之谈,郊童含不识

---

[1]　Zhao Heping, *Wen Xin Diao Long：An early Chinese rhetoric of written discourse*, Purdue University,1990,p.208.

[2]　Zhao Heping, *Wen Xin Diao Long：An early Chinese rhetoric of written discourse*, Purdue University,1990,p.210.

之歌。有虞继作,政阜民暇,薰风诗于元后,烂云歌于列臣。"(《时序》)何以如此,因为:"尽其美者何,乃心乐而声泰也。"(《时序》)

但是,一俟政治氛围变化,比如厉王、幽王时期政治黑暗,文章情采格调就颇为低沉:"幽、厉昏而《板》《荡》怒,平王微而《黍离》哀。故知歌谣文理,与世推移。"(《时序》)与之相似的是,文学修辞特征亦是其时代政治与意识形态的反映。比如,晋代玄学思辨炽烈,结果便是老庄文风炽盛:"自中朝贵玄,江左称盛,因谈余气,流成文体。是以世极迍邅,而辞意夷泰,诗必柱下之旨归,赋乃漆园之义疏。故知文变染乎世情,兴废系乎时序。"(《时序》)

赵氏同时分析了刘勰关于影响文学创作的另外一个重要因素:"环境"(physical environment)或"物色"(all things perceptible)。什么是"环境"或"物色"?赵氏基于中国传统文论的立场,将"环境"或"物色"诠为人的感性物质世界。① 施友忠也曾将该词直译为"物质世界"(physical world)。② 与"时序"一样,"物色"并非僵死的东西,而是文学创作的动力因素,它本身处于变化发展之中。赵氏认为,刘勰的这种观念源自中国"阴""阳"互生与"生生之谓易"的宇宙观,其直接表现形式,就是:"春秋代序,阴阳惨舒;物色之动,心亦摇焉。"(《物色》)③在赵氏看来,这种表现对作家的影响是:他必须适应时时变异的感性世界,并以此作为文学创造的源泉。其中最重要的,当然是作家的经验。正是作家对外在物质世界的观察、感受、聆听、触闻、应答、交流,才为文学创作提供了鲜活的感性素材来源,④这就如刘勰所说:"岁有其物,物有其容;情以物迁,辞以情发。一叶且或迎意,虫声有足引心。况清风与明月同夜,白日与春林共朝哉!"(《物色》)

按照刘勰,诗人纵身于大化之中,并非是其出于对自然造化的兴趣,或者是为了觅得写作素材的实用目的,而是因为自然造化本身就是其灵感力量的来源。

---

① Zhao Heping, *Wen Xin Diao Long : An early Chinese rhetoric of written discourse*, Purdue University, 1990, p.212.

② Liu Hsieh, *The Literary Mind and the Carving of Dragons*, Translated and Annotated by Vincent Yu-chung Shih, New York : Columbia University Press, 1959, p.245.

③ Zhao Heping, *Wen Xin Diao Long : An early Chinese rhetoric of written discourse*, Purdue University, 1990, p.213.

④ Zhao Heping, *Wen Xin Diao Long : An early Chinese rhetoric of written discourse*, Purdue University, 1990, p.213.

赵氏依循刘勰的思路进一步指出,作家在"流连万象之际,沉吟视听之区"的同时,便获得了艺术化的创造(rhetorical creation)力量,[1]因此,刘勰所标举的,实为是一种"自然主义的意识形态"(naturalistic ideology),在这种自然意识形态主导下,一山一水,一草一木,无不可以成为作者思想的源泉。[2]

第三个影响文学创作外在律则的是批评家与批评界。与作为单纯阅读并获得文学意义的读者不同,批评家常常致力于发现作品修辞的优缺点,尽管他们也在创造或丰富文学作品的意义。赵氏认为,在批评问题上,怀疑主义与完美主义是批评家的天职。[3] 他们以保护文学艺术化创造与优美的修辞表达为志业,习惯于对古往今来的文学作品展开鉴赏批评。当然,理念与现实常常并不一致,可能是由于中国文人"贵古贱今"的价值传统,中国批评家在从事作品批评时,常常难以做出公允的结论。[4]

按照刘勰,文学批评活动中除了"贵古贱今"的不良批评导向外,还有"崇己抑人""信伪迷真"(《知音》)两种需要矫正的批评导向。在刘勰看来,任何一种都会对作家的创作产生不良导向,有时甚至是致命的影响。特别是对于一些急于获得创作认可的年轻作家来说,情况便尤为如此。

为了能够使批评家对作家作出公允的评价,刘勰主张,批评家应做作家的"知音",他应与作家一样,熟谙写作的艺术,在对某一文学作品作出评判前,应做到"六观":"是以将阅文情,先标六观:一观位体,二观置辞,三观通变,四观奇正,五观事义,六观宫商。"(《知音》)赵氏对此的解释是:只有根据作品的体裁、遣词造句、承继创新、表现手法、典故言义、音韵声律六个方面,做到"披文入情,沿波讨源",才能对作品作出公正的评价。[5] 从批评与作品的互动关系来说,只有批评家对作品作出公正的评价,才有可能促进文学创作水平的提高。正是

---

[1] Zhao Heping, *Wen Xin Diao Long*: *An early Chinese rhetoric of written discourse*, Purdue University, 1990, p.214.

[2] Zhao Heping, *Wen Xin Diao Long*: *An early Chinese rhetoric of written discourse*, Purdue University, 1990, p.214.

[3] Zhao Heping, *Wen Xin Diao Long*: *An early Chinese rhetoric of written discourse*, Purdue University, 1990, p.214.

[4] Zhao Heping, *Wen Xin Diao Long*: *An early Chinese rhetoric of written discourse*, Purdue University, 1990, p.215.

[5] Zhao Heping, *Wen Xin Diao Long*: *An early Chinese rhetoric of written discourse*, Purdue University, 1990, p.217.

在这个意义上,赵氏认为,刘勰提出的"六观"标准,虽然似乎是对文学创作的规则性限制,但实际上它更是对文学创作修辞律则的基本要求。① 因为按照刘勰,这些律则,能够使作家明晓如何对自己的时代进行"典型化"(typify)的表达,思考什么样的时代语境才有利于文学的创造,如何才能赢得批评家的支持等问题。

而对于一个苛于艺术律则的作家来说,又无不认同文学创作成功的三大因素,亦即"天时""地利""人和",赵氏将其对译为:"opportune time""favorable geo-physical conditions""cooperative people"。根据赵氏,这三大外在因素或律则,可视为古希腊时代那种超越一切存在的超原始神"卡伊洛斯"(kairos)的中国版本。在古希腊,这个版本曾展开为"此地"(here)、"此时"(now)、"此在"(present)三种样态,它们是由苏格拉底、柏拉图所提出,为后来智者学派所发扬光大的论辩与写作法则,长期以来受到西方文化的重视。②

第二,作家之内的律则。

在分析完作家之外的律则对文学创作的影响后,赵氏又进一步分析了文学创作中作家的才赋气质、理想抱负等作家的内在律则对文学创作的影响。在具体论述中,赵氏将刘勰在《程器》篇中对作家的道德修养("程器"),转译为才情抱负(individual talent and a person sense of responsibility an aspiration),认为后者虽非文学创作的修辞原则,但又作为影响文学修辞的外在因素,对文学创作产生重要影响。③

刘勰在《才略》篇对"才赋"(individual talent)作出了解释。如何理解这种解释? 施友忠将刘勰的"才略"翻译为"才赋"(literary talents),赵氏指出,这种翻译表明,尽管用"文学的"(literary)一词具有一定的误导性,但是刘勰意义上的"才"(talents),并非指称精神或肉体方面的"天资"(aptitude),而是个人后天所具有的才赋,用刘勰的话说,"才"是指对"九代"之"才林",亦即历朝历代之创作典范的颖悟与把握,它包含了作家的"聪慧"(wit)、"颖思"(intelligence)、"昂

① Zhao Heping, *Wen Xin Diao Long: An early Chinese rhetoric of written discourse*, Purdue University, 1990, p.217.

② Zhao Heping, *Wen Xin Diao Long: An early Chinese rhetoric of written discourse*, Purdue University, 1990, p.218.

③ Zhao Heping, *Wen Xin Diao Long: An early Chinese rhetoric of written discourse*, Purdue University, 1990, p.219.

扬向上"（personal drive）、"抱负"（ambition）等含义。① 因此，一个有"才略"的作家，不仅深谙写作的艺术，更重要的是，他要明晓如何将写作的艺术，与具体的时代、环境及可能的读者结合起来，创作出艺术的典范。换句话说，作家所拥有的修辞"才略"，不管是先天的还是后天的，总须衔配于文学写作的艺术与文学写作的知识。②

赵氏也认同文学写作是一项可教可学艺术的观点，认为对于刘勰而言，作家才赋的后天训练与习得，与先天秉传同等重要。这一点，已为无数的文学史所证明。通过标举后天才赋习得的重要性，刘勰就抬高了文学创作中修辞艺术学习的重要性，使得文学修辞成为一项可教可学的艺术。③

赵氏同时体认刘勰的另外一种观点："写作抱负"（ambition）作为文学修辞中作家内在要素的另一重要律则，是一流作家区别于平庸作家的重要因素。④刘勰反对"务华弃实"、一味追求艺术性而舍弃实用性的创作风气，认为这些作家惯于用奇崛、瑰美、造作的修辞形式，缺乏应有的现实抱负，从而使艺术创作背离文学的实用旨归。显然，对于刘勰而言，作家及其作品的意义在于其实用性。⑤ "摛文必在纬军国，负重必在任栋梁"（《程器》），也就是说，任何作家，都应该有一个艺术抱负，那就是通过文学创作获得权力与影响力（authority and power）。作品与写作的力量依赖于作家对权力的运用，二者互为奥援：越是懂得实践应用的作家，其作品就越可能产生大的影响力，作家越有可能获得较高的文学地位；反过来，作家越是拥有较大的权力，其作品也就越有可能产生较大的影响力。⑥

---

① Zhao Heping, *Wen Xin Diao Long*: *An early Chinese rhetoric of written discourse*, Purdue University, 1990, p.219.

② Zhao Heping, *Wen Xin Diao Long*: *An early Chinese rhetoric of written discourse*, Purdue University, 1990, pp.219-220.

③ Zhao Heping, *Wen Xin Diao Long*: *An early Chinese rhetoric of written discourse*, Purdue University, 1990, p.221.

④ Zhao Heping, *Wen Xin Diao Long*: *An early Chinese rhetoric of written discourse*, Purdue University, 1990, p.221.

⑤ Zhao Heping, *Wen Xin Diao Long*: *An early Chinese rhetoric of written discourse*, Purdue University, 1990, p.221.

⑥ Zhao Heping, *Wen Xin Diao Long*: *An early Chinese rhetoric of written discourse*, Purdue University, 1990, p.222.

因此,为了成为一个成功的作家,他就必须训练自己多种多样的才能,必须成为一个现实型的作家,以此应对生活中各种各样的事件。"盖士之登庸,以成务为用"(《程器》),"雕而不器,贞干谁则",如果只有华丽的写作形式而无实用的写作内容,或者说,只有外表而无才德,都是难以成为文学经典或作家榜样的。

刘勰认为,"才赋"与"抱负"这两大修辞外的文学创作内在因素,一俟较好地统一在一起,就能成为强有力的创作驱力。"才赋",不管其是先天的还是后天的,一俟其辅以适当的创作抱负,就会产生文学的佳构。相反,一旦缺乏任何一方,文学创作成功的几率就大大降低。赵氏据此推论:刘勰将"才赋"与"抱负",理解为作家应该尽可能地加以培养的东西。①

赵氏指出,刘勰在《文心雕龙》的最后篇章里讨论作家的责任与写作的抱负,意义重大。实际上,我们可以将其看做是整部《文心雕龙》文学话语讨论的功能与使命,它涉及写作在社会、政治与日常生活中的功用与地位问题。② 刘勰在《文心雕龙》的最后篇章赋予写作以"责任"与"抱负"使命,是要明确地告诉文学初学者,应该将文学写作作为一个严肃的社会使命而加以对待。而文学的修辞问题,显然不是其文学话语的最终目的。尽管写作是一种艺术,但更为重要的是,它是一种具有文学实践价值的艺术。换句话说,文学仅仅是一件器皿、一个工具,目的则是器皿或工具之外的更高的东西。因此,当我们读到这里,我们就可以领略到潜藏在刘勰《文心雕龙》背后的一个更深的写作意图:"整部《文心雕龙》,戮力于成为一部写作话语的修辞学教科书,以此训练作家成为具有控制政治、经济、军事等问题的才能的人。"③这就要求我们对《文心雕龙》的解释,必须按照修辞学方式进行,而不是按照字面的意图进行。④

总之,赵氏在这一部分主要讨论了影响文学写作艺术的五个外在律则或因素,其中"时间""物色""批评家"三个因素源于作家之外,它们作为文学写作的

---

① Zhao Heping, *Wen Xin Diao Long*: *An early Chinese rhetoric of written discourse*, Purdue University,1990,p.223.

② Zhao Heping, *Wen Xin Diao Long*: *An early Chinese rhetoric of written discourse*, Purdue University,1990,p.224.

③ Zhao Heping, *Wen Xin Diao Long*: *An early Chinese rhetoric of written discourse*, Purdue University,1990,p.224.

④ Zhao Heping, *Wen Xin Diao Long*: *An early Chinese rhetoric of written discourse*, Purdue University,1990,p.224.

限制性因素,要求作家必须作出回应;另外两个因素"才赋"与"抱负",就居于作家之内,它们是写作中需要竭力加以培养的对象。① 作家在写作过程中,只有对这五个方面加以充分地理解与应用,才能实现写作的目的。

而赵氏的整部论作,也主要是从修辞学角度对公元五世纪诞生于中国的《文心雕龙》作出个体性的阐释。赵氏认为,他是从刘勰创作《文心雕龙》的切身感知立场出发,认同其实用价值,而非站在现代纯文学的立场强调其文学与审美特质。② 因此,赵氏反对主流学术界对《文心雕龙》作出的各种文学化阐释(literary interpretations)。当然,如赵氏所言,他的这种观点并非杜撰,而是基于《文心雕龙》的整个历史背景,在详细检讨了《文心雕龙》诞生的社会、政治、经济、宗教环境之后而得出的结论。他是在检讨了《文心雕龙》的哲学与意识形态根基,细致分析了刘勰对作家才赋与写作艺术、修辞语境与修辞方式选择等关系的论述,从而得出上述结论的。本论文最基础的工作,是呈现并分析刘勰修辞理论的三大准则,讨论其话语类型、文学创作过程、文本组织等问题。正是通过对这些基础问题的讨论,论文才详细阐明了刘勰关于文学写作的类型、文学文本的创造活动、文学文本的结构与文体要素等攸关文学文本创造的诸多重要问题。

不仅如此,如赵氏在论文结尾所指出,他的研究还有很多未加言明的目的:通过重新检讨与重新阐释《文心雕龙》作为一个修辞文本,阐明关于修辞问题的思考不仅是存在于早期西方的文学事件,而且也是早期中国文学的共有事件。特别是当我们在广义而言的意义上使用"修辞"概念时,情况就尤为如此。假如我们将修辞学理解为一种"全球性的艺术(global art)——这种艺术,主要是一种关切并研究所有人类话语而非仅仅作为说服的话语的理论",就如当代修辞学家温特伍德所主张的那样;③那么,《文心雕龙》显然在所有方面都堪称是一部修辞学巨著。④

① Zhao Heping, *Wen Xin Diao Long*: *An early Chinese rhetoric of written discourse*, Purdue University, 1990, p.225.

② Zhao Heping, *Wen Xin Diao Long*: *An early Chinese rhetoric of written discourse*, Purdue University, 1990, p.225.

③ Ross Winterowd, "The Purification of Literature and Rhetoric", College English, 1987:49(3), pp.258-273.

④ Zhao Heping, *Wen Xin Diao Long*: *An early Chinese rhetoric of written discourse*, Purdue University, 1990, p.226.

　　而作为一部在今天中国仍有巨大影响力的巨著,赵氏认为,《文心雕龙》理应获得超出国界的关注。在修辞理论意义上对《文心雕龙》进行重新检讨与重新阐释,无疑有益于推进一种比较修辞(contrastive rhetorics)的研究,后者为罗伯特·卡普兰(Robert Kaplan)所命名,并曾成为迪·安格罗(Frank D'Angelo)意义上的"修辞的世界融合"(universal convergence of rhetoric)的重要组成部分。①

---

　　① Zhao Heping, *Wen Xin Diao Long*: *An early Chinese rhetoric of written discourse*, Purdue University, 1990, p.226.

第八章　宇文所安《文心雕龙》研究

宇文所安(1946,Stephen Owen)作为享誉全球的美国著名汉学家,对《文心雕龙》的研究,堪称美国汉学界研究《文心雕龙》的巅峰。除了对《初唐诗》《盛唐诗》《中国"中世纪"的终结:中唐文学文化论集》《晚唐诗》《追忆中国古典文学中的往事再现》《迷楼:诗与欲望的迷宫》等中国文学与文学思想的精深研究外,他在《中国文论》《他山的石头记》等著论中,也对《文心雕龙》作出了比肩于本土研究水平的翻译阐释。

一、《中国文论：英译与评论》中的
《文心雕龙》译释

宇文所安《中国文论读本》(*Readings in Chinese Literary Thought*,中译名《中国文论:英译与评论》)于 1992 年由哈佛亚洲中心出版(Harvard University Asia Center),1996 年再版;2003 年由上海社会科学院出版社根据 1992 年初版翻译出版。

据宇文所安自述,该书的写作目的有二:其一,"为了把中国文学批评介绍给学习中国文学和理论的西方学生";①其二,试图在主流文学批评的"观念史"研究方法之外,展现思想文本的本来面目,为不断变化的观念史,提供稳固的文

---

① 宇文所安:《中国文论:英译与评论》,王柏华、陶庆梅译,上海社会科学院出版社 2003 年版,"中译本序"第 1 页。此处引文原为:"为了把中国文学批评介绍给学习西方文学和理论的学生",疑翻译有误。因英文原文并无"中译本序",故而无法核对。此处引文根据上下文意作了校改。

本史基础。①

在宇文所安看来,观念史的文学批评研究当然有其魅力,它便于从历史的角度展现观念的渊源变化与思想谱系,但它同时容易忽视观念在具体文本中的运作方式,遮蔽文本中因无法摘录而常被忽略的部分,使文本简化为思想的结晶而非思想的过程。

对于中国文学批评的研究路径,宇文所安认为,"我们应当从批评文本的功能上考察它们,看它们在具体的条件下是如何被使用和重新使用的,面对一本书,我们要问它为什么要出版,谁读它。我们为什么一定要把一个批评家与某种观念联系起来,为什么不把这个传统视为一个不断成长的各种观念和立场的总汇——哪些观念和立场在某些具体条件下被抽取出来,并因为哪些条件的挤压而改变?"②宇文所安的意思是,要运用文本的语境还原法,将文本置入更为宏广的历史语境中考量,而非单纯作观念间的谱系梳理与逻辑建构。

对于包括《文心雕龙》在内的中国文论文本"英译与评论",宇氏不是通过观念来串联文本,而是通过语境还原法,用文本来解说观念,尽量展现中国文论中每一文本的特殊性。"导读+原文+译文+释文+评论+注释"的编写方式正是宇氏还原文本语境、凸显文本个性的技术策略,也是宇氏站在中西文论主体间性立场而对中西文论所作的"双向阐发、互见、互释、互相照亮"的结果。③

在宇氏看来,对于古代编选文本,我们面对的常常并非文本本身,而是透过编选者眼光筛选的文本,我们与原文本隔着一层编选文本(注释文本),我们对原文本的研究常常因为编选者的眼光而变得复杂起来。④

《中国文论》共选编《文心雕龙》18 篇,包括文学本体论 2 篇(《原道》《宗经》)、创作论 13 篇(《神思》《体性》《风骨》《通变》《定势》《情采》《熔裁》《章

---

① 宇文所安:《中国文论:英译与评论》,王柏华、陶庆梅译,上海社会科学院出版社 2003 年版,"中译本序"第 1 页。

② 宇文所安:《中国文论:英译与评论》,王柏华、陶庆梅译,上海社会科学院出版社 2003 年版,"中译本序"第 2 页。

③ 参见乐黛云所撰"序言",收入宇文所安:《中国文论:英译与评论》,王柏华、陶庆梅译,上海社会科学院出版社 2003 年版,第 2 页。

④ 宇文所安:《中国文论:英译与评论》,王柏华、陶庆梅译,上海社会科学院出版社 2003 年版,"中译本序"第 3 页。

句》《丽辞》《比兴》《隐秀》《附会》《总术》），批评论 2 篇（《物色》《知音》），总论 1 篇（《序志》），所选篇幅占全书篇幅 1/3 略强。而宇氏对《文心雕龙》的释读篇幅，占氏著篇幅的 1/5 略强。两者相加，可见宇氏对《文心雕龙》在中国文论中重要性的认识。

　　宇氏对《文心雕龙》的研究，最主要的发现在于：他将《文心雕龙》视为作者刘勰与"话语机器"（discourse machine）对话合作的产物，而非作者本人单纯的匠心独运。① 在宇氏看来，"《文心雕龙》开动了 5 世纪的修辞和分析技术的机器。刘勰的天才表现在他驾驭这一套解说机器的高超本领。"一方面，"刘勰遵循常规的（如果不是僵硬的）解说原则：追溯一个概念或文体的本原；对一个复合结构，依次展开其各个组成部分；引述重要的原始材料；创建一套结构精良的例证。"这是刘勰出于特定文学观念而为自己拟定的写作思路，表现了写作的高度自主性。另一方面，"这些解说技术经常主宰被说的内容，他的许多说法是解说的惯性强加给他的。"② 也就是说，一旦刘勰按照固有的思路进行解说，他就不得不遵循解说技术（expository procedures）自身的话语与修辞逻辑，而陷入解说的不自由状态。这也意味着，刘勰为自己甄选的特定方法论，在具体的文本展开过程中，常上升为本体论。宇氏对刘勰方法论的这种深刻体认直接反映在他对刘勰的研究中，他常常遵照刘勰的解说思路来解说刘勰，"尝试进入刘勰所使用的那些范畴内部来讨论和解释它们"，而不是站在现代或西方的立场上对其作出"综述性"评论。这样做的好处在于："它不断迫使我们正视刘勰和我们所使用的文字范畴的不同之处"，③ 时刻意识到中西文论范畴概念语义的不同。

　　在对《文心雕龙》具体篇章内容的研究方面，宇氏也作出了重要的推进。他运用中西文论的双向阐释法，辅以"引言＋注释"的翻译策略，阐扬了《文心雕龙》中一些不为国内学术界所重视的问题。

　　在《原道》的翻译阐释中，宇氏将"文"与"心"的关系类比阐释为黑格尔美

---

　　① 宇文所安：《中国文论：英译与评论》，王柏华、陶庆梅译，上海社会科学院出版社 2003 年版，第 188 页。

　　② 宇文所安：《中国文论：英译与评论》，王柏华、陶庆梅译，上海社会科学院出版社 2003 年版，第 188 页。

　　③ 宇文所安：《中国文论：英译与评论》，王柏华、陶庆梅译，上海社会科学院出版社 2003 年版，第 189 页。

学"理念"与"美的感性显现"的关系,①从而既肯定了"心"的本源性、本体性地位,又说明了"心"显现为"文",从而完成一个逻辑循环的重要性,架起了中西文论跨时空互释互通的桥梁。

《原道》篇中,宇氏同时揭示出人的主体性与"语言"超越技术工具而为意义本体的重要性。在中国传统的"天—地—人"三元结构中,"人"因知晓"天""地"而为超越二者的主体性存在,而"语言"则是人之主体性的主要明证方式。"按照《文心雕龙》独特的自然哲学,在自然过程之中存在某种使固有的区别得以显现的动力,这就暗示着'心'必然要出现;如果没有识别和知晓该显现的主体,显现就无法完成。显现就是为'心'发生的。同样,它也暗示出,有'心'就自然有'言',语言是'心'本身唯一和特有的显现形式。语言是该过程的充分显现,它是使'知'成为可能的'知',而这个过程的充分实现就是人之'文'。"②不难看出,宇氏对"言"与"心"的解释充满了现象学美学与现代语言哲学的意味。

在《宗经》篇的翻译阐释中,宇氏首先认定了该篇撰写的目的在于要建立一个比钟嵘《诗品》更为全面的文学谱系:"钟嵘……的工作主要是为了打破刚刚过去的那四个世纪的风格谱系。刘勰的文学谱系必须一直上溯到宇宙的起源,不过,更直接的起源是'五经'即'书经'、'诗经'、'易经'、'春秋经'和'礼经'。"③建立体系的目的,显然是为文学寻找一个合法性的位置,"证明儒家经典是文学之祖……文学刚好是经学的后继事业"。④

宇氏特别指出了《宗经》篇中对不同文体形式不同意义的强调。《诗经》的意义在于"直接感发",《礼记》的意义在于"实践领悟",《尚书》《春秋》的作用在于"对立理解",亦即其意义在时间流变中的"显""隐"转化。⑤ 宇氏这里的意思是:文本一旦生成,其意义在时间的流变中会因读者等外在要素的介入而显示出不同。

---

① 宇文所安:《中国文论:英译与评论》,王柏华、陶庆梅译,上海社会科学院出版社2003年版,第190页。

② 宇文所安:《中国文论:英译与评论》,王柏华、陶庆梅译,上海社会科学院出版社2003年版,第193页。

③ 宇文所安:《中国文论:英译与评论》,王柏华、陶庆梅译,上海社会科学院出版社2003年版,第198页。

④ 宇文所安:《中国文论:英译与评论》,王柏华、陶庆梅译,上海社会科学院出版社2003年版,第198页。

⑤ 宇文所安:《中国文论:英译与评论》,王柏华、陶庆梅译,上海社会科学院出版社2003年版,第203页。

"我们或许也注意到,那个变得清晰易懂的文本也就是《尚书》,最后向读者展示了'理';相反,那个变得不好懂的文本也就是《春秋》,最后展示了'意',其中暗含人的'动机'或'意图'('意'的其他语义层面)。一个文本中的词语包含个人动机,尤其是最精微之人即圣人的动机,按照这个假设,词语中布满难题,它需要更严肃的解释学而不是文字训诂学。"①宇氏在这里敏锐地意识到暗含在这段文字里的解释学美学意味,因而便用解释学美学的效果历史意识来对这段文本作出理解。

在《神思》篇的翻译阐释中,宇氏肯定了"神思"在文学创作中的首要地位,但认为与陆机《文赋》相比,刘勰对"神思"的论述"没有什么明显的创新"②。对于《文心雕龙》中"最重要的也是被讨论最多的一段":

> 故思理为妙,神与物游。神居胸臆,而志气统其关键;物沿耳目,而辞令管其枢机。枢机方通,则物无隐貌;关键将塞,则神有遁心。

宇氏的看法是:"我们无法确定,这些有意思的观点是来自刘勰深思熟虑的想法,还是骈文结构促成的。"③宇氏"话语机器"的诊断逻辑在这里再次发挥了文本结构的辨析功能,它意味着,"神与物游"的心物关系中,连接词"与"并非一种简单的并列关系,而是一种"实质性关系",也就是说,它不同于后世注家所谓的自我与景物的"交融",而是自我参与到景物的创化中,使景物成为意象乃至意境意义上的"景物"。"注家经常把这一段说成是自我与景物的'交融',物我交融是后世诗学所推崇的境界;后世所谓的自我与外物之间相互制约的观念确实是从这里所暗含的价值中发展起来的。但刘勰这里所说的东西更接近传统儒家的圣人观念:它是同一和差异的平衡,而不是那种暂时联系在一起的交融,即各自的同一性都消失在其中的交融状态。"④

---

① 宇文所安:《中国文论:英译与评论》,王柏华、陶庆梅译,上海社会科学院出版社 2003 年版,第 317 页,注释[64]。

② 宇文所安:《中国文论:英译与评论》,王柏华、陶庆梅译,上海社会科学院出版社 2003 年版,第 206 页。

③ 宇文所安:《中国文论:英译与评论》,王柏华、陶庆梅译,上海社会科学院出版社 2003 年版,第 208 页。

④ 宇文所安:《中国文论:英译与评论》,王柏华、陶庆梅译,上海社会科学院出版社 2003 年版,第 208 页。

宇氏对《神思》篇的诠解另外值得注意的一个地方在于其对"言""意"关系的新解。在宇氏看来,"'意'自由自在,天马行空,'与'物婉转;可是,相比之下,'言'却'实'而有限。言和意之间的关系不能概括为再现关系,二者的关系是'徵',该词的意思是'证实',也就是为一个无法得到公认的内在体验提供充实的证据。"①

在《体性》篇的翻译阐释中,宇氏首先将"体性"问题归结为中国文学思想的核心问题,提出"体"与"性"的关系类似于西方文学思想的"类型性"与"特殊性"问题;不同的是,西方文学思想一直不重视这个问题,并且其概念内涵与外延也有所不同:"英语和欧洲语言中的'style'一词既可以指文体,如'古体',也可以指某一作品的特殊风格,两个意思放在一起使用,没有任何困难。但在汉语里,二者的区别十分明显:'体'总是指文体,而谈论某一作品的特殊风格则使用另外一些词,它们都是不同情况下的'体'的各种变体。'体'这个概念强调固有的标准或规范,它先于各种特殊表现,它携带一种参与到特殊表现之中的力量,你可以在特殊表现之中把它认出来,但它本身不是那个表现的特殊所在。另一方面,西方思想明确划分风格和文类;而刘勰时代的中国文学思想却不划分二者,二者都是'体'。即使到了开始划分标准风格和文类之后,这种划分仍然不出'体'这个概念,例如按时期区分的各种'体'。"②基于中西方文学概念语义的不同,宇氏运用西方现代美学的"显现"理论,来概括"体"与"性"的关系。根据"显现"理论,"'性'指一切事物区别于他事物的本性……'性'是内在的东西,它是某种自然属性,决定着一事物是这一类而不是那一类,其他特性都是从它那里派生出来的。""'体'即'规范形式',……是'性'的外在对应物,它是某种规范显现,其确定范围与'性'的确定范围是一致的。"③

在对《体性》篇的阐释中,宇氏还以刘勰在"体性"中的风格类型划分为基础,概括出了中国文学发生论的基本模式:"首先提出一个统一的源头,然后转向无穷的变体和大千世界。该过程的核心要素是一个中介结构,以及数目固定

① 宇文所安:《中国文论:英译与评论》,王柏华、陶庆梅译,上海社会科学院出版社2003年版,第212页。

② 宇文所安:《中国文论:英译与评论》,王柏华、陶庆梅译,上海社会科学院出版社2003年版,第215—216页。

③ 宇文所安:《中国文论:英译与评论》,王柏华、陶庆梅译,上海社会科学院出版社2003年版,第217页。

的规范类型。"①刘勰在该篇中以"成心"之"情"为源头,经由不同时代与不同作家个性,衍变为八种基本文学类型("八体")。这也意味着,文学类型与风格,因应于作家人物性格与品格;而刘勰袭用钟嵘的这种文学批评方式,对唐及以后中国文学批评方式产生了重要影响。②

在《风格》篇的翻译阐释中,宇氏指认了中国文学研究界的一般看法:"风骨"一词虽为刘勰之前的中国文学批评所习用,但其最通常的联想意义是在刘勰之后发展起来的。宇氏指出,刘勰在《文心雕龙》中将"风骨"理解为"一种能够或应当见之于一切文学的特性",它不同于后世作为诗歌时代性的标志与直接的感染力。③ 具体来说,"风"在《文心雕龙》中指称"文学作品的感染力",而"骨"是"文本的骨架",亦即文学作品行文的结构;同时,"骨"也是行文的方式(manner),是"一个具有坚实力量的陈述或命题的不可变更的次第"。④ 宇氏的这一判断,既是他对中国文学有机整体论的阐扬,也是其"话语机器"理论思维方式引导下必然的结论。

在《通变》篇的翻译阐释中,宇氏将刘勰的"通变"观指认为其文学进化史的理论基础,归纳出刘勰通变理论的"本色"模式:"一切事物都有一个最初的特质,它允许变化,但这个变化必须以最初的特质为依据。"其基本公式是:[X+A],[X+A]+B,[X+A+B]+C,如此等等。这个公式不同于从 X 到 A、从 A 到 B、从 B 到 C 的另一种持续变化模式,从而保证了文学在通变过程中始终能够葆有其基本特征("宗经")。⑤

在《定势》篇的翻译阐释中,宇氏首先肯定了刘勰将"势"作为重要文学范畴来讨论的首创之功,认为它可以帮助刘勰解决"体"由观念到现实的具体发生问题,用宇氏的话说,就是:"'体'是怎么在时间中展开的,为什么某一类写作表现

① 宇文所安:《中国文论:英译与评论》,王柏华、陶庆梅译,上海社会科学院出版社 2003 年版,第 218 页。

② 宇文所安:《中国文论:英译与评论》,王柏华、陶庆梅译,上海社会科学院出版社 2003 年版,第 222 页。

③ 宇文所安:《中国文论:英译与评论》,王柏华、陶庆梅译,上海社会科学院出版社 2003 年版,第 225 页。

④ 宇文所安:《中国文论:英译与评论》,王柏华、陶庆梅译,上海社会科学院出版社 2003 年版,第 226 页。

⑤ 宇文所安:《中国文论:英译与评论》,王柏华、陶庆梅译,上海社会科学院出版社 2003 年版,第 234 页。

出了或应当表现出某些特质。"①其次,宇氏强调了本篇所凸显的一个不易为今日文学研究所注意的重要文学观念:"情"而非"言"是文学作品的媒介("文辞尽情")。宇氏指出,刘勰的这种观念在西方千余年后有其深刻回声:黑格尔强调语言是思想的外在物,它自身不是文学的媒介;席勒所推崇的"素朴的诗人",也是将语言视为情感的外在物,而非文学本体。②

宇氏对《情采》篇的阐释并无新意。在对《熔裁》篇的翻译阐释中,宇氏认为,除了使用冶炼金属和裁制衣服这两种明显的隐喻外,"熔裁"一词还暗含有一种耕作模式,亦即将文学的创作视为植物的有机生长过程,从而使作为文学创作技巧的"熔裁"在功用上表现出两面性:"它可以被促进,但不能完全为人力所控制;一旦成长起来,就有多余物造成的危险——野草和藤蔓会威胁到庄稼的健康。"③就"熔裁"结果而言,它表现为一"繁"一"简"两种模式,刘勰的基本主张是尚简芟繁:"一意两出,义之骈枝也;同辞重句,文之肬赘也。"(《熔裁》)。但是,宇氏认为,由于刘勰"话语机器"的强制性与惯性,刘勰不得不同时重视"繁"文:"骈偶修辞的原则要求,好的风格应该成双成对,相互补足,所以要有繁也有简。"④

在《章句》篇的翻译阐释中,宇氏认为,刘勰提出的"章句"概念是处理诗歌和散文的两个基本划分单位,相当于西方诗学的"句子"(sentence)概念。⑤ 章句的表达顺序,遵循的是一种与传统宇宙发生论密切相关的古老论证结构:从一到多,从最基本的要素走向繁盛。这与西方传统诗学强调的从一般到具体具有类似性。⑥ 但不同在于,在刘勰所标举的"章句"技巧中,"看重的是真理和精确

---

① 宇文所安:《中国文论:英译与评论》,王柏华、陶庆梅译,上海社会科学院出版社 2003 年版,第 238 页。

② 宇文所安:《中国文论:英译与评论》,王柏华、陶庆梅译,上海社会科学院出版社 2003 年版,第 242 页。

③ 宇文所安:《中国文论:英译与评论》,王柏华、陶庆梅译,上海社会科学院出版社 2003 年版,第 254 页。

④ 宇文所安:《中国文论:英译与评论》,王柏华、陶庆梅译,上海社会科学院出版社 2003 年版,第 258 页。

⑤ 宇文所安:《中国文论:英译与评论》,王柏华、陶庆梅译,上海社会科学院出版社 2003 年版,第 260 页。

⑥ 宇文所安:《中国文论:英译与评论》,王柏华、陶庆梅译,上海社会科学院出版社 2003 年版,第 262 页。

语言的融合和统一",亦即语言与意义的适配性,这种适配性,在宇氏看来,有其句法学的理论基础,即:章句表达应为一种"遵循感知次序或事件结构的句子的自然排列法"。① 总之,刘勰关于文学的"章句"结构模式,是一种典型的有机模式,但它与西方传统诗学的"有机论"并不相同:"亚里士多德所说的诗歌单位以相互依存的各部分为基础,相比之下,刘勰所强调的是不那么确定的线性单位。更重要的区别在于,刘勰强调错综复杂性,就像生命体的各种输送管和脉络一样,我们还应当注意,这种错综复杂的结构被说成器皿,让'义'去'注'。这里的单位基本上是与有机生命有关的运动单位。这种说法俨然西方美学所谓的'多样统一',只不过它更接近浪漫主义的有机理论。"②

宇氏对《丽辞》篇只作了极简略的摘译解释。在对《比兴》的翻译阐释中,宇氏的主要工作在于对中西修辞的对比阐释。他的一个基本看法是:"由于中国传统基本上抛弃了符号理论,更倾心于那种融合了动机、环境和心理的语言观,所以它没有发展出 tropes(比喻)和 figures(辞格)理论。"因此,用西方文学理论所强调的"隐喻"和"代喻"来解释中国文学的"比"与"兴",会出现扞格不入的状况。"在西方语境中,'比'是比喻,但'兴'不是,换句话说,'比'用语言指代其他事物,而'兴'则用语言兴发某种反应。'比'之中的比较以常'理'和共同的'类'为基础,也就是西方隐喻理论所谓的'第三项'(tertium aliquid)。'兴'以联想为基础,它发生在内心而非外部世界,因此是隐微的。"③宇氏还进一步就"兴"的中西方诗学差异作出考察:"(我们)固然可以在'兴'(有感发力的形象)里发现某种隐喻基础,但中国传统文学思想中的'兴'处在西方隐喻理论领域之外:'兴'不是一个言辞如何从其'本来的'意思被带到一个新意思,它是某物在语言中的表现如何能够神秘地兴发某种反应或唤起某种情绪。这样的反应,就像它的发生一样,是前反思的(prereflective),超出知性范围。"④

---

① 宇文所安:《中国文论:英译与评论》,王柏华、陶庆梅译,上海社会科学院出版社 2003 年版,第 262 页。

② 宇文所安:《中国文论:英译与评论》,王柏华、陶庆梅译,上海社会科学院出版社 2003 年版,第 263—264 页。

③ 宇文所安:《中国文论:英译与评论》,王柏华、陶庆梅译,上海社会科学院出版社 2003 年版,第 267 页。

④ 宇文所安:《中国文论:英译与评论》,王柏华、陶庆梅译,上海社会科学院出版社 2003 年版,第 267 页。

宇氏对《隐秀》篇的译读无多少新意，只是对"隐也者，文外之重旨"一句作了中西语境的互文细读。在他看来，"'隐'处理的是'潜台词'（subtext），无论我们把'潜台词'理解为西方语境中的'meaning'（意义）还是中国语境中的'含蓄'。"①"'重旨'的观点值得重视。这里把'旨'译为'significance'（意味），'旨'这个词跨越了一系列英文概念：它经常是文本中的'aims'（目标）或'intended meaning'（原意），但它是严格意义上的作家所坚持的并赋予作品的价值，它经常不是文本给读者留下的直接印象，而是最终'意思'。因此它恰好与潜台词相配。""'文外'一词是后来的若干'X 外'如'言外'、'象外'等说法的祖先。"②

宇氏对《附会》篇诠解的亮点在于他指出了中国文学书写的一个固有传统：言有尽而意无穷的写法。宇氏认为，"言有尽，但尚留'遗势'，是这种'势'，把文本带到真正的终点。"③换句话说，一个作品的意义就蕴含在这种"势"中，它是中国文学书写格外倚重的一种传统。

宇氏对《总术》的译解基本承袭了国内学术界的一贯看法。对《物色》篇的诠解则颇多亮点。首先，他将"物色"译为"the sensuous colors of physical things"（"有形物的可感色彩"），而不是"the appearances of things"（"事物的形貌"），以暗示该词在形貌之外所暗含的抒情色彩。"物色"之"物"，不同于《神思》篇所言的哲学意义上之"物"（"神与物游"），而是自然界的有形物，亦即可感的存在。"色"不仅指外貌，也指感官乃至肉欲的吸引。④ 其次，宇氏肯定了刘勰以独特的方式回答了文学研究中的一个基本问题："作家是怎样以及何以能够充分展示世界，人又是怎样以及何以能够成为'天地之心'的。"刘勰的答案简单而美丽："物色相召。"在宇氏看来，"这个说法对《诗大序》的立场做了重大修正。《诗大序》说，一首诗是因为人受到政治环境的激发而产生的。而在《文心雕龙》

---

① 宇文所安：《中国文论：英译与评论》，王柏华、陶庆梅译，上海社会科学院出版社 2003 年版，第 272 页。

② 宇文所安：《中国文论：英译与评论》，王柏华、陶庆梅译，上海社会科学院出版社 2003 年版，第 273 页。

③ 宇文所安：《中国文论：英译与评论》，王柏华、陶庆梅译，上海社会科学院出版社 2003 年版，第 282 页。

④ 宇文所安：《中国文论：英译与评论》，王柏华、陶庆梅译，上海社会科学院出版社 2003 年版，第 289 页。

里,激发物不再是政治环境,而是春秋代序的自然。"①不仅如此,刘勰的"物色相召"理论也与西方文学强调作家的主体性与自由观念构成尖锐挑战,因为:"承认它们的存在就等于限制作家的自由,就得接受一个不愿接受的现实:作家是物质存在,在某种程度上受制于自然和自然环境。"②再次,宇氏对"诗人感物"活动作了中西比堪诠解。"诗人感物"表面上与西方"模仿"理论相似,但实质不同:其一,"这里的诗人不仅'写'物之外表,还写'物'之'气'……中国理论家把注意力从对物质外形的描述转向这样一个承诺:诗歌能显现(或再现,按这里的说法)事物的内在情况,也就是'神'或'情'或'气'。"③其二,在刘勰的"感物"活动中,"诗人不仅仅是观察者,他与诗中所再现的事物的关系不是主客关系。他之所以能把事物成功表现在作品中,是因为他'徘徊'在事物周围,'随物以婉转'。诗人介于事物的'客观'观察者和接受事物刺激的被动客体之间。他参与自然中的事物,有这种参与和共享做保障,他才能把事物完满表现在诗歌里。诗人与物的恰当关系是'与物'……"④最后,宇氏格外凸显了刘勰乃至中国文论中语言的巨大表达能力。在宇氏看来,刘勰援引《诗经》语言(如"灼灼""依依""杲杲"等)写景状物的过程中,实际上彰显了文学语言的最高价值:"有一种特殊的语言,它不是为事物'命名',而是表现事物的'质'。"虽然西方文学也有通过事物"类"名实现"以少总多"的愿望,但此一类"名"只能表现事物是什么,不能表现事物怎么样。而在刘勰及中国文学思想中,我们则可以看到那种以言"尽"物的愿望:"刘勰声明《诗经》的那些描述性词语就具有这种能力,它们能'穷形',能使事物'情貌无遗',因此也就能'以少总多'。"⑤

在《知音》篇的翻译解释中,宇氏的重点在于说明两个问题,一是突出音乐在中国古代文学中传情达意的重要性:"音乐是情绪的中介,是它让听者知道诗

①　宇文所安:《中国文论:英译与评论》,王柏华、陶庆梅译,上海社会科学院出版社 2003 年版,第 290 页。

②　宇文所安:《中国文论:英译与评论》,王柏华、陶庆梅译,上海社会科学院出版社 2003 年版,第 291 页。

③　宇文所安:《中国文论:英译与评论》,王柏华、陶庆梅译,上海社会科学院出版社 2003 年版,第 292 页。

④　宇文所安:《中国文论:英译与评论》,王柏华、陶庆梅译,上海社会科学院出版社 2003 年版,第 292 页。

⑤　宇文所安:《中国文论:英译与评论》,王柏华、陶庆梅译,上海社会科学院出版社 2003 年版,第 293 页。

里的语言有没有反讽,是否携带含而未露的情感潜流等等。因此,音乐类比就成了一种谈论'内容'之外的总体品质的方式。……总之,音的概念极大地调节了读者对语言的理解。"①二是指出了在中国文学中何谓"规范的阅读"问题。宇氏认为,刘勰《知音》篇的"六观"说及"夫缀文者情动而辞发,观文者披文以入情,沿波讨源,虽幽必显。世远莫见其面,觇文辄见其心"语段,"是中国传统文论关于规范的阅读过程的一个最清晰的表述。按照这种说法,阅读文本的过程与生产文本的过程正好相反,它的最终目的是'知'作家之心。"②

在《序志》篇的翻译解释中,宇氏的独特发现在于:第一,认为刘勰通过本篇而将"文学批评"抬高至与"文学作品"一样的地位。在《序志》篇中,刘勰通过"文章之用,实经典枝条""详其本源,莫非经典"的疏解,超越早期中国文学批评所持有的"谦逊的创作意图"判断,而将"文学批评"视为与"文学作品"意义同样具有"保存儒家价值观和文学传统的角色"之地位,这样他就"隐微地维护了文学批评作品也可以'立言'的观点"。③ 第二,肯定了刘勰《文心雕龙》区别于中国传统文论的体系性特色,阐明凭此特色,刘勰成为超越其前辈的中国文学批评的独特代表。④

二、《刘勰与话语机器》中的
《文心雕龙》修辞观

宇文所安的《刘勰与话语机器》一文,重点讨论了《文心雕龙》的修辞问题。该文收入由蔡宗齐(Zong-Qi Cai)主编的《中国文心:〈文心雕龙〉中的文化、创造性与修辞》一书之第四部分"《文心雕龙》的修辞艺术"。在该文中,宇文所安

---

① 宇文所安:《中国文论:英译与评论》,王柏华、陶庆梅译,上海社会科学院出版社2003年版,第300页。
② 宇文所安:《中国文论:英译与评论》,王柏华、陶庆梅译,上海社会科学院出版社2003年版,第304页。
③ 宇文所安:《中国文论:英译与评论》,王柏华、陶庆梅译,上海社会科学院出版社2003年版,第308页。
④ 宇文所安:《中国文论:英译与评论》,王柏华、陶庆梅译,上海社会科学院出版社2003年版,第310页。

表达了一个核心观点:刘勰在《文心雕龙》里所表达的思想,并不是他本人业已形成的和固定的观点,而是一种他与在他之外的"话语机器"论辩过程的产物。①

在宇氏看来,刘勰在表述自己观点时,始终要与另一个角色,亦即骈体文的修辞("话语机器")去争夺对于论点走向的控制,从而形成文本论点的矛盾和妥协。一方面,刘勰是一个有着自己信念、教育背景和常识的文学主体,另一方面,话语机器又根据自己的规则和要求生产话语,从而产生话语对话与话语争夺。刘勰的处理办法是:他既跟随话语机器的规则发展话语,又对自己所不认同的话语进行修正,从而使《文心雕龙》整个文本话语符合自己的信念、教育背景和常识。②

虽然宇氏在该文中对刘勰如何与"话语机器"博弈对话所作的分析乏有精彩之处,甚至不少分析有故作高深玄妙之嫌,但他提出的"话语机器"概念本身及其对《文心雕龙》文本观念建构发展的意义,却值得我们重视。

首先,"话语机器"概念实际上是一个象喻,用来比喻各类文体内在的自律性与形式美力量。宇文所安引证《文心雕龙·论说》为例:

> 原夫论之为体,所以辨正然否;穷于有数,追于无形,迹坚求通,钩深取极;乃百虑之筌蹄,万事之权衡也。故其义贵圆通,辞忌枝碎;必使心与理合,弥缝莫见其隙;辞共心密,敌人不知所乘;斯其要也。是以论如析薪,贵能破理。斤利者,越理而横断;辞辨者,反义而取通。览文虽巧,而检迹如妄。唯君子能通天下之志,安可以曲论哉。

在宇氏看来,这段关于"论"的文体要求说明,实际上是贯穿于整个《文心雕龙》写作的程序性特征,它最为明显地体现了"话语机器"的作用:试图横断纹理,把题目分化为对应的骈体,从而支持其意识形态,亦即认为自然秩序、论说的语言秩序和文心应成完美的和谐统一,在这统一体当中,一切事物都是相通互解的。③

① Stephen Owen,"Liu Xie and the Discourse Machine",in Zong-Qi Cai ed.,*A Chinese Literary Mind:Culture,Creativity,and Rhetoric in Wenxin diaolong*.Stanford:Stanford University Press,2001.p.175.

② Stephen Owen,"Liu Xie and the Discourse Machine",in Zong-Qi Cai ed.,*A Chinese Literary Mind:Culture,Creativity,and Rhetoric in Wenxin diaolong*. Stanford:Stanford University Press,2001.p.175.

③ Stephen Owen,"Liu Xie and the Discourse Machine",in Zong-Qi Cai ed.,*A Chinese Literary Mind:Culture,Creativity,and Rhetoric in Wenxin diaolong*. Stanford:Stanford University Press,2001.p.177.

当然，宇氏同时也指出，刘勰对于这部"话语机器"存有疑虑，认为这部机器存有缺陷，甚至可能机械愚笨。因为它所生产的文本会遗漏重要内容，制造错误或误导读者的词语，最终不断地变为庄子所谓的多余无用的"骈拇"。刘勰作为文本生产中另一种话语主体，他所要做的工作就是：修正"话语机器"制造的文本，使其在一定程度上符合自己的观念主张。① 当然，由于"话语机器"自律性特征，刘勰无法完全控制这台"话语机器"。而正因为刘勰无法完全控制"话语机器"的内在法则与生产力量，我们才看到，刘勰在《文心雕龙》中，始终是作为一个与"话语机器"相分离的批评家的存在。②

第二，作为一种对立互补的潜在力量，"话语机器"还表现在文本的语言表达、思维方式与文本结构等多方面的对立互补审美表征方面。宇氏通过分析《宗经》《程器》《正纬》等篇章来暗示我们，"话语机器"的对立互补力量包蕴一"正"一"反"辩证要素，其中"反"之要素常成为刘勰抗拒、修正或补足的对象。③

在宇氏看来，一个明显的例子是《正纬》篇，该篇实际上是"话语机器"自身力量引发的冗余章节，这一章的存在只是为了与《宗经》篇构成"一正一反"的结构性对应，使《宗经》篇不至于形单影只。④ 再比如《情采》篇的"文附质也"与"质待文也"对偶论证，也实为刘勰对强调一方（"质"）的补足修正。⑤

第三，处于"话语机器"功用中心的是"辨"（division），这是西方修辞传统中一个古老的词语。宇氏认为，无论"辨"的后世语义如何变化，它在刘勰时代应指"题目的辨析"，也就是把一个题目剖析开，使人认清楚它的每一组成部分。在此意义上，它类似于现代英语"analysis"（分析）一词，并同时具有认识论与修

① Stephen Owen, "Liu Xie and the Discourse Machine", in Zong-Qi Cai ed., *A Chinese Literary Mind: Culture, Creativity, and Rhetoric in Wenxin diaolong*. Stanford: Stanford University Press, 2001. pp. 177-178.

② Stephen Owen, "Liu Xie and the Discourse Machine", in Zong-Qi Cai ed., *A Chinese Literary Mind: Culture, Creativity, and Rhetoric in Wenxin diaolong*. Stanford: Stanford University Press, 2001. p.179.

③ Stephen Owen, "Liu Xie and the Discourse Machine", in Zong-Qi Cai ed., *A Chinese Literary Mind: Culture, Creativity, and Rhetoric in Wenxin diaolong*. Stanford: Stanford University Press, 2001. pp. 179-180.

④ Stephen Owen, "Liu Xie and the Discourse Machine", in Zong-Qi Cai ed., *A Chinese Literary Mind: Culture, Creativity, and Rhetoric in Wenxin diaolong*. Stanford: Stanford University Press, 2001. p.180.

⑤ Stephen Owen, "Liu Xie and the Discourse Machine", in Zong-Qi Cai ed., *A Chinese Literary Mind: Culture, Creativity, and Rhetoric in Wenxin diaolong*. Stanford: Stanford University Press, 2001. p.182.

辞学意涵,游弋于认识论与修辞学之间。虽然该词比亚里士多德的逻辑具有更丰富的语义学内容,但它也只能保证正确地形成一整套论点,而不能保证这讨论点具有合理的意义。也就是说,受"话语机器"功用之"辨"驱使,刘勰并不试图证明一个先行的命题,而是通过分析手头的问题,看它究竟会产生什么样的结果。①

第四,"话语机器"还表现为一种前行的力量,它既可以是对自然万物变化的描述,也可以是对文学发展规律的概括。宇氏指出,《文心雕龙》隐含了一种文学发展由质而文、并最终走向颓废的观念。《通变》篇指出:

> 推而论之,则黄唐淳而质,虞夏质而辨,商周丽而雅,楚汉侈而艳,魏晋浅而绮,宋初讹而新。从质及讹,弥近弥澹。何则?竞今疏古,风末气衰也。

宇氏认为,没有一个熟悉《文心雕龙》的人会对这样的陈述感到吃惊,但是,这样的叙事并不是从本章开始时对"通变"的论说发展而来的,而是刘勰个人的"意见",他不顾"无穷"新变的理论,以另外一种叙事取代了它。② 因为本章在开篇时,刘勰还对通过"变"而达到的"气"之恒久作了积极的肯定,认为:"文辞气力,通变则久。"③

这也意味着,"话语机器"驱使文本求新求变,而刘勰本人阻挡这种势头,试图复古。由此产生两种不同的力量:直线发展的力量与循环变化的力量。

最后,"话语机器"有其宇宙论根源,它植根于宇宙秩序"高下相须、自然成对"的骈俪对称中,也植根于"概念自有其固定组成因素"的信念之中。当然,由于其脱离内容的形式特性,也使其极易成为形式逻辑的惯性力量,生产错误的陈述。这也是何以刘勰在表述中,常常陷入自相矛盾的原因所在。④

① Stephen Owen,"Liu Xie and the Discourse Machine", in Zong-Qi Cai ed., *A Chinese Literary Mind:Culture,Creativity,and Rhetoric in Wenxin diaolong*. Stanford:Stanford University Press,2001.p.183.
② Stephen Owen,"Liu Xie and the Discourse Machine", in Zong-Qi Cai ed., *A Chinese Literary Mind:Culture,Creativity,and Rhetoric in Wenxin diaolong*.Stanford:Stanford University Press,2001.p.188.
③ Stephen Owen,"Liu Xie and the Discourse Machine", in Zong-Qi Cai ed., *A Chinese Literary Mind:Culture,Creativity,and Rhetoric in Wenxin diaolong*.Stanford:Stanford University Press,2001.p.189.
④ Stephen Owen,"Liu Xie and the Discourse Machine", in Zong-Qi Cai ed., *A Chinese Literary Mind:Culture,Creativity,and Rhetoric in Wenxin diaolong*. Stanford:Stanford University Press,2001.p.191.

总之,在宇氏看来,《文心雕龙》中作为批评家的刘勰一直都在紧紧跟随"话语机器"的每一动作,试图纠正"话语机器"有问题的叙述,或者把它们扭转到新的方向。但是,通过对《通变》篇的考察,我们发现与上述情况刚好相反:话语机器所生产出来的话语,是对用于文学的《周易》"通变"概念的精彩的、近乎完美的论述。刘勰虽然对这一概念基本满意,但是他发现这一论述所指向的结论却与自己的观念大相径庭。于是,他不得不介入到"话语机器"的话说之中,从根本上重写文学史叙事,以求让它符合自己的看法。①

根据宇氏对刘勰的解读,我们可作如下推论:"话语机器"作为一个隐含作者,与真正的作者一道,共同参与文本叙事,文本于是表现为两种面相、两类声音,成为一个充满张力与悖论的意义矛盾体。

三、宇文所安《文心雕龙》的研究方法问题

关于宇文所安研究《文心雕龙》的方法,国内学术界惯于将其指称称为新批评方法,这一指称有其合理性。但就宇氏对《文心雕龙》文本的总体性翻译释读倾向而言,我们认为,它实归于文学解释学方法而非新批评方法。新批评方法只是其具体分析性工具,文学解释学才是其研究的真正方法论。宇氏对文学解释学方法论征用的意义在于,它使《文心雕龙》在一种效果历史的辨证结构中走上了再经典化的道路,从而为探索一种世界性的文学理论提供了可能。

宇氏对《文心雕龙》的研究,不管是文本层面的翻译介绍,还是范畴层面的词义训释,抑或是语体层面的辞韵笺疏,乃至观念层面的义理考辨,都可归于文学解释学方法。

如前所述,宇氏的《文心雕龙》研究,主要表现在他于1992年出版的《中国文论:英译与评论》一书中。在该书中,宇文所安对《文心雕龙》18个重要范畴——"原道""宗经""神思""体性""风骨""通变""定势""情采""熔裁""章句""丽辞""比兴""隐秀""附会""总术""物色""知音""序志"等一一作了细

---

① Stephen Owen,"Liu Xie and the Discourse Machine", in Zong-Qi Cai ed.,*A Chinese Literary Mind：Culture，Creativity，and Rhetoric in Wenxin diaolong*. Stanford：Stanford University Press,2001.p.191.

致的翻译、释读与比较研究,内容涵盖著者生平、篇目疏证、篇章注解、词义考辨、历史影响、比较阐释等多个方面,成为近年来海外"龙学"研究的重要成果,也受到了学界广泛的关注。

然而,在宇氏对《文心雕龙》突破性的研究中,一个重要的争议性问题就是其研究的方法问题。不少研究者认为,宇文所安的《文心雕龙》研究,是受了英美新批评理论的影响。① 的确,宇氏在《文心雕龙》研究中所主张的文本中心态度、文本细读方法、形式主义分析策略、文本结构的辩证理解等,都与新批评理论的基本主张相类同。但是,如果仅就此就得出宇文所安所采用的是新批评方法,则未免以偏概全。事实上,就连宇氏本人也认为,对中国文论的研究,"如果仅仅停留于详细的字词句的解说,则是对其真正旨趣的学术逃避。"②虽然这句话只是他针对欧阳修的《诗话》释读方法所言,但其实际上也是作者在《中国文论:英译与评论》一书中通篇所采用的方法,当然也适用于对《文心雕龙》研究的方法评判。

我们的基本判断是,宇氏的《文心雕龙》研究虽然具有明显的新批评分析痕迹,但新批评方法只是其分析《文心雕龙》文本的技术性工具,而作为文本的方法论研究,应归于文学解释学。

第一,新批评:宇文所安《文心雕龙》研究的技术方法。

众所周知,流行于20世纪上半叶的英美新批评理论与《文心雕龙》文本本身,的确存有诸多契合之处。中国台湾学者黄维樑就曾指出,"布氏(指布鲁克斯——作者按)和其他新批评家的一些理论,和刘勰的不少观点,不谋而合。20世纪西方的这些批评家,和5世纪中国的这位文论家,似乎可归为一派。新批评家注重对作品的实际析评(practical criticism),而其剖情析采的方法,有时简直就是刘勰理论之付诸实践。"③

从文学批评的基本方法来看,英美新批评所主张的文本"细读法"(close

---

① 参见黄维樑:《中国古典文论新探》,北京:北京大学出版社1996年版;陈引驰、赵颖之:《与"观念史"对峙:"思想文本的本来面目"——宇文所安〈中国文论〉评》,《社会科学》2003年第4期;王晓路、史东东:《西方汉学语境中的中国文学阐释与话语模式——以宇文所安的解读模式为例》,《中外文化与文论》,2008年第15期。

② 宇文所安:《中国文论:英译与评论》.王柏华,陶庆梅译,上海社会科学院出版社2003年版,第12页。

③ 黄维樑:《中国古典文论新探》,北京大学出版社1996年版,第39页。

reading），与《文心雕龙》所宗倡的"六观说"，确有诸多类似之处。新批评强调文本的自足性，主张从文学的语言、语法、音韵、格律、字形、结构、表意、句法等文本内部要素来评价文学作品。新批评主将克林斯·布鲁克斯、韦勒克等人反复渲染并提升文学"形式"在文学作品与文学批评中的重要性。如布鲁克斯认为，"形式就是意义。"①韦勒克则将文学研究区隔为"内在研究"与"外在研究"，将一向被视为文学次要要素的文学"形式"归入文学"内部研究"题域，从而提升了文学"形式"在文学作品与文学批评中的重要地位。而《文心雕龙·知音》也提出，对于文学作品的鉴赏，可以遵循"六观"原则："一观位体，二观置辞，三观通变，四观奇正，五观事义，六观宫商。斯术既形，则优劣见矣。"②显然，《文心雕龙》也强调文学作品的"文学性"形式标准，认同文学研究中体验式文本细读的重要性。

不仅如此，新批评理论与《文心雕龙》文本在文学观念上也表现出极大的类似性。新批评追求文学语言的暗示性、象征性、含混性，认为这样可以极大丰富文学文本的意涵。而《文心雕龙》也有对文学作品模糊（"隐"）的辩证阐述。如《隐秀》篇："是以文之英蕤，有秀有隐。隐者也，文外之重旨也；秀也者，篇中之独拔者也。隐以复意为工，秀以卓绝为巧，斯乃旧章之懿绩，才情之嘉会也。夫隐之为体，义主文外，秘响傍通，伏采潜发，譬爻象之变互体，川渎之韫珠玉也。故互体变爻，而化成四象；珠玉潜水，而澜表方圆。始正而末奇，内明而外润，使玩之者无穷，味之者不厌矣。"③

可以说，正是这种批评理论方法与文本观念陈述的彼此契合，才为研究者采用新批评理论来分析《文心雕龙》文本提供了方法上的便捷，也是宇氏径直移用新批评方法来作为《文心雕龙》释读工具的重要原因。

事实也是，宇氏在对《文心雕龙》重要范畴的翻译释读中，多次征用了新批评的"文本细读法"。举例来说，"文"字是《文心雕龙》中的一个具有极端重要性的范畴，宇文所安在翻译释读时，就采用根据不同语境来翻译不同的"文"意方法。如将"原道"篇中"文之为德也大矣""心生而言立，言立而文明""傍及万

① 克林斯·布鲁克斯：《形式主义批评家》，龚文庠译，见赵毅衡编选：《"新批评"文集》，中国社会科学出版社1988年版，第487页。
② 刘勰：《文心雕龙校注》，杨明照校注，中华书局1959年版，第307页。
③ 刘勰：《文心雕龙校注》，杨明照校注，中华书局1959年版，第259—260页。

品,动植皆文""人文之元,肇自太极"之"文",译为"pattern";①将"宗经"篇的翻译中,"文能宗经,体有六义""文丽而不淫""扬子比雕玉以作器,谓五经之含文也""文以行立,行以文传"之"文"字,分别译为"writing""the literary quality""wen""writing""writing"。② 这种灵活的翻译方法使译文能够更切合"文"字之具体语境含义。此外,宇氏对《文心雕龙》中的其他一些重要范畴,如"意""象""理""体""事""情""风""骨"等,也都作了类似的处理,从而表现出新批评方法在《文心雕龙》翻译释读中的娴熟运用。

当然,正如新批评理论并不完全放逐文学的内容,③而是着意突出文学形式之于文学本质的重要性一样,宇氏的《文心雕龙》研究,也是在遵循《文心雕龙》本身的篇章结构、句式句法、辞韵情采,保持原文本的形式美的基础上,对原文本作了忠实的新批评方法解读。然而由于新批评理论自身所禀有的"有机形式"观及其对文本意义的整体性强调——文学批评须基于文学作品意象、结构、手法乃至语音、节奏、韵律、格调、句式等形式要素之上而对文学世界、文学经验与现实生存作出阐扬——却正好使其向文学解释学敞开了大门。

第二,解释学:宇文所安《文心雕龙》研究的方法论。

宇氏的新批评方法虽然对《文心雕龙》作出了精湛的技术性分析,帮助了英语世界的读者能够切近地理解原文本的基本语汇与概念内涵,但其也存在方法论上的缺陷,那就是,它基本上是西方文论的逻辑观念与分析方法对《文心雕龙》词义、辞韵、文法、结构等的技术性拆解,而与《文心雕龙》诗性本体与写作风格扞格不入。跨文化比较视野中的《文心雕龙》研究,本质上要求一种与研究文本自身风格特征相匹配的研究风格与技术方法。《文心雕龙》作为中国文学史上的一部批评学巨著,是刘勰作为"历史理解的实在"与刘勰之前业已形成的中

---

① 宇文所安:《中国文论:英译与评论》,王柏华,陶庆梅译,上海社会科学院出版社 2003 年版,第 191—194 页。

② 宇文所安:《中国文论:英译与评论》,王柏华,陶庆梅译,上海社会科学院出版社 2003 年版,第 205 页。

③ 后来新批评的重要代表人物韦勒克、沃伦、布鲁克斯等人无不强调形式与内容结合的"有机形式"的重要性。在《理解诗歌》一书中,布鲁克斯与沃伦格外提醒人们注意,"诗歌决非像砌墙那样,把其中的各种成分——格律、节奏、语言、思想等机械地堆砌而成。它们之间的关系是整体性的,……犹如有机的花草。"参见 Cleanth Brooks,Robert Warren. *Understanding Poetry*.Bei Jing:Foreign Language Teaching and Research Press,2004,p.560.

国文学传统的"历史的实在"的效果统一体,是刘勰对中国文学传统的批评赏鉴、当下阐释与心灵演绎,因而在刘勰的《文心雕龙》中,既隐含着中国文学的传统与中国文学批评的传统,又表露着刘勰本人的审美观念与价值判断。正是基于这一认识,宇氏在翻译释读《文心雕龙》时,又不得不借用文学解释学的方法,回到文本的源发处,聆听发生在原文本中曾经的话语激辩,辨析古今与中西思想相遇时激荡出的效果历史,感受语言的存在家园与人类文学心灵曾经的滉漾。

宇氏对《文心雕龙》的文学解释学研究,首先表现在其整体性的研究思路上。在对《文心雕龙》的18个重要范畴的翻译释读中,宇文所安采用"概述+原文+译文+解说+注释"的译释模式,首先概述每一范畴的意涵与题旨,还原其生发语境,再复现原文本面貌,继而采用归化翻译与异化翻译相结合的方式,对原文本进行跨文化的文本转化,接着讨论原文本在中国文学理论与文学批评谱系中的具体指称、语义迁延与价值影响,兼及比较阐释、理论批评与意义比附,最后佐以相关注释,对世界文学视野中的《文心雕龙》相关研究作出提示介绍和商榷补遗。这种通过甄选材料、举证还原、翻译比对、互文阐发、文史互征、理清源流、比较阐释、疏证补注来推进《文心雕龙》研究的方法,不仅使原文本久已被遮蔽的理论光点得到重新揭发,而且使原文本在中西文论的跨时空互动阐释中获得了全新的意义,是跨文化研究中非常典型的比较阐释方法,理应归于文学解释学题域。

其次,宇文所安《文心雕龙》研究解释学方法的运用,还表现在其对原文本解释性翻译上。在对具体文本的翻译中,宇文所安一方面注意忠于原文本的语境与语意,另一方面又根据现代英语的表达习惯与理解思维,对汉语固定语汇进行相应的跨文化翻译解释。如"原道"篇之"日月叠璧,以垂丽天之象;山川焕绮,以铺理地之形"一句,就被解释性地翻译为"The sun and moon are successive disks of jade, showing to those below imagesthat cleave to Heaven. Rivers and mountains are glittering finery, unrolling forms that give order to Earth."①"龙凤以藻绘呈瑞,虎豹以炳蔚凝姿"一句,被解释性地翻译为:"Dragon and phoenix display auspicious omens by their intricacy and bright colors; the visual appearance of a tiger

---

① 宇文所安:《中国文论:英译与评论》,王柏华、陶庆梅译,上海社会科学院出版社2003年版,第191页。

is determined by its stripes, and that of a leopard, by its spots." "傍及万品,动植皆文"一句,则被翻译解释为:"If we consider further the thousands of categories of things, each plant and animal has its own pattern."①从翻译方法论的角度看,这是"归化"翻译与"异化"翻译相结合的方法,这样既可以遵循英语语言的句式表述与理解习惯,又能照顾到对原文本文意的准确形象传达,使翻译文本既切近了《文心雕龙》文本原义,又能够在跨文化语境中被理解接受。

再次,宇氏《文心雕龙》的解释学方法运用,还表现在其独特的翻译、评论与注解方法使用上。在具体的文本翻译中,宇氏采用译文内注、脚注相结合的方法,以帮助英语世界读者能够理解原文本。如《原道》篇:"玉版金镂之实,丹文绿牒之华,谁其尸之,亦神理而已。"宇文所安采用文内加注的翻译转化法,译为:"No person was responsible for these, which are the fruit(实,'solids')of jade tablets inlaid with gold, the flower of green strips with red writing(文):they came from the basic principle(理)of spirit(神)."②而同样对该篇的另一句:"人文之元,肇自太极",则采用文外加注的方式,在将"太极"译为"the Primordial"后,③又在文末补注:"t'ai-chi, the Ultimate, the primordial state from which the differentiated world came into being."④又如《宗经》篇:"义既埏乎性情,辞亦匠于文理,故能开学养正,昭明有融"一句,则采用翻译、注解、评论相结合的方式:Since the truths(义)[contained in the Classics] shapehuman nature and affections(性—情), and since the language(辞)is the most finely wrought in the principles of literature(文—理), they initiate learning and nurture what is proper, "and their radiance also endures."⑤实际上,这种方法并非孤证,而是宇氏《文心雕龙》翻译研究的基本方法。在氏著"导论"部分,宇氏便直言,他在对中国文论的翻译时将不避"笨重"

---

① 宇文所安:《中国文论:英译与评论》,王柏华、陶庆梅译,上海社会科学院出版社2003年版,第193页。

② 宇文所安:《中国文论:英译与评论》,王柏华、陶庆梅译,上海社会科学院出版社2003年版,第194页。

③ 宇文所安:《中国文论:英译与评论》,王柏华、陶庆梅译,上海社会科学院出版社2003年版,第194页。

④ 宇文所安:《中国文论:英译与评论》,王柏华、陶庆梅译,上海社会科学院出版社2003年版,第315页。

⑤ 宇文所安:《中国文论:英译与评论》,王柏华、陶庆梅译,上海社会科学院出版社2003年版,第200页。

与"冗繁",而采用原文、译文与问题讨论的形式,"通过文本来讲述文学思想",①"以便能让英文读者能够看出一点中文的模样"。②

最后,跨文化语境下宇文所安《文心雕龙》研究的方法论及其诗学意义。

宇氏对《文心雕龙》的翻译阐释与批评研究,其内容几乎涵盖了所研究范畴之字、词、音、韵、义、理、经、权、体、用、风格、批评以及跨文化的比较阐释等等方方面面,虽然其新批评的分析工具难免会肢解原文本的整体气韵与文风脉络,但他巧妙地征用了解释学方法以为奥援,力图还原原文本的文意与语境,保持翻译文本的诗性特质与文本张力,却开启了对中国文论进行翻译阐释的全新途径。

就总体的语言表述风格而言,中美文论一为描述性语言风格(Prescriptive linguistic studies),一为规定性的语言风格(Descriptive linguistic studies),它们存在着"意合"与"形合"的差异,因此,如何在翻译过程中实现恰当转换,是每一个翻译研究者都要面对的难题。这一难题对宇文所安自然也不例外,在翻译研究《文心雕龙》时,宇氏不得不一边反复套用新批评的分析方法,一边又时时提醒自己,这只是技术性的分析策略,本真的《文心雕龙》翻译研究,必得运用另外一种方法,那就是文学解释学。因为新批评所倡导的语言、韵律、文法、句式等审美形式问题,存在着语言转化的天然屏障,宇文所安也实难跨越。要克服这一障碍,就必得援引文学解释学的方法,这样才可以既照顾英语读者理解的方便,又保持原文本的文意与独特魅力。

但是,这种研究方法与方法论的抵牾也意味着文本阐释的艰难。在《中国文论:英译与评论》一书"导言"中,宇氏就曾敏锐地指出,在中国文学传统中,文论文本、文学观念与文学作品之间常常处于一种复杂的逻辑关联与张力关系中,所以对其进行的任何理解说明,都意味着一定的解释难题。"我们也经常会清楚地看到一种解释传统所试图隐藏的东西,并不是因为它们没有被注意到,而是因为它们包含危险因子,所以该解释传统试图否定或避开它们,可是,受到压制之后,它们反而变得更强大了。总之,文学作品和文学思想之间绝非一种简单的关系,而是一种始终充满张力的关系;我们发现,某一特征或问题被关注得越多,

---

① 宇文所安:《中国文论:英译与评论》,王柏华、陶庆梅译,上海社会科学院出版社 2003 年版,第 12 页。

② 宇文所安:《中国文论:英译与评论》,王柏华、陶庆梅译,上海社会科学院出版社 2003 年版,第 14 页。

就越发说明它是成问题的。"①与其说这是宇氏对中国文论自身特质的发现，毋宁说它本身就是宇氏研究中国文论所必须面对的难题。事实上，解释并还原这种张力，说明其原因，分析其价值，使中国文学理论文本在文学语境的还原中获得鲜活的生命力与阐释张力，正是宇氏研究《文心雕龙》所力图达到的目标。但这一目标的实现难以在新批评的理论视野中获得解决，唯有引入一种根本的方法论才能奏效。而这也正是宇氏《文心雕龙》研究高擎解释学以为方法论的真正原因。从后见之明来看，尽管文论观念与文学作品之间的非对称性张力给文本的一贯性阐释与理解带来困难，但它却为宇氏进行历史阐释与后设关照提供了解释学上所必须的阐释距离。而《文心雕龙》文本本身兼具有中国古典文论的诗性证悟文体与西方当代文学理论的逻辑体系架构的特色，也为其选择该文本作为批评分析与比较阐释对象提供了方法论上的便利。

　　总体来看，宇氏对《文心雕龙》文本在美国的跨文化文学翻译阐释，并未停留在"评论资料汇编史"的水平，而是经过其"心灵重演"的历史，是其在一个个专题研究的基础上，经由翻译、释读、评价而形成的完整的文本史与心灵史。而新批评与解释学的研究方法，既是使原文本突破既有的概念理论范式与文化身份囿限，实现再经典化的必要手段，也是重构原文本美学价值、实现原文本当代性、进行文本再生产与文化创新的重要策略。通过对原文本的翻译、阐释与传播，原文本就衍变为跨文化文本，开始了重新经典化过程。反过来，跨文化文本的译介、阐释、择选的差异，也表征着接受主体的期待视野与认同选择：透过历史境遇中接受主体的接受重点与评价态度，可以省察跨文化语境中本土文本容易被激发的理论重点、理论方法、理论趣味，折射出跨文化文学理论与文学批评的方法导向、价值取向、趣味理论的变迁过程，有利于推进对跨文化文学理论方法史、观念史与思想史的整体研究。

　　可以看出，宇氏对《文心雕龙》的翻译比较、词义训释、语体诠解，都只是在内容上遵照了原文本秉有的新批评观念，在方法论上则应归于解释学。单纯将宇氏对《文心雕龙》的细致阅读与批评阐释认作是对英美新批评"文本细读法"的套用，是犯了只见树木不见森林的错误。而宇氏《文心雕龙》研究的方法论意

---

① 宇文所安：《中国文论：英译与评论》，王柏华、陶庆梅译，上海社会科学院出版社2003年版，第2页。

义,也主要不在于其对《文心雕龙》文本作出可靠的翻译介绍与独特的文本理解,而在于其通过对《文心雕龙》的翻译阐释,开启了原文本与跨文化文本对话交流的新途径,使原文本在跨文化语境中走上了一条再经典化的道路,从而为探索建立一种世界性的文学理论提供了可能。

第九章　蔡宗齐等人《文心雕龙》研究

蔡宗齐(Zong-Qi Cai)编选的《中国文心:〈文心雕龙〉中的文化、创造性与修辞》(*A Chinese Literary Mind:Culture,Creativity,and Rhetoric in Wenxin diaolong*)是一部会议论文集。本论文集是1997年于美国伊利诺伊—厄巴分校举办的《文心雕龙》国际会议论文择选汇编,共收录论文10篇,其中美籍学者论文9篇,大陆学者张少康论文1篇。论文集于2001年由斯坦福大学出版社正式出版。根据编者,论文集编写出版有两大目的:(1)从三个不同层面,即文化传统、文学创造、修辞艺术,对《文心雕龙》作出评价介绍。(2)从新的视角,揭示《文心雕龙》中三个不同层面所蕴含的新的问题,推进《文心雕龙》研究。①

一、文学批评传统

本部分是将《文心雕龙》置于中国文学批评传统谱系,分析《文心雕龙》与中国文学批评的关系,共收录两篇文章:孙康宜的《刘勰的文学经典论》,与编者撰写的《中国文学批评体系的建立:〈文心雕龙〉与早期文本中的文学观念》。

第一篇孙康宜(Kang-I Sun Chang)的《刘勰的文学经典论》,主要讨论刘勰《文心雕龙》在中国文学"经典"形成中的意义与"经典"观念。

论文首先围绕刘勰对屈原《楚辞》是否符合儒学"经典"观念问题而展开抽丝剥茧的细致分析,阐明刘勰在"经典"问题上的基本贡献:

---

① Zong-Qi Cai,*A Chinese Literary Mind:Culture,Creativity,and Rhetoric in Wenxin diaolong*.Stanford:Stanford University Press,2001.p.5.

一是重新诠定儒学的复杂身份,防止将儒家经典与文学之关系作二分区隔,①认为应将儒学理解为一种文学形态,而非单纯的经学文本,这样才能对儒学文本的"经典"价值作出恰切评估。在孙氏看来,"刘勰坚持经书——无论是内容还是风格上,本身皆为最精粹的文学范式"的看法,因此可以说,"在某种程度上,刘勰对儒学传统的诠释几乎是在重新界定'经典'的文学性意义,说明经典须具备何等丰富的风貌、何等有力地表现具体的真实,才能成为经典。"②

二是修改传统关于"经典"本身的观念标准。第一,经典借助语言形式。在孙氏看来,刘勰格外提高了语言资源对于古代文本是否配享"经典"身份的权重。③ 正是通过语言、辞采地位的抬高,擎以文学内涵与语言形式为标准,刘勰才赋予流传文本以"经典"价值。第二,经典藉借文学史观念。孙氏用平行比较的方法,举证艾略特关于经典主义的看法——真正的经典主义要求一种认识历史和"历史意识"的"成熟心智"(maturity of mind)④,阐明刘勰的"经典"藉借了文学史观念:唯有用文学传统与文学史意识,方可廓定文学的"经典"身份。在孙氏看来,刘勰重新界定"经典"概念的一个自然结果,是"提高文学至一个前所未有的地位,一个可与儒家权威经典相抗衡的高度"。⑤

正是凭借如上两大新的"经典"标准,孙氏认为,刘勰割除了"道德教化"在判定"经典"时的基础地位,强化儒家经典中的文学审美问题,使"文学质性"(literary quality)成为判定所有"经典"的基本准则。⑥ 也正是运用此一文学"经典"新的准则,屈原的《楚辞》才被刘勰视为"第一本真正的文学正典"。⑦

---

① Kang-I Sun Chang, "Liu Xie's Idea Of Canonicity", in Zong-Qi Cai ed., *A Chinese Literary Mind: Culture, Creativity, and Rhetoric in Wenxin diaolong*. Stanford: Stanford University Press, 2001. p.17.

② Kang-I Sun Chang, "Liu Xie's Idea Of Canonicity", in Zong-Qi Cai ed., *A Chinese Literary Mind: Culture, Creativity, and Rhetoric in Wenxin diaolong*. Stanford: Stanford University Press, 2001. p.18.

③ Kang-I Sun Chang, "Liu Xie's Idea Of Canonicity", in Zong-Qi Cai ed., *A Chinese Literary Mind: Culture, Creativity, and Rhetoric in Wenxin diaolong*. Stanford: Stanford University Press, 2001. p.18.

④ Kang-I Sun Chang, "Liu Xie's Idea Of Canonicity", in Zong-Qi Cai ed., *A Chinese Literary Mind: Culture, Creativity, and Rhetoric in Wenxin diaolong*. Stanford: Stanford University Press, 2001. p.19.

⑤ Kang-I Sun Chang, "Liu Xie's Idea Of Canonicity", in Zong-Qi Cai ed., *A Chinese Literary Mind: Culture, Creativity, and Rhetoric in Wenxin diaolong*. Stanford: Stanford University Press, 2001. p.19.

⑥ Kang-I Sun Chang, "Liu Xie's Idea Of Canonicity", in Zong-Qi Cai ed., *A Chinese Literary Mind: Culture, Creativity, and Rhetoric in Wenxin diaolong*. Stanford: Stanford University Press, 2001. p.19.

⑦ Kang-I Sun Chang, "Liu Xie's Idea Of Canonicity", in Zong-Qi Cai ed., *A Chinese Literary Mind: Culture, Creativity, and Rhetoric in Wenxin diaolong*. Stanford: Stanford University Press, 2001. p.20.

孙氏认为,也正是通过对《楚辞》经典身份的祝圣,刘勰才发展出他关于"经典"的另外三条准则,它们是:第一,文本能够体现"诗人本身的创造力",①亦即文本符合创作主体的创作个性与创造力,比如展现奇瑰的想象、磅礴的气势、丰赡的修辞、流丽的语言等。"对刘勰而言,《楚辞》之文学力量的关键在于屈原及其追随者那令人惊叹的语言资源,它们是如此广博充沛,以至诗歌的语言几近极致。"②在孙氏看来,刘勰肯认诗人屈原的原创性价值,阐扬了《楚辞》的特异性价值,亦即启发读者对一"遥远"(distant)世界的向往惊羡之情,而这一世界显然不同于儒家经典《诗经》所呈现的"熟悉"(familiar)世界。③ 为了佐证自己对刘勰特异性"经典"观念的看法,孙氏举证新批评代表人物布鲁姆(Harold Bloom)关于文学"经典"的看法:"使一部文学作品赢得经典地位的原创特质,乃是一种特异性性质,我们要不就永远无法予以归类同化,要不就因它显得那么司空见惯,以致我们根本忽视了那种特异之本质。"④

孙氏同时援引布鲁姆关于文学经典普遍接受论的观念,阐扬了关于文学经典的第二条准则:设若一部作品在文学接受史上被反复颂扬肯定,那么其可进列"经典"行列。根据布鲁姆,"一个由古至今最可靠的评价文学经典的准则就是:除非作品本身使读者有一读再读的愿望,否则它就不具备成为经典的条件。"同样,刘勰举证了《楚辞》在后世被反复颂扬模仿的事实:

> 昔汉武爱骚,而淮南作传,以为"国风好色而不淫,小雅怨诽而不乱,若离骚者,可谓兼之"。蝉蜕秽浊之中,浮游尘埃之外,嚼然涅而不缁,虽与日月争光可也。班固以为露才扬己,忿怼沉江;羿浇二姚,与左氏不合;昆仑悬圃,非经义所载;然其文辞丽雅,为词赋之宗,虽非明哲,可谓妙才。王逸以为诗人提耳,屈原婉顺,离骚之文,依经立义;驷虬乘鹥,则时乘六龙;昆仑流

---

① Kang-I Sun Chang, "Liu Xie's Idea Of Canonicity", in Zong-Qi Cai ed., *A Chinese Literary Mind*:*Culture*,*Creativity*,*and Rhetoric in Wenxin diaolong*. Stanford:Stanford University Press,2001.p.22.

② Kang-I Sun Chang, "Liu Xie's Idea Of Canonicity", in Zong-Qi Cai ed., *A Chinese Literary Mind*:*Culture*,*Creativity*,*and Rhetoric in Wenxin diaolong*. Stanford:Stanford University Press,2001.p.23.

③ Kang-I Sun Chang, "Liu Xie's Idea Of Canonicity", in Zong-Qi Cai ed., *A Chinese Literary Mind*:*Culture*,*Creativity*,*and Rhetoric in Wenxin diaolong*. Stanford:Stanford University Press,2001.p.23.

④ Kang-I Sun Chang, "Liu Xie's Idea Of Canonicity", in Zong-Qi Cai ed., *A Chinese Literary Mind*:*Culture*,*Creativity*,*and Rhetoric in Wenxin diaolong*. Stanford:Stanford University Press,2001.p.24
译文参考 Harold Bloom,*The Western Canon*,New York:Riverhead Books,1994,p.4.

沙,则禹贡敷土。名儒辞赋,莫不拟其仪表,所谓金相玉质,百世无匹者也。
(《文心雕龙·辩骚》)

在孙氏看来,《楚辞》作为被刘勰祝圣的经典,不仅在于其文体显示出巨大的文学性力量,还在于其成为后世追慕模仿的对象,并由此催生出新的经典的诞生。"我们也可以说,《楚辞》最杰出的成就也许在于它那能够吸引所有不同类型的读者的力量。"①"故才高者菀其鸿裁,中巧者猎其艳辞,吟讽者衔其山川,童蒙者拾其香草。"(《文心雕龙·辩骚》)刘勰由此将读者认同与文本的后续催生经典力量关联起来,成为评价文学经典的又一重要法则。而这一法则,显然是相异于儒家经典戮力自身的经典法则的。② 孙氏借用西方文化中《圣经》经典与文学经典的区分,③提出儒家经典与文学经典的如下区分:"如果说儒家经典有走向封闭的倾向,那么文学经典则本质上是无限开放的,它永远预期着新读者的需求、新文类的形成、新杰作的出现与新范畴的准则。"④总之,希望自己的作品能超越时空并为后世读者所认同不朽,既是刘勰的愿望,也是中外文学史经典认同史的共通现象。⑤

孙氏认为,正是通过肯认《楚辞》的突出地位,刘勰才扩充了"经典"的范围,将更宽广多样的风格与主题容纳其中,从而发展出关于"经典"的第三条新的准则:师法传统,打破传统。⑥ 在刘勰看来,文学只有既取法传统,又变乎传统,才

---

① Kang-I Sun Chang, "Liu Xie's Idea Of Canonicity", in Zong-Qi Cai ed., *A Chinese Literary Mind:Culture,Creativity,and Rhetoric in Wenxin diaolong*.Stanford:Stanford University Press,2001.p.26.

② Kang-I Sun Chang, "Liu Xie's Idea Of Canonicity", in Zong-Qi Cai ed., *A Chinese Literary Mind:Culture,Creativity,and Rhetoric in Wenxin diaolong*.Stanford:Stanford University Press,2001.p.26.

③ 根据孙氏援引海尔斯(W.V.Harris)的考释,西方文化中将《圣经》经典与其他经典作了显著区分:《圣经》的经典历程的本质作用是趋向封闭,而文学经典则趋向开放,它永远默许最低限度的可行性,以便加入新的或不同评价的作品。参见 Kang-I Sun Chang, "Liu Xie's Idea Of Canonicity", in Zong-Qi Cai ed., A Chinese Literary Mind:Culture,Creativity,and Rhetoric in Wenxin diaolong[C].Stanford:Stanford University Press,2001.p.237.note 20;关于海尔斯的观点,参见 Wendell V. Harris, "Canonicity", *PMLA*,Jan.1991,p.110。

④ Kang-I Sun Chang, "Liu Xie's Idea Of Canonicity", in Zong-Qi Cai ed., *A Chinese Literary Mind:Culture,Creativity,and Rhetoric in Wenxin diaolong*.Stanford:Stanford University Press,2001.p.26.

⑤ Kang-I Sun Chang, "Liu Xie's Idea Of Canonicity", in Zong-Qi Cai ed., *A Chinese Literary Mind:Culture,Creativity,and Rhetoric in Wenxin diaolong*.Stanford:Stanford University Press,2001.p.30.

⑥ Kang-I Sun Chang, "Liu Xie's Idea Of Canonicity", in Zong-Qi Cai ed., *A Chinese Literary Mind:Culture,Creativity,and Rhetoric in Wenxin diaolong*.Stanford:Stanford University Press,2001.p.25.

能确立自己的"经典"价值。孙氏援引艾略特关于文学艺术作品的经典价值系于其与过往作品的历史传承与变革关系的判断:"没有任何诗人或艺术家具有全然独立的意义。他的意义、他的评价均系乎那些已逝去的诗人及艺术家的评价。你无法个别地判断他:你必须将他放置在那已作古的人之间,以兹对照或比较。我认为这是一个美学原理,而不仅是历史批评。他要遵守和承袭的创作要素并非片面:当一个新的艺术品诞生时所经验的一切,同时间亦一并发生于所有之前的艺术品上。这些现存的传统实例本身形成一理想法则,但它是不断经由新作品之引导来修订而成的。"①事实也是,"我们在《楚辞》中可以看到许多的'变',其所象征之体性与《诗经》完全不同。……最重要的是,屈原乃以一种新式文类(genre)写作,而新文类通常允许不同风格的创造,以适应新时代或新地域特殊语境之需要。实际上,在研读《文心雕龙》过程中,我们可以强烈感受到刘勰对文体类型的鉴别态度,他总是同时考量文学本源与形式创新两个因素。"②故新的经典的创造,既以尊重旧有经典为前提,同时也是一种在经典理念与新的实践、经典原则与时代变通、经典法则与创作个性之间调和斗争的过程。③

通过对刘勰"经典"观念的考释,孙氏提出了基于文化记忆学的"正典"(Canon)理论:所谓"正典",其本质上所显示的意义就是一种渴望被纪念、被包含在一个文化记忆中的需要。而作为文学经典之"正典"价值就在于:正是借文学正典,文学及作家才实现了立言不朽,文学的内在心灵与作家的外在需要才实现了价值永恒。④

本部分第二篇为编者蔡宗齐的《中国文学批评体系的建立:〈文心雕龙〉与早期文本中的文学观念》。

---

① Kang-I Sun Chang, "Liu Xie's Idea Of Canonicity", in Zong-Qi Cai ed., *A Chinese Literary Mind: Culture, Creativity, and Rhetoric in Wenxin diaolong*. Stanford: Stanford University Press, 2001. p.237, note 18;亦参见 T. S. Eliot, Tradition and the Individual Talent, *Selected Essays*, 1917-1932, New York: Harcourt Brace Jovanovich, 1932, p.5.

② Kang-I Sun Chang, "Liu Xie's Idea Of Canonicity", in Zong-Qi Cai ed., *A Chinese Literary Mind: Culture, Creativity, and Rhetoric in Wenxin diaolong*. Stanford: Stanford University Press, 2001. p.25.

③ Kang-I Sun Chang, "Liu Xie's Idea Of Canonicity", in Zong-Qi Cai ed., *A Chinese Literary Mind: Culture, Creativity, and Rhetoric in Wenxin diaolong*. Stanford: Stanford University Press, 2001. p.29.

④ Kang-I Sun Chang, "Liu Xie's Idea Of Canonicity", in Zong-Qi Cai ed., *A Chinese Literary Mind: Culture, Creativity, and Rhetoric in Wenxin diaolong*. Stanford: Stanford University Press, 2001. p.31.

蔡氏开宗明义地指出,尽管学术界一致视《文心雕龙》为一部中国文学批评中无出其右的体系性专著,然而对于氏著如何与中国文学批评传统形成一种内在体系,相关研究却付诸阙如。蔡氏撰写本文的目的,就在于解决这一问题。①

蔡氏以"文"之概念为切入点,将《文心雕龙》置于中国文学批评观念发展的整体语境中,梳理从上古讫汉中国文学批评形成的三大观念,亦即宗教文学观、人文主义文学观、教谕性文学观,讨论刘勰如何综合上述三大观念,继而提出自己的综合性文学观问题。蔡氏详细分析了包含刘勰综合性文学观在内的四种文学观念关联,揭示了其共性及差异,说明中国文学批评系统性与整体性实质。②

第一,《尚书》的宗教文学观。

蔡氏援引中国文学批评界的一般看法:"诗言志"是中国"文学"概念的最早表述,这一命题被完整记录于《尚书》首章《尧典》中:

> 帝曰:夔,命女典乐,教胄子。直而温,宽而栗,刚而无虐,简而无傲。诗言志,歌永言,声依永,律和声,八音克谐,无相夺伦,神人以和。夔曰:於,予击石拊石,百兽率舞。③

蔡氏认为,这段简略的文字,蕴含了文学活动的全过程:文学始于心、彰于言,伴以乐舞,终于对外在世界的影响。④ 其所述乃是以调节内在和外在过程为宗旨、带有浓厚宗教意味的表演,而诗为此表演活动之肇始。表演者通过说诗、颂诗、唱诗、奏乐和舞蹈来言"志",即心灵的活动,来祈求内心的平衡,亦即通过

---

① Zong-qi Cai, "The making of Critical System: Concepts of Literature in Wenxin diaolong and Earlier Texts", in Zong-Qi Cai ed., *A Chinese Literary Mind: Culture, Creativity, and Rhetoric in Wenxin diaolong*. Stanford: Stanford University Press, 2001. p.33.

② Zong-qi Cai, "The making of Critical System: Concepts of Literature in Wenxin diaolong and Earlier Texts", in Zong-Qi Cai ed., *A Chinese Literary Mind: Culture, Creativity, and Rhetoric in Wenxin diaolong*. Stanford: Stanford University Press, 2001. p.33.

③ Zong-qi Cai, "The making of Critical System: Concepts of Literature in Wenxin diaolong and Earlier Texts", in Zong-Qi Cai ed., *A Chinese Literary Mind: Culture, Creativity, and Rhetoric in Wenxin diaolong*. Stanford: Stanford University Press, 2001. p.34;原文参见《尚书正义》,见《十三经注疏》第一册,第13页。

④ Zong-qi Cai, "The making of Critical System: Concepts of Literature in Wenxin diaolong and Earlier Texts", in Zong-Qi Cai ed., *A Chinese Literary Mind: Culture, Creativity, and Rhetoric in Wenxin diaolong*. Stanford: Stanford University Press, 2001. p.34.

参与或观看表演活动,启益于道德教化和内心和谐,最终实现人与外在至高存在者"神人以和"的宗教效果。①

根据对《尧典》的分析,蔡氏认为,《尚书》的"诗言志"理论,实际上代表了一种独特的宗教文学观。在这种文学观中,诗处于乐和舞的从属地位,在唤醒神灵、实现"神人以和"时起到辅助作用。② 蔡氏特别指出,尽管以舞蹈为中心的宗教表演后来丧失了其重要性,"诗言志"的传统却保留下来,成为朱自清所谓的中国文学批评的"开山纲领",对中国文学批评的发展产生了深远影响。究其原因,乃在于"诗言志"实际上道明了文学是过程的思想,即文学源于人内心对外在世界的感应,之后以不同的艺术形式呈现这一过程,而终于以天、地、人实现和谐的观念。正是这一观念,成为后世中国数千年理解文学的基本观念模式。③

第二,《左传》和《国语》的人文主义文学观。

蔡氏指出,《尚书》之后批评家们进一步从"诗言志"说发展自己的文学观。他们通过重新定义文学的起源和形成,并根据文学对不同外在世界的影响来重新评估其作用。这是一个漫长的过程,它始于春秋时期的《左传》和《国语》甚或更早。④

蔡氏援引孔颖达、朱自清等古今注疏者与研究学者观点,认为《左传》与《国语》中"诗言志"一语传达了与《尚书》中截然不同的文学观。⑤

① Zong-qi Cai, "The making of Critical System: Concepts of Literature in Wenxin diaolong and Earlier Texts", in Zong-Qi Cai ed., *A Chinese Literary Mind: Culture, Creativity, and Rhetoric in Wenxin diaolong*. Stanford: Stanford University Press, 2001. p.34; 蔡氏援引古希腊艺术观念以为佐证,标明人类艺术观念初始阶段的共通性。根据美国哲学家斯帕利的研究,古希腊时期"古老的神话时代吟诗、奏乐、舞蹈乃至祭祀和戏剧表演一体"。see, p.240, note 6; original quotation, see, Mihail I.Spariosu, The God of Many Names: Play, Poetry, and Power in Hellenic Thought from Homer to Aristotle, Durham, N.C.: Duke University Press, 1991, p.141.

② Zong-qi Cai, "The making of Critical System: Concepts of Literature in Wenxin diaolong and Earlier Texts", in Zong-Qi Cai ed., *A Chinese Literary Mind: Culture, Creativity, and Rhetoric in Wenxin diaolong*. Stanford: Stanford University Press, 2001. p.36.

③ Zong-qi Cai, "The making of Critical System: Concepts of Literature in Wenxin diaolong and Earlier Texts", in Zong-Qi Cai ed., *A Chinese Literary Mind: Culture, Creativity, and Rhetoric in Wenxin diaolong*. Stanford: Stanford University Press, 2001. p.37.

④ Zong-qi Cai, "The making of Critical System: Concepts of Literature in Wenxin diaolong and Earlier Texts", in Zong-Qi Cai ed., *A Chinese Literary Mind: Culture, Creativity, and Rhetoric in Wenxin diaolong*. Stanford: Stanford University Press, 2001. p.37.

⑤ Zong-qi Cai, "The making of Critical System: Concepts of Literature in Wenxin diaolong and Earlier Texts", in Zong-Qi Cai ed., *A Chinese Literary Mind: Culture, Creativity, and Rhetoric in Wenxin diaolong*. Stanford: Stanford University Press, 2001. p.37.

首先,《左传》关于"六志"的叙述,指向六种含有道德含义的情感("六情"),而非六朝时期"诗缘情"意义上的纯粹审美情感;其主要表现形式,为包含歌与诗的乐,鲜及舞蹈;表演的目的,也不再是娱神,而是协调社会政治或自然过程。[①]

其次,以乐为中心的宫廷表演的第二种作用在于塑造统治阶级成员的道德品质。[②] 正是出于对音乐和事物内在秩序具有紧密关联的认识,人们相信音乐能够促成各种对立事物之间的良好互动,能够促成听者情操高尚、精神平和的结果,一如晏子所言:"清浊大小,短长疾徐,哀乐刚柔,迟速高下,出入周疏,以相济也。君子听之,以平其心,心平德和。"[③]

最后,乐之表演最重要作用在于促成自然和人的和谐。[④] 蔡氏通过考释《国语》中州鸠评乐、师旷听音的典故,表明了这样一个基本观察:对春秋时期的人类而言,人类社会的和谐不过是人们一直孜孜以求自己与自然过程及自然相和谐的部分篇章而已,而后者对人的生存福祉起着决定性影响。[⑤]

通过如上三个方面的考察,蔡氏得出如下结论:《左传》和《国语》对"诗言志"的重新阐释促成了新的人文主义文学观的形成。这种人文主义,不再是单纯的宗教关怀,而是有着世俗社会政治和人类自然生活体认的新的文学观。[⑥]

第三,《毛诗序》的教谕性文学观。

蔡氏认为,"诗言志"文学观发展至汉代《毛诗序》,演变为一种内涵丰富的

---

① Zong-qi Cai,"The making of Critical System:Concepts of Literature in Wenxin diaolong and Earlier Texts",in Zong-Qi Cai ed.,*A Chinese Literary Mind:Culture,Creativity,and Rhetoric in Wenxin diaolong*.Stanford:Stanford University Press,2001.p.38.

② Zong-qi Cai,"The making of Critical System:Concepts of Literature in Wenxin diaolong and Earlier Texts",in Zong-Qi Cai ed.,*A Chinese Literary Mind:Culture,Creativity,and Rhetoric in Wenxin diaolong*.Stanford:Stanford University Press,2001.p.38.

③ 孔颖达:《春秋左传正义》,见《十三经注疏》第二册,第 2024 页。

④ Zong-qi Cai,"The making of Critical System:Concepts of Literature in Wenxin diaolong and Earlier Texts",in Zong-Qi Cai ed.,*A Chinese Literary Mind:Culture,Creativity,and Rhetoric in Wenxin diaolong*.Stanford:Stanford University Press,2001.p.39.

⑤ Zong-qi Cai,"The making of Critical System:Concepts of Literature in Wenxin diaolong and Earlier Texts",in Zong-Qi Cai ed.,*A Chinese Literary Mind:Culture,Creativity,and Rhetoric in Wenxin diaolong*.Stanford:Stanford University Press,2001.p.39.

⑥ Zong-qi Cai,"The making of Critical System:Concepts of Literature in Wenxin diaolong and Earlier Texts",in Zong-Qi Cai ed.,*A Chinese Literary Mind:Culture,Creativity,and Rhetoric in Wenxin diaolong*.Stanford:Stanford University Press,2001.p.41.

教谕性文学观。作为中国古代对诗之性质与功能最为权威的论述,《诗大序》将诗的语言表达置于乐、歌之上,并用纯粹的教谕性术语重新评价诗的功用。①

根据《诗大序》申述:"诗者,志之所之也。在心为志,发言为诗。"结合《乐记》诠注:"情动于中而行于言,言之不足故嗟叹之,嗟叹之不足故咏歌之,咏歌之不足,不知手之舞之,足之蹈之也。"②比照《尚书》《国语》关于诗、乐、舞的相关表述,蔡氏得出结论:乐、舞在《诗大序》中被边缘化,而诗的地位得到显著提高。③

抬高诗的地位,并将文学重新定义为以言为中心的社交形式,蔡氏认为是为了适应战国迄汉社会的两大重要转变:诗、乐的逐渐分离,与文学关注的焦点从自然过程转向社会关系。④ 正是这两大转变所造成的文艺事实与时代洪流,使得《诗大序》将诗重新界定为以言为中心的社会交流,并强调其道德、社会和政治功能。

蔡氏简述了《诗大序》所述"诗"的四大功能:其一,诗使人的内心与外部世界和谐一致。其二,诗可促进一国民众的和睦。其三,诗和睦君臣关系。其四,诗可对民众形成道德影响。⑤

蔡氏运用文本的语境还原法,提出诗高于乐的教谕性文学观的兴起,不仅与前述广泛的社会政治变化攸关,还与讨论《诗经》的背景变化相关。在蔡氏看来,《左传》和《国语》中对《诗经》的论述,多是王侯及其侍从在宫廷活动的场合提出,言者与听者面对面交流,难以采取一种居高临下的说教立场。因此,他们对诗的讨论是描述性的而非规范性的。相比之下,《诗大序》作者则充当诗作隐含作者的身份,其听众包括了君王和平民各个阶层,他们共同构成了其说教对

---

① Zong-qi Cai,"The making of Critical System:Concepts of Literature in Wenxin diaolong and Earlier Texts",in Zong-Qi Cai ed.,*A Chinese Literary Mind:Culture,Creativity,and Rhetoric in Wenxin diaolong.*Stanford:Stanford University Press,2001.pp.40-41.

② 孔颖达:《毛诗正义》卷一,见《十三经注疏》第一册,第269—270页。

③ Zong-qi Cai,"The making of Critical System:Concepts of Literature in Wenxin diaolong and Earlier Texts",in Zong-Qi Cai ed.,*A Chinese Literary Mind:Culture,Creativity,and Rhetoric in Wenxin diaolong.*Stanford:Stanford University Press,2001.p.41.

④ Zong-qi Cai,"The making of Critical System:Concepts of Literature in Wenxin diaolong and Earlier Texts",in Zong-Qi Cai ed.,*A Chinese Literary Mind:Culture,Creativity,and Rhetoric in Wenxin diaolong.*Stanford:Stanford University Press,2001.pp.42-43.

⑤ Zong-qi Cai,"The making of Critical System:Concepts of Literature in Wenxin diaolong and Earlier Texts",in Zong-Qi Cai ed.,*A Chinese Literary Mind:Culture,Creativity,and Rhetoric in Wenxin diaolong.*Stanford:Stanford University Press,2001.p.44.

象。"高高在上"的作者身份使他超越了宫廷礼仪场合论诗的局限,从而将《诗经》重新构想为以语言为中心的社交形式。不仅如此,作者身份的疏离还允许他站在儒家道德的高度,教导君王及其臣民如何运用《诗经》。这便是《毛诗序》教谕性文学观形成的语境基础。①

第四,《文心雕龙》的综合性文学观。

蔡氏认为,刘勰以"原道"概念为核心,发展出一种综合性的文学观。这种文学观既是对上古"诗言志"传统的承继,亦即将文学为一种创造和谐的过程;同时,也是对"诗言志"传统的背离,因其缺少该传统中的说教意味,而将文学视为一种具有内在审美特性的综合性存在。这种存在涵盖了文学的本质、文学的创作、文学的功用等多方面问题。②

其一,文学本质问题。

与《诗大序》一样,刘勰抬高诗的地位,突出诗之表达媒介"文字"与乐音相比的重要性。在《知音》篇中,刘勰指出:"夫缀文者情动而辞发,观文者披文以入情;沿波讨源,虽幽必显。世远莫见其面,觇文辄见其心。岂成篇之足深?患识照之自浅耳。夫志在山水,琴表其情,况形之笔端,理将焉匿?"这段话表明,是文字所具有的独特视觉影响力,而非言或乐中稍纵即逝的声音,让我们接触到昔日作者的内心世界,使自然当中隐在之"理"显露出来。③

蔡氏指出,刘勰将文字之"理"(patterning)视为文学的本质,自然要将文学起源溯至文字起源。在刘勰看来,文字起源于"道"且为"道"之显现,它是人类将对"道"之内在体验外化为视觉经验的结果。④ 在《原道》篇中,刘勰开宗明义

---

① Zong-qi Cai, "The making of Critical System: Concepts of Literature in Wenxin diaolong and Earlier Texts", in Zong-Qi Cai ed., *A Chinese Literary Mind: Culture, Creativity, and Rhetoric in Wenxin diaolong*. Stanford: Stanford University Press, 2001. p.45.

② Zong-qi Cai, "The making of Critical System: Concepts of Literature in Wenxin diaolong and Earlier Texts", in Zong-Qi Cai ed., *A Chinese Literary Mind: Culture, Creativity, and Rhetoric in Wenxin diaolong*. Stanford: Stanford University Press, 2001. p.46.

③ Zong-qi Cai, "The making of Critical System: Concepts of Literature in Wenxin diaolong and Earlier Texts", in Zong-Qi Cai ed., *A Chinese Literary Mind: Culture, Creativity, and Rhetoric in Wenxin diaolong*. Stanford: Stanford University Press, 2001. p.47.

④ Zong-qi Cai, "The making of Critical System: Concepts of Literature in Wenxin diaolong and Earlier Texts", in Zong-Qi Cai ed., *A Chinese Literary Mind: Culture, Creativity, and Rhetoric in Wenxin diaolong*. Stanford: Stanford University Press, 2001. p.47.

地指出了这一点:"文之为德也大矣,与天地并生者,何哉? 夫玄黄色杂,方圆体分;日月叠璧,以垂丽天之象;山川焕绮,以铺理地之形。此盖道之文也。仰观吐曜,俯察含章,高卑定位,故两仪既生矣。惟人参之,性灵所钟,是谓三才。为五行之秀,实天地之心。心生而言立,言立而文明,自然之道也。"蔡氏举证这段话意在表明:不同于早期文本中对文学起源问题的边缘化讨论,刘勰将文学起源问题视为文学之核心问题,将文学之"文"与天之"文"、地之"文"一同视为"道"之感性形式,从而使文学通过其视觉形式("文")而获得了与天、地同样起源、同等重要的地位。①

其二,文学创作问题。

蔡氏引用中国国内学界《文心雕龙学综览》相关成果,指出在文学创作观问题上,刘勰也与先秦两汉有着根本的不同。对先秦两汉的评论家来说,诗歌只是以舞、乐或吟诵为主体的、具有感召力的公众表演的组成部分,而对刘勰来说,文学创作是作者冥思苦想、用文字创造美文的过程。② 就创作过程而言,早期的评论家倾向于关注创作过程中发泄情感的公众表演与神的、自然的或人类的特定过程之间的相互作用;而刘勰着重分析、观察作者在冥想、反思等不同创作阶段的相互关联及其与外部世界的互动关系。③

蔡氏举证刘勰《物色》篇关于"作者-外在世界"的"反映-唤起"模式,与《神思》篇关于作者的活跃想象与外在世界的冥想创造关系:

> 春秋代序,阴阳惨舒,物色之动,心亦摇焉。盖阳气萌而玄驹步,阴律凝而丹鸟羞,微虫犹或入感,四时之动物深矣。若夫珪璋挺其惠心,英华秀其清气,物色相召,人谁获安……
>
> 是以诗人感物,联类不穷。流连万象之际,沉吟视听之区;写气图貌,既

---

① Zong-qi Cai,"The making of Critical System:Concepts of Literature in Wenxin diaolong and Earlier Texts",in Zong-Qi Cai ed.,*A Chinese Literary Mind:Culture,Creativity,and Rhetoric in Wenxin diaolong.* Stanford:Stanford University Press,2001.p.48.

② Zong-qi Cai,"The making of Critical System:Concepts of Literature in Wenxin diaolong and Earlier Texts",in Zong-Qi Cai ed.,*A Chinese Literary Mind:Culture,Creativity,and Rhetoric in Wenxin diaolong.*Stanford:Stanford University Press,2001.p.51.

③ Zong-qi Cai,"The making of Critical System:Concepts of Literature in Wenxin diaolong and Earlier Texts",in Zong-Qi Cai ed.,*A Chinese Literary Mind:Culture,Creativity,and Rhetoric in Wenxin diaolong.*Stanford:Stanford University Press,2001.p.49.

随物以宛转;属采附声,亦与心而徘徊。

上述引文,第一段描写了创作初始阶段,作者情感在心理层面是如何被激发的;第二段则描写了季节交替和物色变化,所引发作者内心的喜悦、忧虑、愁思或悲伤,并唤醒作者抒写内心的渴望。①

而在《神思》篇中,刘勰思考的问题不再是对心灵与外在世界关系的逻辑描述,而是内心经验性的冥想与超验性的精神飞翔:

古人云:"形在江海之上,心存魏阙之下。"神思之谓也。文之思也,其神远矣。故寂然凝虑,思接千载,悄焉动容,视通万里。吟咏之间,吐纳珠玉之声;眉睫之前,卷舒风云之色:其思理之致乎? 故思理为妙,神与物游。

在蔡氏看来,创作过程中内心经验性的冥想与超验性的精神飞翔,是一个"双向进程",并受不同因素制约。首先,心神的向外飞翔主要由心理-道德过程(志)和生理-道德过程(气)控制:"神居胸臆,而志气统其关键。"(《神思》)其次,创作中的认知过程(听觉的和视觉的)和思维过程(自觉的语言运用)是调节神与物游、自远而近物象的关键:"物沿耳目,而辞令管其枢机。"(《神思》)对刘勰而言,"神思"活动有赖于"双向进程"中所有这些过程与要素的协调合作:"枢机方通,则物无隐貌;关键将塞,则神有遁心。"(《神思》)"神思"的最终结果,是内在(神、意、情)和外在(物、象)相互作用形成"意象",并以语言为媒介身心得以完美表现。②

其三,文学功用问题。

蔡氏对刘勰文学功用问题的讨论较为简略。在蔡氏看来,与文学诸问题一样,刘勰对文学功用问题的看法与早期评论家的观点亦形成鲜明对照。如果说,对文学功用的讨论是先秦两汉文学批评典籍中最为重要的部分,那么,在刘勰的

---

① Zong-qi Cai, "The making of Critical System: Concepts of Literature in Wenxin diaolong and Earlier Texts", in Zong-Qi Cai ed., *A Chinese Literary Mind: Culture, Creativity, and Rhetoric in Wenxin diaolong*. Stanford: Stanford University Press, 2001. p.51.

② Zong-qi Cai, "The making of Critical System: Concepts of Literature in Wenxin diaolong and Earlier Texts", in Zong-Qi Cai ed., *A Chinese Literary Mind: Culture, Creativity, and Rhetoric in Wenxin diaolong*. Stanford: Stanford University Press, 2001. pp.52-53.

文学观中，它却成了最不重要的部分。① 蔡氏提醒我们注意：《文心雕龙》篇幅
50 章，但却未设专章讨论这一问题。不同于《诗大序》，刘勰并未阐述文学如何
能且应该用于调节人际关系、加强道德和社会政治秩序、使人与神保持一致等
问题，他只是承认文学"顺美匡恶，其来久已"（《明诗》）的事实，并在若干章
敷衍地提到文学的两种教化职能。因此从理论上讲，刘勰认为文学作为自觉
的创作过程，其价值的判定不是看它如何协调外部过程赐予人的福祉，而是看
它如何以文或美的形式来体现"道"，并由此得以"经纬区宇，弥纶彝宪"（《原
道》）的。②

　　通过对以上三大问题的分析，蔡氏得出如下结论：刘勰的文学观是全面系统
的文学思考与总结。为了建构这种全面系统的文学观，刘勰从文学外部与文学
内部两个方面，修改了前人对相关问题的看法，提出了自己的观点。③

　　首先，从文学外部方面来看，刘勰从三个层面对前人观点作出修正。第一个
层面，即宇宙观层面，早期宗教沉溺于祈求与天神、地祇、人鬼取得和谐，而刘勰
则关注如何在文学创作过程中"入神"，使作者的心灵之神与外部世界之神
（"道"）融为一体。第二个层面，即自然过程层面，刘勰关心文学和阴阳、五行以
及具体的自然过程的关系；但与《左传》《国语》不同，他所探究的不是诗与乐协
调自然过程、促进万物繁衍的功用，而是这些自然过程和艺术创造之间的关
联。第三个层面，亦即道德和社会政治过程层面，刘勰将注意力从《诗大序》
实用的教谕性功能转向了文学作品体现圣人之"道"这个"形而上"的任
务上。④

　　① Zong-qi Cai, "The making of Critical System：Concepts of Literature in Wenxin diaolong and Earlier Texts", in Zong-Qi Cai ed., *A Chinese Literary Mind：Culture，Creativity，and Rhetoric in Wenxin diaolong*. Stanford：Stanford University Press，2001.p.54.

　　② Zong-qi Cai, "The making of Critical System：Concepts of Literature in Wenxin diaolong and Earlier Texts", in Zong-Qi Cai ed., *A Chinese Literary Mind：Culture，Creativity，and Rhetoric in Wenxin diaolong*. Stanford：Stanford University Press，2001.p.54.

　　③ Zong-qi Cai, "The making of Critical System：Concepts of Literature in Wenxin diaolong and Earlier Texts", in Zong-Qi Cai ed., *A Chinese Literary Mind：Culture，Creativity，and Rhetoric in Wenxin diaolong*. Stanford：Stanford University Press，2001.p.54.

　　④ Zong-qi Cai, "The making of Critical System：Concepts of Literature in Wenxin diaolong and Earlier Texts", in Zong-Qi Cai ed., *A Chinese Literary Mind：Culture，Creativity，and Rhetoric in Wenxin diaolong*. Stanford：Stanford University Press，2001.p.54.

其次,从文学内部方面来看,刘勰从四个层面对前人观点作出变革:在超感觉的经验层面,刘勰用冥想的直觉代替了祈祷作为接触终极现实的手段。在生理经验的层面,刘勰将《尧典》巫术礼仪中的肢体运动升华为致力养"气"的过程。在心理经验层面,刘勰的兴趣从《诗大序》的中心"言志"转向了"情文"的创造。在道德经验的层面,刘勰将道德规劝与教诲降至边缘地位,虽然他也承认作者的道德品质和文学创造有所关联。①

总之,刘勰综合性文学观及其文学概念的提出,目的在于建构关于美文写作的规范原则。在这一建构过程中,《易》对其起了直接的指导作用。从最高的文学终极宇宙论起源问题到最低的文学修辞问题,从固有的文学传统问题到文学的天才创造问题,从非文学问题到美的文学之各类文体与亚文体问题,从文学创造问题到文学接受问题,从作者个性问题到读者类型问题,刘勰建构的一整套综合性文学观与文学批评体系,无不启益于《易》所开创的基本范式。②

第五,四大文学观念的联系与中国文学批评的体系性。

蔡氏认为,刘勰的综合性文学观与早期其他三大文学观具有内在的密切关联,它们共同组成了早期中国传统文学批评的系统整体。③

首先可以肯定的是:四大文学观持有共同的信仰,即文学是一个过程,旨在使天、地、人达至和谐。文学这一和谐过程源于心,是作者对外部活动的生理、心理、道德、直觉或心智的反映,并以舞蹈、演奏、咏唱、演讲或写作的形式呈现于外。这个由内而外的过程,有助于实现人与自然、社会的和谐。质言之,文学的过程包含三个主要阶段:它首先起源于作家对外部世界的反应,其次凝聚于作家内心并外化为语言作品,最后作用于作家内心与外部世界并终

---

① Zong-qi Cai, "The making of Critical System: Concepts of Literature in Wenxin diaolong and Earlier Texts", in Zong-Qi Cai ed., *A Chinese Literary Mind: Culture, Creativity, and Rhetoric in Wenxin diaolong*. Stanford: Stanford University Press, 2001. pp.54-55.

② Zong-qi Cai, "The making of Critical System: Concepts of Literature in Wenxin diaolong and Earlier Texts", in Zong-Qi Cai ed., *A Chinese Literary Mind: Culture, Creativity, and Rhetoric in Wenxin diaolong*. Stanford: Stanford University Press, 2001. pp.55-56.

③ Zong-qi Cai, "The making of Critical System: Concepts of Literature in Wenxin diaolong and Earlier Texts", in Zong-Qi Cai ed., *A Chinese Literary Mind: Culture, Creativity, and Rhetoric in Wenxin diaolong*. Stanford: Stanford University Press, 2001. p.56.

至二者的和谐。①

同时,蔡氏提醒我们注意四种文学观存在两方面的显著不同。

其一,关于文学本质界定的不同。在《尧典》中,诗被描写为以舞蹈为中心的宗教表演的附属;在《左传》《国语》中,虽然诗的地位有所提升,但它仍被视为以乐为中心的宫廷仪式的附庸;在《诗大序》中,诗附属于社会交流中的口说媒介;在《文心雕龙》中,"文"主要意指文章典籍,也包含诗赋等有韵之"文",以及颂赞史传等无韵之"笔"。②

其二,出于对文学内外作用过程关注重点的不同,导致四大文学观念对于文学起源、创作和功用理解的不同。在文学起源问题上,《尧典》关注文学内外作用过程中的神灵,《左传》《国语》关注该过程的自然力量,《诗大序》则关注道德、社会和政治过程,《文心雕龙》关注统合儒、释、道之"道"。在文学创作问题上,它们强调了创作过程不同的内心体验:《尧典》《左传》《国语》侧重生理和心理体验,《诗大序》突出心理和道德体验,《文心雕龙》则从上述诸方面进行了综合研究。在文学的功用问题上,它们分别强调文学对神灵和自然力的协调、对人际关系的矫正、对宇宙之道的体现。③

总之,由《尚书》的宗教文学观、《左传》《国语》的人文主义文学观、《毛诗序》的教谕性文学观、《文心雕龙》的综合性文学观等四种文学观所共同构筑的中国文学批评复杂体系,有力地挑战了学术界的流俗观念,即:中国文学批评缺乏体系性,它只提供了关于文学的一些零散的、无序的、印象式观点。④ 之所以有此误解,蔡氏认为,是因为我们以"真理"为文学定义标准,运用西方文学批评

---

① Zong-qi Cai, "The making of Critical System: Concepts of Literature in Wenxin diaolong and Earlier Texts", in Zong-Qi Cai ed., *A Chinese Literary Mind: Culture, Creativity, and Rhetoric in Wenxin diaolong*. Stanford: Stanford University Press, 2001.p.57.

② Zong-qi Cai, "The making of Critical System: Concepts of Literature in Wenxin diaolong and Earlier Texts", in Zong-Qi Cai ed., *A Chinese Literary Mind: Culture, Creativity, and Rhetoric in Wenxin diaolong*. Stanford: Stanford University Press, 2001.p.57.

③ Zong-qi Cai, "The making of Critical System: Concepts of Literature in Wenxin diaolong and Earlier Texts", in Zong-Qi Cai ed., *A Chinese Literary Mind: Culture, Creativity, and Rhetoric in Wenxin diaolong*.Stanford: Stanford University Press, 2001.p.57.

④ Zong-qi Cai, "The making of Critical System: Concepts of Literature in Wenxin diaolong and Earlier Texts", in Zong-Qi Cai ed., *A Chinese Literary Mind: Culture, Creativity, and Rhetoric in Wenxin diaolong*. Stanford: Stanford University Press, 2001.pp.57-58.

的二元论分析框架使然。如果我们以"过程"为文学定义标准,我们就不仅可以发现《文心雕龙》之前中国文学批评的体系性,亦可以发现《文心雕龙》之后中国文学批评的这一典型特性。[①] 文学的"过程"性,从而成为中国文学批评的共同特性;也正是经由这一特性,中国文学批评才构成了一个系统整体。[②]

二、理论基础:儒家、佛教与《文心雕龙》

本部分主要讨论《文心雕龙》的思想观念渊源,比较翔实地分析了刘勰与儒家、佛教、道家的思想关联问题。

第一篇选录的为梅维恒(Victor H.Mair)的《〈文心雕龙〉的佛教渊源》一文。梅维恒在本论文中提出了一个核心观念:《文心雕龙》有其佛教渊源。

梅氏首先梳理了中国大陆学术界对于《文心雕龙》思想渊源的三种不同观点:(1)无论就其写作目的还是写作内容来看,《文心雕龙》与佛教都无关联;(2)佛教对《文心雕龙》具有明显的决定性作用;(3)《文心雕龙》有佛教影响,但无决定性意义。[③] 同时,他又分析了港台学术界对《文心雕龙》思想渊源的两种不同看法:(1)以饶宗颐为代表的支持佛教影响说,与(2)以潘重规为代表的反佛教影响说。梅氏的看法是:这些观点虽都有其合理性,但并未逮问题核心。[④] 在梅氏看来,确定《文心雕龙》与佛教的关联,核心在于判定"文心"一词的渊源。[⑤]

[①] Zong-qi Cai, "The making of Critical System: Concepts of Literature in Wenxin diaolong and Earlier Texts", in Zong-Qi Cai ed., *A Chinese Literary Mind: Culture, Creativity, and Rhetoric in Wenxin diaolong*. Stanford: Stanford University Press, 2001. p.58.

[②] Zong-qi Cai, "The making of Critical System: Concepts of Literature in Wenxin diaolong and Earlier Texts", in Zong-Qi Cai ed., *A Chinese Literary Mind: Culture, Creativity, and Rhetoric in Wenxin diaolong*. Stanford: Stanford University Press, 2001. p.59.

[③] Victor H.Mair, "Buddhism in *The Literary Mind and Ornate Rhetoric*", in Zong-Qi Cai ed., *A Chinese Literary Mind: Culture, Creativity, and Rhetoric in Wenxin diaolong*. Stanford: Stanford University Press, 2001. p.64.

[④] Victor H.Mair, "Buddhism in *The Literary Mind and Ornate Rhetoric*", in Zong-Qi Cai ed., *A Chinese Literary Mind: Culture, Creativity, and Rhetoric in Wenxin diaolong*. Stanford: Stanford University Press, 2001. pp.69-71.

[⑤] Victor H.Mair, "Buddhism in *The Literary Mind and Ornate Rhetoric*", in Zong-Qi Cai ed., *A Chinese Literary Mind: Culture, Creativity, and Rhetoric in Wenxin diaolong*. Stanford: Stanford University Press, 2001. p.74.

　　梅氏认为,《文心雕龙》"序志"篇对"文心"一词的解释("为文之用心")无补于我们对该词语义的考察。实际上,"文心"语义源于佛教"心"(hrdaya,citta)概念,①该概念对于六朝时期中国文艺美学起到决定性影响。这是判定《文心雕龙》佛教渊源的最重要理由。事实上,无论是谢灵运的"赏心"概念,还是刘勰在《原道》篇中将"文心"列为文学创造与欣赏的源泉("心生而言立,言立而文明"),都表明"心"概念在其时文学理论中的重要性。② 而将"心"视为万物创造之源泉,正是佛教的观念。梅氏提出,在佛教传入中国前,"心"只是物质的器官与思想的中心,它绝无创生万物的功能。后至《华严经》出现"三界唯一心""心外无别法,心佛及众生,是三无差别"等命题,汉语"心"的含义才得以扩展。③

　　当然,梅氏也指出,"文心"之"心"与佛教语汇中出现的"心"存在细微差别:在《文心雕龙》中,它有其"道"的多样性渊源,亦即它可以释道家之"道"、儒家之"道"、释家之"道";而在佛教语汇中,"心"则为单一语义。④

　　第二个理由是:刘勰主动拜在沈约门下("乃负书候约于车前,状若货鬻者"),而沈约实为一个地道的佛教徒,其"四声八韵"理论,明显受到印度佛教影响。据此可以推测,刘勰在《文心雕龙》出版前将该书奉于沈约,实为一种学派投诚行为,他有意表明作的佛教思想背景;换句话说,刘勰写作《文心雕龙》的最基本动机,应该是其欲支持沈约及其所代表的佛教文学阵营。⑤

　　第三个理由是:根据《梁书》对刘勰"为文长于佛理"的记载,我们很难排除

---

　　①　Victor H.Mair, "Buddhism in *The Literary Mind and Ornate Rhetoric*", in Zong-Qi Cai ed., *A Chinese Literary Mind : Culture , Creativity , and Rhetoric in Wenxin diaolong*. Stanford : Stanford University Press,2001.p.74.

　　②　Victor H.Mair, "Buddhism in *The Literary Mind and Ornate Rhetoric*", in Zong-Qi Cai ed., *A Chinese Literary Mind : Culture , Creativity , and Rhetoric in Wenxin diaolong*. Stanford : Stanford University Press,2001.p.74.

　　③　Victor H.Mair, "Buddhism in *The Literary Mind and Ornate Rhetoric*", in Zong-Qi Cai ed., *A Chinese Literary Mind : Culture , Creativity , and Rhetoric in Wenxin diaolong*. Stanford : Stanford University Press,2001.pp.74-75.

　　④　Victor H.Mair, "Buddhism in *The Literary Mind and Ornate Rhetoric*", in Zong-Qi Cai ed., *A Chinese Literary Mind : Culture , Creativity , and Rhetoric in Wenxin diaolong*. Stanford : Stanford University Press,2001.p.75.

　　⑤　Victor H.Mair, "Buddhism in *The Literary Mind and Ornate Rhetoric*", in Zong-Qi Cai ed., *A Chinese Literary Mind : Culture , Creativity , and Rhetoric in Wenxin diaolong*. Stanford : Stanford University Press,2001.p.76.

刘勰写作《文心雕龙》不会受到"佛理"的影响。①

第四个理由是:《文心雕龙》有其印度原型。

梅维恒将《文心雕龙》的结构和内容与印度佛教诗学,特别是与刘勰大约同期的布哈麦哈(Bhāmaha)与檀丁(Dandin)佛教诗学文本进行比对后认为,前者受到后者的直接影响。② 梅氏列出的理由是:第一,布哈麦哈是印度公认佛学大师,其部分佛教诗学文本极有可能随佛教东传至中国,并对刘勰等佛教文人产生影响。第二,从婆罗多(Bharata)到布哈麦哈与檀丁的印度佛教诗学,都格外关注经学文本的修饰、修辞、勘误、逻辑、义理、语法与修辞指谬、语用、音律、韵律问题;而所有这些问题,都在《文心雕龙》第二部分得到讨论。甚至印度独特的审美观念"味"(rasa;sentiment,taste)与"情"(bhāva,emotion),亦在《文心雕龙》里有其回声("性"与"情")。由布哈麦哈与檀丁共同创造的诗学之"体"(śarīra,body)概念,《文心雕龙》里亦有其概念对应:"体"在《文心雕龙》中隐含意思有:风格(style)、质(substance)、形式(form)、文体(genre),与其印度概念语义一致。此外,印度佛教诗学经常枚举各类文体并加以比堪,《文心雕龙》亦承续了此一做法。③

据此梅氏得出进一步推论:《文心雕龙》是一个携带宗教意味的诗学文本("征圣"),一如印度婆罗多、布哈麦哈与檀丁等佛教徒创作的佛教诗学文本那样(śāstra,"圣教""圣说")。

第三,刘勰《文心雕龙》起篇于哲学、神话学与道德的假定,继之于各类文体论述,终于各类文学要素(device)与主体(figures)的阐释,这种论说框架雷同于印度佛教诗学文本,④特别是有似于布哈麦哈与檀丁创立的"布哈麦哈-檀丁"

---

① Victor H. Mair, "Buddhism in *The Literary Mind and Ornate Rhetoric*", in Zong-Qi Cai ed., *A Chinese Literary Mind: Culture, Creativity, and Rhetoric in Wenxin diaolong*. Stanford: Stanford University Press, 2001. p. 76.

② Victor H. Mair, "Buddhism in *The Literary Mind and Ornate Rhetoric*", in Zong-Qi Cai ed., *A Chinese Literary Mind: Culture, Creativity, and Rhetoric in Wenxin diaolong*. Stanford: Stanford University Press, 2001. pp. 76-77.

③ Victor H. Mair, "Buddhism in *The Literary Mind and Ornate Rhetoric*", in Zong-Qi Cai ed., *A Chinese Literary Mind: Culture, Creativity, and Rhetoric in Wenxin diaolong*. Stanford: Stanford University Press, 2001. p. 78.

④ Victor H. Mair, "Buddhism in *The Literary Mind and Ornate Rhetoric*", in Zong-Qi Cai ed., *A Chinese Literary Mind: Culture, Creativity, and Rhetoric in Wenxin diaolong*. Stanford: Stanford University Press, 2001. p. 78.

诗学范式,即:以文学的宗教与哲学为根基,继之以各类文体表现形式,再到细微的文学之"道""技""器"。梅氏认为,这种三位一体的诗学范式在《文心雕龙》里得以复现,很难说是一种巧合,而是其时印度诗学与中国诗学密切关联的直接证据。①

当然梅氏也承认,《文心雕龙》绝不是对任何印度佛教诗学的径直翻译,它有其深刻的中国文学批评渊源:其不仅使用中国骈文语言写就,而且枚举文学作品均为中国文学正典,并将迄至齐梁时代的中国文学批评结为系统整体,使其在总体风貌与语言措置(diction)方面呈现为儒学经典。尽管如此,也很难说它没有受到印度佛教诗学影响,因为当我们透过氏作表层光影去深入挖掘其认识论与方法论时,会感觉到佛教的内核充盈其间。②

考虑到六朝时期儒、释、道与玄学竞相争艳的独特思想氛围,特别是刘勰早期的佛教生涯,梅氏认为,我们很难将其与佛教划清界限。虽然我们也承认刘勰所做的是一种基于正统文学(secular literature)的正统文学批评工作,他甚至未提及一部佛教文学作品,然而,我们更倾向于认为《文心雕龙》是刘勰为协助僧佑所作的大规模佛教文学汇编工作的一部分。③

当然,《文心雕龙》最重要的佛学贡献不在于其对"圆通"等一些佛教语汇的使用,而在于其对佛教思想模式与体系结构的使用。《文心雕龙》作于六朝时期中国美学观念剧烈变革之际,其时佛教观念持续升温,并对中国艺术、中国文学、中国哲学与中国宗教产生剧烈影响,《文心雕龙》正是在这样一种背景下印度佛教观念与方法在中国开花结果的典范。④

---

① Victor H.Mair,"Buddhism in *The Literary Mind and Ornate Rhetoric*", in Zong‑Qi Cai ed.,*A Chinese Literary Mind:Culture,Creativity,and Rhetoric in Wenxin diaolong.* Stanford:Stanford University Press,2001.p.79.

② Victor H.Mair,"Buddhism in *The Literary Mind and Ornate Rhetoric*", in Zong‑Qi Cai ed.,*A Chinese Literary Mind:Culture,Creativity,and Rhetoric in Wenxin diaolong.* Stanford:Stanford University Press,2001.pp.79‑80.

③ Victor H.Mair,"Buddhism in *The Literary Mind and Ornate Rhetoric*", in Zong‑Qi Cai ed.,*A Chinese Literary Mind:Culture,Creativity,and Rhetoric in Wenxin diaolong.* Stanford:Stanford University Press,2001.p.80.

④ Victor H.Mair,"Buddhism in *The Literary Mind and Ornate Rhetoric*", in Zong‑Qi Cai ed.,*A Chinese Literary Mind:Culture,Creativity,and Rhetoric in Wenxin diaolong.* Stanford:Stanford University Press,2001.p.80.

在梅氏看来，六朝以降中国文学批评所经历的"雅化"(belletricization)与佛教化(Buddhicization)处于同一历史进程。如果我们追本溯源，考察从曹丕《典论·论文》，经陆机《文赋》、刘勰《文心雕龙》、空海《文镜秘府论》，到严羽《沧浪诗话》，我们会发现，这种"雅化"与"佛教化"的双重进程，极大地丰富了汉语的反思能力与观念化方式。设若上述观点成立，我们就可以认为，《文心雕龙》事实上代表了佛教中国化的一个关键阶段，它形象地展示了印度文学观念如何轻易地就被中国文学吸收而无须经历完整替换或粗暴扭曲的事实。"文心雕龙"主题一词，据此也可以被翻译为一种典型的印度佛教诗学表达范式："论'文心'及其修饰"(Treatise on the literary heart/mind and its embellishments)。①

本部分选录的第二篇为林理彰(Richard John Lynn)的《王弼与刘勰〈文心雕龙〉：术语与概念、影响与联系》一文。在本文中，林理彰的核心观点是：魏晋时期王弼的相关著作，构成了刘勰《文心雕龙》中的许多术语、概念、认识论与修辞模型的重要渊源，尽管在《文心雕龙》里并未提及王弼本人，但通过对二人使用相关术语、概念等的比较，可以看出：刘勰熟读王弼并深受其影响。② 林氏开列王弼的相关著作有：《王弼老子注》《老子微指例略》《王弼周易注》《周易略例》，举证刘勰《文心雕龙》的相关篇章有：第 1 章《原道》、第 6 章《明诗》、第 18 章《论说》、第 22 章《章表》、第 26 章《神思》、第 31 章《情采》、第 40 章《隐秀》。

例证一：第 22 章《论说》中"几""神""有""无""形""用""寂寥""玄"等术语与概念，是公元 3 至 6 世纪魏晋齐梁时代思想领域通用术语，其渊源或可认归于王弼而非其余诸家，其意义在王弼论述中即已形成。③

---

① Victor H.Mair,"Buddhism in *The Literary Mind and Ornate Rhetoric*",in Zong-Qi Cai ed.,*A Chinese Literary Mind:Culture,Creativity,and Rhetoric in Wenxin diaolong.* Stanford:Stanford University Press,2001.p.81.

② Richard John Lynn,"Wang Bi and Liu Xie's Wenxin Diaolong:Terms and Concepts,Influence and Affiliations",in Zong-Qi Cai ed.,*A Chinese Literary Mind:Culture,Creativity,and Rhetoric in Wenxin diaolong.*Stanford:Stanford University Press,2001.p.83

③ Richard John Lynn,"Wang Bi and Liu Xie's Wenxin Diaolong:Terms and Concepts,Influence and Affiliations",in Zong-Qi Cai ed.,*A Chinese Literary Mind:Culture,Creativity,and Rhetoric in Wenxin diaolong.*Stanford:Stanford University Press,2001.p.85;关于这些术语在《文心雕龙》表述，参见《论说》："次及宋岱、郭象，锐思于几神之区；夷甫裴颜，交辨于有无之域；并独步当时，流声后代。然滞有者全系于形用，贵无者专守于寂寥，徒锐偏解，莫诣正理；动极神源，其般若之绝境乎？逮江左群谈，惟玄是务；虽有日新，而多抽前绪矣。至如张衡讥世，韵似俳说；孔融孝廉，但谈嘲戏；曹植辨道，体同书抄；言不持正，论如其已。"

例证二:王弼《周易略例·明象》《周易注·系辞传》中关于"象""言""意"关系的长篇论述:

> 夫象者,出意者也;言者,明象者也。尽意莫若象,尽象莫若言。言生于象,故可以寻言以观象;象生于意,故可以寻象以观意。意以象尽,象以言著。子曰:"书不尽言,言不尽意。"然则,圣人之意,其不可见乎?子曰:"圣人立象以尽意,设卦以尽情伪,系辞焉以尽其言,变而通之以尽利,鼓之舞之以尽神。"

林氏认为,撇开"象""言""意"三者关系不论,这三个概念在《文心雕龙》有广泛运用。在《原道》中,"象"被理解为"天文""人文""道之文",它们表面上是刘勰对《周易·系辞传》相关概念的径直挪用,但实际上通过对比刘勰《原道》篇中"文之为德也,大矣"一段与"人文之元,肇自太极"二段可知,"象"概念意涵源自王弼。① 如果再联系《神思》篇对"意象"("窥意象而运斤""神用象通")的表述,可知刘勰"意—象—言"运思范式正是王弼在《周易略例·明象》中对"言""象""意"逻辑关系的化约。②

例证三:

王弼《老子指略》关于"为文"要旨的表述,与刘勰《论说》篇关于"论"的原则阐述,具有异曲同工之处。③ 特别值得注意的是,刘勰对"论"之方法的评判

---

① Richard John Lynn, "Wang Bi and Liu Xie's Wenxin Diaolong:Terms and Concepts, Influence and Affiliations", in Zong-Qi Cai ed.,*A Chinese Literary Mind:Culture, Creativity, and Rhetoric in Wenxin diaolong*.Stanford:Stanford University Press,2001.pp.88-89.

② Richard John Lynn, "Wang Bi and Liu Xie's Wenxin Diaolong:Terms and Concepts, Influence and Affiliations", in Zong-Qi Cai ed.,*A Chinese Literary Mind:Culture, Creativity, and Rhetoric in Wenxin diaolong*.Stanford:Stanford University Press,2001.pp.90-92.

③ Richard John Lynn, "Wang Bi and Liu Xie's Wenxin Diaolong:Terms and Concepts, Influence and Affiliations", in Zong-Qi Cai ed.,*A Chinese Literary Mind:Culture, Creativity, and Rhetoric in Wenxin diaolong*.Stanford:Stanford University Press,2001.pp.92-93;相关原文参见《老子指略》:"夫'道'也者,取乎万物之所由也;'玄'也者,取乎幽冥之所出也;'深'也者,取乎探赜而不可究也;……又其为文也,举终以证始,本始以尽终。开而弗达,导而弗牵。寻而后既其义,推而后尽其理。善发事始以首其论,明夫会归以终其文。故使同趣而感发者,莫不美其兴言之始,因而演焉;异旨而独构者,莫不说其会归之征,以为证焉。……故其大归也,论太始之原以明自然之性,演幽冥之极以定惑罔之迷。"《文心雕龙·论说》:"原夫论之为体,所以辨正然否;穷于有数,追于无形,迹坚求通,钩深取极;乃百虑之筌蹄,万事之权衡也。故其义贵圆通,辞忌枝碎;必使心与理合,弥缝莫见其隙;辞共心密,敌人不知所乘:斯其要也。"

（"钩深取极"）有似于王弼对《老子》写作目与存在万象的观察（"演幽冥之极以定惑罔之迷""'深'也者,取乎探赜而不可究也。"）；对"论"之本质的描述（"乃百虑之筌蹄"）则径直取自王弼《明象》："言者,象之蹄也；象者,意之筌也。"①

例证四：刘勰《隐秀》篇对文之"隐秀"关系的论述,实为王弼《老子注》关于"有""无"关系的借用。② 刘勰《明诗》篇所论"造怀指事,不求纤密之巧",《章表》篇所责"指事造实,求其靡丽,则未足美矣",《情采》篇所赞"昔诗人篇什,为情而造文",均为对王弼《老子注》"可道之道,可名之名,指事造形,非其常也"的化用。③

虽然王弼"指事造形"一语并未完整地出现在《文心雕龙》里,但却出现在几乎同期钟嵘的《诗品》中："五言居文词之要,是众作之有滋味者也,故云会于流俗。岂不以指事造形,穷情写物,最为详切者耶!"林氏认为,钟嵘所论"指事造形"概念,就是对王弼概念的移用。④

三、创作过程：《文心雕龙》创作论

本部分主要从现代心理学与比较诗学两个不同的角度,运用文本细读法,讨论刘勰创作论中的"神思"问题。

第一篇为艾朗诺（Ronald Egan）的《诗人、诗心与世界：〈文心雕龙〉"神思"篇再释》。本篇中,艾朗诺首先通过言明"作者与世界的关系"问题为中国文学

① Richard John Lynn, "Wang Bi and Liu Xie's Wenxin Diaolong：Terms and Concepts, Influence and Affiliations", in Zong-Qi Cai ed., *A Chinese Literary Mind：Culture, Creativity, and Rhetoric in Wenxin diaolong*. Stanford：Stanford University Press, 2001. p.93.

② Richard John Lynn, "Wang Bi and Liu Xie's Wenxin Diaolong：Terms and Concepts, Influence and Affiliations", in Zong-Qi Cai ed., *A Chinese Literary Mind：Culture, Creativity, and Rhetoric in Wenxin diaolong*. Stanford：Stanford University Press, 2001. p.94.

③ Richard John Lynn, "Wang Bi and Liu Xie's Wenxin Diaolong：Terms and Concepts, Influence and Affiliations", in Zong-Qi Cai ed., *A Chinese Literary Mind：Culture, Creativity, and Rhetoric in Wenxin diaolong*. Stanford：Stanford University Press, 2001. pp.95-97.

④ Richard John Lynn, "Wang Bi and Liu Xie's Wenxin Diaolong：Terms and Concepts, Influence and Affiliations", in Zong-Qi Cai ed., *A Chinese Literary Mind：Culture, Creativity, and Rhetoric in Wenxin diaolong*. Stanford：Stanford University Press, 2001. p.97.

批评最为持久与最为复杂的问题这一事实,引出刘勰《文心雕龙》"神思"篇的文学批评史归属。[1] 在具体的讨论中,艾氏并未萧规曹随,而是踵而有作,他利用文本细读法,对"神思"通篇作出新译新释,成为美国汉学界为数不多译释并举学者。

艾氏弃用美国汉学界对"神思"的已有译法,采用"字译+词译"的复合译法,将"神"译为"异禀"(daimon),这是沿用英国汉学家葛瑞汉(A.C.Graham)对中国早期神秘主义思想的指称用法,意指人类精神与思维的固有禀赋,它与自然山川草木之神性相对。[2] 在艾氏看来,人类之"异禀"超出人类知性理解范围,潜藏于人类身体之内,翱翔于宇宙与人类心灵之间,具有超越人类自我的非凡能力。正因为如此,它在中国古代典籍中常以"游"的显著特性表现出来,成为类似于萨满教神灵一样的超验存在。[3]

"神"的标准译法是"精神"(Spirit),但此一标译极易消解"神"之创生内涵与丰富形式,而后者正是刘勰"神思"篇着力所在。虽然译"神"为"diamon"容易让人联想起"dianmon"的衍生义"oddity"(怪异),也极易与"demon"(恶魔)一词相混淆,但为了突出"神思"篇中"神"之创生本质与丰富形式,译"神"为"daimon"是一个较优选择。[4]

就"神思"一词翻译而言,如果译为"imagination"(想象),就如多数中国学术界在汉英对译时所做的那样,则既有将英语观念强加于中国汉语之嫌,也有用现代语义匹配古代用法的麻烦。问题的关键在于刘勰的"神思"术语并未传达"imagination"一词的任何抽象义;就"神"(daimon)字而言,它实取自汉语古语,

---

① Ronald Egan,"Poet,Mind,and World:A Reconsideration of the 'Shensi' Chapter of Wenxin diaolong",in Zong-Qi Cai ed.,*A Chinese Literary Mind:Culture,Creativity,and Rhetoric in Wenxin diaolong*. Stanford:Stanford University Press,2001.p.101.

② Ronald Egan,"Poet,Mind,and World:A Reconsideration of the 'Shensi' Chapter of Wenxin diaolong",in Zong-Qi Cai ed.,*A Chinese Literary Mind:Culture,Creativity,and Rhetoric in Wenxin diaolong*. Stanford:Stanford University Press,2001.p.102.

③ Ronald Egan,"Poet,Mind,and World:A Reconsideration of the 'Shensi' Chapter of Wenxin diaolong",in Zong-Qi Cai ed.,*A Chinese Literary Mind:Culture,Creativity,and Rhetoric in Wenxin diaolong*. Stanford:Stanford University Press,2001.p.102.

④ Ronald Egan,"Poet,Mind,and World:A Reconsideration of the 'Shensi' Chapter of Wenxin diaolong",in Zong-Qi Cai ed.,*A Chinese Literary Mind:Culture,Creativity,and Rhetoric in Wenxin diaolong*. Stanford:Stanford University Press,2001.pp.102-103.

兼具某种形而上含义。然而"imagination"一词在西方,含义非常丰富,语义在历史发展中变化也较大:它在柏拉图那里是指"幻象"(illusory images),在圣·奥古斯丁那里则是指"生产的想象"(reproductive images),到了文艺复兴时期则是指区别于"模仿"的创造性"想象"(inferior counterpart to imitation),它比"模仿"的地位要高;在浪漫主义时期则是指一种"精神感官的想象观念"(idea of imagination of spiritual sensation);发展到现代,则主要意指"直觉观念"(notions of intuition)、心灵表达(psychic expression)、"精神印记"(mental sign)、"符号"(symbol)等。然而,刘勰"神思"一词是一个视觉性概念,它的基本功能在于通过精神唤起对世界的心理图像,而这一世界并不限于物质世界;同样,这一术语也无西方"想象"概念的"理性"与"知性"二分,它们是统一的。①

综合以上讨论,艾氏认为,刘勰"神思"一词,译为"daimonic thinking"较为合适。②

在完成了对刘勰"神思"概念的语义与翻译讨论后,艾氏的重点转向详细的文本分析。这些讨论,并无多少精彩之处。择其要者如下。

第一,"神与物游"(the daimon roams about with things)问题。作为一个在文学理论中讨论人与外部世界关系的命题,艾氏指出,他并非刘勰首创,实际上在早前的陆机《文赋》中即已作过讨论,但陆机并未像刘勰那样,对作者与世界相互作用的过程作出明确命名("神思之谓也")。③

第二,"视通万里"之"视"(vision)问题。艾氏指出,作为想象活动的"视",是一种超越时空边界,连接个体生命与万千世界的可见化精神活动。《神思》篇所描述的:"故寂然凝虑,思接千载;悄焉动容,视通万里;吟咏之间,吐纳珠玉之声;眉睫之前,卷舒风云之色;其思理之致乎!故思理为妙,神与物游。"这段话

---

①　Ronald Egan,"Poet,Mind,and World:A Reconsideration of the 'Shensi' Chapter of Wenxin diaolong",in Zong-Qi Cai ed.,*A Chinese Literary Mind:Culture,Creativity,and Rhetoric in Wenxin diaolong*. Stanford:Stanford University Press,2001.p.103.

②　Ronald Egan,"Poet,Mind,and World:A Reconsideration of the 'Shensi' Chapter of Wenxin diaolong",in Zong-Qi Cai ed.,*A Chinese Literary Mind:Culture,Creativity,and Rhetoric in Wenxin diaolong*. Stanford:Stanford University Press,2001.p.104.

③　Ronald Egan,"Poet,Mind,and World:A Reconsideration of the 'Shensi' Chapter of Wenxin diaolong",in Zong-Qi Cai ed.,*A Chinese Literary Mind:Culture,Creativity,and Rhetoric in Wenxin diaolong*. Stanford:Stanford University Press,2001.p.105.

正是作者心灵或创造性想象挽结时、空、音、象为一整体的形象描绘。①

第三,对"神"与"志气"关系("神居胸臆,而志气统其关键")的处理。艾氏依刘勰指出,文学创造的"神思"活动的进一步前行,需两大前提:一是"神"具有无限自由的创生能力,二是"志气"而非感官感知能在"神"的自由驱力下催生不同于经验事物的物象。这是对"神思"活动本身的描述,它尚处于前创作阶段,但却是创作灵感萌生的先决条件。②

第四,对"虚静"问题("是以陶钧文思,贵在虚静")的理解。艾氏指出,"虚静"问题是中国早期哲学的基本问题,它在刘勰《文心雕龙》中被表述为文学创作前提,在陆机、嵇康那里被理解为艺术创作的驱力,而刘勰赋予其更为丰富的内涵,亦即创作不仅需要精神与肉体的超脱,亦需要后天的习得准备:"积学以储宝,酌理以富才,研阅以穷照,驯致以绎辞。"③

第五,关于"登山""观海"的诗学启示问题。刘勰所言"登山则情满于山,观海则意溢于海"的断言,虽只是创作经验的明喻,并非创作时作者所历的实际经验,但这一形象比喻,对后世诗学传统产生重大影响。无论是"身历目见"论,还是"绝假还真""童心",抑或"诗史"论,都受到刘勰真实经验观念的影响。④

第六,关于写作中的"虚静"与"含章司契""并资博练"是否矛盾问题。刘勰的基本判断是:"是以秉心养术,无务苦虑;含章司契,不必劳情也。""虽有难易,并资博练。"(《神思》)艾氏认为,首先,刘勰意欲表明的是:写作非精神的沉潜苦虑,而是"秉心养术"的精神自由活动。这种明显违反写作经验的表述并非

---

① Ronald Egan, "Poet, Mind, and World: A Reconsideration of the 'Shensi' Chapter of Wenxin diaolong", in Zong-Qi Cai ed., *A Chinese Literary Mind: Culture, Creativity, and Rhetoric in Wenxin diaolong*. Stanford: Stanford University Press, 2001. pp.104–105.

② Ronald Egan, "Poet, Mind, and World: A Reconsideration of the 'Shensi' Chapter of Wenxin diaolong", in Zong-Qi Cai ed., *A Chinese Literary Mind: Culture, Creativity, and Rhetoric in Wenxin diaolong*. Stanford: Stanford University Press, 2001. p.106.

③ Ronald Egan, "Poet, Mind, and World: A Reconsideration of the 'Shensi' Chapter of Wenxin diaolong", in Zong-Qi Cai ed., *A Chinese Literary Mind: Culture, Creativity, and Rhetoric in Wenxin diaolong*. Stanford: Stanford University Press, 2001. p.107.

④ Ronald Egan, "Poet, Mind, and World: A Reconsideration of the 'Shensi' Chapter of Wenxin diaolong", in Zong-Qi Cai ed., *A Chinese Literary Mind: Culture, Creativity, and Rhetoric in Wenxin diaolong*. Stanford: Stanford University Press, 2001. p.110.

错误,而是想强调写作中"神思"活动的超越性与无比重要性。① 第二,无论是"虚静",还是"含章司契",所要揭示的都是写作是一种不同于匠人循规蹈矩的自由艺术。第三,"虚静""含章司契""并资博练"分别揭示了复杂写作活动的不同阶段,而非同一阶段的不同面相。②

第七,关于"神思"之于中国文学批评的贡献问题。艾氏指出,"神思"并非刘勰首创,他也不是第一个将此概念运用到创作理论中的批评家;并且,将"神思"定义为超越有形物质界限而臻无限自由的概念,是刘勰之前中国思想业已成型的基本观念,庄子、荀子至汉、魏晋时期这一观念已成中国文学批评共识:曹植的"据神思而造像",孙绰的"驰神运思",萧子显的"属文之道,事出神思",都持与刘勰近似用法。然而,直到刘勰,"神思"一词才得到系统的提升解释,并赋予其以在文学创作中更加重要且新颖的意义,它使中国文学批评传统中原本处于重要地位的"意"与"情"收摄于"神思"之下。③ 单就"思"概念而言,在刘勰之前,亦有王充、桓谭、陆机、范晔等人作过"精思""妙思""才思""澡思""研思"等多样表述,但是,它们并无"神思"之"思"能够挽合感性在场与精神飞翔为一鲜明意象的明确意涵。④

总之,"神思"作为文学创作中处理作者与世界关系的重要术语,其基本功用在于调动精神超离物质世界而成自由创造之能力。⑤ 虽然刘勰在论述时,也照顾到自由的"神思"与不自由的写作技巧及写作训练之间的矛盾平衡问题,后

---

① Ronald Egan, "Poet, Mind, and World: A Reconsideration of the 'Shensi' Chapter of Wenxin diaolong", in Zong-Qi Cai ed., *A Chinese Literary Mind: Culture, Creativity, and Rhetoric in Wenxin diaolong*. Stanford: Stanford University Press, 2001. p.113.

② Ronald Egan, "Poet, Mind, and World: A Reconsideration of the 'Shensi' Chapter of Wenxin diaolong", in Zong-Qi Cai ed., *A Chinese Literary Mind: Culture, Creativity, and Rhetoric in Wenxin diaolong*. Stanford: Stanford University Press, 2001. p.116.

③ Ronald Egan, "Poet, Mind, and World: A Reconsideration of the 'Shensi' Chapter of Wenxin diaolong", in Zong-Qi Cai ed., *A Chinese Literary Mind: Culture, Creativity, and Rhetoric in Wenxin diaolong*. Stanford: Stanford University Press, 2001. pp.122-123.

④ Ronald Egan, "Poet, Mind, and World: A Reconsideration of the 'Shensi' Chapter of Wenxin diaolong", in Zong-Qi Cai ed., *A Chinese Literary Mind: Culture, Creativity, and Rhetoric in Wenxin diaolong*. Stanford: Stanford University Press, 2001. p.123.

⑤ Ronald Egan, "Poet, Mind, and World: A Reconsideration of the 'Shensi' Chapter of Wenxin diaolong", in Zong-Qi Cai ed., *A Chinese Literary Mind: Culture, Creativity, and Rhetoric in Wenxin diaolong*. Stanford: Stanford University Press, 2001. p.124.

者作为对实际写作中经验性补充论述,在很大程度上冲淡了刘勰"神思"新解所给人们带来的唐突感,也更符合写作经验。①

本部分第二篇为林顺夫(Shun-Fu Lin)的《刘勰论"想象"》。林氏在本文中,以刘勰《神思》篇在中国文学与文化中的义理诠解为核心,用西方现代文学批评"想象"概念为参照,讨论中西比较诗学语境下刘勰"神思"问题的再理解问题,兼及中西比较与创作诗学问题。

林氏认为,刘勰《神思》篇不单讨论"神思"概念义解问题,它只是以"神思"概念为核心,全面讨论文学创作的过程与要素问题,兼及文学创作中作家精神力的培养问题,而"神思"只是构成了这一过程与要素的一环而已。② 林氏写作本文的目的就在于,通过对《神思》篇的文本细读,说明其与西方"想象"概念的关联,揭示其在文学创作中的地位,阐扬其突出的美学特征。③

首先,中国语境中的"想象"(Xiangxiang)与西方语境中的"想象"(Imagination)问题。

林氏指出,文学创造中的"想象",在中国文学中有其久远传统。《楚辞》中的"思旧故以想象兮,长太息而掩涕"、《洛神赋》中的"遗情想象,顾望怀愁"、谢灵运《登江中孤屿》中的"想象昆山姿,缅邈区中缘",其"想象"概念语用,与西方语境中"想象"作谓词时语义完全相同。然而耐人寻味的是:"想象"一词并未成为前现代中国文学批评与美学概念;与之相对,西方文学批评与美学中,其对应词却占有重要地位。④

林氏在对西方文学批评史与美学进行简要考述后认为,"想象"问题构成了西方文明的重要论域,从柏拉图至今,西方文明围绕"想象与理性""虚构与真

---

① Ronald Egan, "Poet, Mind, and World: A Reconsideration of the 'Shensi' Chapter of Wenxin diaolong", in Zong-Qi Cai ed., *A Chinese Literary Mind: Culture, Creativity, and Rhetoric in Wenxin diaolong*. Stanford: Stanford University Press, 2001. p.126.

② Shun-Fu Lin, "Liu Xie on Imagination", in Zong-Qi Cai ed., *A Chinese Literary Mind: Culture, Creativity, and Rhetoric in Wenxin diaolong*. Stanford: Stanford University Press, 2001. p.127.

③ Shun-Fu Lin, "Liu Xie on Imagination", in Zong-Qi Cai ed., *A Chinese Literary Mind: Culture, Creativity, and Rhetoric in Wenxin diaolong*. Stanford: Stanford University Press, 2001. pp.127-128.

④ Shun-Fu Lin, "Liu Xie on Imagination", in Zong-Qi Cai ed., *A Chinese Literary Mind: Culture, Creativity, and Rhetoric in Wenxin diaolong*. Stanford: Stanford University Press, 2001. p.128.

实""感性经验与思想"以及艺术创造问题作了大量讨论。① 当然,林氏并未对西方"想象"概念进行谱系学的考察,而只是就关联于"想象"一词的若干重要概念作出考释,目的在于为刘勰的"想象"("神思")概念提供参照语境。

林氏援引西方当代哲学家沃诺克(Mary Warnock)关于"想象"的定义:"想象是创造意象(mental images)的禀赋。"②该定义表明,想象具有感性形象特性,具有两个方面的基本内涵:与感官知觉相伴的意象创造,意象在实在对象缺席时的心理生成。如同沃诺克所指出,字面上的"想象"定义暗示了"人的一般感知经验"与"对该种经验的极致表达"之间的关联,③而这种关联亦可在其词源学中发现。根据林氏考证,"想象"(Imagination)源于拉丁语 imaginatio,该词后被希腊语 phantasia 代替,而 phantasia 一词正是英语"想象"(fancy)、"幻想"(fantasy)的词源;正因为 imaginatio 与 phantasia 的词源学关联,后世多将二者作同义使用,意指"想象"的接受能力或意象的构形能力,并尤重后一语义。④

林氏援引哲学家马克·约翰逊(Mark Johnson)的研究指出,虽然"想象"概念形成于古希腊时代,但对其作出系统思考却是西方启蒙运动之后的事情。在这一过程中,西方思想从两个不同方面对"想象"概念作出讨论:一是将其与艺术、幻想、创造性关联在一起,二是将其视为通达理性的某种能力;前者归于柏拉图传统,后者归于亚里士多德传统;前者对"想象"持否定态度,认为它难以达至真理;后者则对"想象"持肯定态度,认为"想象"是架起感性与观念的桥梁,是通达人类真理的重要途径。⑤ 根据约翰逊的研究,对"想象"问题的柏拉图传统与亚里士多德传统的区分,至今构成了西方"想象"研究的分水岭。

在林氏看来,由 18 世纪浪漫主义运动所引发的文学批评激进变革,其最重要的表现即是对"想象"与"心灵"问题的重视,它使人们对文学问题的思考由外

① Shun-Fu Lin,"Liu Xie on Imagination",in Zong-Qi Cai ed.,*A Chinese Literary Mind:Culture, Creativity,and Rhetoric in Wenxin diaolong.* Stanford:Stanford University Press,2001.pp.128-129.

② Mary Warnock,Imagination,Oxford:Blackwell Publishers,1994,p.10.

③ Mary Warnock,Imagination,Oxford:Blackwell Publishers,1994,p.10.

④ Shun-Fu Lin,"Liu Xie on Imagination",in Zong-Qi Cai ed.,*A Chinese Literary Mind:Culture, Creativity,and Rhetoric in Wenxin diaolong.* Stanford:Stanford University Press,2001.p.129.

⑤ Shun-Fu Lin,"Liu Xie on Imagination",in Zong-Qi Cai ed.,*A Chinese Literary Mind:Culture, Creativity,and Rhetoric in Wenxin diaolong.* Stanford:Stanford University Press,2001.p.129;also see,Mark Johnson,The Body in the Mind:the Bodily Basis of Meaning,Imagination,and Reason,Chicago:University Of Chicago Press,p.141.

在世界而转向内在心灵。浪漫主义的"心灵"观念可以视为对灵与肉、主观与客观、知性与情感、理性与想象二分的克服,后者在西方文化与哲学传统中有其深刻根源。① 林氏以柯勒律治的"想象"概念为核心,分析浪漫主义的"想象"观念。作为该期"想象"问题研究的集大成者,柯勒律治的"想象"观念是一种集合了视、听等五官感知的天才禀赋与精神力,它是生命热情与穿透外部世界的火焰,而非单纯的接受与反思器官。对于柯勒律治而言,想象是观念与印象的基础,它在艺术创造中表现为对感知对象的构形、提炼与观念化能力。② 林氏认为,柯勒律治对"想象"所作的"普通想象"与"艺术想象"的区分,源于康德"先验想象"与"艺术想象"的二分。他二人都反对将"想象"视为单纯的"图像生成"(image-making)能力,而将其视为人类诸感知能力统合与提升的禀赋。二人并未像柏拉图那样贬低"想象",视"想象"为艺术创造中的神灵凭附,而是将其视为协调感性对象或图像与抽象观念的能力,因而植根于亚里士多德视"想象"为感性与思维中介的传统,当然不乏深入推进。③

第二,神思问题。

林氏认为,当代汉语学界借用西方"想象"概念来指称文学创作中的独特精神活动,并不意味着中国缺乏相应概念。事实上,早在六朝时期,中国文学界就提出了非常成熟的概念,比如陆机的"精"与"心",刘勰的"神思",等等。④

林氏对"神思"一词进行了词义训释。在林氏看来,汉语语境中的"神思"之"思",不仅意指"思维"(thought)与"思索"(thinking),而且指称"怀念"(to cherish the memories of)与"想念"(to remember with longing, to miss)。前者如"学而不思则罔,思而不学则殆"(《论语》),后者如"不思旧姻,求尔新特""子惠思我,褰裳涉溱"(《诗经》)。显然,在"思"之第一层意义上,它与西方语境中的"想象"语义略有差别,它直陈思维主体与对象间的指向性关系,并无西方语境

---

①　Shun-Fu Lin,"Liu Xie on Imagination",in Zong-Qi Cai ed.,*A Chinese Literary Mind:Culture, Creativity,and Rhetoric in Wenxin diaolong*. Stanford:Stanford University Press,2001.p.130.

②　Shun-Fu Lin,"Liu Xie on Imagination",in Zong-Qi Cai ed.,*A Chinese Literary Mind:Culture, Creativity,and Rhetoric in Wenxin diaolong*. Stanford:Stanford University Press,2001.pp.130-132.

③　Shun-Fu Lin,"Liu Xie on Imagination",in Zong-Qi Cai ed.,*A Chinese Literary Mind:Culture, Creativity,and Rhetoric in Wenxin diaolong*. Stanford:Stanford University Press,2001.pp.132-133.

④　Shun-Fu Lin,"Liu Xie on Imagination",in Zong-Qi Cai ed.,*A Chinese Literary Mind:Culture, Creativity,and Rhetoric in Wenxin diaolong*. Stanford:Stanford University Press,2001.p.133.

中再现或呈现未在场事物的物象构形能力,同时具有"理性"思维能力,而这一语义却为西方所禁绝。在"思"的第二层意义上,它具有较强的情感内涵,亦为西方"想象"概念所缺乏。①

汉语语境中的"神思"之"神",同样具有双重意涵。一方面,"神"为人之心灵的精神活动,它使"思"成为可能;另一方面,它意指"思"之奇幻性、不可捉摸性与自由性特性。② 当然,理解"神思"之"神"的独特意涵,还需结合"神"之原始义理解。在中国原始宗教中,"神"是相对于"鬼"(earth ghosts)的"神灵"(deities)、"神祇"(heavenly spirits),因而是一种神秘难解的超验存在。《易经》所言"阴阳不测之谓神","神也者,变化之极,妙万物而为言,不可形诘者也",庄子所谓"神人",表明的正是这一意思。借用歌德与葛瑞汉的译法,中国的"神"有似于西方的"魔"(daemonic man)缺省"恶"的意涵后的指称。③

综合"神""思"语义,林氏认为将"神思"概念翻译诠解为"灵思"(daimonic thinking)与"狂想"(daemonic thinking)较为准确,④因而,所谓"神思",是指人的心灵的自由活动,它具有超越时空界限而使不在场事物以物象或意象的形式再现于眼前的能力。⑤ 在林氏看来,刘勰对"神思"概念的明确命名与对文学创造中"神思"活动过程的细致描述,正构成了他对中国美学的最重要贡献之一。⑥

第三,"文之思"问题。

为了对"神思"概念在创作活动中的具体表现进行深入理解,林氏进一步考察了"文之思"问题。

在林氏看来,"文之思"是一种心灵超越时空限制而将未在场事物以物象或意

① Shun-Fu Lin,"Liu Xie on Imagination",in Zong-Qi Cai ed.,*A Chinese Literary Mind:Culture,Creativity,and Rhetoric in Wenxin diaolong*.Stanford:Stanford University Press,2001.p.134.
② Shun-Fu Lin,"Liu Xie on Imagination",in Zong-Qi Cai ed.,*A Chinese Literary Mind:Culture,Creativity,and Rhetoric in Wenxin diaolong*.Stanford:Stanford University Press,2001.p.135.
③ Shun-Fu Lin,"Liu Xie on Imagination",in Zong-Qi Cai ed.,*A Chinese Literary Mind:Culture,Creativity,and Rhetoric in Wenxin diaolong*.Stanford:Stanford University Press,2001.p.135.
④ Shun-Fu Lin,"Liu Xie on Imagination",in Zong-Qi Cai ed.,*A Chinese Literary Mind:Culture,Creativity,and Rhetoric in Wenxin diaolong*.Stanford:Stanford University Press,2001.p.135.
⑤ Shun-Fu Lin,"Liu Xie on Imagination",in Zong-Qi Cai ed.,*A Chinese Literary Mind:Culture,Creativity,and Rhetoric in Wenxin diaolong*.Stanford:Stanford University Press,2001.p.137.
⑥ Shun-Fu Lin,"Liu Xie on Imagination",in Zong-Qi Cai ed.,*A Chinese Literary Mind:Culture,Creativity,and Rhetoric in Wenxin diaolong*.Stanford:Stanford University Press,2001.p.137.

象方式现身在场的精神活动,其独特性在于:其一,它是一种始于五官感觉沉浸通汇与想象力飞升活跃,终于文学艺术语言的创造性活动。其二,它以主体身心兼入虚静状态为前提。其三,它是一种统合形象思维与理性思维的独特"思理"活动。①

什么是"思理"? 林氏认为"思理"是"秩序赋形与理性推理"(ordered and reasoned thinking)。这种解释不同于周振甫的"构思"诠解,也不同于施友忠的"想象"(imagination)译解,更不同于宇文所安的"思维基本原则"(the basic principle of thought)与艾朗诺的"思维路径"(the path of thinking)释解。② 在林氏看来,如上翻译与解释虽无错误,但其无助于对"思理"概念之于"神思"活动重要性的理解。林氏取张淑香的理解:"思理是一种有条理或理性的思",③认为这一理解洞察到了"思理"之本质,因为"理"在《文心雕龙》中多作名词用,义为"内在原则""理性""观点""真理""规则"等;作动词时,义指"排列""赋形"。据此,"思理"应理解为"以理性与秩序感为基础的思",这样既便于彰显《文心雕龙》关于理性与想象是"文之思"重要组成部分的看法,又能使其克服西方传统中理性与想象截然二分的弊症。④

第四,"神与物游"问题。

文学创作活动兴于"神与物游",然刘勰《神思》篇并未对该问题作出详释,须结合其他篇章来理解。就创作主体的具身参与性而言,虽然刘勰在本篇中只提及视、听二感官,但林氏认为,这是刘勰陈论略省法的运用,它实际上代表了五官感觉。就创作主体精神禀赋而言,统摄"神思"之"神"的"志气",是沟通外在对象("物")与内在心灵("神")的"关键"。⑤ 对于这个"关键",刘勰在《明诗》《物色》《体性》等篇章有补充阐释。《明诗》:"人禀七情,应物斯感,感物吟志,

① Shun-Fu Lin,"Liu Xie on Imagination",in Zong-Qi Cai ed.,*A Chinese Literary Mind:Culture, Creativity,and Rhetoric in Wenxin diaolong*.Stanford:Stanford University Press,2001.p.138.

② Shun-Fu Lin,"Liu Xie on Imagination",in Zong-Qi Cai ed.,*A Chinese Literary Mind:Culture, Creativity,and Rhetoric in Wenxin diaolong*.Stanford:Stanford University Press,2001.p.139.

③ Shun-Fu Lin,"Liu Xie on Imagination",in Zong-Qi Cai ed.,*A Chinese Literary Mind:Culture, Creativity,and Rhetoric in Wenxin diaolong*. Stanford:Stanford University Press,2001.p.139.原文参见张淑香:《神思与想象》,《中华文化复兴月刊》1975 年第 8 期。

④ Shun-Fu Lin,"Liu Xie on Imagination",in Zong-Qi Cai ed.,*A Chinese Literary Mind:Culture, Creativity,and Rhetoric in Wenxin diaolong*. Stanford:Stanford University Press,2001.p.139.

⑤ Shun-Fu Lin,"Liu Xie on Imagination",in Zong-Qi Cai ed.,*A Chinese Literary Mind:Culture, Creativity,and Rhetoric in Wenxin diaolong*. Stanford:Stanford University Press,2001.pp.140-141.

莫非自然。"《物色》:"春秋代序,阴阳惨舒,物色之动,心亦摇焉。……岁有其物,物有其容;情以物迁,辞以情发。"《体性》:"若夫八体屡迁,功以学成,才力居中,肇自血气;气以实志,志以定言,吐纳英华,莫非情性。"

如上补充阐释,实际上是围绕两个关键词"气"与"志"对文学创作中的心灵与对象关系问题展开阐述。林氏指出,在汉语语境中,"气"非单纯禀赋,它常需要后天文化、道德与理性的培养(典型表现为孟子"浩然之气"说)。而在中国文学批评中的"气"概念,也并非单纯指称作家的内在心理禀赋与价值取向,它更包含了作家的个性表达。与"气"概念相似,"志"亦为文化之性与自然之性的混合,它与"气"基本关系是:"气以实志,志以定言"。(《体性》)林氏援引刘若愚的看法,认为"志"作为中国文学批评最重要概念之一,是"心之所之"或"心之所在",它包含了人之情感与理性内涵两层意思。① 总之,林氏认为,刘勰用"志气"泛解"神思",主要意图在于表明"神思"活动的身体基础。②

"神与物游"的前置审美心理形式是"感物吟志"。在刘勰看来,虽然感物吟志是一个自然过程,人皆有之,然一旦其诉诸艺术化语言,就变成了艺术的表现形式。林氏的看法是,"感物吟志"作为一种自然状态,可视为文学情感的起始活动;而"神与物游"则直接导向文学创造的直接发生过程,它始于作者"志""情志""情性"的活跃,终于相应文学语言的诞生。③

通过以上分析,林氏得出结论:"神"在文学创作中起关键作用,而"志气"则为"关键"之关键。④ "神思"是文学创作中通过形成"物象"(thing-images)来激发"意象"(idea-images)的文学创造活动。⑤

---

① Shun-Fu Lin,"Liu Xie on Imagination",in Zong-Qi Cai ed.,*A Chinese Literary Mind:Culture,Creativity,and Rhetoric in Wenxin diaolong.* Stanford:Stanford University Press,2001.pp.142-143.刘若愚的观点,请参考氏著:Chinese Theories of Literature,Chicago:University of Chicago Press,1979,p.68.

② Shun-Fu Lin,"Liu Xie on Imagination",in Zong-Qi Cai ed.,*A Chinese Literary Mind:Culture,Creativity,and Rhetoric in Wenxin diaolong.* Stanford:Stanford University Press,2001.p.143.

③ Shun-Fu Lin,"Liu Xie on Imagination",in Zong-Qi Cai ed.,*A Chinese Literary Mind:Culture,Creativity,and Rhetoric in Wenxin diaolong.* Stanford:Stanford University Press,2001.p.144.

④ Shun-Fu Lin,"Liu Xie on Imagination",in Zong-Qi Cai ed.,*A Chinese Literary Mind:Culture,Creativity,and Rhetoric in Wenxin diaolong.* Stanford:Stanford University Press,2001.p.144.

⑤ Shun-Fu Lin,"Liu Xie on Imagination",in Zong-Qi Cai ed.,*A Chinese Literary Mind:Culture,Creativity,and Rhetoric in Wenxin diaolong.* Stanford:Stanford University Press,2001.p.145;林氏区分了"物象"与"意象"。"物象"突出的是外在事物的表征,"意象"则是主体内在情、意、志的统一,它并非物质感性形式的被动客观反映,而是主体的主观意图。参见林氏,p.145.

第五，"想象"的具身基础问题。

林氏援引张淑香的观点，将中国"神思"与西方"想象"概念区别为兼重身体和精神与徒重精神的不同。① 在《文心雕龙》篇中，刘勰表达的一个基本观点是：作家的身体特质与写作状态在文学创作中具有重要作用，尽管他并未详细讨论这个问题。这种承自《易经》"仰观俯察，远近取予"的看法，在《物色》篇中有进一步表述："水沓水匝，树杂云合。目既往还，心亦吐纳。春日迟迟，秋风飒飒。情往似赠，兴来如答。"在林氏看来，这段话进一步描述了身体感知与身体经验在文学创作中的重要性，它表明人类主体兀立世界时情感、物象与形式世界之所以能回环往复、周流无滞，端赖于身体经验在场的事实。② 也正因为《物色》篇"赞语"突出了以视觉为核心的五官感觉在文学创造中重要性，我们可以说，它实际上构成了对文学"神思"或"想象"的诗意化表达。③

第六，"神思"的养成问题。

《神思》："是以陶钧文思，贵在虚静，疏瀹五藏，澡雪精神；积学以储宝，酌理以富才，研阅以穷照，驯致以怿辞。"这段话表明"神思"的养成需要五大条件：虚静、积学、酌理、研阅、驯致。林氏指出，虽然刘勰并未言明五者之间的逻辑关系，但是通读《神思》全篇，结合各自表述的句式构造"名词+名词""动词+名词"，辅以对"虚静"形成条件的附加表述"疏瀹五藏，澡雪精神"，可以得出结论："虚静"为其余四条件之前提；不同的是："虚静"强调的是文学创造的当下应有状态，而其余四条件则突出了文学创造的长期准备过程。④

通过上述分析，林氏最后得出结论：刘勰的"神思"理论，特别是"神思"养成理论，是他对中国美学与文学理论最为重要的贡献之一。比较西方柯勒律治与华兹华斯的"想象"理论——他们都将"想象"视为天才或自然的禀赋，一旦失落，难以再获——可知刘勰虽然承认艺术天才之于"想象"的重要性，承认其神

① Shun-Fu Lin,"Liu Xie on Imagination",in Zong-Qi Cai ed.,*A Chinese Literary Mind*:*Culture*,*Creativity*,*and Rhetoric in Wenxin diaolong*. Stanford:Stanford University Press,2001.p.149；关于张淑香的观点，参见《神思与想象》，《中华文化复兴月刊》1975 年第 8 期。

② Shun-Fu Lin,"Liu Xie on Imagination",in Zong-Qi Cai ed.,*A Chinese Literary Mind*:*Culture*,*Creativity*,*and Rhetoric in Wenxin diaolong*. Stanford:Stanford University Press,2001.p.152.

③ Shun-Fu Lin,"Liu Xie on Imagination",in Zong-Qi Cai ed.,*A Chinese Literary Mind*:*Culture*,*Creativity*,*and Rhetoric in Wenxin diaolong*. Stanford:Stanford University Press,2001.p.154.

④ Shun-Fu Lin,"Liu Xie on Imagination",in Zong-Qi Cai ed.,*A Chinese Literary Mind*:*Culture*,*Creativity*,*and Rhetoric in Wenxin diaolong*. Stanford:Stanford University Press,2001.p.154.

秘性与不可言说性,但却突出了后天培养问题的重要性,坚持"想象"并非完全为作家天禀,而是其与人类先知和当下经典共同形塑的产物。这无疑是刘勰对人类文学创作观念的一大重要贡献。①

四、《文心雕龙》修辞艺术

本部分仍然运用文本细读法,讨论刘勰关于修辞问题的看法。

第一篇为浦安迪(Andrew H.Plaks)的《〈文心雕龙〉的排比修辞之骨》,本文主要研究对象为刘勰《文心雕龙》的排比修辞("丽辞")问题。从题目命名来看,浦氏将关于文学的内在艺术观念与美学理论视为"风"("文心"),将文学外在的艺术实践与审美表现视为"骨"("雕龙")。该命名依据,应是刘勰《风骨》篇所谓"辞之待骨"与"情之含风""怊怅述情,必始乎风;沉吟铺辞,莫先于骨"区别。因为在《风骨》篇中,刘勰的基本判断是:文辞的运用须有骨力,思想情感的表达要有教育作用。

基于此一区别,浦氏本文讨论的文学修辞之"骨",主要限于"排比"修辞的审美元素与实践原则,目的在于重新评价排比修辞的锤炼问题。②

本文所表述的基本观点是:第一,"排比"绝非单纯的文学风格表达形式,它是一种基本的修辞艺术。第二,汉语文学传统经长久累积,形成了一种对立互补(yin-yang model)的排比表达式文学语言系统。第三,刘勰明晓排比修辞作为一种呼应天地互补两极的语言表达样式或"互文思考"(correlative thinking)方式,有其在文学写作中的意义与价值。③

当然,浦氏也指出,刘勰在《文心雕龙》中讨论修辞问题篇幅甚小,除《丽辞》

① Shun-Fu Lin,"Liu Xie on Imagination",in Zong-Qi Cai ed.,*A Chinese Literary Mind:Culture,Creativity,and Rhetoric in Wenxin diaolong.* Stanford:Stanford University Press,2001.p.160.

② Andrew H.Plaks,"The Bones of Parallel Rhetoric in Wenxin diaolong",in Zong-Qi Cai ed.,*A Chinese Literary Mind:Culture,Creativity,and Rhetoric in Wenxin diaolong.* Stanford:Stanford University Press,2001.p.164.

③ Andrew H.Plaks,"The Bones of Parallel Rhetoric in Wenxin diaolong",in Zong-Qi Cai ed.,*A Chinese Literary Mind:Culture,Creativity,and Rhetoric in Wenxin diaolong.* Stanford:Stanford University Press,2001.p.164.

篇较为翔实外,其他如《神思》《章句》《体性》《明诗》《熔裁》《情采》《附会》《物色》《总术》等,只略及一些概念问题,并无论证分析。①

在具体的篇章分析中,浦氏主要陈述了《丽辞》篇所表达的基本修辞观点及其修辞贡献,其理论参照点为陆机《文赋》与空海《文镜秘府论》。②

浦氏指出,"排比"修辞艺术在《丽辞》篇中以单语词"丽"字呈现,后在其余篇章中复被转译为"对",以表达文本要素之间的"匹配",并常与"配""双""衔"等同义词互用。③ 就"丽"字本身含义而言,其基本语义为"成对"(balanced pairing),并有"对称含美"之意。如《丽辞》篇:"造化赋形,支体必双,神理为用,事不孤立。夫心生文辞,运裁百虑,高下相须,自然成对。"浦氏认为,这段话所传达的正是对偶的天然之理及其造化之美;其更深用意在于要表明,刘勰通过将文学语言中的排比或对仗问题关联于《原道》篇中的"自然之道"思想,就成功地将文辞技法问题归于自然之道与创造之理,实现了"丽"字概念内涵的提升。④

在余下来的论述中,浦氏对《丽辞》篇提出的四种排比手法("四对"),从文学原则、文学实践及其修辞禁忌方面作了译述,其转述分析鲜有创见与新意。

在论文的结尾,浦氏提出了一个重要疑问:刘勰对经典文学中排比修辞及其美学原则与审美意涵的阐释运用,不可谓不用心,然而问题是:为什么排比修辞并未成为《文心雕龙》整体关注的核心修辞工具? 浦氏给出的答案是:刘勰反对六朝盛行的骈体文,而排比修辞,正是骈体文的基本修辞工具。⑤ 浦氏的言外之

---

① Andrew H.Plaks,"The Bones of Parallel Rhetoric in Wenxin diaolong",in Zong-Qi Cai ed.,*A Chinese Literary Mind*:*Culture*,*Creativity*,*and Rhetoric in Wenxin diaolong*. Stanford:Stanford University Press,2001.pp.164-165.

② Andrew H.Plaks,"The Bones of Parallel Rhetoric in Wenxin diaolong",in Zong-Qi Cai ed.,*A Chinese Literary Mind*:*Culture*,*Creativity*,*and Rhetoric in Wenxin diaolong*. Stanford:Stanford University Press,2001.p.165.

③ Andrew H.Plaks,"The Bones of Parallel Rhetoric in Wenxin diaolong",in Zong-Qi Cai ed.,*A Chinese Literary Mind*:*Culture*,*Creativity*,*and Rhetoric in Wenxin diaolong*. Stanford:Stanford University Press,2001.p.166.

④ Andrew H.Plaks,"The Bones of Parallel Rhetoric in Wenxin diaolong",in Zong-Qi Cai ed.,*A Chinese Literary Mind*:*Culture*,*Creativity*,*and Rhetoric in Wenxin diaolong*. Stanford:Stanford University Press,2001.p.167.

⑤ Andrew H.Plaks,"The Bones of Parallel Rhetoric in Wenxin diaolong",in Zong-Qi Cai ed.,*A Chinese Literary Mind*:*Culture*,*Creativity*,*and Rhetoric in Wenxin diaolong*. Stanford:Stanford University Press,2001.pp.172-173.

意,是刘勰所赞许的"排比"修辞理论与其时中国文学实践的内在矛盾,迫使他被迫放弃对"排比"修辞艺术的更多关注。浦氏的如下断语可以视为对如上暗含语义的佐证:排比修辞发展至公元6世纪,尚未到达其成熟形态。作为一种修辞技艺,"排比"始于《诗经》,兴于汉魏六朝,至唐代律诗臻于巅峰。①浦氏以此暗示,对于"排比"修辞的准确评价,应结合更长时段的中国文学发展来考量。

第二篇为宇文所安(Stephen Owen)的《刘勰与话语机器》。相关论述,已放入前章宇氏研究部分来陈述。这里从略。

第三篇为李惠怡(Wai-yee Li)的《"文心"与"雕龙"之间:〈文心雕龙〉中的有序与越界》。李慧怡在本文中提出一个关键判断是:在《文心雕龙》中,作者刘勰试图构建一个关于文学创造、文学意义、文学交流的统一体系;而为了构建这一体系,作者必须让"文"概念扮演重要角色,据不同语境而分别衍生出"纹理"(pattern)、"文字""语言""书写""文学""雅致"(refinement)、"审美表征"(aesthetic surface)、"文化"与"文明"含义,它们共同以"范型观念"(idea of pattern)为彼此语义逻辑沟通之公共特征。但由于"纹理"概念先天存有"静穆"(sedate balance)与"纷乱"(arabesque effervescence)之分,这也意味着,建基于"纹理"概念之上的"文"概念,亦有内在"有序"与外在"越界"之分,且后者具有对前者的解构功能。②

在李惠怡看来,刘勰《文心雕龙》中的这种"有序"与"越界"抵牾,在"文"之概念、文学史叙述、文学体系建构、文学活动描写方面均有鲜明体现。

首先,在"文"之概念厘定方面,刘勰对"文"之释义一直处于摇摆不定之中。一方面,"文"作为自然秩序与宇宙系统,以其形而上"道"之渊源,外化为经书之道德秩序与无上要求;另一方面,"文"又具有弥散性意涵,表现为可阐释性、感染力(intensity)、超越性与审美表现性(aesthetic surface)。李惠怡认为,刘勰尤其痴迷于"文"之后一语义,并对那种将"文"完全视为道德-宇宙论系统的完满

---

① Andrew H.Plaks,"The Bones of Parallel Rhetoric in Wenxin diaolong", in Zong-Qi Cai ed., *A Chinese Literary Mind: Culture, Creativity, and Rhetoric in Wenxin diaolong.* Stanford: Stanford University Press,2001.p.173.

② Wai-yee Li,"Between 'Literary Mind'' and 'carving Dragons': Order and Excess in Wenxin diaolong", in Zong-Qi Cai ed., *A Chinese Literary Mind: Culture, Creativity, and Rhetoric in Wenxin diaolong.* Stanford: Stanford University Press,2001.p.193.

体现的看法心存不安。①

　　在李惠怡看来,刘勰的如上矛盾态度最为明显地体现在他对《楚辞》的讨论中。一方面,在《文心雕龙》的价值系统中,《楚辞》位居《诗经》之下;然而另一方面,刘勰又认同《楚辞》对后世的影响,提出了采骚资文的文学发展方案:"若能凭轼以倚《雅》《颂》,悬辔以驭楚篇,酌奇而不失其真,华而不坠其实,则顾盼可以驱辞力,欬唾可以穷文致。"(《辩骚》)刘勰在儒学观念主导下出现的这种对《楚辞》的复杂态度,正是他对"文"之观念深刻矛盾的表征。②因为一方面,基于道德与宇宙系统的文学外在形式有其自身秩序、统一性与承继性;另一方面,要完满实现这种形式,又需要进行超越、提升、甚至解构文之固有秩序。刘勰的"文"之观念体系因而表现出有秩序的超越性之辩证特征。③

　　其次,在文学史方面,李惠怡认为,《文心雕龙》暗含了两种文学史观:一种是进步主义的文学史观,认为文学始于简单,尔后在发展中日趋繁复,其形式与意义也日趋摇摆;另一种是复古主义的文学史观,认为文学发展应如源头一样追求质而淳,不应坠入艳丽歧途。④ 对于这两种矛盾的文学史观,刘勰并未作简单择一的取舍,而是在《通变》篇中表达了复杂的态度:文学之"质"应坚守("通"),然而文学之"文"则应因时而变("变")。⑤

　　刘勰在《通变》篇表达的这种文学立场,到了《时序》篇获得进一步的肯定:

① Wai-yee Li,"Between 'Literary Mind' and 'carving Dragons':Order and Excess in Wenxin diaolong",in Zong-Qi Cai ed.,*A Chinese Literary Mind:Culture,Creativity,and Rhetoric in Wenxin diaolong*. Stanford:Stanford University Press,2001.pp.189-199.

② Wai-yee Li,"Between 'Literary Mind' and 'carving Dragons':Order and Excess in Wenxin diaolong",in Zong-Qi Cai ed.,*A Chinese Literary Mind:Culture,Creativity,and Rhetoric in Wenxin diaolong*. Stanford:Stanford University Press,2001.pp.201-202.

③ Wai-yee Li,"Between 'Literary Mind' and"carving Dragons":Order and Excess in Wenxin diaolong",in Zong-Qi Cai ed.,*A Chinese Literary Mind:Culture,Creativity,and Rhetoric in Wenxin diaolong*. Stanford:Stanford University Press,2001.p.202.

④ Wai-yee Li,"Between 'Literary Mind' and 'carving Dragons':Order and Excess in Wenxin diaolong",in Zong-Qi Cai ed.,*A Chinese Literary Mind:Culture,Creativity,and Rhetoric in Wenxin diaolong*. Stanford:Stanford University Press,2001.p.203.

⑤ Wai-yee Li,"Between 'Literary Mind' and 'carving Dragons':Order and Excess in Wenxin diaolong",in Zong-Qi Cai ed.,*A Chinese Literary Mind:Culture,Creativity,and Rhetoric in Wenxin diaolong*. Stanford:Stanford University Press,2001.p.204.

"时运交移,质文代变",文学史并不是形式日趋绮靡而内容日渐贫乏的历史,文学的形式美在文学发展中至关重要:"春秋以后,角战英雄,六经泥蟠,百家飙骇。……唯齐楚两国,颇有文学;齐开庄衢之第,楚广兰台之宫,孟轲宾馆,荀卿宰邑;故稷下扇其清风,兰陵郁其茂俗;邹子以谈天飞誉,驺奭以雕龙驰响;屈平联藻于日月,宋玉交彩于风云。观其艳说,则笼罩雅颂,故知炜烨之奇意,出乎纵横之诡俗也。"(《时序》)李惠怡认为,刘勰的上述言论,在中国文学史上是一种关键的表态,他以极大的热情与高超的写作技巧肯定了他的时代文之观念与表现,而没有拘泥于复古主义的经学观念。①

再次,在文学体系建构方面,李惠怡认为,刘勰亦持矛盾态度。一方面,刘勰认为文学创作需要作者静以养气,回归身心的纯净状态,摒弃人工斧凿的"雕龙"技巧,②如《养气》篇所指出:"是以吐纳文艺,务在节宣,清和其心,调畅其气,烦而即舍,勿使壅滞;意得则舒怀命笔,理伏则投笔以卷怀,逍遥以针劳,谈笑以药倦。常弄闲于才锋,贾余于文勇,使刃发如新,凑理无滞,虽非胎息之迈术,斯亦卫气之一方也。"在李惠怡看来,这段话语义明确,强调文学创作需要内心的平静谐和,认为文学活动是一种心境与道德养成行为。③然而另一方面,刘勰又强调了文学的"道德-社会-政治"秩序建构,认可文学的他律性:"安有丈夫学文,而不达于政事哉"(《程器》),反对做"有文无质"的空头文人。④

当然,在李惠怡看来,刘勰在体系建构方面的矛盾尤其体现在他对文之不同风格("八体")的讨论中:"若总其归涂,则数穷八体:一曰典雅,二曰远奥,三曰

①　Wai-yee Li,"Between 'Literary Mind' and 'carving Dragons':Order and Excess in Wenxin diaolong",in Zong-Qi Cai ed.,*A Chinese Literary Mind:Culture,Creativity,and Rhetoric in Wenxin diaolong.* Stanford:Stanford University Press,2001.p.206.

②　Wai-yee Li,"Between 'Literary Mind' and 'carving Dragons':Order and Excess in Wenxin diaolong",in Zong-Qi Cai ed.,*A Chinese Literary Mind:Culture,Creativity,and Rhetoric in Wenxin diaolong.* Stanford:Stanford University Press,2001.p.206.

③　Wai-yee Li,"Between 'Literary Mind' and 'carving Dragons':Order and Excess in Wenxin diaolong",in Zong-Qi Cai ed.,*A Chinese Literary Mind:Culture,Creativity,and Rhetoric in Wenxin diaolong.* Stanford:Stanford University Press,2001.p.207.

④　Wai-yee Li,"Between 'Literary Mind' and 'carving Dragons':Order and Excess in Wenxin diaolong",in Zong-Qi Cai ed.,*A Chinese Literary Mind:Culture,Creativity,and Rhetoric in Wenxin diaolong.* Stanford:Stanford University Press,2001.p.208.

精约,四曰显附,五曰繁缛,六曰壮丽,七曰新奇,八曰轻靡。……八体虽殊,会通合数,得其环中,则辐辏相成。故宜摹体定习,因性练才。"(《体性》)刘勰将八种文体归纳为两两成对的文学风格,整合为统一的文学体系,在这个体系中,文学成规与文人个性构成矛盾关系:文学成规须经不同个性作家的创作实践,才能形成多样文体风格;而各种风格,又自有其规范要求。① 鉴于此,李惠仪认为,刘勰在文学体系方面将再次面临一个难题:如何将具有超越性的不同个性作家,与具有规范性的不同文体风格统一起来?②

最后,在文学创作方面,亦存在着"有序"与"超越"的矛盾问题,这突出表现在《神思》关于文学创作"言"与"意"的张力问题上。③ 一方面,文学创作中"意"常表现为精神的无限翱跹,另一方面,"言"之表述又需遵守语言规范:"意翻空而易奇,言征实而难巧也。"(《神思》)在《物色》篇中,刘勰一方面强调物色感召时主体心意的无限活跃:"物色之动,心亦摇焉。……是以诗人感物,联类不穷。流连万象之际,沉吟视听之区,写气图貌,既随物以宛转;属采附声,亦与心而徘徊。"另一方面,刘勰又提醒诗人,在表现纷纭物色时,应注意审美心胸的虚静状态,摹求物色的简淡娴雅:"是以四序纷回,而人兴贵闲;物色虽繁,而析辞尚简。"(《物色》)

总之,在李惠怡看来,刘勰一方面在理性与道德之间建立边界;另一方面,又通过修辞技巧不断打破这种边界,从而使整部《文心雕龙》在总体上表现出"有序"与"越界"的张力样态。④ 而刘勰在《明诗》篇对"诗"义所作的诠释——"诗者,持也,持人情性;三百之蔽,义归无邪,持之为训,有符焉尔"——可以视为对

---

① Wai-yee Li, "Between 'Literary Mind' and 'carving Dragons': Order and Excess in Wenxin diaolong", in Zong-Qi Cai ed., *A Chinese Literary Mind: Culture, Creativity, and Rhetoric in Wenxin diaolong*. Stanford: Stanford University Press, 2001. pp.210-211.

② Wai-yee Li, "Between 'Literary Mind' and 'carving Dragons': Order and Excess in Wenxin diaolong", in Zong-Qi Cai ed., *A Chinese Literary Mind: Culture, Creativity, and Rhetoric in Wenxin diaolong*. Stanford: Stanford University Press, 2001. p.211.

③ Wai-yee Li, "Between 'Literary Mind' and 'carving Dragons': Order and Excess in Wenxin diaolong", in Zong-Qi Cai ed., *A Chinese Literary Mind: Culture, Creativity, and Rhetoric in Wenxin diaolong*. Stanford: Stanford University Press, 2001. p.215.

④ Wai-yee Li, "Between 'Literary Mind' and 'carving Dragons': Order and Excess in Wenxin diaolong", in Zong-Qi Cai ed., *A Chinese Literary Mind: Culture, Creativity, and Rhetoric in Wenxin diaolong*. Stanford: Stanford University Press, 2001. p.223.

"有序"与"越界"张力矛盾的典范注解。因为一方面,诗之情性与道德教化皆须"有序";另一方面,诗之情感表现与表达又必然会溢出语词边界,从而与情性及道德形成张力与矛盾。① 李惠怡的结论是:这种张力与矛盾,也回应了"文心"与"雕龙"之间所具有的内在张力与矛盾:"雕龙"作为"文"之审美与技术表现,与作为自然规范与文道本心之"文心",形成彼此牵制关系,就如"文心"代表了"有序","雕龙"意味着"越界"一样。②

五、杨国斌《文心雕龙》研究

杨国斌是第二位在英语世界对《文心雕龙》作出全译的学者。他的译本,主要根据周振甫《文心雕龙注释》(1981)翻译,同时参照了施友忠译本。该译本于2003年列入"大中华文库",并由外语教学与研究出版社全球发行。

杨国斌对《文心雕龙》的翻译研究,集中表现在他为译本所作的"前言"中。在"前言"中,杨氏提出一个新的判断:"《文心雕龙》并不是普通的文学批评之作,而是一部中国文化的典籍。刘勰在作品中阐述的文学观,蕴含着中国文化中的文学精神。"③杨氏对《文心雕龙》文化身份的突出强调,超越了学术界关于"文学"或"文学批评"身份的一贯认定,赋予了《文心雕龙》更丰富的内涵。

在杨氏看来,刘勰的突出意义在于"将文学的精神注入了中国文化",将文学视为"人生之根本",通过文学来寻找新的道德人生境界,使文学精神成为一种生活方式。而他本人的译作,"可以看作是对文学人生进行阐发的

---

① Wai-yee Li, "Between 'Literary Mind' and 'carving Dragons': Order and Excess in Wenxin diaolong", in Zong-Qi Cai ed., *A Chinese Literary Mind: Culture, Creativity, and Rhetoric in Wenxin diaolong*. Stanford: Stanford University Press, 2001. p.223.

② Wai-yee Li, "Between 'Literary Mind' and 'carving Dragons': Order and Excess in Wenxin diaolong", in Zong-Qi Cai ed., *A Chinese Literary Mind: Culture, Creativity, and Rhetoric in Wenxin diaolong*. Stanford: Stanford University Press, 2001. p.225.

③ 刘勰:《文心雕龙》(Ⅰ),杨国斌英译,外语教学与研究出版社2003年版,"前言"第17页。Liu Xie, Dragon-Carving and the Literary Mind (Ⅰ), Translated by Yang Guobin, Foreign Language Teaching and Research Press, 2003. Introduction, p.44.

新尝试"。①

第一，杨氏认为，《文心雕龙》中的文学观，建立在三个核心概念之上，即道、圣、文。这一文学观的中心点，就是文是人之本，而人又是道之本，道代表宇宙法理。这一观点对于认识文学的性质和作用、文学批评的标准以及文学在中国文化与生活中的地位，有深刻的意义。② 在道、圣、文的三位一体关系中，"道"是"文"的根源；"文"是"人的自然部分"，人"又是道的内在组成部分"；"圣"是"文"和"道"之间的关键媒介，是"文"和"道"的表达。"道""圣""文"三者之间是循环关系，它们彼此依赖，相互贯穿，从而组成一幅"流动的、和谐的、动态的"文学观念体系。在杨氏看来，这一观念体系，贯穿于刘勰对文体、想象、风格、修辞、鉴赏等文学批评诸问题中。③

第二，杨氏指出，刘勰的文学观所蕴含的文化精神，本质上是一种"人文精神"，正是这种"人文精神"而非单纯的文学见解，才是其真正魅力所在。杨氏认为，刘勰的基本文学与文化观念是："文学和文学的活动，是人生不可缺少的组成部分。它们是人文的诉求。而且，由于人生和文学都顺应宇宙法理，因此文学的活动也是具有宇宙意义的活动。"④具体而言，刘勰所持守的文学之"人文精神"，其要点在于：其一，对作为文学创作主体自身局限性的理性认识。杨氏认为，"刘勰有深刻的谦卑意识及对人的弱点的认识，因此他也看到人的创造性的局限。""文学所处的宇宙位置，既是文学创造力的来源，也是它的局限所在。虽然文学是人之自然，人亦是道之自然，但是道却无所依赖。这便是刘勰的谦卑意

---

① 刘勰：《文心雕龙》（Ⅰ），杨国斌英译，外语教学与研究出版社2003年版，"前言"，第17页；Liu Xie, Dragon-Carving and the Literary Mind（Ⅰ）, Translated by Yang Guobin, Foreign Language Teaching and Research Press, 2003. Introduction, p.44.

② ，"刘勰：《文心雕龙》（Ⅰ），杨国斌英译，外语教学与研究出版社2003年版前言"，第19页；Liu Xie, Dragon-Carving and the Literary Mind（Ⅰ）, Translated by Yang Guobin, Foreign Language Teaching and Research Press, 2003. Introduction, p.47.

③ 刘勰：《文心雕龙》（Ⅰ），杨国斌英译，外语教学与研究出版社2003年版，"前言"，第19—23页；Liu Xie, Dragon-Carving and the Literary Mind（Ⅰ）, Translated by Yang Guobin, Foreign Language Teaching and Research Press, 2003. Introduction, pp.46-52.

④ 刘勰：《文心雕龙》（Ⅰ），杨国斌英译，外语教学与研究出版社2003年版，"前言"，第33页；ILiu Xie, Dragon-Carving and the Literary Mind（Ⅰ）, Translated by Yang Guobin, Foreign Language Teaching and Research Press, 2003. Introduction, p.68.

识的由来,这种意识在《文心雕龙》中有各种表达。"①其二,对文学批评功用的深刻洞见与同情体察。杨氏指出,"刘勰的谦卑意识及对人的弱点的了悟,他的文评温和而富有同情心。这并没有影响他的见解的锐利和深刻性。"②其三,对文学批评中移情意识的强调。杨氏指出,"刘勰的人文精神,还表现在他重视文学鉴赏中的移情,坚持文学必须既言志,又关注人间事态。在文学阐释方面,……强调移情。"③其四,对历史主义文学观的认同。杨氏认为,"时运交移,质文代变""文变染乎世情,兴废系乎时序"的文学史观,与刘勰的人文精神具有高度的一致性。"刘勰的历史观终归来源于他的文学观。他认为文学的活动,贯穿着宇宙的要义,这一观点反而重新将文学置于宇宙法理之中。与人类的其他活动相比,文学具有同等的重要性。文学构成纷繁的人事的一个内在部分。因此,归根到底,刘勰的文学观乃是一种人生的哲学。正是这一人生的哲学,使《文心雕龙》的魅力历久不衰,在今天表现出尤其深刻的现实意义。"④

　　第三,对个别概念的中西文化互文阐释。比如,他将"神思"理解为"精神上的思考"或者"神奇的思考",与英语中的"想象"(imagination)对译。之所以选择与西方文学中的"想象"概念对译,是由于二者存有相似之处:其一,神思和想象都指文学创作过程中那种自发的、富有创造性的力量。杨氏指出,在西方浪漫主义文学思潮中,柯勒律治将想象的运作描写成"成长和创造的力量本身",这种理论"从本质上是具有生命力的";同样,刘勰的神思也是指创作过程中精神

---

①　刘勰:《文心雕龙》(Ⅰ),杨国斌英译,外语教学与研究出版社 2003 年版,"前言",第 33 页;Liu Xie, Dragon-Carving and the Literary Mind(Ⅰ), Translated by Yang Guobin, Foreign Language Teaching and Research Press, 2003.Introduction, p.68.

②　刘勰:《文心雕龙》(Ⅰ),杨国斌英译,外语教学与研究出版社 2003 年版,"前言",第 34 页;Liu Xie, Dragon-Carving and the Literary Mind(Ⅰ), Translated by Yang Guobin, Foreign Language Teaching and Research Press, 2003.Introduction, p.70.

③　刘勰:《文心雕龙》(Ⅰ),杨国斌英译,外语教学与研究出版社 2003 年版,"前言",第 35 页;Liu Xie, Dragon-Carving and the Literary Mind(Ⅰ), Translated by Yang Guobin, Foreign Language Teaching and Research Press, 2003.Introduction, p.72.

④　刘勰:《文心雕龙》(Ⅰ),杨国斌英译,外语教学与研究出版社 2003 年版,"前言",第 36-37 页;Liu Xie, Dragon-Carving and the Literary Mind(Ⅰ), Translated by Yang Guobin, Foreign Language Teaching and Research Press, 2003.Introduction, pp.73-74.

的自发与无羁状态。① 其二,神思和想象在强调自发的创造力同时,又都突出经验和学习的重要性。杨氏引述刘勰与柯勒律治的论述为证:在刘勰看来,"机敏故造次而成功,虑疑故愈久而致绩。难易虽殊,并资博练。若学浅而空迟,才疏而徒速;以斯成器,未之前闻。"(《神思》)在柯勒律治看来,"(莎士比亚)不是自然的骄子,不是一部天才机器。他首先耐心地研究,深刻地思考,精心地领会,直到知识成为习惯和本能,最终喷发出巨大的创造力。"②其三,神思和想象对创作所需的心理条件的相似性。杨氏指出,"刘勰强调要使神思萌动,就要保持心清气爽。柯勒律治也相信想象需要一定时间的心灵准备。……'不去顾虑我需要什么样的感觉,只要尽我所能,保持平静和耐心;或许通过深奥的研究,从我的个性中找到人的天然。'"③

当然,杨氏除了对《文心雕龙》文化视角的独特阐发外,亦有不少精到论述。比如他认为以第二十六章为界,《文心雕龙》在结构上分为两大部分:"第一部分包括前二十五章。在这一部分,刘勰先阐述了他的文学观和理论体系。然后从第六章到第二十五章,论述各种文学种类。第二部分分为后二十五章,包括相当于后记的'序志'篇。这一部分涉及了广泛的文学批评问题,如文学想象、风格、修辞、文学史、文学鉴赏以及作者人格等问题。"④并且,第二十六章与第一章在整体结构上的作用相似:"在第一章里,刘勰重点讨论文学起源和文学的外因。第二十六章转向了文学创作的运作过程,讨论的是内因。刘勰通过对文学外因的追溯,把文学的重要性提高到了宇宙法理的位置,再通过揭示文学的内因,把

---

① 刘勰:《文心雕龙》(Ⅰ),杨国斌英译,外语教学与研究出版社2003年版,"前言",第25页;Liu Xie, Dragon-Carving and the Literary Mind(Ⅰ), Translated by Yang Guobin, Foreign Language Teaching and Research Press,2003.Introduction,pp.56-57.

② 刘勰:《文心雕龙》(Ⅰ),杨国斌英译,外语教学与研究出版社2003年版,"前言",第26页;Liu Xie, Dragon-Carving and the Literary Mind(Ⅰ), Translated by Yang Guobin, Foreign Language Teaching and Research Press,2003.Introduction,p.57.

③ 刘勰:《文心雕龙》(Ⅰ),杨国斌英译,外语教学与研究出版社2003年版,同上,"前言",第26页;Ibid,Introduction,p.57.杨氏曾专文讨论刘勰"神思"与柯勒律治"想象"问题的异同。需要说明的是,本书在行为中为了与前文概念表述取得一致,对杨国斌关于"想像"概念的引用,统一校改为"想象"。具体内容参见杨国斌:《文心雕龙·神思——英译三种比较》,《中国翻译》1991年第4期。

④ 刘勰:《文心雕龙》(Ⅰ),杨国斌英译,外语教学与研究出版社2003年版,"前言",第19页;Liu Xie, Dragon-Carving and the Literary Mind(Ⅰ), Translated by Yang Guobin, Foreign Language Teaching and Research Press,2003.Introduction,p.47.

文学的创作提高到神圣的地位。"①再比如,他对"文心雕龙"书名所作的并列结构译读:"文心"与"雕龙"(Dragon-Carving and the Literary Mind),"这一标题融合了写作的两个组成部分:语言和思想。'雕龙'指语言的使用和雕饰。'文心'指文学创作中所要表达的思想。……标题或可解释为'用雕饰的语言来表达人心与思想'。"②

---

① 刘勰:《文心雕龙》(Ⅰ),杨国斌英译,外语教学与研究出版社2003年版,"前言",第27页;Liu Xie, Dragon-Carving and the Literary Mind(Ⅰ), Translated by Yang Guobin, Foreign Language Teaching and Research Press,2003.Introduction,p.59.

② 刘勰:《文心雕龙》(Ⅰ),杨国斌英译,外语教学与研究出版社2003年版,"前言",第28页;Liu Xie, Dragon-Carving and the Literary Mind(Ⅰ), Translated by Yang Guobin, Foreign Language Teaching and Research Press,2003.Introduction,pp.60-61.

第十章 《文心雕龙》在美国翻译文本中的经典重构问题

从本章起,我们将对《文心雕龙》在美国的译介研究进行综合评述,并拟以"经典重构"为主题,具体选取《文心雕龙》的翻译文本、阐释文本、文选文本三类不同的对象,分析《文心雕龙》源文本如何在跨文化语境中实现经典身份的重构。

本章主要讨论《文心雕龙》翻译文本在美国的翻译传播中,是如何打破汉语文本经典观念而实现原文本经典重构的问题。本章认为,经由跨文化翻译改写而完成的美国《文心雕龙》流传文本,是《文心雕龙》源文本在异质文化空间中全新的"经典重构"。正是通过施友忠、宇文所安、杨国斌等美籍学者在翻译实践中对源文本所作的语境还原、副文本形式重构与中西范畴互文性比堪,《文心雕龙》翻译文本才超越本土文学的"经典"身份而实现了在美国文学语境中的"经典重构"。这种"经典重构",既是异质文学交流中"边缘文学文本"抛弃"他者"身份而努力成就"自我"的技术策略,也是"中心文学文本"俯就"边缘文学文本"来延拓并创新自我的文化宿命。

我们知道,在人类古老的翻译实践中,原文本为"权威文本",翻译文本为"流传文本",二者通过指意的关联度建立起"源"与"流""真"与"伪""经典"与"非经典"的关系。

但当代跨文化翻译实践却从相反表明,翻译乃"改写"与"操控"行为。[①] 通过翻译文本与源文本的含义吻合度难以肯断其"经典"与否的身份,相反,正是

---

① Andre Lefevere, *Translation*, *Rewriting and the Manipulation of Literary Fame*, London and New York: Routledge, 1992, p.xv.

翻译的"改写"与"操控",扯断了跨文化文本之间语义忠实转换的链条,重估了源文本的经典价值,重构了源文本的文学等级,使源文本在流传中表现为全新的差序格局。①

本章拟以《文心雕龙》在美国的翻译实践为个案,通过讨论 20 世纪 50 年代以来美国《文心雕龙》主要翻译译本(亦即华盛顿大学施友忠(Shih Vincent Yu-chung)译本、②哈佛大学宇文所安(Stephen Owen)节选译本、③哥伦比亚大学杨国斌(Yang Guobin)译本④)的不同翻译策略与翻译风格,揭示《文心雕龙》源文本如何通过翻译的"改写"与"操控",来祛除陈陈相因的"他者"恶名,继而完成自我身份的"经典重构"过程,兼及翻译诗学的合法性及跨文化流传文本的身份认同问题。

一、源文本文体语境再现与《文心雕龙》翻译的经典重构

将进入主流文化阵营中的边缘文化"他者"化,用"自我"的眼光凝视边缘文化,并冠以其相应的身份符码,是人类文化交流史上盛行的普遍现象。这一文化现象有其审美政治学根据,然而并非天然正当。冠配"他者"身份的边缘文化,会通过隐秘的"自我"身份修正,强化提升自我,由此开启了中心文化与边缘文化身份政治意义上的博弈较量。而《文心雕龙》在美国的翻译实践与经典重构,则构成了亚文化摒弃"他者"形象而提升"自我"身份的重要案例。

《文心雕龙》在美国完成经典重构、实现自我身份认同的第一步,是摒弃"中式翻译语言"(Chinese translation language)在《文心雕龙》翻译文本中的大量使

---

① Susan Bassnett,Harish Trivedi,ed..*Post-colonial translation:theory & practice*,London and New York:Routledge,1999,p.2.

② Liu Hsieh,*The Literary Mind and the Carving of Dragons*,Translated and Annotated by Vincent Yu-chung Shih,New York:Columbia University Press,1959.

③ Stephen Owen, *Readings in Chinese Literary Thought*,Cambridge,Massachusetts and London:Harvard University Asia Center,1992.

④ Liu Xie,*Dragon-carving and the Literary Mind*,Translated byYang Guobin,Beijing:Foreign Languages Teaching and Research Press,2003.

用,通过源文本的自我指涉关联,再现源文本的文体语境,彰显源文本独特的语言、文学与文化风格,祛除长久以来浸透于跨文化翻译文本中的被污名化的他者符码。所谓"中式翻译语言",是指译者用固定的翻译模式为中国文学创造了一套固定的翻译语言,以此展现中国文学的固定形象,并使之与英语语言与英语文学相区别。① 摈弃"中式翻译语言",就是否定中文文本在英语翻译中已经僵化固定的术语对照与形象指认,通过本真的术语翻译、句法结构、修辞手段,来展现中国文学的灵活性、丰富性与层积性。这种在他者的翻译镜像中观照自我的翻译诗学,主张在文体翻译风格上遵照源文本内在的文体写作风格,通过翻译的术语选择、修辞格的运用、标点符号、介词连词使用,英式书面语言与美式口头语言,将有韵者以韵译,无韵者以笔译,将抒情处译的情浓,说理处译的理畅,叙事处译的事明,以此再现源文本的文体语境,实现源文本在异域的"再经典化"。

比如,《神思》:"古人云,形在江海之上,心存魏阙之下。神思之谓也。"

施友忠、宇文所安、杨国斌的翻译分别是:

施译:An ancient said, "One may be on the rivers and sea in body, but his mind remains at the palace gate." This is what I mean by *shen-ssu*, or spiritual thought or i-magination.(p154)

宇译:Long ago someone spoke of "the physical form's being by the rivers and lakes, but the mind's remaining at the foot of the palace towers of Wei." This is what is meant by spirit thought(shen * -ssu *).(p.202)

杨译:An ancient said, "My physical form is on the sea; my heart lingers in the court." This is *Shensi*, or imagination, at work.(p.375)

施友忠与杨国斌的译文,用"ancient"一词强调了刘勰"神思"理论的"宗经"性,用"palace""court"("魏阙")二词揭示了隐含在源文本中的文学济世观念。用"remains""lingers"("存")单数现在时强调"神思"的独创性与当下性。而杨译用"heart"翻译"心"字,则强调了刘勰对文艺创作中"心"之于物质性官能"身"的依赖与共生关系的肯认。从句法结构来看,施译与杨译都用抑扬格(iambic)的结句法,头韵复叠,意象充沛,再现了源文本作为骈体文的基本语体特色。

---

① *An Anthology of Chinese Literature*:*Beginning to* 1911,edited and translated by Stephen Owen. New York : W.W.Norton,1996,p.xliii.

宇文所安译文,用介词"by""at""is"复合句突出了《文心雕龙》论证形式的逻辑严谨与规范,用"physical form""mind"等英式英语古老的对位语汇表达中国文学观念中"身"与"心"的对立互生,用"being""remaining"两个动名词短语传达艺术创造的生成性。宇氏译文虽然"笨拙",但却再现了源文本在语言、结构与达意上的精密、细致与雅奥,凸显了原文本的经典性。

再从关键词"神思"一词的翻译来看,施译为"shen-ssu, spiritual thought, imagination"(音译+直译+意译),强调了文学创造中想象的精神性与自由性;宇译为"spirit thought, shen*-ssu*"(直译+音译+注释),强调了想象的精神性与创生性;杨译为"Shensi, imagination"(音译+意译),强调了想象的自由性与直观性。从翻译的音译语体来看,施译与宇译的音译为威妥玛式,①而杨译为现代汉语式。"音译"方式的不同,反映出译者对于译本"文化性"与"政治性"的认同侧重:前者是一种基于传统民族文学书写方式之上的对古典文论文学性的还原体认,后者则是基于现代国家语言—政治一体骈生之上的对古典文论现代性的转化肯定。

对于像《文心雕龙》这样一部有着严密"逻辑性"与"体系性"的中国文论"异数"而言,采用复杂严谨的翻译句法,以再现源文本的句式结构特色,还原源文本文体结构的表达语境,是实现源文本"再经典化"的又一重要手段。比如:

《原道》:"日月叠璧,以垂丽天之象;山川焕绮;以铺理地之形。此盖道之文也。"

施译:The sun and moon like two pieces of jade manifest the pattern of heaven; mountains and rivers in their beauty display the pattern of earth. These are, in fact, the *wen* of *Tao* itself.(Shih, pp.8-9)

宇译:The sun and moon are successive disks of jade, showing to those below images(*hsiang**) that cleave to Heaven. Rivers and mountains are glittering finery, unrolling form that give order(*li**)to Earth. These are the pattern of the Way.(Owen,

---

① 威妥玛式拼音法(Wade-Giles romanization)是由 19 世纪末期英国驻华公使 T.F.威妥玛(Thomas Francis Wade)创制,后经 H.A.Giles 稍加修订而成的一种汉语注音规则。该种注音规则的最大特点是以罗马字母为汉字字符注音,用送气符号(')来表示送气的声母,从而完成了罗马语系与汉语语系在发声系统里的相互转换。中国大陆在 1958 年汉语拼音方案公布之前,一直使用该拼音方案,并成为国际学术界广为流行的中文拼音方案。威氏拼音被认为是更接近印欧语系的一种拼写方式,而现代汉语拼音则显然在拼写规则与发音习惯上与作为印欧语系的英语相距甚远。

p.187）

杨译：Like two interfolding jade mirrors, the sun and the moon reflect the images of heaven, while streams and mountains are interwoven into earthly patterns like gorgeous damask. They are manifestations of Dao.（Yang, p.3）

为了照顾到译文在句式结构上与原文的相似，译文常常不得不抛弃原文的简洁与生动。原文 26 字，施译 34 字，宇译 40 字，杨译 32 字。原文为动宾结构的排比句法，施译为主谓排比句法，宇译为连谓式排比句，杨译为兼语式排比句法。三者虽有不同，但都保留了原文的排比对称美。在措词上，原文用词雅范，译文选词各有优长：施译选词平实，宇译选词灵动，杨译选词精准，三种风格都在力图还原源文本的语言风格。

"中式翻译语言"的实质是译者"东方主义"文学观念在翻译文学中的具体操演，背后潜在的是西方文学与东方文学刻意的"优"与"劣"身份区隔。摈弃"中式翻译语言"而采用"英语化"（"English" these texts）翻译的目的，一方面如宇文所安所言，是"为了提供一个独特的视角，说明中国文学何以在自己的世界里光耀多彩，而非因为具有异国情调才吸引西方读者"；[①]另一方面，也是作为亚文化文学文本的《文心雕龙》摒弃被污名化的"他者"形象，通过翻译实践来提升"自我"的必要技术手段。

通过源文本语境再现的方式来实现源文本在异域文化中的经典重构，更为典型地体现在对"文心雕龙"书名文体特征的翻译上。

如所周知，刘勰所处的中古齐梁时代，是一个"俪采百字之偶，争价一句之奇"（《文心雕龙·明诗》）的文学形式主义时代。受这种时代的影响，文学品鉴也落入文辞藻饰隆盛而思想内容寡淡的境况。刘勰作为一个理论家，为其著作起名《文心雕龙》，就是要从文学的根本立场上，改变这种文道中落的境况，转而追求一种衔华佩实、舒文载质的文学创作与文学批评，这是《文心雕龙》源文本写作的基本文体语境。[②] 那么，如何在译文中再现这种语境？施友忠、宇文所

---

① *An Anthology of Chinese Literature*: *Beginning to* 1911, edited and translated by Stephen Owen. New York：W.W.Norton, 1996, p.xliii.

② 刘勰在《宗经》篇中，将这种文体语境概括为六个方面："故文能宗经，体有六义：一则情深而不诡，二则风清而不杂，三则事信而不诞，四则义贞而不回，五则体约而不芜，六则文丽而不淫。"参见周振甫：《文心雕龙今译》，中华书局 2013 年版，第 31 页。

安、杨国斌所采取的翻译分别是：

施译：The Literary Mind and the Carving of Dragons：A Study of Thought and Pattern in Chinese Literature

宇译：The Literary Mind Carves Dragon/Wen-hsin tiao-lung,

杨译：Dragon-Carving and the Literary Mind

可以看出：

施译采用并列结构表述："The Literary Mind"（"文之心"）与"the Carving of Dragons（"龙之雕"）。从翻译修辞来看，这种汉英句式——对照的直译方式，贴近原文翻译，将原文的赋体风格音韵节奏，直接对译为英译的并置结构，突出了"文之心"与"龙之雕"的对等性，亦即"文之核心"与"文之用心"在文学中的同等重要性。

杨译也采用并列结构："Dragon-Carving"（"雕龙"）与"the Literary Mind"（"文心"），也采用直译的方式，但将"雕龙"置于"文心"之前，突出了作为文学形式技巧的"雕龙"对于传达文学内容之道的"文心"之首要性，使原本只是作为文学创作隐喻修辞的"雕龙"，成为实现文学本体"文心"的基本手段。

宇译则采用主谓结构表述，主词为"The Literary Mind"/"Wen-hsin"（"文心"），谓词为"the Carves Dragons /"tiao-lung"（"雕龙"），这种翻译方式，突出了"文心"作为文之根本在文学创作（"雕龙"）中的重要性，亦即强调"文心"对于"雕什么样的龙""怎样雕龙"等文学的意图与形式，起基本规范作用。宇译同时采用较为古雅的威妥玛汉语拼音作为译文表述，方便英语世界读者领略译文原貌，体验中国古典文论的诗性言说与审美蕴藉特性，最大限度地消除由于语言的差异而产生的对源文本的误解。

上述三位译者对"文心雕龙"书名的翻译，究竟在多大程度上做到了再现原文本的文体语境？让我们对照一下《文心雕龙》在汉语语境中的原义。在源文本语境中，"文心雕龙"本身既可以理解为并列结构，也可以理解为主谓结构。理解为并列结构，是强调文学创作的技巧与形式本身同文学创作的思想与内容同等重要，正所谓"质胜文则史，文胜质则野，文质彬彬，然后君子"。理解为主谓结构，则强调了"文心"作为"道心"的体现，是需要一定的形式技巧来传达的。根据刘勰在《序志》篇中对"文心"与"雕龙"的含义所作的解释："夫'文心'者，言为文之用心也。昔涓子《琴心》，王孙《巧心》，心哉美矣，故用之焉。古来文章,以雕缛成体,岂取驺奭之群言雕龙也?"①"文心"为"文之用心",仿照略早于刘勰的陆机"余每观才士之所作,窃有以得其用心"用法,其义应为写文章时如何用心,以便传达"道"之"文"。"雕龙"为隐喻说法,指的是文学语言的修饰就如雕刻龙纹一样,需要专门的技巧。虽然刘勰在《文心雕龙》中明倡"文心",反对"去圣久远,文体解散,辞人爱奇,言贵浮诡,饰羽尚画,文绣鞶帨,离本弥甚,将遂讹滥"的形式主义文风,②批评驺奭之雕龙之做法,但纵观其"文体论"21篇、"创作论"19篇,它们又无不是对如何"雕龙"、如何表达"文心"之恳述。

根据对汉语语境的还原表述,可以看出,三位译者对《文心雕龙》书名的翻译,无论是施译和杨译对"文心雕龙"的并列结构翻译,还是宇译的主谓结构翻译,基本上都是对汉语源文本语义的还原表达。这种表达有利于源文本文体语境在异质文化空间中的忠实再现,实现原语文化语境中的经典文本在异质文化中的自我形象重构。

二、副文本形式与《文心雕龙》
翻译文本的经典重构

从源语文学的"经典"到目标语文学的"非经典",从目标语文学形象中的"他者"到目标语文本翻译中的"自我",《文心雕龙》实现"经典重构"的第二步,是通过翻译文本的副文本形式来完成源文本的"经典重现",使目标接受读者重新体认原文本在源语文化中的经典地位,再现源文本的文学批评传统与文学谱系,扯断源文本与翻译文本"源"与"流""经典"与"非经典"稳固的意指关联。

一是通过翻译文本外在的形式策略,使其获得公共性的审美外观。

如施友忠 1959 年的译本,在香港中文大学出版社 1983 年修订版基础上,2015 又与纽约书评出版社推出再修订版,③并被列入"发现中国经典"丛书(Calligram)系列。该丛书名称"Calligram"本身"书与画"双关指称即暗示出当今世

---

① 周振甫:《文心雕龙今译》,中华书局 2013 年版,第 451—452 页。
② 周振甫:《文心雕龙今译》,中华书局 2013 年版,第 453 页。
③ Liu Hsieh, *The Literary Mind and the Carving of Dragons*, Vincent Yu-chung Shih translated, New York Review Books, 2015.

界对中国古典应有的想象与回应,①这从该丛书的封面设计可以清晰见出:整体封面背景为暴风雨来临前海上的图景,天空涌动的浮云,海面矗立的岛屿,西者尖耸,东者平缓,远处阳光透过浮云投射在尖岛上,海面留下清晰的倒影,整个画面平衡而紧张,东西方文化对比与启示意味浓厚。此外,在译文体例上,施译本将原文本第 50 篇"序志"前置为译文本篇首"序言",以符合英语世界经典文本"序言"置前的写作与阅读惯例。而施译 1959 年译本在版权页与"致谢"等副文本标记处,均标注该译本被哥伦比亚大学"文明档案:源泉与研究系列"(Records of Civilization:Sources and Studies)所收录,也意在凸显翻译文本的经典性质。②

宇文所安译本被列入"哈佛燕京学社"出版系列,1992 年首版,1996 年再版,封面背景为中国书法,留白处加盖红色印章,书名被镶嵌于红色印章内,整体封面设计巧妙运用图形文的形式,让文字保持其本有的绘形表现,从而消除了拼音文字与象形文字之间亘古存有的词与物对立,在语言与形象的相互否定中搭建起超越时空的意义对话网络。同时,在封底附加了两则"编辑推荐":一为加州大学著名汉学家余宝林(Pauline Yu)的评荐:"宇文所安的选译文本为中国文学的核心文本";另一为英国阿尔斯特大学著名心理学家理查德·李(Richard John Lynn)在美国《中国研究书评》杂志(China Review International)上撰文对氏译的评价:"除了对于理解和研究中国文学与文学思想具有内在价值外,氏译对于汉学界之外亦会产生深远影响,能唤起专业与非专业读者对中国文学中创造性与批判性著作的关注。"③突出中国文学的创造性与典范性,正是包括"编辑推荐"在内的封面设计的整体意涵。

而新近的杨国斌《文心雕龙》译本被列入中国新闻出版总署重大工程项目"大中华文库",以最高文化规格(文化族群意义上的"大中华",而非政治疆域意

---

① 丛书主编艾略特·温伯格(Eliot Weinberger)为美国著名作家、翻译家,编辑,曾荣获美国国家图书奖;而装帧和版式设计则由纽约著名精装手工书籍设计师莱丝丽·米勒(Leslie Miller)负责,出版则由香港中文大学出版社与《纽约书评》出版社联合推出的事实本身也表明,《文心雕龙》欲为"国际文学"(International Literature)的努力。

② "文明档案"系列最早编纂始于 1910 年,是由哥伦比亚大学发起的对人类文明史上已被认可的经典文本进行辑录、翻译与研究;到 1990 年,共翻译包括《希腊文明》《文心雕龙》《白隐禅师》在内的文本 98 部。参见维基百科:http://de.wikipedia.org/wiki/Records_of_Civilization:_Sources_and_Studies。

③ Stephen Owen, *Readings in Chinese Literary Thought*, Cambridge, Massachusetts and London: Harvard University Asia Center,1996,封底。

义上的"中国")策划推出,显示了官方决意认同自我,绾合非我,并试图用非我的他性抹除自我长久背负"他者"污名的努力。① 而作为该译文本的副文本结构:倾泻而下的黄河之水用作封面底色、"双扇大门+虎头环扣"的扉页装帧设计、飞檐兽首与精砖瓦当的页面底纹衬图,所有这些明显能够代表中国经典文化符码的副文本标识,其所携带的文化意味不言而喻。

通过副文本形式来实现《文心雕龙》源文本"经典重构"的第二种方式,是通过翻译文本内在的神圣加冕,以使其获得普适性的审美内涵。比起外在形式策略,后者更为根本。因为在注重副文本形式的翻译诗学看来,古代宗教原典迻译对圣灵福音的精神引接与符码表征,决定了翻译乃"先知"(Prophet)告白与庙襗神谕行为。② 宗教原典乃"中心文本"(Central Texts),翻译需谦恭对待。与之相配者,则为处于"中心文化"(Central Cultures)的其他"中心文本",比如民族史诗、经书正史等文化圣典,它们发挥着"礼器"的敬仰与认同功能,从而区隔于处于"边缘文化"(Peripheral Cultures)的"边缘文本"(Peripheral Texts)。③ 后者若欲实现圣典理想,必先改写自我,追索历史过往,认同"中心文本"旧常。"改写"的过程从而也表现为"边缘文本"的"经典建构"过程,尽管它是通过对"中心文本"的"经典重构"完成的。另一方面,西方16世纪早期路德宗教改革放逐教士神学阐释与翻译垄断权利,赋予普罗大众以同等地位,为包括《圣经》在内的"中心文本"在全世界的翻译传播提供了可能;与之相伴的,则是"六经注我""禅宗顿悟"式的阐释者在异域的大批诞生。翻译虽为誊录诸神的消息,但更是译者"言志"的工具;《文心雕龙》虽为"佛教文学"文本,但亦为"中国文学"文本。古代译者的神性立场与宣道角色,遂让位于现代性的知识散播与文化转化;传统中国的"诗文评"文学批评话语,遂转化为现代知识谱系中的"世界文学"。这是《文心雕龙》翻译文本虽经"改写"却并不浸渎于其权威性的深层文化机制与情

---

① 包括《文心雕龙》在内的"大中华文库",自出版后,先后多次被中国国家领导人在外事活动中作为"国礼"而赠送给海外学术机构的事实,从侧面佐证了这一努力。时任国务院总理温家宝在回复"文库"顾问委员会委员任继愈先生的信中直言了这套文库的文化价值:"这部巨著的出版是弘扬中华民族优秀文化的有益实践和具体体现,对传播中国文化、促进世界文化交流与合作具有重大而深远的意义。"参见 http://blog.sina.com.cn/s/blog_9c5c291b01010kol.html。

② J. W. V. Goethe, *Writings on Literature*, in André Lefevere, ed., *Translation/History/Culture*, London and New York:Routledge,1992,p.25.

③ André Lefevere,ed.,Translation/History/Culture,London and New York:Routledge,1992,p.70.

感认同逻辑。

作为在美国较早的译本,①1959 年施友忠译本只有英文,未附原文。译本所据底本为开明书店出版的近人范氏注本(该注本包含了清末之前各家校注及相关资料),并参考了近人杨氏、王氏最新校本。译者在译文前附加了长达 39 页的"导言","导言"梳理回顾了刘勰之前整个中国文学批评的发展脉络,强调了中国文学批评的独特性,并专门讨论了刘勰作为经典作家的重要性,列举了刘勰之后中国文学批评学者对其经典身份的肯定。② 这种语境还原的翻译写作方式,一方面可以强调《文心雕龙》的内生性,说明其源自中国诗文评的感悟式话语传统,另一方面又彰显了《文心雕龙》对于中国文论的突破发展,那就是:从文本内容的有机整体性通贯而为文本形式的逻辑体系性。虽然强调文学思想内在的有机整体性,一直是中国文论感悟式评点语言的基本特色,但在刘勰之前与之后的整个古典时代,它并未成为一种自觉的方法论与基本话语表述范式。刘勰的意义就在于:他在中国文论的中古时期,就能够在观念内容与形式论证两个方面,开创一种比堪于全球文学现代性之后的普遍性世界文论样式。

同样,在宇文所安节选译本中,开篇即是一概要性的序言,对《文心雕龙》原文本在中国文学批评史中的"重要性"与"可代表性"地位作出评介。③ 在其后的节选篇章翻译中,宇氏为每章之前附加有一导论,导论意在将该篇章还原至中国文学批评相关问题域中,使读者在中国文学批评问题的历史性变迁阅读中确证本篇章的经典价值。氏著在"第五章:刘勰《文心雕龙》"之"导论"中,对《文心雕龙》的评价是:"《文心雕龙》比较详细地、原原本本地阐述了传统文学理论中的许多概念,这一点确保了该著作的重要性。""《文心雕龙》开动了 5 世纪的

---

① 1951 年,休格首先在《陆机〈文赋〉翻译与比较研究》书末对《文心雕龙》"原道"章作出翻译,然而译文不佳。参见 E.R.Hughes, *The Art of Letters: Lu Chi's "Wen Fu,"* A.D.302-A Translation and *Comparative Study*. New York: Pantheon Books Inc., 1951。

② 1970 年台湾中华书局印行第二版时,改为中英对照本,并补缀一"序"。"序"中,译者明确将《文心雕龙》在中国古典文学中的身份界定为:"作为一部文辞风格如此优美与文学地位如此重要的中国文学批评与文学史著作。"而译者翻译的目的,一是由于西方尚无完整译本,自己"抛砖引玉";二是此一翻译"有助于西方学者认识中国古典文学理论"。参见 Liu Hsieh, *The Literary Mind and the Carving of Dragons*, Translated and Annotated by Vincent Yu-chung Shih,(台北)中华书局 1970 年版,第 1 页与"中英对照文心雕龙简介"部分。

③ Stephen Owen, *Readings in Chinese Literary Thought*, Cambridge, Massachusetts and London: Harvard University Asia Center, 1992, preface, p.viii.

修辞与分析技术的机器。……《文心雕龙》的修辞近似于亚里士多德的《诗学》和西方其他哲学经典论文的正式解说程序。”“《文赋》更强烈地受制于多样性的要求而非连贯性的要求,《文心雕龙》却努力给文学提供一个自我统一的、连贯的整体观。”①

而在杨国斌译本中,不仅译文“序言”中指认“《文心雕龙》研究俨然成为古典文学研究领域的显学,甚至具备了一门相对独立的学科的地位”,而且强调了“《文心雕龙》并不是普通的文学批评之作,而是一部中国文化的典籍”,可以为疗救“现代化进程中的理性陷阱”,“寻找新的道德人生境界”提供积极启示。②由“文学”而“文化”,由“文化”而“人生”,《文心雕龙》的价值不仅在于文学文本自身,更在于其能够成为今日全球理性社会中疗救人的道德人生病症的文化药方。正是在文学文本、文化文本与人生文本的多维建构中,《文心雕龙》翻译文本的经典价值才能重构。

可以说,经由形式与内容两个方面而完成的副文本符码加冕与《文心雕龙》经典身份重建,不仅是指《文心雕龙》翻译文本借翻译序言、题词、荐语、节选、目次、编辑、印张、美工、出版机构、出版者学术声誉等超越时空的公共审美外观,也不仅是指译者超越国别文化身份圈限而获致的现代普适性人文知识分子堂皇身份,它更根本的是指不同文化间经由翻译而生发的视域融合与共识搭建。只有首先成为一种“美的艺术(文学)”,经由翻译而完成“经典”身份重建,才是可期的。

三、中西范畴观念的互文性比堪与《文心雕龙》翻译文本的经典重构

《文心雕龙》翻译文本完成“经典重构”的最后一步,是通过中西范畴观念的互文性比堪,统一“异化”与“归化”翻译,构筑中西文本与文学观念的互文性语

---

① Stephen Owen, *Readings in Chinese Literary Thought*, Cambridge, Massachusetts and London: Harvard University Asia Center, 1992. pp.184-186.

② Liu Xie, *Dragon-carving and the Literary Mind*, Translated by Yang Guobin, Beijing: Foreign Languages Teaching and Research Press, 2003, p.44.

境,体认中西文论的公共性价值,阐扬《文心雕龙》的世界文学身份。这突出表现在带有翻译注释与评点的宇文所安译本中。

首先,通过翻译文本的范畴互释与比堪,打通中西文学的深层观念。比如宇文所安在"原道"篇的翻译导言中,将刘勰对"文"与宇宙关系的阐释比附暗示为黑格尔对"美"与"理念"关系的界定;①在"神思"篇中谈"意象"时,用西方的"模仿"(mimêsis)、"再现"(representation)说明中西艺术构思中的共同性规律;②在"体性"篇中,举证西方文学批评中的"体"(style)概念(作为内在规范的"文体"与外在表现的"风格"),与刘勰"体性"篇中关于"体"的规定(内在的规范性)二者之间的相同性与差异性;③在"定势"篇中,援引席勒关于"素朴的"诗人超越语言藩篱而直扣诗的情感本体,来说明刘勰扬"情"抑"言"的文学创造观,并尝试用朗吉驽斯关于作品的"自觉层面"与"非自觉层面"说明刘勰关于"情"与"势"的基本辩证关系;④在"章句"篇中,用西方的"戏剧诗"(dramatic poetry)与"概要"(outline)"由一至多"的逻辑表述结构诠释刘勰关于"字""句""章"的自然生发关系;⑤而在"隐秀"篇中,用西方现代哲学中的"意义"(meaning)与"意味"(significance)注解刘勰关于文学创造中"隐"与"秀"的统一关系;如此等等。⑥

同样在杨国斌译本中,"神思"(Imagination)篇被用来与19世纪英国浪漫派诗人柯勒律治的"想象"概念进行比较,强调二者在文学创造方面的类似性,即二者都是"文学创造过程中那种自发的、富有创造性的力量",都需"经验与学

---

① Stephen Owen, *Readings in Chinese Literary Thought*, Cambridge, Massachusetts and London: Harvard University Asia Center, 1992, p.187.

② Stephen Owen, *Readings in Chinese Literary Thought*, Cambridge, Massachusetts and London: Harvard University Asia Center, 1992, p.205.

③ Stephen Owen, *Readings in Chinese Literary Thought*, Cambridge, Massachusetts and London: Harvard University Asia Center, 1992, pp.210-211.

④ Stephen Owen, *Readings in Chinese Literary Thought*, Cambridge, Massachusetts and London: Harvard University Asia Center, 1992, p.235.

⑤ Stephen Owen, *Readings in Chinese Literary Thought*, Cambridge, Massachusetts and London: Harvard University Asia Center, 1992, p.253.

⑥ Stephen Owen, *Readings in Chinese Literary Thought*, Cambridge, Massachusetts and London: Harvard University Asia Center, 1992, pp.262-263.

习",都是"心理的虚静与安宁"的产物。① 杨译本同时将"风格"篇与法国布封的"风格即人"理论相照,②将"修辞"篇与古希腊以来西方文学批评的修辞理论相比较,③将"知音"篇中关于文学鉴赏中的"移情"现象认定为一种具有"现代意识"的移情理论;不一而足。④

在施友忠译本中,《神思》(*Spiritual Thought, Imagination, Shen-ssu*)的译法之一,就是西方修辞学中的"想象"(imagination)概念。根据施氏:"想象是思想之间的联系,是善用比喻的能力,而这种能力却不能通过后天习得。"⑤施氏对中国古典概念"神思"的这种西化诠解,显然是西方近代美学,特别是康德美学观念比堪训释的结果。更为重要的是,施氏将刘勰的"征圣""宗经"的文学观念以及在这种观念指导下的文学创作法则,用西方文论中的"古典主义"(classicism)概念来指称,⑥认为刘勰的古典主义文学批评理论,是"文学历史""文学理论""文学鉴赏和批评"三大内在统一的整体。⑦ 这种分析固然是对刘勰文学批评理论一般论证逻辑的照实归纳,但是,就其方法论与概念指称而言,显然又是对韦勒克文学理论模型的移用借鉴。

第二,在术语的翻译方式上,宇文所安采用"异化+归化"的翻译方式,先用汉语威妥玛拼音标注术语,辅以文后"术语集释"(Glossary,用上标星号 * 注明),再用斜体突出,随后补加英语术语对译的翻译方式,从而赋予翻译术语以中西文学批评双重身份。如《体性》篇对于"文"之风格的翻译:

若總其歸途。則數窮八體。一曰典雅。二曰遠奧。三曰精約。四曰顯附。

---

① Liu Xie, *Dragon-carving and the Literary Mind*, Translated by Yang Guobin, Beijing: Foreign Languages Teaching and Research Press, 2003, pp.57-58.

② Liu Xie, *Dragon-carving and the Literary Mind*, Translated by Yang Guobin, Beijing: Foreign Languages Teaching and Research Press, 2003, p.60.

③ Liu Xie, *Dragon-carving and the Literary Mind*, Translated by Yang Guobin, Beijing: Foreign Languages Teaching and Research Press, 2003, p.67.

④ Liu Xie, *Dragon-carving and the Literary Mind*, Translated by Yang Guobin, Beijing: Foreign Languages Teaching and Research Press, 2003, p.72.

⑤ Liu Hsieh, The Literary Mind and the Carving of Dragons, Translated and Annotated by Vincent Yu-chung Shih, New York: Columbia University Press, 1959. Introduction, p.xlii.

⑥ Liu Hsieh, *The Literary Mind and the Carving of Dragons*, Translated and Annotated by Vincent Yu-chung Shih, New York: Columbia University Press, 1959. Introduction, p.xxxiv.

⑦ Liu Hsieh, *The Literary Mind and the Carving of Dragons*, Translated and Annotated by Vincent Yu-chung Shih, New York: Columbia University Press, 1959. Introduction, p.xxxvii.

五曰繁縟。六曰壯麗。七曰新奇。八曰輕靡。

If we can generalize about the paths followed, we find that the number (*shu* *) is complete in eight normative forms: *tien-ya* * , decorous [or "having the quality of canonical writing"] and dignified; *yüan-ao*, obscure and far-reaching; *ching-yüeh*, terse and essential; *hsien-fu*, obvious and consecutive; *fa-ju*, lush and profuse; *chuang-li*, vigorous and lovely; *hsin-ch'i*, novel and unusual; *ch'ing-mi*, light and delicate.[1]

源文本采用汉语繁体誊录、文言文句读方式,以凸显源文本作为中国文学的正统性与典雅性。而中西文学术语互文并置的方式,既凸显出中西文论言说方式的差异,又建立起了中西文化与文学的主体间性(interculture)。

施友忠对"文"之风格的翻译:

All in all, we may enumerate eight different styles: first, elegant and graceful, or in the style of *tien* and *ya*; second, far-ranging and profound; third, polished and concise; fourth, lucid and logical; fifth, profuse and flowery; sixth, vigorous and beautiful; seventh, fresh and extraordinary; and eighth, light and trivial. (p159)

施译主要采用"归化"翻译方式,将源文本八种文学风格,一一对译为英语的风格表述。同时,为了弥补归化翻译带来的源文本语义短省,施译又辅以"直译+音译"的补足翻译,澄清译出语在源文本语境中的内涵。比如,将"典雅"用英语"elegant and graceful"与汉语拼音"*tien* and *ya*"互文翻译,同时用脚注的方式,注明"这种风格是经书《尚书》与《诗经》的风格"。[2] 其余七种风格,虽未采用英译与拼音的比堪互译,但显然是译者运用了翻译的略省法,其暗含的中西互文语义,读者可以通过想象补足。

杨国斌对"文"之风格的翻译:

Generally speaking, eight styles may be distinguished, namely, the elegant, the recondite, the concise, the plain, the ornate, the sublime, the exotic, and the frivolous. (p.391)

---

① Stephen Owen, *Readings in Chinese Literary Thought*, Cambridge, Massachusetts and London: Harvard University Asia Center, 1992, pp.213-214.

② Liu Hsieh, *The Literary Mind and the Carving of Dragons*, Translated and Annotated by Vincent Yu-chung Shih, New York: Columbia University Press, 1959.p.159.

从翻译目的来看,杨译采用的也是归化翻译,但从翻译语篇结构来看,杨译采用的是"译文+原文+今译"的中西与古今互释互训译法,这种译法便于使源语文本与译语文本呈现为一种时间序列中的中西复调对话身份。特别是通过尾注"A key statement in Liu Xie's Stylistic theory/刘勰文体论的要点"的标注,①将源文本语境中关于文学风格的分类,译解为西方修辞学中的文体风格,其身份改写意图明确。

通过中西范畴观念的互文性比堪训释,构筑中西文学观念的互文性语境,体认中西文论的公共性价值,特别表现在宇文所安对术语"文"的不同翻译改写上。

按照宇文所安,"文"(wen)主要包含三层含义:pattern(纹理或样式)、literature(文学)、writing word(文字)。② 今日汉语古文字研究表明,"文"为象形字,最早起源于人类远古祭祀活动中由亲属扮演的逝者,③其象形站立表明其为"绝地天通"的载体,后逐渐引申为《说文解字》所释"错划"义,亦即"纹理或样式"(pattern),再衍生出文明记录意义上的"文字"(writing word)义,最后衍生出有"韵"意义上的纯文学(literature)义。然而刘勰在《文心雕龙》中对"文"字多达566处的使用,已完全失去其源始宗教义。鉴于英语字母语系无法传达"文"之原始宗教义,故宇文所安录用异化翻译"wen"释"文",实为通过翻译改写策略发挥译入语的形式化间离效果,使非英语读者在一种"陌生感"中揣摩与想象"文"在中国早期文化中的神秘无限性意涵:"文",曾经是中国古人最为庄严神圣的活动,它承载有中国原始先民无限神圣信仰与祈诰形态,而不仅仅是象天法地的符码与语言文化的载体工具。可以说,正是为了突出"文"字的神圣丰富性与宗教信仰内涵,宇文所安才在其《文心雕龙》节选译本的201次翻译使用中,多次通过翻译改写,将"文"含混地译为"wen",使"文"符指的无限衍义多方面地展现其在中国文学语境中的复杂面相。

同样,施友忠与杨国斌也将核心概念"文"作了不同的翻译改写。

---

① Liu Xie, *Dragon-carving and the Literary Mind*, Translated by Yang Guobin, Beijing: Foreign Languages Teaching and Research Press, 2003. p.754.

② Stephen Owen, *Readings in Chinese Literary Thought*, Cambridge, Massachusetts and London: Harvard University Asia Center, 1992, p.594.

③ 李圃:《古文字诂林》,上海教育出版社2003年版,第68页。

　　按照施友忠,"刘勰的'文'(wen)在英语中并无对等概念,《文心雕龙》所使用的'文',可以概指宇宙万千事物的独特范型(pattern),这每一种'范型',即是刘勰所谓的'文'。刘勰用单一'文'字意指众多'范型'(patterns),表明某一'形式'的在场,即可指代宇宙所有存在的共同特征。"①将汉语中的"文",改译为英译中的"范型",既突出了"文"之外在"形式"义,又能引发"文"作为"范型"在西方文化语境中之创生与源发性内涵。杨国斌译本,遵照了周振甫文白译本对"文"的"颜色、形状、五音、文章"基本释义,②将"文"根据不同语境分别译为"manifestations""patterns""writing""composition""art"。③ 这种翻译,一方面强调"文"对宇宙精微隐奥的形式显现含义,另一方面又突出了其对宇宙意义的实现功能,从而使"文"在天人关系的终极意义上,实现了与西方文论中"文"之"再现"与"表现"相统一的同样效果。

　　跨文化的互文性并置与比较翻译的目的,在于要阐扬源文本作为中国本土文学身份的独特性与潜在具有的世界文学文本的共同属性,从而赋予其以"中国文学批评"与"世界文学批评"的双重身份。无论是宇文所安对《文心雕龙》个别篇目的翻译策略("篇目英文+篇目拼音+篇目汉字",如第一章"原道"篇目翻译:"Its Source in the Way,Yuan-tao,原道"),对整个"篇章"的翻译(采用"篇目+篇章介绍+原文+译文+评论"的方式),还是施友忠与杨国斌在整体上的归化翻译与比较诗学译介策略,都是将《文心雕龙》同时看做是文学批评、文学理论与文学史的三统合——亦即用韦勒克意义上西方文论经典模式来翻译介绍《文心雕龙》,都是在艾伯拉姆斯关于文学理论"四分法"——亦即在宇宙、作家、作品、读者的总体阐释框架下定位翻译文本。正是这种既向主流美国文学理论"看齐",又突出《文心雕龙》作为中国文学批评的典范性与代表性特色,才使《文心雕龙》翻译文本在互文性的范畴交流与观念融合中完成了"再经典化"。

------

　　① Liu Hsieh,*The Literary Mind and the Carving of Dragons*,Translated and Annotated by Vincent Yu-chung Shih,New York:Columbia University Press,1959.p.8,note 1.
　　② 周振甫:《文心雕龙今译》,中华书局 2013 年版,第 10 页。
　　③ Liu Xie,*Dragon-carving and the Literary Mind*,Translated by Yang Guobin,Beijing:Foreign Languages Teaching and Research Press,2003.p.20.

四、《文心雕龙》翻译文本经典
重构中的身份认同问题

如果说，宇文所安是将《文心雕龙》剥离于中国文学与文化传统而使其成为一种纯粹的文学批评话语，通过互文性并置与创造性改写，揭橥这种批评话语在本土文化中被遮蔽的意义，以凸显其对西方文学批评话语借鉴价值的话；那么，施友忠与杨国斌则主要是将《文心雕龙》还原到中国古典文学的生发语境，强调《文心雕龙》文本在中国古典文学批评话语中的"经典性"与"可代表性"，通过彰显昔日本土的辉煌以暗示今日的世界价值。正是这种从"古典中国"到"西方现代"的巨大文本跨越，抹平了古今语言的时间性间离与中西文学的空间性阻隔，使《文心雕龙》完成了从源文本到翻译文本的"再经典化"建构，展现出本土文本在异质文化空间中散播的复杂性与可能性。

第一，《文心雕龙》从源文本到翻译文本的"再经典化"建构，受制于文本内外复杂的因素。美籍比裔学者拉弗菲尔曾指出，决定流传文本在跨文化语境中的接受与否、经典化或非经典化的主要因素，是诸如权力、意识形态、文学机制、社会操控等内外在改写因素。[1] 而"翻译作为一种改写活动，其最大功用在于，它可以超越源文本的文化边界而使其在异文化语境中展现出全新的作者或作品镜像"。[2] 所以翻译绝不是语言之间的单纯转化，而是跨文化、政治与历史语境下文辞意义的改写与话语秩序的重建。因此，当美国学者以《文心雕龙》的结构与体系为对象，格外看重"体系性"这个中国文论曾经的"他者"时，他们实际上已经发现了蕴藏在中国文论中属己性的"他者的自我"，那就是：在远隔千余年前的西方文论之外，"中国文论"就曾以多么相似的姿态奏响了"世界文论"的华美乐章。

第二，美国《文心雕龙》翻译过程中撕破语言藩篱的迻译创造（recreation），

---

[1] Andre Lefevere, *Translation, Rewriting and the Manipulation of Literary Fame*, London and New York: Routledge, 1992, p.2.

[2] Andre Lefevere, *Translation, Rewriting and the Manipulation of Literary Fame*, London and New York: Routledge, 1992, p.9.

虽为提升边缘文本文化身份的技术需要,但亦为翻译本身的阿克琉斯之踵:古代经典文献文本中蕴藏的原始神意无限性观念与语言有限性表达之间,亘古存有张力;因而翻译创造的前提,就须首先超出翻译即原典经义释读或经书文本注疏之远古渊薮,以语言的理想性"能指"覆庇其自然性"所指"来抹平文本的神圣信仰与世俗交流之语义鸿沟。在此意义上,由美国汉学家完成的《文心雕龙》翻译文本,并非完全是美国文学"自我"凝视下的"他者",它同时成为美国文学反思自我、重构经典,对己作出动态性与适应性调整的积极力量。换句话说,《文心雕龙》在美国的翻译传播,既是中国古典文学理论在异域彰显自我文学属性,凸显自我文化与审美价值,使本土文学文本在异质文化空间中完成"再经典化"的范式尝试过程,也是美国文学理论在自我的接受视域中吸纳东方诗学的"他者"因子,从而为美国文学理论重塑自我、创新自我提供活力的过程。

第三,翻译作为亚文化群体在中心文化中特殊的生存策略,在跨文化交流中担负着情感共济与精神母体功能。正是祈助于本土文化的"经典"身份地位,边缘文化进军中心文化才有了最正当的理由。并非偶然,当代汉学家与流散文人身份屡屡重叠。因为翻译创造既可以为边缘文化自我意义叠加筹码,又可以在文化的互视中冷然在场,拾获家园之感。因而,通过副文本形式的翻译诗学对《文心雕龙》经典身份的重建,并非限于对"美国文学理论"主体性的消解,它毋宁在于通过对语言符号系统性的突出强调——任何具有意义的言语"自我"同一性,只有通过言语之外的"非我"差异性才能获得理解——来佐证"非我"存在的合理性与平等性。换句话说,对"美国文学理论"的"自我"认同,只有通过"美国文学理论"之外的"非我"才有可能。而亚文学理论文本,由此便可以通过"我是"的交流肯诺构建"文学经典"自我,获得象征性的"经典"身份表达:在全球多元文学的符号体系中,边缘文学不能降格为主流文学的"他者",恰恰相反,它应代表文学全域所未能表现出来的意义可能。

第四,对《文心雕龙》翻译文本"经典重构"中的身份认同问题,应该不仅强调其作为"东方文学"的"民族性"或"可代表性"身份,更应强调其在审美价值方面所体现出的那种类似于西方文学理论的"普遍性"价值。虽然后殖民主义文化理论视翻译为西方殖民主义的文化帮凶,认为正是通过翻译对主流文化规则的确立,殖民文化与被殖民文化之间的尊卑身份才得以建立。但是,"翻译并非是对源文本意义或符码的简单传递,它毋宁是源文本在另外的时空以另外的言语体系展现的话语重生。"①从故国文学史的"体系性"巨著,到翻译文学中的"东方诗韵"经典;从"原理性"的文学批评巨制,到翻译文学的"佛教文学理论"典籍,从地方性的"他者"文学,到全球性的"自我"文学,《文心雕龙》的身份几经变迁,而这种变迁的实质,是源文本逐渐剥离"地方性"而向"普遍性"的世界文学理论提升。

第五,在对《文心雕龙》翻译文本经典价值的认定问题上,"自恋癖"式的后殖民东方学一味张扬东方文化"独特性"与"现代价值",与"自大狂"式的西方中心主义首肯西方文化的"普遍性"与"绝对价值",并无本质区别。它们都无视文化现代性的普遍主义原则,都未能基于文学与文化的多样性发展而对自我作出反思批判。无论是标榜"独特性"的中国文论,还是张扬"普遍性"的西方文论,一旦赋予自我身份以合法性与普遍性,用"相对主义"的文学盾牌抵挡一切文学现代性的永恒叙事,拒绝对自我作出否定与超越,就难以成为真正的世界文学理论经典。一种真正的世界文学理论,必须超越简单择一的"东方性"与"西方性"身份困境,必须直面"自我视域中的他者"与"他者镜像中的自我"的永恒身份轮回,经受文学"现代性"的永恒审判,这种审判以解构既定文化秩序与经典文学观念为前提,在对现存文学与文学秩序的不断超越中,使文学走向世界文学的共同体。

---

① Susan Bassnett,Harish Trivedi,ed..*Post-colonial translation:theory & practice*,London and New York:Routledge,1999,p.186-187.

第十一章 《文心雕龙》在美国文学批评界的经典重构问题

本章主要讨论《文心雕龙》在美国的传播过程中,美国文学批评界是如何评判认定《文心雕龙》的经典身份问题。本章认为,《文心雕龙》在 20 世纪美国汉学界的传播与研究,不宜简单理解为汉学研究的比堪发微,而应理解为比较研究的阐释学问题。阐释学意义上的美国《文心雕龙》比较研究,以 20 世纪中叶以来渐成世界文学批评中心的美国整体文学语境为阐释空间,以阐释的记忆与技艺为研究方法,既回返中国文学批评历史语境凸显《文心雕龙》的"中国性"身份,又移置美国文学批评当代空间而拓展《文心雕龙》的"世界性"价值,从而使美国的《文心雕龙》比较研究,成为 20 世纪海外《文心雕龙》研究最有建树的成果。

如所周知,《文心雕龙》于 20 世纪中叶以来在美国汉学界的翻译传播,构成了海外"龙学"研究的重要内容。对于这种内容,学术界已经从翻译批评、后殖民主义、汉学与中国学等角度作出重要研究。本文拟从比较研究阐释学的角度,将《文心雕龙》在美国的传播与研究,理解为中国文学理论由民族性走向世界性,并在世界文学理论空间中获享"世界性"经典身份的重要步骤。基于此一视角,本文讨论的问题虽归属于美国汉学界的中国文学理论研究,但讨论的指向并非"西方中心"或"中国中心"的,而是"去中心化"的,亦即指向一种阐释学的视域融合与重叠认同,它在具体的发展中表现为两个相互关联的逻辑问题:其一,美国汉学界如何对《文心雕龙》文本进行阐释学意义上的互视与互释,以肯认其区别于世界文学批评的"中国性"身份? 其二,美国汉学界如何阐释《文心雕龙》文本在当代的"世界性"价值,并将这种"世界性"价值读进世界文学批评的内在脉络?

为了解决这两个问题,我们在观念上必须首先跳出汉学研究中惯常使用的"侵入—抵抗"模式,对作为世界主流文学批评话语的美国文学批评,与尚处于世界文学批评边缘的《文心雕龙》之关系,进行阐释学意义上的三重"反写",既强调主流话语对边缘话语走向中心的贡献,又重视边缘话语对主流话语的积极认同与借鉴,还认可边缘话语与主流话语由于意义阐释与共识重叠而搭建全新"世界性"话语的可能。

沿此思路,我们观察半个世纪以来美国汉学界的《文心雕龙》批评研究,会发现其主旨是对《文心雕龙》进行特定语境与空间的经典化阐释,它一方面通过对文本涵义的时间性回溯,唤回《文心雕龙》在中国文学批评语境中荣享"中国性"经典的阐释记忆;另一方面又通过文本意义的空间性创造,重拾《文心雕龙》在美国文学批评空间中衔配"世界性"经典的阐释技艺。《文心雕龙》在美国汉学界的阐释记忆与技艺,因而就超越了单纯的文本旅行变异而成为中国本土文本在异文化空间中回返自我原初身份、拓展自我意义的重大阐释学事件。

一、《文心雕龙》在美国文学批评中的阐释空间

与任何文学文本一样,《文心雕龙》所荣享的"中国性"经典身份,其有效性源于特定的阐释空间,一俟源文本移入新的阐释空间,其原本凝结的阐释经验,便难以再上升为层叠性的共识观念;因而要认定《文心雕龙》文本在进入美国文学批评后的身份,必须首先重建源文本与新阐释空间的符契关系。

美国在20世纪50年代后逐渐成为国际汉学的研究中心,美国文学研究在20世纪40、50年代后逐渐强化"世界文学"的价值身份,美国文学批评在20世纪60年代后对阐释学的格外倚重,[1]都为《文心雕龙》在美国重建自我身份提供了新的阐释契机。

《文心雕龙》于20世纪50年代进入美国,首先归因于美国汉学研究在其时的繁荣与转型。由于美国汉学在其200余年的发展历程中,先后经历了由"早

---

① 萨克文·伯科维奇主编:《剑桥美国文学史》第八卷,杨仁敬等译,中央编译出版社2008年版,第154、287、315页。

期汉学"（proto-sinology）到 20 世纪上半叶的"中国学"或"中国研究"（China Studies 或 Chinese Studies）的转变，而转变的结果，是美国汉学从传统的以语文学和文献考证为特色的"汉学"基础研究，逐渐让位于以社会科学为主的综合研究与实用研究，亦即"中国学"或"中国研究"，①所以，《文心雕龙》于其时在美国的接受研究，虽然在研究属性上可归于"汉学"基础研究，但在研究价值取向与研究范式上却呈现出强烈的"中国学"或"中国研究"色彩。在这样一种背景下，虽然我们在研究这个问题时，要重视其时在美国已经形成相当气候的平行研究、影响研究、移情研究等汉学基础研究，但从比较文学阐释学的角度看，亦不能忽视在这种研究中所表现出来的强烈实用主义倾向，特别是当美国文学援引《文心雕龙》为重要文化资源，建构自我的"世界文学"身份时，情况就尤为如此。

一方面，美国在进入 20 世纪后，由新批评、女性主义、解构主义、后殖民主义等多种文学与文化思潮合力铸就的，并非是一种"美国中心"的观念狂想，它毋宁是通过引借异质文学与文化来抵御和摧毁那些所有被英法等欧洲文学中心钦定为"经典"的文本形式、文学修辞与作品意义，为树立差异、断裂、多元、解构的文学观念——后者作为分歧、缺位、无意义向来在西方经典文学批评中缄默无语——铺平道路，以此谋求自身的经典与中心地位。因为一旦企图成为新的"世界文学"中心的美国证明了那些向来被奉为"中心"与"经典"的文本实为基于特定文学观念的后天建构而非先天自然源发，其原本享有的神圣与尊严光环

---

① 参阅魏思齐（Zbigniew Wesolowski）：《美国汉学研究的概况》，（台湾）《汉学研究通讯》2007 年第 2 期；顾均：《美国汉学的历史分期与研究现状》，《国外社会科学》2011 年第 2 期。另外，根据美国汉学家柯文（Paul A.Cohen）对 20 世纪 50、60 年代以来美国汉学研究方法的区分：以费正清（John K.Fairbank）为代表的"冲击—回应"范式，以列文森（Joseph Levenson）为代表的"传统—现代"范式，以佩克（James Peck）为代表的"帝国主义"范式。第一种范式认为，中国社会的变革起于对列强入侵的应激反应；第二种范式认为，中国社会的变革起于中国传统社会内在的自变性要求；第三种范式认为，中国社会的变革是列强侵略的直接结果，中国社会的诸多问题（社会崩解、民族灾难、价值坍塌）是列强侵略使然。柯文不认同这三种研究范式，认为中国研究应提倡一种"移情"范式，即摆脱"西方中心主义"立场，站在"中国中心"（China-centered）立场，从中国内部发现中国历史，"力图重建中国人所实际感受的历史，而不是一种外在的问题意识下的历史，将中国问题放在中国语境中，将领土广大和情况复杂的中国分解为小的、更容易把握的单位，并将中国社会看作是分成若干等级的，在运用历史学方法之外热烈欢迎各种社会科学和其他学科的理论和方法。"参阅 Paul A.Cohen.*Discovering History in China：American Historical Writing on the Recent Chinese Past*，New York：Columbia University Press，1996，p.x。柯文的意思是，对于中国问题，必须使用语境还原的方法，更加细致地区分中国不同区域、不同阶层的不同问题，在多学科研究方法的基础上，更为本真地进入中国历史，而非下一些似是而非的宏大结论。

就会顷刻减损,而美国文学基于新的文学观念的"中心性"建构,旋即便获得合法性。因此,美国在 20 世纪 50 年代后出现的众多带有解构色彩的文学现象与文学批评,其首要目的在于对欧洲文学作为"世界文学"中心地位的消解与对"美国文学"作为新的"世界文学"中心地位的肯认,虽然这种肯认并没有取得立竿见影的效果,但它却在理论上催生了一种阐释学后果:文学与文学批评"经典"实为阐释学的建构;任何跨文化语境中文学与文学批评"经典"地位的获得,都需要阐释学意义上的枳化为橘,这样,"美国"文学与文学批评作为新的世界文学与文学批评"经典"地位的获得,必须援引美国文学与文学批评之外的"非经典"才有可能。

在这样一种观念意识下,《文心雕龙》作为边缘文学文本于 20 世纪 50 年代正式进入美国文学批评空间,实际也是美国文学通过"非我"的交流肯诺,建构异域空间的"经典"自我,获得象征性的"经典"身份表达的结果。因为设若我们回到美国文学现场,就会看到,美国文学于其时格外热衷于文化多元主义的观念诉求,希望美国文学能够提供一种超越单一民族属性的多民族、多种族文学立场,要求"美国文学经典所选择的作品是要代表整个文化的",①而非在美国"国家"意义上发展"美国文学"。事实上,正是这个重要背景,构成了我们从比较文学阐释学角度理解美国《文心雕龙》研究的基本依据,它提醒我们,对于美国《文心雕龙》的阐释研究,不能简单理解为主流文学对边缘文学的恣意欺凌,也不能理解为文化霸权式的"东方主义"文学征服,而应理解为美国在跨文化文学交流中通过异质文化资源的征引来建构自我的基本策略。也正是这个背景,才为《文心雕龙》在美国的比较研究提供了重要的阐释学空间——尽管其时已渐成气候的美国式"东方学"研究,②并未放弃对印度、中国、埃及等异域"他者"的"中心主义"立场,相反一直作为想象的"中心"而存在,但它却在事实上为《文心雕龙》在美国的传播研究提供了便利的阐释空间,因为美国"东方学"方法论的"讲究逻辑、讲究实证、讲究系统"逻辑,在理论上要求对那些同样具有西方文化

---

① 萨克文·伯科维奇主编:《剑桥美国文学史》第八卷,杨仁敬等译,中央编译出版社 2008 年版,第 312 页。

② 萨义德指出,18 世纪末以来的"东方学"可以描述为"通过做出与东方有关的陈述,通过对有关东方的观点进行权威裁判,对东方进行描述、教授、殖民、统治等方式来处理东方的一种机制:简言之,可将东方学视为西方用以控制、重建和君临东方的一种方式"。参见萨义德:《东方学》,王宇根译,三联书店 1999 年版,第 4 页。

属性但一直背负"落后"名声的东方文学文本的重视,①而《文心雕龙》的"体系性"写作在中国"诗文评"的批评传统中原属"另类",其在中国文学批评中长久被湮没殊为自然,但是,一俟其进入美国文学空间,却因其秉有"落后"身份与类似于西方文学批评的"体系性"双重特色而成为备受推崇的对象。

另一方面,《文心雕龙》在20世纪70年代后能够持续受到美国文学批评界的关注,亦是美国文学批评建构"世界文学批评"的需要。美国文学批评在20世纪70年代后,一直存有一种倾向,那就是:"整个文学研究企图让批评的中心回到批评本身以及塑造它的背景、条件和关系上。"②重视文学研究的背景与历史,而非对文本作单纯的"新批评",成为其时美国文学批评的一股洪流。这一方法论的转型使得包括《文心雕龙》在内的那些具备深厚历史与文化背景,具有多样政治与道德关切,却由于诸多原因而被排挤出西方主流文学批评文本之外的边缘文学批评文本,重新受到关注,后者与美国女性主义、解构主义、后结构主义、新历史主义一道汇集而成多声部文本叙事洪流,通过引入"文本的历史性"与"历史的文本性"的互文性阐释,助力美国文学批评在"新批评"之后的再度"向外转"。文学批评文本应与文化、权力、历史、现实、政治紧密关联,"美国文学批评"已经依赖并将继续依赖诸多文学批评文本,唯其如此,美国文学批评才能成为"世界文学批评",渐成学界共识。

从更广阔的世界文学批评空间来看,虽然20世纪50年代后,世界文学批评的中心已渐由欧洲移往美国,但其时的美国文学批评还只是国族文学批评,并非"世界"文学批评,并未配享"世界"文学批评经典身份。为了成为世界文学批评中心的"多数"文论,③就必须扩充文学资源,积累更多的文学资本,强化其作为世界文学批评空间的"中心"地位,吸纳部分尚处于世界文学批评空间边缘,但具有"文学创新"价值的"少数"文学批评。由于"文学创新"是相较于已经获得世界文学批评经典身份的"多数"文学批评而言,因此对于那些已经处于世界文学批评中心的英语、法语文学批评而言,东方文学批评,特别是中国、印度与日

---

① 萨义德:《文化与帝国主义》,李琨译,三联书店2003年版,第187—203页。

② 萨克文·伯科维奇主编:《剑桥美国文学史》第八卷,杨仁敬等译,中央编译出版社2008年版,第314页。

③ 萨克文·伯科维奇主编:《剑桥美国文学史》第八卷,杨仁敬等译,中央编译出版社2008年版,第374页。

本文学批评,在其进入文学现代性之前,都具有"陌生"或"创新"的价值。而《文心雕龙》作为曾经的民族文学批评经典所具有的"陌生"或"创新"价值,正好成为美国文学批评引为奥援以此建构"世界"批评经典身份的重要资源。当然,从后见之明来看,20世纪50年代后包括《文心雕龙》在内的众多中国文学批评文本由于海外传播而生发的对自身身份的文学现代性想象,也在事实上助力了美国文学批评的"世界性"身份建构。正是通过将具有"创新"价值的中国文学批评文本与美国文学批评进行互文阐释,美国文学批评才与中国文学批评一道,共同分享了关于"世界文学"的基本观念,由此跻身"世界文学批评"行列并获得卡萨诺瓦意义上的文学"祝圣"。

二、阐释的记忆:美国文学批评想象空间中《文心雕龙》的"中国性"问题

与美国文学批评"世界性"身份建构相伴的,是从20世纪60年代起,一种将美国文学批评置于阐释学的基础上,将文学文本的理解置于文本的历史语境中,强调回到文本发生现场,而非视文学批评为单纯的"去西方中心"方法工具,正逐渐成为美国文学批评的重心。① 受此影响,以文学批评为主业的美国汉学家们,也在研究取向上转而强调汉学文本的历史语境与文学现场,凸显在汉学研究中,"什么是我们不可遗忘的"(扬·阿斯曼语)问题的重要性。对于这些汉学家而言,为了寻回那"不可遗忘的"东西,在理论上和现实上都要求汉学研究对文本的历史现场作想象性的回忆,以确保那"不可遗忘的"东西在文本阐释中的意义。对于《文心雕龙》文本而言,汉学家们需要做的,就是重新回忆《文心雕龙》文本的历史与文化语境,重置《文心雕龙》作者的想象空间,清理隐蔽于历史尘埃中的源文本身份,让《文心雕龙》曾经的"中国性"身份自然显露出来。

---

① 在《对美国文学诠释的一个诠释学宣言》一文中,美国诠释学家作出如是判言:"美国文学批评今天所需要的,不是更多的用以'把握'文学作品的工具,而是要对它的预设进行严格的重新审查,这种预设乃是其诠释观念的基础。……文学理论必须富有想象力地探索埃德蒙·胡塞尔、马丁·海德格尔和汉斯—格奥尔格·伽达默尔对实在论的现象学批判。伽达默尔的诠释学提供着现象学和理解理论之间富有成效的结合;它构成了对文学诠释理论进行创造性的重新审查之基础。"参阅理查德·帕尔默:《诠释学》,潘德荣译,商务印书馆2012年版,第287—288页。

在这一过程中,汉学家首先通过对《文心雕龙》作者刘勰所处文学空间的阐释记忆,重置刘勰在中国文学批评中的"经典"身份地位。华裔学者赖明(Lai Ming)在20世纪60年代初对《文心雕龙》所做的工作,正是这一点。在《中国文学史》一书中,赖明将刘勰置入中国文学批评的片段性场景中,通过与刘勰同时期另一位批评家钟嵘及齐梁之际中国文学风格的比较,暗示刘勰并非是一位迎合时代文学取向的批评家。在赖明看来,当时代性的文学潮流已然指向华词丽句的形式主义美学诉求时,刘勰却在《文心雕龙》中提出,"文学的形式与内容对于文学作品具有双重重要性,单一追求文学的形式美无疑将有害于文学。""当其时中国文坛的一小撮人秉持文学天才对于文学多样化的风格具有决定意义的文学观念时,刘勰却率先指出,天才尽管重要,但作者生长的自然与社会环境,对其成长与建树亦具有根本性影响。"①在赖明看来,刘勰的这些文学主张显然为其经典身份提供了佐证:"刘勰是第一位强调文学批评应有专业素养的人,他坚持认为批评家唯有秉持客观的态度,才能对作品作出公正的评价;在其中,文学风格、文学修辞、作品原创性、作品立场、文学内容、文学基调等,均可以作为文学评判的标准。"②这样,赖明就通过对刘勰所处文学空间的阐释记忆,彰显了刘勰不流俗于其时的经典作家身份,凭此身份,刘勰便可与千余年后持有文学经典立场的阐释者形成一个阐释共同体;而有了这个共同体,即使作者隐没于原有的文本空间,阐释者也能够通过阐释共同体的记忆来廓清作者原赋的经典身份。

无独有偶,略晚于赖明的李又安(Adele Austin Rickett),作为一名长期在宾夕法尼亚大学从事汉学研究的学者,也通过将刘勰还原至中国文学批评的历史空间来肯认其"中国性"的经典身份。在李又安看来,刘勰在《文心雕龙》中对文学创作的突出强调,实际上是中国文学批评注重创作的一贯传统。"诗人是如何创造的、诗歌是如何被创造出来的"等"文学的创作"问题,构成了整个中国文学批评的一个重大主题。③ 在具体的论证过程中,李氏首先肯定了刘勰内在于中国文学批评传统的事实,但与赖明不同的是,他同时又对刘勰的"中国文学批评家"身份作了分疏处理,指出:"中国的一流批评家,从刘勰始,就一直流露出

---

① Lai Ming. *A History of Chinese Literature*, New York: The John Day Company, 1964, p.167.

② Lai Ming. *A History of Chinese Literature*, New York: The John Day Company, 1964, p.167.

③ Adele Austin Rickett Edited, *Chinese Approaches to Literature from Confucius to Liang Ch'i-ch'ao*, Princeton: Princeton University Press, 1978, p.12.

对其所处时代文学的不满。他们认为,这些作品词藻华丽、风格轻浮、无病呻吟,乏有文学创造天赋而只泥于对其他文学流派的单一模仿。秉持儒家信条的批评家哀于此种衰落,要求文学返回对'道'与'真理'的追求,而后者只能通过对圣贤的学习来实现;秉持佛教信条的批评家,则呼吁作家回归到对往昔诗人的遵从之途,因为过往诗人已经用简洁的文辞表达了自己对自然真理的颖悟,从而可以使读者通过这些文辞领会自然的本质。"①李氏的言外之意,刘勰是同时秉有"儒""佛"双重文学属性的经典"中国文学批评家",因而必然内在于中国文学批评的复杂传统。

其次,汉学界通过语境还原与互文诠证,重建《文心雕龙》的"中国性"文学身份。

从 20 世纪 60 年代开始,美国汉学界的《文心雕龙》研究格外强调通过对原文本作语境还原的方式,建构与西方主流文学批评的互文关系,以此凸显《文心雕龙》文本的"中国性"文学批评身份。

1962 年,在由哈佛大学比较文学系海陶玮(James Robert Hightower)编辑出版的"哈佛燕京研究丛刊"(Harvard-Yenching Institute Studies)第三卷《中国文学的主题:梗概与基本典籍》之第六章"六世纪的文学批评观念"中,作者就通过语境还原的方法,指认《文心雕龙》的"中国性"文学批评经典身份。在海氏看来,"文心雕龙是一部精致而系统的文章学巨著,它写作简练、隐晦,本身即为一篇文学佳作。""作为文学批评,它分为对称性的两大部分:前 25 章为第一部分,主要讨论文学形式的渊源;第二部分则讨论文学写作的心理基础。"②今天我们要正确评判《文心雕龙》在中国文学批评中的地位,就应该将《文心雕龙》置于整个 6 世纪中国文学批评的发展脉络中,因为在一种"要么质疑、要么再释、要么重建经典文学标准"的时代性文学观念中,《文心雕龙》主要表现了对经典文学标准"全面、彻底、深刻、有效的捍卫"。③ 而这种捍卫,既是对沈约所定下的经典文学观念的承继,同时也与其后继者钟嵘构成了紧张的文学观念革新关系:"他

---

① Adele Austin Rickett Edited, *Chinese Approaches to Literature from Confucius to Liang Ch'i-ch'ao*, Princeton:Princeton University Press,1978,p.18.

② James Robert Hightower. Topics in Chinese literature : outlines and bibliographies, Cambridge, Massachusetts:Harvard University Press 1950,1962 Revised Edition, p.44.

③ James Robert Hightower. Topics in Chinese literature : outlines and bibliographies, Cambridge, Massachusetts:Harvard University Press 1950,1962 Revised Edition, p.43.

们(指沈约、刘勰、钟嵘——引者注)主要戮力于对韵文写作技巧的讨论,而非对经典诗学的基础理论作出概括,因而并不值得给予足够的重视。"①显然,正是通过语境还原的方法,海氏指认了《文心雕龙》的"中国性"批评身份,而这种指认,又为包括叶扬(Yang Ye)等在内的后来一大批汉学家所袭用。在《中国诗歌的结尾》一文中,加州大学滨河分校比较文学系的叶扬使用语境还原与中西文学观念互文诠证的方法,将《文心雕龙》视为一部中国最早的系统性文学批评专著,从诗歌结构与结构批评的角度,诠证了《文心雕龙》"章句""附会"等重要的文学创作观念范畴,说明这些观念范畴对于中国文学创作中"起、承、转、合"的写作结构以及"部分与整体"关系等重要文学创作问题所起到的根本性影响作用。② 不难看出,叶扬正是以肯认"体系性"之于西方文学批评重要性的方式,互文了《文心雕龙》"体系性"文体特色及其所表达"体系性"的文学创作观念之重要性,论证了《文心雕龙》文本的经典性,其基本研究价值可以用后来的汉学家、任教于康奈尔大学的汉学家阮思德(Bruce Rusk)的结论性话语来概括:"《文心雕龙》构成了中国文学与文学批评的重要典范。"③

如果说海淘玮、叶扬等人对《文心雕龙》的研究还多拘泥于体系与框架的身份指认,还未深入到对文本内在义理与关键概念的梳理,那么,从20世纪70年代起,这种略显粗疏的研究范式已被一种更为细致的文本解读与比较阐释所取代。

1976年,由著名汉学家费威廉(William Craig Fisk)向威斯康星麦迪大学提交的博士论文《中国中古时期与西方现代文学理论中的经典主题:模仿、互文性、形象性与前景化》,就更加详实地对《文心雕龙》的义理概念与中国文学批评史传统的关系作出阐释。在费威廉看来,"中国文学批评中的任一问题,均需置于整个中国文学批评史的相关语境中才能理解",④"阐释中国诗歌最有效的方

① James Robert Hightower. Topics in Chinese literature : outlines and bibliographies, Cambridge, Massachusetts : Harvard University Press 1950,1962 Revised Edition,p.44.

② Yang Ye. *Chinese Poetic Closure*, *Asian Thought and Culture*, *Vol.*10, New York, Peter Lang Press 1996,p.5.

③ Bruce Rusk. *Critics and Commentators: the book of Poems as Classic and Literature*, Cambridge (Massachusetts) and London: Harvard University Press 2012,p.46.

④ William Craig Fisk. *Formal themes in medieval Chinese and modern western literary theory : mimesis, intertextuality, figurativeness, and foregrounding*, Ph.D., University of Wisconsin-Madison,1976,p.201.

法,是将其还原至中国文化与文学的固有语境","设若我们要建构一种普遍性的文学理论,就势必要将中国文学理论与作为理论反映的中国诗歌作为其重要组成部分。"①因为后者"可以提供一种对比性的方法,凭此方法,文学理论或可另觅佳枝,而非严格限定在现代欧洲的理论根基上"。② 在作了这样一个中西互文的理论立场铺垫后,费氏将《文心雕龙》还原至中国文学批评的整体语境,认为"作为公元五世纪前中国文学批评观念的汇集","《文心雕龙》是比照并评价宋代文学批评的一块基石",特别是对于讨论"宋代文学批评中的'形式'问题提供了基准",③比如:我们可以用宋代文学批评中的"模仿"概念与《文心雕龙》相关范畴进行比照,通过将这些范畴(如"情""物""观""感""神思"等),与日本僧人空海的《文镜秘府论》及南宋张戒的《岁寒堂诗话》相应范畴对比,可知这些范畴在宋之前中国文学批评"模仿"范畴沿革中的奠基与源发意义。④ 这样,费氏就通过将《文心雕龙》与中国文学史、文学批评史、文学批评范畴史的互文诠证,突出了刘勰《文心雕龙》在宋之前对中国文学批评诸多重要问题的影响,指证了刘勰《文心雕龙》在中国文学批评中的典范意义。

语境还原与互文诠证的阐释,最终目的是形成一种关于文学文本、文学批评文本与文学时代社会语境的共同体意识。有了这样一种共同体意识,《文心雕龙》作为中国文学批评典范的"中国性"身份,才能在历史流传物的多重阐释中,保持清晰的身份记忆。而为了铭刻这种记忆,又常需要对《文心雕龙》原文本细节进行比堪还原与阐释记忆。著名汉学家宇文所安所做的工作,正体现了这一优长。在出版于1985年的《传统中国诗歌与诗学:世界的征兆》一书中,宇氏将《文心雕龙》中的"文"字还原到中国文学的话语体系中,运用比较阐释的方法,讨论了中国文学之"文"与西方文学之"文"在源头与本质上的区别,认为二者一为基于对宇宙自我的表现创造,一为对自然世界的再现模仿;前者决定了它在审

---

① William Craig Fisk.*Formal themes in medieval Chinese and modern western literary theory :mimesis,intertextuality,figurativeness,and foregrounding*,Ph.D.,University of Wisconsin—Madison,1976,p.230.

② William Craig Fisk.*Formal themes in medieval Chinese and modern western literary theory :mimesis,intertextuality,figurativeness, and foregrounding*,Ph.D.,University of Wisconsin–Madison,1976,pp.211-212.

③ William Craig Fisk.*Formal themes in medieval Chinese and modern western literary theory :mimesis,intertextuality,figurativeness,and foregrounding*,Ph.D.,University of Wisconsin—Madison,1976,p.6.

④ William Craig Fisk.*Formal themes in medieval Chinese and modern western literary theory :mimesis,intertextuality,figurativeness,and foregrounding*,Ph.D.,University of Wisconsin—Madison,1976,p.32.

美属性上享有高出其他造型艺术的历史地位,后者则恰好相反。[1] 宇氏通过对"文"范畴的比堪阐释,意在揭示刘勰之"文"在中国文学话语体系中的经典性,从而印证刘勰论"文"的"中国性"概念身份。

另一位美籍华裔汉学家、曾任美国学术团体联合会主席(ACLS)、加州大学洛杉矶分校东亚语言文化系的余宝琳(Pauline Yu),在稍晚于宇氏论著的1987年,出版了《中国诗歌传统的意象阅读》一书。在该书中,余氏将刘勰讨论的"隐秀""比兴""夸饰""辨骚"等文学创作及文体问题,还原至中国文学创作与文学批评的"意象"概念史传统,一方面用中国文学批评中的"意象"统摄《文心雕龙》诸概念,另一方面又以"意象"为原点,将"意象"概念与中国文学批评的传统接续起来,实现以"意象"为原点对《文心雕龙》经典诗学传统的重建。在余氏看来,以《文心雕龙》为代表的六世纪中国文学与文学批评,皆对"意象"问题作出了独特的贡献,并直接影响了后世中国文学与中国诗学的"意象"传统。除了重建中国文学批评中的"意象"传统外,余氏还将《文心雕龙》中的"意象"问题与西方文学中的"意象"(Image)——后者主要是对经典文学"模仿"传统所作的反拨——进行比堪互释,以此重拾《文心雕龙》"意象"话语的"中国性"身份记忆。[2]

上述诸位汉学家通过对《文心雕龙》"中国性"文学批评身份的阐释记忆,印证了一条基本的阐释学原理:在阐释活动中,阐释总会唤起情境记忆并赋予文本以经典意义,文本就在每一次的意义赋予中回到自身。通过阐释记忆,阐释者不仅揭示了尘封于文本中的时间过往,而且赋予文本以现时的空间眼光,使文本在"冷"记忆(扬·阿斯曼)中获得了省思自我的力量。

三、阐释的技艺:美国文学批评现实空间中 《文心雕龙》的"世界性"问题

如果说《文心雕龙》在美国阐释记忆中的"中国性"身份建构,是通过身份还

---

① Stephen Owen. *Traditional Chinese Poetry and Poetics*: *Omen of the World. Madison*, Wisc.: University of Wisconsin Press,1985,pp.18-21.

② Pauline Yu. The Reading of Imagery in the Chinese Poetic Tradition. Princeton: Princeton University Press,1987,p.121.

原的"冷"记忆,将作者与流传文本还原至源语文化的想象空间中,扯去尘封于文本上的层层历史迷障来彰显流传文本的"中国性"身份的话;那么,其"世界性"身份建构,则是通过"热"的技艺,亦即将《文心雕龙》置于美国当代的现实文学批评空间中,通过抹平阐释者与源文本的时空间距,实现源文本与美国文学批评的互文阐释,从而开启《文心雕龙》的"世界性"身份。

首先对其作出重要贡献的,是美国华盛顿大学的吉布斯(Donald Arthur Gibbs)。在完成于1970年的博士学位论文《〈文心雕龙〉中的文学理论》中,吉布斯从美国当代文学批评的基本要素入手,全面阐扬了《文心雕龙》的"世界性"身份。具体来说,他首先从文体阐释学的角度,根据《文心雕龙》表述内容的不同,亦即是强调主体内在情感的表达,还是外在文学规范的树立,将《文心雕龙》区别为"规定性的"(prescriptive)与"描述性的"(descriptive)两大不同内容,认为《文心雕龙》从第1章"原道"到第25章"书记",主要讨论文学规范的确立,此为"规定性的"内容,类似于美国当代文学批评意义上的文学本体论;而从26章至第50章,即从"神思"篇至"序志"篇,主要讨论主体内在情感的表达,加上尾章自传部分,此为"描述性的"内容,这部分内容类似于美国当代文学批评的创作论与批评论。① 在吉氏看来,《文心雕龙》由第一部分内容至第二部分内容的转变,从现代文学批评的眼光看,实际上是从"文学一般"到"文学特殊"、从文学"客观再现"到文学"主观表现"的转变与完成,用《文心雕龙》自己的话说,是由"文心"到"雕龙"的转变与完成。② 为了强化对《文心雕龙》"中国性"与"世界性"身份的认同,吉氏提醒我们要认识到《文心雕龙》"对中国文学与世界文学的贡献",③提醒我们注意刘勰"不应被视为主流文学之外的他者,而应视为一名世界文学学者"。④ 可以看出,吉布斯正是通过对《文心雕龙》文本身份与作者身份的复义阐释,才实现了对《文心雕龙》文本"世界性"身份的重叠认同。

① Gibbs, D.. *Literary Theory in the Wen - hsin Tiao - Lung*, PhD dissertation, University of Washington, 1970, p.72.

② Gibbs, D.. *Literary Theory in the Wen - hsin Tiao - Lung*, PhD dissertation, University of Washington, 1970, pp.82-83.

③ Gibbs, D.. *Literary Theory in the Wen - hsin Tiao - Lung*, PhD dissertation, University of Washington, 1970, p.4.

④ Gibbs, D.. *Literary Theory in the Wen - hsin Tiao - Lung*, PhD dissertation, University of Washington, 1970, p.114.

其次，吉布斯借用美国文学批评界广为流行的艾布拉姆斯的"文学四要素"阐释框架，从"世界""读者""作家""作品"四个方面，对《文心雕龙》文本结构作出阐释，将《文心雕龙》对应释读为"模仿论""实用论""表现论""客观论"四种不同的文学观念形态。① 从阐释学的角度看，这种貌似"以西释中"的"强制阐释"，实际上并不是为了让《文心雕龙》成为西方文学批评的注脚，而是为了一个更为重要的诠释学目的，那就是：他以艾氏的理论分析框架为文学分析的"普遍性"框架，以此将中国文学批评话语与西方文学批评话语放在"一个平等的话语平台"，从而使我们可以在一种普遍性中有效地揭示中、西文学批评的共性问题。② 换句话说，突出《文心雕龙》的"共性"而非"个性"，是其建构"世界性"身份所必需的阐释技艺。

最后，在具体的文学问题阐释上，吉布斯也同样表达了对《文心雕龙》"世界性"身份的肯认。比如，他将《文心雕龙》中的"文"（artistry）与"质"（substance）关系，比堪为现代西方文论中的"形式"（form）与"内容"（content）、"语言"（language）与"语法"（grammar）的关系。③ 再比如，他认为刘勰在文学观念的表达技巧上，惯于用描述性的形象来诠释文学的精微义，这与欧洲18世纪浪漫主义文学运动时期，理论家善于用"镜子"（mirror）、"印模"（seal-impression）等意象来表达文学观念的方法极其类似。④

总体来看，吉布斯对《文心雕龙》文本的"世界性"身份阐释，实际上是运用"文本接触"的阐释技艺，对不同文化空间中的文本进行文化挪用，以重新协商源语文学文本的经典性。为了夯实这种经典型，他在博士论文的末尾，又不厌其烦地从文学文本、文学批评文本、作家身份三个方面，对刘勰及其《文心雕龙》所代表的"世界性"身份，作出重叠认同：第一，《文心雕龙》作为文学文本，因其秉有"创造性的文学美"本身而配享"世界文学"身份。第二，《文心雕龙》中提出

---

① Gibbs, D.. *Literary Theory in the Wen-hsin Tiao-Lung*, PhD dissertation, University of Washington,1970,pp.9-10.

② Gibbs, D.. *Literary Theory in the Wen-hsin Tiao-Lung*, PhD dissertation, University of Washington,1970,p.11.

③ Gibbs, D.. *Literary Theory in the Wen-hsin Tiao-Lung*, PhD dissertation, University of Washington,1970,p.26.

④ Gibbs, D.. *Literary Theory in the Wen-hsin Tiao-Lung*, PhD dissertation, University of Washington,1970,p.57.

的文学基本观念,特别是它提出"通变"的文学史观与文学批评史观,为人们正确对待过往的文学经典树立了一个堪称"世界性"的文学与文学批评观念标准。第三,刘勰本人因其杰出贡献而成为世界文学最伟大的作家之一,理应享有"世界性"文学作家身份。① 这样,吉布斯就最终通过对文本身份、批评身份与作家身份的重叠阐释,完成了《文心雕龙》"世界性"经典身份的重构,这种重构方式影响了此后美国汉学研究的基本取向,成为美国主流汉学界最为经典的阐释技艺。

但文本阐释的"技艺"并不止于文本语义的跨文化重叠互释,它同时要求对文本进行精神现象学的观察,将文本的意义理解视为文本后继者的辩证阐释运动,阐释的技艺因而更多地表现为阐释的辩证法;经由阐释的辩证法,文本的初始语境意义才拓展为新的空间意义。

华裔学者刘若愚(James J.Y.Liu)在写于1975年的《中国文学理论》一书中,就运用阐释的辩证法,在美国文学理论的现实空间中重构《文心雕龙》的"世界性"身份。作为一本本科生使用的教科书,该书使用的文本阐释技艺是:(1)用西方形而上学的本体论阐释学解读《文心雕龙》,将《文心雕龙》各篇归摄于以"原道"为核心的形而上学文学本体。(2)将艾布拉姆斯的艺术理论"四分法"——模仿的(mimetic)、实用的(pragmatic)、表现的(expressive)、客观的(objective),拓展为"六分法"——"形而上学的"(Metaphysical)、"决定型的"(Deterministic)、"表现型的"(Expressive)、"技巧型的"(Technical)、"审美型的"(Aesthetic)和"实用型的"(Pragmatic),并以"六分法"为框架,将《文心雕龙》厘定为中国"形而上学型的"的文学理论发展臻于完善阶段的代表。② 通过如上两个步骤的阐释,《文心雕龙》就既成为中国文学批评的集大成者,同时更在世界文学批评空间中获享代表性身份,成为具有普适性的世界文学批评典范。

当然,在早于《中国文学理论》出版十余年的《中国诗歌艺术》一书中,刘若愚就曾运用了阐释辩证法的方法。他在中西文学批评的效果历史辩证结构内,通过援引西方文学批评的逻辑一贯性、观念明晰性、视点单一性,与西方现代知识学的基本谱系,亦即人类认识机能的知、情、意的三分法,来评判刘勰及其《文

① Gibbs,D.. *Literary Theory in the Wen-hsin Tiao-Lung*,PhD dissertation,University of Washington,1970,p.139.

② James J.Y.Liu. *Chinese Theories of Literature*,Chicago and London:The University of Chicago Press,1975.

心雕龙》。在他看来,刘勰是中国文学史上最为重要的批评家之一,《文心雕龙》对中国诗歌本源的讨论,目的在于协调"诗歌表达个体情感"与"遵从伦理规范"的矛盾,然而由于二者的天然悖谬,使得刘勰虽未能完全成功,但也代表了其时中国文学批评殊为重要的一种思考。① 抛开刘若愚结论的对错不论,单就其对《文心雕龙》文本中"规范性"与"情感性"问题的讨论而言,也足以表明他在阐释法的辩证框架内借用《文心雕龙》对 20 世纪 60 年代以来整个西方文学批评界面临文学批评难题进行中国解答的努力。

而从阐释学的角度看,刘若愚将《文心雕龙》作为流传文本在美国文学批评空间中的阐释,是一种既携带阐释者特定"前见",又遵从精神现象学一般逻辑的辩证阐释。当阐释者意识到自身正处于一种不同于源文本的文化空间,或源文本已经经历了一种具有决定意义的历史变迁时,为了理解流传文本,就必须斩断源文本与源语文化的意义关联,使文本意义的革新成为必然。正是由于刘若愚等人所开启的这种比较文学研究阐释学二难,不惟华裔学者,后来海外众多汉学家也都站在美国当代文学批评空间中,通过引入阐释学的解经技艺,对《文心雕龙》进行"世界性"的身份重构。

比如,斯坦福大学邵耀成(Paul Yang-shing Shao)完成于 1981 年的博士论文《刘勰:理论家、批评家、修辞学家》,就以《文心雕龙》中的基本文学观念为切入点,通过对流行于其时的美国主流文学理论与文学批评的援引(如援引保罗—利科的符号学方法释读《文心雕龙》的修辞理论,援引华兹华斯的浪漫主义作家理论凸显刘勰的创作论,援引韦勒克和沃伦的《文学理论》四要素阐释《文心雕龙》的基本理论框架等),②来阐扬《文心雕龙》所具有的"世界性"文学理论品质。

再比如,华盛顿大学的魏碧德(Peter B.Way)在完成于 1990 年的博士论文《亚里士多德〈诗学〉与刘勰〈文心雕龙〉中的古典主义》,也基于中西方文学批评话语的公共性问题,通过分析《文心雕龙》与亚里士多德《诗学》中的"古典主义"共性,证明《文心雕龙》的"世界性"文学身份。③ 而宇文所安在《刘勰与话语

---

① James J.Y.Liu.The art of Chinese poetry,Chicago:University of Chicago Press 1962.pp.70-72.

② Shao,Paul Yang-shing.Liu Hsieh as literary theorist,Critic and Rhetorician,Stanford:Stanford University,Ph.D.,1981.

③ Peter B.Way.*Classicism in Aristotle's Poetics and Liu Xie's Wenxin Diaolong*,Unpublished Ph.D dissertation,University of Washington,1990.

机器》一文中,则完全跳出 6 世纪中国文学批评的想象空间,站在美国当代形式主义、结构主义与新批评的现实立场上,将《文心雕龙》视为一部有着自己结构与功能的"话语机器"。宇氏所谓的"话语机器",是指隐含在文本中的一种可以"根据自己的规则和要求生产话语"的文体修辞或文章体势,这种文体修辞或文章体势可以左右文本与文体的内在形式与叙事结构,升华为不同的文体风格与话语逻辑。①宇氏的这种精神现象学立场与文本阐释的辩证法,虽然并非多数中国文学批评所专长,但却一直为西方文学批评所倚重。

还比如,研究《文心雕龙》更为重要的一位学者、长期任教于伊利诺伊大学的蔡宗齐,也与宇文所安一样,通过阐释的辩证法,站在世界性文学批评立场上,重构《文心雕龙》的"世界性"身份。在出版于 2002 年的英文版《比较诗学结构》一书中,蔡宗齐通过对刘勰与华兹华斯关于文学创造思想的互释比较,揭示中西方文学批评的共性与个性问题,认为西方文学批评是"基于真理的"二元宇宙论范式,而中国文学批评则是"基于过程的"非二元宇宙论范式。② 在蔡氏看来,对《文心雕龙》在美国的研究,必须克服东方主义与西方主义的偏见,超越比较文学研究与汉学研究中常用的"内文化视角"与"跨文化视角",而站在一种新的"超文化视角",才能重新发现《文心雕龙》的"世界性"价值,建立同中有异的"世界性"文学批评理论。③

晚近的《文心雕龙》"世界性"身份研究,是由任教于美国达拉斯大学比较文学系的华裔学者顾明栋(Gu Ming Dong)作出的。在出版于 2005 年的《中国阅读及书写理论:走向阐释学与开放诗学之途》一书中,顾明栋超越地理与文化间距,将美国文学批评原本陌生的《文心雕龙》文本,并入美国文学批评的当下视阈里,通过择取《文心雕龙》中"言""意""象"理论,运用西方阐释学的辩证法与视阈融合结构,讨论建立一种跨文化的开放诗学的可能性,以此印证《文心雕龙》的"世界性"文学批评身份。④

---

① 宇文所安:《他山的石头》,江苏人民出版社 2003 年版,第 98—112 页。

② 蔡宗齐:《比较诗学结构:中西文论研究的三种视角》,刘青海译,北京大学出版社 2012 年版,第 98—101 页。

③ 蔡宗齐:《比较诗学结构:中西文论研究的三种视角》,刘青海译,北京大学出版社 2012 年版,第 239—252 页。

④ Gu Ming Dong, *Chinese Theories of Reading and Writing:A Route to Hermeneutics and Open Poetics.* Albany:State University of New York Press,2005.

上述汉学家在美国文学批评的现实空间内对《文心雕龙》文本的辩证阐释表明,中国文学批评的经典性,并不一定镶嵌在民族国家的疆界内,它常有其异域空间中的飞地。当文本的阐释空间发生了转捩,《文心雕龙》原本的身份意义也必然发生衍变。这样,当我们站在比较文学阐释学的视角对《文心雕龙》进行研究时,就必须超越现有的比较文学理论与文化研究立场,突破惯用的那种对异质文学文本作纯粹形式或内容的比堪研究,抑或套用殖民主义或后殖民主义意义上的文化研究与"中国研究",而转而援引阐释学的基本观念与方法,在"世界文学"空间内,重新审视《文心雕龙》与诸民族文学文本基于互动影响而生成的新的文本世界,因为正是这个新的文本世界,潜藏着《文心雕龙》文本研究的无限可能。

四、阐释记忆与技艺的互文:《文心雕龙》的 "中国性"与"世界性"身份

通过对《文心雕龙》在美国文学批评想象空间与现实空间的综合分析,我们可以得出一个基本结论:(1)文本阐释中的记忆常以语境回溯的形式出现,正是通过语境回溯,《文心雕龙》才崭露了其尘封的文本记忆;而与之对应的文本意义,也并不取决于过去,而是取决于将来,因为阐释者意欲如何开辟将来,他就会如何回溯过去,虽然经由阐释记忆而拾回的文本意义,可能并不就是原始的文本本义,而只是本义的延宕、层叠与分歧。(2)文本阐释的技艺,其意义也并不在于它在多大程度上符合文本本义,而在于技艺行为本身产生多大的超文本意义。文本阐释的记忆与技艺,因而便成为一种互文共证的意义重叠关系:(1)历史文本由于历史积淀记忆而使文本获得空间性重现;(2)历史文本由于持存经验记忆而使文本获得时间性呈现;(3)当下文本由于时间性阐释技艺而使文本获得空间性理解;(4)当下文本由于空间性理解技艺而使文本成为指向未来的时间性形态。

上述文本阐释的记忆与技艺逻辑关系表明,文本意义的留存,需要基于文本记忆的阐释技艺。当过去文本的记忆不再能保留其原有面目,持续向前的当下便会催生出新的记忆框架。正是这个记忆框架,为阐释的技艺提供了效果历史

的辩证结构。借此结构,原文本的意义创造才持续性地敞开。因此,当美籍汉学家在美国文学批评的空间内,袭用现代文学批评眼光,来阐扬《文心雕龙》的"世界性"身份时,就势必要将其抽离原有的文化与文学空间,移入现代性的世界文学空间,并用现代文学批评的阐释技艺,来判定其"世界性"的文学批评价值。而经由美籍汉学家阐释技艺而得的《文心雕龙》新文本,它在长久的阐释过程中因被美国文学批评所浸染,已然不是一种等同于原文本的佛教文本、骈文文本、儒家文学批评文本,而是一种变异文本。这种"变异"文本,既非比较研究的强制阐释结果,也非殖民主义的文本修辞策略,而是古老文本在跨文化传播中所自然产生的阐释学后果。

这样看来,虽然目前华裔汉学家的美国《文心雕龙》研究,多为对中国民族文化身份的记忆阐释与民族文学特殊性价值的肯认阐扬,其主要目的还在于传葵睡之芬芳于域外,而比较文学所追求的那种超越民族文学特殊性之上的文学普世价值与世界宗教立场,[1]还未构成他们的首要目标;但是,当另一部分美籍汉学家弥纶群言综合诸说,利用现代西方文学批评的研究框架与阐释技艺来对《文心雕龙》进行阐释,就不能简单理解为后殖民主义式的削足适履,也不能理解为西方中心主义的强制修辞策略,而应理解为本土文本在跨文化传播中进行身份重估与经典重构的必要技艺,理解为中国文学经典在中西与古今当口重新走向世界的一种阐释学遭遇。因为正是在西方文学批评的"世界主义"普遍性理解框架中,《文心雕龙》的比较阐释才实现了"世界性"经典的等值兑换;正是在比较阐释的现代性知识生产技艺中,《文心雕龙》作为源语文化的民族性身份才暂时退场,而作为跨文化的世界文学批评知识性身份才会出场。

虽然目前我们还难以肯定《文心雕龙》在美国的文本阐释,是否就必然催生出汉学研究中的"冲击—回应"正反馈效果,抑或必然催生出文化研究意义上的"影响—焦虑"逆反馈后果,但它至少提醒我们注意世界文学批评内部互动的复杂性与模糊性,注意适应文学现代性的潮流,在《文心雕龙》所处的"中国文学批

① Fançois Jost.*Introduction to Comparative Literature*,Indianapolis:Bobbs-Merrill,1974,pp.29-30。比较文学研究的另一位代表人物苏珊·巴斯奈特(S.Bassnett)指出,相比于西方比较文学研究突出的文学的普世性、世界性与人类共同价值,中国、印度、日本与亚洲其他国家地区,在研究比较文学时,突出的是文学的特殊性、民族性与地方性价值。参阅,苏珊·巴斯奈特:《比较文学批评导论》,查明建译,北京大学出版社2015年版,第4—7页。

评"与"世界文学批评"双向空间中,发掘其"中国性"与"世界性"双重价值。毕竟,阐释学意义上的《文心雕龙》比较研究,所能揭示的始终是一种语境化的文本生存。正是在语境化的观念生存里,《文心雕龙》文本才发现了自身的多重样态。而《文心雕龙》在比较阐释中的"中国性"与"世界性",也正是行进在阐释学路途上的文本不同现身情态,而非两种文本存在。文本阐释的记忆与技艺,表面上是文本经典化的不同形式,实质上是民族文化认同理念变革的结果。

第十二章 《文心雕龙》在美国《中国文学史》与《中国文学作品选》中的经典重构

　　本章主要讨论《文心雕龙》在美国汉学家所编写或编选的《中国文学史》《中国文学作品选》中，是如何脱离汉语学术语境的固有经典观念而实现在美国文学语境中的经典重构问题。本章认为，裹挟中华帝国文化意识形态与文学批评观念的《文心雕龙》文本，并未在中国古典文学的正史叙述中天然衔配"经典"荣誉，而是在中国文学现代性之际随着汉语白话文运动与美国文学语境的迁移而一同获得了"经典重构"的契机。在这一过程中，美国汉学界一方面通过重写"中国文学史"的方式肯认《文心雕龙》的经典价值，另一方面又通过"文选"编译的方式，超越中国文学与文学批评史的内在视野而凸显《文心雕龙》的"世界文学"价值，尽管其已与中国传统文学中对源文本"经典"涵义的设定，相去甚远。

　　如所周知，在漫长的中华帝国时期，每一种文学文本，都曾代表了一种特定的文学与文化身份。写于南朝齐梁之际的《文心雕龙》（刘勰，465—?）因其"体大而虑周"特色而在近代以来成为"中国文学批评"的典范——尽管在清帝国之前，它一直淹没于各种文学与文化的象征文本中而难彰身影，然而一俟学者出于各种动机重树《文心雕龙》的"经典"身份时，它便在顷刻间被赋予了超越"中国文学批评"的"世界文学批评"身份。

　　但"世界文学批评"身份的获得不能止于本土学者一厢情愿式的自主加冕，它更需要世界文学批评界的阐扬肯认。美国汉学界所完成的"中国文学史"书写与"中国文学作品选"编译，正是实现《文心雕龙》世界文学批评身份重构的重要手段。

　　本章拟以《文心雕龙》在美国汉学界的"中国文学史"书写与"文选"编译为个案，通过分析《文心雕龙》进入美国文学语境的具体条件，揭示《文心雕龙》源文本在异质文化空间中实现经典重构与对话旅行的基本路径，说明源语文本在经过文本旅行、观念旅行与范畴旅行后所可能生发的身份重构意义。

一、《文心雕龙》源文本的"非经典"性与现代性转型之际的"再经典化"

作为中华帝国早期的重要文学文本,《文心雕龙》一方面作为该期文学观念与文化形态的记录与反映,另一方面也是再建构与再认同该种文学观念的重要力量。① 通过对《文心雕龙》文本作细致的考释、训诂,中国古代文人获得了如何正确、合理地评估《文心雕龙》"经典"价值的基本尺度。结果是:"体大而虑周"的《文心雕龙》诗学形态不但并未立即斩获为传统文论所骄称的"经典"身份,相反却在中国传统"诗文评"的主流叙述中长期淹没无声。事实上,今日为学界所夸耀的《文心雕龙》"体系性"特色,在很长时间内并未成为象征"中国"文学批评的重要符码,也未成为能够代表"中国"传统文学批评的"想象共同体",而是一直作为"中国文学批评"的"非主流"身份而存在——直至清末中国文学融入世界现代性之际。

但文学"经典"身份的认定并不止于文本自我,它亦关联于文本复杂的存在语境。虽然中国古典文论与西方古代文论一样,都与同期的文学作品构成一种"互文性"关系,但这并不意味着其在现代知识谱系中享有同样的地位。作为一种文学作品,《文心雕龙》是"民族文学"而非"世界文学";作为一种文学理论,它是"地方知识"而非"普遍知识"。正是出于一种自我身份的深深忧虑,20世纪初中国学者主张将所有流传"经典"置于世界史的分析框架,其结果导致传统所尊奉的"经典"失去其光辉,"白话文代替文言文"转而成为学者"重构经典"的重要手段。

汉语文言文,曾是中华帝国政治与文化意识形态的规范与权威表达形式,但这一表达形式首先在20世纪初的"白话文"运动中,与帝国政治、文化与文学形态一道而成为被革新的对象,继而成为极端西化派以拉丁字母表音文字取代汉

---

① 尽管在公元2世纪晚期至3世纪的魏晋时期,抛弃帝国意识形态宏大叙事与文学格调的呼声日益炽烈,文学主体性与文人个体性意识双双成为时代最强音,但我们显然难以就此将刘勰与《文心雕龙》归入此一洪流。恰恰相反,二者所代表的仍然是儒家正统的文学规范,其要为当时的国家文学立言,而不是要进行个体化的文学叙事。这是刘勰与《文心雕龙》不同于稍晚时期钟嵘与《诗品》的显著特征。

语形声表意文字的靶子。换句话说,中国新文学运动及其对古典文本的身份重构,正是通过解除古典语言与帝国意识形态的天然捆绑关联来完成的。

但语言的变革并不会止于书写形式的更易,它常常导致文化身份的变革。从后见之明来看,"白话文"运动早期现代特征所具有的颠覆力量,最终还是在走向现代性的过程演变为"去经典化"的趋向,尽管其已与原初设定的"重构经典"目标相去甚远。留给《文心雕龙》文本完成"经典"重构的路途似乎只有两条:一是用"白话文"全面注解原本的"文言文"文本,迫其走向中国文学现代性的路途;二是将《文心雕龙》源文本置入异文化空间,使其在与异质性的文化空间激荡中获得"经典"身份的重生。美国汉学界"中国文学史"编写与"文选"编译所完成的工作,正是后一条。

二、美国文学语境的迁移与《文心雕龙》的"再经典化"契机

"文学史"撰写与"文学作品"编选历来是文学作品实现"经典"身份建构的主要手段。在跨文化文本旅行中,它同时也是本土文本实现"再经典化"最主要途径。正因为如此,学术研究意义上的"文学史"撰写或"文学作品"编选遵循一个自然惯例:编选文本必定配享编选书目的"名""实"指称。如若某一文学文本被编入"中国文学史"或"中国文学作品选",其就自然被赋予了"中国文学"的经典身份;同样,设若其被编入"世界文学史""世界文学作品选",它就自然获得了"世界文学"的经典身份。①

---

① 遗憾的是,迄今为止,《文心雕龙》尚未进入"世界文学史"(The History of International/ World Literature)或"世界文学批评史"(The History of International/World Literary Criticism)的书写中。即使是西方晚近的"文学史"与"文选"编写,如文森特·列奇(Vincent B.Leitch)等主编《诺顿文学理论与批评选集》(Vincent B.Leitch.etc.ed.. *The Norton Anthology of Theory and Criticism*,Norton & Company,Inc.,2001),也并未收入中国古代文学与文学理论作品。虽然由耶鲁大学梅纳德—迈克(Maynard Mack)等主编的《诺顿世界文学杰作选集(扩展版)》(Maynard Mack etc.ed..The Norton Anthology of World Masterpiece,Expanded Edition,Norton and Campany,1995)在经历了7次修订版后,终于将包括印度、中国、日本、中东、非洲以及土著美洲在内的"边缘文学",与欧美"主流文学"一道,并置为"世界文学杰作",但该书主要收录狭义意义上的文学作品,而对于很多"文学性"较强的中国文学理论,并未收录。

迟至 20 世纪 50 年代初《文心雕龙》才成为美国学者进行"中国文学史"写作或"文选"编纂的重要物件,这与 20 世纪 40 年代以来"美国文学"的整体性格局变迁有关。

一方面,20 世纪 40 年代"美国文学史"的编修以及随之而来的对"美国文学"的重新定义——"美国文学"应能代表整个美国文化而非狭隘的"美国性",[1]使"美国文学"脱离狭隘的欧美中心主义而向多样性转型。美国著名作家诺曼—福斯特早在其 1929 年出版的扛鼎之作《对美国文学的重新阐释》序言中就曾如是断言:"美国文学研究从根本上说是一种比较文学研究,是对国际思想史及其文学表现方式的研究。"[2]美国文学史与文学批评史家威廉·E.凯恩(William E.Cain)也直言:"到了 20 世纪中叶,学科意义上的美国文学已有学者和评论家缔造完成。"而它所表征的是:"美国文学从来都不仅仅是'美国的',不仅仅追求其国家的纯粹性;它应被当做一个复杂的多元文化体看待,应该被看成是不断与其他文学及其文学史互动交融的形态。"[3]20 世纪 50 年代以来美国大学新课程和新院系的设置更是证明了"学科领域的扩展已远远超越了英美经典文学作品和传统意义上的'文学'文本范畴"。[4] 往昔的那种用"帝国的眼睛"(M.L.Pratt)俯瞰世界文学的历史去而难返,混杂性代替整体性、全球性代替欧洲性成为时代必然。与之相伴的,是翻译文学与东方文学作为一门研究职业,和比较文学学科一道,在美国获得了迅猛发展。"美国现代文学与二战后学院翻译之间存在一种有意识的延续。"[5]通过重返全球古典来启动美国现代,以自己特有的兴趣和自信接触人类经典,消除前此所有诡秘而纤弱的偏爱,成为美国现代文学与翻译目光转移的根本动因。

另一方面,20 世纪 50 年代由反思二战时期语言与集权主义政治耦合关系

① Sacvan Bercovitch, ed.. *The Cambridge History of American Literature*, Volume 8, Cambridge University Press,1996.pp.307,326.

② Sacvan Bercovitch, ed.. *The Cambridge History of American Literature*, Volume 5, Cambridge University Press,2002,p.403.

③ Sacvan Bercovitch, ed.. *The Cambridge History of American Literature*, Volume 5, Cambridge University Press,2002,pp.398-399.

④ Sacvan Bercovitch, ed.. *The Cambridge History of American Literature*, Volume 8, Cambridge University Press,1996,p.438.

⑤ Sacvan Bercovitch, ed.. *The Cambridge History of American Literature*, Volume 8, Cambridge University Press,1996.p.165.

而催生的文化相对论对种族中心论、文化绝对性的否弃与差异性的包容,①以及1950至1970年代席卷美国的"垮掉的一代"(The Beat Generation)以放逐社会责任、挑战世俗陈规、向往终极自由为生存鹄的,与同样质疑民族主义、解构主流价值、倡行非主流宗教文化的"嬉皮士"(Hippie)运动一道,共同为佛教与禅宗在美国的盛行提供了观念与行为准备。而新批评引发的对文学"民主状态"的吁求与对文学沙文主义所强化的"美国性"的祛魅,与50年代以来美国文学批评的"政治化"转型,都"标志着文学从区域性转向欧洲性和世界性,这一转向说明文学与社会息息相关,而不是脱离社会"。② "别的文学传统,既不等于、优于或劣于西方文学传统,既不高雅于或低俗于西方文学传统,它们都是人类共有而不同的文学传统。"③如派翠克-布兰特林格(Patrick Brantlinger)所言:"为了了解我们自己,'他者'的话语——所有他者的话语——正是我们迫切需要聆听的。"④而后殖民主义领军人物斯皮瓦克(G.C.Spivak)论文集《在他者的世界里》(*In Other Worlds*,1987)三篇文章:"文学""走进世界""走进第三世界",正是对这一变化趋向的最好表达。

在具体的文学批评领域,由赛义德"东方学"所揭示的西方中心主义知识谱系,与解构主义、后结构主义、新历史主义等文化与文学批判思潮一道,合力摧毁了长久以来理性主义的价值中立与知识客观性假设。非此即彼的"东方主义"或"西方主义"抹杀了人类先天共享的生物根基与公共性伦理及情感价值尺度,使原本多样共生的知识陷入简单择一的"萨义德困局"。这一"困局"的解决呼吁知识研究超越"东方"/"西方"的政治身份立场而指向更为深广的文化无意识与公共性尺度。一种具有世界眼光的"文学史"编写与"文学作品"选编,由此被推向前台。

---

① Sacvan Bercovitch, ed.. *The Cambridge History of American Literature*, Volume 8, Cambridge University Press,1996,p.383.

② Sacvan Bercovitch, ed.. *The Cambridge History of American Literature*, Volume 8, Cambridge University Press,1996,p.395.

③ Sacvan Bercovitch, ed.. *The Cambridge History of American Literature*, Volume 8, Cambridge University Press,1996,p.424.

④ Sacvan Bercovitch, ed.. *The Cambridge History of American Literature*, Volume 8, Cambridge University Press,1996,p.423.

三、美国汉学界"中国文学史"编写与《文心雕龙》文本的再经典化

如果说,中国文学的现代性转型与美国文学语境的迁移为《文心雕龙》的"经典重构"提供了外在条件的话,那么,美国各类"中国文学史"编写,则为《文心雕龙》在美国实现"经典重构"提供了内在动力,那就是:通过源文本语境还原与观念提升的方式,指认《文心雕龙》在中国文学与文学批评中的"典范"地位;同时用世界文学史的叙述框架,启动《文心雕龙》源文本中潜在的"世界文学"价值。

《文心雕龙》最早进入美国汉学界的"文学史"叙述始于20世纪60年代初。1961年,加州波莫纳学院中国文化讲席教授陈绥颐(Ch'en Shou-yi)在著名的纽约罗奈尔得出版公司出版《中国文学史述》一书。该书提出:《文心雕龙》在最宽泛的意义上可以被诠释为"文学成功的秘密"(Secrets to Literary Success),刘勰对于"文学"的看法,完全遵循南梁时代主流的文学观念,亦即"唯有讲求修辞与赋格的创作,才配享'文学'的荣誉"的观念。① 作者的结论是:刘勰处于一个显示中国文学"新的趋势"与"新的标准"的时代,无疑就是该时代在文学批评方面"最杰出的代表"。② 显然,陈氏熟谙中国古代文学批评"文如其人""知人论世"的批评惯例,通过还原刘勰本人与《文心雕龙》作品本身在中国古典文学史中的"可代表性"身份,凸显提升了《文心雕龙》在中国文学中的经典地位。

1966年美国华裔学者赖明(Lai Ming)所著的《中国文学史》,是一本"主要满足西方读者对中国文学兴趣的通俗类文学简史"。③ 该书对《文心雕龙》的一个基本定位是:它是一部旨在确立当时"文学身份"的重要文学批评著作,而刘

---

① Ch'en Shou-yi, *Chinese Literature: A Historical Introduction*, New York: The Ronald Press Company, 1961, p.227.

② Ch'en Shou-yi, *Chinese Literature: A Historical Introduction*, New York: The Ronald Press Company, 1961, p.227.

③ Lai Ming, *A History of Chinese Literature*, New York: Capricorn Books 1966, p.1.

勰的意义就在于:第一个提出了作者的天赋、自然与社会的环境等文学内、外因素对于推动文学风格转嬗具有重要作用的观点;第一次对文学批评提出专业性要求,并要求文学批评家保持一种客观的文学评价态度,将文学风格、修辞、原创性、观念立场、内容与基调作为文学评价的基本标准。① 赖明的如上言论表明,他是站在西方现代文学批评的基本立场上,从作者与作品两个方面,亦即"什么是好的作家"与"什么是好的作品"这样两个现代文学批评的基础理论方向,强调《文心雕龙》在中国文学批评史上的经典地位,肯认其"文学批评"的专业身份。

在赖明之后整整 20 年内,美国文学界关于中国文学史的写作一度停顿。直至 1986 年,才由美国汉学家倪豪士(William H.Nienhauser)编写了《印第安纳中国古典文学指南》,打破了这样一种沉寂状态。该书以"概论"(Essays)加"词目"(Entries)的撰写体例,参照西方现代文学门类别划方式,将《文心雕龙》归入"文学批评"门类,与"戏剧""小说""诗歌""通俗文学""散文""修辞学""佛教文学""道教文学""女性文学"等文类并列。作为一本流行于美国、堪称迄今为止西方世界最为完备的中国古典文学类工具书,抛开分类的杂糅不论,氏著对"中国文学批评"与作为"中国文学批评典范"的《文心雕龙》的极致褒扬肯断,至今无出其右。倪氏认为,"尽管从一开始,中国文学批评就既有着独立的理论思考兴趣,又植根于对中国文学自身及其发展的敏锐思考,但在很长时间内,其享有的名誉,却远无法与'中国文学'本身相媲美。"②而《文心雕龙》,作为"一种主要讨论公元 3 至 5 世纪抒情诗与颂赋的风格类型及其配享一流文学资格条件的基础理论",③作为"公元六世纪在抽象思辨、艺术匠心、心理描摹都臻于巅峰的文学创作狂想曲",④作为"在中国文学与非文学的界限还未显得如此明显之际的一本中庸保守之作",⑤作为"第一本既涵括中国早期正统文学批评观念、又

---

① Lai Ming, A History of Chinese Literature, New York : Capricorn Books, 1966, p.167.

② William H.Nienhauser, ed. *The Indiana Companion to Traditional Chinese Literature*. Bloomington : Indiana University Press, 1986, p.49.

③ William H.Nienhauser, ed. *The Indiana Companion to Traditional Chinese Literature*. Bloomington : Indiana University Press, 1986, p.52.

④ William H.Nienhauser, ed. *The Indiana Companion to Traditional Chinese Literature*. Bloomington : Indiana University Press, 1986, p.51.

⑤ William H. Nienhauser, ed. *The Indiana Companion to Traditional Chinese Literature*. Bloomington : Indiana University Press, 1986, p.52.

孕育了后世新的文学批评思想的鸿篇巨制",①作为"使中国文学批评在中国文学史上首次演变为一门完全独立的学科的皇皇巨著",②却在文学本体、文学创作、文学类型等多个方面展现出早期中西方文学批评的共性。③ 可以说,用世界文学与比较文学的眼光评判《文心雕龙》,而非单纯强调源文本在中国文学中的"可代表性",正是倪豪士不同于陈绶颐与赖明所在。

进入新千年后,梅维恒(Victor Mair)出版《哥伦比亚中国文学作品简编》一书,该书第一次以史论的方式提出:《文心雕龙》是中国第一部具有宏大规模的文学研究专著,其在部分程度上受到了佛教本体论与认识论概念的影响。④ 在随后主编的《哥伦比亚中国文学史》中,梅氏延续了他的这一判断:《文心雕龙》是以佛教影响的产物而出现的,正是由于印度语言对汉语音韵律法、逻辑规则的强力影响,才使《文心雕龙》对各种文体类型作出详尽的分类。⑤ 虽然如此,"《文心雕龙》是一部一流的中国文学批评杰作","全书用优美的骈体文写就,将中国文学中的两大不同传统,亦即尊古传统与革新传统扭结在一起,因而在整体上显得矛盾重重。"⑥"刘勰将文学批评视为文学艺术的一个独立部分,认为它与其他任何文学类型一样,是通向文化不朽的基本途径,是一种值得其终身为之奋斗并努力超越的事业。"⑦梅维恒这种既强调《文心雕龙》的内生性,又突出其受外来文化影响的观念,成为此后美国文学界在认定《文心雕龙》"经典"价值时的主流态度。

概括起来看,美国汉学界通过"文学史"编写而使《文心雕龙》文本进入一种

---

① William H.Nienhauser,ed.*The Indiana Companion to Traditional Chinese Literature*.Bloomington:Indiana University Press,1986,p.889.

② William H.Nienhauser,ed.*The Indiana Companion to Traditional Chinese Literature*.Bloomington:Indiana University Press,1986,p.51.

③ William H. Nienhauser, ed. *The Indiana Companion to Traditional Chinese Literature*. Bloomington:Indiana University Press,1986,p.49.

④ Mair,Victor H.,ed.The Shorter Columbia Anthology of Traditional Chinese Literature.New York:Columbia University press,2000,p.46.

⑤ Victor Mair,The Columbia History of Chinese Literature,New York:Columbia University Press,2010.pp.9-11.

⑥ Victor Mair,The Columbia History of Chinese Literature,New York:Columbia University Press,2010.p.927.

⑦ Victor Mair,The Columbia History of Chinese Literature,New York:Columbia University Press,2010.p.928.

全新的历史叙事,在这种叙事中,《文心雕龙》源文本一方面重新回到了原有的文学语境与文化情境,彰显了其久被尘封的经典价值,另一方面,它又脱离原有的文学语境与文化情境,进入到一种全新世界文学观念史叙述语境。正是后者,才使《文心雕龙》斩获了另一重重要的文学身份,那就是:世界文学观念史视野中的中国"文学作品"。这也意味着,虽然语境还原与观念提升的方法有利于我们重新体认《文心雕龙》在中国文学中的经典价值,但当我们本着中国文学固有的"中国"属性而非世界文学视野中的"文学"身份去看待"中国文学"时,我们很可能看到的是一种带有多重帝国文化属性的"文学中国",而非纯粹现代文学学科或文学审美意义上的"中国文学"——既然帝国时期的"中国文学",并未完全作为独立审美意义上的"文学"身份而存在,而是一直作为一种或"载道"、或"立言"、或"诗教"、或"文教"、或"乐悦"、或"史录"的实用及教化工具而存在,且常常与其他艺术类型混杂一体——无论是早期的诗、乐、舞不分,还是后来的"文"与"章""诗"与"史"的弥散混漫状态,实际上都是一种"大文学"意义上的历史存在形态。而只有在文学现代性意义上的世界文学观念史叙述中,亦即一方面强调《文心雕龙》的"文学性"价值,另一方面用"文学"(Literature)统辖"文学作品"(literary works)与"文学批评"(literary criticism),中国古典文学《文心雕龙》所衔配的"诗文评"(作为理性认知的"文学批评")与"诗文赋"(作为感性表现的"文学作品")双重身份,才会真正凸显出来。

四、美国汉学界"文选"编译与《文心雕龙》源文本经典身份的重构

《文心雕龙》源文本与美国现代文论形成有效的对话旅行,继而实现"经典重构"的又一途径,是编入各类"中国文学作品选"。①

---

① 目前国内通行的"中国古典文学作品选"类教科书,比如朱东润《中国历代文学作品选》(上海古籍出版社 2002 年版),郭预衡《中国古代文学作品选》(上海古籍出版社 2004 年版),袁行霈《中国文学作品选注》(中华书局 2007 年版)等,并未将"文学理论"与"文学批评"作为"文学作品选"编纂的内容。我们必须认识到这一点,才能明白美国学者编译"中国文学作品选"对《文心雕龙》"经典重构"的价值所在。

作为美国最权威的全球国别文学选集系列《诺顿中国文学选集：从初始至1911 年》，将《文心雕龙》与陆机的《文赋》、曹丕的《典论论文》一道，视为中国"中世纪"经典文学理论的代表。该选集认为，中国 6 世纪刘勰所处的南朝宋时期的文学理论，是"中国文学理论与批评最为繁荣的时期"，其时，"包括朝廷与作家在内的文学界，热衷于讨论文学的基本原则，规定文学的风格、类型及其相关重要问题。"而《文心雕龙》，则主要是一部讨论"文学是如何构想的系统理论著作"。① 在具体作品编排上，该选集选取《文心雕龙》第 1 章"原道"、第 26 章"神思"、第 27 章"体性"、第 29 章"通变"、第 30 章"定势"、第 40 章"隐秀"、46 章"物色"、第 48 章"知音"，与陆机的《文赋》、曹丕的《典论·论文》一起，视为中国"中世纪"文学理论的经典表述。该选集袭用了美国汉学界在"中国文学史"撰写中惯用的经典重构方式，一方面对《文心雕龙》重要概念作中国语境的还原性释读："文"为有韵之"文学"（Literature）、韵文（Prose），而非无韵之"诗歌"（Poetry）、檄文（military）；基于此一本义，"文"又衍生出"典范"（pattern）、"天文"（pattern of Heaven）、"地理"（pattern of Earth）等义，并隐含着《易经》卦符的象征意义。② 另一方面，又用西方现代类似性的文学概念启动阐扬《文心雕龙》基本范畴，对《文心雕龙》中的一些重要概念作互文性的比较诗学阐释，如将"神思"释读为西方诗学的"想象"（imagination），③将"体性"释读为内在的"本质"（nature）与外在的"形式"（form），④将"通"与"变"释读为"规范性"（Norm）与"特殊性"（Particular），⑤将"定势"释读为"力量"（power）与"趋势"（tendency）⑥，

① *An Anthology of Chinese Literature：Beginning to* 1911，edited and translated by Stephen Owen. New York ：W.W.Norton，1996.p.343.

② *An Anthology of Chinese Literature：Beginning to* 1911，edited and translated by Stephen Owen. New York ：W.W.Norton，1996.pp.343−344.

③ *An Anthology of Chinese Literature：Beginning to* 1911，edited and translated by Stephen Owen. New York ：W.W.Norton，1996.p.346.

④ *An Anthology of Chinese Literature：Beginning to* 1911，edited and translated by Stephen Owen. New York ：W.W.Norton，1996.p.349.

⑤ *An Anthology of Chinese Literature：Beginning to* 1911，edited and translated by Stephen Owen. New York ：W.W.Norton，1996.p.350.

⑥ *An Anthology of Chinese Literature：Beginning to* 1911，edited and translated by Stephen Owen. New York ：W.W.Norton，1996.p.353.

将"隐秀"释读为"显"（outstanding）与"隐"（Hidden），①将"物色"释读为"表现"（representation）与"描写"（description），②将"知音"释读为"直觉鉴赏"（immediate appreciation），③如此等等。

　　由英籍汉学家约翰·闵福德与美籍华裔学者约瑟夫·刘所编选的《中国古典文学选译：从起源至唐代》一书，本着中国文化的传统，从中国文学与文化的源头入手，将汉字及以汉字为载体的早期中国文学写作，视为对自然终极意义上"道"的揭示与展现。④ 为了突出中国文学在源头上的这一独特性，编者转录《文心雕龙》"原道"篇为发端，揭示汉语文学的象形指代描摹与抽象本体的隐喻意义。⑤ 氏作所使用的这种文献编录目次与方法所隐含的副文本意义，是使《文心雕龙》成为鉴定中国文学基本特色的首要理论著作。这一点，我们从该书第15章题引《文心雕龙》为"早期中国文学批评"章目，并以《文心雕龙》第50章关于"文心"（literary mind）与"雕龙"（the carving of dragons）的述要解题为题记，亦可见出。虽然该书只收录了《文心雕龙》第26章"神思"（imagination）篇，但却添加了一个关键性的"导言"。"导言"对《文心雕龙》全书的结构，按照现代文学理论的体系进行分类概述，即："第1至5章，为该书的总论，阐述文学的本体问题；第6至25章，讲述文学的类型与风格；第26至49章，为文学创作论；最后第50章，为对该书写作缘起的交代，类似于现代'导论'"。⑥ 这种袭用传统的汉语文字体系与语法规则去解读《文心雕龙》具体概念，并借用西方现代文论的体系框架去启动蕴藏在《文心雕龙》源文本中的"世界文学"特质的做法，一方面表明今天美国学者所认同的《文心雕龙》身份，并非单纯止于中华帝国时期的文人

---

① *An Anthology of Chinese Literature：Beginning to* 1911，edited and translated by Stephen Owen. New York ：W.W.Norton，1996.p.353.

② *An Anthology of Chinese Literature：Beginning to* 1911，edited and translated by Stephen Owen. New York ：W.W.Norton，1996.pp.354-355.

③ *An Anthology of Chinese Literature：Beginning to* 1911，edited and translated by Stephen Owen. New York ：W.W.Norton，1996.p.357.

④ *Classical Chinese literature：an anthology of translations，v.I.From antiquity to the Tang dynasty，* Edited by John Minford and Joseph S.M.Lau，New York ：Columbia University Press 2000，p.35.

⑤ *Classical Chinese literature：an anthology of translations，v.I.From antiquity to the Tang dynasty，* Edited by John Minford and Joseph S.M.Lau，New York ：Columbia University Press 2000，pp.4-6.

⑥ *Classical Chinese literature：an anthology of translations，v.I.From antiquity to the Tang dynasty，* Edited by John Minford and Joseph S.M.Lau，New York ：Columbia University Press 2000，pp.645-646.

观念与文学意识形态,而更有筑基于文学现代性之上的普遍性文学叙事,另一方面也表明,中国古典文本《文心雕龙》只有在世界文学现代性的叙述框架中,才可能完成有效的对话旅行,开启真正的"世界文学"身份。

时隔十余年后,美国伟谷州立大学卡蒂斯—斯密斯主编的伟谷州立大学"布鲁克利—克拉克—雷蒙图书系列"(A Bruccoli Clark Layman Book):《文学传记辞典:唐前中国经典作家》(第358卷)出版。该书收录了由哈佛大学田晓菲所撰的"刘勰"词条:"刘勰,在今天被认为是前现代中国最伟大的文学批评家之一;其所撰《文心雕龙》,是中国第一部具有书籍规模的文学批评巨著。尽管刘勰在其生活的年代,只是一个小人物;历史对其记载,也是只言片语,充满肤泛。"①《文心雕龙》书名本身即可表明作者的写作抱负。因为不同于指称文学匠气的贬义术语'雕虫','雕龙'所传达的是一种崇高的文学意象。"②"在长达五十章的讨论中,作品包含了广泛而深刻的内容。前四章为专论,分别是原道、征圣、宗经、正纬;第五至二十五章讨论34种文体(genres)。该书的第二部分为第二十六至第四十九章,主要讨论系列基本文学概念,包括修辞、风格(style)、文学创作、文学欣赏等。最后一章类似于后记,解释书名与写作缘起。正是在最后一章里,刘勰传达了明确的文学功用意识,即'立言',并列为古训的三不朽之一。也正是通过强调文学为经学的延伸,文学批评为经学的阐释,刘勰同时将自己置于儒家传统思想的序列之中。"③"尽管刘勰援引儒家经典为文学典范,但仍有不少学者推测,刘勰对佛教典籍的熟稔很可能激发了《文心雕龙》写作的布局结构。《文心雕龙》的骈体文写作风格,也时而造成其理论的逻辑陈述与表达风格的张力。在理论上,刘勰赞同文学的通与变;然而当其评定一些具体作家与时代风格时,又往往流露出谨慎的态度。正因为如此,刘勰往往被今人认为是一位温和而保守的批评家。其理论陈述常显矛盾,逻辑体系也难以一致。"④刘勰关

① Curtis Dean Smith,ed. *Dictionary of Literary Biography*,Volume 358:*Classical Chinese writers of the pre-Tang period*,Gale:Cengage Learning,2011,p.94.

② Curtis Dean Smith,ed. *Dictionary of Literary Biography*,Volume 358:*Classical Chinese writers of the pre-Tang period*,Gale:Cengage Learning,2011,p.97.

③ Curtis Dean Smith,ed.*Dictionary of Literary Biography*,Volume 358:*Classical Chinese writers of the pre-Tang period*,Gale:Cengage Learning,2011,p.97.

④ Curtis Dean Smith,ed.*Dictionary of Literary Biography*,Volume 358:*Classical Chinese writers of the pre-Tang period*,Gale:Cengage Learning,2011,p.98.

于文学观念的陈述,关于文体类型的划分,关于文学标准的界定,都为其同时代的人所分享。"①"到了清代,刘勰的《文心雕龙》受到学术界格外的关注。概由于西方文学理论模式的刺激影响,20世纪初期的中国学者将《文心雕龙》重新阐扬为一部体大虑周的体系性文学理论著作。撇开今天是否给予《文心雕龙》过高的评价不论,单就其篇幅规模之大、内容形式之广、保存史料之珍来论,它就配享其声誉。"②显然,田氏所撰"刘勰"词条,同样遵照了中国古代"知人论世"的写作传统,通过作家彰显作品,在中国文学发展脉络与世界文学影响序列中,凸显《文心雕龙》的中国性与世界性双重身份,以实现源文本在异质文化空间中的经典重构。

在上述三部"文选"中,美国学者按照自己的鉴赏口味和文学标准编选文本,并对中国古代文学遗产《文心雕龙》进行知识社会学意义上的文本再生产。这样做的结果是:他们建构了一个可以将自己置身其中的新的文学史叙事,在这种叙事中,每一个《文心雕龙》编选文本都得到了其自我身份的全新表达,每一个《文心雕龙》文本编选者都留下了自我观念的深刻印记,从而使中国古典文学《文心雕龙》展现为另一种面貌,一种打上各类文学生产者观念兴趣与文学价值判断的新文本叙事,一种勾连源文本、翻译文本、节录文本的新的"文本家族"谱系,从而使《文心雕龙》最终显现为"中国文学"与"世界文学"的双重文学叙事。

总之,20世纪60年代以来《文心雕龙》在美国的"中国文学史"写作与"文选"编译中的身份建构表明:第一,作为中国古典文学典范的《文心雕龙》文本要在全球文学现代性演进语境中具有"经典"价值,需要中国古典文学与美国现代文学的双双"再身份化"。也就是说,《文心雕龙》文本在美国的"中国文学史"编写与"文选"编译过程中要形成有效的对话旅行,必须经历了一个身份转型过程,即由"东方"文化与文学身份,转变为"世界"文学与文学批评身份。第二,《文心雕龙》身份转型的实质,是文本自身形态的"向内转",亦即由一种文化与政治的外在文本身份,转向一种纯粹的文学与艺术内在自律性身份,尽管转型后

---

① Curtis Dean Smith, ed. *Dictionary of Literary Biography*, Volume 358: *Classical Chinese writers of the pre-Tang period*, Gale: Cengage Learning, 2011, p.99.

② Curtis Dean Smith, ed. *Dictionary of Literary Biography*, Volume 358: *Classical Chinese writers of the pre-Tang period*, Gale: Cengage Learning, 2011, p.100.

的身份,已与源文本的"中国"文化与文学批评身份,相去甚远。第三,《文心雕龙》文本"经典重构"的后果,是使自身从一种后殖民主义意义上的"凝视"物件,变成一种后达尔文主义意义上的"激赏"物件,由此所开启的身份意义,则是源文本由"再中国化"到"去中国化"的身份重构。

参 考 文 献

一、英文文献

1. Adele Austin Rickett Edited, *Chinese Approaches to Literature from Confucius to Liang Ch'i-ch'ao*, Princeton: Princeton University Press, 1978 .

2. Alan K.L.Chan and Yuet-Keung Lo, ed., *Interpretation and Literature in Early Medieval China*, Albany: State University of New York Press, 2010.

3. A.L.Becker, "A Tagmemic Approach to Paragraph Analysis", *College Composition and Communication*, 1965(16).

4. André Lefevere, ed., *Translation/History/Culture*, London and New York: Routledge, 1992.

5. André Lefevere, *Translation, Rewriting and the Manipulation of Literary Fame*, London and New York: Routledge, 1992.

6. André Lefevere, *Translation, Rewriting and the Manipulation of Literary Fame*, London and New York: Routledge, 1992.

7. Bruce Rusk, *Critics and Commentators: the book of Poems as Classic and Literature*, Cambridge (Massachusetts) and London: Harvard University Press, 2012.

8. Ch'en Shou-yi, *Chinese Literature: A Historical Introduction*, New York : The Ronald Press Company, 1961.

9. Cleanth Brooks, Robert Warren. *Understanding Poetry*. Bei Jing: Foreign Language Teaching and Research Press, 2004.

10. Curtis Dean Smith, ed. *Dictionary of Literary Biography*, Volume 358: *Classical Chinese writers of the pre-Tang period*, Gale: Cengage Learning, 2011.

11. E.D.Hirsch, Jr., *The Philosophy of Composition*, The University of Chicago Press, 1977.

12. E.J.Gibson, H.Levin, *The Psychology of Reading*, Cambridge: MIT Press, 1975.

13. Eoyang, Eugene Chen, *The Transparent Eye: Reflections on Translation, Chinese Literature, and Comparative Poetics*, Hawaii: University of Hawaii Press, 1993.

14. E.R.Hughes, *The Art of Letters: Lu Chi's" Wen Fu,"A.D.302-A Translation and Comparative Study*. New York: Pantheon Books Inc., 1951.

15. Fançois Jost, *Introduction to Comparative Literature*, Indianapolis: Bobbs-Merrill, 1974.

16. Gibbs, D.. *Literary Theory in the Wen-hsin Tiao-Lung*, PhD dissertation, University of Washington, 1970.

17. Gordon, Erin Esiah, *Some Early Ideals in Chinese Literary Criticism*, Oakland: University of California, 1950.

18. GuMing Dong, *Chinese Theories of Reading and Writing: A Route to Hermeneutics and Open Poetics*. Albany: State University of New York Press, 2005.

19. H.Ruberstein, S.S.Lewis and M.A.Ruberstein, "Evidence for phonemic recording in visual word recognition," in *Journal of Verbal Learning and Verbal Behavior*, 10, (1971).

20. Harold Bloom, The Western Canon, New York: Riverhead Books, 1994.

21. J.W.V.Goethe, *Writings on Literature*, in André Lefevere, ed., *Translation/History/Culture*, London and New York: Routledge, 1992.

22. James A.Berlin. *Rhetoric and Reality: Writing Instruction in American Colleges*, 1900-1985. Studies in Writing & Rhetoric /Southern Illinois University Press, 1987.

23. James J. Y. Liu, *Chinese Theories of Literature*, Chicago and London: The University of Chicago Press, 1975.

24. James J. Y. Liu, *Chinese Theories of Literature*, Chicago: The University of Chicago Press, 1975.

25. James J.Y.Liu, *Chinese Theories of Literature*, Chicago: University of Chicago Press, 1979.

26. James J.Y.Liu, Prolegomena to a Study of Traditional Chinese Theories of Literature, *Literature East and West*, 1972, Vol.16.

27. James J.Y.Liu, *The art of Chinese poetry*, Chicago: University of Chicago Press, 1962.

28. James McCrimmon, *Writing with a Purpose*, 8th ed., Boston: Houghton, 1984.

29. James R.Hightower, "Book Reviews, The Literary Mind and the Carving of Dragons by Liu Hsieh, A Study of Thought and Pattern in Chinese Literature", Translated with an Introduction and Notes by Vincent Yu-chung Shih. New York: Columbia University Press, 1959. *Harvard Journal of Asiatic Studies*, 1959, Vol.22.

30. James Robert Hightower. *Topics in Chinese literature : outlines and bibliographies*, Cambridge, Massachusetts: Harvard University Press, 1950, 1962 Revised Edition.

31. John Minford and Joseph S.M.Lau, ed. *Classical Chinese literature: an anthology of translations*, v.I. From antiquity to the Tang dynasty, New York : Columbia University Press 2000.

32. Joseph P.Strelka, ed., *The Personality of the Critic*, *Yearbook of Comparative Criticism* (Vol. 6), Pennsylvania: Pennsylvania State University Press, 1973.

33. Kang-I Sun Chang and Stephen Owen, *The Cambridge History of Chinese Literature* (Volume I), New York: Cambridge University Press, 2010.

34. Kinneavy, J. A., *A theory of discourse: The aims of discourse*. Englewood Cliffs, NJ: Prentice-Hall, 1971.

35. Lai Ming, *A History of Chinese Literature*, New York: Capricorn Books, 1964.

36. Lai Ming, *A History of Chinese Literature*, New York：Capricorn Books, 1966.

37. Lai Ming, *A History of Chinese Literature*, New York：The John Day Company, 1964.

38. Liu Hsieh, *The Literary Mind and the Carving of Dragons*, Translated and Annotated by Vincent Yu-chung Shih, New York：Columbia University Press, 1959.

39. Liu Hsieh, *The Literary Mind and the Carving of Dragons*, Translated and Annotated by Vincent Yu-chung Shih, (台北)中华书局 1970 年版。

40. Liu Hsieh, *The Literary Mind and the Carving of Dragons*, Vincent Yu-chung Shih translated, New York Review Books, 2015.

41. Liu Xie, *Dragon-Carving and the Literary Mind*（Ⅰ）, Translated by Yang Guobin, Foreign Language Teaching and Research Press, 2003.

42. Liu Xie, *The Literary Mind and the Carving of Dragons*, Vincent Yu-chung Shih, Hong Kong：The Chinese University Press, 1983.

43. Madeline Chu, "Review on Early Chinese Literary Criticism", *Journal of the American Oriental Society*, 1985, Vol.105, No.4.

44. Mary Warnock, *Imagination*, Oxford：Blackwell Publishers, 1994.

45. Maynard Mack etc.ed. *The Norton Anthology of World Masterpiece*, Expanded Edition, Norton and Campany, 1995.

46. Mihail I. Spariosu, *The God of Many Names：Play, Poetry, and Power in Hellenic Thought from Homer to Aristotle*, Durham, N.C.：Duke University Press, 1991.

47. Ming Dong Gu, "'Fu-Bi-Xing'：A Metatheory of Poetry-Making, Chinese Literature：Essays, Articles", *Reviews*, 1997, Vol.19.

48. Ming Dong Gu, "From Yuanqi (Primal Energy) to Wenqi (Literary Pneuma)：A Philosophical Study of a Chinese Aesthetics", *Philosophy East and West*, 2009, Vol.1.

49. Paul A. Cohen, *Discovering History in China：American Historical Writing on the Recent Chinese Past*, New York：Columbia University Press, 1996.

50. Pauline Yu, *Six Dynasties Poetry and Criticism*, Princeton：Princeton University Press, 1987.

51. Pauline Yu, *The Reading of Imagery in the Chinese Poetic Tradition*, Princeton：Princeton University Press, 1986.

52. Peter B. Way, *Classicism in Aristotle's Poetics & Liu Xie's Wenxin Diaolong*, Unpublished Ph. D Dissertation, University of Washington, 1990.

53. Rene Wellek, "The Term and Concept of Classicism in Literary Theory" in *Concepts of Criticism*, New Haven & London：Yale University Press, 1964.

54. Ross Winterowd, "The Purification of Literature and Rhetoric", *College English*, 1987：49 (3).

55. Sacvan Bercovitch, ed., *The Cambridge History of American Literature*, Volume 5, Cambridge University Press, 2002.

56. Sacvan Bercovitch, ed., *The Cambridge History of American Literature*, Volume 8, Cambridge

University Press,1996.

57. Shao,Paul Yang-shing,*Liu Hsieh as literary theorist, Critic and Rhetorician*,Stanford:Stanford University,Ph.D.,1981.

58. Shih,Vincent Y.C.,*The Literary Mind and the Craving of Dragons:A Study of Thought and Pattern in Chinese Literature*,New York:Columbia University Press,1959.Taipei:Chung Hwa Book Company,1970.Hong Kong:the Chinese University Press,1983.

59. Shou-yi.Ch'en,*Chinese Literature:A Historical Introduction*,New York:The Ronald Press Company,1961.

60. Siu-kit Wong,ed.& trans.,*Early Chinese Literary Criticism*,Hong Kong:Joint Publishing Company,1983.

61. Stephen Owen,ed.& trans.,*An Anthology of Chinese Literature:Beginning to 1911*,New York :W.W.Norton,1996.

62. Stephen Owen,*Readings in Chinese Literary Thought*,Cambridge,Massachusetts and London:Harvard University Asia Center,1992.

63. Stephen Owen,*Readings in Chinese Literary Thought*,Cambridge,Massachusetts and London:Harvard University Asia Center,1996.

64. Stephen Owen,*Remembrance:The Experience of the Past Chinese Literature*,Cambridge:Harvard University Press,1986.

65. Stephen Owen,"Review on Chinese Theories of Literature",*Comparative Literature:Translation:Theory and Practice*,1975,Vol.90.

66. Stephen Owen,*Traditional Chinese Poetry and Poetics:Omen of the World.* Madison,Wisc.:University of Wisconsin Press,1985.

67. Susan Bassnett,Harish Trivedi,ed..*Post-colonial translation:theory & practice*,London and New York:Routledge,1999.

68. T.S.Eliot,*Tradition and the Individual Talent*,Selected Essays,1917-1932,New York:Harcourt Brace Jovanovich,1932.

69. Terry Eagleton,*Literary Theory:An Introduction*,Minneapolis:University of Minneapolis Press,1983.

70. Victor H.M.,*The Columbia History of Chinese Literature*,New York:Columbia University Press,2000.

71. Victor H.M.,*The Columbia History of Chinese Literature*,New York:Columbia University Press,2010.

72. Victor H.M.,ed.,*The Shorter Columbia Anthology of Traditional Chinese Literature.* New York:Columbia University press,2000.

73. Victor H.M.,ed.,*The Shorter Columbia Anthology of Traditional Chinese Literature*,New York:Columbia University Press,2001.

74. Vincent B.Leitch.etc.ed..*The Norton Anthology of Theory and Criticism*,Norton & Company,

Inc.,2001.

75. W.Strunk,E.B.White,*The Elements of Style*,New York:MacMillan,1972.

76. Wendell V.Harris,"Canonicity",*PMLA*,Jan.1991.

77. William Craig Fisk,*Formal Themes in Medieval Chinese and Modern Western Literary Theory:Mimesis,Intertextuality,Figurativeness,and Foregrounding*,The University of Wisconsin-Madison,Ph.D.,1976.

78. William H.Nienhauser,Jr,ed.,*The Indiana Companion to Traditional Chinese Literature*,Bloomington:Indiana University Press,1986.

79. William H. Nienhauser, Jr, ed., *Chinese Literature, Ancient and Classical*, Bloomington:Indiana University Press,2000.

80. William James,*Principles of Psychology*,*Vol.I*,New York:H.Holt & Co.,1890.

81. Yang Ye,*Chinese Poetic Closure*,*Asian Thought and Culture*,*Vol.*10,New York,Peter Lang Press,1996.

82. Yong,Ren,*Poetic Inspiration in Cultural Contexts:A Comparative Study of the Europe Romantic Concept of Inspiration and Chinese Six Dynasties View of the 'Inspired' State of Creation*,Oakland:University of California,1991.

83. Zhao Heping,*Wen Xin Diao Long:An early Chinese rhetoric of written discourse*,Purdue University,1990.

84. Zong-Qi Cai,ed.,*A Chinese Literary Mind:Culture,Creativity,and Rhetoric in Wenxin diaolong*,Stanford:Stanford University Press,2001.

85. Zong-Qi Cai, ed., *Chinese Aesthetics:The Ordering of Theory and Criticism*, Honolulu:University Hawaii Press,2004.

86. Zong-Qi Cai,"The Early Philosophy Discourse on Language and Reality and Lu Ji's and Lu Xie's Theories of Literary Creation",*Frontiers of Literary Studies in China*,2011,Vol.5,No,4.

87. Zong-Qi Cai,"Wen and the Construction of a Critical System in"Wenxin Diaolong",Chinese Literature Essays",*Articles,and Reviews*,2000,Vol.22.

二、中文文献

1. 罗根泽:《中国文学批评史》(一),上海:古典文学出版社,1957 年版。

2. 杨明照校注:《文心雕龙校注》,北京:中华书局,1959 年版。

3. 郭味农:《关于〈文心雕龙〉的三准论》,《〈文心雕龙〉研究专号》,香港:香港大学出版社,1962 年版。

4. 杨明照:《刘勰〈灭惑论〉撰年考》,见《古代文学理论研究》(第一辑),上海:上海古籍出版社,1979 年版。

5. 中国社会科学院文学研究所编:《中国文学史》,北京:人民文学出版社,1979 年版。

6. 王利器校笺:《文心雕龙校证》,上海:上海古籍出版社,1980 年版。

7. 杨明照:《从〈文心雕龙〉看中国古代文论史、论、评结合的民族特色》,见《古代文学理论研究》（第十辑），上海：上海古籍出版社，1985 年版。

　　8. 莫砺锋：《从文心雕龙与文选之比较看萧统的文学思想》，见《古代文学理论研究》（第十辑），上海：上海古籍出版社，1985 年版。

　　9. 克林斯·布鲁克斯：《形式主义批评家》，龚文庠译，见赵毅衡编选：《"新批评"文集》，北京：中国社会科学出版社，1988 年版。

　　10. 苗力田主编：《亚里士多德全集》第九卷，北京：中国人民大学出版社，1994 年版。

　　11.《文心雕龙综览》编委会：《文心雕龙综览》，上海：上海书店出版社，1995 年版。

　　12. 陆侃如、牟世金：《文心雕龙译注》，济南：齐鲁书社，1995 年版。

　　13. 黄维樑：《从〈文心雕龙〉到〈人间词话〉——中国古典文论新探》，北京：北京大学出版社，1996 年版。

　　14. 萨义德：《东方学》，王宇根译，北京：三联书店，1999 年版。

　　15. 中国《文心雕龙》学会编：《论刘勰及其〈文心雕龙〉》，北京：学苑出版社，2000 年版。

　　16. 张绍康、汪春泓：《文心雕龙研究史》，北京：北京大学出版社，2001 年版。

　　17. 朱东润：《中国历代文学作品选》，上海：上海古籍出版社，2002 年版。

　　18. 宇文所安：《中国文论：英译与评论》，王柏华、陶庆梅译，上海：上海社会科学院出版社，2003 年版。

　　19. 李圃：《古文字诂林》，上海：上海教育出版社，2003 年版。

　　20. 萨义德：《文化与帝国主义》，李琨译，北京：三联书店，2003 年版。

　　21. 宇文所安：《他山的石头》，南京：江苏人民出版社，2003 年版。

　　22. 郭预衡：《中国古代文学作品选》，上海：上海古籍出版社，2004 年版。

　　23. 中国《文心雕龙》学会编：《〈文心雕龙〉资料丛书（上、下）》，北京：学苑出版社，2004 年版。

　　24. 刘若愚：《中国文学理论》，杜国清译，南京：江苏教育出版社，2006 年版。

　　25. 袁行霈：《中国文学作品选注》，北京：中华书局，2007 年版。

　　26. 萨克文·伯科维奇主编：《剑桥美国文学史》第八卷，杨仁敬等译，北京：中央编译出版社，2008 年版。

　　27. 理查德·帕尔默：《诠释学》，潘德荣译，北京：商务印书馆，2012 年版。

　　28. 蔡宗齐：《比较诗学结构：中西文论研究的三种视角》，刘青海译，北京：北京大学出版社，2012 年版。

　　29. 刘颖：《英语世界〈文心雕龙〉研究》，成都：巴蜀书社，2012 年版。

　　30. 周振甫：《文心雕龙今译》，北京：中华书局，2013 年版。

　　31. 邵耀成：《〈文心雕龙〉这本书：文论及其时代》，北京：中国社会科学出版社，2014 年版。

　　32. 苏珊·巴斯奈特：《比较文学批评导论》，查明建译，北京：北京大学出版社，2015 年版。

　　33. 张淑香：《神思与想象》，《中华文化复兴月刊》1975 年第 8 期。

　　34. 杨国斌：《文心雕龙·神思——英译三种比较》，《中国翻译》1991 年第 4 期。

　　35. 陈引驰、赵颖之：《与"观念史"对峙："思想文本的本来面目"——宇文所安〈中国文论〉评》,《社会科学》2003 年第 4 期。

36. 魏思齐(Zbigniew Wesolowski):《美國漢學研究的概況》,《漢學研究通訊》2007 年第 6 期。

37. 王晓路、史东东:《西方汉学语境中的中国文学阐释与话语模式——以宇文所安的解读模式为例》,《中外文化与文论》2008 年第 1 期。

38. 顾钧:《美国汉学的历史分期与研究现状》,《国外社会科学》2011 年第 2 期。

39. 戴文静:《北美〈文心雕龙〉的译介与研究》,扬州大学博士学位论文,2018 年。

责任编辑:洪 琼

图书在版编目(CIP)数据

美国《文心雕龙》研究史料整理与翻译研究/谷鹏飞 著. —北京:人民出版社,
  2022.1
ISBN 978－7－01－023370－3

I.①美… Ⅱ.①谷… Ⅲ.①《文心雕龙》-古典文学研究 ②《文心雕龙》-文学
翻译-研究 Ⅳ.①I206.2 ②I046

中国版本图书馆 CIP 数据核字(2021)第 078556 号

美国《文心雕龙》研究史料整理与翻译研究

MEIGUO WENXINDIAOLONG YANJIU SHILIAO ZHENGLI YU FANYI YANJIU

谷鹏飞 著

人民出版社 出版发行
(100706 北京市东城区隆福寺街 99 号)

北京汇林印务有限公司印刷 新华书店经销

2022 年 1 月第 1 版 2022 年 1 月北京第 1 次印刷
开本:710 毫米×1000 毫米 1/16 印张:20.75
字数:340 千字

ISBN 978－7－01－023370－3 定价:79.00 元

邮购地址 100706 北京市东城区隆福寺街 99 号
人民东方图书销售中心 电话 (010)65250042 65289539